KIMBERLEY FREEMAN | Über den Himmel hinaus

Über das Buch

Im Russland des Kalten Krieges haben die junge Sofi und ihre Cousinen Lena und Natalja nur einen Wunsch: ihre Heimat zu verlassen und ein besseres Leben anzufangen. Ihr Traum vom Westen, dem gelobten Land, von Reichtum und Erfolg, lässt sie alle Unwägbarkeiten überstehen. Mit dem Untergang der Sowjetunion scheinen sich ihre Sehnsüchte zu erfüllen. Auf der Suche nach dem großen Glück zieht es die drei Frauen nach Europa.

In London heiratet Lena einen aufstrebenden Rockmusiker, und auch Natalya drängt ins Showbusiness, wo sie eine Fernsehrolle erhält, die sie in ganz England bekannt macht. Sofi, die dritte im Bunde, wird Schmuckdesignerin und zieht mit dem Maler Julien in ein kleines Dorf nach Frankreich.

Auf den ersten Blick scheint jede ihren Traum wahrgemacht zu haben. Doch der Schein trügt, denn hinter den sorgsam gepflegten Fassaden bröckelt das Glück. Ihr einst gutes Verhältnis wird überschattet von Eifersucht, Missgunst und Niedertracht. Und noch weiß keine der Frauen, dass ein dunkles Kapitel aus der Vergangenheit nur darauf wartet, wieder entdeckt zu werden …

Über die Autorin

Unter dem Pseudonym Kimberley Freeman schreibt die mehrfach preisgekrönte Fantasy-Autorin Kim Wilkins große Frauensagas, für die sie unter anderem mit dem Lynne-Wilding-Award für populäre Unterhaltungsliteratur ausgezeichnet wurde. Kimberley Freeman, geboren in London, lebt heute mit ihrem Mann und ihren zwei Kindern in Brisbane, Queensland.

KIMBERLEY FREEMAN

Über den Himmel hinaus

Roman

Aus dem Englischen von Ursula Sturm

Diana Verlag

Die Originalausgabe erschien 2008 unter dem Titel *Gold Dust*
bei Hachette Australia, an imprint of Hachette Livre Australia
Pty Limited, Level 17, 207 Kent Street, Sydney NSW 2000, Australia.

MIX
Papier aus verantwortungsvollen Quellen
FSC® C014496
FSC
www.fsc.org

Verlagsgruppe Random House FSC-DEU-0100
Das für dieses Buch verwendete
FSC®-zertifizierte Papier *Holmen Book Cream*
liefert Holmen Paper, Hallstavik, Schweden.

Deutsche Erstausgabe 03/2011

Published by Arrangement with Hachette Livre Australia PTY LTD,
Sydney, NSW, Australia
Dieses Werk wurde vermittelt durch die Literarische Agentur
Thomas Schlück GmbH, 30827 Garbsen

Redaktion | Sabine Thiele
Herstellung | Helga Schörnig
Umschlagmotive | © Picture Press
Umschlaggestaltung | t. mutzenbach design, münchen
Satz | Leingärtner, Nabburg
Druck und Bindung | GGP Media GmbH, Pößneck
Printed in Germany 2011
978-3-453-35460-9

www.diana-verlag.de

Gewidmet K, D, M & K
für ein ganzes Jahrzehnt an Weisheiten –
und für die zahlreichen weiteren,
die noch kommen mögen

Wer vergangenes Unrecht aufrührt,
riskiert, ein Auge zu verlieren;
wer es vergisst,
verliert mit Sicherheit beide.

Armut sucht List.

Russische Sprichwörter

PROLOG

Winter 2005

Sie war aufgewühlt. Verständlicherweise. Schließlich hatte sie noch nie einen Mord geplant.

Es hatte lange gedauert, bis sich das Chaos in ihrem Kopf gelichtet hatte und sie wieder klar denken konnte.

Jetzt, nachdem sie ihre Schuldgefühle, ihre Angst, ihren Zorn niedergerungen hatte, war es an der Zeit, sich zu überlegen, wie sie vorgehen sollte. Es gab kein Zurück mehr.

Die Morgensonne schmerzte in ihren müden Augen, schien auf die Rückenlehne des Sessels, machte jedes Staubkorn auf dem Fernseher sichtbar. Ihr Blick fiel unwillkürlich auf das Foto der drei jungen Frauen. Es zeigte sie selbst, ihr lächelndes Opfer sowie die Dritte im Bunde, ernst, als hätte sie eine Vorahnung gehabt. Sonne und Schnee hatten sämtliche Schatten ausradiert. Sie hatten einander die Arme um die Taille gelegt. *Wir halten zusammen, komme was wolle.* Wie oft hatten sie sich das geschworen. Sie dachte daran, wie viel letztendlich geschehen war, das sie entzweit hatte. Verrat, Erbitterung, Eifersucht und die ganz alltäglichen, unbeabsichtigten Gedankenlosigkeiten.

Sie sank auf die Armlehne des Sessels, barg das Gesicht in den Händen. Sie brachte nicht den Mut auf, Gewalt anzuwenden, und zum Giftmischen fehlte ihr die nötige Konzentration. Vielleicht konnte sie es ja wie einen Unfall aussehen lassen …

Als ihr schließlich die Lösung einfiel, erschien sie ihr bemerkenswert naheliegend. Dieses Jahr würde ihre alljährliche Zusammenkunft in Briggsby stattfinden. Sie gingen alle gern oben an den Klippen entlang spazieren. Fünfundzwanzig Meter unter ihnen lagen Felsen, tobte das Meer. Ihr schwindelte, als würde der Boden unter *ihren* Füßen nachgeben. Sie krallte die Zehen fest in die Schuhe, um gegen das Gefühl anzukämpfen.

Ein Sturz, ein tragisches Unglück, dann wäre es vollbracht, und sie würde zurückbleiben, allein.

Allein, hallte es in ihren Ohren nach wie Glockengeläut auf einem fernen Hügel. Sie spürte ihre Einsamkeit, die Leere und Verzweiflung, die in letzter Zeit ihr Leben geprägt hatten. Sie konnte nicht mehr zurück. Der Mord war ihre einzige Möglichkeit, das Unrecht zu sühnen.

Und so lenkte sie, ihrer gemeinsamen Herkunft, ihren gemeinsamen Träumen und Vergehen zum Trotz, ihre Gedanken auf das Undenkbare.

Teil Eins

KAPITEL 1

Leningrad, 1976

»Du bist keine Schönheit.«

Sofi Tschernowa hielt ihr sieben Jahre altes Gesicht ganz nah an den fleckigen Badezimmerspiegel. Die Worte ihrer Mutter hatten sie nicht verletzen sollen, sondern waren lediglich eine Feststellung gewesen.

»Du bist keine Schönheit, Sofi. Nicht wie deine Cousinen«, hatte Mama gesagt, als sie heute Morgen das Frühstücksgeschirr in der Gemeinschaftsküche abräumten. »Aber du hast Köpfchen, und das ist auch etwas wert. Wenn die beiden einmal in Schwierigkeiten geraten, werden sie auf deine Hilfe angewiesen sein.«

Doch als sie nun im düsteren Badezimmer ihr Spiegelbild betrachtete, war das Kompliment über ihre Klugheit vergessen. Stattdessen zählte Sofi ihre Sommersprossen, studierte ihre breiten Nasenflügel, zeichnete mit dem Finger ihre Lippen nach. Selbst wenn sie lächelte, schienen ihre Mundwinkel nach unten zu zeigen. Nein, sie war nicht schön. Sie hatte sich bislang nie viele Gedanken darüber gemacht, doch heute Nachmittag hielt die Schönheit in Gestalt ihrer Cousinen Natalja und Lena Einzug in ihr Leben.

Jemand klopfte ungeduldig an die Tür. »Willst du da drin übernachten?«

Das war Papa. Er wirkte angespannt, seit vor einer Woche der Brief von seinem Bruder Viktor gekommen war, mit der Bitte, Natalja und Lena für drei Monate aufzunehmen. Mama und Papa redeten in ihrer Gegenwart nicht darüber, aber Sofi hatte einiges aufgeschnappt und sich dank ihrer raschen Auffassungsgabe alles zusammengereimt. Papa konnte seinen Bruder nicht ausstehen. Die Mutter ihrer Cousinen war vor knapp sechs Jahren bei Lenas Geburt gestorben, und seither hatte Onkel Viktor seine Töchter nach und nach sämtlichen Verwandten und Bekannten im ganzen Land aufgehalst. Jetzt war Sofis Familie an der Reihe.

Sofi hatte eigentlich nichts dagegen. Sie war ihren Cousinen bisher zweimal begegnet, bei Familienfeiern im Haus ihrer Großmutter in Ischewsk, auf denen so viele Menschen zusammengekommen waren, dass niemand und zugleich jeder der Anwesenden ihre wilden Spiele beaufsichtigt hatte. Sie waren, die sowjetische Hymne pfeifend, um eine vom Blitz getroffene, ausgebrannte Birke marschiert, hatten auf den Felsblöcken hinten im Garten Astronauten auf dem Mond gespielt, Großmutters dicke gelbe Katze wie einen Säugling im Arm gewiegt und sich aus Pusteblumen Armbanduhren gebastelt, die sie dann auf Zaunpfählen befestigt hatten. Und während der Wind die Samen davontrug, hatten sie so inbrünstig an ihre Wünsche gedacht, dass ihnen vor Sehnsucht die Brust geschmerzt hatte.

Es klopfte erneut. Sofi kletterte von dem Hocker herunter, den sie vor das Emaille-Waschbecken geschoben hatte, und öffnete die Tür. »Entschuldige, Papa.«

Sie betrat das dämmrige Wohnzimmer. Auf dem Tisch lag eine rot-weiß karierte Tischdecke, die Kommode und die nicht zusammenpassenden Sessel waren blitzsauber, die Vorhänge so weit wie möglich aufgezogen und die gestickten Sofakissen aufgeschüttelt. Sofi liebte es, wenn die Wohnung frisch geputzt war und eine erwartungsvolle Atmosphäre herrschte.

Sie stellte sich ans Fenster, das direkt zum Wohnblock gegenüber hinausging, und spähte auf die Straße hinunter. Der Sommerregen hatte auf dem rissigen Bürgersteig Pfützen hinterlassen, die vor Motoröl schillerten, dazwischen bewegten sich Regenschirme, schwerfällig wie Käfer. Ein Auto hielt an, ein verbeultes beigefarbenes Monstrum, das wie durch ein Wunder in die Lücke zwischen der Müllabfuhr und einem Bus passte, der mit röhrendem Motor wartete, bis alle Fahrgäste eingestiegen waren. Die Autotüren öffneten sich, und Onkel Viktor und seine Töchter kletterten heraus.

»Mama, sie sind da!«

Ihre Mutter gesellte sich mit verkniffenem Mund zu Sofi ans Fenster. »Ah, ja. Bring die Mädchen in dein Zimmer. Zeig ihnen, wo sie schlafen werden, und spiel ein bisschen mit ihnen. Papa und ich haben einiges mit Onkel Viktor zu besprechen. Verstanden?«

Mama ging zur Badezimmertür und klopfte. »Iwan, es ist so weit.«

Gleich darauf standen die beiden Mädchen triefend nass an der Wohnungstür. Lena, deren lange Haare tropften, machte ein trauriges Gesicht. Nataljas kastanienbraune Locken glänzten trotz der Feuchtigkeit. Sie schob ungeduldig den Koffer ihrer Schwester mit dem Fuß weiter und schalt sie eine Heulsuse. Hinter ihnen ragte Onkel Viktors düstere Gestalt auf, gut aussehend, aber bleich und nach Tabak und Wodka riechend.

Sofi führte die Mädchen in ihr Zimmer, wie Mama es ihr aufgetragen hatte. Es war gar nicht einfach gewesen, die beiden dünnen Matratzen darin unterzubringen. Eine lag parallel zu Sofis Bett, die andere musste an der Ecke angehoben werden, wenn man die Tür ganz öffnen wollte. Es blieb gerade noch genügend Platz für ihre Schachteln voller Perlen und ihre Staffelei, obwohl sich Sofi fragte, wie sie künftig davor sitzen sollte. Trotzdem freute sie sich darauf, das Zimmer mit ihren Cousinen zu teilen. All ihre Schulfreundinnen hatten Geschwister und es klang, als hätten sie eine Menge Spaß.

»Du schläfst hier, Lena.« Sofi deutete auf die Matratze neben ihrem Bett.

Lena schüttelte den Kopf. »Da will ich nicht schlafen.«

Natalja schob sie beiseite und verstaute ihren Koffer unter Sofis Bett. »Sie wird kein Auge zutun, wenn sie da drunter sehen kann. Wir tauschen einfach, Lena. Ich fürchte mich nicht vor Monstern.«

Sie ließ sich demonstrativ auf ihre Matratze sinken und strich sich mit einem Seufzer die Locken über die Schulter.

Lena stellte ihren Koffer neben Sofis Malsachen ab und setzte sich, um vorsichtig die schmutzigen Schuhe auszuziehen. Sofi hörte die Erwachsenen im Wohnzimmer reden, hastig und eindringlich, aber so leise, dass sie nichts verstehen konnte.

Dann entdeckte Lena Sofis Stoffkatze Truschka und gab ihr in einer Untertasse imaginäre Milch zu trinken. Sie ließen die Jalousien herunter und zwangen Truschka, es mit den Monstern unter dem Bett aufzunehmen, was Lena zum Lachen wie zum Weinen brachte.

Das ausgelassene Kichern und Quietschen der Mädchen verstummte abrupt, als draußen eine scharfe Stimme erklang. »Sag mir nicht, wie ich meine Töchter zu erziehen habe.« Das klang nach Onkel Viktor.

Es folgten beschwichtigende Worte, die Unterhaltung wurde in gedämpftem Tonfall fortgesetzt. Sofi sah von Lena zu Natalja. Beide waren erstarrt und sichtlich verunsichert.

Wenig später ging die Tür einen Spalt auf, und Mama sagte mit einem gezwungenen Lächeln: »Lena, Natalja, kommt und sagt eurem Vater auf Wiedersehen.«

Lena brach in Tränen aus. »Aber er hat versprochen, eine Woche hier zu bleiben.«

»Er ist zu dem Schluss gekommen, dass es besser ist, wenn er gleich aufbricht. Er hat eine lange Reise vor sich«, sagte Mama gepresst.

Jetzt erschien auch Onkel Viktor an der Tür. »Also, Mädchen, seid brav und macht keinen Unsinn. Lena, hör auf zu weinen. Bei deinen Tränen bekomme ich ja ein schlechtes Gewissen! Ein Mann muss nun einmal arbeiten.«

Lena rappelte sich auf und umklammerte seine Beine, und er tätschelte ihre Schulter, den Blick abgewandt. »Na, na. Tante Stasja wird sich um euch kümmern. Kein Grund zu weinen. Bis zu deinem Geburtstag bin ich wieder da.«

Natalja hielt sich im Hintergrund, das Kinn tapfer nach vorn gereckt, und tat, als würde ihr das alles nichts ausmachen, doch Sofi durchschaute sie und war froh, zu Hause bei ihren Eltern zu sein. Schönheit allein machte noch lange nicht glücklich, schloss sie.

Bis zu dem Tag, an dem ihre Cousinen bei ihnen eingezogen waren, hatte Sofi eine äußerst ruhige, ja, geradezu beschauliche Kindheit verlebt. Nun war die Wohnung erfüllt von Lärm, Ellbogen und langen Haaren. Sofis Einstellung zu den veränderten Lebensumständen schwankte stündlich. Teils freute sie sich darüber, genoss die Spiele und das Gekicher, dann wieder hätte sie Lena und Natalja am liebsten ausgesperrt, um in Ruhe malen zu können. Ihre Cousinen versuchten, sich in den Familienalltag einzugliedern, wobei Natalja ihren Pflichten im Haushalt nur äußerst widerstrebend nachkam.

Am Samstagabend spielten sie wie immer Karten. Papa erklärte die Regeln. Lena war sichtlich verwirrt, Natalja lauschte angestrengt, die Stirn in Falten gelegt. Sofi nahm ihre Karten – ein mittelmäßiges Blatt – zur Hand und legte sich eine Strategie zurecht.

»Du fängst an, Lena«, sagte Papa.

Lena starrte auf ihre Karten und legte dann zögernd ein Ass auf den Tisch.

»Nicht die, du Dummerchen«, schalt Sofi, worauf Lenas Oberlippe zu zittern begann und sie ihre Hand sinken ließ.

Papa zog sie auf seinen Schoß und küsste sie auf den Scheitel. »Sie ist wohl noch zu klein«, sagte er. »Du kannst bei mir mitspielen, Lena.«

Auch Natalja hatte sichtlich Mühe, die Regeln zu behalten. Schon nach kurzer Zeit sah es aus, als würde sie verlieren, doch dann spielte Mama eine falsche Karte aus.

»Ach, stimmt ja, das war ein Trumpf. Wie dumm von mir!«, rief sie, als Natalja eine Herz Zehn zückte und Mama auf ihrer letzten Karte sitzen blieb.

Sofi wusste, dass ihre Mutter absichtlich einen Fehler gemacht hatte, damit Natalja nicht verlor, und das ärgerte sie. Ihre Eltern ließen sie nie gewinnen. Wenn sie verlor, dann verlor sie. Und jetzt hatte Mama »versehentlich« eine Trumpfkarte abgelegt. Ein Anfängerfehler, wie ihn Lena vorhin gemacht hatte.

Nach nur vier Runden erklärte Papa das Spiel für beendet.

»Aber sonst spielen wir doch immer bis um acht!«, protestierte Sofi.

Doch Natalja war schon aufgesprungen, und auch Lena kletterte erleichtert von Papas Schoß.

Mama sah zu den beiden Mädchen, die auf dem Sofa die Köpfe zusammensteckten und kicherten, und bedeutete Sofi, ihr ins Bad zu folgen, wo sie ungestört reden konnten.

Sie setzte sich auf den Badewannenrand und nahm Sofi zwischen die Knie.

»Deine Cousinen haben keine Mutter mehr, und ihr Vater ist weit weg. Wir müssen nett zu ihnen sein.«

»Und was ist mit mir? Was ist mit unserem Spieleabend?«

»Den holen wir ein andermal nach, vielleicht nur wir zwei. Du willst doch nicht, dass sich Lena und Natalja dumm vorkommen. Ihr Leben ist auch so schon schwierig genug.«

Mama nahm Sofis Hände und küsste sie. »Ich habe dich noch genauso lieb wie vorher.«

Sofi spürte, wie ihr eine Träne über die Wange lief.

»Und Papa auch«, fügte Mama hinzu.

Sofi nickte.

Mama erhob sich und zog sie an sich. Sofi vergrub das Gesicht an ihrer warmen Brust und sog ihren vertrauten Geruch ein.

Es war ein besonders schwüler Sommer. Lena fand die Nächte unerträglich und schwitzte bei geschlossenem Fenster das Bettzeug durch, doch bei geöffnetem Fenster kamen die Mücken aus den Sümpfen im Umland herein. Und wenn Lena dann wider besseres Wissen ihre Stiche blutig kratzte, bis der Schweiß in ihren offenen Wunden brannte, verdrehte Natalja die Augen und schalt sie ein Baby.

Abgesehen davon gefiel es Lena in Leningrad. Tante Stasja war nett, und Onkel Iwan, der Papa sehr ähnlich sah, strahlte Verlässlichkeit aus. Sofi dachte sich lustige Spiele aus, und Natalja hackte weniger auf ihr herum, wenn sie zu dritt waren. Jeden Donnerstagnachmittag, wenn Tante Stasja in der Bäckerei Spätdienst hatte, ging Onkel Iwan mit den Mädchen spazieren. So lernte sie die Prachtstraßen von Leningrad kennen, die überwucherten Gärten, die säuerlich stinkenden Kanäle und die riesigen öffentlichen Plätze. Onkel Iwan kaufte ihnen Eiswaffeln, die sie draußen auf der Straße verputzten, während er in einer Bar ein, zwei Gläser mit Freunden trank. Dann machten sie sich auf den Rückweg und ließen den endlosen Nachmittag mit einer Schüssel frischer *Pelmeni* ausklingen, die Irina Petrowna, eine ältere Nachbarin, während ihrer Abwesenheit in der Gemeinschaftsküche zubereitet hatte.

Trotzdem zählte Lena die Tage, bis ihr Papa zurückkommen würde. Er hatte versprochen, zu ihrem Geburtstag am neunzehnten August wieder da zu sein.

Als Tante Stasja sie am Abend vor dem großen Tag ins Bett brachte, konnte Lena vor Aufregung kaum einschlafen.

»Morgen hast du Geburtstag«, bemerkte Tante Stasja und strich ihr ein paar Strähnen aus der Stirn. »Sechs Jahre. So ein großes Mädchen.«

Lena nickte. »Ich freue mich schon so auf Papa«, sagte sie.

»Es wird bestimmt ein schöner Tag«, erwiderte Tante Stasja lächelnd und erhob sich, doch es war nicht ihr übliches Lächeln. Zum ersten Mal erfasste Lena ein Anflug von Angst.

Sie verfolgte, wie ihre Tante Natalja eine gute Nacht wünschte und sich dann wie üblich zu Sofi aufs Bett setzte, um »Bajuschki Baju« anzustimmen. Sie fühlte sich entwurzelt, heimatlos, und bei dem Gedanken an Tante Stasjas gezwungenes Lächeln keimten ernste Zweifel in ihr auf: Was, wenn Papa nicht kam?

Nein, sagte sie sich. Er hatte es versprochen. Er würde sie nicht enttäuschen. Doch dann fiel ihr ein, wie oft er das schon getan, wie oft er sie zu spät vom Babysitter abgeholt oder sie mit Natalja nach einem hastigen Abschied bei irgendwelchen Verwandten zurückgelassen hatte.

Seit sie bei Tante Stasja und Onkel Iwan wohnten, hatten sie nichts mehr von ihm gehört. Zugegeben, sie konnte kaum lesen, und ein Telefon gab es nicht. Aber sonst hatte er ihnen wenigstens eine bunte Postkarte geschickt, auf der er seine Rückkehr angekündigt und ihnen Geschenke versprochen hatte, die allerdings noch jedes Mal unterwegs verloren gegangen waren.

Schließlich ging Tante Stasja hinaus und schloss die Tür. Lena starrte in die Dunkelheit und fragte sich beunruhigt, ob Papa überhaupt jemals zu ihnen zurückkehren würde.

Der Morgen war angebrochen, die Sonne schien matt durch die Vorhänge. Lena konnte sich nicht an ihren fünften Geburtstag erinnern, so sehr sie sich auch bemühte. Heute wurde sie sechs. Eine schrecklich große Zahl, die ihr das Gefühl gab, erwachsen zu sein und ihr zugleich ein wenig Angst einflößte. Wann würde Papa wohl kommen? Beim Frühstück malte sie sich aus, was er sagen würde. »Meine Güte, bist du gewachsen, Lena«, hatte er oft gestaunt. Vielleicht würde er das ja heute auch sagen. Und schon bald würden sie ihre Koffer packen und mit Papa nach Hause fahren, wo auch immer das war.

Onkel Iwan und Tante Stasja gingen wie gewohnt zur Arbeit; die Mädchen hatten Ferien und wurden daheim von Irina Petrowna, der Nachbarin, beaufsichtigt. Sie hatte Lena ein Geschenk mitgebracht: bunte Filzstifte und einen kleinen Malblock mit steifen weißen Blättern. Lena küsste sie zum Dank auf die Wange, in sicherer Entfernung zu dem haarigen Muttermal neben dem Ohr. Dann kniete sie sich wieder auf den Stuhl, den sie ans Fenster geschoben hatte, um nach Papa Ausschau zu halten.

Nach dem Mittagessen versuchte Sofi vergeblich, Lena mit einem Spiel von ihrem Hochsitz herunterzulocken.

»Ich bleibe lieber hier«, sagte Lena, ohne die Straße aus den Augen zu lassen, als könnte sich ihr Vater womöglich in Luft auflösen, wenn sie sich auch nur einen Moment abwandte. Solange sie hier saß, würde er kommen.

Gegen vier verlor Natalja die Geduld. »Nun komm endlich von diesem Stuhl runter«, befahl sie.

»Nein, dann verpasse ich Papa.«

Natalja stürmte davon. Lena wusste, dass ihre Schwester fürchtete, er könnte nicht kommen.

Tante Stasja kehrte mit einem Kuchen aus der Bäckerei zurück, in dessen Glasur Lenas Name und Alter eingeritzt waren. Onkel Iwan überreichte ihr ein Geschenk – ein Tamburin, eingewickelt in zartlila Seidenpapier, so blass wie der Sommerabend draußen.

Nur sehr widerstrebend verließ Lena ihren Platz am Fenster, um zu Abend zu essen. Danach kehrte sie unverzüglich auf ihren Posten zurück.

Er würde kommen, *ganz bestimmt*. Oder?

Lena entging nicht, dass sich Tante Stasja und Onkel Iwan hinter ihrem Rücken leise über sie unterhielten, und dass ihr Sofi, die zum Schein ein offenes Buch auf dem Schoß hielt, verstohlen mitleidige Blicke zuwarf. Natalja hatte sich im Kinderzimmer verkrochen. Doch Lena gab die Hoffnung nicht auf.

Die Abenddämmerung zog sich endlos hin. »Lena«, sagte Tante Stasja schließlich. »Es ist Zeit, schlafen zu gehen.«

Lena wandte sich zu ihr um.

»Ich würde gern noch etwas aufbleiben und auf Papa warten.«

Tante Stasja sah zu Onkel Iwan, der mit bekümmerter Miene ein paar Schritte auf sie zukam. Dann hielt er plötzlich inne und straffte die Schultern. »Lena«, sagte er streng. »Du hast deine Tante gehört. Ab ins Bett mit dir, sofort.«

Lena begann heftig zu schluchzen, Tränen liefen ihr über die Wangen, eine nie gekannte Verzweiflung schnürte ihr die Kehle zu. Tante Stasja schloss sie in die Arme, um sie zu trösten, während Onkel Iwan den Schlüsselbund von dem Haken neben der Tür nahm und die Wohnung verließ. Lena konnte sich nicht erklären, womit sie ihn derart verärgert hatte. Sie schmiegte das heiße Gesicht an die weiche Baumwollbluse ihrer Tante. »Papa! Papa!«, rief sie ihn stumm ein ums andere Mal, wohl wissend, dass er sie nicht hören konnte.

KAPITEL 2

Sieben Wochen, nachdem Papa verschollen war – diese Betrachtungsweise war Natalja lieber, als sich einzugestehen, dass er sich einfach aus dem Staub gemacht hatte –, begann der erste kalte Herbstwind das Laub von den Linden in ihrer Straße zu fegen. Die Mädchen waren zum Spielen in den Hof geschickt worden, weil sie in der Wohnung zu viel Krach gemacht hatten.

Lena hörte ein Auto näherkommen und spähte wie so oft über die Ziegelmauer hinweg auf die Straße hinaus. Wann immer ein Wagen vorfuhr oder Schritte erklangen, dachte sie, es könnte Papa sein; wann immer ein Umschlag aus dem Briefkasten lugte, machte sie sich erneut Hoffnungen. Natalja konnte Lenas ständigen Wechsel zwischen Zuversicht und Enttäuschung nicht mehr ertragen. Im Gegensatz zu ihrer kleinen Schwester hatte sie erkannt, dass ihr Vater weder ein anständiger Mensch war, noch ein besonders wichtiger. Vermutlich war es ihm ganz recht, dass er seine Töchter los war, und deshalb kam er nicht zu ihnen zurück. Aber Natalja war nicht gern betrübt, weshalb sie den Gedanken daran ganz einfach verdrängte und zunehmend gereizt reagierte, wann immer Lena auf Papa zu sprechen kam.

Sofi saß auf einer alten Holzbank und bastelte eine Halskette, die einer Prinzessin würdig war. In ihrem Spiel war Natalja nämlich eine amerikanische Prinzessin, die in einem Palast lebte und zugleich in Filmen über ihr Leben mitwirkte. Der Palast bestand aus alten Laken, die sie zwischen den Gitterstäben des Tores und den Beinen der Bank aufgespannt hatten. Als Sofi ihr vollendetes Werk hochhielt, schnappte Natalja verzückt nach Luft.

»Die ist wunderschön!«, rief sie. Die Kette war in der Tat ein kleines Kunstwerk, ein kompliziertes Geflecht aus Wollfäden und Plastikperlen in sorgfältig aufeinander abgestimmten Farben.

»Warte, ich lege sie dir um.« Sofi erhob sich, und Natalja hielt ihre langen Haare hoch, während ihre Cousine mit geschickten Fingern die Bänder im Nacken verknüpfte.

Dann winkte Natalja ihre Schwester zu sich, um sich bewundern zu lassen.

»Oh, ist die schön«, sagte Lena. »Machst du mir auch eine, Sofi?«

»Ich habe nur noch Perlen in komischen Farben«, erwiderte Sofi. »Vielleicht lässt dich Natalja ihre Kette tragen.«

»Aber nur, wenn ich den ganzen Nachmittag die amerikanische Prinzessin sein darf und ihr meine Dienstmädchen spielt.«

Lena war empört. »Ich will aber kein Dienstmädchen sein.«

»Ist doch nur ein Spiel«, beschwichtigte Sofi sie gutmütig und gab Lena einen Schubs. »Stell dich nicht so an.«

Bald waren sie ganz in ihr Spiel vertieft. Die Zeit verging viel zu rasch, und je tiefer die Sonne sank, desto wilder wurden sie. Ihr ausgelassenes Gekicher erfüllte den Hof, bis über ihnen plötzlich ein Fenster aufgerissen wurde und ein rotgesichtiger Mann brüllte: »Ruhe da draußen!«.

Nachdem er das Fenster wieder geschlossen hatte, meinte Sofi ernüchtert zu Natalja: »Der ist Parteifunktionär; den dürfen wir nicht verärgern.«

Doch Natalja fiel es schwer, sich leise zu verhalten, wenn sie eine Prinzessin spielte, und so stieß der Funktionär zehn Minuten später wutentbrannt das Tor zum Hof auf und brachte damit ihren Palast zum Einsturz, was Natalja auf einen Schlag in die Wirklichkeit zurückholte. Ihre Wangen glühten.

Der Mann baute sich vor ihnen auf, die haarigen Arme vor der Brust verschränkt. Natalja schenkte ihm ein strahlendes Lächeln, mit dem sich die meisten Leute besänftigen ließen, doch in diesem Fall nützte es ihr nichts.

»Ihr solltet euch schämen, alle drei. Ich werde dem Hausaufseher melden, dass ihr gegen die Hausregeln verstoßen und mit eurem Geschrei die Nachbarn gestört habt. Und jetzt geht nach Hause.«

Lena brach in Tränen aus; Sofi band rasch die Laken los und legte sie zusammen.

»Los, komm mit, Natalja«, sagte sie.

Lena ergriff ihre Hand. »Natalja, darf ich jetzt die Kette haben?«

Der Mann ließ sie nicht aus den Augen. »Gleich, Lena«, murmelte Natalja, nahm Sofi die Laken ab und klemmte sie sich unter den Arm. »Tante Stasja braucht bestimmt Hilfe beim Abendessen. Wir sollten gehen.«

Doch kaum waren sie im düsteren Treppenhaus, kehrten ihre Gedanken zu ihrem Prinzessinnendasein zurück. Sie träumte von einem Leben ohne Haushaltspflichten, von Schmuck aus Edelsteinen statt Plastikperlen, von Palästen, die nicht von Parteifunktionären zum Einsturz gebracht werden konnten.

Nach sieben Monaten wurde Natalja um eine Klasse zurückgestuft. Sie besuchte dieselbe Schule wie Sofi, und eines Nachmittags im Dezember stand sie verlegen in der Tür zu deren Klassenzimmer. Die Lehrerin setzte sie auf den Platz neben Sofi und erteilte dieser den Auftrag, ihrer Cousine beim Lernen zu helfen. Sofi hatte einerseits Mitleid mit Natalja, andererseits ärgerte sie sich. Natalja machte nie ihre Hausaufgaben. »Als Filmstar muss man nicht rechnen können«, argumentierte sie stets. Sofi gefiel es gar nicht, dass sie künftig für zwei lernen sollte. Doch dann dachte sie an ein Gespräch zwischen ihren Eltern, das sie kürzlich mitgehört hatte. Natalja sei schlicht unfähig, sich einer Sache dauerhaft zu widmen, hatte ihre Mutter gesagt. Sie sei zwar mit einem hübschen Gesicht, dafür aber auch mit einer Konzentrationsschwäche zur Welt gekommen, und ihre Eitelkeit sei auf ihre Unsicherheit zurückzuführen.

Trotzdem war Sofi verstimmt, und auf dem Nachhauseweg störte sie sich an allem, was ihre Cousine sagte oder tat. Natalja war undankbar, stur und egoistisch. Sofi eilte voraus, und als Lena und Natalja bei einem streunenden Hund am unbefestigten Ufer des Kanals stehen blieben, ging sie einfach weiter. Ha. Geschah den beiden ganz recht. Sie hatte einen Schlüssel, ihre Cousinen nicht. Sie würden den Hauswart bitten müssen, sie hereinzulassen, und der war ohnehin nicht gut auf sie zu sprechen, seit sich der rotgesichtige Mann über sie beschwert hatte.

Sie betrat die dunkle Eingangshalle des Gebäudes, warf einen Blick in den – leeren – Briefkasten und stieg die schmale Treppe empor. Eine unangenehme Mischung aus Kochdünsten und Katzenurin hing in der Luft.

Als sich Sofi ihrer Wohnungstür näherte, stellte sie fest, dass diese nur angelehnt war. Neugierig trat sie ein.

Ein grobschlächtiger Mann mit Händen wie Baggerschaufeln erhob sich vom Sofa. Sofi blieb stehen. Hatte sie sich womöglich in der Tür geirrt? Nein. Da war der schwarze Lehnsessel mit dem Riss im Vinyl, dort die Lampe, die sie von ihrer Großmutter geschenkt bekommen hatten, und über dem Sofa hing das Gemälde vom Meer. Als sie den Kopf zur Seite wandte, um ganz sicherzugehen, dass sie sich in der richtigen Wohnung befand, sah sie durch die halb offen stehende Schlafzimmertür hindurch ihre Mutter, die reglos seitlich auf dem Bett lag. Warum war sie nicht in der Bäckerei? Sofis Herz tat einen Sprung. War sie tot?

»Mama?«, rief sie.

Der Mann nahm Sofi behutsam am Ellbogen und sah ihr in die Augen. Sein sanfter Blick bildete einen seltsamen Gegensatz zu seiner ernsten Stimme. »Lass. Deine Mutter ruht sich aus. Sie kommt gerade aus dem Krankenhaus.«

»Aus dem Krankenhaus?«

»Ich bin Wassili Iljitsch Gergjew, der Leiter der Baustelle, auf der dein Vater arbeitet.«

Sofi brachte keinen Ton heraus. Etwas Furchtbares war geschehen. Sie umklammerte die Rücklehne des Sofas, um nicht den Boden unter den Füßen zu verlieren.

Im Hintergrund lief leise das Radio, in dem der Sprecher einen Rekordwinter ankündigte.

»Dein Vater hatte einen Unfall«, sagte Wassili Iljitsch. »Er ist von einem hohen Gerüst gestürzt.«

Das Blut rauschte in ihren Ohren. »Ist er tot?«

Er wandte den Blick ab. »Nein, aber es gibt nicht viel Hoffnung.«

Sofi sah erneut zu ihrer Mutter, die sich nun auf den Bauch gedreht hatte, das Gesicht in den Händen vergraben. Ihr ordentlicher Knoten hatte sich gelöst, die Haare ergossen sich über das Kissen. Sie schluchzte lautlos; Sofi konnte es an ihrem zuckenden Rücken erkennen. Sie wäre gern zu ihr gegangen. Sie sehnte sich nach ihrer warmen Umarmung, nach ihren gelassenen, beruhigenden Worten. Doch sie wagte nicht, ins Schlafzimmer zu gehen, zu Mama, die dort auf dem Bett lag und bitterlich weinte. Wenn sie einfach blieb, wo sie war, sich am Sofa festhielt und die Augen ganz fest zukniff, dann … Vielleicht war das alles gar nicht wahr. Vielleicht war es nur ein böser Traum, aus dem sie gleich erwachen würde.

Stimmen im Korridor. Natalja und Lena.

»Warum hast du nicht auf uns gewartet, du …« Natalja verstummte abrupt.

Jemand berührte Sofi an der Schulter. Sie schlug die Augen auf. Wassili Iljitsch schob sie in Richtung Schlafzimmer. »Geh zu deiner Mutter. Sie braucht dich.«

Also war es doch kein Traum. Ihre Cousinen starrten sie mit weit aufgerissenen Augen an, ängstlich und verwirrt. Mit bleischweren Beinen schleppte sich Sofi ins Schlafzimmer, und Mama drehte sich zu ihr um, streckte die Arme nach ihr aus und schluchzte: »Oh, Sofi, mein Kind, mein Kind.« Sofi rollte sich neben ihr auf dem Bett zusammen, und obwohl Mama direkt neben ihr lag, spürte sie, dass sie weit, weit weg war, in ihrer Trauer versunken, und Sofis Bedürfnis nach Trost blieb ungestillt.

Sofi saß auf einem Stuhl am Fenster und verfolgte, wie sich der Himmel über die Stadt senkte; dicke dunkelgraue Wolken, schwer beladen mit Schnee. Hinter ihr ertönte das rhythmische Klappern von Irina Petrownas Stricknadeln. Papa war seit zwei Wochen im Krankenhaus, und Sofi hatte ihre Mutter in dieser Zeit kaum zu Gesicht bekommen. Mama wachte am Krankenbett und fuhr erst mit der letzten Tram in der eisigen Kälte der Nacht nach Hause. Irina Petrowna passte auf die Mädchen auf, kochte für sie und aß mit ihnen, aber danach war Sofi zuständig und musste sich und ihre Cousinen rechtzeitig ins Bett bringen. Dabei konnte Sofi ohnehin nicht schlafen, solange Mama außer Haus war.

Natürlich besuchte auch Sofi ihren Vater, und ihr war klar, dass er nicht wieder gesund werden würde. Papa war nie besonders lebhaft gewesen, aber die Reglosigkeit, mit der er nun in seinem Bett lag, war merkwürdig, ja, geradezu unnatürlich. Sein Gesicht war hinter Schläuchen und Bandagen verborgen. Sofi wusste, dass er sterben würde, doch sie brachte es nicht übers Herz, das ihrer Mutter zu sagen, die die Hoffnung noch immer nicht aufgegeben hatte. Sofi graute fast noch mehr vor der Trauer ihrer Mutter als vor dem Verlust des Vaters.

Als Onkel Iwan vierzig Tage nach seinem Unfall starb, gestand sich Natalja verschämt ein, dass sie erleichtert war.

Sie hatte zahllose Stunden damit zugebracht, in dem eiskalten Krankenhaus neben seinem furchteinflößend reglosen Körper zu sitzen. Dann hatten sich die Schneeschauer zu einem Sturm verdichtet, der es sechs Tage lang unmöglich gemacht hatte, vor die Tür zu gehen. Es hatte sich angefühlt, als wäre sämtliche Farbe aus ihrem Leben gewichen. Lena und Sofi, ihre besten Freundinnen, waren wie gelähmt von der schrecklichen Last des Wartens.

Für Tante Stasja waren die vierzig Tage die reinste Folter gewesen. Seit Onkel Iwans Tod jedoch war sie bemerkenswert ruhig, organisierte die Überführung des Leichnams in ein Krematorium, füllte stapelweise Formulare aus und empfing mit versteinerter Miene die wohlmeinenden Besucher, die mit bescheidenen Blumensträußen, verbotenen Segenssprüchen oder erbarmungsloser Neugier zu ihr kamen.

Am Nachmittag nach der Einäscherung saß Natalja am Wohnzimmerfenster und sah zu, wie eine endlose Flut von Schneeflocken auf die graue Straße hinunterschwebte. Plötzlich stand Lena mit verweintem Gesicht neben ihr. Natalja zog sie an sich.

»Papa ist weg, und Onkel Iwan ist tot, und Tante Stasja ist so traurig, dass es mir Angst macht«, sagte Lena. »Wer wird sich jetzt um uns kümmern?«

»Wir haben doch einander, Lena«, murmelte Natalja in die Haare ihrer Schwester. Doch wer würde sich um Sofi kümmern?

Ihre arme Cousine, deren unglückliche, ungläubige Miene sich für immer in ihr blasses, sommersprossiges Gesicht eingebrannt zu haben schien. »Komm, wir sehen mal nach, wo Sofi steckt«, sagte sie.

Sie fanden sie in ihrem Bett, mit der Decke über dem Kopf. Ihre Cousinen schmiegten sich von rechts und links an sie, und Lena zog die Decke zurück und küsste sie auf die Wange. Doch Sofi hielt die Augen geschlossen.

»Sofi?«, murmelte Natalja.

Diese schüttelte den Kopf. »Zwing mich nicht zum Reden«, flüsterte sie, »sonst fange ich an zu weinen und höre nie wieder auf.«

Da begann Lena zu wimmern; Sofi stimmte mit ein, und bald konnte auch Natalja die Tränen nicht mehr zurückhalten. Sie weinten, bis ihre Wangen glühten, und als die Abenddämmerung hereinbrach, tastete Natalja nach den Händen ihrer Cousine und ihrer Schwester.

»Lasst uns immer füreinander da sein«, sagte sie heiser. »Wir wollen zusammenhalten, was auch geschieht. Schwört es.«

»Ich schwöre es«, sagte Lena, ohne zu zögern.

»Ich auch. Ich schwöre es«, würgte Sofi hervor.

Und so umklammerten sie einander in der eisigen Dunkelheit, in der kindlich-idealistischen Überzeugung, dass sie sich ein Leben lang an ihr Versprechen halten würden.

KAPITEL 3

1987

Lena verharrte einen Augenblick im Türrahmen und beobachtete, wie zwei Touristen ihre Koffer in den Korridor manövrierten. *Amerikaner.* Sie arbeitete erst seit drei Wochen im *Hotel Moskwa.* Bislang hatte sie nur mit Schweden, Finnen, Deutschen und dem einen oder anderen Geschäftsmann aus dem Nahen Osten zu tun gehabt. Sie warf prüfend einen Blick über die Schulter. Niemand zu sehen. Eine solche Gelegenheit würde sich nicht allzu oft bieten. Das Herz klopfte ihr bis zum Hals.

Sie stopfte das Bündel schmutziger Wäsche, das sie unter dem Arm gehalten hatte, in ihren Wagen. In ihrer ersten Woche hatten sich die Korridore wie in einem Albtraum endlos vor ihr erstreckt. Zimmer um Zimmer musste auf Vordermann gebracht werden, bis ihr Rücken vom Bettenmachen schmerzte und ihre Hände ganz rot und wund waren von den Putzmitteln. Sie hatte es bald bereut, nicht wie Sofi die Zugangsprüfung für die Universität abgelegt zu haben. Doch Natalja, die in einem Secondhandladen arbeitete, wollte demnächst in eine eigene Wohnung ziehen, und Lena war von dieser Idee so begeistert gewesen, dass sie sich ebenfalls eine Stelle gesucht hatte. Ihre guten Englischkenntnisse qualifizierten sie für die Arbeit mit Ausländern, allerdings hatte sie strikte Anweisungen erhalten, welche Themen für eine Unterhaltung mit ihnen geeignet waren.

»Verzeihen Sie«, sagte sie und trat zu den Amerikanern, die eben die Tür hinter sich schlossen; eine schlanke, hübsch angezogene Frau um die Vierzig und ein älterer Herr, der sowohl ihr Ehemann als auch ihr Vater hätte sein können.

»Ja?«, fragte die Frau neugierig. Vermutlich war sie bisher nur von ihrem offiziellen Intourist-Reiseführer angesprochen worden.

»Ich suche einen Mann, Viktor Tschernow. Ich glaube, er ist in den USA.«

Die beiden sahen sich an, dann sagte die Frau sanft: »Es leben eine Menge Leute in den USA.«

»Aber Sie haben Möglichkeiten, ihn zu finden … das Telefonbuch, oder vielleicht eine Zeitung.« Lena hörte das leise Klingeln des Aufzuges. Sie musste sich beeilen. »Er ist mein Vater. Bitte, würden Sie mir helfen, ihn zu finden?«

Die Frau sah sich ängstlich um, als fürchte sie, der KGB könnte ihr eine Falle gestellt haben.

Der Mann dagegen lächelte Lena freundlich an. »Viktor Tschernow. So heißt er?«

»Ja. Sagen Sie ihm, er soll seinen Töchtern schreiben. Er weiß, wo wir wohnen.«

»Ich geb's weiter, falls mir der Name je unterkommen sollte«, sagte der Mann. »Vielleicht haben Sie ja Glück, aber ich würde mir keine allzu großen Chancen ausrechnen.«

»Chancen ausrechnen?«

»Es ist ziemlich unwahrscheinlich«, erklärte die Frau. »Und jetzt müssen Sie uns entschuldigen; ich glaube, wir dürften eigentlich gar nicht mit Ihnen reden.«

Jemand kam den Korridor entlang. Lena huschte zurück in das Zimmer, in dem sie gerade beschäftigt gewesen war, und begann eifrig, die Nachttische abzustauben. Die Gangaufseherin bog um die Ecke und passierte die amerikanischen Touristen. Sobald ihre Schritte verklungen waren, ließ Lena ihr Tuch sinken und trat ans Fenster. Unten kämpften zahllose Autos um den Platz auf der Straße. In der Ferne lichteten sich die Morgennebel, dazwischen glänzte die Newa wie ein Satinband.

Lena lehnte den Kopf an die Scheibe und schloss die Augen. Sie kam sich dumm vor. *»Es leben eine Menge Leute in den USA.«* Keine Frage, aber ein russischer Name musste doch auffallen.

Sie seufzte. Sie wusste nicht einmal mit Sicherheit, ob sich ihr Vater tatsächlich in Amerika befand. Tante Stasja konnte nicht allzu viel dazu sagen. Er hatte sich in Wladiwostok als Fischer verdingen wollen; er hatte versprochen, nach seiner Ankunft zu schreiben, und dann hatte er nie wieder von sich hören lassen. Mit fünfzehn hatte Lena begonnen, Briefe an die Fischereien und an die Meldebehörden in Wladiwostok zu schicken. Die meisten waren unbeantwortet geblieben. Einmal schrieb jemand zurück und forderte weitere Details, doch Tante Stasja hatte den Brief gefunden und Lena entsetzt gebeten, ihre Nachforschungen einzustellen. »Wir dürfen nicht auffallen«, hatte sie gesagt. »Es verschwinden ständig Leute. Ich bitte dich, Lena, finde dich endlich damit ab, dass dein Vater nicht wiederkommt.«

Lena hatte zahlreiche Theorien über den Verbleib ihres Vaters entwickelt, wobei sie sich auf jene konzentrierte, die ein günstiges Licht auf ihn warfen. Wladiwostok befand sich im äußersten Osten des Landes, auf der anderen Seite des Meeres lag bereits Alaska. Vielleicht war er ja auf einem Fischerboot in die Freiheit gesegelt? Bestimmt hatte er vor, seine Töchter irgendwann nachzuholen. Diese Erklärung, die sie sich schon als kleines Mädchen zurechtgelegt hatte, erschien ihr mittlerweile so plausibel, dass sie für Lena zur Tatsache geworden war. Nur aus diesem Grund hatte sie Englisch gelernt, teils mithilfe einer Kassette von Sofi, hauptsächlich jedoch dank der Lektüre englischer Liebesromane, die ihr Natalja mitbrachte. Die Leute, für die ihre Schwester arbeitete, handelten mit Waren, die man, wenn überhaupt, nur unter der Hand bekam. Anfangs hatte Lena kaum Fortschritte gemacht, doch inzwischen verschlang sie diese Bücher förmlich.

»Ich wusste doch, dass ich dich hier finde.«

Lena fuhr erschrocken herum, lächelte dann jedoch erleichtert. Es war nur Konstantin, der wie sie zum Reinigungspersonal gehörte und seit einem heimlichen Kuss in der Besenkammer vor einer Woche ihr Freund war.

Sie nahm einen Stapel frisch gewaschener, gestärkter Bettwäsche von ihrem Wagen. »Du hast mich erschreckt.«

»Wann hast du Pause?«, erkundigte er sich und musterte sie mit seinen hellblauen Augen.

»Um elf.«

»Schade, ich erst um halb zwölf. Dann werden wir uns verpassen, und die kommenden zwei Tage habe ich frei.«

Sie breitete das Laken über der Matratze aus. Ihr Körper hatte sich inzwischen an die Arbeit gewöhnt; ihre Schultern wurden bereits muskulöser. »Aber wir sehen uns am Samstagabend. Du kommst doch zum Essen, nicht?«

»Natürlich.« Er schloss die Tür hinter sich, ließ sich auf das Bett fallen und riss sie mit sich. »Konstantin!«, sagte sie tadelnd, ohne ihm ernsthaft böse zu sein.

Er küsste sie, ein ziemlich feuchter Kuss, aber sie hatte noch nie einen Freund gehabt, weswegen es ihr an Vergleichsmöglichkeiten mangelte. Er war neunzehn und sah umwerfend aus, das genügte ihr.

»Du bist wunderschön, Lena«, murmelte er ihr ins Ohr, und sie lächelte an die Decke. Sie liebte es, Komplimente zu bekommen, war in den vergangenen Jahren auch schon einige Male verliebt gewesen, aber die meisten Jungen hatten nur Augen für Natalja gehabt. Nun führte sie dank ihrer Arbeit endlich ein eigenes Leben und wurde nicht mehr ständig mit ihrer Schwester verglichen. Sie freute sich auf Konstantins Besuch zu Hause. Er war nicht nur attraktiv, sondern auch sehr groß und maskulin. Endlich würde Natalja erkennen müssen, dass sie nicht die Einzige war, die die Aufmerksamkeit der Männer auf sich zog.

Seine Finger wanderten zu ihrer Brust. Lena ließ ihn einen Augenblick gewähren, doch als er die Hand in ihre Bluse schieben wollte, setzte sie sich zur Wehr. »Nicht,

Konstantin. Ich muss wieder an die Arbeit. Heute ist die Gangaufseherin da.«

Er sprang vom Bett auf und streckte ihr die Hand hin, um ihr aufzuhelfen. Seine Lippen streiften ihre Wange. »Bis Samstag«, sagte er lächelnd.

Sie sah ihm verzückt nach, konnte den Blick nicht von seinen breiten Schultern, den schmalen Hüften losreißen. Als schließlich die Betten gemacht waren und das Badezimmer glänzte, beförderte sie rücklings ihren Wagen nach draußen und stieß vor der Tür mit der Gangaufseherin zusammen.

»Lena«, sagte diese streng, »hast du dich vorhin mit zwei amerikanischen Gästen unterhalten?«

»Nein, ich meine, ja. Sie haben mich gefragt, wo der Frühstücksraum ist, und ich habe es ihnen erklärt, das war alles.«

»Na, dann.« Die Aufseherin warf zerstreut einen Blick auf ihr Klemmbrett, dann eilte sie davon.

Lena atmete erleichtert auf. Glück gehabt. Sie würde weiter nach amerikanischen Touristen Ausschau halten. Niemals würde sie sich mit der Tatsache zufriedengeben, dass Papa verschwunden war. Er musste irgendwo da draußen sein, und sie würde ihn finden, eines Tages.

Sofi konnte sich nicht erinnern, dass sie bewusst beschlossen hatten, wie früher jeden Donnerstagnachmittag ein Eis essen zu gehen. Sie hatten diese alte Tradition ganz automatisch wieder aufleben lassen, sobald ihnen das Teenageralter etwas mehr Freiheiten beschert hatte. Mama musste am Donnerstag nach wie vor länger arbeiten, und das geschäftige Treiben auf dem Newski-Prospekt hatte zu jeder Jahreszeit seinen ganz eigenen Reiz.

Der Winter neigte sich dem Ende zu, der Schnee war fast überall geschmolzen, die Tage wurden endlich länger. Sofi und Lena hatten sich vor dem Moskauer Bahnhof getroffen, von wo aus sie in Richtung der Märkte zu dem Secondhandladen schlenderten, in dem Natalja arbeitete. Sie betraten das riesige Geschäft mit seinen zerkratzten Holzböden und den wackeligen Tapeziertischen, auf denen die verschiedensten Waren zum Verkauf ausgebreitet lagen. Es gab allerlei kommunistische Literatur, alte Bücher, ein buntes Durcheinander stinkender gebrauchter Kleidung sowie Plastikspielzeug, das nach Desinfektionsmitteln roch. Natalja rauchte seelenruhig eine Zigarette und ignorierte die Schlange, die sich vor dem Tresen gebildet hatte. Sie unterhielt sich mit einem groß gewachsenen Mann, der sie unverwandt anstarrte.

Nataljas Haut schimmerte wie eine Perle, ihre hellblauen Augen glänzten. Sie hatte eine schmale, gerade Nase, perfekt geschwungene Lippen und volles kastanienbraunes Haar, das sie zu einem lässigen Pferdeschwanz zusammengebunden hatte. Es war kein Wunder, dass sich ihr Gesprächspartner nicht an ihr sattsehen konnte.

Sofi schielte verstohlen zu Lena. Auch sie hatte eine tolle Figur, glänzendes Haar und eine makellose Haut, aber sie war kleiner als ihre Schwester, ihre haselnussbraunen Augen wirkten weniger exotisch, und beim Lächeln entblößte sie etwas zu viele Zähne. Es war mehr als ungerecht. Unter normalen Umständen hätte Lena als große Schönheit gegolten, aber sie hatte leider das Pech, ein glänzender Stern neben einer regelrechten Supernova zu sein.

Sofi hatte längst gelernt, nicht über ihr Äußeres nachzudenken. Stattdessen spielte sie pflichtbewusst die Rolle des klugen Mädchens. Sie studierte seit zwei Jahren Geologie an der Staatlichen Universität von Leningrad, obwohl sie viel lieber Goldschmiedin geworden wäre. Gelegentlich schweiften ihre Gedanken ab, etwa, wenn sie in der Geochemievorlesung die geheimnisvollen Eigenschaften diverser Mineralien erforschte und sich ausmalte, wie die betreffenden Steine in ein Schmuckstück eingearbeitet werden könnten, doch dann konzentrierte sie sich wieder auf die Zusammensetzung von Erdreich oder die Isotopenliste.

Jetzt hatte Natalja sie bemerkt und bückte sich, um ihre Zigarette an der Schuhsohle auszudrücken. »Ich habe eine Überraschung!«, rief sie.

Ihr Gesprächspartner, ein Mann namens Tolja, den Sofi für einen eingefleischten Ganoven hielt, grinste und legte theatralisch den Zeigefinger auf den Mund. Natalja wechselte rasch ein paar Worte mit ihm, dann nahm sie ihre Tasche, eilte zu Lena und Sofi und wisperte: »*General Hospital* – zwanzig Folgen!«

Lena schnappte begeistert nach Luft. Natalja hatte Freunde, die so gut wie alles *na ljewo*, unter der Hand, organisieren konnten, sei es durch Kontakte, Bestechung oder auf dem Schwarzmarkt. Die beiden liebten amerikanische Seifenopern über alles, und seit Natalja von einem ihrer Exfreunde einen Videorekorder bekommen hatte, waren sie süchtig nach *General Hospital*. Sogar Sofi musste zugeben, dass sie die Serie spannend fand, und das, obwohl sämtliche Dialoge nur von einem einzigen russischen Sprecher synchronisiert waren.

»Gehen wir gleich heim und sehen uns ein paar Folgen an, ehe Tante Stasja kommt?«, fragte Lena.

»Heute ist der erste warme Frühlingsnachmittag«, wandte Sofi ein. »Lasst uns ein Eis essen gehen, zur Erinnerung an Papa.«

Die Schatten wurden bereits länger, als sie vor einer schmutzigen Statue eine freie Bank fanden. Zwei Soldaten in schlammgrünen Uniformen mit roten Biesen und schwarzen Schirmmützen gingen vorüber. Sofi waren die Soldaten als Kind immer furchteinflößend männlich und aggressiv vorgekommen. Heute wusste sie, dass all diese blassen jungen Männer genauso wenig Ahnung vom Leben hatten wie sie selbst.

Kaum waren die beiden weg, holte Natalja ihre Beute aus der Tasche.

»Hier, Lena, Nachschub.«

Sie drückte ihrer Schwester vier vergilbte englische Taschenbücher mit kitschigen Titelbildern in die Hand.

»Und hier …« – Natalja brachte zwei Videokassetten in abgegriffenen Papphüllen zum Vorschein – »kommt Dr. Noah Drake.«

Lena legte eine Hand aufs Herz und tat, als würde sie in Ohnmacht fallen. »Mein Zukünftiger!«

»Und was ist mit diesem Konstantin?« Natalja sprang auf und wedelte mit den Kassetten vor Lenas Nase herum.

Lena kicherte. »Der sieht fast so gut aus wie Dr. Drake.«

»Darüber kann ich mir ja am Samstag eine Meinung bilden.« Natalja reichte Lena die Videos und nahm wieder Platz.

»Für dich habe ich auch etwas, Sofi.« Natalja kramte in ihrer Tasche. »Tolja wollte sie eigentlich verkaufen, aber ich habe ihn überredet, sie mir zu überlassen.« Sie grinste selbstgefällig. »Tolja tut *immer*, was ich sage.« Sie ließ einen kleinen Stoffbeutel in Sofis Handfläche fallen. »Nur zu, schau rein.«

Sofi öffnete den Beutel und drehte ihn um, sodass ihr drei geschliffene Bergkristalle in den Schoß fielen.

»Die bringen Glück«, erklärte Natalja. »Ich dachte, das könntest du brauchen, für deine Prüfungen.«

Sofi ließ nachdenklich die Fingerspitzen über die glatten Flächen gleiten. Glück – hatte sie das nötig? Das kam ganz auf die Betrachtungsweise an: Der Vater früh gestorben, die Mutter rackerte sich ab, um ihre Tochter und ihre Nichten durchzubringen, und sie selbst hatte ihren Traum von der Künstlerkarriere aufgegeben, um Geologin zu werden. So gesehen hatte sie Pech gehabt. Doch Mama ermahnte sie oft, nicht so negativ zu denken.

Bei ihren Prüfungen brauchte sie kein Glück; sie war stets die Klassenbeste. Nein, mit diesen Kristallen hatte sie etwas ganz anderes im Sinn.

Lena zog die Nase kraus. »Sofi braucht auch nicht mehr Glück als wir.«

»Sie sind wunderschön, Natalja«, sagte Sofi. »Damit werde ich euch eine Halskette machen.«

»Genau wie früher, als wir amerikanische Prinzessin gespielt haben, wisst ihr noch?« Natalja lächelte bitter. »Einen Glücksbringer kann ich gut brauchen, wenn ich je ein Filmstar werden will.«

»Stellt euch mal vor, wenn wir bei *General Hospital* mitspielen und Noah Drake küssen könnten!« Lena klopfte mit dem Fingerknöchel auf die Videokassetten. »Das wäre viel aufregender, als hinter irgendwelchen Touristen herzuräumen.«

»Oder alten Männern gebrauchte Kleider zu verkaufen«, pflichtete Natalja ihr bei.

»Hey, zieht nicht so ein Gesicht«, sagte Sofi. »Es tut sich etwas im Land. Wer weiß, vielleicht kommen wir ja irgendwann nach Hollywood.« Sie klang nicht besonders überzeugend.

Natalja zwang sich zu lächeln. »Lassen wir das. Los, kommt, wir gehen nach Hause und werfen den Videorekorder an.«

Sofi erschrak, als die Eingangstür aufschwang. Sie hatte angenommen, sie hätte die Wohnung den ganzen Tag für sich. Der Tisch war übersät mit Werkzeugen, Perlen, geschliffenen Steinen, Spulen voll glänzendem Silberdraht und Hunderten von winzigen handgefertigten Ösen. Einmal die Woche, wenn alle bei der Arbeit waren und sie keine Vorlesungen hatte, holte sie ihre Schätze hervor, die sie in einem alten Nähkorb unter dem Bett lagerte.

Mama runzelte die Stirn. »Ich hoffe, das räumst du nachher alles wieder weg.«

»Natürlich. Warum bist du nicht bei der Arbeit?«

Mama rieb sich flüchtig die Schläfen. »Ich fühle mich krank.« Sie zog einen Stuhl heran und ließ sich neben Sofi nieder. »Mein Kopf zerspringt gleich.« Sie nahm die Halskette zur Hand, an der Sofi gerade gearbeitet hatte. »Hübsch.«

Sofi lächelte. »Ich mache drei Stück davon – eine mit blauen Perlen für Natalja, eine mit roten für Lena und eine mit violetten für mich. Die Muster und die Einfassungen für die Bergkristalle habe ich selbst entworfen.« Sie erwähnte wohlweislich nicht, wie aufwendig es gewesen war, die unzähligen Ringösen, Quetschröhrchen und Schließen herzustellen; dass ihr vom Biegen und Schneiden des Drahtes mit der Zeit die Finger wehgetan hatten und sie abends, wenn sie längst im Bett lag, vor ihrem geistigen Auge Schmucksteine in sämtlichen Farben und Formen sah, in immer neuen Mustern auf Silberdraht aufgefädelt. »Aber sag ihnen nichts; es soll eine Überraschung werden.«

Mama betrachtete die Halskette eingehend. Die blauen Steine passten zu Nataljas blauen Augen. »Hervorragende Arbeit. Du musst sehr viel Zeit darauf verwendet haben, dir diese Fähigkeiten anzueignen.«

»Ja, aber es macht mir großen Spaß.«

Mama reichte ihr die Halskette. »Du vernachlässigst darüber doch hoffentlich nicht dein Studium?«, fragte sie und hob eine Augenbraue, und dann hielt sie Sofi den üblichen Vortrag darüber, wie wichtig es war, einen sicheren Arbeitsplatz zu haben. Sie sagte, sie sei froh, die vergangenen zwanzig Jahre eine zuverlässige Anstellung gehabt zu haben, die es ihr ermöglicht hatte, ihre Familie selbst in den schwierigsten Zeiten zu ernähren.

Sofi nickte dann und wann artig und konnte es kaum erwarten, sich wieder ihrer Arbeit zu widmen.

»Langweilst du dich denn nicht in der Bäckerei?«, wagte sie schließlich zu fragen. »Du machst tagaus tagein dasselbe … Keine Versetzung, keine Beförderung …«

»Ich werde dort gebraucht«, erwiderte Mama fest. »Und meiner Meinung nach gibt es im Leben kaum etwas Wichtigeres. Jeden Tag kommen die Menschen zu mir, um Brot zu kaufen. Was sollten sie tun, wenn die Bäckerei schließen müsste, nur weil ich keine Lust habe zu arbeiten?« Sie schüttelte den Kopf. »Entschuldige, meine Migräne hat mir auf die Stimmung geschlagen. Ich sollte mich besser hinlegen und dich in Ruhe lassen.«

»Brauchst du irgendetwas?«

»Nein, nein. Es geht mir bestimmt bald besser.« Mama zog sich in ihr Schlafzimmer zurück, und Sofi machte sich daran, die Ösen mit zwei Zangen miteinander zu verbinden. Diese drei Halsketten, verziert mit den Bergkristallen, die Natalja ihr geschenkt hatte, sollten Glücksbringer werden.

Glück, dachte Sofi. Was für eine naive Vorstellung. Genau wie all die albernen, abergläubischen Regeln, die ihre Mutter peinlich genau einhielt: dass man keine scharfen Gegenstände verleihen, niemandem über eine Türschwelle hinweg die Hand schütteln und sich an Prüfungstagen nicht die Fingernägel schneiden durfte. Sie brauchte kein Glück. Wenn sie Goldschmiedin werden wollte, brauchte sie Geld für die Rohmaterialien, und sie musste in einem Land leben, in dem es einen Markt für ihre Produkte gab. Wenn sie hierblieb, würde sie den Rest ihres Lebens Bodenproben auswerten. Sie wollte in den Westen, wie Natalja und Lena, wenngleich sie sich nicht in Fantasien über ein Filmstardasein erging.

Allerdings würde Mama dann allein zurückbleiben. Bei dem Gedanken hielt sie kurz inne, doch sie schob ihr schlechtes Gewissen beiseite. Alles zu seiner Zeit. Erst galt es, gründlich darüber nachzudenken und Möglichkeiten auszuloten. Sie würden schon einen Weg finden, um ihren Träumen Flügel zu verleihen.

Im riesigen Gewölbe der Metrostation Gostiny Dwor stach Natalja ein attraktiver Bursche in ihrem Alter ins Auge, der seine Taschen nach Kleingeld absuchte. Sie war auf dem Weg nach Hause und schon spät dran. Eigentlich wäre sie lieber bei Tolja und seinen Freunden im Park geblieben, um weiter mit ihnen Wodka aus der Flasche zu trinken und selbst gerollte Zigaretten zu rauchen. Doch Lena brannte darauf, ihr heute Abend ihren Freund vorzustellen, und sie wollte sie nicht enttäuschen. Und dann lief ihr dieser junge Kerl über den Weg; ein Mann ganz nach ihrem Geschmack, mit kräftiger Statur und lebhaftem Blick. Sie hatte ihn schon fast wieder vergessen, als er sich in der U-Bahn direkt gegenüber von ihr niederließ. Es war Samstagnachmittag, es waren kaum Passagiere unterwegs. Wo hätte sie hinsehen sollen, wenn nicht in seine Augen? Er starrte ungeniert zurück, und je länger die Fahrt dauerte, je mehr Leute ausstiegen, desto heftiger flirteten sie miteinander. Neben Natalja saß eine Mutter mit einem rotgesichtigen Säugling, der vor sich hin wimmerte und lallte, doch sie hörte es kaum. Als die beiden endlich ausstiegen, grinste der Bursche. Natalja grinste zurück. Er erhob sich und setzte sich neben sie, den zusammengelegten Mantel auf dem Schoß, den Oberschenkel gegen ihren gepresst. Es fühlte sich an, als würde er durch den Rock hindurch ihre Haut versengen.

Außer ihnen befand sich in ihrem Abteil jetzt nur noch eine alte Frau mit einem blauen Kopftuch, die vor sich hin döste. Ein Kontrolleur mit langem grauem Mantel und Pelzmütze schritt den Mittelgang entlang und begab sich dann in den nächsten Waggon. Natalja registrierte eine Bewegung an der Hüfte. Der Bursche streichelte sie mit dem Handrücken. Sie lächelte erneut, erregt und eingeschüchtert zugleich von seinem unschicklichen Benehmen. Mit klopfendem Herzen ließ sie die Hand zur Seite sinken, und er ergriff sie sogleich, legte sie sich beiläufig auf den Schoß und breitete den Mantel darüber. Sie konnte eine feste Wölbung unter dem Stoff seiner Hose fühlen. Sie war nicht unerfahren, was Männer anbelangte; sie hatte bereits Dutzende Freunde gehabt, aber diese Dreistigkeit fand sie berauschend. Sie lehnte sich an ihn, und er schlang ihr einen Arm um die Schulter. Seine Hand tastete sich zu ihrer Brust vor.

Dann flog die Tür zum nächsten Wagen auf, ein Hauch abgestandener Luft strömte herein, und der Kontrolleur kam zurück. Sie fuhren auseinander. Natalja klopfte das Herz bis zum Hals. Sie wollte – sie *musste* – mit diesem Adonis irgendwo hingehen, wo sie ungestört waren, damit sie sich ungeniert vergnügen konnten.

»An der nächsten Haltestelle muss ich aussteigen«, murmelte sie.

»Ich auch. Ich bin eigentlich verabredet, aber …«

»Zu mir können wir nicht gehen.«

»Gibt es hier einen Park oder so?«

Sie lachte. Sie fühlte sich jung und wild. »Du lässt mich all meine guten Manieren vergessen. Ich weiß noch nicht einmal, wie du heißt.«

Er grinste. »Konstantin.«

Sieben Uhr. Draußen war es bereits dunkel. Konstantin hätte seit einer Stunde hier sein müssen. Tante Stasja legte Lena, die am Fenster stand, sanft eine Hand auf die Schulter. »Sollen wir nicht essen?«

Lena wandte sich um. »Können wir noch zehn Minuten warten?«

»Mir knurrt der Magen«, sagte Sofi.

Natalja schwieg. Sie saß auf dem Sofa und musterte Lena bekümmert.

»Ich fürchte, dein Konstantin wird nicht kommen.«

Tante Stasja hatte recht. Lena hätte ihn gern angerufen, aber er hatte zu Hause kein Telefon. Sie wusste nicht, was sie mehr fürchtete – dass ihm auf dem Weg zu ihr etwas zugestoßen war oder dass er sie einfach versetzt hatte. Sie sah ein letztes Mal aus dem Fenster. Natalja und Sofi saßen bereits am neuen Esstisch, den sie in eine Ecke des ohnehin schon überfüllten Wohnzimmers gestellt hatten.

Widerstrebend gesellte sich Lena zu ihnen. Tante Stasja

kam mit einem großen Stapel *Blini* aus der Küche, doch Lena stocherte nur schweigend in ihrem Pfannkuchen herum.

Schließlich tippte Tante Stasja mit der Rückseite ihrer Gabel Lenas Hand an. »Siehst du, deshalb halte ich es für keine gute Idee, wenn ein Mädchen in deinem Alter schon einen Freund hat.«

»Das hältst du doch in keinem Alter für eine gute Idee, Tante Stasja«, wandte Natalja ein.

»Das ist nicht wahr«, erwiderte sie. »Aber bei jungen Männern ist nun einmal Vorsicht geboten. Sie wollen alle … Ihr wisst schon.«

Natalja verdrehte die Augen. »Was? Mit uns ›intim werden‹?«

So drückte sich Tante Stasja für gewöhnlich aus, wenn sie über Geschlechtsverkehr sprach, was ohnehin höchst selten der Fall war. Eigentlich nur, um sie gelegentlich daran zu erinnern, dass erst die Hochzeit kommen sollte.

Lena war zwar nicht prüde, aber sie wollte ihren Körper nur mit jemandem teilen, den sie liebte, und in letzter Zeit hatte sie sich ausgemalt, dieser Jemand könnte Konstantin sein. Sie *wusste*, dass es ihm mit ihr ähnlich ging. Warum sonst sollte er ihr im Hotel wohl ständig auflauern, um sie so leidenschaftlich zu küssen? Furcht stieg in ihr auf. Wenn er dasselbe für sie empfand wie sie für ihn, dann musste er unterwegs einen Unfall gehabt haben, sonst wäre er gekommen. Sie erhob sich. »Ich muss ihn suchen gehen. Womöglich ist er krank oder verletzt oder er …«

»Red keinen Unsinn«, sagte Natalja sanft. »Es geht ihm bestimmt gut.«

»Wenn es ihm gut geht, warum ist er dann nicht hier?« Lenas Stimme zitterte. Sie schluckte die Tränen hinunter.

Einen Augenblick herrschte Schweigen, dann sagte Stasja: »Vielleicht waren seine Gefühle ja nicht so tief, wie du dachtest.«

Lena war am Boden zerstört. Sie fühlte die mitleidigen Blicke der drei auf sich ruhen – vor allem von Natalja, an der jeder Mann interessiert war. Sie hielten sie für eine Närrin. Sie dachten, sie hätte sich Konstantins Interesse bloß eingebildet.

»Ich habe keinen Hunger«, murmelte sie. »Darf ich aufstehen?«

Ihre Tante nickte, ohne sie anzusehen. War sie verärgert, oder schämte sie sich für ihre Nichte? Schwer zu sagen.

Natalja lehnte an einer kalten Mauer und rauchte eine Zigarette, während sie darauf wartete, dass Lena aus dem Hotel kam. Es war Montag, Lenas erster Arbeitstag nach dem Wochenende. Sie hatte sich vorgenommen, Konstantin zur Rede zu stellen, weil er am Samstag nicht zum Abendessen gekommen war. Natalja konnte seine Reaktion nicht einschätzen. Sie hatte ihm befohlen, sich gefälligst diskret zu verhalten, aber Lena würde trotzdem ein Häufchen Elend sein. Deshalb hatte Natalja ihren Boss bekniet, sie früher gehen zu lassen, damit sie für ihre Schwester da sein konnte.

Sie legte den Kopf in den Nacken und stieß den Rauch aus. Ein gedrungener Kerl in Arbeiterkluft ging vorüber und starrte sie an. Natalja tat, als würde sie es nicht bemerken. Sie fühlte sich seltsam schuldig, weil sie so viel Aufmerksamkeit erregte. Der unheilvolle Zwischenfall mit Konstantin machte ihr schwer zu schaffen. Sobald ihr klar gewesen war, mit wem sie es zu tun hatte, war sie aufgesprungen und hatte ihm aufgebracht Vorhaltungen gemacht. Sie hatte ihm eingeschärft, sich künftig sowohl von ihr als auch von ihrer Schwester fernzuhalten, hatte ihm mit ihren Freunden aus dem Secondhandladen gedroht und verlangt, er solle möglichst behutsam mit Lena Schluss machen und das Geschehene mit keiner Silbe erwähnen. Sie hatte alles getan, um ihren Fehler wiedergutzumachen, doch sie konnte die Zeit nicht zurückdrehen. Es war nicht ihre Schuld gewesen; sie hatte nicht vorgehabt, Lena den Freund auszuspannen, doch genau das hatte sie getan.

Als Natalja ihre Schwester aus dem riesigen Portal des Hotels treten sah, rief sie ihren Namen und winkte.

Lena kam auf sie zu. »Was machst du denn hier?«, fragte sie argwöhnisch.

»Ich war heute schon früher fertig, also dachte ich, ich hole dich ab … Wie ist es mit Konstantin gelaufen?«

»Es geht ihm gut, natürlich.« Lena zuckte resigniert mit den Schultern.

»Und?«

Lenas Unterlippe begann zu zittern, genau wie früher, wenn sie den Tränen nahe gewesen war. Natalja nahm sie in den Arm und streichelte ihr über den Kopf.

»Schon gut, Lena«, murmelte sie. »Nicht weinen.«

»Gar nichts ist gut. Er sagt, er hätte es sich anders überlegt. Er will nichts mehr von mir wissen.«

»Dann ist er ein Schwein, und du bist ohne ihn besser dran.«

»Ich weiß. Es ist nur … Ich komme mir so dumm vor.«

Natalja spürte, wie ihr Lenas heiße Tränen in den Halsausschnitt liefen, und sie konnte nichts weiter tun, als ihre Schwester im Arm zu halten und gegen die Schuldgefühle anzukämpfen, die in ihrem Inneren brodelten.

Sie schwor sich, in Zukunft besser aufzupassen.

So etwas durfte nie wieder vorkommen. *Nie wieder.*

KAPITEL 4

1992

Sofi war schon unzählige Male an den weiß gestrichenen Fenstern der Ehevermittlung in der zweiten Etage vorbeigegangen. Wenn sie die Treppe zum Büro des Bergbauunternehmens hinaufstieg, für das sie arbeitete, stand die hellblonde Angestellte mit den langen roten Fingernägeln und dem gezwungenen Lächeln oft vor der Agentur und rauchte. Sofi hatte sich nie Gedanken darüber gemacht, was für eine Art von Unternehmen die American Bride Agency war. Doch heute ging sie nicht vorbei. Vorsichtig warf sie einen Blick nach rechts und links, um sicherzugehen, dass keiner ihrer Arbeitskollegen sie beobachtete, dann stieß sie die Tür auf und ging hinein.

Die Idee war ihr vor zwei Tagen gekommen, nach dem Treffen mit Anja Bletsky, einer Kommilitonin aus dem ersten Studienjahr. Anja hatte das Studium nie beendet, und irgendwann hatten sie sich aus den Augen verloren. Sie hatte mehrere Jahre nichts von sich hören lassen, um dann plötzlich anzurufen und ein Treffen in einer Pizzeria vorzuschlagen.

Sofi war etwas zu früh dran gewesen und studierte bereits die Karte, als zwei parfümierte Arme sie plötzlich von hinten umschlangen. Sie hob den Kopf.

Anja hatte weißblonde Strähnchen, war elegant gekleidet und trug eine Menge glitzernden Schmuck. Sie hatte abgenommen, und mit der Rundlichkeit waren auch die Grübchen in ihren Wangen verschwunden. Ihre Schultern wirkten knochig. Sie war nicht allein. Sofi wunderte sich gerade darüber, dass sie ihren Vater mitgebracht hatte, als Anja ihren Begleiter als ihren Ehemann Barry vorstellte und hinzufügte, er komme aus den USA und spräche kein Russisch. Sie einigten sich darauf, Englisch zu reden und bestellten zweimal Pizza zum Teilen.

Es dauerte ein Weilchen, bis die beiden mit ihrer Geschichte herausrückten. Sie lebten in Seattle und waren nach Russland gekommen, um Anjas Mutter zu besuchen. Sofi betrachtete Barry, der sie mit seinen dicken, feucht glänzenden Lippen an einen Fisch erinnerte, mit einer Mischung aus Faszination und Beklemmung. Sein Blick irrte ständig im Raum umher, und seine Augen leuchteten gierig auf, sobald er eine junge Frau erspähte. Anja schien es gar nicht zu bemerken. Wann immer sie die Zigarette zum Mund führte, klimperten ihre goldenen Armreifen, und ihr diamantener Verlobungsring funkelte. Als Barry zum Zigarettenautomat ging, stellte Sofi die Frage, die ihr schon die ganze Zeit auf der Zunge brannte.

»Wie hast du ihn kennengelernt?«, fragte sie auf Russisch.

»Über eine Agentur. Wir haben uns eine Weile geschrieben, und dann hat er mir Geld für den Flug geschickt. Der hier ist auch von ihm.« Sie hob die Hand mit dem Ring. »Ich habe ja gesagt, und zwei Monate später waren wir verheiratet.«

»Liebst du ihn?«

Als Anja schnaubte, kam sich Sofi naiv vor. »Ich kann ihn einigermaßen leiden. Ich sehe ihn nicht oft, er arbeitet sehr viel.«

»Und du, arbeitest du auch?«

»Das muss ich nicht. Ich schätze, wir werden in etwa einem Jahr ein Kind bekommen, aber noch genieße ich einfach die Zeit. Ich kann lesen, ins Kino gehen, einkaufen … Es ist herrlich, Sofi. Kein Vergleich mit dem Leben hier.«

Sofi stellte sich ihre hübsche junge Freundin im Bett mit diesem Barry vor. »Bitte entschuldige, aber das klingt für mich nach Prostitution«, sagte sie leise, hastig, ehe Barry wieder an den Tisch zurückkehrte.

»Keine Prostituierte der Welt verdient so viel Geld wie ich«, entgegnete Anja lächelnd.

»Kein Russisch!«, bellte ihr Gatte unnötig laut.

Anja beschwichtigte ihn mit einem Kuss, und Sofi wandte den Blick ab. Und so war die Idee geboren.

Das Interieur der Agentur war keineswegs so elegant wie erwartet, sondern wirkte fast ein wenig schmuddelig. Auf zwei runden Tischen häuften sich Fotos von heiratswilligen Frauen, und überall hingen gelbstichige Plakate und Fotos in verstaubten Rahmen. Auf allen waren lächelnde junge Russinnen in Brautkleidern neben ihren durch die Bank bedeutend älteren Ehemännern zu sehen. Sofi verdrängte ihre Bedenken und wartete geduldig, bis die Angestellte mit dem gezwungenen Lächeln ihr Telefonat beendet hatte. Schließlich begrüßte die Frau sie mit gelangweilter Distanziertheit und stellte sich als Regina vor.

Sie bedeutete Sofi, Platz zu nehmen. »Was kann ich für Sie tun?«, erkundigte sie sich und schob mit dem Unterarm einen Stapel Fotos zur Seite, wobei einige zu Boden fielen. Sie ließ sie liegen.

»Ich möchte mich … über das Prozedere informieren.«

»Sie sind auf der Suche nach einem amerikanischen Ehemann?«

Sofi zuckte mit den Schultern. Die Frage war ihr unangenehm.

»Tja, kann ich Ihnen nicht verübeln«, sagte Regina. »Es gibt viele nette, reiche Männer, die eine russische Frau heiraten wollen. Amerikanische Frauen sind schwierig, habgierig und zu emanzipiert.« Sie holte einen Stapel englischsprachiger Illustrierter aus einem Regal. »Wir inserieren ausschließlich in hochwertigen amerikanischen Zeitschriften.«

Sofi verzog das Gesicht. Von wegen hochwertig. Das Heft, das ihr Regina reichte, hieß *Hot Cars*, und auf dem Titelbild war eine leicht bekleidete Frau zu sehen, die sich auf einer Motorhaube räkelte.

»Seite zweiundachtzig«, sagte Regina.

Dann klingelte das Telefon. Während Regina telefonierte, nahm Sofi das Inserat genau unter die Lupe. Es bestand aus vier Aufnahmen von außergewöhnlich hübschen russischen Frauen, ganz anders als die Heerscharen von grauen Mäusen, die Regina vorhin achtlos beiseitegeschoben hatte. Jedes Bild war mit einigen Informationen über das gezeigte Mädchen versehen: Vorname, Alter, Interessen. *Wir suchen einen amerikanischen Ehemann*, stand darunter, und *Hunderte weitere Interessentinnen zur Auswahl!* sowie die Adresse der Agentur.

Regina hatte das Gespräch beendet. »Der Lebensstandard in den USA ist viel höher als hier. Viele der Mädchen, die wir vermittelt haben, leben in Villen und bekommen von ihren Männern teure Geschenke. Wir bieten ihnen ein Leben, von dem sie hier nur träumen können.«

»Und was kostet mich das Ganze?«, fragte Sofi.

»Sie bezahlen lediglich den Fotografen«, erwiderte Regina und schob ihr einen schief zugeschnittenen Zettel hin.

Die Fotosession kostete so viel wie zwei Wochenmieten. »Die Kosten für die Vermittlung tragen unsere amerikanischen Kunden. Sie korrespondieren mit Ihrem zukünftigen Ehemann, bis Sie sicher sind, dass er der Richtige für Sie ist, dann kommt er entweder hierher, um Sie kennenzulernen, oder er bezahlt für Ihre Reise in die USA. Wir sind Ihnen bei den Vorbereitungen behilflich – Visum, Tickets und so weiter.«

Sofi dachte einen Augenblick nach.

»Soll ich einen Fototermin für Sie buchen?«

»Ich muss noch einmal darüber schlafen«, erwiderte Sofi. Sie zeigte auf die Zeitschrift. »Kann ich die mitnehmen?«

»Nein«, sagte Regina. »Die kosten eine Menge Geld.«

»Oh, tut mir leid.« Sofi steckte den Zettel ein. »Vielen Dank für die Informationen.«

Als sie kurz darauf eine Etage höher an ihrem Schreibtisch saß, konnte sie sich kaum auf ihre Arbeit konzentrieren.

Um Visum und Tickets konnte sie sich selbst kümmern, und Fotografen gab es wie Sand am Meer. Sie musste lediglich einen internationalen Buchladen finden, in dem Zeitschriften wie *Hot Cars* verkauft wurden, um sich die Adresse herauszuschreiben, an die man Inserate schicken konnte.

Das Leben war ungerecht. Zu allen Menschen. Sie dachte an die Anzeige in der Pseudo-Autozeitschrift. *Wir suchen einen amerikanischen Ehemann.*

Wenn die reichen Männer in Amerika wirklich so dumm waren, dass sie auf solche Anzeigen antworteten, dann war sie ein armes russisches Mädchen, das klug genug war, um sich diese Tatsache zunutze zu machen. Und sie hatte den perfekten Köder. Jetzt musste sie nur noch Natalja überzeugen.

Mit einer Zeitschrift über dem Kopf eilte Natalja durch den Regen über den rutschigen Bürgersteig. Ein Bus, aus dessen Auspuff Rauchschwaden quollen, schaukelte vorüber, worauf sich eine schmutzige Fontäne über ihre Knöchel ergoss. Sie bog in die schmale Seitenstraße ein, in der sie und Lena nun lebten. Licht erhellte das Fenster ihrer Wohnung. Vielleicht hatte sie Glück, und Lena hatte bereits gekocht. Natalja hatte zurzeit alle Hände voll zu tun. Tagsüber arbeitete sie in einem Schuhgeschäft, ihr achter Job in den vergangenen fünf Jahren, und von dort hastete sie dann direkt in die Shining Smile Modelling and Acting Academy. Sie absolvierte einen dreimonatigen Kurs, in den sie jeden Rubel steckte, den sie besaß, und noch so einige von Valeri, ihrem Boss und derzeitigen Freund. Der gute Valeri hoffte, sie würde mit ihm schlafen, wenn er sie finanziell unterstützte, aber da irrte er sich. Sie hatte bereits die Nase voll von ihm, konnte aber nicht mit ihm Schluss machen, ehe sie eine neue Stelle gefunden hatte.

In der Wohnung roch es köstlich. Sofi war da und kochte eine Suppe, während Lena Brot röstete. Sofi kam häufig vorbei; sie standen sich nach wie vor sehr nahe. Die Wohnung war winzig, ein Wohnzimmer mit Kochnische, ein gemeinsames Schlafzimmer und ein Bad ohne Wanne. An den Wänden hingen Lenas Poster von Charlie Sheen und Nataljas Poster von ehemaligen sowjetischen Mannequins, die in Amerika Karriere gemacht hatten. Natalja ging ins Schlafzimmer, um sich abzutrocknen und umzuziehen, dann gesellte sie sich zu Lena und Sofi an den

Tisch. Beim Essen unterhielten sie sich lebhaft, und Natalja schob den Gedanken an Valeri und ihre Geldsorgen beiseite.

Später quetschten sie sich nebeneinander auf die Couch. »Überraschung!«, rief Sofi und brachte eine Tafel belgischer Schokolade zum Vorschein. Natalja musterte sie argwöhnisch. Sofi gab ihr Geld normalerweise nur für Silberdraht und bunte Glasperlen aus.

»Okay, Sofi, raus mit der Sprache«, sagte sie. »Du kochst für uns, du bringst uns Süßigkeiten – was ist los?«

Lena, die sich gerade ein Stück Schokolade in den Mund stecken wollte, hielt mitten in der Bewegung inne. Sofi bedeutete ihr grinsend weiterzuessen. »Ich habe eine Idee«, verkündete sie. »Und ich brauche eure Hilfe.«

Natalja lachte. »Warum habe ich plötzlich ein komisches Gefühl?«

Sofi setzte sich auf den Fußboden vor dem Sofa, damit sie ihre Cousinen ansehen konnte, während sie ihnen ihren Vorschlag unterbreitete. »Also.« Sie schlang die Arme um die Knie und legte eine Kunstpause ein, um sicherzugehen, dass sie ihre Aufmerksamkeit hatte. »Du willst doch Schauspielerin werden, Natalja«, sagte sie. »Du willst berühmt werden und ein glamouröses Leben führen.«

»Ja …«, bestätigte Natalja zögernd.

»Aber du bist Verkäuferin … Wo arbeitest du gerade?«

»In einem Schuhgeschäft«, antwortete Natalja widerstrebend. »Aber ich bin auf der Suche nach einer neuen Stelle.«

»Du, Lena, bist jetzt seit fünf Jahren Putzfrau im *Hotel Moskwa*, und ich arbeite seit drei Jahren für meine Firma. Keine von uns tut das, was sie eigentlich tun will.«

»Ich spare«, protestierte Lena. »Für einen Flug nach Amerika.«

»Es kann noch Jahre dauern, bis du das Geld beisammen hast«, wandte Sofi ein. »Vor allem, jetzt, wo ihr eine eigene Wohnung habt. Wir müssen weg, aber wir stecken hier fest, alle drei. Und je länger wir bleiben, desto schwieriger wird es. In fünf Jahren könnten wir bereits verheiratet sein und Kinder haben, dann ist es endgültig vorbei. Und was ist dann mit unseren Träumen?«

Die Angst schnürte Natalja die Kehle zu. »Ich belege einen Schauspielkurs«, sagte sie matt, wohl wissend, dass ihr dieser Kurs nicht helfen würde. Jede ihrer vierundzwanzig Mitschülerinnen schlug sich wie sie mit irgendeiner erniedrigenden Tätigkeit durch und hoffte, dabei entdeckt zu werden und auf wundersame Weise den Sprung nach Hollywood zu schaffen. Sie seufzte. »Was hast du vor, Sofi?«

»Was würdet ihr tun, um von hier wegzukommen?«, fragte diese ernst und presste dann die Lippen aufeinander.

»So ziemlich alles«, sagte Lena.

»Alles«, sagte Natalja. »Absolut alles.«

Gegen Ende des darauffolgenden Monats hatten sie bereits eintausendzweihundert Dollar verdient. Sie hatten eine Anzeige in einer amerikanischen Zeitschrift geschaltet, mit einem glamourösen Bild von Natalja, das während ihres Schauspielkurses entstanden war. Die Zuschriften kamen an eine ausgebrannte Wohnung in einem Gebäude auf der anderen Straßenseite. Sie hatten von insgesamt zwanzig Männern jeweils sechzig Dollar »Vermittlungsgebühr« verlangt, in bar. Bislang hatte keiner von ihnen beanstandet, dass keine Vermittlung stattgefunden hatte. Nicht einer von ihnen hatte noch einmal geschrieben. Vielleicht waren sechzig Dollar nicht viel Geld für einen Amerikaner. Die großen Agenturen verlangten das Vierfache. Doch Sofi vermutete auch, dass die Betroffenen aus Scham nicht erneut Kontakt mit ihnen aufnahmen. Als sie eine weitere Anzeige schalten wollte, diesmal mit einer höheren Vermittlungsgebühr, lehnte die Redaktion ab. Es waren Beschwerden eingegangen. Sofi wandte sich unbeirrt an eine andere Zeitschrift und verdreifachte die Vermittlungsgebühr, mit Erfolg.

Das Geschäft lief gut, der sprichwörtliche Rubel rollte. Wenn es so weiterging, konnten sie schon bald ihre Visumsanträge stellen und die Flugtickets buchen. Bei dem Gedanken bekam Sofi Herzklopfen – nicht nur vor Aufregung, sondern auch wegen Mama. Ihre Mutter hatte keine Ahnung, dass sie im Begriff war, die einzige Blutsverwandte zu verlieren, die sie noch hatte.

Doch Sofi konnte nicht bleiben. Kinder wurden nun einmal flügge. Mama und sie standen sich nahe, gingen sich aber auch auf die Nerven. Es war höchste Zeit, dass Sofi auf eigenen Beinen stand. Wäre Papa noch am Leben gewesen, sie hätte keine Sekunde gezögert.

Bis zum Sommerbeginn hatte sich in der Schachtel unter Nataljas Bett ein hübsches Sümmchen angesammelt, aber es reichte noch immer nicht. Sie hatten sich alles ganz genau überlegt: Sie brauchten nicht nur die Flugtickets nach New York oder Los Angeles, sondern auch genügend finanzielle Reserven, um dort ein halbes Jahr leben zu können und sich, so hoffte Sofi, eine Existenz aufzubauen. Sie war gerade auf der Suche nach einer neuen Zeitschrift, in der sie inserieren konnten, als eines Nachmittags Lena mit einem Brief bei ihr eintraf.

Sie war blass. »Wir haben ein Problem«, sagte sie.

Sofi überflog das Schreiben. Sie hatten offenbar einen Anwalt verärgert, der nun drohte, sie vor Gericht zu bringen. Und, was noch schlimmer war, er hatte die Anzeigenredaktionen von vierundvierzig amerikanischen Zeitschriften informiert. Sie konnten keine Inserate mehr schalten. Das Spiel war vorbei.

»Was habt ihr denn?«, wollte Mama wissen, als sie ihre betretenen Mienen und hängenden Schultern bemerkte.

»Ach, nichts«, beruhigte Sofi sie fröhlich. Dann murmelte sie, zu Lena gewandt: »Wir treffen uns in einer Stunde bei euch.«

Die Wohnung lag im Halbdunkel, als Sofi ankam. Um Strom zu sparen, hatten Natalja und Lena alle Glühbirnen bis auf eine aus den Fassungen geschraubt. Sie setzten sich mit ihrer Schuhschachtel voller Briefe an den Esstisch.

»Ich habe einen Plan«, verkündete Sofi. Erst jetzt wurde ihr bewusst, dass sie nervös war. »Aber er ist nichts für schwache Gemüter.«

Natalja lachte. »Ich fühle mich nicht angesprochen.«

Nun waren aller Augen auf Lena gerichtet. »Schieß los«, sagte sie.

Sofi klopfte auf die Schuhschachtel. »Meine Freundin Anja erzählte, ihr Verlobter hat ihr teure Geschenke gemacht und ihr das Geld für das Ticket geschickt, noch ehe er sie persönlich kennengelernt hatte. Ich frage mich, ob wir da drin noch mehr so großzügige Männer finden.«

Lena runzelte die Stirn. »Du willst also Phase zwei einläuten und ihnen noch mehr Geld abluchsen?«

»Ich bin dabei.« Natalja reckte fast unmerklich das Kinn nach vorn, was ihr ein vornehmes, aristokratisches Aussehen verlieh. »Wir sind arm, sie sind reich.«

»Wir suchen uns fünf oder sechs Kandidaten aus«, schlug Sofi vor. »Lena schreibt die Briefe, sie kann am besten Englisch. Wir senden weitere Fotos, machen Versprechungen. Mal sehen, ob wir einen dazu bringen können, uns Geld zu schicken. Und danach brechen wir einfach wie immer den Kontakt ab.«

Sofi klopfte das Herz bis zum Hals. Bisher hatten sie um geringe Einsätze gespielt und entsprechend kleine Gewinne gemacht. Jetzt erhöhte sich ihr Einsatz – nicht nur aus rechtlicher, sondern auch aus moralischer Sicht. Insgeheim hoffte sie, dass sich Lena weigern würde und die Sache damit erledigt wäre.

»Lena?«, sagte sie.

Lena sah von einer zur anderen. »Können wir es nicht erst einmal an einem Mann ausprobieren? Ich habe alle Briefe gelesen. Manche waren widerlich, aber ein paar Männer klangen richtig nett. Sie haben es nicht verdient, so über den Tisch gezogen zu werden.«

Natalja verdrehte die Augen, doch Sofi tätschelte Lena die Hand.

»Du hast ein großes Herz, Cousinchen.« Damit nahm sie den Deckel von der Schuhschachtel. »Gut. Wir lesen jeden Brief und suchen uns das reichste, größte Ekel heraus.« Sie hatte das untrügliche Gefühl, dass sie im Begriff war, eine entscheidende Veränderung durchzumachen. War dies der Abschied von ihrer jugendlichen Unschuld? Bei der Vorstellung schauderte sie. Andererseits enthielt diese Schuhschachtel ihre Fahrkarte in ein neues Leben.

Er hieß Roy Creedy und wohnte in DeKalb, Illinois. Lena erinnerte sich an ihn, weil er wie ein Rassist geklungen und Natalja das zweifelhafte Kompliment gemacht hatte, sie würde »überhaupt nicht wie eine typische Russin« aussehen. Auf dem beigelegten Foto stand er großspurig neben einem roten Sportwagen. Er war zweifellos reich – er besaß ein Einkaufszentrum – und hatte offen zugegeben, dass er von seinen Pächtern zu hohe Mieten verlangte. Der perfekte Kandidat.

Widerstrebend schrieb Lena den ersten Brief. Teils waren ihre Hemmungen moralischer Natur – mehrere Männer um kleinere Summen zu erleichtern, das war etwas ganz anderes, als ein einzelnes Opfer ins Visier zu nehmen. Teils gründete ihr Widerstand aber auch auf dummen alten Eifersüchteleien. Sie war wegen ihrer hervorragenden Englischkenntnisse auserkoren worden, die Briefe zu verfassen. Doch es waren Nataljas Fotos, die sie den Briefen beilegten. Lena wusste, dass sie mehr als hübsch genug war, um als Lockvogel zu dienen, vor allem bei einem Mann wie Roy Creedy, und doch war von Anfang an klar gewesen, dass diese Rolle Natalja zufiel. Sie kam sich übergangen vor, so albern das auch war.

Nachdem sie den Brief verschickt hatten, wünschte sie sich insgeheim, sie würden keine Antwort bekommen, damit die Sache dann erledigt wäre. Zugleich hoffte sie, dass Roy Creedy auf den Betrug hereinfallen würde, damit sie zu ihrem Geld kamen und nach Hollywood aufbrechen konnten.

Und was dann? Lena wusste es nicht so recht. Natalja sprach ständig davon, ein Filmstar werden zu wollen, und sie nahm Schauspielunterricht. Lena hatte stets denselben Wunsch gehegt, wie jüngere Geschwister eben oft die Vorstellungen der älteren übernehmen, ohne sie groß zu hinterfragen. Jetzt musste sie sich eingestehen, dass sie weniger von einem Leben als Berühmtheit träumte (obwohl das durchaus seine Reize hatte), als davon, ihren Vater zu finden.

Binnen zwei Wochen erhielten sie eine Antwort von Roy Creedy und versammelten sich erneut um den Küchentisch. Creedy gab zu, dass er misstrauisch war. Er wollte nichts überstürzen und schlug vor, sie sollten sich erst eine Weile schreiben, ehe sie sich persönlich kennenlernten.

»Das kann dauern«, sagte Natalja. »Nehmen wir einen anderen.«

»Nein«, widersprach Sofi und zwirbelte nachdenklich eine Haarsträhne zwischen den Fingern. »Er ist genau der Richtige. Er will etwas Ernstes. Bei dem können wir mehr herausschlagen.« Sie lachte verlegen.

»Du musst dafür sorgen, dass er sich bis über beide Ohren in dich verliebt, Lena«, sagte Natalja. »Er hat eine Menge Geld. Es wird ihm nicht wehtun.«

»Aber wenn er sich verliebt ...«

»Das wird er nicht. Wie kann man sich in jemanden verlieben, den man noch nie gesehen hat? Er wird vielleicht glauben, er hätte sich verliebt, aber er wird darüber hinwegkommen.«

Und so nahmen die Dinge ihren Lauf.

Er war achtundvierzig und hatte eine unschöne Scheidung hinter sich – »musste dem Miststück eine halbe Million zahlen, damit es den Mund hält« –, und nun suchte er eine Frau »mit etwas altmodischeren Ansichten, die einen richtigen Mann will«. Sie schrieben einmal im Monat, und schon bald glaubte Lena, den weichen Kern unter der spröden Schale ausmachen zu können. Er war verletzt und auf der Hut, so viel stand fest. Sie begann, ihn für seine unangenehme Art, die ganz offensichtlich ein soziales Handicap war, zu bedauern. In ihren Briefen signalisierte sie Verständnis, und er begann sich für ihre Großherzigkeit zu erwärmen. Er schrieb, er sei verliebt. Doch in wen?, fragte sich Lena. An seiner Wand hing Nataljas Bild, aber es war Lena, der er seine Gedanken und Gefühle anvertraute.

Natalja hatte inzwischen weitere Fotos machen lassen und versuchte, ihr Englisch zu verbessern, indem sie sich *Santa Barbara* ansah und gelegentlich ein Lehrbuch zur Hand nahm, das sie jedoch bald wieder beiseitelegte. Wenn sie erst in Amerika seien, würde ihr das Lernen ohnehin leicht fallen, sagte sie. Sofi besorgte Antragsformulare für Reisepässe und Visa, erkundigte sich, wie man an eine Arbeitsgenehmigung kam, eröffnete ein internationales Bankkonto und durchforstete den Schuhkarton nach weiteren passenden Kandidaten.

Sie gaben ein gutes Team ab, doch Lena fürchtete, sie könnten über kurz oder lang alle drei herzlos und abgebrüht werden.

Ja, sie freute sich auf ihre strahlende Zukunft jenseits der russischen Grenzen, aber bezahlten sie dafür womöglich einen zu hohen Preis?

Roy Creedy hatte ein Weihnachtsgeschenk versprochen, und Natalja konnte nur spekulieren, was es wohl sein würde.

»Eine Diamanthalskette«, sagte sie.

Sofi lachte. »Niemand verschickt Diamanten mit der Post.«

Doch es war offensichtlich, dass auch sie auf ein derartiges Geschenk hoffte.

Jeden Nachmittag nach Feierabend kontrollierte Natalja den Briefkasten der ausgebrannten Wohnung auf der anderen Straßenseite, und jeden Tag wurde sie enttäuscht.

Doch in der zweiten Dezemberwoche, als sich eine dünne Schicht Schnee wie Zuckerguss über ihre schmuddelige

Straße gelegt hatte und sie beinahe hübsch aussehen ließ, wurde sie bei ihrer Rückkehr nach Hause schon von Lena und Sofi erwartet.

»Was ist los?«, fragte sie argwöhnisch.

»Das Geschenk ist da«, sagte Lena und kaute nervös auf ihrer Unterlippe. »Ich habe sofort Sofi angerufen.«

»Es ist nicht das, was wir erwartet haben«, ergänzte ihre Cousine. »Und wir können es nicht verkaufen.«

Natalja ließ die Handtasche fallen. »Warum? Was ist es?«

Sofi wedelte mit einem dünnen, länglichen Heftchen. »Ein Flugticket, ausgestellt auf deinen Namen. Der Abflug ist erst in drei Monaten, damit du dir bis dahin einen Pass besorgen kannst und so weiter. Vierzehnter Februar, Valentinstag.«

Natalja riss ihr das Ticket aus der Hand. Tatsächlich. Ein Ticket nach Chicago und retour, mit ihrem Namen, und für den Rückflug war kein Datum eingetragen. Ein Kribbeln ging durch ihren Körper.

»Wir würden es verstehen, wenn du nicht fliegen willst«, beruhigte Sofi sie. »Wir kennen den Mann nicht, du wärst allein, und du kannst nicht besonders gut Englisch. Wenn er doch bloß Geld geschickt hätte, dann könnten wir …«

»Natürlich fliege ich«, sagte Natalja brüsk.

Einen Augenblick herrschte schockiertes Schweigen, dann sagte Lena: »Wirklich? Ohne uns?«

»Ich schaffe das schon.« Natalja wedelte mit dem Ticket. »Amerika, ich komme!«

KAPITEL 5

Es war ruhig am Empfang, und Lena sortierte gerade die Reservierungskarten, als der Schatten ihres Vorgesetzten auf sie fiel.

»Lena, ich muss mit Ihnen reden«, verkündete er streng.

Alexej Andrejew war eine respekteinflößende Erscheinung, was nicht nur an seiner grimmigen Miene und seiner hünenhaften Gestalt lag, sondern auch daran, dass man ihm Kontakte zu verbrecherischen Untergrundorganisationen nachsagte. Bislang hatte Lena nur zweimal mit ihm zu tun gehabt. Beim ersten Mal hatte sie sich für die Stelle als Empfangsdame beworben, und beim zweiten Mal war sie zu spät zur Arbeit gekommen, sodass er einen Bus japanischer Touristen selbst einchecken musste. Damals hatte er sie vor den entgeisterten Gästen angebrüllt.

Mit gesenktem Kopf folgte sie ihm in sein Büro. Er bedeutete ihr, sich zu setzen, und nahm ihr gegenüber Platz. Dann hielt er eine weiße Karte hoch. Lena erkannte sie sogleich.

»Ich kann das erklären«, murmelte sie kleinlaut, doch er brachte sie mit einer Kopfbewegung zum Schweigen.

Er setzte seine Lesebrille auf und rezitierte theatralisch: »Viktor Iwanowitsch Tschernow, geboren 1943, dunkles Haar, braune Augen, mittelgroß. Bitte Lena Viktorowna Tschernowa kontaktieren, Oleg-Wladimirski-Pl. 11 B, Leningrad.« Er nahm bedächtig die Brille ab und fixierte sie mit eisigem Blick. »Wissen Sie, woher ich die habe?«

Sie schwieg.

»Eine amerikanische Touristin hat sich bei mir beschwert. Sie hätten ihr die Karte aufgedrängt! Sie haben wohl vergessen, dass die Amerikaner uns Russen gegenüber noch immer misstrauisch sind; sie glauben, der KGB überwacht uns nach wie vor auf Schritt und Tritt. Sie hat Sie für eine Art Spion gehalten.« Er lachte und warf ihr die Karte hin. »Ich habe ihr gesagt, dass Sie für Spionage zu dumm sind – Leningrad heißt längst wieder Sankt Petersburg.«

Lena behielt für sich, dass sie viel Geld für diese Karten ausgegeben hatte und es sich nicht leisten konnte, neue drucken zu lassen. Seit zwei Jahren verteilte sie sie an sämtliche amerikanischen Gäste, und außerdem an alle englisch sprechenden japanischen Touristen. Schließlich war es von Wladiwostok nicht weit nach Japan; vielleicht hatte Papa ja dort sein Glück versucht. Sie murmelte bloß: »Bitte verzeihen Sie. Es wird nicht wieder vorkommen.«

»Ich nehme an, dieser Mann ist Ihr Vater?«

»Ja.«

»Unzählige Leute sind unter dem Sowjetregime ›verschwunden‹. Vermutlich hat er es sich mit jemandem in der Partei verscherzt. Und Sie glauben, dass er noch lebt?«

»Ja, das glaube ich.« Sobald sie es ausgesprochen hatte, wurde ihr klar, dass sie die Hoffnung allmählich begraben musste.

Sie tat ihm leid. »Lena Viktorowna, es wäre mir lieb, wenn Sie diesen Unsinn künftig unterlassen würden. Sollte mir zu Ohren kommen, dass Sie die Gäste weiterhin belästigen, dann muss ich Sie entlassen«, sagte er etwas weniger scharf.

Sie ließ den Kopf hängen. »Jawohl, Alexej Andrejew.« Ihr lag nicht viel an dieser Stelle, aber sie wusste, sie sollte sie noch etwas behalten, für alle Fälle. Wenn sie erst ihre Flugtickets hatten, würde sie Alexej Andrejew sagen, was sie von ihm hielt.

»Und jetzt bringen Sie mir alle Karten. Ich werde sie besser vernichten.«

Sie holte die restlichen Karten aus ihrem Spind und übergab sie widerstrebend ihrem Vorgesetzten. Danach hielt eine Busladung schwedischer Gäste sie auf Trab, sodass sie erst auf dem Nachhauseweg wieder an Papa dachte. Es war fast zwanzig Jahre her, dass er verschwunden war. Sie erinnerte sich kaum noch an ihn. Ein einziges verknicktes Foto besaß sie von ihm, das sie in der Wäscheschublade aufbewahrte; Natalja hatte ihr verboten, es in der Wohnung aufzuhängen. Neben dem Foto lagen noch über hundert Kärtchen mit ihrer Adresse, und sie würde garantiert schon morgen wieder ein paar mitnehmen und die eine oder andere einem freundlich aussehenden amerikanischen Touristen zustecken. Es fiel ihr nicht leicht, ein Ziel aufzugeben, das sie fast ihr ganzes Leben lang verfolgt hatte.

An der Tür zu seiner Moskauer Wohnung schlüpfte Viktor Tschernow schwerfällig aus seinen Stiefeln. Erdklumpen lösten sich von den Sohlen und zerfielen auf den gesprungenen Bodenfliesen. Er hörte Uljana in der Küche hantieren. Es roch nach gebratenen Zwiebeln. Er seufzte, zog die kleine weiße Karte aus der Tasche seines Arbeitsanzuges und überflog sie noch einmal.

Dem Amerikaner, der sie ihm gegeben hatte, schien die Angelegenheit beinahe unangenehm gewesen zu sein. Man habe sie ihm förmlich aufgedrängt, erklärte er in gebrochenem Russisch, und er fühle sich verpflichtet, sie ihm weiterzugeben … Er hatte auf das Namensschild an Viktors Brust gedeutet. Viktor war bloß der Gärtner, aber die internationale Hotelkette, für die er nun arbeitete, bestand darauf, dass er eine Uniform samt Namensschild trug. Jeden

Tag nahm er die einstundige Anfahrt aus einem schmuddeligen Moskauer Randbezirk auf sich, um die Blumenbeete des *Travel-Inn* zu jäten. Die Frau, von der der Amerikaner die Karte erhalten hatte – seine Tochter! – arbeitete ebenfalls in einem Hotel. Doch er verbat es sich, weiter über diesen Zufall nachzudenken, verbat sich sein Mitleid mit ihr. Dass sie nach all den Jahren noch immer nach ihm suchte! Er hatte angenommen, seine Kinder hätten ihn längst vergessen.

»Bring mir etwas zu trinken, Uljana«, brummte er und ließ sich auf das rissige Vinylsofa fallen.

»Hol dir selbst etwas«, erwiderte sie, leerte ihr Glas und hantierte weiter. Er sah ihr vom Sofa aus dabei zu. Die Hose spannte über ihren kräftigen Oberschenkeln, das messingblonde Haar war an den Ansätzen grau. War sie tatsächlich einmal die Verführerin gewesen, die ihn überredet hatte, seine Familie im Stich zu lassen und unterzutauchen?

Sie füllte ein Wasserglas mit Wodka und stellte es ihm hin. »Du wirkst müde. War wohl ein harter Tag, wie?«

Er sah immer müde aus. Er *war* müde. Erschöpft. Er hatte sein Leben satt. Bei dem Gedanken, dass er womöglich noch dreißig Jahre vor sich hatte, wurde ihm übel. Er hielt Uljana die Karte hin, und sie las die Aufschrift.

»Wo hast du die her?«

»Von einem Hotelgast. Lena ist meine Tochter, die jüngere.«

Sie verzog den Mund. »Eins von deinen Kindern?«

»Sie sind keine Kinder mehr. Sie müssen über zwanzig sein.«

»Wirklich? So lange ist das schon her?«

Uljana hielt sich immer noch für fünfundzwanzig; zumindest zog sie sich so an. Ihr gemeinsames Leben war für sie ein einziges buntes Treiben hinter einem ständigen Schleier aus Alkohol.

»Und, was hast du jetzt vor?«, wollte sie wissen.

»Nichts.«

»Du willst sie nicht sehen?«

Er schüttelte den Kopf. »O nein, das ist vorbei.«

»Gut.«

Er grinste sie an. »Wenn eine von ihnen reich wäre, dann würde ich Kontakt zu ihnen aufnehmen.«

Sie lachte, und in diesem kurzen Moment erhaschte er einen Blick auf die Frau, die sie einmal gewesen war, ohne Schlupflider und verfärbte Zähne. Aber es stand ihm nicht zu, sie zu kritisieren. Er war Gärtner, er stank nach Tabak, die Haare fielen ihm aus, und er begann zu zittern, wenn er länger als acht Stunden keinen Alkohol bekam.

»Ja, mach das«, sagte sie. »Von allein kommen wir aus diesem Loch hier nämlich nicht heraus.«

Natalja verstand sich hervorragend auf eine majestätische Haltung. Diese Pose lag ihr im Blut. Kinn hoch, bedächtiger Augenaufschlag, gelegentlich ein huldvoller Blick auf die beiden kleinen Jungen, die über den Fußboden des Internationalen Flughafens von Chicago robbten und irgendetwas auf Englisch krakeelten.

Natalja hatte bereits ihr Gepäck geholt und sogar schon den Zoll passiert, doch von Roy Creedy keine Spur. Hatte sie die Anweisungen in seinem letzten Brief falsch verstanden? Oder hatte er noch einmal geschrieben, seine Meinung oder seine Pläne geändert? Doch sie ließ sich ihre Beunruhigung nicht anmerken. Es galt, einen guten ersten Eindruck auf Roy Creedy zu machen.

Passagiere mit Koffern und widerspenstigen Kindern im

Schlepptau eilten vorüber, streiften sie; die beiden kleinen Jungen wurden von ihrer Mutter scharf zur Ordnung gerufen; ein Sehbehinderter mit Blindenhund ging an ihr vorbei. Die Halle war erfüllt von Bewegung und Lärm. Sie versuchte, anhand der aufgeschnappten Gesprächsfetzen ihr englisches Hörverständnis zu testen. Sie hatte in den vergangenen Monaten fleißig gelernt. Umso mehr enttäuschte es sie, dass sie so gut wie nichts verstand. Die Leute redeten zu schnell oder zu undeutlich.

»Natalja?«

Sie mahnte sich, Ruhe zu bewahren, und wandte sich um. Da kam er angehastet, gab sich Mühe, seine Nervosität zu kaschieren. Er war größer, als sie ihn sich vorgestellt hatte, kernig und mit Jeans und einem karierten Hemd bekleidet. Unter seinem voluminösen Bierbauch glänzte eine große Gürtelschnalle, an der feisten rechten Hand steckte ein goldener Ring, und eine dicke goldene Kette klimperte gegen seine Armbanduhr. Er hatte sich einige lange Haarsträhnen kunstvoll quer über den kahlen Schädel drapiert, und die blendend weißen Zähne ließen sein Lächeln äußerst gewinnend wirken. Er war weder attraktiv noch unattraktiv, und als er ihre Hand zwischen seine Pranken nahm und kräftig schüttelte, musste sie ihn einfach sympathisch finden.

»Entschuldige, dass ich zu spät komme. Die I-94 war der reinste Eislaufplatz, und kaum war ich von der Mautstraße runter, stand ich auch schon im Stau.«

Sie lächelte, ließ sich ihre Verwirrung, ihre Panik nicht anmerken. »Äh, mehr langsam, bitte«, sagte sie auf Englisch. »Ich verstehe nicht gut.«

Sein Lächeln erstarb. »Ach, nein? Aber deine Briefe waren doch perfekt.«

Die Antwort darauf hatte sie oft geübt. »Ich habe Hilfe beim Schreiben. Ich diktiere meiner Schwester. Sie kann sehr gut Englisch.«

Sie lächelte und ließ ihn nicht aus den Augen. Jetzt war es wichtig, dass sie ihn wieder für sich einnahm. »Sie haben Geduld mit mir, ja, Mr. Creedy? Ich bin nur dummes Mädchen.«

»Unsinn, du bist nicht dumm. Du bist … wunderschön.« Er nahm ihr den Koffer ab und deutete auf den Ausgang. »Wir werden uns schon verstehen. Und nenn mich Roy.«

»Danke, Roy.« Sie lächelte scheu. »Sie sind sehr freundlicher Mann.«

Auf dem Parkplatz steuerte er auf einen wuchtigen Kombi zu. Der Sportflitzer aus dem Foto war nirgendwo zu sehen.

»Wo ist rotes Auto, Roy?«, fragte sie, während sie in den Wagen kletterte und sich anschnallte.

»Die Corvette? Die fahre ich nicht oft, und wenn, dann nur allein. Keine weiblichen Fahrgäste. Meine Corvette ist mein ganzer Stolz; für den Alltag viel zu wertvoll.« Er lächelte. »Keine Sorge, das hier ist auch ein guter Wagen. Kannst du Auto fahren?«

Natalja hatte nicht einmal die Hälfte verstanden, aber die letzte Frage konnte sie beantworten. »Ich kann fahren. Ich habe kein Papier.«

»Keinen Führerschein?«

»Genau, keinen Führerschein.«

Je länger sie sich unterhielten, desto leichter fiel Natalja die Konversation. Sie fuhren durch riesige Felder, auf deren schwarzen, frisch gepflügten Furchen da und dort noch Schnee lag. Die Sonne ging unter; am Himmel, der sich blass über dem langgezogenen Horizont erstreckte, zogen Vögelschwärme dahin. Gelegentlich zerschnitt ein endloser Güterzug die Landschaft. Sie war müde, konnte Roys Smalltalk nicht mehr folgen. Der Tag zog sich hin, der Jetlag machte sich bemerkbar. Sie wollte nur noch ankommen, sich ausruhen. Ohne es zu bemerken, schlummerte sie ein.

Sie wusste nicht, wie viel Zeit vergangen war, als Roy sie wach rüttelte. Es war dunkel geworden, der Wagen stand. Sie schreckte verwirrt hoch, schnappte unwillkürlich nach Luft, als sie sich mit seiner imposanten männlichen Präsenz konfrontiert sah.

»Hey, hey, ganz ruhig. Wir sind zu Hause«, beruhigte er sie. »Ich tu dir nichts, Natalja. Du kannst mir vertrauen.«

Über den Rückspiegel verfolgte sie, wie er nach hinten ging, um ihr Gepäck aus dem Kofferraum zu hieven. *Ja*, dachte sie, *aber du mir nicht.*

Als sie tags darauf erwachte, lachte die Sonne durch einen Spalt zwischen den Vorhängen in das luxuriöse Gästezimmer. Es dauerte einen Augenblick, bis ihr wieder einfiel, wo sie war. Sie sah auf die Uhr. Sie hatte sehr lange geschlafen. Der gestrige Abend war anstrengend gewesen. Roy hatte ihr ein versalzenes Dinner serviert, und die fremde Sprache hatte ihr erschöpftes Gehirn überfordert. Das Haus war riesig. Er hatte sie mit vor Stolz geschwellter Brust herumgeführt und dabei in einem fort in sich hineingemurmelt, unter anderem von seiner Putzfrau, die er nun bald nicht mehr brauchen würde. Natalja hatte nur Bruchstücke verstanden und zu allem genickt. Als sie endlich in ihrem heißersehnten Bett gelegen hatte, war sie sofort in einen traumlosen Schlaf gesunken.

Sie öffnete die Vorhänge und blickte durch eine Glastür auf einen Balkon, hinter dem sich ein riesiger grüner Garten erstreckte, umgeben von dunklen Äckern. Ein kahler Ahornbaum, eingerahmt von Blumenbeeten, stand in der Mitte einer weiten, ebenen Rasenfläche. Der Himmel war blassblau und wolkenlos. Sie dachte an ihre winzige Wohnung in Sankt Petersburg, an die schäbigen Häuser in ihrer Straße, an die langen Tage, an denen man den Himmel gar nicht zu Gesicht bekam, an die nicht enden wollende schwüle Hitze des Sommers, den Regen und den schmutzigen Schnee im Winter. Vielleicht wäre es gar keine so schlechte Idee, Roy Creedy tatsächlich zu heiraten und für immer in diesem Paradies zu leben. Genau das hatte sie sich doch gewünscht – reich zu sein und in einer Villa zu wohnen, in Amerika. Das war das Leben, das sie sich erträumt hatte, und ob sie je berühmt werden würde, stand ohnehin in den Sternen.

Es klopfte leise.

»Ja«, rief sie auf Englisch.

Roy Creedy öffnete die Tür. Sein Blick wanderte zum Ausschnitt ihres Nachthemdes. Sie zupfte den Kragen zurecht und verschränkte die Arme vor der Brust.

»Äh, Morgen«, sagte er. »Es ist schon ziemlich spät. Frühstück?«

»Ja, gern. Ich ziehe an Kleider und komme gleich.«

»Gut«, sagte er. »Ich habe eine Überraschung für dich.«

Sobald er weg war, zog sie sich an, bürstete ihre Haare und legte sicherheitshalber etwas Make-up auf. Im Esszimmer wartete bereits ein Teller Rührei mit Speck auf sie. Daneben lag eine kleine samtene Schatulle, deren Anblick Nataljas Herz höher schlagen ließ.

»Ich habe schon gefrühstückt«, sagte er und bedeutete

ihr, Platz zu nehmen. Er setzte sich neben sie. »Ich stehe meistens sehr früh auf. Für einen erfolgreichen Geschäftsmann beginnt der Tag lange vor den offiziellen Öffnungszeiten.« Er grinste stolz. Er trug ein frisches Hemd und dazu Jeans, wie am Vortag.

»Sie sehen gut aus in Blau, Roy«, sagte Natalja und griff zur Gabel, als hätte sie die Schachtel gar nicht bemerkt.

»Und du … siehst in allem gut aus.« Er senkte die Stimme. »Und in nichts bestimmt auch.« Er schob ihr die Schatulle hin. »Hier, mach auf.«

Natalja öffnete sie vorsichtig, mit zitternden Fingern, und schnappte nach Luft, als sie einen Goldring mit einem riesigen funkelnden Diamanten erblickte.

»Gefällt er dir?« Roy nahm den Ring heraus und hielt ihn ihr hin, genau vor die linke Hand.

»Ist echt?«

»Na klar ist der echt.«

Sie streckte die Linke aus, und im selben Moment zog er die Hand zurück.

Sein Lächeln war wie weggewischt. »Erst möchte ich ein paar Kleinigkeiten klarstellen.«

Sie nickte. In ihren Ohren rauschte das Blut. *Konzentrier dich.*

»Ich mag keine emanzipierten Ehefrauen. So eine hatte ich schon, und sie hat mich um eine Menge Geld gebracht. Wenn du mich heiratest, akzeptierst du, dass ich das Sagen habe.«

»Natürlich«, sagte sie und verwarf auf der Stelle den Gedanken, ihn zu heiraten. Sie würde sich an Sofis Plan halten. Der Diamant sah aus, als wäre er eine Stange Geld wert, und sobald er an ihrem Finger steckte, konnte sie damit tun und lassen, was sie wollte.

»Und du wirst die Dinge tun, die eine Ehefrau tut – kochen, putzen, mein Haus in Schuss halten. *Ein* Baby kannst du meinetwegen bekommen, aber ich werde mich nicht darum kümmern. Ich mag keine Kinder. Sind mir zu anstrengend. Kindererziehung ist Frauensache, damit will ich nichts zu tun haben.«

»Kein Baby ist auch okay«, sagte sie.

»Das sagst du jetzt, aber du wirst deine Meinung ändern. Also, nur damit das klar ist: nur eines.« Er wackelte mit dem Zeigefinger, als wäre sie ein kleines Kind.

Sie nickte.

»Und zu guter Letzt: Eine Ehefrau hat bestimmte Pflichten …« Sie hätte beinahe gelacht, als er errötete. »Im Schlafzimmer bin ich der Boss.« Seine Stimme klang scharf, aggressiv. »Ich bekomme, was ich will, wann ich will.«

»Ja, Roy«, gurrte sie. »Aber nicht bevor wir heiraten.«

»Ah, wir sind wohl altmodisch, wie? Das gefällt mir.«

Sie hielt ihm erneut die linke Hand hin und lächelte strahlend.

»Himmel, was bist du schön.« Er schob ihr seufzend den Ring an den Finger. »Ich erledige die Formalitäten. Es wird keine große Feier geben, verstanden?«

Sie machte einen Schmollmund. »Aber schönes Kleid? Ich muss zurück nach Russland, ein paar Sachen ho…«

»Nix zurück nach Russland, du bleibst schön hier. Ich kaufe dir neue Kleider. Wenn du wirklich etwas von zu Hause brauchst, soll es dir deine Schwester schicken. Ich übernehme die Kosten.«

»Meine Schwester? Sie darf kommen zur Hochzeit?«

Er runzelte die Stirn, dann zuckte er mit den Schultern. »Meinetwegen. Wir bezahlen ihr den Flug.«

Natalja überlegte, was sie sonst benötigen könnte. Vielleicht konnte sie ihn ja dazu bringen, ihr einen größeren Betrag zur freien Verfügung zu überlassen. Andererseits wollte sie nicht gleich übertreiben. Er musste ihr vertrauen. Sie lehnte den Kopf an seine Schulter und schmiegte sich an ihn. »Danke, Roy. Ich freue mich sehr.«

Er hob ihr Kinn an, um sie zu küssen, ein widerlich feuchter Zungenkuss.

»Wir werden glücklich miteinander sein«, prophezeite er. »Solange du tust, was ich sage.«

Er drückte sie an sich, und ihr Blick wanderte über seine Schulter hinweg zum Küchenfenster, zu der herrlichen Aussicht dahinter. Jetzt konnte sie gehen. Sie hatte den Ring. Aber wenn sie noch eine Woche blieb ... Vielleicht ergab sich noch die eine oder andere Möglichkeit, ihm Geld abzuknöpfen; so viel, dass sie diesen Aufwand nicht mehr allzu oft betreiben mussten. Sie bewunderte den glitzernden Stein an ihrem Finger und war äußerst zufrieden mit sich.

KAPITEL 6

Es dauerte fünf Tage, bis er es endlich wagte, sie allein zu lassen.

Natalja wusste, dass er misstrauisch war. Deshalb hatte er ihr auch verboten, nach Hause zu fahren. Doch sie hatte ihn nach allen Regeln der Kunst bezirzt, hatte ihre schlechten Englischkenntnisse bewusst eingesetzt, um den Eindruck von Naivität zu erwecken. Diese Eigenschaft schien er fast am meisten an ihr zu schätzen. In erster Linie aber beeindruckte ihn ihre Schönheit. Natalja genoss seine Bewunderung. Sie kleidete sich betont brav, sorgte dabei aber stets für eine aufreizende Note. Mal war es ein wie zufällig offen stehender Knopf an der Bluse, mal der achtlos hochgerutschte Rocksaum, wenn sie neben Roy im Auto saß, mal ein verheißungsvolles Lächeln beim Frühstück.

Nachdem er sich fünf Tage für sie Zeit genommen hatte, musste er sich wieder um seine Geschäfte kümmern. Er besaß ein Einkaufszentrum im Nachbarort, und dort wurde er eines Morgens wegen eines Heizungsdefektes benötigt.

»Ich komme schon zurecht«, sagte sie. »Ich koche für dich russisches Abendessen.«

»Bleib mir bloß mit diesem ausländischen Fraß vom Leib. Im Tiefkühlschrank ist ein Steak.«

Natalja schenkte ihm ein strahlendes Lächeln.

»Gut, ich koche dir Steak.« Von wegen. Bis er zurückkam, würde sie längst über alle Berge sein.

Er ergänzte seine übliche Kluft mit einer Baseballkappe und verließ das Haus.

Eine Stunde, nachdem er gegangen war, packte Natalja ihren Koffer und suchte die Nummer eines Taxiunternehmens heraus. Sie würde in die nächste Stadt fahren und von dort einen Bus zum Flughafen nehmen. Sie griff zum Telefon, doch dann zögerte sie. Sie hatte ein paar Dollar, um die Fahrt zu bezahlen. Der Ring war bestimmt einiges wert, aber wenn man bedachte, wie weit sie dafür gereist war, war diese Beute doch etwas mickrig. Sie stellte den Koffer in die Küche und ging den langen, stillen Gang entlang zu seinem Schlafzimmer. Abgeschlossen.

Mistkerl.

Natalja überlegte fieberhaft. Wenn er die Tür versperrt hatte, dann befand sich dort drinnen zweifellos etwas, das sie haben wollte. Sie ging in die Knie, rüttelte am Knauf, spähte in den Spalt zwischen Rahmen und Türblatt. Sie seufzte und wollte gerade aufgeben, da fiel ihr der durchgehende Balkon ein. Sie eilte ins Gästezimmer, und gleich darauf stand sie vor den Balkontüren seines Schlafzimmers. Auch sie waren verschlossen, aber es war meilenweit niemand zu sehen, weshalb sie einen Stein aus einem Blumentopf holte und damit die Scheibe einschlug. Vorsichtig griff sie durch die Splitter hindurch, um die Tür zu öffnen, ritzte sich dabei aber am Unterarm die Haut auf. Ihr Herz klopfte wie verrückt. Sie kam sich vor wie eine Diebin. Sie *war* eine Diebin. Blut begann aus der Schnittwunde zu tropfen. Sie schnappte sich eine Handvoll Kosmetiktücher aus einer Box, die auf der Kommode neben dem Fernseher stand, presste sie auf die Wunde und wartete einen Moment, bis sich ihr Puls einigermaßen normalisiert hatte. Dann steckte sie die Kosmetiktücher ein und begann mit der Suche.

Die Luft im Zimmer war abgestanden. Es sah ganz danach aus, als hätte die Putzfrau keinen Zutritt zu seinem Allerheiligsten. Eine dicke Staubschicht zierte die Möbel, Roys Kleider waren über den ganzen Boden verstreut, und auf den Fliesen im Badezimmer nebenan lag ein Handtuch in einer Pfütze. Natalja öffnete den Kleiderschrank, ohne recht zu wissen, wonach sie suchte. Kleider, Schuhe, Baseballkappen. Die Kommode enthielt ebenfalls Kleider sowie Gürtel und halb leere Aftershave-Flakons. In einer Schublade lagen ausschließlich Socken, ein buntes Durcheinander. Keinerlei Wertsachen.

Unter dem Bett entdeckte sie eine große Schachtel mit Pornovideos und einschlägiger Lektüre von der übelsten Sorte. Sie hätte ihr Versprechen, Roy Creedy im Bett jeden

Wunsch zu erfüllen, zweifellos bereut. Sie erschrak, als unter den Zeitschriften und Videos zwei Pistolen zum Vorschein kamen. In einer Ecke der Schachtel hatte er mit kaugummiartiger Substanz einen Schlüssel befestigt. Natalja pulte ihn heraus und sah sich um. Wo konnte das Schloss dazu sein? Vielleicht hatte sie nicht gründlich genug gesucht. Sie durchwühlte noch einmal die Kommode. Nichts. Draußen klingelte das Telefon. Erst beachtete sie es nicht, dann fiel ihr ein, dass es ein Kontrollanruf von Roy sein könnte. Wenn sie nicht abnahm, kreuzte er womöglich umgehend hier auf. Würden dann seine Knarren zum Einsatz kommen? Sie hastete über den Balkon und durch das Gästezimmer in den Korridor und riss den Hörer von der Gabel.

»Hallo?«, sagte sie und versuchte, möglichst nicht nach Luft zu ringen.

»So geht man bei mir nicht ans Telefon«, knurrte er. »Nächstes Mal sagst du gefälligst: ›Hier bei Creedy, Natalja am Apparat.‹ Warum hat das so lange gedauert?«

»Ich wusste nicht, ob ich rangehen darf. Aber dann ich dachte, was ist, wenn das ist mein liebster Roy? Und du bist es wirklich. Ich bin froh, dass ich abgenommen habe.«

Er lachte leise. »Und, bist du ein braves Mädchen?«

»Ja, natürlich.«

»Dann lass uns heute Abend essen gehen. Ein paar meiner Geschäftspartner treffen sich gegen sieben in der Stadt. Ich werde ein bisschen mit dir angeben.«

»Gute Idee! Ich liebe essen gehen!«

»Bis vier bin ich zurück, und dann besorgen wir dir ein hübsches Kleid.«

Spätestens jetzt hatte sie Mitleid mit ihm, aber sie war schon zu weit gegangen. »Bis nachher!«

Natalja hetzte zurück ins Schlafzimmer, um ihre Suche fortzusetzen. Sie öffnete noch einmal den Kleiderschrank, holte eine Baseballkappe nach der anderen vom Regal. Unter der letzten befand sich eine quadratische Metallkassette mit einem Schloss. Der Schlüssel passte. Sie drehte ihn um und stieß im wahrsten Sinne des Wortes auf Gold. Vier schwere Armbänder, eine mit Diamanten besetzte Uhr, Ringe, ein Federhalter, alles aus Gold. Und ein Autoschlüssel mit einem Anhänger aus Gold und Diamanten.

Natalja hielt ihn hoch und betrachtete ihn nachdenklich.

Der rote Sportwagen.

Sie nahm den Inhalt der Kassette an sich, verließ den Raum und schnappte sich ihren Koffer. Dann ging sie nach unten und machte sich daran, die Verbindungstür zu öffnen, durch die man vom Haus aus in die Garage gelangte. Auch sie war abgeschlossen, aber das Schloss war alt, und mithilfe zweier Büroklammern hatte sie es in zwanzig Minuten geknackt. Zwanzig Minuten, in denen sie ihre Meinung noch hätte ändern können. Sie hatte genug erbeutet. Doch sie verdrängte Angst, Bedauern, Schuldgefühle, alle Gedanken an die Konsequenzen.

Sie öffnete das elektrische Garagentor, ließ die Sonnenstrahlen über die glänzende rote Motorhaube tanzen.

Mein ganzer Stolz.

Sie schloss den Wagen auf, nahm auf dem Fahrersitz aus weißem Leder Platz und ließ den Motor an. Der reinste Tiger.

Sie legte den ersten Gang ein und fuhr los. Gab zu wenig Gas, sodass der Motor abstarb. *Ganz ruhig*, ermahnte sie sich. *Konzentrier dich. Tief durchatmen.* Der Tiger erwachte knurrend wieder zum Leben. Sie brauste los, suchte im Radio vergeblich nach einem Country-Sender, schaltete es wieder aus. Sie hatte keine Ahnung, in welcher Richtung der Flughafen lag. Hauptsache, schnell weg von hier.

Eine Stunde später hielt sie an einer Tankstelle direkt neben dem Highway. Sie fürchtete schon, es sei geschlossen – der Laden wirkte baufällig, und bei der angrenzenden Werkstatt waren die rostigen Rolltore heruntergelassen –, doch dann trat ein Mann in einem Overall aus dem Laden. Er schlenderte gemächlich zu ihrem Wagen und rieb sich das stoppelige Kinn. Auf dem Namensschild an seiner Brust stand *Russell.*

»Kann ich Ihnen helfen, Lady?«

»Ich brauche Autogeschäft.«

»Autogeschäft?«

Sie verfluchte ihr schlechtes Englisch. »Ich muss Auto verkaufen.«

Russell trat einen Schritt zurück und betrachtete den schnittigen Wagen. »So, so. Ist das Ihrer?«

»Natürlich.«

»Und Sie haben die Papiere dabei?«

»Ich … Nein.« Sie hätte sich ohrfeigen können. Selbstverständlich brauchte man bei einem Autoverkauf die dazugehörigen Dokumente.

Er drehte sich um und rief über die Schulter in Richtung Werkstatt: »Jim! Mach auf!«

Natalja wusste nicht recht, was sie tun sollte. Was hatte er vor? Sie überlegte, den Rückwärtsgang einzulegen und davonzubrausen, aber dafür hätte sie den Mann umfahren müssen. Kettengerassel; eines der Rolltore öffnete sich.

»Rein mit Ihnen. Uns fällt bestimmt eine Lösung ein.«

Natalja nickte knapp und steuerte den Wagen in die Werkstatt, und ehe sie sichs versah, begann Jim, die Nummernschilder abzumontieren.

»He!«, protestierte sie.

»Na, na«, brummte Russell. »Ich dachte, wir sollen Ihnen helfen?«

Wieder sorgten ihre mangelnden Sprachkenntnisse dafür, dass sie sich hilflos fühlte. »Was machen Sie?«, fragte sie.

»Das ist nicht Ihr Auto, Schätzchen. Aber Jim und ich wissen, wie wir es zu unserem Auto machen können. Sie müssen uns bloß einen Preis nennen.«

Natalja hatte keine Ahnung, was sie verlangen sollte. »Ich brauche Geld. Kein Scheck.«

»Bargeld? Das lässt sich einrichten.«

»Und ich muss sofort zu Flughafen.«

»Auch das lässt sich machen.«

Sie betrachtete den Wagen. »Zehntausend Dollar?«, sagte sie unsicher.

Russell lachte. »Wissen Sie, was dieses Auto wert ist?«

Sie schüttelte den Kopf und kam sich dumm vor.

»Tja, wie es aussieht, haben wir heute beide einen Glückstag. Sie kriegen Ihre zehntausend Dollar, und ich bringe Sie zum Flughafen. Wir müssen unterwegs bei einer Bank vorbei …«

»Nicht DeKalb«, sagte sie.

»Kein Problem. Jim, mach du hier weiter. Ich bringe die Lady zu ihrem Flugzeug.«

Sie folgte ihm in seinen klapprigen Pick-up, und schon rumpelten sie durch winterliche Maisfelder. Zum Glück fühlte er sich nicht verpflichtet, mit ihr zu reden, sodass sie ungestört ihren Gedanken nachhängen konnte. Zehntausend Dollar, plus der Diamantring und der Goldschmuck aus der Schatulle. Sie hatte es geschafft. In einem einzigen Coup hatte sie sich selbst, ihrer Schwester und ihrer Cousine den Weg ins Glück geebnet. Sie kamen in eine Stadt und hielten auf dem riesigen Parkplatz eines Einkaufszentrums.

»Warten Sie hier«, befahl Russell und zog grinsend den Zündschlüssel ab. »Meinen klauen Sie mir nicht.«

Gehorsam lauschte sie dem leisen Ticken des erkaltenden Motors. Sie ließ den Blick über den Parkplatz schweifen, und ihr blieb beinahe das Herz stehen, als sie schräg gegenüber von ihr einen Kombi mit einem Wackeldackel auf dem Armaturenbrett sah. Roys Wagen. Das hier musste *sein* Einkaufszentrum sein! Wie hatte sie nur so dämlich sein können? In DeKalb hätte ihr keinerlei Gefahr gedroht. Roy war nicht in DeKalb, er war hier.

Am liebsten wäre sie aus dem Auto gesprungen und hätte schleunigst das Weite gesucht. Aber was, wenn sie ihm direkt in die Arme lief? Außerdem müsste sie dann auf die zehntausend Dollar verzichten. Also kauerte sie sich in den Fußraum, zwischen leere Getränkedosen und sonstigen Müll, schlang die Arme um die Knie und hielt den Kopf gesenkt. Eine halbe Ewigkeit verging. Wann immer sie Schritte hörte, war sie überzeugt, es wäre Roy. Sie versuchte, sich Erklärungen auszudenken, doch die Panik lähmte sie. Wenn dieser Albtraum doch nur endlich vorbei wäre!

Die Tür ging auf. Russell lachte.

»Vor wem verstecken Sie sich denn?«

»Fahren wir, bitte!«

»Wollen Sie sich nicht wieder richtig hinsetzen?«

Sie schüttelte den Kopf.

»Wie Sie meinen. Hier.« Er hielt ihr einen dicken Umschlag hin. »Zahltag.«

Während Russell rückwärts aus der Parklücke fuhr, riskierte sie einen letzten Blick auf Roys Wagen. Er stand noch immer am selben Fleck. Bald würde Roy darin nichtsahnend zu seinem ausgeplünderten Haus zurückkehren. Natalja wusste nicht recht, wem die Tränen galten, die ihr plötzlich in die Augen stiegen. Sie wollte nur auf schnellstem Wege zum Flughafen und nach Hause.

KAPITEL 7

Jeden Tag auf dem Nachhauseweg passierte Sofi die Galerie in der Borodinskaja-Straße, und wann immer es eine neue Ausstellung gab, ging sie hinein und schlenderte durch die labyrinthartigen Räume mit den gebohnerten Holzböden, um sich die Kunstwerke anzusehen. An dem Tag, an dem sie Julien kennenlernte, war sie tief in Gedanken versunken. Sie fragte sich, wie es Natalja wohl in Amerika ergehen mochte; ob sie gut angekommen war, ob Roy Creedy sie anständig behandelte, ob ihre Mission bereits erfolgreich gewesen war. Sie fragte sich auch, ob sie sich je ihre Tat würde verzeihen können. Deshalb hätte sie die neuen Plakate bestimmt übersehen, wenn sie nicht direkt vor der Galerie beinahe mit einem blonden Mann Mitte dreißig zusammengestoßen wäre, der soeben eines in der Vitrine am Eingang befestigt hatte.

»Verzeihung«, sagte er abwesend auf Russisch, wenn auch mit starkem Akzent, und wandte sich ab.

»Kein Problem.«

Die eine Hälfte des Plakats zeigte einen weiblichen Akt in prächtigen, satten Farbtönen; daneben stand der Name des französischen Malers: Julien Blanchard. Während der Mann ein Plakat in den zweiten Glaskasten hängte, betrat Sofi die Galerie.

Julien Blanchards Gemälde befanden sich im zweiten Raum, der den internationalen Künstlern vorbehalten war, und sie berührten Sofi zutiefst. Sie stand lange davor und staunte darüber, wie die konstrastierenden Farben sich gegenseitig zum Leuchten zu bringen schienen. Die Betrachtung löste eine zufriedene Schläfrigkeit in ihr aus. Schließlich wandte sie sich dem nächsten Werk zu, das sie mindestens genauso faszinierend fand. Blanchards Bilder repräsentierten genau jene für das neunzehnte Jahrhundert typische, antik anmutende Finesse, die sie stets in ihren Schmuckstücken einzufangen versuchte: traditionell und detailreich, aber mit modernen Materialien und Techniken ausgearbeitet.

Der Mann, der vorhin die Plakate aufgehängt hatte, stellte sich neben sie und musterte sie.

Sofi wandte den Kopf, lächelte ihn vorsichtig an. Er lächelte nicht zurück; im Gegenteil, der Blick seiner hellblauen Augen war kühl, eisig beinahe. »Was sehen Sie?«

Sofi war verblüfft, um Worte verlegen. »Sie sind wunderschön.«

»Ich habe sie gemalt.«

In der Gegenwart des Künstlers war sie gleich noch befangener. »Wirklich? Meine Güte, es ist mir eine Ehre, Sie kennenzulernen. Sie sind … eine Inspiration.«

Er sah sie verständnislos an. »Tut mir leid, mein Russisch ist nicht gut. Sprechen Sie Französisch?«

Sofi schüttelte den Kopf. Sie starrten einander einen Augenblick schweigend an, dann ging er davon und verschwand hinter einer Tür mit der Aufschrift *Zutritt nur für Personal.* Sofi wandte ihre Aufmerksamkeit wieder seinen Bildern zu, doch sie konnte nur noch an diesen Julien Blanchard denken, an sein Leben als Maler in Frankreich.

Ihm schien gar nicht bewusst zu sein, wie glücklich er sich schätzen sollte. Gedankenverloren spielte sie mit ihrem selbst gefertigten Armkettchen und fragte sich, ob sie je etwas erschaffen würde, das beim Betrachter eine ähnliche Wirkung erzeugte wie Julien Blanchards Bilder.

Als Stasja nach Hause kam, saß Sofi am Esstisch, ihre Perlen vor sich ausgebreitet, und starrte auf eine Postkarte.

»Alles in Ordnung?« Sie stellte ihre Tasche neben der Tür ab, ging zu ihrer Tochter und betrachtete die Karte. »Hübsch.«

»Ich habe mit dem Maler gesprochen.« Sofi wusste, dass sie klang wie ein Teenager, der sein Pop-Idol kennengelernt hat. »Ein richtiger, echter Maler.«

»Bestimmt muss er essen, schlafen und atmen wie jeder andere Mensch auch.«

Das Telefon klingelte. Sofi sprang auf.

Es war Lena. »Natalja ist wieder da.«

»Was? Seit wann? Sie hat uns nicht angerufen. Hat alles geklappt? Geht es ihr gu…«

»Keine Zeit«, fiel ihr Lena ins Wort. »Wir ziehen aus. Komm und hilf uns. Ein Bekannter von Natalja kommt auch gleich.«

»Ausziehen? Jetzt schon? Warum?«

»Komm einfach her, und mach schnell.« Aufgelegt.

Mama runzelte die Stirn. »Wer war das?«

Sofi war bereits an der Tür. »Lena. Ich muss los. Bis später.«

Sie rannte zur Metro. Was war geschehen? Warum die Eile, und warum hatte Lena so hoffnungsvoll und panisch zugleich geklungen? Menschen in Wintermänteln und Pelzmützen hasteten an ihr vorüber, aus den Restaurants drang der Geruch nach Bratfett. Sie eilte unter einem Baugerüst durch und gelangte kurz darauf in die kleine Straße, in der Lena und Natalja wohnten.

Lena begrüßte sie atemlos. Es herrschte ein heilloses Durcheinander – überall Kleiderhaufen, Bücherstapel, gefährlich hoch aufgetürmte Schachtelberge.

»Was ist los? Wo ist Natalja?«

»Hier bin ich.« Natalja trat mit einer Kiste aus dem Bad. »Mach dich nützlich. Verstau diese Bücher da in Schachteln.«

»Ich rühre keinen Finger, ehe du mir gesagt hast, was los ist.«

»Das erfährst du gleich«, sagte Natalja. »Aber fang an zu packen. In einer Stunde kommt Tolja mit einem Laster.«

Sofi machte sich an die Arbeit und lauschte entsetzt und aufgeregt zugleich Nataljas Bericht. Zehntausend Dollar, und eine ganze Menge Goldschmuck obendrein! Sie hatte Gewissensbisse, aber ihr Optimismus überwog.

»Wir müssen es also nicht noch einmal tun«, schloss Lena. »Toll, nicht?«

»Aber wir müssen sofort hier raus«, sagte Natalja. »Ich traue diesem Roy alles zu. Wenn er der Adresse drüben auf der anderen Straßenseite einen Besuch abstattet, wäre mir gar nicht wohl in meiner Haut.«

»Wo wollt ihr hin?«

»Zu dir und Tante Stasja.«

Sofi wollte einwenden, bei ihnen sei kein Platz, aber die meisten Möbel in dieser Wohnung gehörten dem Vermieter, und sie hatte schon einmal ihr Zimmer mit Lena und Natalja geteilt. Außerdem würden sie ohnehin schon sehr bald das Land verlassen. Der Gedanke an Mama, die von all dem nichts ahnte, versetzte ihr einen Stich.

Der Kistenberg wuchs. Sofi knurrte der Magen. Eigentlich hätten sie feiern sollen, in einem Restaurant, mit einer Flasche georgischen Weines.

»Seid ihr einverstanden, wenn ich Tolja Roys Schmuck verkaufen lasse?«, fragte Natalja. »Er hat gute Kontakte.«

»Nein«, sagte Sofi. »Tolja wird das erstbeste Angebot annehmen. Ein Bekannter von mir ist Juwelier und kennt sich damit bestimmt besser aus. Ich gehe gleich morgen zu ihm. Je eher wir die Sachen los sind, desto besser.«

»Hollywood, wir kommen«, frohlockte Natalja, ohne von der Kiste aufzuschauen, die sie gerade vollstopfte.

Sofi betrachtete sie einen Augenblick, und auch Lena hielt inne. Jetzt hob Natalja den Kopf und runzelte die Stirn. »Was ist?«, fragte sie verwirrt.

»Willst du es ihr sagen oder soll ich?«, fragte Lena.

Sofi holte tief Luft. Natalja war sich offenbar nicht über die Konsequenzen ihres Tuns im Klaren. Sie würde sehr enttäuscht sein. »Wir können nicht nach Amerika, Natalja.«

»Was? Warum? Das war doch der Sinn und Zweck …« Sie verstummte. »Ach so. *Er* ist in Amerika, und …«

»Und du hast seinen Wagen gestohlen. Unter anderem«, vollendete Lena den Satz.

»Aber Amerika ist ein riesiges Land!«, heulte Natalja auf.

»Wenn er die Polizei verständigt hat, dann wirst du bei der nächsten Einreise geschnappt. Und selbst wenn nicht: Willst du die ganze Zeit mit der Angst leben, dass dir deine Vergangenheit womöglich zum Verhängnis werden könnte?«

Natalja schüttelte den Kopf und zog eine Schnute. »Aber ich will ein Filmstar werden.«

»In anderen Ländern werden auch Filme gedreht«, sagte Sofi. »Wie wär's mit Frankreich?«

»Wir können alle kein Französisch«, wandte Lena ein.

»Dann müssen wir nach England.«

»London«, sagte Natalja, als wollte sie ausprobieren, ob es sich genauso gut anfühlte wie »Hollywood«.

»London«, wiederholte Sofi. Sie hatten genügend Geld für die Reise, und obendrein würde es für eine kleine Wohnung und einige andere Notwendigkeiten reichen.

Aber erst musste sie ihre Mutter einweihen.

Stasja redete zwei Wochen nicht mit Sofi.

Die Gegenwart ihrer Cousinen machte die Situation nicht einfacher, im Gegenteil. Sofi hatte ihrer Mutter alles erklärt, während Lena und Natalja bereits ihre Kisten in die Wohnung schleppten. Sie hätten Geld gespart, hatte sie gesagt, und nun sei es bald an der Zeit für sie, Sankt Petersburg zu verlassen. Russland zu verlassen. Mama hatte nichts gesagt, weder in diesem Augenblick noch die darauffolgenden Tage.

Nach zwei Wochen taute das Eis zwar ein wenig, aber Mama sprach nach wie vor nur mit ihr, wenn es sich nicht vermeiden ließ. Die Monate vergingen, und Sofi musste ihre gesamte Freizeit für die überaus umständliche Organisation der Visa aufwenden. Es gelang ihr nicht, Mama aufzumuntern, so sehr sie sich auch bemühte. Sofi hätte gern ihre Aufregung und ihren Frust über den langwierigen Prozess mit dem Menschen geteilt, der ihr am nächsten stand. Sie sehnte sich nach ihrer Gelassenheit und ihren praktischen Ratschlägen, doch ihre Mutter hielt sie auf Abstand.

Als sie endlich, endlich ihre Visa erhielten, bestimmten sie ein Datum für die Abreise und kauften ihre Flugtickets – hin und retour, anders ging es nicht. Für die Rückkehr gaben sie den allerletzten zur Auswahl stehenden Tag an und schworen sich, dass sie einen Grund haben würden, nach diesen ersten zwölf Monaten um eine Verlängerung ihres Aufenthaltes zu ersuchen. Sie packten ihre Sachen und versuchten, sich auf einen Koffer pro Person zu beschränken, allerdings wurden es bei Lena und Natalja dann doch zwei. Je näher der Abschied von ihrer Heimat rückte, desto melancholischer wurden sie, vor allem Sofi. Sie hätte alles viel einfacher gefunden, wenn sie sich zumindest an der Schulter ihrer Mutter hätte ausweinen können.

Zwei Tage vor der Abreise gingen Natalja und Lena abends aus, damit Sofi und Stasja noch etwas Zeit miteinander verbringen konnten. Sofi räumte eine Weile in ihrem Zimmer herum, leerte eine Schachtel mit alten Studienunterlagen und warf sie in den Abfallcontainer unten im Hof. Als sie zurückkam, saß ihre Mutter auf dem Sofa im Wohnzimmer und sah fern. Sofi näherte sich ihr zögernd.

»Mama?«

»Hm?« Stasja blickte stur geradeaus.

Sofi ging zum Fernseher und schaltete ihn aus. »Mama, wir müssen uns unterhalten.«

»Ich wollte mir das ansehen!«

»Findest du das etwa wichtiger?«

Mama schnaubte. »Unsere Ansichten darüber, was wichtig ist, gehen in letzter Zeit offensichtlich auseinander«, sagte sie, ohne den Blick zu heben.

Sofi setzte sich zu ihr und ergriff ihre Hände. »Ich bitte dich, Mama, sei nicht so zu mir.«

Schweigen.

»Sag mir wenigstens, warum du so böse auf mich bist.«

Erneutes Schweigen. So lief das jedes Mal, und Sofi hatte die Hoffnung auf eine Antwort längst aufgegeben.

Doch diesmal erwiderte Mama mit dünner Stimme: »Ich weiß es nicht.«

Sofis Herzschlag beschleunigte sich. Endlich war es so weit.

»Können wir darüber reden?«

Mama seufzte. »Mir ist wirklich nicht danach, Sofi.«

»Wir müssen aber. Ich will nicht, dass solche Spannungen zwischen uns herrschen, wenn ich so weit weg von dir bin.«

Mama lehnte sich zurück, rückte ein wenig von ihr ab. Im weichen Licht der Lampe zeichneten sich deutlich die tiefer werdenden Falten um ihren Mund ab.

»Ich werde dich vermissen, Mama. Du mich auch?«

»Natürlich«, kam es schroff zurück.

»Fühlst du dich im Stich gelassen? Ist es das?«

»Ja, ich fühle mich im Stich gelassen, Sofi.« Mama seufzte erneut. »Nicht nur von dir, sondern von der ganzen Welt.«

»Wie meinst du das?«

»Ich wusste immer, wo ich hingehöre, aber allmählich kommt es mir so vor, als würde niemand mehr wirklich *gebraucht* werden.«

»Ich brauche dich.« Sofi hütete sich wohlweislich, sie daran zu erinnern, dass jeden Tag auf der ganzen Welt Töchter erwachsen wurden und von daheim auszogen.

»Ich wusste immer, wo ich stehe«, fuhr Mama zusehends aufgewühlt fort. »Aber jetzt ist alles so unsicher. Ich muss mehr arbeiten und bekomme weniger Geld, und ich weiß nicht, bei wem ich mich darüber beschweren kann. Wegen der kaputten Fliese im Badezimmer habe ich schon mehrfach bei der Hausverwaltung angerufen, aber nichts geschieht, dabei steigt die Miete ständig. Ich bin die Einzige, die noch in der Gemeinschaftsküche kocht; alle anderen haben längst einen Herd in der Wohnung. Die Nachbarn kenne ich alle nicht mehr, abgesehen von der alten Irina. Und jetzt … verliere ich auch noch meine Tochter.«

»Du verlierst mich nicht. Wir schreiben einander, und wir werden uns wiedersehen. Du kannst mich besuchen kommen.«

»Wie denn? Eine Reise nach London kann ich mir nicht leisten, schon gar nicht jetzt, wo ich allein für die Wohnung bezahlen muss. Ich werde einen Untermieter aufnehmen müssen. Mein Leben lang habe ich mich für andere aufgeopfert – für das Kollektiv, für mein Kind, für die Kinder meines Schwagers, und was habe ich davon? Nichts. Ich bin achtundvierzig, und ich bin erschöpft. Das hier ist mein Leben«, schloss sie mit einer resignierten Handbewegung.

Sofi hatte einen Kloß im Hals. Sie schluckte die Tränen hinunter. »Ich werde dir Geld schicken, Mama. Sobald ich Karriere gemacht habe, kannst du bei mir leben.«

»Ich will kein Geld, und ich werde auch keines annehmen«, entgegnete Stasja. »Und wie kannst du dir so sicher sein, dass du Karriere machen wirst? Das sind doch alles bloß Spekulationen.« Sie zuckte mit den Schultern. »Ich werde hier auf dich warten, bis du reumütig zu mir zurückkehrst.«

So weit wird es nicht kommen, dachte Sofi, doch sie sprach es nicht aus, sondern fiel ihrer Mutter um den Hals und drückte sie lange an sich. Das Herz wurde ihr unendlich schwer, als Stasja ihr unter Tränen den Kopf streichelte. Einen Augenblick lang überlegte sie sogar zu bleiben, doch dann kam sie zu dem Schluss, dass es das Beste wäre, wenn sie ging und etwas aus ihrem Leben machte, um ihrer Mutter zu beweisen, dass es möglich war.

KAPITEL 8

Natalja bemühte sich, abends möglichst wenig zu Hause zu sein, denn Tante Stasja nahm es ihr und Lena übel, dass sie, ohne zu fragen, wieder bei ihr eingezogen waren. Also blieb sie nach Ladenschluss meist noch eine Weile in dem Schuhgeschäft, in dem sie jetzt arbeitete, und ging dann stundenlang an den Kanälen spazieren, wobei sie versuchte, sich jedes Detail genau einzuprägen. Der metallisch-säuerliche Gestank der Kanäle und Autoabgase würde ihr bestimmt nicht fehlen, wohl aber die Erhabenheit der Stadt, ihre goldenen Lichter. Wenn sie schließlich nach Hause kam, schlief Tante Stasja manchmal schon.

Es entsprach so gar nicht ihrem Naturell, melancholisch zu werden. Es gab Tage, da konnte Natalja es kaum erwarten, bis Sofi alle Formalitäten erledigt hatte und sie endlich ausreisen konnten. Dann wieder fragte sie sich, wie es ihr wohl in London ergehen würde. Hier kannte sie alles, hier war sie jemand. Aber dort … Gelegentlich rief sie sich bewusst ihre Reise nach Chicago in Erinnerung, als müsste sie sich selbst überzeugen, dass das alles wirklich geschehen war. Nicht zu fassen, dass sie einen Mann bestohlen und sein Auto verkauft hatte. Für zehntausend Dollar. Mittlerweile wusste sie, dass es mindestens fünfmal so viel wert war. Vielleicht waren ihre Schuldgefühle mit ein Grund für ihre Rastlosigkeit. Sie wusste, dass auch Sofi und Lena das schlechte Gewissen plagte.

Sie drückte ihre Zigarette am Sockel der Statue von Peter dem Großen am Senatskaja-Platz aus, vor der sie mit Tolja verabredet war. Sie bekam erneut Gewissensbisse, diesmal gegenüber Lena und Sofi. Sie hatte die Sache mit dem Verlobungsring für sich behalten, nicht etwa, weil sie unbedingt einen Diamanten besitzen wollte, sondern weil sie der Ansicht war, dass ihr für ihren Einsatz ein kleiner Bonus zustand; schließlich war sie das größte Risiko eingegangen. Sie hatte Tolja gebeten, den Ring für sie zu verkaufen. Sie würde für ihre Vorsprechen schöne Kleider brauchen, Schuhe. Sofi führte sich auf, als gehörte das Geld ihr; sie war wild entschlossen, es so einzuteilen, dass es für ein Jahr reichte, damit sie sich ganz auf die Verwirklichung ihrer Träume konzentrieren konnten, ohne sich ständig um ihren Lebensunterhalt kümmern zu müssen.

Sie wollte sich eben eine neue Zigarette anzünden, als sich eine vertraute massige Gestalt näherte.

»Hallo, Natalja«, begrüßte Tolja sie schmunzelnd.

»Was gibt's denn da zu grinsen?«, fragte Natalja.

Er zog die Schachtel mit dem Ring aus der Tasche.

»Warum hast du ihn nicht verkauft?«

»Keiner wollte ihn haben.«

»Gut, dann beauftrage ich eben jemand anders damit«, brummte sie verärgert. »Ich …«

»Natalja, er ist nicht echt. Weder der Ring noch der Stein.«

»Was?«

»Du hast schon richtig gehört. Schau, was passiert ist, als der Juwelier ihn geprüft hat.«

Sie hob den Deckel an. Der »Diamant« hatte sich halb aus der Fassung gelöst.

»Jemand hat mir hundert Rubel dafür geboten, aber ich dachte, vielleicht willst du ihn behalten. Als Andenken.«

Sie schnappte empört nach Luft. Man hatte sie übers Ohr gehauen! Dann stimmte sie in Toljas Gelächter ein. Sie lachte, bis ihr die Tränen kamen und der Bauch wehtat. Roy Creedys Verlobungsring war nur billiger Plunder. Das war zum Brüllen komisch. Ihre Schuldgefühle und ihr Mitleid lösten sich in der kühlen Nachtluft in Nichts auf.

Lena erwachte früh, viel zu früh, und konnte vor Aufregung nicht mehr einschlafen. In elf Stunden würde sie mit ihrer Schwester und ihrer Cousine in einem Flugzeug nach London sitzen. Es kam ihr unwirklich vor, wie ein Traum. Rasch stieg sie aus dem Bett und zog sich an.

Natalja wachte auf. »Was machst du denn?«, flüsterte sie.

»Ich kann nicht schlafen.«

»Versuch es. Es ist drei Uhr morgens. Wir haben einen langen Tag vor uns.«

»Ich werde es überleben.«

Lena schlich hinaus, schlüpfte in ihre Schuhe, nahm ihre Handtasche und stahl sich aus der Wohnung.

Es war Juli, schon bald würde wieder die Sonne scheinen. Der Himmel war von einem zarten Hellblau, das zum Horizont hin in Blassrosa überging. Davor erhob sich düster die Silhouette der Stadt. Es war ruhig, obwohl die Straßen nicht menschenleer waren. Touristen, Teenager und Leute, die wie sie nicht schlafen konnten, waren auf den Beinen, um die weiße Nacht zu genießen. Es war ein seltsames Gefühl, durch eine Stadt zu schlendern, in der es nicht richtig dunkel wurde. Lena kam sich vor wie in einem Traum. Sie spazierte eine Weile ziellos umher und schlug dann ganz automatisch den Weg zu der Wohnung ein, die sie sich mit Natalja geteilt hatte. Diese Adresse hatte sie auf den Kärtchen angegeben, die sie den ausländischen Gästen im Hotel zugesteckt hatte, weshalb sie einmal die Woche den Briefkasten dort kontrollierte. Lena konnte den Gedanken nicht ertragen, dass sich ihr Vater womöglich jetzt, nachdem sie dort ausgezogen waren, melden könnte.

Es waren kaum Autos unterwegs, die Luft war frisch und kühl. Lena wartete vergeblich darauf, dass Melancholie und ein Vorgeschmack von Heimweh sie erfassten. Seltsam. Sie wusste, dass Sofi darunter litt, und selbst Natalja erwähnte inzwischen immer wieder, dass sie dieses und jenes vermutlich zum letzten Mal taten oder sahen. Lena war angespannt, wie man es vor einer großen Veränderung nun einmal ist, doch der Verlust ihres Vaters war für sie weitaus schlimmer gewesen. Der Abschied von Sankt Petersburg konnte sie niemals derart aus der Bahn werfen.

Schließlich war sie bei ihrem alten Wohnhaus angekommen. Sie hatte ihren Hausschlüssel noch nicht abgegeben, und als sie die Sicherheitstür aufsperrte und einen weißen Umschlag aus ihrem Briefkasten ragen sah, machte ihr Herz einen Sprung. Doch es war bloß Reklame für Natalja; in der Ecke war das Logo einer Bekleidungsfirma aufgedruckt. Enttäuscht steckte Lena den Umschlag in ihre Handtasche und spähte ins Treppenhaus. Vielleicht waren mittlerweile neue Mieter eingezogen und hatten den Briefkasten geleert? Nein, dann hätten sie Nataljas Post bestimmt mitgenommen.

Lena sank auf die unterste Stufe und lehnte den Kopf an die Wand. Sollte sie die Suche aufgeben? War es an der Zeit, erwachsen zu werden und sich damit abzufinden, dass er entweder nicht mehr unter den Lebenden weilte oder, was weitaus wahrscheinlicher war, seine Töchter ganz einfach hatte loswerden wollen? Sie seufzte. Im Grunde hatte sie wohl immer geahnt, dass ihr Plan, in Amerika nach ihm zu suchen, sinnlos war. Ein neues Leben wartete auf sie, und es erforderte einen neuen Denkansatz. Vielleicht sollte sie doch eine Karriere als Model oder Filmstar anstreben. Sie würde berühmt werden und einen wunderbaren, ebenfalls berühmten Mann kennenlernen, und darüber würde sie ihren Vater, ihre erste Liebe, vergessen. Sie schloss die Augen. Versuchte vergeblich, sich daran zu erinnern, wie er damals ausgesehen hatte. Seine Züge waren verblasst.

»Lebwohl, Papa«, murmelte sie, öffnete die Augen und erhob sich. Wer wusste schon, was die Zukunft brachte? Alles war möglich. Alles bis auf die Rückkehr ihres Vaters.

Als sie auf die Straße trat, fiel ihr Blick auf das Gebäude gegenüber. Dort befand sich die ausgebrannte Wohnung, deren Briefkasten sie für ihren Heiratsschwindel verwendet hatten. Armer Roy. Sie hatten ihn belogen und betrogen. Natalja behauptete, er sei gefährlich, doch das konnte sich Lena nicht vorstellen. Sie hatte seine Briefe gelesen. Er hatte Fehler, und er war verwundbar, genau wie jeder Mensch. Einem plötzlichen Impuls folgend überquerte sie die Straße. Ob er wohl noch einmal geschrieben hatte?

Diesmal wurde ihre Mühe belohnt. Ein cremeweißer Umschlag mit Roy Creedys vertrauter Handschrift lag im Briefkasten. Sie riss ihn auf.

Hallo Natalja, du Miststück, ich bin froh, dass du weg bist. Ich habe dir vertraut. Ich habe dich GELIEBT. Aber jetzt weiß ich, dass du eine verlogene Hure bist. In der Hölle sollst du schmoren, du elende Schlampe. Du hast mir das Herz gebrochen. Roy.

Der Brief war in sichtlicher Erregung verfasst worden, die Buchstaben waren förmlich ins Papier eingraviert. Lena überflog die Zeilen ein zweites und ein drittes Mal. *Du hast mir das Herz gebrochen.*

Tief in Gedanken versunken machte sie sich auf den Rückweg. *Geh nach Hause, leg dich ins Bett, versuch zu schlafen.*

Aber dann bekäme sie heute keine Gelegenheit mehr, ihren Plan zu verwirklichen. Natalja und Sofi würden es ihr nicht gestatten.

Entschlossen setzte sie sich auf die Fensterbank eines Friseursalons und begann in ihrer Tasche zu kramen. Da, ein Stift, und Briefmarken hatte sie auch, aber kein Papier. Sie riss den an Natalja adressierten Umschlag auf. Werbung, wie sie bereits vermutet hatte. Die Rückseite des Blattes war leer.

Lieber Roy, schrieb sie auf Englisch. *Ich bin Ihnen zumindest eine Erklärung schuldig …*

Sie überlegte. Wie viel sollte sie preisgeben?

Natalja ist nicht allein verantwortlich. Ich bin ihre Schwester; ich habe die Briefe geschrieben. Unsere Cousine Sofi hat alles organisiert. Wir sind arm und verzweifelt. Ich weiß, das rechtfertigt nicht, was wir getan haben, aber vielleicht verstehen Sie uns wenigstens ein bisschen. Ich fand unseren Briefwechsel schön. Ich glaube, Sie sind ein netter Mensch, und ich hoffe, Sie finden eine andere Frau, die Sie aufrichtig liebt. Es tut mir schrecklich leid.

Lena.

Sie überflog das Geschriebene mehrere Male. Er sollte wissen, dass sie seine Erbitterung verständlich fand und sie ihre Tat bereuten. Was konnte schon groß passieren? Bis er den Brief erhielt, würden sie ohnehin längst über alle Berge sein, und es war höchst unwahrscheinlich, dass er sie je aufspüren würde. Vielleicht hatte die ganze Sache sogar ihr Gutes: Künftig würde er bestimmt besser aufpassen.

Sie steckte ihren Brief in den Umschlag, den er verwendet hatte, zog den Adressaufkleber ab und schrieb stattdessen Creedys Namen und Anschrift darauf. Dann klebte sie sämtliche Marken darauf, die sie noch hatte. Sie würde sie nicht mehr brauchen. Als sie den Brief eingeworfen hatte und den Weg nach Hause antrat, war ihr bedeutend leichter ums Herz.

Jetzt war sie bereit für einen Neubeginn. Ein neues Leben. In einem fernen Land.

Teil Zwei

KAPITEL 9

Natalja hatte die Nase voll vom Sparen. Besser gesagt, von Sofis Sparplänen.

Sie stand im Büro von Hanson & McCall, einer Model- und Casting-Agentur in der Tottenham Court Road, und Veronica Hanson höchstpersönlich prophezeite ihr eine glänzende Zukunft, dabei wusste Natalja noch nicht einmal, ob sie sich die Fotoaufnahmen für ihr Modelbook leisten konnte.

»Ich muss erst meine Cousine fragen«, murmelte sie. »Sie verwaltet unser Geld.«

Veronica, eine alternde Schönheit Anfang fünfzig, lächelte milde. »Sagen Sie ihr, diese Investition wird sich binnen eines Monats amortisieren. Mir schweben da einige Castings vor, für die Sie perfekt wären.«

»Als Model oder Schauspielerin?«

»Beides.«

Natalja hatte zu ihrer großen Enttäuschung feststellen müssen, dass die meisten Agenturen nur Models mit einer Mindestgröße von einem Meter achtzig vertraten. Sie war eineinhalb Zentimeter zu klein, ein Makel, auf den man sie bei der Shining Smile Academy in Sankt Petersburg nie aufmerksam gemacht hatte. Bei Hanson & McCall galten weniger strenge Anforderungen; auch ihr starker russischer Akzent war kein Problem.

»Sie sollten keine Zeit verschwenden.« Veronica reichte ihr eine Visitenkarte. »Rufen Sie mich noch heute Abend an.«

Natalja machte sich auf den Weg zur U-Bahnstation in der Goodge Street, um zu ihrer winzigen Mietwohnung in Fulham zurückzukehren. Sie hatte sich noch nicht an die lateinischen Schriftzeichen gewöhnt, die ihr überall entgegenstarrten. Es kam ihr so vor, als wäre sie in ein Lehrbuch gestolpert, in dem sie kein Wort verstand. Seit ihrer Ankunft in London vor zwei Wochen hatte sie jeden Tag erfolglos mehrere Agenturen abgeklappert, meist mit Lena im Schlepptau. Es ärgerte Natalja, dass sich ihre Schwester dasselbe Ziel in den Kopf gesetzt hatte wie sie. Schon als kleines Mädchen hatte sie ständig »Ich auch!« geschrien, und Natalja hatte alles mit ihr teilen müssen. Aus diesem Grund hatte sie sich heute Morgen allein aus der Wohnung geschlichen.

Als sie nach Hause kam, saß Sofi auf der durchgesessenen Couch und blätterte in einem Bastelkatalog.

»Wo ist Lena?«, erkundigte sich Natalja und hängte ihre Tasche an den Haken hinter der Tür.

Sofi ließ den Katalog sinken. »Sie hat sich heimlich rausgeschlichen, genau wie du heute früh.«

Das traf sich ja gut. »Ich muss mit dir reden«, verkündete Natalja und schwenkte Veronica Hansons Visitenkarte. »Ich habe eine Agentur gefunden, die mich vertreten will.«

»Du bist ohne Lena losgezogen?«

Natalja winkte ab. »Wir sind schließlich keine siamesischen Zwillinge. Es ist mein Traum; Lena soll sich einen eigenen suchen.«

Sofi drehte die Karte um. »Du liebe Zeit«, stieß sie hervor, als sie die Summe sah, die auf der Rückseite notiert war. »Sind das die anfallenden Gebühren?«

»Ja, aber Veronica meinte, ich werde das Geld im Nu wieder hereinbekommen … Und sie will mich, nicht Lena, verstehst du?«, fuhr Natalja mit gesenkter Stimme fort.

»Was weißt du über diese Agentur? Ist sie seriös?«

»Auf mich wirkt sie jedenfalls seriös.«

Sofi seufzte. »Tja, ich schätze, einen Versuch ist es wert, wo du schon mal in London bist.«

»Dann kann ich das Geld also haben?«

»Ja, aber unter einer Bedingung: Wir müssen anfangen, Englisch zu reden, auch zu Hause, sonst wird das nichts.«

Natalja verzog das Gesicht, musste ihr aber recht geben.

»Ich brauche auch ein bisschen Geld«, gab Sofi zu und hob den Katalog hoch. »Für Silberdraht und Glasperlen. Nicht so viel wie du, aber … Es gibt da einen Markt, auf dem sich mein Schmuck bestimmt verkaufen würde.«

»Tja, ich schätze, einen Versuch ist es wert, wo du schon mal in London bist«, echote Natalja. »Aber dann wird auch Lena ihren Anteil haben wollen.«

»Natürlich.«

»Ich weiß, es ist nur recht und billig«, sagte Natalja, »aber Lena wusste noch nie genau, was sie werden wollte.«

»Sie will Schauspielerin werden.«

»Ach, ja? Hat sie dir je einen Beweis dafür geliefert? Sie macht mir doch bloß alles nach.«

Sofi lächelte milde. »Wie auch immer; sobald wir unseren Anteil wieder eingenommen haben, ist sie an der Reihe.«

Wie aufs Stichwort schwang die Tür auf, und Lena hopste herein. Natalja und Sofi verstummten schuldbewusst. Lena hatte sich die glatten, dunklen Haare zu einem Pferdeschwanz zusammengebunden und sah aus wie ein Teenager. Natalja spürte, wie ihr Beschützerinstinkt erwachte. Dann bemerkte sie Lenas versonnenes Lächeln, während sie sich die Schuhe auszog.

Da steckte eindeutig ein Mann dahinter. Sie kannte ihre Schwester.

»Hallo«, trällerte Lena. »Ihr wirkt ja so ernst.« Sie ging in die Küche und öffnete den Kühlschrank. »Haben wir noch Milch?«

Sofi erhob sich. »Ja, ganz hinten. Mach uns doch allen einen Kaffee … Wir müssen mit dir reden. Über unser Geld.«

Während sie Kaffee tranken, legte Sofi ihrer Cousine die Situation dar. Natalja saß auf der Kante des Sessels, der so hart war wie das Sofa durchgesessen, und wartete auf das unvermeidliche »Ich auch!« ihrer Schwester.

Doch zu ihrer Überraschung zuckte Lena bloß mit den Schultern. »Klingt doch vielversprechend.«

»Sobald Natalja ihren ›Kredit‹ zurückgezahlt hat, was nicht allzu lange dauern sollte, kommst du dran«, sagte Sofi.

»In Ordnung. Ich vertraue euch.«

»Du bist ja so gut gelaunt«, stellte Natalja fest.

Lena führte die Tasse zum Mund, um ihr Lächeln zu verbergen. »Man hat mir gerade einen Job angeboten, in dem Zeitungsladen vorn an der Ecke. Drei Nachmittage die Woche.«

»Ich wusste gar nicht, dass du auf der Suche nach einem Job warst«, sagte Sofi.

»Wusste ich selber nicht. Aber ich langweile mich, und auf diese Weise kann ich Englisch üben.«

Lena sprach nur ungern über ihr Liebesleben, doch Natalja wusste die Zeichen zu deuten: Bestimmt arbeitete der Mann, der das Lächeln auf ihr Gesicht gezaubert hatte, ebenfalls in dem Laden.

Wie es aussah, hatte somit jede von ihnen bekommen, was sie haben wollte.

Lena stand in einem großen, verrauchten Pub in St Albans und trat von einem Fuß auf den anderen. Ihr taten die Beine weh, und außerdem fühlte sie sich in ihren Stöckelschuhen und dem geblümten Kleid äußerst unwohl. Sie hatte sich schick gemacht, für Sam, was hier völlig fehl am Platz war. Die anderen Anwesenden trugen durch die Bank Secondhandklamotten, Batik-T-Shirts, Flanellhemden und Doc Martens.

Sams Band, die Velvet Ponies, mit Sam an der Gitarre, Chris am Schlagzeug und James am Bass, nahm an einem Musikwettbewerb in St Albans teil. Lena war am Nachmittag mit den dreien hergefahren und hatte es sehr genossen, neben Sam auf dem Rücksitz des verrauchten Lieferwagens zu sitzen, der dem Vater des Schlagzeugers gehörte. Aus dem Radio hatte Musik gedröhnt, während Sam und seine Bandkollegen die Reihenfolge der Lieder festgelegt und sich ausgemalt hatten, welche davon sie aufnehmen würden, falls sie den Hauptpreis gewinnen sollten. Lena und Sam waren bislang einmal miteinander ausgegangen und hatten sich danach vor ihrer Haustür geküsst. Aber es fühlte sich bereits an, als wäre es etwas Festes. Sam hatte sich aus dem Sicherheitsgurt geschält und sich an sie geschmiegt, um ihr Ohr zu küssen und ihren Arm zu streicheln.

Sie hatten sich im Zeitungsladen kennengelernt. Sam hatte gerade draußen Werbeplakate für irgendwelche Illustrierten aufgehängt, als sie vorbeigekommen war. Kaum hatte sie ihn gesehen, da war es um sie geschehen. Sie war hineingegangen, um Stifte zu kaufen, die sie nicht benötigte, und gleich darauf war er am Tresen vorbeigekommen und hatte ihr ein träges, jungenhaftes Lächeln geschenkt, das auf sie wirkte wie die Kostprobe einer wunderbaren

Droge. Sie hatte sich beim Ladeninhaber erkundigt, ob er zufällig noch Personal benötigte, und er hatte ihr eine Teilzeitstelle angeboten. Und schon hatte sie sich erfolgreich in Sams Welt hineinkatapultiert.

Gerade als Lena das Gefühl hatte, sich keine Minute länger auf den Beinen halten zu können, betraten die Velvet Ponies endlich die Bühne.

»Hallo Leute! Alles klar?«, sagte Sam ins Mikrofon. Betrunkenes Gegröle. Lena hatte die Hände zu Fäusten geballt. Sie wusste, wie wichtig ihm dieser Wettbewerb war. Sie holte tief Luft und versuchte, sich zu entspannen. Die Band begann zu spielen.

Sam war aus einer kleinen Stadt an der Nordküste nach London gezogen, um Popstar zu werden. Zurzeit schlief er bei James, dem Bassisten, auf dem Sofa, und er war überzeugt, dass sie es schaffen würden. Lena glaubte felsenfest an ihn und bewunderte seine zuversichtliche Leidenschaft. Doch als sie die Velvet Ponies nun spielen hörte, vermisste sie an ihrer Musik die erwartete Genialität. Sie klangen nicht anders als die Bands, die vor ihnen aufgetreten waren. *Was weißt du schon über Popmusik?*, tadelte sie sich.

Sie beobachtete Sam, der nun mit ernstem Gesicht zur Gitarre griff. Seine langen Locken glänzten im Scheinwerferlicht. Was für ein umwerfender Mann. In ihrer Fantasie sah sie sich bereits als Freundin eines englischen Popstars. Sie würde in einer Villa auf dem Land leben, Designermode tragen und die Welt bereisen – nur noch erster Klasse natürlich. Sie dachte an Natalja, die berühmte Schauspielerin, zwei glamouröse Schwestern, schwer beladen mit den Einkaufstüten teurer Geschäfte.

Der Song endete, die Menge applaudierte. Lena klatschte so laut sie konnte, als würde das ihre Zweifel in Bezug auf die Velvet Ponies und ihre Zukunftsaussichten ausräumen.

Von den sechs Bands, die an jenem Abend auftraten, kamen drei in die nächste Runde. Die Velvet Ponies waren nicht darunter. Lena wartete im Lieferwagen, während Sam und seine Freunde missmutig ihr Equipment einpackten. Es war nach Mitternacht, die letzten Zuhörer gingen nach Hause. Endlich setzte sich Sam ins Auto und kuschelte sich lächelnd an sie.

»Tut mir leid, dass ihr nicht gewonnen habt«, sagte Lena. Er winkte ab. »Die Veranstalter werden es bestimmt bereuen, wenn wir erst eine Million Alben verkauft haben.«

Chris und James stiegen in den Wagen, und bald darauf fuhren sie auf der ruhigen Landstraße in Richtung London.

Sam und Lena knutschten die ganze Fahrt lang, wie Teenager. Lena kam alles ganz unwirklich vor, insbesondere Sam, seine heißen Lippen, seine Zunge, seine Haare, die sie kitzelten, seine Hände auf ihren Brüsten, über dem Kleid allerdings. Es war wie ein wunderschöner Traum, aus dem sie nie mehr erwachen wollte.

Schließlich lehnte er sich zurück, und sie sah auf die verlassene Straße hinaus und versuchte, wieder zu Atem zu kommen.

»Und, haben dir unsere Songs gefallen?«, fragte er leise.

»O ja«, schwärmte sie. »Sie sind fabelhaft.«

»Du bist süß.« Er küsste sie auf die Stirn. »Wir haben noch einen weiten Weg vor uns.«

»Aber wir werden es schaffen«, ließ James von vorn verlauten. »Wir dürfen nur nicht aufgeben. Never give up.«

Sam beugte sich zwischen den Sitzen nach vorn. »Wer sagt denn, dass sich diese Juroren mit Musik auskennen?«

»Einen Scheißdreck kennen die sich aus«, erwiderte Chris.

»Deshalb hat der Scheißdreck ja auch den ersten Platz gemacht«, sagte James, und dann brachen sie in schallendes Gelächter aus.

Zehn Minuten später waren sie vor ihrer Wohnung angekommen. Sie kletterte aus dem Wagen. Sam folgte ihr.

»Was machst du denn?«

»Na, ich muss dich doch noch zur Tür bringen.«

»Unsinn.«

Wovor hatte sie Angst? Gut, Sofi war vielleicht noch wach, aber Natalja war sicher längst im Bett. Oder? Lena stellte sich ihre verschlafene Schwester vor, betörend in einem dünnen Baumwollnachthemd, unter dem sich ihre Brustwarzen deutlich abzeichneten. Sie musste Sam von ihr fernhalten.

»Sofi und Natalja schlafen bestimmt schon; ich will sie nicht wecken.«

»Ich werde ganz leise sein.«

»Nein … lieber nicht.«

Sein Lächeln erstarb. »Schämst du dich etwa für mich?«

»Nein! Wie kommst du denn darauf?«

Plötzlich sah sie sich mit seinen Augen: eine viel zu elegant angezogene verklemmte Tussi, die ihn ihren Verwandten nicht vorstellen wollte. Sie schlang ihm die Arme um den Nacken und zog ihn für einen langen, leidenschaftlichen Kuss an sich. Als sie ihn losließ, lächelte er wieder.

»Ich erkläre es dir irgendwann«, versprach sie.

Er legte eine Hand aufs Herz und tat, als würde er ohnmächtig rücklings ins Auto sinken. Lena winkte, dann eilte sie die Stufen zum Eingang hinauf. Während der Lieferwagen in der Nacht verschwand, betrat sie mit klopfendem

Herzen den dunklen Korridor, Sams ansteckendes Lächeln noch immer auf den Lippen.

Sofi hatte ein schlechtes Gewissen, weil sie nicht arbeiten ging. Besser gesagt, weil sie kein Geld verdiente. Würde sich das jemals ändern? In den drei Wochen seit ihrer Ankunft in London hatten sich ihre Englischkenntnisse unglaublich verbessert, und mit ihren Qualifikationen wäre es ein Leichtes, eine Anstellung als Geologin zu finden. Sie hatte vorhin sogar eine entsprechende Anzeige in der Zeitung gesehen. Aber sie hatte nicht so viele Gefahren auf sich genommen, um für irgendein Abfallverwertungsunternehmen Berichte über verseuchte Böden zu verfassen. Sie war hier, um Schmuck zu entwerfen. Sie hatte ein Jahr Zeit, und sie hatte sich gelobt, diese Zeit bestmöglich zu nutzen und alles daran zu setzen, dass ihr Traum Wirklichkeit wurde.

So gesehen war ihr Besuch in der National Gallery am Trafalgar Square quasi harte Arbeit. Sofi gab ihren Rucksack ab und begab sich auf eine Reise durch die Jahrhunderte.

Sie war bereits in fast allen wichtigen Galerien der Stadt gewesen, doch immer wieder kehrte sie in diese riesige Sammlung großer Meisterwerke zurück. Vor einigen Gemälden blieb sie stets lange wie verzaubert stehen. *Die Hinrichtung von Lady Jane Grey* von Paul Delaroche oder Turners *Hero und Leander* … Farben und Strukturen sickerten in ihr Unterbewusstsein, um später in Form von Ideen für Schmuckstücke wiedergeboren zu werden: goldene Ketten und weiße Bänder; Silber, Perlmutt und Nachtblau. Zu Hause arbeitete sie dann stundenlang fieberhaft an ihren Entwürfen, während Lena und Natalja lautstark ein und aus gingen.

Sie klapperte auch zahlreiche Juweliere ab, prägte sich Muster und Formen ein, richtete schonungslos über jeden Goldschmied der Welt und war zugleich überzeugt, alle anderen müssten besser sein als sie, denn schließlich wurden deren Werke im Gegensatz zu ihren eigenen in Geschäften zum Verkauf angeboten.

Aber ehe sie ihre Schmuckstücke auf den Markt brachte, musste sie erst einmal genügend davon herstellen. Es würde sich zeigen, ob jemand daran interessiert war.

Sofi schlenderte durch die Galerie. Es war Donnerstagvormittag, noch früh und ziemlich ruhig. Um einer Gruppe australischer Touristen auszuweichen, betrat sie einen Raum mit Gemälden aus dem siebzehnten Jahrhundert. Sie blieb vor jedem stehen, sog das Gesehene förmlich in sich auf.

Vor einem Bild von Nicolaes Maes verharrte sie besonders lange. Es zeigte eine Frau, die mit einer hölzernen Schüssel auf dem Schoß eine Pastinake schälte und dabei von ihrer kleinen Tochter beobachtet wurde. Diesmal war sie ausnahmsweise nicht vom Zusammenspiel der Farben und Formen gefesselt, sondern von der dargestellten Szene. Die Frau erinnerte sie an Mama: das zurückgekämmte Haar, der konzentrierte, nach unten gerichtete Blick, das trübe Licht … Sofi fühlte sich in ihre Wohnung in Sankt Petersburg zurückversetzt.

Der Abschied war äußerst kühl gewesen. Mama hatte versucht, sich ihren Kummer nicht anmerken zu lassen, und Sofi hatte in ihrer Aufregung und Ungeduld getan, als würde es ihr gar nicht auffallen, sodass vieles ungesagt geblieben war. Sie hatte seit ihrer Ankunft in London jede Woche einen fröhlichen, wenn auch oberflächlichen Brief nach Hause geschickt, aber es war ungewohnt, Mama nach vierundzwanzig Jahren nicht mehr ständig um sich zu haben.

Sofi betastete ihre Hosentasche. Das Geld für die U-Bahn. Sie konnte Mama anrufen und zu Fuß gehen. Nein, es war zu heiß, zu weit. Und doch war sie plötzlich bereit, die sieben Kilometer Fußmarsch auf sich zu nehmen, um Mamas Stimme zu hören.

Sie eilte zum Ausgang, fütterte das nächstbeste öffentliche Telefon mit Münzen, wählte die vertraute Nummer.

Mama meldete sich auf Russisch. Welch ein Genuss, ihre Muttersprache zu hören!

»Ich bin's, Mama.«

»Sofi.« Überraschung, Freude, Zurückhaltung, alles in einem einzigen Wort.

»Sind meine Briefe angekommen?«

»Nein, kein einziger bis jetzt.«

Die russische Post. Sofi schämte sich. Sie hätte anrufen sollen, damit Mama wusste, dass alles gut gegangen war.

»Die kommen bestimmt noch. Es sind drei unterwegs«, sagte sie kleinlaut.

»Geht es dir gut? Und Lena und Natalja?«

»Ja, alles bestens.« Sofi war plötzlich den Tränen nahe. »Du fehlst mir.«

»Du mir auch, Kind. Aber lass dir dein Abenteuer nicht von deiner miesepetrigen alten Mutter verderben.«

»Du bist nicht miesepetrig.«

»Lassen wir das lieber. Erzähl mir von London.«

Also erzählte Sofi, und dann berichtete Mama, dass ihr Irina Petrowna Gesellschaft leistete und dass es in der Bäckerei viel zu tun gab. Sofi war unendlich froh, dass sie angerufen hatte; endlich hatten sich die Wogen geglättet. Münze für Münze warf sie in den Apparat – das Geld für die U-Bahn, das Geld für Milch und Eier, und dann wurde ihr klar, dass sie aufhören musste, sonst konnte sie nicht einmal mehr Kaffee kaufen, und das würden ihr ihre Cousinen nicht verzeihen.

»Ich werde dir jede Woche schreiben, Mama«, versprach Sofi. »Aber nur, wenn du mir auch schreibst.«

»Ich habe nichts zu erzählen«, wandte Mama ein. »Das Leben hier kommt dir bestimmt sehr langweilig vor.«

»Nein, gar nicht. Ich höre gern von dir, von zu Hause. Versprich mir, dass du mir schreibst.«

»Natürlich werde ich das. Ich liebe dich, Sofi.«

»Ich liebe dich auch, Mama.« Im selben Augenblick fiel die letzte Münze durch den Apparat.

KAPITEL 10

Der Regen trommelte an die schmalen Fenster ihrer kleinen Wohnung, während Sofi erwartungsvoll ihre erste Materiallieferung auspackte. Tausende von Glasperlen, mehrere Spulen Silberdraht und schachtelweise Verschlüsse – endlich musste sie nicht mehr alles selbst anfertigen. Als das Telefon klingelte, hätte sie am liebsten gar nicht abgenommen, aber Natalja hatte von ihrer Agentur in den vergangenen vier Wochen mehrere Aufträge erhalten, und Sofi wollte nicht dafür verantwortlich sein, dass ihr womöglich einer durch die Lappen ging. Doch es war Natalja selbst.

»Du musst sofort herkommen«, keuchte sie auf Russisch.

Sofi hatte sich so daran gewöhnt, Englisch zu sprechen, dass sie nicht gleich antworten konnte. »Wo bist du?« Sie wusste nur, dass Natalja zu einem Fototermin gegangen war.

»In Clapham, es ist nicht weit. Nimm ein Taxi, es eilt.«

»Was ist passiert?«

»Ich verstehe nicht, was sie von mir wollen.«

»Natalja, du musst endlich Englisch ler…«

»Sie sind ganz aufgebracht. Du musst kommen. Ich habe Angst.«

Sofi sah aus dem Fenster. Es goss in Strömen. »Also gut, sag mir die genaue Adresse.«

Da weit und breit kein Taxi zu sehen war, stieg Sofi am Fulham Broadway in einen Bus, ließ sich zwischen zwei feuchten Regenmänteln nieder und klappte den Stadtplan auf. Der Bus keuchte von einer Haltestelle zur nächsten. Sofi klopfte ungeduldig mit dem Fuß auf den Boden. Warum hatte Natalja Angst? War an dem Auftrag irgendetwas faul? Bislang hatte sie hauptsächlich für Kataloge posiert, in Unterwäsche und Bademode, was zwar recht einträglich war, aber auch irgendwie erniedrigend.

Sofi stieg aus und war noch keine zwei Minuten unterwegs, als eine Windbö ihren Regenschirm umstülpte. Bis sie an der betreffenden Adresse angelangt war, war sie vollkommen durchnässt. Trotzdem sah sie sich einen Augenblick verunsichert um. Sie stand vor einem ganz gewöhnlichen Wohnblock, von einem Fotoatelier keine Spur. Doch die Adresse stimmte. Sie trat ein.

Sobald sie die richtige Wohnung gefunden und geklopft hatte, riss Natalja auch schon die Tür auf. Sie war dick geschminkt, ihre Haare waren toupiert. Sie trug einen Morgenmantel.

»Danke, danke!«, wisperte sie und zerrte Sofi in die Wohnung.

Das Wohnzimmer war leergeräumt worden, an der Wand türmten sich Möbel, Bücher, ein Fernseher. In der Mitte des Raumes stand ein einzelner Ohrensessel, über den jemand eine große Decke mit Tigerpelzmuster drapiert hatte. Rund um den Sessel waren mehrere Scheinwerfer gruppiert. In der Küche unterhielten sich vier Männer.

»Meine Cousine ist jetzt hier«, verkündete Natalja auf Englisch, mit einem so starken russischen Akzent, dass Sofi Zweifel kamen, ob ihre Cousine die Sprache je gut genug beherrschen würde, um als Schauspielerin zu arbeiten.

Einer der vier, ein schlaksiger bärtiger Bursche in einem schwarzen T-Shirt, das über seinem Bierbauch spannte, kam auf sie zu und wedelte mit einem Blatt Papier. Das musste der Fotograf sein.

»Sie hat unterschrieben! Zeit ist Geld! Ich muss meine Assistenten zahlen!«

Sofi nahm den Zettel und murmelte, zu Natalja gewandt, auf Russisch: »Was ist denn los?«

»Sie haben gesagt, ich soll mich nackt ausziehen.«

»Was?«

»Es gibt keine Kleider, die ich vorführen soll. Sie wollen Nacktfotos von mir machen.«

Sofi überflog den Vertrag, den Natalja unterzeichnet hatte. Da stand es, schwarz auf weiß: *Ich wurde darüber informiert, dass für den vorliegenden Auftrag unter Umständen Aktaufnahmen erforderlich sind.*

»Hat dir Veronica das denn nicht gesagt?«

»Nein, nichts.«

»Natalja kann nicht gut genug Englisch. Sie wusste nicht, was sie da unterschreibt«, erklärte Sofi dem Fotografen.

»Da ist ein rechtlich bindender Vertrag!«, donnerte er

mit hochrotem Kopf. »Ich hatte bereits beträchtliche Ausgaben für dieses Shooting!«

»Natalja, geh und zieh dich an«, befahl Sofi.

»Wag es ja nicht«, zischte der Fotograf.

Natalja sah gehetzt zwischen ihnen hin und her.

»Zieh dich an«, wiederholte Sofi auf Russisch mit schneidender Stimme. Natalja huschte ins Schlafzimmer.

Sofi reichte dem Fotografen den Vertrag. »Sie hatte keine Ahnung, was da steht. Sie wird sich nicht ausziehen.«

»Ist doch nicht mein Problem, wenn sie nicht Englisch kann.«

»Nataljas Problem ist es auch nicht. Beschweren Sie sich bei der Agentur.« Was hatte sich diese Veronica Hanson nur dabei gedacht? Andererseits hatte Natalja nichts dagegen gehabt, sich spärlich bekleidet ablichten zu lassen … Vielleicht waren die bisherigen Shootings ja gar nicht für Versandhäuser gewesen. »Wir gehen jedenfalls nach Hause.«

»Sie geht nirgendwo hin!«, brüllte der Fotograf.

Die anderen drei Männer scharten sich wie ein Rudel knurrender Hunde um ihn. Natalja trat aus dem Schlafzimmer; sie trug wieder ihre eigenen Kleider.

»Klären Sie das mit Veronica Hanson.« Mit heftig klopfendem Herzen packte Sofi ihre Cousine an der Hand und zog sie zur Tür. »Los, komm mit.«

Der Fotograf zog Natalja an den Haaren, sodass sie aufjaulte und strauchelte. »Hören Sie sofort auf!«, schrie Sofi, legte ihr einen Arm um die Taille und half ihr wieder auf die Beine. »Lassen Sie sie in Ruhe, sonst rufe ich die Polizei!«

Der Mann trat fluchend einen Schritt zurück und ließ sie gehen. Als sie unten auf der Straße waren, gaben Sofis

Knie nach, sie musste sich an die Hausmauer lehnen. Der Regen ließ Nataljas Frisur in sich zusammenfallen.

»Ich dachte schon, er bringt mich um«, keuchte Natalja auf Russisch und rieb sich den Kopf.

»Natalja, *bitte*, Englisch! Genau deshalb gerätst du immer in solche Situationen.«

»Veronica wird sauer sein. Sie vermittelt mir bestimmt keine Aufträge mehr.«

»Na, umso besser! Sie hat dich nicht darüber aufgeklärt, was hier läuft. Sie weiß, dass du kaum Englisch kannst. Sie hat einfach gehofft, dass du tust, was man dir sagt. Wenn du je als Fotomodell oder Schauspielerin ernst genommen werden willst, dann musst du auf deinen guten Ruf achten. Keine Unterwäsche- oder Bikini-Fotos mehr.«

»Aber Veronica …«

»Vergiss Veronica. Du suchst dir eine neue Agentin.«

Natalja kamen die Tränen. »Wie denn? Ich kann kaum Englisch reden, geschweige denn lesen.« Auf ihren Wangen bildeten sich schwarze Wimperntuschestreifen. »Ich schaffe das nicht. Was ist, wenn so etwas noch einmal passiert?«

»Keine Sorge.« Sofi dachte an das, was ihre Mutter ihr vor Jahren eingeschärft hatte: *»Du bist keine Schönheit wie deine Cousinen, aber du hast Köpfchen. Wenn die beiden einmal in Schwierigkeiten geraten, werden sie auf deine Hilfe angewiesen sein.«*

»Es wird nicht mehr passieren, weil ich dich managen werde.«

Sam, Sam, Sam. Lena konnte an nichts anderes mehr denken. Seine lächelnden Augen, seine langen Locken, seine warmen Hände … Sie verbrachte die Tage in einem Zustand liebestrunkener Verträumtheit. Vergessen waren ihre

Pläne, ein Filmstar zu werden, vergessen war Russland und die Suche nach ihrem Vater, vergessen auch ihr Drang, sich in ihrer neuen Heimat zu etablieren. Alles, was ihr einmal wichtig gewesen war, trat in den Hintergrund.

Die langen Sommertage waren vorüber, die Luft wurde bereits kühler und kündete vom nahenden Herbst. Am Mittwochabend machten sie wie immer zur selben Zeit Feierabend und brachen gemeinsam auf zum Proberaum der Velvet Ponies, einem ehemaligen indischen Restaurant. Die nackten Dielen dufteten noch nach Chili und Kardamom. Das Gebäude gehörte dem unberechenbaren Onkel des Schlagzeugers, weshalb die Band ständig befürchtete, demnächst vor die Tür gesetzt zu werden. Im Moment jedoch warteten ihre Instrumente dort noch sicher eingeschlossen auf die nächste Probe.

Als sie endlich ankamen – der letzte Kunde hatte sich bei der Auswahl der Lottozahlen ziemlich lange Zeit gelassen –, war dort alles dunkel. Sam knipste eine der Lampen an, über die jemand ein Tuch mit Paisleymuster gehängt hatte. Lena entdeckte einen Zettel auf dem Verstärker.

Probe entfällt – Chris schafft es leider nicht, und ich bin hundemüde. Fahre nach Hause, bis nachher, James.

»Ach, Mist«, brummte Sam und griff trotzdem zur Gitarre.

Lena ließ sich auf das alte Sofa fallen. Auf dem billigen Couchtisch stand ein schwerer Aschenbecher, der wie immer vor Zigarettenkippen überquoll. »Das ist doch sicher schon das dritte Mal, dass Chris nicht kommt, oder?«

»Das vierte Mal.« Sam setzte sich zu ihr. »Keine Ahnung, wie ernst ihm die Sache ist. Aber er ist ein guter Schlagzeuger.« Er zupfte an den Seiten. Ohne Verstärker klangen die Töne dünn und leise, kaum hörbar.

Lena verfolgte wie hypnotisiert die Bewegungen seiner Finger.

»Gefällt es dir?«

»Äh, ja.«

Er schaltete den Verstärker ein und wiederholte die Melodie. Diesmal sang er auch dazu. Es war eine ruhige Nummer, eine Art Liebeslied, aber beschwingter, keine wuchtige Ballade. Lena grinste bis über beide Ohren, als er zum Refrain gelangte: *My Russian Girl.* Es ging um sie. In ihrem ganzen Leben hatte sie noch nie etwas so Schönes gehört, zumindest kam es ihr so vor. Als er geendet hatte, warf sie ihm die Arme um den Hals und küsste ihn.

»Danke. Es ist wunderschön.«

»So wie du.« Er machte sich von ihr los, um die Gitarre abzustellen, dann umarmte er sie. Sein Kinn war warm und stachelig. »Du bist das Beste, das mir je passiert ist«, flüsterte er ihr ins Ohr. Dann küsste er zärtlich ihr Ohrläppchen, ihre Wange, ihr Kinn. »Wir sind ganz allein hier, Lena … Was hältst du davon, wenn wir …?«

Sie war jetzt zwei Monate mit ihm zusammen und hatte sich bislang geweigert, mit ihm zu schlafen. Allmählich wurde er ungeduldig. Nicht, dass er ihr das zeigte. Er war ein vollendeter Gentleman, in jeder Hinsicht, und er hatte ihr versichert, er würde warten, bis sie so weit war. Doch wann würde das sein? Sie war keine Jungfrau mehr, dafür hatte sie an ihrem zwanzigsten Geburtstag gesorgt, um es hinter sich zu haben. Danach hatte sie sich stets gut überlegt, mit wem sie ihren Körper teilen wollte, und nicht ohne Grund. Zwei ihrer Freunde hatten Schluss gemacht, weil sie sich geweigert hatte, mit ihnen ins Bett zu gehen, was in ihren Augen bedeutete, dass sie sie nicht verdient hatten. Hatte sie Angst, Sam könnte sie ebenfalls verlassen? Wollte sie seine Absichten testen?

Sie vertraute ihm, und als er nun ihren Hals küsste, erwachte die Lust in ihr und ließ ihren Widerstand dahinschmelzen.

»Gib dir einen Ruck, Lena.« Seine grauen Augen ruhten auf ihr. »Wann sind wir denn sonst je allein?«

Sie schob sich die Haare aus dem Gesicht. »Also gut.«

»Im Ernst?«, fragte er und lächelte, und ihr Puls beschleunigte sich.

»Ja, im Ernst.«

Er liebkoste ihr Gesicht, ließ die Fingerspitzen über ihre Wangenknochen und ihr Kinn gleiten. »Ich werde dich verwöhnen«, versprach er und küsste sie.

Sie schmiegte sich an ihn, und die Erde schien sich langsamer zu drehen, als er schließlich begann, sie auszuziehen. Seine Lippen wanderten über ihren weichen Körper. Seine Haut auf ihrer Haut, so heiß und glatt … Sie schloss die Augen und gab sich den Empfindungen hin, die seine Hände, seine Finger in ihr auslösten. Eine nie gekannte Erregung ergriff von ihr Besitz, und als sie sich schließlich aufbäumte und zum Höhepunkt kam, schrie sie unwillkürlich auf vor Lust. Gleich darauf war es ihr peinlich, dass sie sich so hatte gehen lassen.

»Tut mir leid«, sagte sie atemlos.

»Das muss es nicht. Ist das dein erstes Mal?«

»Nein, aber *so* war es noch nie.«

Er lachte leise, und dann war er über ihr, seine Locken streiften ihr Gesicht, und er drang behutsam in sie ein. Sie klammerte sich an ihn und wünschte sich, der Augenblick möge niemals vergehen. Das alte Sofa, das Tuch über der

Lampe, der Geruch nach abgestandener Zigarettenasche und indischen Gewürzen – all das kam ihr unglaublich romantisch vor. Sie erschrak kurz, als ihr einfiel, dass sie kein Kondom benutzten, doch sie schob den Gedanken beiseite. Sie wollte den Moment nicht verderben.

Danach lagen sie eng umschlungen auf dem Sofa, unter einer alten Decke, die sie aus der großen Trommel geholt hatten. Lena war gerade im Begriff einzudösen, als Sam sagte: »Lena, ich glaube, ich liebe dich.«

Sie richtete sich auf und sah auf ihn hinunter. »Ich *weiß*, dass ich dich liebe.«

Er zog sie lächelnd an sich, um sie zu küssen. Lena hatte das Gefühl, in einer riesigen Blase puren Glückes zu schweben. Er liebte sie. Bisher hatte sie die Liebe nur aus Büchern und Filmen gekannt. Stets hatte sie sich ihr entzogen. Und da war sie plötzlich, in Sams Armen.

»Wann stellst du mir deine Schwester und deine Cousine vor?«, wollte er wissen.

Sie zögerte. Er liebte sie; Natalja konnte ihn ihr nicht mehr wegnehmen. Doch das war gar nicht ihre größte Sorge. Hier, jetzt, war sie wunderschön, das schönste Mädchen der Welt. Doch wenn er erst Natalja kennengelernt hatte, wusste er, dass sie das nicht war.

»Lena? Du sagst ja gar nichts. Willst du mir nicht verraten, was das Problem ist? Ich habe allmählich das Gefühl, du willst nicht, dass deine Familie von mir erfährt.«

»Nein, nein«, sagte sie rasch. »Das ist es nicht.«

»Was ist es dann?«

Sie setzte sich auf, zog sich die Decke über die Brust und holte tief Luft. Früher oder später musste sie ihm die Wahrheit sagen. Sie liebte ihn. »Meine Schwester Natalja ist unglaublich schön.«

»Das bist du doch auch.«

»Sie ist schöner als ich. Das habe ich schon immer gewusst.«

Er lachte und zog sie kopfschüttelnd an sich. »Schönheit ist doch total subjektiv, Lena. Kennst du das Sprichwort ›Schönheit liegt im Auge des Betrachters‹?«

Sie nickte.

»Nun, da ist durchaus etwas Wahres dran. Alte Männer halten ihre Frauen immer noch für die schönsten Geschöpfe auf Gottes Erde, selbst wenn sie voller Falten sind.« Er drückte sie an sich. »Ich werde es dir beweisen, falls ich das Glück haben sollte, dass wir so lange zusammen sind.«

Lena stiegen Tränen in die Augen. War es die Erleichterung oder die Vorstellung, sie könnten miteinander alt werden?

»Also gut«, willigte sie ein. »Ich werde dir Natalja und Sofi vorstellen.«

Er küsste sie auf die nackte Schulter. »Na, Lust auf eine zweite Runde?«

»Und ob«, sagte sie.

Die Nächte gehörten Sofi.

Sobald Natalja und Lena außer Haus oder zu Bett gegangen waren, machte sie sich an die Arbeit. Stundenlang saß sie dann am Esstisch und hantierte mit Perlen und Schmuckdraht, bis ihr die Hände schmerzten.

Sie hatte sich bei einigen Standbetreibern am Camden Market erkundigt, ob jemand eine Handvoll ihrer Schmuckstücke übernehmen wolle, und stets hatte es geheißen, sie solle sich doch einen eigenen Stand mieten. Dafür musste sie natürlich erst einmal eine ganze Menge Schmuck herstellen. Aber es mangelte ihr nicht an Ideen, und Natalja und Lena hatten nichts dagegen, wenn sie sich mit Material eindeckte. Doch es dauerte.

Tagsüber war sie damit beschäftigt, Natalja zu managen. Es dauerte über eine Woche, eine neue Agentur für sie aufzutreiben. Es gab genügend Scouts, die ihr dieselbe Art von zwielichtigen Aufträgen verschaffen konnten wie Veronica Hanson, und obendrein zahlreiche, die ihr eine Menge Geld abknöpfen wollten, aber keine Arbeit garantieren konnten. Schließlich stieß sie auf eine Agentur am Regent's Park, die gerade ein Casting für eine Fernsehwerbung veranstaltete und Natalja für die perfekte Kandidatin hielt. Sie musste sich lediglich zwei Stück Kaugummi auf den Handteller kippen und sie sich lächelnd in den Mund stecken – wortlos, sprich, ihr Akzent würde kein Problem darstellen. Die Agentur erklärte sich bereit, Natalja zu vertreten, Natalja bekam den Auftrag, und Sofi nahm an, fortan würde alles wie von allein laufen.

Doch nach vier Wochen herrschte erneut Flaute.

Die Agentur vermittelte Natalja zahlreiche Castings, und dank ihres Aussehens schaffte sie spielend die erste Runde, doch sobald sie den Mund aufmachte, war es vorbei, ganz gleich, wie lange sie den Text mit Sofi einstudiert hatte.

»Es ist so ungerecht!«, jammerte Natalja oft. »Andere Mädchen werden auf der Straße entdeckt!«

Sofi paukte unentwegt mit ihr, mit dürftigem Erfolg, und kam schließlich zu der Überzeugung, dass es besser wäre, wenn Natalja ständigen Umgang mit Muttersprachlern pflegte statt mit ihren russischen Verwandten. Sie überredete Natalja, sich wie Lena eine Stelle zu suchen, und sei es nur für kurze Zeit.

Der Vorschlag war bei Natalja auf großen Widerstand

gestoßen, bis Sofi über eine Stellenanzeige für die Teestube des Fernsehsenders STC gestolpert war. Das Bewerbungsgespräch war am Montag.

Sofi lehnte sich gähnend zurück. Sie hatte in mühevoller Kleinarbeit für eine Reihe bunter Muscheln Kastenfassungen aus Silberdraht geflochten, aus denen sie nun ein Armband fertigen wollte. Nachdenklich schob sie sie auf dem Tisch hin und her: zartrosa, cremeweiß, lachsrosa ... Nein, lachsrosa, zartrosa, cremeweiß ... Sie konnte sich nicht entscheiden, aber die richtige Reihenfolge der Farben war immer schwierig. Noch schwieriger fand sie es allerdings, einen Preis für ihren Schmuck festzulegen. Das Material, Glasperlen und Muscheln, war nicht teuer, doch was war ihre Arbeit wert? Eines Tages, so hoffte sie, würde sie echte Steine verwenden können – Rosenquarz, Topaz, Kunzit und Turmalin würden diesem Armband eine angenehme Schwere verleihen, die gebührende Präsenz verschaffen.

Allmählich wurden ihr die Lider schwer. Nicht nur die nächtliche Arbeit ermüdete sie, sondern auch die ständige Auseinandersetzung mit der Fremdsprache. Lena beherrschte sie bereits fließend; ihr fiel es leicht, zu Hause englisch zu reden, wie sie es sich vorgenommen hatten. Sofi dagegen übersetzte im Geiste noch immer alles vom Russischen ins Englische, sie musste also doppelt so viel denken. Außerdem kümmerte sie sich um sämtliche organisatorischen Angelegenheiten – Mietvertrag, Rechnungen, Formulare, Finanzielles.

Sie war gerade am Zusammenräumen, als die Tür leise aufging und Lena lächelnd eintrat. Ihre Wangen waren von der kühlen Nachtluft gerötet.

»Du bist ja noch auf.«

»Ich wollte gerade ins Bett gehen.«

»Kann ich mit dir reden?«

Sofi nickte, und Lena setzte sich ihr gegenüber.

»Sofi, ich bin verliebt.«

»Das wissen wir.«

Lena riss die Augen auf. »Ihr wisst es?«

»Natalja vermutet es. Jemand aus dem Laden?«

»Ja, Sam. Er ist …« Sie verstummte, suchte nach Worten.

»Wann werden wir ihn kennenlernen?«

»Bald, bald. Es ist nur … Natalja … Sie ist so wunderschön.« Lena lachte befangen. »Ich mache mir Sorgen, weißt du?«

Sofi dankte dem Schicksal, dass sie nicht mit Schönheit gesegnet war. Schöne Menschen waren, wie es schien, einem ständigen Wettbewerb unterworfen, der ihnen nichts als Sorgen bereitete.

»Ich glaube, du musst dir deswegen keine Sorgen machen.« Sie tätschelte ihrer Cousine die Hand. »Nicht, wenn er dich liebt.«

»Das tut er. Zumindest sagt er das.« Lenas Wangen wurden noch röter, und jetzt wusste Sofi, dass es nichts mit der herbstlichen Kühle zu tun hatte. »Sofi, ich erkenne mich selbst kaum wieder, wenn ich mit ihm zusammen bin.«

»Lad ihn ein. Wir kochen ein russisches Essen. Wenn er erst deine *Tschebureki* probiert hat, ist er für immer dein.« Sofi stand auf und streckte sich. »Gehen wir schlafen?«

»Ich komme gleich nach.«

Während Lena noch eine Weile im Dunkeln saß und grübelte, machte Sofi es sich auf ihrer Luftmatratze bequem. Eines ist sicher, dachte sie: Sollte sich je ein Mann für mich interessieren, dann muss ich bestimmt keine Angst haben, dass Natalja ihn mir ausspannt.

KAPITEL 11

Die Kantine des STC-Gebäudes in Acton, das sich über mehr als einen halben Häuserblock erstreckte, bedurfte dringend einer Generalsanierung. Jedenfalls fand Natalja das, wenn sie dort ihre Runden drehte, um die Tische abzuräumen und mit einem schaumigen Reinigungsmittel zu säubern, von dem sich die Haut an ihren Fingerspitzen schälte. Man müsste bloß den blauweißen Linoleumboden und die staubigen Barockleuchter ersetzen, und eventuell die abgestoßenen dunklen Wände in einer anderen Farbe streichen, dann würde dieser Raum genauso schick und modern wirken wie der Rest des Gebäudes. Vielleicht fände sie diesen Job dann nicht ganz so deprimierend.

Sofi hatte recht gehabt: Ihr Englisch hatte sich rapide verbessert, seit sie diese Stelle vor vier Wochen angetreten hatte. Da sie nun tagtäglich mit der Sprache konfrontiert war und nicht mehr auf Hilfe von Lena oder Sofi hoffen konnte, lernte sie sehr rasch neue Wörter und Satzstrukturen und konnte inzwischen auch leidlich Englisch lesen. Trotzdem hasste sie ihren Job und die Tatsache, dass sie sich die Haare zum strengen Pferdeschwanz zusammenbinden und eine hässliche gestreifte Schürze tragen musste. Sie hasste es, die halb geleerten Teller der dick geschminkten, aufgeblasenen Nachrichtensprecherinnen abzutragen. Dass immer wieder Berühmtheiten auftauchten, machte die Sache nicht besser, im Gegenteil. Natalja wollte die Stars nicht bedienen, sie wollte einer *sein*. Ihr fiel auf, dass nur wenige bekannte Fernsehschauspielerinnen es optisch mit ihr aufnehmen konnten. Trotzdem waren diese Frauen berühmt, und sie war es nicht. All diese Leute behandelten sie wie Dreck, und sie musste es hinnehmen, mit verdrießlicher Miene, während sie sich nach einer Veränderung sehnte.

Sie war auf einigen weiteren Castings gewesen, doch ihrer Agentin war mittlerweile klar, dass Natalja immer wieder aus denselben Gründen abgelehnt wurde. Ihr exotisches Äußeres machte vor der Kamera etwas her, ihr exotischer Akzent weniger. Sie hatte noch einen weiteren Auftrag bekommen – in einem Werbespot für Toilettenpapier, in dem sie eine Mutter hatte mimen müssen. Eine Mutter, und das bei ihrem flachen Bauch und ihrem Teint! Eine einigermaßen glamouröse Mutter zwar, aber trotzdem. Und das Schlimmste war, dass sie noch immer auf ihre Gage wartete. Sofi telefonierte deswegen täglich mit der Agentur. Und Natalja saß in dieser schmuddeligen Kantine fest, mit aufgerissenen Händen und einer ewig feuchten Schürze. So schlecht war es ihr in Sankt Petersburg nie gegangen.

Wenn sie Lena ihr Leid klagte, sagte diese bloß: »Ich muss auch arbeiten«, aber ihr versüßte wenigstens der gut aussehende, charmante Sam das Leben, der die letzten sechs Wochen jeden Samstag zum Abendessen zu ihnen gekommen war.

»Natalja?«

Sie wandte sich zu ihrer Chefin Carmen, einem Rotschopf mit dunklen Sommersprossen auf der Nase, um.

»Ich mache eine Zigarettenpause. Kannst du hier die Stellung halten?«

Es war drei Uhr. Um diese Zeit hatten sie kaum Kundschaft. Natalja nickte und kehrte mit einem Tablett voller schmutziger Teetassen und Teller zum Tresen zurück. Carmen würde mindestens zwanzig Minuten weg sein, also mahlte Natalja frischen Kaffee, brühte sich einen Espresso auf und setzte sich damit auf einen Barhocker hinter dem Getränkekühlschrank. Just da trat ein elegant gekleideter Mann mit dichtem weißblondem Haarschopf an die Bar.

Natalja stellte ihre Tasse ab und erhob sich. »Was darf es sein?«, fragte sie mürrisch.

Er starrte sie an. Er hatte schmale Augen und eine dünne, spitze Nase. Erst jetzt fiel ihr auf, dass er noch gar nicht so alt war, Ende vierzig vielleicht. Die Haare waren gefärbt, und sein Gesicht und seine sorgfältig manikürten Hände waren tief gebräunt. Er trug einen dunkelgrauen Anzug und darunter einen schwarzen Rollkragenpullover.

»Ist Carmen da?«, fragte er. »Ich hole mir immer einen Kaffee bei ihr, wenn ich im Haus bin.«

Natalja schüttelte den Kopf. »Sie raucht draußen Zigarette. Ich mache Ihnen Kaffee.«

»Carmen macht hervorragenden Kaffee.«

»Ich auch.«

»Nun, gut, ich vertraue Ihnen. Einen doppelten Macchiato zum Mitnehmen.«

Sie spürte seinen Blick auf sich ruhen, während sie den Kaffee zubereitete, und fühlte sich äußerst unwohl mit ihrer schmutzigen Schürze und der unvorteilhaften Frisur. Sie war es gewohnt, angestarrt zu werden, aber dieser Mann tat es nicht, weil er sich Hals über Kopf in sie verliebt hatte. Er taxierte sie.

Sie reichte ihm die Tasse. Statt zu bezahlen, sagte er: »Ich bin Rupert Palmer.«

»Natalja Tschernowa«, erwiderte sie argwöhnisch.

»Hm. Aus Polen?«

»Aus Russland«, sagte sie und zog in einem Anflug von gekränktem Nationalstolz die Schultern hoch.

»Sie haben keine Ahnung, wer ich bin, oder?«

Sie verneinte, ließ sich ihre Neugier nicht anmerken.

»Ich bin der Producer von *Lonely Shores.*«

Erneut hielt sie ihre Gefühle unter Verschluss, obwohl ihr Herz heftig zu pochen anfing. *Lonely Shores* war eine beliebte englische Seifenoper, die sie sich jeden Abend mit Lena anschaute. Sie schenkte Rupert Palmer ein träges Lächeln. »Ich mag *Lonely Shores.* Ist sehr gute Serie.«

»Danke. Leider scheinen die Werbeleute zurzeit nicht dieser Ansicht zu sein.«

Sie schwieg, weil sie ihn nicht verstanden hatte.

»Wie auch immer …«, fuhr er mit einem lockeren Lächeln fort. »Natalja Tschernowa, heute Nachmittag besetzen wir eine neue Rolle. Bridget Connells Nichte zieht in die Straße, und wir brauchen ein neues Gesicht, ein schönes Gesicht. Kommen Sie mit runter für eine Probeaufnahme?«

Diesmal konnte sie ihre Gefühle nicht verhehlen, vor Überraschung stand ihr der Mund offen.

»Natalja?«

Sie zog sich die Schürze aus und schob sie unter den Tresen. »Ich komme.«

»Wollen Sie Carmen nicht Bescheid sagen?«

Natalja winkte ab. »Ist nicht so wichtig.«

Rupert lachte, ein attraktives, kehliges Lachen, und ergriff ihre Hand. »Dann mal los.«

Sie folgte ihm durch einen gewundenen, mit Teppich ausgelegten Gang und das gläserne Atrium im Herzen des Gebäudes zur anderen Seite, wo sich die Aufnahmestudios befanden.

»Da sind wir«, sagte Rupert und führte sie schnurstracks an einer langen Schlange hübscher Mädchen vorbei, die Drehbuchauszüge studierten und ihr mit unverhohlenem Neid nachstarrten. Sie betraten eine riesige Halle mit einer haushohen Decke, von deren Dachbalken ein großer Metallrahmen hing. Der Rahmen war mit Papier bespannt, davor standen zwei sehr helle Scheinwerfer und eine Kamera.

»Ginny, Dan! Hopp, hopp.« Rupert winkte einem Mann und einer Frau, die sich lachend Tee und Gebäck von einem langen Tisch nahmen. »Dieses arme Geschöpf habe ich soeben von seinem Posten oben in der Teestube losgeeist. Können wir eine kurze Probeaufnahme mit ihr machen?«

Die Frau namens Ginny eilte an ihren Platz hinter einem Fernsehmonitor. Ihr Kollege nahm sich gemächlich mehrere Gebäckstücke, ehe er sich zu ihr gesellte. Natalja versuchte, ihrer Aufregung Herr zu werden und lächelte die beiden an. »Leider ich habe keinen Text.«

Ginny runzelte die Stirn. »Rupe? Sie hat einen Akzent!«

»Gebt ihr eine Chance«, erwiderte Rupert. »Seht euch doch mal ihr Gesicht an!«

Nataljas Hoffnung schwand. Immer dasselbe. Sie würde sich höllisch anstrengen müssen, um englisch zu klingen.

»Stellen Sie sich auf den roten Punkt dort und wiederholen Sie einfach, was ich sage«, befahl Rupert.

Natalja war froh, dass sie wegen des grellen Lichts der Scheinwerfer Ginnys missbilligende Miene nicht sehen konnte. Sie löste ihren Pferdeschwanz und strich sich die Haare glatt. Rupert erläuterte ihr kurz, worum es ging und sprach ihr dann ihren Text vor. Natalja konzentrierte sich und gab sich größte Mühe, seine Aussprache zu imitieren. Nach zwei Sätzen ertönte hinter dem Monitor Gekicher.

»Entschuldige, Rupert«, prustete Dan. »Aber hör sie dir doch an!«

»Bitte achten Sie gar nicht auf meinen unhöflichen Kollegen«, sagte Rupert besänftigend. »Sprechen Sie den Text einfach so, wie Sie immer sprechen. Sie sind keine Engländerin; versuchen Sie gar nicht, wie eine zu klingen.«

Verdutzt befolgte Natalja seine Anweisung. Wie sollte sie mit ihrem starken Akzent je eine Rolle als Engländerin bekommen? Ein paar Minuten später war auch schon alles vorbei, und Rupert brachte sie zur Tür.

»Tut mir leid; Sie sind für die Rolle nicht geeignet.«

Natalja schluckte schwer. Was für eine Enttäuschung.

»Aber Sie machen hervorragenden Kaffee«, sagte er fröhlich und hielt ihr die Tür auf.

Sie funkelte ihn wütend an und stürmte hoch erhobenen Hauptes davon, vorbei an der langen Schlange hübscher *englischer* Mädchen, die das Glück hatten, hier geboren worden zu sein. Tja, dafür war keine von ihnen so schön wie sie, und das wussten sie auch.

In der Kantine wurde sie von einer wutschnaubenden Carmen empfangen. »Was bildest du dir ein, einfach abzuhauen?«

»Rupert Palmer war hier, er wollte Probeaufnahme machen.«

»Erzähl keinen Unsinn! Die Bar darf niemals, *niemals* unbeaufsichtigt bleiben. Die Gäste klauen wie die Raben. Dafür ziehe ich dir eine Stunde vom Lohn ab.«

Natalja starrte sie an. Erst der unerwartete Hoffnungsschimmer, dann die unmittelbar darauffolgende Enttäuschung und die Gewissheit, dass sie wegen ihres vermaledeiten Akzents nie eine Schauspielerin sein würde, und jetzt auch noch das …

»Fuck you«, sagte sie in einem Anfall von Nihilismus

und war zur Abwechslung sehr zufrieden mit ihrer Aussprache. »Ich gehe jetzt, und ich komme nicht zurück.«

»Du kannst nicht gehen; du hast zwei Stunden Kündigungsfrist. Du wirst gefälligst hier bleiben, und deinen Lohn …« Carmens Stimme wurde rasch leiser, während Natalja aus der Teestube stolzierte.

Lena brachte keinen Schluck von ihrem Sekt herunter. Sie schämte sich für ihre Kleinlichkeit, für ihren Neid, der ihr ein geradezu körperliches Unwohlsein bereitete. Es war Donnerstagnachmittag, und um dreizehn Minuten nach vier würde Nataljas Kaugummiwerbespot zum ersten Mal über die Bildschirme flimmern. Sofi hatte Sekt besorgt, Sam eingeladen, der ohnehin schon quasi zur festen Einrichtung gehörte, und Lena aufgetragen, sich zur Feier des Tages den Nachmittag freizunehmen.

Natürlich freute sich Lena für Natalja. Sie liebte ihre Schwester. Aber sie wurde von denselben kindischen Gefühlen wie früher geplagt. Natalja trat im Fernsehen auf; wildfremde Menschen im ganzen Land würden ihre Schönheit bewundern. *Sam* würde sie bewundern. Wie sollte er auch nicht, wo sie doch gleich perfekt geschminkt und glamourös im Fernsehen auftreten würde? Bis jetzt hatte er sich Natalja gegenüber freundlich, aber reserviert verhalten, vielleicht auch nur, um Lena nicht zu verunsichern. Doch heute stand Natalja zwangsläufig im Zentrum der Aufmerksamkeit, und Lenas Magen rebellierte. Sie schalt sich eine eifersüchtige dumme Pute.

Sofi sah auf die Uhr. Gerade lief eine Kochsendung. »In der nächsten Werbepause müsste es so weit sein.«

Natalja starrte wie gebannt auf den Fernseher. »Ah!«,

quiekte sie, als die Kochsendung unterbrochen wurde und ihr Gesicht auf dem Bildschirm erschien.

Sam lachte, und Lena musste zugeben, dass es sich surreal anfühlte. Ihre Schwester im Fernsehen.

»Deine Zähne wirken sehr weiß«, stellte Sofi fest. »Haben sie da künstlich nachgeholfen?«

Natalja rutschte etwas näher ran. »Sieht so aus, ja.« Und dann kaum auch schon der nächste Spot.

Sofi und Sam applaudierten, und Lena hob die Hände, presste sie sich jedoch unwillkürlich auf den Mund, als sie plötzlich von einer Welle der Übelkeit erfasst wurde. Sie hastete ins Bad, um sich zu übergeben.

»Lena? Alles okay?«, tönte Sofis Stimme durch die Tür, während sich Lena an die Toilettenschüssel lehnte und in sich hineinlauschte. Hatte sich ihr Magen beruhigt?

»Ja, ich glaube schon.«

Sofi trat ein und schloss die Tür hinter sich. »Kann ich etwas für dich tun?«

Lena schüttelte den Kopf. Sofi half ihr auf die Beine und klappte den Toilettendeckel zu, damit Lena sich setzen konnte. Dann ging sie vor ihr in die Knie und strich ihr eine Haarsträhne aus dem Gesicht.

»Ist dir schon länger schlecht?«

»Den ganzen Tag.« Eigentlich sogar noch länger. Lena zuckte mit den Schultern. »Ich brüte wohl etwas aus.«

Sofi legte die Stirn in Falten.

»Lena, kann es sein, dass du schwanger bist?«

Lena schüttelte ganz automatisch den Kopf. »Unmöglich.«

»Bist du sicher?«

Jetzt kam sie doch ins Grübeln. Sie konnte sich nicht an ihre letzte Periode erinnern. Und auf einmal ergab alles einen Sinn – ihre ständige Müdigkeit in letzter Zeit, ihre Übelkeitsanfälle. Ihr wurde flau. »Aber wir passen auf. Wir verwenden Kondome.«

»Immer?«

Lena nickte.

»Jedes Mal?«

»Bis auf das erste Mal, ja.«

»Und wie lange ist das her?«

Lena zählte nach. »Acht oder neun Wochen«, würgte sie hervor. »O Gott, Sofi. Was habe ich getan?«

Sam erschien in der Tür. »Na, was ist los mit unserer Patientin?«, scherzte er ahnungslos grinsend.

Ihr hinreißender, umwerfender Sam. Er würde weiterlächeln, das wusste sie. Er würde ihre Hand halten und ihr versichern, dass alles gut werden würde, auch wenn dem nicht so war. Trotzdem konnte sie die Vorstellung, es ihm sagen zu müssen, kaum ertragen, denn sein Leben würde sich von Grund auf ändern, und sie wollte nicht diejenige sein, die dafür verantwortlich war.

Sofi erhob sich. »Ich lasse euch zwei allein«, sagte sie.

»Warum? Was ist los?«, fragte Sam verwirrt.

Lena lächelte matt und atmete tief durch.

KAPITEL 12

Sofi hatte Glück. Es war ein herrlich klarer, kühler Herbsttag, als sie auf dem Camden Market zum ersten Mal ihren eigenen Stand eröffnete. Der Duft gebratener Zwiebeln hing in der Luft und ließ ihren Magen knurren. Sie war zu aufgeregt gewesen, um zu frühstücken, aber ihre Sorge erwies sich als unbegründet. Die Leute blieben tatsächlich stehen, um mit ihr zu plaudern und ihre Arbeiten zu bewundern. Sie hatte beschlossen, ihr Geschäft *Anastasia Designs* zu nennen, nach ihrer Mutter, aber auch nach der jüngsten Tochter des letzten russischen Zaren, weil sie hoffte, ihrem Unternehmen damit eine geheimnisumwobene, exotische Note zu verleihen. Sie hatte sogar ein Logo entworfen: Es bestand aus dem russischen Buchstaben ч, mit dem ihr Nachname begann, und zierte die winzigen Schildchen, die sie an jedem einzelnen ihrer Stücke befestigt hatte. Sie verkauften sich im Nu; die Preise waren viel zu niedrig angesetzt, das war ihr mittlerweile klar, zumal alles von Hand gefertigt war. Sofi hatte in ihrer Ratlosigkeit ganz einfach beschlossen, in etwa den Gegenwert des verwendeten Materials zu verlangen und war davon ausgegangen, dass sie sich glücklich schätzen konnte, wenn sie auch nur ein Stück verkaufte. Aber sie grämte sich deswegen nicht sonderlich. Nächstes Mal wusste sie es besser.

Ringsum herrschte Stimmengewirr, Musik und Kindergeschrei; an einem Stand ganz in der Nähe leuchteten bunte Drachen in der Sonne, ihre Schwänze flatterten im Wind. Sofi unterhielt sich schon den ganzen Vormittag über immer wieder mit ihrer Standnachbarin, einer älteren Frau, die selbstgenähte Elfen- und Feenkostüme für Kinder verkaufte.

Zum ersten Mal, seit sie vor vier Monaten nach London gekommen waren, hatte Sofi das untrügliche Gefühl, sich mitten im Geschehen zu befinden, statt es wie ein Gemälde nur zu betrachten.

Sie schob ein paar Armbänder auf dem schwarzen Baumwollstoff zurecht, dann ließ sie den Blick wieder über das Gedränge gleiten. In einiger Entfernung erspähte sie eine vage vertraute Gestalt. Woher kannte sie diesen Mann bloß? Kaum war er hinter einem der Stände verschwunden, fiel es ihr wieder ein: Julien Blanchard, der französische Maler, dessen Ausstellung sie damals in Sankt Petersburg so begeistert hatte! Seine Postkarte klebte am Spiegel ihrer Kommode. Sofis Herz setzte einen Takt aus. Was für ein Zufall, dass er in London war, genau wie sie. Sofi wäre ihm am liebsten nachgelaufen, um ihn zu fragen, was er hier machte. Aber sie kannte ihn überhaupt nicht, und außerdem konnte sie nicht einfach ihren Stand verlassen … Doch was, wenn sie ihn womöglich nie wiedersah?

Der Gedanke stimmte sie traurig, wenngleich sie gar nicht so recht wusste, weshalb.

»Monica, ich habe gerade … einen Bekannten gesehen«, sagte sie zu ihrer Standnachbarin. »Könnten Sie vielleicht …?«

»Ein Auge auf Ihre Sachen haben? Aber gern.«

Sofi bedankte sich und huschte hinter ihrem Stand hervor. Zögernd blickte sie sich um. Dann wandte sie sich entschlossen nach links – und wäre beinahe mit ihm zusammengestoßen.

»Oh«, keuchte sie überrascht.

Er entschuldigte sich, ohne sie anzusehen.

»Monsieur Blanchard?«, sagte sie. Mehr fiel ihr im Moment nicht ein.

Er blieb stehen, trat einen Schritt zurück, musterte sie. Sofi fuhr sich verlegen durch die Haare.

»Wir kennen uns?«, fragte er.

»Ja, gewissermaßen. Aus Sankt Petersburg. Ich habe mir dort Ihre Ausstellung angesehen; Ihre wunderschönen Bilder.«

Er lächelte, und um seine blauen Augen bildeten sich Fältchen. »Ich kann mich nicht erinnern, tut mir leid.«

»Nun, ich sprach kein Französisch und Sie kein Russisch.«

»Aber jetzt sprechen wir beide Englisch und können uns unterhalten.« Er lachte leise und spähte über ihre Schulter. »Das ist Ihr Stand?«

»Ich … Ja.«

Er beugte den Kopf, um eine Halskette aus schwarzen Glasperlen zu inspizieren. »Sehr hübsch«, sagte er. »Glas?«

»Ja. Onyx wäre natürlich schöner. Oder Amethyst.«

»Ich sehe schon, Sie haben ein Faible für Schmuck aus dem neunzehnten Jahrhundert.«

»Ganz recht. Zu diesem Stück hat mich ein Porträt von Königin Viktoria inspiriert.«

Julien richtete sich auf und strich sich das Haar glatt. Er war höchstens drei Zentimeter größer als sie, sodass sich ihre Augen praktisch auf derselben Höhe befanden. Seine Gesichtshaut wirkte sehr zart, als hätte er Schwierigkeiten, sich einen Bart wachsen zu lassen. »Können Sie kurz Pause machen, um mit mir einen Kaffee zu trinken?«

Sofi zögerte. Sie hätte nichts lieber getan, aber es würde eine Ewigkeit dauern, bis sie ihre Sachen zusammengepackt hatte …

»Gehen Sie nur«, ertönte es von nebenan. Monica war ihre Unterhaltung offenbar nicht entgangen. »Ich passe so lange auf Ihren Stand auf.«

Sofi schnappte sich ihre Handtasche. »Vielen Dank, Monica.«

»Ich weiß noch gar nicht, wie Sie heißen«, sagte Julien, als sie sich auf den Weg machten.

»Sofi.«

»Sofi, es freut mich, Sie – erneut – kennenzulernen.«

Sie ergatterten einen Tisch in einem überfüllten Café, von dem aus man einen Blick über den gesamten Markt hatte. Sofi war aufgeregt. Sie hatte nicht viel Übung im Umgang mit Männern, von berühmten Künstlern ganz zu schweigen. Sie gab sich Mühe, nicht wie ein schüchterner Teenager aufzutreten.

»Ich habe damals in Sankt Petersburg versucht, Ihnen zu vermitteln, wie toll ich Ihre Bilder finde.«

Er runzelte die Stirn. »Ja? Das freut mich. Heute habe ich keinen so guten Tag. Jeder Pinselstrich scheint danebenzugehen.«

Julien Blanchard zweifelte an sich? Sofi konnte es kaum fassen. Vielleicht hatten sie ja einiges gemeinsam.

Sie plauderten eine Weile miteinander, wobei ihre mangelnden Sprachkenntnisse gelegentlich für amüsante Missverständnisse sorgten. Julien erzählte, er sei ein halbes Jahr in London, weil er ein Kunststipendium erhalten habe. Er fühlte sich allerdings nicht sonderlich wohl; die Stadt war zu grau, zu überfüllt für seinen Geschmack. Er begann, von seiner Heimatstadt im Loiretal zu schwärmen.

»Richelieu wurde im siebzehnten Jahrhundert gegründet. Es ist von einer Stadtmauer und einem Wassergraben umgeben, in dem inzwischen Gras wächst. Ich wohne in einer *maison ancienne*, einem jahrhundertealten Haus. Ich habe das Haus vor drei Jahren geerbt, als meine Mutter starb.«

Während er von warmen Sommern und milden Wintern erzählte, von einem Bauernmarkt unter Kastanien und Eichen, von einer Gartenterrasse, auf der er im Juli seine Staffelei aufbaute, um zu malen, von Libellen umschwirrt, fiel Sofi auf, dass sie ihr ganzes Leben in Städten verbracht hatte. Das konnte nicht gut sein für eine Künstlerseele.

»Ich habe nicht viel Geld«, sagte er. »Ich führe ein einfaches, aber schönes Leben; das können nur wenige Menschen von sich sagen«, schloss er und seufzte dann. »Ich muss gehen, Sofi.«

»Jetzt schon?«, fragte sie tief enttäuscht.

Er leerte seine Kaffeetasse. »Wir sollten beide wieder an die Arbeit gehen, nicht? Ihr Schmuck verkauft sich bestimmt schneller, wenn die Kunden Ihr hübsches Gesicht am Stand sehen.« Er erhob sich. »Danke, dass Sie mir Gesellschaft geleistet haben.«

Sofi öffnete den Mund, um zu fragen, ob sie sich wiedersehen würden, doch sie bremste sich und sagte stattdessen: »Es war schön, mit Ihnen zu plaudern.«

Er wandte sich zum Gehen, drehte sich dann aber noch einmal zu ihr um. »Verraten Sie mir Ihre Telefonnummer, Sofi?«

Sie lächelte. »Nur, wenn Sie versprechen, auch wirklich anzurufen.«

»Halte deine Hand ganz ruhig.«

»Ich versuch's ja.«

»So wird das nichts, Natalja. Lass Sofi mal versuchen.«

Sofi nahm die Nadel entgegen und ließ sie an einem langen Faden über Lenas nacktem Bauch pendeln. Lena lag auf dem Bett, Natalja und Sofi knieten rechts und links neben ihr.

»Hör auf mich zu schubsen, Natalja«, mahnte Sofi.

»Tu ich doch gar nicht«, erwiderte Natalja.

Sie starrten gebannt auf die Nadel, die allmählich anfing, hin und her zu schwingen.

»Ein Mädchen«, hauchte Natalja.

»Hmm«, machte Sofi. Die Pendelbewegungen wurden runder. »Wenn ihr mich fragt, schwingt die Nadel im Kreis.«

»Ein Junge also?«, sagte Lena.

»Nun, du schläfst mit dem Kopf nach Norden, das heißt, es wird ein Junge«, sagte Natalja.

Sofi wickelte sich seufzend den Faden um die Finger. Es kam ihr vor, als wären sie immer noch Teenager, die sich mit albernen Spielchen vergnügten.

Natalja ließ sich neben Lena auf das Bett fallen und sprach aus, was sie alle dachten: »Unglaublich, dass da drin ein Baby sein soll.«

Lena strich die Bluse über ihrem flachen Bauch glatt. »Wenn man es mir erst ansieht, wirst du es schon glauben.«

Natalja grinste schief. »Unser Leben hier hat sich nicht ganz nach unseren Vorstellungen entwickelt, hm?«

Sofi behielt wohlweislich für sich, dass bei ihr durchaus alles nach Plan verlief. Ihr Erfolg auf dem Camden Market gab ihr Auftrieb. Sie erweiterte kontinuierlich ihren Bestand und hoffte, im neuen Jahr gewerbliche Abnehmer für ihren Schmuck zu finden. Zwei Boutiquen und eine kleine Handelskette für Accessoires hatte sie bereits im Visier. Und dann war da noch die Verabredung mit Julien in einer Woche. Einer seiner Bekannten stellte seine Werke in einer kleinen Galerie in der Nähe von Greenwich aus, und Julien hatte sie gefragt, ob sie ihn zur Vernissage begleiten wolle.

Mit gerunzelter Stirn ließ sie sich noch einmal das Telefonat durch den Kopf gehen. Er hatte nicht von einer *Verabredung* gesprochen. Vielleicht interpretierte sie die Zeichen ja falsch, und er wollte bloß mit ihr befreundet sein? Sie war diesbezüglich völlig hilflos und fand solche Angelegenheiten schrecklich verwirrend und nervenaufreibend. Sie hatte bislang nur einen Freund gehabt, einen Kommilitonen an der Universität, mit dem sie fast zwei Jahre zusammen gewesen war, obwohl sie von Anfang an gewusst hatte, dass er nicht der Richtige für sie war. Nach dem Studium war er eingezogen worden und musste fernab von Sankt Petersburg seinen zweijährigen Militärdienst ableisten, während Sofi als beste Studentin in ihrer Klasse sofort eine Stelle vor Ort bekommen hatte. Das war das Ende ihrer Beziehung gewesen, und Sofi hatte es erleichtert hingenommen.

»Ich bin nicht unglücklich über diese Schwangerschaft«, fauchte Lena, die sich über die Bemerkung ihrer Schwester ärgerte. »Ich liebe Sam, und über kurz oder lang hätten wir ohnehin geheiratet und Kinder bekommen.«

»Aber so wirst du wohl nie ein Filmstar«, sagte Natalja.

»Ach, und was ist mit dir?«, schoss Lena zurück. »Du hast es ja schon weit gebracht mit deiner Kaugummiwerbung.«

Fasziniert verfolgte Sofi den Schlagabtausch.

»Zerbrecht euch meinetwegen nicht den Kopf.« Lena richtete sich auf und streichelte ihren Bauch. »Im Grunde habe ich jetzt, was ich wollte. Ich habe meine große Liebe gefunden. In Hollywood hätte ich Sam niemals kennengelernt.«

»Und ich wäre in einem Frauengefängnis gelandet«, scherzte Natalja. »Ob sich Roy Creedy ein neues Auto zugelegt hat?«

Sofi unterdrückte den Impuls, einen Blick über die Schulter zu werfen, ob ihnen auch niemand zuhörte. Es war ein beunruhigendes Gefühl, seinen Namen zu hören. Sie redeten so gut wie nie über ihren Betrug an Roy Creedy, als hätten sie die Erinnerung an ihn auf dem Weg nach England im Meer versenkt.

Natalja lachte. »Nun schau doch nicht so besorgt, Sofi.«

»Du solltest dich nicht über ihn lustig machen«, sagte Lena. »Du hast sein Auto gestohlen.«

»*Wir* haben es gestohlen«, korrigierte Sofi. »Wir waren alle beteiligt, nicht nur Natalja. Aber du hast recht, wir sollten uns nicht über ihn lustig machen. Ich will nicht einmal über ihn reden.«

»Ihm verdanken wir, dass wir hier sind«, bemerkte Lena.

Natalja verdrehte die Augen. »Und dass du ungewollt schwanger bist und ich mich zum Narren gemacht habe, als ich die Chance meines Lebens bekam. Herzlichen Dank auch.«

»Hört auf, Trübsal zu blasen«, sagte Sofi. »In ein paar Jahren ist Natalja bestimmt eine berühmte Schauspielerin und Lena die Frau eines Popstars, und wenn ihr über den roten Teppich lauft, dann tragt ihr meinen Schmuck.«

»Die Geschichte gefällt mir.« Natalja ließ sich in die Kissen sinken. »Fang doch noch mal von vorne an.«

KAPITEL 13

Natalja machte gerade Sit-ups vor dem Fernseher, als es an der Tür klopfte. Sie hatte angefangen, jeden Morgen eine Stunde Sport zu treiben, in der Hoffnung, dadurch etwas abzunehmen. Wäre sie schlanker, würde sie sicher größer wirken und damit ihre Modelkarriere in Gang kommen. Doch ihre Laufbahn schien beendet, noch ehe sie richtig angefangen hatte. Sie hatte Schauspielunterricht nehmen wollen, doch Sofi hatte ihr geraten, sich erst eine neue Stelle zu suchen und noch einen Monat an der Verbesserung ihrer Englischkenntnisse zu arbeiten, ehe sie so viel Geld ausgab. Das klang zwar sehr vernünftig, aber schon die Vorstellung, erneut irgendeinen erniedrigenden Job annehmen zu müssen, erfüllte Natalja mit Wut und Panik zugleich. Wie lange musste eine Schauspielerin als Kellnerin schuften, bis sie sich damit abfand, dass sie nicht für Film und Fernsehen geschaffen war? Lena hatte sich von ihrem Traum, etwas Besonderes zu sein, bereits verabschiedet. An eine Abtreibung hatte sie überhaupt nicht gedacht. Sie war eine hoffnungslose Romantikerin.

Es klopfte erneut.

Natalja erhob sich seufzend. »Moment«, rief sie. »Ich komme.«

Die Heizung war zu hoch aufgedreht; Schweißflecken zierten ihr T-Shirt. Natalja öffnete die Tür und sah sich zu ihrer großen Verblüffung Rupert Palmer gegenüber. Doch sie hatte sich gleich wieder gefangen und setzte ein freundliches, wenn auch distanziertes Lächeln auf – schließlich hatte er ihr einen Korb gegeben.

»Guten Morgen, Rupert«, sagte sie und wedelte mit dem T-Shirtsaum, damit ihr der feuchte Stoff nicht so an der Haut klebte. »Ich habe nicht erwartet, Sie wiederzusehen.«

»Es war auch gar nicht einfach, Sie aufzustöbern.« Er schob sich die schwarze Sonnenbrille ins Haar. »Darf ich reinkommen?«

»Selbstverständlich.« Sie trat einen Schritt zur Seite.

Er ließ den Blick durch die winzige Wohnung und über das bunt zusammengewürfelte Mobiliar schweifen. Natalja schloss die Tür, stützte sich auf eine Stuhllehne und wartete, bis er ihr seine Aufmerksamkeit erneut zuwandte.

»Tja … Wollen wir eine Tasse Kaffee trinken?«, fragte er.

»Nein.«

»Nein?«

»Ich bin Schauspielerin, nicht Kaffeeköchin, okay? Letzte Mal, als ich mache Kaffee für Sie, es hat gebracht Unglück.«

Er lächelte, und sie erwiderte sein Lächeln, ohne sich hinzusetzen oder ihm einen Platz anzubieten. Sie ging davon aus, dass er sich in sie verknallt hatte wie so viele Männer. Wenn das alles war, was er ihr zu bieten hatte, dann konnte sie darauf verzichten.

»Sie haben mich also gefunden. Und jetzt?«

»Sie haben in der Teestube gekündigt, nachdem ich Sie zu den Probeaufnahmen mitgenommen hatte. Das wäre nicht nötig gewesen; ich hätte Carmen alles erklärt.«

»Mir hat sowieso nicht gefallen dort.«

»Ich musste Ihre Adresse in der Personalabteilung recherchieren lassen. Ich hätte Sie vermutlich auch anrufen können, aber ich wollte Sie gern sehen.« Er schüttelte lächelnd den Kopf. »Kann Ihnen nicht verdenken, dass Sie gekündigt haben. Sie haben etwas Besseres verdient.«

Genau das hatte Natalja hören wollen. Da stand er, in seinem italienischen Anzug, um ihr zu sagen, dass sie zu Höherem geboren war als zu einer Kellnerin. Er versuchte, sie zu manipulieren, und das amüsierte sie. Normalerweise war sie es, die ihre Umwelt manipulierte.

»Sie sind nur hier, um mir das zu sagen?«, fragte sie kühl.

»Nein, ich wollte Ihnen etwas ganz anderes sagen. Ich habe mir Ihre Probeaufnahme angesehen, immer wieder.«

»Und Sie haben gelacht, wie die anderen damals?«

»Nein, ich habe nicht gelacht.«

Sie wartete ab.

»Natalja, ich bin der Producer von *Lonely Shores*. Ich kann bestimmen, was passiert, und ich möchte Ihnen eine Rolle anbieten.«

Ihr Herz vollführte einen Salto.

»Sie können unmöglich eine Engländerin spielen, aber mir schwebt da eine neue Protagonistin vor, für die Sie perfekt wären. Es wäre nur für eine begrenzte Zeit, etwa zwölf Wochen, schätze ich, aber eine wichtige Rolle, nämlich als Mrs. Bradleys neue russische Putzfrau Tatjana, die dann eine Affäre mit Mrs. Bradleys Ehemann hat.« Er sah stirnrunzelnd auf die Uhr. »Ich hoffe doch, Sie nehmen an.«

»Ich will ordentlich bezahlt werden. Sprechen Sie mit meiner Cousine Sofi.«

»Gut, wenn Sie es so wollen. Ich rufe sie heute Abend an. Die Dreharbeiten für Sie beginnen erst nächstes Jahr. Ach ja, was Ihren Namen angeht … Natalja Tschernowa ist für Engländer schwierig auszusprechen und erinnert außerdem zu sehr an Tschernobyl. Wie wär's mit einer französisch angehauchten Variante – Natalie Chernoff?«

Natalja hätte in diesem Augenblick zu allem Ja und Amen gesagt; trotzdem tat sie, als würde sie sich seinen Vorschlag durch den Kopf gehen lassen, ehe sie erwiderte: »Wenn Sie meinen.«

»Gut. Ich lasse Ihnen in den kommenden Wochen einige Drehbücher zukommen.« Er zögerte einen Augenblick. »Sie können doch Englisch lesen, nicht?«

»Natürlich«, entgegnete sie entrüstet. »Kein Problem.« Solange ihr Sofi beim Auswendiglernen half.

»Bestens, dann sind wir uns ja einig. Ich werde mit Ihrer Cousine über Ihren Vertrag sprechen.« Er tippte sich an die Uhr. »Dann mache ich mich mal auf den Weg. Ich muss ein Drehbuch schreiben. Eines, in dem Sie vorkommen.«

Sie strahlte ihn an und schüttelte ihm überschwänglich die Hand. »Vielen Dank, Rupert. Ich danke Ihnen tausendmal.«

Da Lena unter chronischer Übelkeit und Erschöpfung litt, hatte sich Sofi angewöhnt, sie von der Arbeit abzuholen und nach Hause zu begleiten. Sie fühlte sich wie schon in ihrer Kindheit für ihre kleine Cousine verantwortlich.

Sofi hatte den ganzen Nachmittag in Secondhandläden nach billigem altem Schmuck gestöbert, den sie wiederverwerten konnte. Ganz besonders freute sie sich über ein angelaufenes Bettelarmband mit vielen silbernen Anhängern. Es hatte nur vier Pfund gekostet, und sie konnte mindestens ein Dutzend neue Stücke daraus fertigen. Sie konnte es kaum erwarten, nach Hause zu kommen, um es auseinanderzunehmen.

Lena war wie immer froh, Sofi zu sehen, und klagte, sie habe sich morgens wieder einmal in die Spüle in der Kochnische übergeben. Nicht zum ersten Mal redete sie davon, dass sie wohl bald mit dem Arbeiten würde aufhören müssen. Sie diskutierten gerade die Vor- und Nachteile, als sie ihre Wohnung betraten, wo Natalja mit einem Staubwedel in der Hand herumtanzte und aus voller Kehle einen Abba-Song trällerte.

»Kommt rein, kommt rein!«, rief sie auf Russisch.

»Du putzt?«, bemerkte Lena erstaunt.

»Ich konnte einfach nicht stillsitzen. Ich werdet nie erraten, was passiert ist.«

»Was denn?«, fragte Sofi atemlos.

»Rupert Palmer war hier! Er hat mir eine Rolle in *Lonely Shores* angeboten! Ich soll drei Monate lang einen männermordenden Vamp spielen! Ich werde ein Fernsehstar!«, sprudelte Natalja mit vor Aufregung geröteten Wangen hervor.

»Oh!«, sagte Sofi. Mehr brachte sie nicht heraus. Es war geschehen; einer ihrer Träume hatte sich erfüllt.

Lena lächelte steif. »Ich freue mich riesig für dich.«

Natalja fiel ihr um den Hals und drückte sie fest an sich, während Sofi danebenstand und versuchte, die Nachricht zu verdauen. Wenn Natalja ihr Ziel erreichen konnte, dann würde auch sie es schaffen. Sie hatte eine Vision: ihr Schmuck in Modezeitschriften, in Geschäften, auf der schimmernden Haut berühmter Leute …

Sofi hatte ihren Cousinen verschwiegen, dass sie ein Date hatte; nicht etwa, weil sie es unbedingt geheim halten wollte, sondern weil sie von Tag zu Tag unsicherer geworden war, *warum* Julien sich überhaupt mit ihr verabredet hatte. Inzwischen war sie zu der Überzeugung gekommen, dass er bloß an einer freundschaftlichen Beziehung mit ihr interessiert war – was sollte ein international anerkannter Künstler sonst von ihr wollen?

Als es an der Tür klingelte, wurde Sofi klar, dass ihre Cousinen verwundert, wenn nicht gar verstimmt sein würden, weil sie ihnen nichts erzählt hatte. Und natürlich würden sie sie später gnadenlos aufziehen. Natalja sprang auf, um zu öffnen, da sie annahm, es wäre jemand von STC, der ihr die erwarteten Drehbücher brachte.

Sofi betrachtete sich prüfend im Spiegel. Sie hatte keine Ahnung von Make-up, also hatte sie sich lediglich das seidige blonde Haar gebürstet und statt Jeans ein Kleid angezogen.

Als sie aus dem Zimmer trat, hatte Natalja gerade die Tür geöffnet. Sie überragte Julien um fast zehn Zentimeter.

»Hallo«, sagte sie, »sind Sie Ruperts Assistent?«

»Nein, ich bin … Ah, Sofi, da sind Sie ja.« Er schenkte ihr ein strahlendes Lächeln, und Sofi eilte zur Tür, um ihn hereinzubitten.

»Julien, das sind meine Cousinen Lena und Natalja.« Sie deutete auf ihre Mitbewohnerinnen. »Julien ist Maler. Wir gehen zusammen auf eine Vernissage.«

Natalja und Lena tauschten wissende Blicke aus und grinsten.

»Tja, dann viel Spaß«, flötete Natalja.

»Wir warten nicht auf dich«, fügte Lena hinzu.

Sofi errötete und schob Julien hinaus. Unten wartete ein Taxi.

Die ganze Fahrt über versuchte Sofi herauszufinden, ob sein Interesse an ihr platonischer Natur war oder nicht. Vergeblich. Die Sicherheitsgurte sorgten für gebührlichen Abstand, und die Unterhaltung bewegte sich aufgrund ihrer Verunsicherung nur an der Oberfläche. Bis sie an der Galerie angelangt waren, hatten sie ausschließlich über das Wetter geredet, und Sofi fand sich selbst derart langweilig, dass Julien, sollte er je an ihr interessiert gewesen sein, seine Meinung mittlerweile bestimmt geändert hatte.

Die Galerie befand sich in einer schmalen Seitenstraße unweit der Themse. Auf dem Bürgersteig standen Leute in Gruppen zusammen, rauchten, plauderten und lachten. Als Julien und Sofi aus dem Taxi stiegen, wurden sie von einem Dutzend Augenpaaren prüfend gemustert: Musste man die beiden kennen? Julien schien es überhaupt nicht zu bemerken. Er dirigierte sie sanft am Ellbogen in Richtung Eingangstür. Sofi registrierte einen Hauch von Zigarrenrauch und den metallischen Geruch des Flusses, und dann betraten sie eine überheizte Galerie mit nackten

Holzböden und weißen Wänden. Ein Jüngling mit Brille hakte ihre Namen auf einer Liste ab und bedeutete ihnen einzutreten.

»Ich bin übrigens ein riesiger Fan Ihrer Arbeiten, Monsieur Blanchard«, sagte er noch.

Julien nickte lächelnd, erwiderte aber nichts. »Ah, da ist Simon. Entschuldigen Sie mich, Sofi.«

Damit ließ er sie stehen und stürzte sich ins Getümmel, um seinen Bekannten zu begrüßen.

Um sich ihre Verunsicherung nicht anmerken zu lassen, ging Sofi zielstrebig zu einem Tisch mit Erfrischungen. Mit einem Glas Sekt und einem Häppchen bewaffnet, startete sie ihren Rundgang durch die Ausstellung.

Sie hatte zwar von Simon Phillips-Pritchard gehört, seine Bilder aber noch nie gesehen. Unwillkürlich verglich sie sie mit Juliens Werken. Beide Maler waren deutlich vom Expressionismus beeinflusst; allerdings erfreuten Juliens Darstellungen den Betrachter mit ihrer Schönheit, während Simon darauf bedacht schien, mit seinen Bildern Beklemmung hervorzurufen.

Sie verharrte lange vor jedem einzelnen Werk. Wenn sie bloß in der Gegend herumstand und darauf wartete, dass Julien zurückkam, konnte es ein langer Abend werden.

Sie betrachtete gerade ein besonders verstörendes Werk, als sie von einer rothaarigen Frau in einem roten Kleid angesprochen wurde. »Und, wie finden Sie die Bilder?«

Sofi sah ihr ins Gesicht. »Hässlich«, sagte sie aufrichtig.

Die Frau trat näher. »Fahren Sie fort.«

»Zugegeben, er hat Talent, aber warum nutzt er seine Begabung nicht, um etwas Schönes zu schaffen? Diese Bilder sind schlichtweg deprimierend.«

»Das ist Ihre persönliche Meinung«, versetzte die Frau.

»Natürlich ist das nur meine persönliche Meinung.« Sofi bereute ihre Worte bereits.

Die Frau betrachtete das Gemälde, dann musterte sie Sofi. »Sie werden bestimmt verstehen, dass ich anderer Ansicht bin. Der Maler ist mein Mann.«

Sofi sah ihr nach. Ihr war zum Weinen zumute. Julien würde garantiert Wind von der Sache bekommen; ihr blieb gar nichts anderes übrig, als nach Hause zu gehen. Wie dumm von ihr, auch nur eine Sekunde zu glauben, sie könnte in diese Welt gehören. Sie brachte ihr zur Hälfte geleertes Glas zu dem Tisch zurück und wollte gerade den Heimweg antreten, als Julien nach ihrem Handgelenk griff.

»Sofi?« Sie hatte gar nicht bemerkt, dass sie direkt an ihm vorbeigegangen war. »Kommen Sie mit, ich möchte Ihnen Simon und seine Frau vorstellen.«

Sofi drehte sich zu ihm um. Sie wollte etwas sagen, doch ihr versagte die Stimme.

Julien legte verdutzt den Kopf schief. »Alles in Ordnung?«

»Ich … nein.« Rasch erklärte sie ihm, was geschehen war, und zu ihrer Verblüffung lachte Julien schallend los, nur um sich sogleich die Hand vor den Mund zu halten. »Das haben Sie gesagt?«

Sie nickte unendlich verlegen.

»Tja«, Julien warf theatralisch einen Blick über die Schulter. »Wurde auch Zeit, dass das einmal jemand ausspricht.«

Sofi unterdrückte ein Lächeln.

»Ich habe genug gesehen. Wir zwei werden jetzt in einem schönen Restaurant etwas essen, und dann sagen Sie mir ganz offen und ehrlich, was Sie an Simons Werken hässlich und deprimierend finden, damit ich nicht denselben Fehler mache.«

Sie gingen hinaus in die belebte Nacht und suchten Zuflucht in einem chinesischen Restaurant über einer Apotheke. Während sich Julien aus dem Mantel schälte und ihn über seine Stuhllehne hängte, betrachtete Sofi verstohlen sein Profil. Als er sie dabei ertappte, wandte sie den Blick ab und betete inständig, sie möge nicht feuerrot anlaufen.

»Tja, da sind wir nun«, stellte er fest. »Eine Russin und ein Franzose in einem Chinarestaurant in England.«

Sie grinste. »Schon komisch, nicht?«

»Nicht so komisch wie die Vorstellung, dass Sie Jacinta Phillips-Pritchard unverblümt ins Gesicht gesagt haben, was für ein morbider Irrer ihr Ehemann ist.«

»Das habe ich nicht gesagt!«

»Aber es stimmt, Sofi. Sie haben die bemerkenswerte Gabe, in Bildern zu lesen. Erzählen Sie mir, was Sie gesehen haben.«

Julien wollte natürlich hören, dass seine Arbeiten besser waren als die seines Freundes, und sie erfüllte ihm diesen Wunsch nur zu gern. Endlich kam die Unterhaltung in Schwung. Sie sprachen über Kunst, über Schönheit, über verschiedene Arten, die Welt zu betrachten und zu interpretieren. Als die Teller nach dem Essen abgetragen wurden, plauderten sie noch immer. Die lebhafte Begeisterung, mit der er redete, stand in krassem Widerspruch zu seiner verhaltenen Körpersprache. Er saß sehr aufrecht da, und als er ihr nachschenkte und dabei ihre Hand streifte, zuckte er zurück, als hätte er sich verbrannt. Sofi kam es sogar so vor, als würde er es vermeiden, sie direkt anzusehen. Allerdings ertappte sie ihn dabei, dass er sie mit seinen durchdringenden blauen Augen anstarrte, während sie sich die Rechnung teilten.

Als das Taxi vor ihrer Haustür stehen blieb, wusste sie noch immer nicht, was er von ihr hielt.

»Vielen Dank für den schönen Abend«, sagte sie und lächelte ihn an, in der Hoffnung, er würde ihr einen wie auch immer gearteten Hinweis liefern.

Er machte den Mund auf, als wollte er etwas sagen, dann beugte er sich zwischen den Sitzen nach vorn. »Bitte warten Sie, ich bringe die Dame noch zur Tür.«

Der Fahrer nickte, und Julien kletterte aus dem Wagen. Es wehte ein eisiger Wind, der nach Regen roch. An der Haustür blieb Sofi stehen, schob sich eine Haarsträhne hinters Ohr und erstarrte, als Julien ihr eine Hand auf die Schulter legte.

»Sofi, ich muss Sie das fragen, weil ich Sie einfach nicht einschätzen kann: Wollen Sie, dass ich Sie küsse?«

Sie traute ihren Ohren kaum. »Das kommt darauf an. Wollen Sie mich denn küssen?«

»Schon, aber es fällt mir schwer, Ihre Gefühle zu erraten.«

Sofi nickte nachdrücklich. »Ja, ich will, dass Sie mich küssen.«

Er beugte den Kopf, wich noch einmal zurück, als sich ihre Nasen berührten, dann legte er den Kopf schief und küsste sie. Warme Lippen. Er fuhr ihr mit den Händen durch die Haare. Aus seiner Kehle stieg ein Laut auf, ein erleichtertes Stöhnen. Es begann zu regnen. Widerstrebend löste er sich von ihr.

»Ich werde dich anrufen«, versprach er.

»Ich freue mich darauf.«

Und schon war er zum Taxi geeilt und in der Nacht verschwunden. Sofi presste sich eine Hand aufs Herz. Ihr war klar, dass Natalja und Lena sie den ganzen Abend über aufziehen würden, wenn sie erst ihr seliges Lächeln sahen.

Aber das störte sie nicht im Geringsten.

KAPITEL 14

»Ihr werdet aber doch heiraten, nicht?«, fragte Sams Mutter Wendy schon zum dritten Mal an diesem Tag.

Sie saßen in der Krankenhauscafeteria und warteten auf Lenas ersten Termin bei der Hebamme. Lena war nervös und wäre lieber mit Sam allein gewesen, doch Wendy war erst gestern angereist, in Begleitung ihrer Tochter Becky, und wie sich bald herausgestellt hatte, war Sam nicht in der Lage, seiner Mutter einen Wunsch abzuschlagen.

»Wir kommen mit ins Krankenhaus!«, hatte Wendy begeistert gerufen. »Ich möchte so viel wie möglich am Leben meines ersten Enkelkindes teilhaben.«

Wendy hatte Sam mit achtzehn und Becky mit zwanzig zur Welt gebracht und beide Kinder allein großgezogen. Sie war eine attraktive Frau Anfang vierzig. Rotbraunes Haar, tadellos aufgetragenes Make-up, lange, sorgfältig lackierte Fingernägel. Ihre Bluse im Leopardenlook spannte über ihrem beeindruckenden Busen. Dazu trug sie enge Jeans und hochhackige Stiefel. Becky dagegen war ungeschminkt und hatte nichtssagend braunes, raspelkurz geschnittenes Haar, und sie verdrehte die Augen, sobald ihre Mutter den Mund aufmachte.

»Um Himmels willen, Mum, denkst du noch an etwas anderes als an Hochzeiten?«, sagte sie.

»Bei dir kann ich die Hoffnung ja wohl aufgeben, oder?«, entgegnete Wendy bissig. »Becky hat nämlich beschlossen, dass sie auf Mädchen steht«, erklärte sie Lena.

»Oh.« Darauf wollte Lena partout keine passende Antwort einfallen, weder auf Englisch noch auf Russisch.

»Eins nach dem anderen, Mum. Wir haben noch nicht übers Heiraten geredet.« Sams Langmut seiner Mutter gegenüber war enervierend.

»Ihr solltet zu mir ziehen«, schlug Wendy vor. »Ich kann auf das Baby aufpassen, während Lena arbeiten geht.«

»Wir bleiben in London«, wandte Sam ein. »Lena wird sich selbst um das Kleine kümmern.«

»Von einem Einkommen könnt ihr doch nicht leben. Und wo wollt ihr denn wohnen? Werdet ihr beide bei James auf dem Sofa schlafen?«

»Wir werden schon etwas finden. Ich bin auf der Suche.«

Lena schielte auf die Uhr, die über dem Tresen an der Wand hing. Noch fünf Minuten. »Wir müssen los, Sam.«

Wendy leerte ihre Tasse. »Wir begleiten euch rauf.«

Lena wäre vor dem Termin zu gern ein paar Minuten mit Sam allein gewesen, aber es sollte nicht sein. Die Hebamme war eine halbe Stunde im Verzug, und während sie im Wartezimmer saßen, erteilte Wendy ihrer künftigen Schwiegertochter ununterbrochen gute Ratschläge. Und Lena war gezwungen, sich immer wieder lächelnd und nickend zu bedanken. Sam und Becky, die das offenbar schon kannten, hatten sich beide hinter einer Zeitschrift verschanzt. Es befanden sich mehrere Frauen in verschiedenen Schwangerschaftsstadien im Raum. Lena legte die Hand auf ihren Bauch. Sie konnte sich nicht vorstellen, dass er irgendwann auch so groß sein würde.

Endlich wurde ihr Name aufgerufen. Lena und Sam erhoben sich, Wendy ebenfalls. Lena blickte in Panik zu Sam.

»Mum, du wartest hier«, befahl er.

»Aber wenn sie da drin eines von diesen Ultraschallgeräten haben, dann seht ihr das Baby zum ersten Mal! Hat eine frischgebackene Großmutter denn nicht auch das Recht, ihr Enkelkind zu sehen?«, klagte sie, und Lena fragte sich, ob Wendys Kummer aufrichtig war oder bloß vorgetäuscht.

Die Hebamme winkte Lena. »Bitte, kommen Sie herein. Wir sind schon im Verzug.«

»Dürfen Angehörige auch mitkommen?«, erkundigte sich Wendy.

»Wenn Sie wollen.«

Nun fand Lena doch endlich den Mut, den Mund aufzumachen. »Nein. Das ist eine sehr intime Angelegenheit für mich.«

»Oh. Verstehe.« Wendy verzog enttäuscht das Gesicht. »Gut, dann warten wir eben hier.«

»Lass sie doch endlich in Frieden, Mum«, stöhnte Becky entnervt.

Mit Sam im Schlepptau folgte Lena der Hebamme in ihr Sprechzimmer. An einer Pinnwand über dem Schreibtisch hingen unzählige Fotos von Neugeborenen, rot, brüllend, noch ganz faltig. Angst erfasste Lena. Warum hatte sie die Schwangerschaft nicht abgebrochen? Sam hatte ihr zu verstehen gegeben, dass er auch damit einverstanden gewesen wäre … Doch Lena hatte es nicht übers Herz gebracht. Sie wollte bis in alle Ewigkeit mit Sam zusammen sein und mit ihm Kinder haben. Warum sollte sie ausgerechnet dieses Kind nicht zur Welt bringen, nur weil ihnen der Zeitpunkt nicht passte? Sie hätte sich stets gefragt, wie es wohl ausgesehen hätte – Sams Locken oder ihre glatten Haare; Sams graue Augen oder ihre braunen? Außerdem war Abtreibung irgendwie Mord, auch wenn sie diese Meinung Natalja gegenüber niemals äußern würde. Natalja hatte diesbezüglich ganz andere Ansichten.

Die Hebamme stellte ihr Dutzende Fragen, darunter einige, die für Lenas Geschmack fast zu persönlich waren, um sie vor Sam zu beantworten. Andererseits wurden sie demnächst Eltern. Sie würden so gut wie alles voneinander wissen. Schließlich wurde Lena in den Nebenraum geführt.

»Es ist noch etwas zu früh, um die Herztöne zu hören«, erklärte die Hebamme, während sie das Ultraschallgerät vorbereitete. »Legen Sie sich hin; ich schicke die Geburtshelferin rein. Sie wird sich davon überzeugen, dass Sie wirklich ein Baby bekommen und dass es ihm gut geht.«

Die Zeit stand still, während Lena auf der schmalen Liege wartete. Endlich trat eine hübsche, sehr gepflegte Ärztin ein, begrüßte sie knapp und begann mit der Untersuchung. Aufs Äußerste gespannt starrte Lena auf den Bildschirm. Endlich erschien darauf ein undefinierbares graues Etwas. Die Ärztin kniff nachdenklich die Augen zusammen.

»Ist alles in Ordnung?«, fragte Sam besorgt.

»Ja, ja. Sehen Sie das hier?« Sie zeigte auf einen weißen Fleck. »Das ist der eine Kopf … Und das ist der andere.« Sie deutete auf einen ähnlich geformten Fleck daneben.

Lena begriff nicht gleich, was sie damit sagen wollte. War das vielleicht eine ihr unbekannte englische Redewendung? Doch Sam hatte verstanden. Er war leichenblass und wirkte plötzlich sehr jung. So musste er als achtjähriger Junge ausgesehen haben. Dann fand er seine Stimme wieder. »Ist das Ihr Ernst? Zwillinge?«

»Ganz recht.« Die Ärztin zwinkerte. »Meinen Glückwunsch.«

Sie ging kurz hinaus, und Lena zog sich wieder an und fing auf den Schreck hin an zu weinen. Sam nahm sie in den Arm.

»Hey, keine Sorge. Das wird schon irgendwie.«

»Zwei Babys! Wie soll das gehen?«

»Wir mieten uns eine kleine Wohnung. Ich werde mehr arbeiten.«

»Und die Band?«

»Wir proben ohnehin bloß abends oder am Wochenende. Und sobald wir den ersten Plattenvertrag haben, können wir in eine größere Wohnung umziehen und ein Kindermädchen einstellen. Am Anfang wird es bestimmt nicht einfach sein, aber wir schaffen das.«

Er hat recht, dachte Lena. Wenn Natalja eine Rolle in einer Fernsehserie ergattert hatte, dann würde Sams Band einen Plattenvertrag bekommen. Der Gedanke an Natalja erinnerte sie daran, wie schnell sie sich von ihren Träumen hatte ablenken lassen, und jetzt war sie bereits viel zu weit davon entfernt. Sie musste dafür sorgen, dass Sam seine Ziele nicht auch einfach über Bord warf. Sie würde die Fantasien von ihrem Dasein als Ehefrau eines Popstars zwar ein wenig korrigieren müssen, aber bei *Harrods* gab es schließlich nicht nur Designermode, sondern auch Babykleider.

Sie brachte ein Lächeln zustande. »Stimmt. Wir schaffen das.«

Die Hebamme kehrte mit einem Foto der Zwillinge zurück. Lena konnte darauf keine Körperteile erkennen. Hieß das, dass sie eine schlechte Mutter war?

»Hier, für Ihre Mutter.« Die Hebamme reichte Sam das Bild.

»Sie wird total aus dem Häuschen sein«, sagte er.

»Sie wird darauf bestehen, dass wir bei ihr einziehen«, warnte ihn Lena.

»Keine Sorge«, beruhigte er sie. »Das kommt nicht in Frage. Versprochen.«

Es war ein kühler, klarer Tag, der Winter war hereingebrochen. Sofi und Julien saßen auf einer Parkbank gegenüber von der Wohnung, die die drei Cousinen sich teilten. Sofi beobachtete die Mütter, die mit ihren Kinderwagen durch den Park spazierten, die vorbeieilenden Jogger, die Hunde, die ihre Herrchen an der Leine hinter sich her zerrten. Sie wagte es nicht, Julien zu stören, der mit einem Skizzenblock auf dem Schoß frustriert neben ihr saß und über seine mangelnden Fähigkeiten klagte. Die Sonne schien matt vom zartblauen Himmel. Julien hatte sich bereits mehrfach über die Kälte beschwert, doch Sofi hatte ihn ausgelacht. Wenn ihr der Schnee nicht mindestens bis zu den Knöcheln reichte, war für sie nicht richtig Winter.

Sie saßen hier draußen, um frische Luft zu schnappen und ein wenig Zweisamkeit zu genießen. In Juliens Einzimmerapartment roch es so stark nach Ölfarben, dass Sofi davon Kopfschmerzen bekam, und bei ihr zu Hause herrschte zu viel Betrieb. Wenn Natalja und Lena außer Haus waren, saß Sofi stundenlang mit Julien am Tisch, jeder schweigend in seine Arbeit vertieft. Doch in letzter Zeit war Lena, deren Bauch allmählich sichtbar anschwoll, oft zu müde, um arbeiten zu gehen. Vorhin hatte sie wieder einmal mit Sam auf dem Sofa gesessen und in einem Katalog mit Babysachen geblättert. Und Natalja, die seit Wochen panisch ihren Text lernte, hatte Sofi mit Fragen gelöchert und sich in ihrem Drehbuch Notizen gemacht. Sofi hatte dieses Frage-Antwort-Spiel gründlich satt, und Julien konnte nicht arbeiten, wenn ihre Cousinen da waren.

Sofi hatte ein schlechtes Gewissen, wenn sie ihr Problem mit Natalja auf die finanzielle Ebene reduzierte, aber Tatsache war, dass Natalja mit ihrem dreimonatigen Dreh für *Lonely Shores* eine Menge Geld verdienen würde, während Sofi jede Stunde, die sie opferte, um mit ihrer Cousine das Skript zu übersetzen oder Formulare auszufüllen, bei ihrem eigenen Vorhaben fehlte. Ihr Schmuck verkaufte sich zwar erfreulich rasch, aber die Herstellung war ein äußerst langwieriger Prozess, und da sie mit der Produktion nicht nachkam, lohnte es sich nicht, jede Woche einen Stand auf dem Markt zu mieten. Immerhin hatte sie Monica mit den Feenkostümen überreden können, ihr gegen eine Gebühr gelegentlich eine Ecke ihres Standes zur Verfügung zu stellen. Aber das Geschäft könnte viel besser gehen, müsste sie nicht ständig Natalja zur Verfügung stehen.

Julien stöhnte verärgert und schlug eine neue Seite auf. »Heute machen die Striche, was sie wollen!«

»Das tut mir leid für dich.« Sofi lächelte.

»Bei dir sitzt jeder Handgriff, Sofi. Nie sehe ich dich zögern. Du bist so entschlossen, ganz anders als ich.«

Sofi ging vor Stolz das Herz auf. Sie waren nun schon seit ein paar Wochen zusammen, aber es kam ihr noch immer so vor, als müssten ihre Ansichten und Fertigkeiten weniger wert sein als die eines berühmten Künstlers. Nicht, dass Julien ihr jemals dieses Gefühl vermittelt hätte, im Gegenteil. Er zeigte aufrichtiges Interesse an ihr und ihrer Tätigkeit. Natalja nannte ihn abschätzig Napoleon, dabei wies sein Verhalten nicht die geringste Ähnlichkeit mit dem des Tyrannen auf. Er war einfühlsam, geduldig und sanft.

Sein Aufenthalt dauerte nur noch drei Monate, dann würde er nach Frankreich zurückkehren. Eine unpraktische Zeitspanne, wie Sofi fand; nicht ausreichend, um sich zu verlieben und ewige Treue zu schwören, aber zu lang für eine flüchtige, leidenschaftliche Affäre.

Julien sah zu ihrem Häuserblock hinüber und runzelte die Stirn. Das tat er oft; eine senkrechte Falte hatte sich dauerhaft in seine Stirn eingegraben. »Ist das Natalja?«

Sofi folgte seinem Blick. »Ja.« Schon wieder. Natürlich mit einem Drehbuch in der Hand.

Julien erhob sich. »Tut mir leid, ich muss ungestört sein.«

»Schon gut.«

Er setzte sich auf die nächste Bank. Natalja zögerte, ging dann aber auf Sofi zu und ließ sich neben ihr nieder.

»Was ist es diesmal?«, erkundigte sich Sofi auf Englisch.

»Du musst nicht gleich bissig werden.« Natalja reichte ihr einen Umschlag. »Hier, ein Brief von Tante Stasja.«

Sofi riss ihn gespannt auf. Vor zwei Wochen hatte sie ein Schmuckstück zu einem besonders guten Preis verkauft und beschlossen, den Erlös ihrer Mutter zu schicken, die Überstunden in der Bäckerei machen musste und einen Untermieter hatte, den sie nicht leiden konnte. Da machte jede noch so geringe finanzielle Unterstützung einen großen Unterschied.

Doch ihr Scheck rieselte ihr, in Stücke zerrissen, aus dem Umschlag entgegen. Sofi musste lachen. Den beiliegenden Brief würde sie später lesen, wenn sie allein war. Und nächstes Mal würde sie gleich Rubel schicken; die würde Mama bestimmt nicht zerreißen.

Natalja hatte inzwischen ihr Drehbuch aufgeschlagen und tippte auf eine Textstelle. »Ich verstehe nicht, Sofi«, sagte sie. »Es muss Fehler sein. Tatjana sagt zu Mr. Bradley, dass sie ihn findet toll, aber Mr. Bradley ist alt, fast sechzig, und Tatjana ist jung. Sagt sie das, weil sie sein Geld will?«

Sofi, die das ganze Drehbuch mehrmals gelesen hatte, schüttelte den Kopf. »Erstens ist das nicht das wirkliche Leben, Natalja, und zweitens ist das Alter unerheblich, wenn man sich zu jemandem hingezogen fühlt.«

»Wie alt ist Julien?«

»Fünfunddreißig.« Warum hatte Sofi sofort das Gefühl, ihn verteidigen zu müssen?

»Er ist also auch älter. Aber noch nicht sechzig.«

Sofi lachte. »Sein Alter ist mir egal.«

»Ich soll also hier richtig verliebt sein, nicht nur so tun als ob?«

»Wenn du mich fragst, ja.«

Natalja legte die Stirn in Falten.

»Natalja, du musst unbedingt mehr lesen«, ermahnte Sofi sie, jetzt auf Russisch. »Du würdest deine Rolle besser verstehen, wenn du das Drehbuch ein paarmal durchlesen würdest. Es reicht nicht, wenn du es nur stellenweise auswendig lernst.«

»Ich versuche es ja«, stöhnte Natalja. »Ich gebe mir solche Mühe, aber es ist so schwer! Die Wörter sehen alle gleich aus, und die Aussprache ist so verschieden! Auf Russisch wird fast alles so geschrieben, wie es ausgesprochen wird.«

»Übung macht den Meister.« Sofi holte tief Luft und sprach aus, was ihr durch den Kopf ging. »Ich verbringe so viel Zeit damit, dir zu helfen, dass ich gar nicht zu meinen Arbeiten komme.«

Natalja riss die Augen auf, als würde ihr erst jetzt bewusst werden, wie viel sie Sofi abverlangte. »Oh. Verstehe. Tut mir leid … Aber du hast gesagt, du würdest mich managen.«

»Mir war nicht klar, dass das so zeitaufwendig sein würde.«

Natalja presste nachdenklich die Lippen aufeinander. »Ein Manager sollte bezahlt werden«, sagte sie schließlich tapfer auf Englisch. »Das ist Problem, ja? Dass du arbeitest gratis?«

»Ich … Ja, ich schätze, das ist das Problem.«

»Das lässt sich ändern. Ich zahle dich, Hälfte von meiner Gage.«

»Die Hälfte? Das ist viel zu viel, Natalja.«

»Dann die Hälfte von der Hälfte. Das ist fair.«

»Ein Viertel von deiner Gage?«

»Für diese Rolle. Einverstanden?«

Sofi überlegte. Es wäre gutes Geld, das sie in ihr Geschäft investieren konnte – in Onyx, Bernstein, Amethyst und Türkis … Aber konnte sie das Angebot wirklich annehmen?

»Bitte, Sofi, ich brauche dich sehr.«

»Also gut«, willigte Sofi ein. »Einverstanden.«

»Dann lass uns die Hand schütteln, wie richtige Geschäftspartner.« Natalja umfing mit ihren langen, schmalen Fingern Sofis Hand und schüttelte sie kräftig. Dann erhob sie sich. »Ich gehe und versuche allein zu lesen, Tatjana besser zu verstehen.«

»Gute Idee.«

Als ihre Cousine weg war, gesellte sich Sofi zu Julien. Das Blatt auf seinem Schoß füllte sich allmählich. Sie saß neben ihm und wartete ab, bis er fertig war und sie bemerkte.

Schließlich hob er den Kopf und blinzelte, als wäre er gerade aus einem Traum erwacht. »Natalja ist gegangen?«

»Ja.«

»Sie ist fürchterlich dünn. Isst sie überhaupt etwas?«

»Nur morgens und mittags. Abends nie.«

»Zu schade. Wenn sie ein bisschen zunehmen würde, wäre sie beinahe hübsch.«

Sofi schlang ihm lachend die Arme um den Hals und küsste ihn.

»Vorsicht, Vorsicht!«, mahnte er sanft und legte den Zeichenblock beiseite.

Sofi lehnte den Kopf an seine Schulter und wünschte, sie könnte die Zeit anhalten. Ohne Julien würde das Leben furchtbar öde sein.

KAPITEL 15

Draußen nieselte es unaufhörlich. Natalja und Sofi saßen am Tisch und gingen gemeinsam das gesamte Drehbuch durch, von der ersten bis zur letzten Zeile. Besser gesagt, Natalja las, und Sofi korrigierte sie. Natalja kam sich dabei vor wie früher in der Schule – überfordert, verwirrt und abgelenkt zugleich. Sie hasste dieses Gefühl. Sie war nicht dumm, obwohl sie von anderen des Öfteren dafür gehalten wurde. Sie selbst fand sich sogar ziemlich clever. Sie war seit jeher in der Lage gewesen, Situationen blitzschnell einzuschätzen, anhand der Körpersprache ihres Gegenübers zu erkennen, was von ihr erhofft oder erwartet wurde, und sich entsprechend zu verhalten. Sie schaffte es immer, ihre Mitmenschen so für sich einzunehmen, dass sie ihr praktisch jeden Wunsch von den Augen ablasen. Okay, fast immer. Bei diesem eingebildeten kleinen Franzosen, mit dem ihre Cousine ausging, hatte sie bisher kein Glück gehabt. Was fand Sofi bloß an ihm?

»Du bist geistig schon wieder woanders«, tadelte Sofi sie sanft. Seit sie für ihre Hilfe bezahlt wurde, war sie viel geduldiger.

»Tut mir leid. Ich brauche Tasse Tee. Du auch?«

Sofi streckte sich gähnend. »Ja, gern.«

»Warst du gestern wieder zu lange auf?«

Sofi nickte. »Ich möchte bis zum Markt am Wochenende möglichst viele Stücke fertigstellen.«

Das Telefon klingelte. Sofi erhob sich, um ranzugehen, während Natalja auf der Suche nach dem Zucker vor dem Küchenschrank in die Knie ging. Nein. Kein Zucker mehr. Sie musste anfangen zu denken wie ein Fernsehstar.

Einen Augenblick später stand Sofi neben ihr. »Es ist Rupert.«

Rupert. Natalja wusste nicht, warum ihr Herz plötzlich raste. Fürchtete sie, er könnte seine Meinung geändert haben? Sie hatte einen Vertrag. Er konnte sie nicht feuern.

Sofi lachte und flüsterte: »Keine Sorge, er will uns zum Tee einladen.«

Erleichtert nahm Natalja den Hörer in die Hand. »Hallo?«

»Natalja, ich habe Ihre Cousine gerade gefragt, ob Sie mich nicht im *Ritz* auf eine Tasse Tee treffen wollen. Sie hat mir einen Korb gegeben, aber ich hoffe doch, Sie kommen.«

»Ich … Ja, ich komme gern.«

»Gut, ich hole Sie in dreißig Minuten ab. Ziehen Sie etwas Hübsches an.« Aufgelegt.

»Du willst nicht hingehen?«, fragte Natalja.

»Ich hatte nicht den Eindruck, dass Rupert mich sehen wollte«, sagte Sofi. »Ich bleibe lieber hier und arbeite.«

Eine halbe Stunde später stand Natalja unter einem Regenschirm vor der Tür und wartete auf Rupert. Ein silberner Jaguar bog um die Ecke und kam geräuschlos vor ihr zum Stehen. Sie nahm auf dem weichen cremeweißen Beifahrersitz Platz und schlüpfte aus der Jacke.

»Guten Nachmittag«, sagte Rupert und fädelte sich wieder in den Verkehr ein. »Sicherheitsgurt, bitte, wir sind hier nicht in Russland.«

Natalja lächelte und legte den Gurt an. Sie fühlte sich sehr attraktiv in ihrem einzigen schönen Kleid. Es war von *Selfridges*, schwarz, mit Dreiviertelärmeln und tiefem Ausschnitt.

»Ich gebe immer eine Weihnachtsparty für die Schauspieler«, erklärte Rupert, während die Scheibenwischer lautlos ihren Dienst taten. »Aber noch gehören Sie ja nicht dazu, deshalb habe ich beschlossen, mit Ihnen getrennt zu feiern. Und außerdem wollte ich Sie fragen, wie es mit den Vorbereitungen läuft.«

»Ich lerne meinen Text.«

Er hielt an einer roten Ampel und sah sie zum ersten Mal an. »Gut, wir … Herrje, wie sind Sie denn angezogen?«

Natalja sah an sich herunter. »Das ist mein bestes Kleid.«

»Ist ja schauderhaft. Viel zu nuttig, dieses tiefe Dekolleté. Da war ja Ihr Jogginganzug noch besser oder sogar Ihre Schürze damals in der Teestube.«

Nuttig? Was erlaubte er sich! Dann wurde Natalja klar, dass ihr Ärger bloß ihrer Verlegenheit entsprang. Sie hatte angenommen, sie würde schick aussehen, aber sie musste wohl noch viel lernen. Rupert fuhr wieder an und schien keine Ahnung zu haben, wie sehr er sie verunsichert hatte.

»Vor ein paar Monaten war ich auf einer Modenschau von *Dolce & Gabbana* in New York. Reiterjacken und Spitzenröcke, klassisch, zeitlos. So etwas sollten Sie tragen.«

»*Dolce & Gabbana* ist zu teuer für mich.«

»Keine Sorge, wenn Sie erst bekannter sind, werden die Designer Sie mit Kleidern überhäufen, bei Ihrer Figur.«

»Ich bin zu klein für Model.«

»Unsinn. Ich könnte Ihnen im Handumdrehen ein paar Aufträge verschaffen. Aber das ist nichts für Sie, meine Liebe. Models werden nicht respektiert. Sie haben mehr drauf.«

Als sie endlich im eleganten Palm Court des *Ritz* saßen, konnte Natalja nur daran denken, wie unpassend sie angezogen war. Verzweifelt versuchte sie, sich den Arm vor den Ausschnitt zu halten.

»Entspannen Sie sich«, sagte Rupert. »Das ist ein Befehl.«

Natalja ließ artig den Arm sinken und fühlte sich schrecklich exponiert. Sie ließ den Blick durch den ganz in Gold und Elfenbeinweiß gehaltenen Teeraum schweifen. Waren noch mehr Frauen schlecht angezogen? Sie konnte es nicht beurteilen.

»Bewundern Sie die Weihnachtsdekoration?«, fragte Rupert.

Natalja folgte seinem Blick. Goldene Weihnachtsbäume mit rosa Girlanden. »Mein erstes Weihnachtsfest in London«, erwiderte sie. »In Russland Weihnachten ist erst im Januar.«

»Ja, wir Londoner wissen, wie man Weihnachten feiert«,

sagte er. »Vielleicht machen wir nachher einen Spaziergang und sehen uns die Weihnachtsbeleuchtung an.«

Ihre Laune besserte sich. Ein sehr höflicher Kellner kam, um ihre Bestellung aufzunehmen. Natalja wusste nicht, was sie nehmen sollte, also schloss sie sich einfach Rupert an. Kurz darauf wurde der Tee serviert, und dazu Gebäck und Sandwiches auf einer dreistöckigen Etagere, von der sich Rupert umgehend bediente. Natalja zauderte und war geschmeichelt und beleidigt zugleich, als er sie dafür lobte. »Braves Mädchen. Die Kamera zeigt unbarmherzig jedes Pölsterchen.«

Dann wischte er sich die Hände ab und lehnte sich nach vorn, auf die Ellbogen aufgestützt. »Kommen wir zum Geschäftlichen.«

Natalja legte ihr angebissenes Teegebäck beiseite.

»Die Einschaltquoten von *Lonely Shores* lassen in letzter Zeit eher zu wünschen übrig, deshalb wollen wir mit der Einführung der beiden neuen Protagonisten – darunter die Russin Tatjana – die Serie einer Runderneuerung unterziehen. Ihr mit einem neuen Vorspann und dem neu arrangierten Titelsong einen frischen, sexy Anstrich verpassen. Wir planen eine landesweite Werbekampagne, die hoffentlich einige Aufmerksamkeit erregt. Stellen Sie sich also schon mal auf Interviews et cetera ein.«

Nataljas Augen leuchteten auf. *Interviews.*

»Allerdings …« – seine Stimme wurde streng – »beruht der Erfolg dieser Mission ganz darauf, ob Sie der Aufgabe, mit der ich Sie betraut habe, gewachsen sind. Sie müssen absolut *brillant* sein. Mal ganz im Vertrauen, Natalja: Ich bin mit Ihnen ein Risiko eingegangen. Ginny und Dan waren dagegen, dass ich Sie an Bord hole. Aber ich habe etwas in Ihnen gesehen …« Er verstummte und sah sie mit seinen sanften grauen Augen an. Sie wandte verlegen den Blick ab. »Wie dem auch sei, nutzen Sie diese Chance. Es gibt viele Mädchen, die dafür über Leichen gehen würden.«

Das Gefühl zu ertrinken kehrte zurück. »Rupert, ich brauche Ihre Hilfe, um gute Schauspielerin zu werden«, platzte sie heraus, ehe sie sich eines Besseren besinnen konnte.

»Natürlich, Natalja«, erwiderte er sanft. »Ich bin für Sie da. Haben Sie ein bestimmtes Problem?«

Sie verschwieg wohlweislich, dass schon das Lesen des Drehbuches eine große Herausforderung für sie war. »Ich verstehe nicht … warum Tatjana diesen alten Mann liebt.«

»Ah, ja.«

»Mr. Bradley ist … Ich sehe ihn und verstehe nicht, was Tatjana findet an ihm.«

Rupert musterte sie erneut mit seinen grauen Augen, und wieder wand sie sich unter seinem Blick. »Das ist die Einstellung einer echten Schauspielerin, Natalja. Jede andere würde einfach ihren Text auswendig lernen, aber Sie, Sie wollen wissen, was dahintersteckt.«

»Ja«, hauchte sie und kam sich dabei ein wenig albern vor.

»Tatjana hatte noch nie mit einem Mann wie Craig Bradley zu tun. Er ist weise, er ist mächtig, er hat alles im Griff, und Tatjana vermutet, dass er dank seines reichen Erfahrungsschatzes ein großartiger Liebhaber ist.«

Natalja erwähnte nicht, dass der linkische Craig Bradley auf sie keineswegs weise oder mächtig oder wie ein erfahrener Liebhaber wirkte, weil sie ziemlich sicher war, dass es gar nicht mehr um Craig Bradley ging. Rupert Palmer versuchte, sie zu verführen. Damit kannte sie sich aus. Sie lächelte, viel zu breit vermutlich.

»Was wollen Sie, Natalja?«, fragte Rupert ernst.

Ihr Lächeln erstarb. Sie schüttelte verwirrt den Kopf. »Was meinen Sie?«

»Wovon träumen Sie, seit Sie ein kleines Mädchen waren?«

Die Worte »amerikanische Prinzessin« kamen ihr in den Sinn, aber sie sagte: »Ich will Schauspielerin werden.«

»Eine Schauspielerin oder ein Star?«

»Ein Filmstar«, antwortete sie feierlich.

Er schwieg eine Weile, sodass sie sich schon fragte, ob es dumm gewesen war, es auszusprechen. Doch dann sagte er: »Sie wissen, dass ich die Macht habe, Ihren Traum in Erfüllung gehen zu lassen. Es kommt alles auf Sie an. Enttäuschen Sie mich nicht. Enttäuschen Sie sich selbst nicht.«

»Das werde ich nicht«, versprach sie.

Er sah auf die Uhr. »Ich fürchte, ich habe heute keine Zeit mehr für einen Spaziergang. Mir fällt gerade ein, dass ich noch etwas erledigen muss. Das verstehen Sie doch, nicht?«

»Ich … Selbstverständlich. Sie sind wichtiger Mann.«

»Sie sind *ein* wichtiger Mann. Sie müssen anfangen, Artikel zu verwenden.«

»Sie sind *ein* wichtiger Mann«, wiederholte sie gehorsam.

»Das bin ich allerdings. Hier …«, er fischte eine Fünfzigpfundnote aus der Tasche und ließ sie beiläufig auf den Tisch flattern. Natalja fragte sich, ob die anderen Gäste sie wohl für eine Prostituierte hielten. »Nehmen Sie sich ein Taxi, meine Liebe. Wir sehen uns in drei Wochen.«

Im Freien war es deutlich frischer als in dem warmen Kino, das Lena und Sam gerade verließen. Sie legten Schal und

Handschuhe an und traten dann hinaus auf den Leicester Square. Karussellmusik wehte vom anderen Ende des Platzes herüber, ein paar Teenager in rot-weißen Jacken sangen Weihnachtslieder. Die Weihnachtsbeleuchtung der Straße wetteiferte mit den bunten Lichtern von Geschäften und Bars, der köstliche Duft gerösteter Kastanien ließ Lena das Wasser im Mund zusammenlaufen. Zum ersten Mal seit Monaten war ihr nicht übel, und darüber war sie so erleichtert, dass sie es Sam gegenüber erwähnte.

»Ein Weihnachtsgeschenk«, erwiderte er lachend. »Toll. Komm, wir genehmigen uns eine Pizza.«

Also erstanden sie bei einer schmalen Imbissstube zwei große Pizzadreiecke und schlenderten über den Platz. Es hatte geregnet, und nun spiegelten sich goldene Lichter in den Pfützen. Sam wollte sich hinsetzen, aber es dauerte, bis sie ein halbwegs trockenes Plätzchen gefunden hatten. Bis dahin lag Lena das Stück Pizza im Magen, sodass sie sich dafür verwünschte, so viel und so schnell gegessen zu haben.

»Lena«, sagte Sam mit ernster Miene. »Ich muss etwas Wichtiges mit dir besprechen.«

Lena machte sich auf das Schlimmste gefasst. Er verließ sie. All seine Ausflüchte, dass er noch keine Wohnung für sie gefunden, dass er kein Geld für die Kaution hatte – lauter Lügen, um sie zu vertrösten, bis er wusste, wie er sie loswerden konnte.

Doch während ihr das durch den Kopf ging, nahm Sam ihre Hand und erhob sich von der Bank, um vor ihr in die Knie zu gehen …

»Ich liebe dich über alles, Lena. Du bist das Beste, was mir je passiert ist.« Mit der freien Hand griff er in die Tasche. »Unsere Kinder werden uns zwar ohnehin für immer zusammenschweißen, aber ich möchte dir trotzdem einen Antrag machen, weil du es verdient hast. Weil du das hier verdient hast.«

Er brachte eine kleine blaue Schachtel zum Vorschein. Lena nahm sie mit zitternden Händen entgegen und öffnete sie. Ein silberner Ring mit einem kleinen Diamanten. In ihrem Kopf wirbelten die Gedanken durcheinander: Er kaufte ihr einen Ring, aber er hatte kein Geld, um die Kaution für eine Wohnung zu bezahlen? Zugleich war sie unendlich, *unsäglich* erleichtert darüber, dass er sie nicht verließ, dass sie nicht allein mit zwei Kindern nach Russland zurückkehren musste; im Gegenteil, sie würden heiraten!

»Also«, er schenkte ihr sein spezielles Lächeln, bei dem ihr selbst an diesem frostigen Londoner Winterabend plötzlich so warm war wie mitten im Sommer. »Lena, willst du mich heiraten?«

»Ja.« Sie zog ihn an sich und umarmte ihn. »Ja, ich will.«

Sie schlüpfte aus dem Handschuh, und Sam schob ihr den Ring an den Finger. Er war etwas zu groß, sodass der Stein nach unten rutschte und sich in ihre Handfläche schmiegte. Sam versprach, ihn enger machen zu lassen, und Lena konnte sich die Frage, wie er sich den Ring überhaupt hatte leisten können, nicht verkneifen.

»Ich hab mir was von Grandad geborgt«, erklärte er. »Er hat richtig Knete.«

Lena war überrascht. Sie wusste, dass Sams Großvater bei Wendy und Becky wohnte, aber Wendy klagte ständig über Geldnot.

»Mum rechnet damit, dass sie irgendwann alles erbt. Sie kümmert sich um ihn, gibt ihm seine Tabletten, fährt mit ihm ins Krankenhaus … Er ist erst siebzig, aber er hat sein Leben lang geraucht wie ein Schlot und ist ständig krank.

Ich glaube, Mum wartet nur darauf, dass er stirbt, damit sie an sein Geld kommt.« Er lachte. »Sie würde mich umbringen, wenn sie wüsste, dass ich mir von ihm was geliehen habe.«

Geliehen. Bedeutete das, dass sie es zurückzahlen mussten? Und wenn es so einfach war, an Geld zu kommen, warum hatte Sam seinen Großvater dann nicht um das nötige Kapital für eine Wohnung gebeten? Sie schob die Fragen beiseite und ärgerte sich darüber, dass sie so undankbar war, statt den Abend zu genießen. Sie schob den Diamanten zurecht und betrachtete ihn. Er funkelte im Licht der Weihnachtsbeleuchtung.

»Gefällt er dir?«, fragte Sam und legte ihr den Arm um die Taille, um sie an sich zu ziehen.

»Ich finde ihn wunderschön«, entgegnete sie aufrichtig.

KAPITEL 16

Lena erwachte noch vor der Morgendämmerung. Sie musste mittlerweile jede Nacht auf die Toilette, und wenn sie erst wach war, konnte sie meist nicht mehr einschlafen. Das war das Schlimmste.

Auf dem Rückweg holte sie sich in der Küche ein Glas Wasser und sah auf die Uhr. Es war erst drei. Seufzend schleppte sie sich wieder ins Bett und wartete auf den Schlaf.

Nataljas und Sofis sanfte Atemzüge klangen für sie wie der reinste Hohn. Warum fand ausgerechnet sie keinen Schlaf, wo sie ihn doch am nötigsten brauchte? Wenn sie gewusst hätte, wie ermüdend so eine Schwangerschaft war, hätte sie niemals … Manchmal, wenn sie allein war und nicht damit beschäftigt, Sam, Natalja oder Sofi etwas vorzumachen, dann gestattete sie sich einen Augenblick der Reue. Sie hatte ihre Chance gründlich vermasselt. Sie konnte nur hoffen, dass dieses Gefühl vergehen würde, wenn die Babys auf der Welt waren. Sie wollte nicht, dass eines von ihnen ihr je in die Augen sah und dort auch nur einen Schatten des Bedauerns erblickte.

Sie drehte sich auf den Bauch und schob sich ein Kissen unter die Brust. Bald würde sie nicht mehr so im Bett liegen können. Sie kniff die Augen zusammen und versuchte, die düsteren Gedanken zu vertreiben, die ihr im Kopf herumgeisterten. Am Vortag war sie wieder im Krankenhaus gewesen. Es war alles bestens, zum Glück. Aber bei dieser Gelegenheit hatte die Hebamme ein Thema angesprochen, das Lena bislang geflissentlich verdrängt hatte: die Geburt.

»Wir können natürlich keine Prognosen abgeben«, hatte sie gesagt. »Fragen Sie Ihre Mutter. Wenn sie keine großen Schwierigkeiten hatte, wird es bei Ihnen vermutlich ähnlich sein.«

Lena hatte es einen Augenblick die Sprache verschlagen. »Meine Mutter ist bei meiner Geburt gestorben«, hatte sie hervorgewürgt, worauf die Hebamme hüstelnd und sich räuspernd auf den Boden gestarrt und ihr versichert hatte, im England der Neunzigerjahre sei die medizinische Versorgung natürlich ungleich besser als vor Jahren in der Sowjetunion. Lena hatte sich von ihr beruhigen lassen, doch jetzt, in der Dunkelheit, kehrten ihre Gedanken zurück zum Tod ihrer Mutter. Woran war sie gestorben? Zu dumm, dass sie niemanden danach fragen konnte!

An Schlaf war nicht mehr zu denken. Leise stieg sie aus dem Bett, ging in die Küche und stellte den Wasserkocher auf. Da sie bereits unter Schlafstörungen litt, hatte Sofi ihr verboten, Kaffee zu trinken, also machte sie sich eine Tasse Kamillentee und schaltete den Fernseher ein. Ihre Augen schmerzten, sie konnte sich nicht auf die Bilder konzentrieren. Immer wieder kehrten ihre Gedanken zu ihrer Mutter zurück, zu Babys und Blut …

Vielleicht konnte ihr Tante Stasja weiterhelfen. Lena trank ihren faden Tee aus und ging zum Telefon. In Sofis Adressbuch, das danebenlag, stand auch, wie viele Stunden Zeitverschiebung zu berücksichtigen waren. Tante Stasja musste bereits beim Frühstück sitzen und würde sich bald auf den Weg zur Arbeit machen. Lena zögerte. Wusste Sofis Mutter von ihrer Schwangerschaft? Selbst jetzt, als Erwachsene, fürchtete Lena die Missbilligung ihrer Tante.

Lena atmete tief durch und nahm den Hörer ab. Sie führten nur zu wichtigen Anlässen Ferngespräche, ansonsten schrieb Sofi ihrer Mutter einmal wöchentlich. Aber das hier war wichtig. Wenn sie jetzt nicht mit ihrer Tante sprach, würde sie nie wieder schlafen können.

»Guten Morgen, Stasja Michailowna Tschernowa am Apparat.«

Tante Stasja war immer sehr höflich, wenn sie ans Telefon ging. Sie tat Lena leid. Sie war so altmodisch, legte so viel Wert auf das, was andere über sie dachten.

»Hallo, Tante Stasja, hier ist Lena.«

Überraschtes Schweigen. Dann: »Und, soll ich dich beglückwünschen oder bemitleiden?«

Sie wusste es also. »Beglückwünschen«, sagte Lena kleinlaut. »Ich bekomme Zwillinge, und Sam und ich werden heiraten.«

»Zu meiner Zeit war die Reihenfolge noch umgekehrt; erst die Hochzeit, dann die Kinder … Aber ich wünsche dir alles Gute, Kind.« Jetzt klang ihre Stimme weniger streng.

»Entschuldige, dass ich so früh schon störe«, sagte Lena, »aber ich kann nicht schlafen, und du bist die Einzige, die mir helfen kann.«

»Wie denn?«

»Weißt du etwas über Mamas Tod?«

Stasja seufzte mitfühlend. »Nein, leider nicht. Wir wissen nur das, was dein Vater erzählt hat. Zerbrich dir deswegen nicht den Kopf, Lena, es wird schon alles gut gehen.«

»Wenn ich ihn nur finden könnte.«

»Du brauchst ihn nicht«, sagte ihre Tante kühl.

»Aber er könnte mir sagen, wie Mama gestorben ist, und dann wüsste ich, ob die Ursache erblich ist.«

»Er war bei deiner Geburt nicht dabei, Lena«, winkte sie ab. »Er hat sich mit seinen Freunden betrunken, und als er nach Hause kam, stellte er fest, dass Natalja bei den Nachbarn war und im Krankenhaus ein mutterloser Säugling auf ihn wartete. Mehr wusste er nicht.«

Das musste Lena erst einmal verdauen.

»Sie hat Natalja ohne Schwierigkeiten zur Welt gebracht, Lena. Denk nicht mehr daran.«

Nachdem sie aufgelegt hatten, schaltete Lena den Fernseher und die Lichter aus und ging wieder ins Bett. Natalja drehte sich zu ihr um, öffnete ein Auge und murmelte heiser: »Alles in Ordnung?«

»Ja.« Lena drehte sich wieder auf den Bauch. »Ich kann bloß nicht schlafen.«

Natalja streichelte ihr über den Kopf. »Dann lieg einfach nur da und entspann dich.«

Die beruhigende Geste, die sanfte Dunkelheit machten sie schließlich doch müde. Sie war gerade dabei, einzunicken, als sie eine leichte Bewegung unter der Bauchdecke spürte.

Es fühlte sich an, als würden Bläschen in ihr aufsteigen.

Sie schnappte nach Luft.

»Was ist los?«, flüsterte Natalja.

»Die Kleinen, sie haben sich bewegt!«

»Ach ja?« Natalja legte ihr die Hand auf den Bauch. »Glaubst du, ich könnte es auch fühlen?«

»Eher nicht. Es war nur ganz leicht.« Da war es wieder, eine Reihe kaum merklicher Stöße. Lena stiegen Tränen in die Augen. Zwei süße kleine Babys. Ihre Babys. Sie schluchzte auf.

»Weinst du?«, fragte Natalja.

»Ja. Vor Freude«, sagte Lena.

Natalja ergriff ihre Hand. »Dann ist es ja gut.«

Endlich war der Tag gekommen. Nataljas Nerven lagen blank. Es war noch dunkel, vor ihrem Mund bildeten sich Atemwölkchen. Immer wieder sagte sie sich im Geiste ihren Text vor, während sie mit Sofi auf den Wagen wartete, der sie abholen und zum Set von *Lonely Shores* an der Südküste von England bringen sollte. Als sie nach der langen Fahrt in Haysbridge-on-Sea ankamen, herrschte dort bereits reges Treiben. Eine Frau mit einem Belichtungsmesser um den Hals kommandierte Leute herum, die, teils mit Kabeln, Kameras oder Mikrofonen beladen, umherhasteten. In dem Raum, in dem sie geschminkt wurde, vermischten sich Kaffeeduft und Zigarettenrauch mit dem schwachen Geruch nach Öl und Farbe, der von draußen hereindrang. In der Garderobe zog ihr eine sehr junge, sehr hübsche Frau Kleid um Kleid an und wieder aus und entschied sich schließlich für ein schlichtes blaues Kleid mit

Knöpfen, ähnlich dem, das Natalja bei den Probeaufnahmen getragen hatte.

Sofi nervte sie mit ihrer Besorgtheit. »Wie fühlst du dich? Hast du deinen Text im Kopf? Kann ich etwas für dich tun?«

Doch Natalja wollte nur allein sein, um sich zu sammeln, fernab von Lärm und hektischer Betriebsamkeit. Immer wieder hielt sie nach Rupert Ausschau, konnte ihn jedoch nirgends entdecken.

Lonely Shores lief seit vier Jahren im Fernsehen, und Rupert Palmer war das Superhirn dahinter. Davor hatte er für STC bereits zwei andere erfolgreiche Fernsehshows produziert. Dann hatte er in Haysbridge-on-Sea fünf aneinander angrenzende Häuser gekauft und auf diesem Areal das Set für *Lonely Shores* bauen lassen. Um Kosten zu sparen, filmten hier stets drei Teams gleichzeitig; zwei innen, eines draußen. Die Serie war ein voller Erfolg, stieß bei den Printmedien auf großes Interesse und kurbelte sogar den Tourismus in der Gegend an. Die Schauspieler waren berühmt, insbesondere die Darsteller des beliebten Ehepaares Bradley, das nun mithilfe von Natalja in einen spannenden Handlungsstrang aus Affäre, Trennung und Versöhnung verwickelt werden sollte.

»Tatjana, wir drehen mit Team eins drüben in Nummer fünfundzwanzig, wenn Sie also bitte rüberkommen könnten …«

Natalja, die gerade in der Garderobe Schuhe anprobierte, hob den Kopf. »Jetzt gleich?«

»Ja, jetzt gleich.«

Mit Sofi an ihrer Seite ging sie über die Straße ins Haus Nummer fünfundzwanzig. Die helle Beleuchtung am Set schmerzte in ihren müden Augen. Die Tatsache, dass sie nicht mit der ersten Szene begannen, machte sie nur noch nervöser. Sie hatte angenommen, man würde chronologisch drehen, doch ihre Ankunft sollte erst um die Mittagszeit gefilmt werden, wenn die Sonne am höchsten stand. Sofi rieb ihr den Arm und sagte, es würde bestimmt alles gut gehen.

Dan Ellison, den Regisseur von Team eins, kannte Natalja bereits von den Probeaufnahmen. Er zeigte ihr ihren Standort in der bis ins kleinste Detail authentisch aussehenden Küche, die allerdings nur eine halbe Küche war. Wände waren eingerissen worden, um Platz für die Kameras zu schaffen, von der Decke hingen Kabel, das Waschbecken war staubig, der Boden zerkratzt. Unmittelbar daneben befand sich das Lager für Ausrüstung und Requisiten. Ein Hüne korrigierte ihren Standort und prüfte die Lichtverhältnisse. Die Darstellerin von Meg Bradley traf ein. Natalja erkannte sie sogleich und begrüßte sie, doch die Schauspielerin nickte bloß und widmete sich wieder ihrem Kaffee. Eine Welle der Zuversicht erfasste Natalja. Sie hatte diese Szene Dutzende Male mit Sofi geprobt. Sie würde glänzen, genau wie sie es Rupert versprochen hatte. Zu schade, dass er nicht hier war.

Es dauerte lange, bis alle bereit waren. Leute kamen und gingen, jemand brachte ihr eine Schürze, die sie erst überstreifte, nur um sie dann auf Anweisung wieder auszuziehen. Es folgte eine Meinungsverschiedenheit.

»Sie soll nur eine Schürze tragen, wenn sie kocht, aber jetzt putzt sie«, ließ eine Stimme aus dem Off verlauten.

»Putzfrauen tragen auch Schürzen.«

»Seit wann?«, fragte die Stimme hinter den Scheinwerfern.

»Meine Putzfrau trägt eine Schürze«, bemerkte die Darstellerin von Meg Bradley.

»Die Zuschauer verbinden Schürzen mit kochen, nicht mit putzen.«

»Kocht sie?«

»Nicht in dieser Szene.«

»Und später?«

Das Drehbuch wurde konsultiert. Natalja nahm all ihren Mut zusammen und sagte: »Viel später kommt Szene, wo Tatjana kocht russisches Essen für Mr. Bradley.« Nämlich *Borscht*, was in ihren Augen völlig ungeeignet war, um einen Mann zu verführen. Das machte man mit Lamm-Schaschlik oder einem schönen Apfelkuchen mit Vanillepudding, nicht mit Rote-Beete-Suppe. »Aber nicht in dieser Folge.«

»Schürze weg.«

»Besorgt ihr ein Kopftuch.«

Es dauerte weitere zehn Minuten, bis die Friseurin gekommen war und Natalja ein Kopftuch aufgesetzt hatte. Es sollte authentisch und doch attraktiv aussehen. Dann war endlich alles bereit für den ersten Dreh. Jemand rief »Action!«, die Filmklappe wurde geschlagen, und Meg Bradley sprach ihre erste Dialogzeile.

Natalja starrte verwirrt in die Kameras. Diese Zeile kannte sie nicht. »Entschuldigung. Dan?«

»Cut!«, ertönte es ungeduldig aus dem Off. »Was ist los, Tatjana?«

War es üblich, die Schauspieler mit den Namen der Protagonisten anzureden, oder wusste er nicht, wie sie hieß? »Das steht nicht in meinem Drehbuch«, sagte Natalja.

Dan eilte mit einem Skript in der Hand in die Küche und hielt es ihr unter die Nase. Englische Schriftzeichen und Wörter verschwammen vor ihren Augen. Sie konzentrierte sich. Kein Zweifel, der Dialog war geändert worden.

»Sie haben offenbar die aktualisierte Version nicht bekommen. Hier.« Er reichte ihr sein Drehbuch. »Zwanzig Minuten Pause, bis Tatjana diese Szene gelernt hat.«

Natalja wurde heiß. Zwanzig Minuten? Das war nicht fair! Sie hatte geprobt bis zum Umfallen!

Dan lächelte entschuldigend. »So etwas passiert leider gelegentlich, vor allem bei neuen Darstellern. Ich sorge dafür, dass Sie auf die Liste gesetzt werden, und lasse Ihnen die aktualisierten Drehbücher nach Hause schicken.«

»Aber ich habe schon alles gelernt.«

»Sie gewöhnen sich dran«, rief er über die Schulter, schon auf dem Weg nach draußen.

Natalja begann zu schwitzen. »Ist Rupert heute hier?«

»Der kommt meist so gegen Mittag«, sagte jemand hinter den Scheinwerfern.

Sofi gesellte sich zu ihr. Ihre Sommersprossen hoben sich in dem hellen Scheinwerferlicht deutlich ab. »Los, komm, wir studieren gemeinsam deinen neuen Text ein.«

»Ich kann nicht«, zischte Natalja. »Nicht genug Zeit. Ich habe noch anderen Text im Kopf.«

»Du musst. Keine Sorge, ich helfe dir.«

Natalja rührte sich nicht von der Stelle.

»Komm mit.« Sofi führte sie nach nebenan ins leere Wohnzimmer der Bradleys und setzte sich auf das Sofa.

»Das ist so ungerecht!«, jammerte Natalja.

»Du kannst dich beschweren, oder du kannst deinen Text lernen.« Sofi klopfte streng mit dem Finger auf das Skript.

Gemeinsam gingen sie die Szene durch, doch Natalja konnte sich kaum konzentrieren. Der Text unterschied sich nicht wesentlich von der ersten Version, aber es waren zwei Dialoge umgestellt und neues Material hinzugefügt worden. Zu Nataljas Enttäuschung war der Teil, in dem sie von ihrer Heimatstadt sprach, gestrichen worden. Sie versuchte, sich die Veränderungen einzuprägen und nicht daran zu denken, wie viel Arbeit noch vor ihr lag.

Von nebenan rief Dan nach ihr. »Tatjana, wo sind Sie?«

Sie holte tief Luft. Sofi drückte ihre Hand.

Es war ein Desaster. Ständig kam ihr der alte Text, den sie so gründlich auswendig gelernt hatte, in die Quere. Die Sprache fühlte sich genauso fremd an wie in den ersten Wochen nach ihrer Ankunft in England. Immer wieder verhaspelte sie sich und musste sich so darauf konzentrieren, die richtigen Worte zur richtigen Zeit zu sagen, dass sie keine Gelegenheit hatte, mit schauspielerischen Fähigkeiten zu glänzen. Die Leute wurden ungeduldig – Dans Stimme wurde schärfer, der Mann mit der Tonangel klagte über Schulterschmerzen. Meg Bradley schwitzte und wedelte sich mit dem T-Shirt-Saum Luft zu. Natalja, von den Scheinwerfern geblendet und mit den Nerven am Ende, kam sich vor wie in einem bösen Traum. Als Dan zum elften Mal »Cut! Schon *wieder* falsch!« rief, brach sie in Tränen aus.

Sofort war Sofi bei ihr. »Ganz ruhig«, tröstete sie sie.

»Wer ist das?«, rief Dan. »Schafft sie raus!«

Sofi nahm Natalja an der Hand und führte sie hinaus.

Dan stellte sich ihr in den Weg. »Wo wollen Sie mit meiner Tatjana hin?«

»Sie kann sich ihren Text nicht so schnell merken«, erklärte Sofi. »Wir brauchen mehr Zeit.« Natalja staunte über die stoische Ruhe ihrer Cousine.

»Die haben wir nicht. Ist sie Schauspielerin oder nicht? Wenn das so weitergeht, wird sie in diesem Geschäft nicht lang überleben.« Er fuhr, zu Natalja, gewandt, fort: »Ich wusste, dass es keine gute Idee war, Sie einzustellen.«

Wieder kam Sofi ihr zu Hilfe. »Es ist nicht Nataljas Schuld, dass sie die aktualisierte Drehbuchversion nicht rechtzeitig bekommen hat.«

»Jede Schauspielerin, die ich kenne, ist in der Lage, schnell ein paar neue Dialoge zu lernen, vor allem, wenn sie sich kaum von den alten unterscheiden. Wenn sie dafür zu dämlich ist …«

»Das ist sie ganz und gar nicht, es fällt ihr bloß schwer, einen englischen Text zu lesen.«

Natalja trat nach Sofi, aber es war zu spät.

»Was? Wir haben eine Schauspielerin eingestellt, die keine englischen Texte lesen kann? Weiß Rupert davon?«

»Was ist hier los?«

Wie aufs Stichwort kam Rupert Palmer herein. Natalja unterdrückte ein Schluchzen. Jetzt war alles aus. Und nur, weil ihr Gehirn mit der englischen Sprache überfordert war.

Sofi machte sich mit bemerkenswertem Eifer für Natalja stark. Sie berichtete Rupert von dem neuen Skript, den Beleidigungen und Schikanen. Er hörte ihr mit versteinerter Miene zu, dann sagte er zu Natalja: »Ich möchte mit Ihnen reden. Unter vier Augen.«

»Ausgeschlossen. Ich komme mit«, wandte Sofi ein, worauf Rupert missbilligend die Stirn runzelte.

»Schon gut, Sofi«, winkte Natalja ab. »Nicht nötig.«

Sie wusste nicht recht, weshalb. Vielleicht, weil sie es satt hatte, dass ständig in ihrer Anwesenheit über sie geredet wurde, oder weil es ihr peinlich war, vor ihrer Cousine gefeuert zu werden. Vielleicht auch nur deshalb, weil Rupert sie darum gebeten hatte.

Sofi schüttelte den Kopf, doch Natalja hob abwehrend die Hand. »Ich weiß, was ich tue. Ich bin nicht dumm …«

Sie warf Dan einen bösen Blick zu. »Auch wenn das alle glauben.«

»Braves Mädchen.« Rupert führte sie in ein Zimmer im vorderen Teil des Hauses, das förmlich überquoll vor Kisten mit Requisiten, ordentlich aufgerollten Kabeln und Aluminiumkoffern mit Geräten.

»So«, Rupert schloss die Tür hinter ihnen und lehnte sich daran. »Was ist los, Natalja?«

»Ich habe meine Texte gelernt«, sagte sie. »Und jetzt gibt es neues Drehbuch … *ein* neues Drehbuch.«

»Stimmt es, dass Sie keine englischen Texte lesen können?«

»Ich kann, aber ich bin langsam.«

Er fuhr sich mit den Fingern durch das dichte weiße Haar, den Blick an die Decke gerichtet, und seufzte. »Sie enttäuschen mich, Natalja.«

Sie fröstelte.

»Als ich Ihnen diese Rolle angeboten habe, haben Sie mir versichert, das sei kein Problem.«

»Ich brauche nur bisschen Hilfe. *Ein* bisschen Hilfe.«

Als er sie musterte, stellte sie einigermaßen erstaunt fest, dass ihr weniger davor graute, gefeuert zu werden, als davor, sein Missfallen zu erregen. Seine Miene wurde etwas milder.

»Wissen Sie, was ich denke, Natalja?«

Sie schüttelte den Kopf.

»Ich frage mich, ob Sie die Mühe wert sind.«

Natalja schwieg.

»Aber wenn ich Sie ansehe … Sie sind so … wunderschön.« Er wandte beinahe verschämt den Blick ab, und Nataljas Herz schlug aus unerfindlichen Gründen plötzlich schneller.

Dann zupfte er die Anzugärmel über den gebräunten Handgelenken zurecht. »Ich werde Dan sagen, er soll etwas nachsichtiger mit Ihnen sein«, sagte er, wieder ganz der professionelle Geschäftsmann. »Sie können nichts dafür, dass Sie die neuen Skripts nicht erhalten haben.«

»Vielen Dank, Rupert«, stieß sie hervor. »Ich werde mir große Mühe geben.«

»Tun Sie das.«

»Sofi wird mir helfen. Sie …«

»Ah, ja, Ihre Cousine. Wird sie jeden Tag hier sein?«

»Äh, ja.« Natalja nickte.

»Es ist nicht gut, wenn Sie ihr ständig zu Dank verpflichtet sind. Außerdem ist Englisch nicht Sofis Muttersprache. Ich werde bis zum Ende der Woche einen Coach engagieren, der Ihnen auch mit Ihrem Akzent helfen kann.«

»Sie sind sehr großzügig.«

»Eine rein geschäftliche Entscheidung«, winkte er ab. »Und jetzt an die Arbeit.«

Natalja folgte ihm in die Küche. Sie war etwas enttäuscht, dass er sie nicht selbst coachen wollte, aber er war eben ein wichtiger, vielbeschäftigter Mann und viel zu alt für sie. Wenn er zwanzig Jahre jünger wäre – oder auch nur zehn –, dann hätte er ihr durchaus gefallen können.

Sofi versuchte, sich zu beruhigen. Ihr Herz sollte vor Erregung hämmern, nicht aus Angst. Aber sie hatte wenig Erfahrung in diesen Dingen. Nackt war sie sonst nur in der Badewanne.

»Ich bin fertig.« Ihre Stimme hallte kläglich und verunsichert durch das von Kerzen erhellte Zimmer.

Julien, der auf dem Bett saß und sich die Augen zuhielt,

ließ die Hand sinken und lächelte sie an. Sie verschränkte die Arme vor der Brust. Sie trug keine Kleider, nur Schmuck, *ihren* Schmuck: Perlenarmbänder, ein Halsband aus Silber und Glas, eine lange Kette mit einem einzelnen Türkis in einer sternförmigen silbernen Fassung.

»Ah, du hast dich für mich mit Juwelen geschmückt.« Er zog sie zu sich hinunter und begann, sein Hemd aufzuknöpfen. »Diesen Anblick werde ich nie vergessen.«

»Meinst du?« Sie streckte die Arme über den Kopf und schloss die Augen, um ihrer Verlegenheit Herr zu werden. Er schmiegte die Hände um ihre Brüste und küsste ihren Nabel. Es roch nach Farbe, und der Staub aus dem Bettvorleger kitzelte sie leicht in der Nase.

»Ich kann dir versichern, dass ich ihn nicht vergessen werde, Sofi«, sagte er schließlich. »Ich bin kein großer Liebhaber. Bisher war ich nur mit zwei Frauen zusammen.«

Sie öffnete die Augen. Er trug noch immer seine Hose. Seine Haut war sehr blass, sein Körper mager. Ein paar dunkle Haare sprossen auf seiner Brust.

»Aber nun musst du das alles ablegen.«

Er nahm ihr die Armbänder ab, öffnete den Verschluss des Halsbandes und ließ die silberne Kette über ihre Brüste gleiten, ehe er sie weglegte. Sie schauderte. Seine heißen Lippen kehrten auf ihre Haut zurück, und sie stöhnte und schloss erneut die Augen.

»Ich wollte mich schön machen«, sagte sie. »Für dich.«

»Unter unserer Haut sind wir alle menschlich, und das ist schön«, erwiderte er. »So unterschiedlich, so lebendig, so voller Makel. Ich sehe einen Funken in dir, Sofi; er funkelt, wie ein Diamant.«

Sie spürte, wie er ihr das letzte Schmuckstück abnahm. Jetzt war sie wirklich nackt. Der Gedanke erfüllte sie mit köstlichem Schaudern. Als sie die Augen aufschlug, sah er ihr mit verträumter Miene ins Gesicht.

»Komm zu mir, wie du bist, und nicht, wie du glaubst, dass ich dich haben will«, sagte er.

Sie lächelte, und er küsste sie.

»Versprochen«, sagte sie.

KAPITEL 17

Die Abendsonne schien auf die Vorhänge in Juliens winziger Wohnung. Sie war kahl und aufgeräumt, seine Bilder waren bereits nach Frankreich unterwegs; das Bett war unbezogen, sein Hab und Gut in zwei lädierte Koffer verpackt, die nun zu seinen Füßen standen. Sofi beobachtete ihn, während er zum wiederholten Mal einen Blick auf sein Flugticket warf, und kämpfte gegen die verzweifelte Sehnsucht an, die sie in den vergangenen Wochen tagtäglich verspürt hatte.

Er steckte das Ticket in die Jackentasche, dann sagte er lächelnd: »Tja, Sofi. Ich gehe jetzt zum Zug.«

»Lass dir doch die Taxifahrt zum Flughafen spendieren.«

Er schüttelte den Kopf. »Ich mag Züge. Die Bewegung inspiriert mich. Gib dein Geld lieber für deinen Schmuck aus.« Er erhob sich, griff nach den Koffern, zögerte, setzte sich wieder. »Sofi?«

Ihr Herz pochte dumpf. »Ja.«

Er verschränkte die blassen Finger, legte den Kopf schief. »Wenn ich etwas romantischer veranlagt wäre, hätte ich dich vielleicht gemalt, aber das wollte ich nicht.«

Sie lachte. »Ich habe es gar nicht erwartet.«

»Ich möchte dir trotzdem erklären, warum. Ich habe dich nicht gemalt, weil du real bist, Sofi, und das ist gut für mich. Ich verbringe so viel Zeit meines Lebens in meiner Fantasie, und ich wollte dich nicht dorthin mitnehmen. Verstehst du?«

»Ich glaube schon.«

»Durch dich habe ich Verbindung zur Welt aufgenommen. Es ist ein gutes Gefühl. Es wird mir fehlen.«

Sofi stiegen Tränen in die Augen. Der Schmerz war wieder da und machte ihr klar, dass sie ihn liebte.

»Es fällt mir nicht leicht, von meinen Gefühlen zu reden«, sagte er leise.

»Schon gut.«

»Du könntest mitkommen.«

Die Aussage hing in der Luft. Sie hatte darauf gewartet, dass er sie bitten würde, mitzukommen; sie hatte darüber nachgedacht und die Idee verworfen. Natalja, die morgen ihr großes Fernsehdebüt feierte, benötigte zurzeit ihre gesamte Aufmerksamkeit. Sofi traute Rupert nicht über den Weg und hatte ihre Cousine zwei- oder dreimal pro Woche zum Dreh begleitet. Außerdem musste sie Interviews und Fotoshootings organisieren, etwa für die Zeitschrift *BritSoap*, auf deren Märzausgabe Nataljas Bild prangte. Sofi kümmerte sich auch um alle finanziellen Angelegenheiten, denn Natalja war in diesen Dingen vollkommen hilflos und hätte ihr ganzes Geld vermutlich auf der Stelle ausgegeben. Jetzt lief ihr Vertrag für *Lonely Shores* aus, und da galt es, neue Angebote zu sondieren, neue Texte zu lernen, Natalja zu neuen Dreharbeiten zu begleiten. Und dann war da noch Lena, die im sechsten Monat schwanger war und immer noch bei ihnen wohnte. Sam fand eine Ausrede nach der anderen dafür, dass er noch keine Wohnung für sie aufgetrieben hatte. Er würde einen unzuverlässigen Ehemann abgeben, doch das schien Lena noch nicht bewusst zu sein. Sofi konnte sie unmöglich im Stich lassen.

»Ich würde gern mitkommen, aber ich kann nicht. Nicht jetzt.«

»Hör gut zu«, sagte er, »denn ich werde dir das nur ein einziges Mal sagen: Ich liebe dich, Sofi Tschernowa. So. Jetzt ist es heraus, und du wirst es nicht noch einmal hören.«

»Wirst du mir Bescheid sagen, wenn du aufhörst, mich zu lieben?«, neckte sie ihn.

»Nein«, erwiderte er ernst, »denn das wird nicht geschehen.«

Sie fiel ihm um den Hals, und er drückte sie an sich. »Es wird Zeit«, murmelte er in ihr Haar und machte sich von ihr los. »Ich werde dir oft schreiben und versuchen, dich umzustimmen, damit du zu mir kommst.«

Damit reichte er ihr die Schlüssel zu seiner Wohnung. Sie hatte angeboten, sie dem Makler zu geben, damit er nicht mit seinem Gepäck quer durch die Stadt fahren musste. Er nahm seine Koffer. »Adieu, Sofi.«

»Adieu.«

Er küsste sie, und die Zeit stand still.

»Adieu«, sagte er erneut, dann wandte er sich um und ging zur Tür.

Sie legte sich auf die gestreifte Matratze, die Schlüssel fest umklammert. Laue Märzluft drang durch das offene Fenster herein und ließ die Vorhänge flattern. Sie sprang auf, spähte auf die Straße hinunter. Da war er, mit einem Koffer in jeder Hand.

»Julien!«, rief sie.

Er hob den Kopf.

»Ich liebe dich auch!«

»Das habe ich mir gedacht«, rief er zurück und setzte seinen Weg fort.

Sie sah ihm nach, bis sie ihn aus den Augen verlor.

Natalja betrachtete sich eingehend im Spiegel. Linda, die Make-up-Spezialistin von *Lonely Shores*, hatte ihr einiges beigebracht. Seither war ihr ihre bisherige Schminktechnik fast schon peinlich. Sie trat einen Schritt zurück und verwünschte das kümmerliche Licht in ihrem kleinen Badezimmer. Sie wohnte immer noch in diesem Loch und musste sich das Bett mit ihrer Schwester teilen, die von Tag zu Tag dicker wurde. Sie hatte sich ausgemalt, dass sie alle bald hier ausziehen und sich schönere Wohnungen mieten würden. Aber Sam schlief nach wie vor bei seinem Bandkollegen auf der Couch, und Lena schlich noch immer hier herum. Und nun, da ihr Vertrag ausgelaufen war, sah auch Natalja wieder unsicheren Zeiten entgegen. Sie atmete tief durch und versuchte, sich von ihren Sorgen nicht die Laune verderben zu lassen. Irgendetwas würde sich schon ergeben, hoffentlich.

Ihr Kleid für die Party lag auf dem Bett im Schlafzimmer ausgebreitet. *Chanel*, knöchellang, durchsichtig, mit Glockenärmeln und Stickerei auf dem Rock. Feminin und sexy. Rupert hatte es ihr am Freitag nach Haysbridge-on-Sea geschickt. Natalja hatte bereits ein Kleid für die Feier gekauft, ein schwarzes Abendkleid aus Samt, aber wenn Rupert sie in *Chanel* sehen wollte, würde sie *Chanel* tragen. Sie zog das Kleid an. Zu dumm, dass sie keinen großen Spiegel hatten.

Über dem Bett hing der Ausschnitt aus der *BritSoap* von der vergangenen Woche. Auf der einen Seite ein Foto von

Craig und Meg Bradley, und gegenüber Natalja in französischer Dienstmädchentracht, das lange Haar über eine Schulter gekämmt, der Mund dunkelrot geschminkt. »Aufpoliert« stand in dicken Lettern dazwischen, und darunter ein kurzer Text über den »neuen Look von *Lonely Shores*« und den Beginn der neuen Staffel am vierzehnten März. Heute Abend. Die Party fand in Ruperts Büro in Soho statt, und Natalja konnte die Vorstellung, ihn womöglich nicht wiederzusehen, kaum ertragen. Rupert hatte sich für sie eingesetzt und war in vielerlei Hinsicht ihr Retter gewesen. Er beobachtete sie häufig bei der Arbeit, und dann strengte sie sich noch mehr an, um ihn zu beeindrucken. Hin und wieder zwinkerte er ihr zu oder schenkte ihr ein Lächeln, ehe er wie so oft auf die Uhr sah und eilig das Weite suchte. Sie hatte sich dabei ertappt, dass sie sich über ihn erkundigte. War er verheiratet? Nein. Schwul? Auch nicht; er war mit einer Reihe attraktiver Frauen liiert gewesen, zurzeit jedoch Single. Sein Alter wurde auf neunundvierzig bis vierundfünfzig geschätzt. *Vierundfünfzig.* Sie war gerade sechsundzwanzig geworden; nicht einmal halb so alt wie er.

Natalja öffnete den Kleiderschrank und überlegte, welche Schuhe sie anziehen sollte – goldene Stilettos oder flache braune Sandalen? Von Rupert hatte sie diesbezüglich keine Anweisungen bekommen, und sie hatte schreckliche Angst, sich falsch zu entscheiden. Sie schlüpfte in die Stilettos. Sie sahen eher nach einer Party aus, und da ging sie schließlich hin.

Es klopfte leise an der Tür, und Sofi trat ein.

»Wow, du siehst aus wie eine Prinzessin.«

Natalja drehte sich einmal im Kreis. »Willst du nicht doch mitkommen?«

Sofi schüttelte den Kopf. »Ich wäre garantiert fehl am Platz. Außerdem möchte ich hier bei Lena bleiben und es mir im Fernsehen ansehen, so wie jeden Abend.«

»Manchmal kommt es mir selber noch so unwirklich vor.«

»Ich habe etwas für dich.« Sofi ging zu ihrer Seite der Kommode. Als sie sich umwandte, hielt sie eine Halskette in der Hand.

»Hast du die gemacht?«, fragte Natalja.

»Ja. Amethyst, in einer silbernen Fassung in Blumenform. War ganz schön viel Arbeit.« Sie hielt sie Natalja hin.

»Zu meinem anderen Kleid hätte sie toll ausgesehen, aber … Das hier ist ein Designerkleid, Sofi.«

»Oh.« Ihre Cousine ließ die Hand sinken. »Verstehe.«

»Zu *Chanel* kann ich unmöglich selbst gemachten Schmuck tragen.« Was würde Rupert sagen?

»Schon klar.« Sofi legte die Kette in die Kommode zurück und knallte die Lade zu. Oder war es Natalja nur so vorgekommen? Es war ganz und gar untypisch für Sofi, wütend zu werden; zumindest war es untypisch, dass sie sich ihren Zorn anmerken ließ.

Natalja verließ schweigend das Zimmer und verabschiedete sich mit einem Kuss von Lena, ehe sie hinunterging, um in ein Taxi zu steigen.

Ruperts Büro war klein, aber geschmackvoll eingerichtet. Die Wände in einem satten Rot gestrichen, gerahmte Schwarz-Weiß-Fotos, Halogenbeleuchtung. Die Tische waren leer geräumt worden, um Platz für die Häppchen zu machen. Es gab zu Ehren von Tatjana sogar *Piroschki*. Natalja knurrte der Magen, aber sie hielt sich zurück. Kein Essen nach siebzehn Uhr. Es war sehr voll. In einer Ecke stand ein großer Fernseher, vor dem sich der Großteil der Leute versammelt hatte. Natalja begrüßte die anderen Darsteller und stellte zufrieden fest, dass sie das schönste Kleid trug. Küsschen wurden ausgetauscht, aber sie und ihre Kollegen waren nie wirklich miteinander warm geworden. Sie nahm sich ein Glas Champagner von einem silbernen Tablett, das jemand vorbeitrug, und hielt nach Rupert Ausschau. Er war nirgends zu sehen. Sie fragte einen Kameramann. Rupert war noch nicht gekommen. Sie mischte sich unters Volk, trank ein zweites Glas Champagner. Der Alkohol ließ sie schwach werden; sie gestattete sich ein Canapé mit Kaviar. Gleich ging die Sendung los. Würde Rupert etwa ihr Debüt verpassen?

Und dann sah sie ihn hereinkommen. Sofort war er von Menschen umringt. Natürlich. Alle liebten ihn, alle wollten bei ihm Eindruck schinden. Er war in Begleitung einer hübschen jungen Frau mit kurzgeschorenem blondem Haar und pink geschminkten Lippen. Sie lächelte strahlend. War sie ein Popstar? Jedenfalls kannte Natalja sie von irgendwoher.

Rupert kam auf sie zu. »Das Kleid steht Ihnen hervorragend, Natalja«, stellte er fest. »Das ist Zoe.«

»Sehr erfreut«, flötete Natalja, was gelogen war.

»Ihre Schuhe sind eine Katastrophe«, flüsterte ihr Rupert noch zu, dann ließ er sie stehen.

Natalja sah ihm nach und war am Boden zerstört. Er hatte seiner Begleiterin die Hand auf den Rücken gelegt. Womit hatte sich diese Zoe seine Anerkennung, seine Berührung verdient?

»Tatjana? Es geht los.« Das war Dan, der sie noch kein einziges Mal mit ihrem richtigen Namen angeredet hatte.

Sie leerte ihr Glas, nahm sich ein neues und begab sich

damit vor den Fernseher. Die Gespräche verstummten, jemand machte das Licht aus. Die Werbepause war zu Ende, Musik erklang: der vertraute Titelsong, von einer anderen Stimme gesungen und rockiger. Der Vorspann war ebenfalls neu. Natalja kam nicht darin vor, weil sie nicht zur ständigen Besetzung zählte. Sie schielte flüchtig zu Rupert und Zoe, dann sah sie wieder zum Fernseher.

Einen Augenblick später war auf dem Bildschirm zu sehen, wie sie in ihrem schlichten blauen Kleid und dem zusammengebundenen Haar an der Haustür der Familie Bradley klingelte. Sie wirkte schlank und majestätisch, selbst in diesem schlichten Outfit. Die versammelte Mannschaft applaudierte. Natalja lächelte. Jemand klopfte ihr auf die Schulter.

»Ich komme wegen der Stelle als Putzfrau«, sagte Tatjana auf dem Bildschirm, und Craig Bradley fielen beinahe die Augen aus dem Kopf. Schnitt, nächste Szene.

Natalja verfolgte ihren ersten Fernsehauftritt mit gemischten Gefühlen. Sie sah gut aus und klang überzeugend, aber ihre letzte Szene war bereits im Kasten. Tatjana hatte ihre letzten Worte gesprochen und war von Meg Bradley vor die Tür gesetzt worden, nachdem diese von der Affäre erfahren hatte.

Sofi hatte ihr gesagt, sie solle sich keine Sorgen machen, es würde neue Angebote geben. Doch Natalja graute davor, wieder von vorne anfangen und für Werbespots vorsprechen zu müssen, in denen sie nichts sagen durfte. Sie war gefangen in ihrer winzigen Wohnung mit ihrer schwangeren Schwester und ihrer musterhaften Cousine … *Sei nicht so gemein.* Sie musste betrunken sein; vom Alkohol wurde sie stets mürrisch und verbittert. Sie kippte ihren Champagner in die nächstbeste Topfpflanze.

Applaus. Der Abspann flimmerte über den Bildschirm. Natalja stellte enttäuscht fest, dass sie ihren Namen verpasst hatte. Aber sie wurde ohnehin bloß als Natalie Chernoff aufgelistet, nicht mit ihrem richtigen Namen.

»Gut gemacht.«

Rupert. Natalja schenkte ihm ein wenig überzeugendes Lächeln. »Danke. Wo ist Zoe?«

»Nach Hause gefahren. Sie muss morgen früh raus. Sie arbeitet beim Fernsehen.«

»Ich wusste doch, dass ich sie kenne. Die Frühnachrichten.«

»Ganz recht.« Er befühlte den Ärmel ihres Kleides. »Ich wusste, dass Sie darin toll aussehen würden.«

»Das mit den Schuhen tut mir leid.«

»Sie müssen noch viel lernen. Sie sollten sich einen Stylisten für Partys und öffentliche Auftritte zulegen. Ich kann Ihnen ein paar empfehlen.« Er ließ die Hand sinken und starrte sie nachdenklich an.

Natalja fühlte sich unwohl in ihrer Haut, überspielte dies aber durch ein souveränes Lächeln. »Was ist, Rupert?«

»Ich glaube, wir brauchen Sie noch bei *Lonely Shores*.«

Ihr Herz tat einen Sprung. »Wirklich?«

»Lassen Sie uns das in Ruhe besprechen.« Er nahm ihre Hand. »Kommen Sie mit, dort hinten sind wir ungestört.«

Er führte sie durch den Korridor, ließ ihre Hand los, um einen Schlüsselbund aus der Tasche zu ziehen. Sie betraten einen Abstellraum, der leer war bis auf ein Metallregal, auf dem zwei Schachteln Kopierpapier standen. Das Neonlicht war unangenehm hell. Er lehnte sich an das Regal. Natalja stand mit verschränkten Armen und heftig pochendem Herzen vor ihm, verunsichert, hoffnungsvoll.

Er breitete die Arme aus. »Stellen Sie sich folgendes Szenario vor: Meg Bradley glaubt, Tatjana sei nach Russland zurückgegangen, doch dann kehrt ihr Sohn Trevor, der in London studiert hat, nach Hause zurück – in Begleitung der Frau, die er heiraten will. Tatjana.«

»Hat Meg denn einen Sohn namens Trevor?«

»O ja. Sämtliche Charaktere haben Familienmitglieder in anderen Städten, für alle Fälle. Wir müssten erst jemanden für die Rolle casten. Sie würden dann in ein paar Monaten wieder auftauchen, aber die Pause zwischen Tatjanas Abschied und ihrer Rückkehr würde die Angelegenheit sehr realistisch wirken lassen. Sie geht weg, lernt Trevor kennen, die beiden verlieben sich. Das würde ordentlich für Aufruhr sorgen. Wir wissen bereits, dass sich durch Craig Bradleys Affäre die Einschaltquoten erhöhen werden, und auf diese Weise könnten wir die Sache noch ein paar Monate verlängern. Wie wär's mit einem neuen Vertrag? Dieselben Bedingungen, für mindestens ein halbes Jahr?«

Natalja öffnete den Mund, dann dachte sie an Sofi, die bestimmt verärgert sein würde, wenn sie zusagte, ohne erst mit ihr Rücksprache zu halten. Sofi könnte vielleicht mehr Geld oder andere Vorteile für sie aushandeln. »Das müssten Sie mit Sofi besprechen.«

Rupert runzelte die Stirn. »Nein, das werde ich nicht tun. Ich mache Ihnen jetzt und hier ein Angebot. Sind Sie interessiert oder nicht?«

»Natürlich bin ich …«

»Dann vergessen Sie Ihre Cousine. Es ist ohnehin sehr unprofessionell, sich von einem Familienmitglied vertreten zu lassen, zumal Sofi aus dem Ausland kommt und nichts über die hiesige Unterhaltungsindustrie weiß.« Er legte die Hand aufs Herz. »Ich gebe Ihnen mein Wort; ich unterbreite Ihnen ein unwiderstehliches Angebot, für das viele aufstrebende Schauspielerinnen durchs Feuer gehen würden. Sie wollen doch nicht undankbar erscheinen, oder?«

Sie hatte das Gefühl, überrumpelt zu werden, doch Alkohol und Ehrgeiz trübten ihr die Sinne. Sie brauchte ein neues Engagement, aber es war in erster Linie das ganze Drumherum, nach dem sie süchtig war: Fotosessions und Interviews, Partys und Designerkleider, die Nähe zu Rupert … Sie hob das Kinn. »Ich bin nicht undankbar. Ich weiß, wie viel Sie mir ermöglicht haben. Ich nehme Ihr Angebot gern und voller Stolz an.«

Er lächelte träge und streckte die Hand aus, um mit der Rückseite der Finger sanft über ihre Wange zu streichen. Natalja hielt den Atem an. »Das freut mich sehr«, murmelte er. »Und jetzt habe ich noch eine letzte Frage.«

»Ja?«

»Darf ich das Licht ausschalten?« Er drückte auf den Schalter, ohne ihre Antwort abzuwarten, und ergriff ihre Hände. Natalja war vor Überraschung wie erstarrt. »Was haben Sie denn?«, fragte er energisch.

»Nichts … Ich … Was ist mit Zoe?«

»Welche Zoe?« Er lachte. »Wollen Sie oder wollen Sie nicht, Natalja?« Er malte mit den Daumen sanfte Kreise auf ihre Handgelenke. »Ich glaube, Sie wollen.«

Er zog sie an sich und küsste sie leidenschaftlich, und ihr Widerstand schmolz dahin, als sie seine starken Arme, seine ungeduldigen Lippen, die gebieterische Selbstsicherheit seiner Liebkosungen spürte. Seufzend schmiegte sie sich an ihn und ließ ihn gewähren. Er zog ihr bedächtig das Kleid aus, legte sein Sakko auf den Boden und nahm sich Zeit, um sie zu verwöhnen. Sie hatte noch nie einen so erfahrenen Liebhaber gehabt, und alles, was sie bislang an ihm unattraktiv gefunden hatte, wurde unwichtig.

Danach streichelte sie seine Schulter und starrte in die Dunkelheit.

»Du weißt, was das bedeutet?«, sagte er schroff.

Sie küsste ihn auf die Wange. »Was denn?«

»Es bedeutet, dass du mir gehörst.«

Sollte das ein Scherz sein? Schwer zu sagen, da sie sein Gesicht nicht sehen konnte. »Ach, ja?«

»Ja.« Er packte ihre Hand und küsste sie.

Sie lachte leise, doch er lachte nicht mit. »Wenn du das sagst«, erwiderte sie. »Soll mir recht sein.«

»Gut«, sagte er. »Dann sind wir uns ja einig.«

KAPITEL 18

Es war Ostermontag, und Lena und Sam waren zu Besuch bei seiner Mutter in Briggsby, einer unprätentiösen Küstenstadt im Norden der Grafschaft Yorkshire. Während sich Sam mit einem alten Schulfreund traf, lag Lena, wie jeden Nachmittag von Müdigkeit übermannt, auf einer Matratze im schmuddeligen Esszimmer des Hauses, das Wendy gemietet hatte, und ruhte sich aus. Der Vorhang war zugezogen, und sie starrte im Halbdunkel an die Decke, wo sich in der Ecke ein feuchter Fleck ausgebreitet hatte. Draußen vor dem schmalen, mit Kieselsteinen ausgelegten Vorgarten rumpelte ein Lastwagen vorbei.

Das Esszimmer hatte keine Tür. Privatsphäre war hier ein Fremdwort. Tisch und Stühle hatte man für die Dauer ihres Aufenthaltes ins Wohnzimmer gepfercht, aber in den diversen Schränken und Kommoden hier waren Geschirr, Wäsche und Nähutensilien untergebracht. Wendy kam ständig herein, weil sie irgendetwas benötigte. Das Bad befand sich am anderen Ende des Hauses, und auf dem Weg dorthin musste man an Grandads Zimmer vorbei, dessen Tür stets offen stand, damit er einen zu sich hereinrufen konnte.

Lena schloss die Augen und lauschte ihrem Herzschlag. Sie war gerade dabei, einzudösen, als zum x-ten Mal Wendys übertrieben fröhliches »Klopf, klopf!« ertönte.

Lena fuhr hoch.

»Oh, entschuldige, ich wusste nicht, dass du schläfst.« Wendy marschierte mit einem Stapel Handtücher zum Wäscheschrank.

Lena setzte sich auf. »Ich bin immer so schrecklich müde.«

Wendy lachte. »Gewöhn dich lieber dran. Wie soll das erst werden, wenn die zwei auf der Welt sind und die ganze Nacht abwechselnd Hunger haben?« Sie baute sich neben der Matratze auf. »Los, komm, geh mit mir spazieren, wenn wir zur Abwechslung schon einmal allein sind.«

»Ich fürchte, ich …«

Wendy packte sie sanft am Oberarm. »Lass dir aufhelfen. Die Meeresluft wird dir guttun.«

Lena rappelte sich folgsam auf und schlüpfte in ihre Schuhe. Sie wollte nicht unhöflich sein, schließlich kümmerte sich Wendy rührend um sie, seit sie hier waren. Sie kochte, wusch ihre Wäsche und brachte ihnen fast jeden Tag Babykleidung aus dem Secondhandladen in der Stadt mit.

In Ermangelung eines Strandes fand Briggsby in keinem Reiseführer Erwähnung, dafür gab es eine Steilküste und kilometerlange Gezeitentümpel. Wenn wie heute die See rau war, donnerten die Wellen ohrenbetäubend gegen die

Felsen am Fuße der Klippen. Das hohe gelbe Gras entlang des Spazierweges wogte im Wind, über ihnen kreisten schneeweiße Möwen. Der Himmel war grau, der Frühling schien noch meilenweit entfernt.

»So …« Wendy ergriff Lenas Hand; eine gezwungene Geste, die wohl suggerieren sollte, sie wären dicke Freundinnen. »Schön, dass ich dich mal ganz für mich habe.«

»Ja«, sagte Lena notgedrungen.

»Habt ihr schon Namen für die Kleinen ausgesucht?«

»Ach, das ist schwierig. Im Grunde müssen wir uns ja vier Namen überlegen, je zwei für Mädchen und zwei für Jungen, und dann müssen wir zwei aussortieren.«

»Mir gefällt Anna; so hat meine Mutter geheißen. Sam stand seiner Großmutter sehr nahe.«

Lena behielt wohlweislich für sich, dass Sam diesen Namen bislang nicht erwähnt hatte. »Mein Vater hieß Viktor, das würde ich für einen Jungen nehmen, oder Viktoria für ein Mädchen.«

Wendy verzog das Gesicht. »Na, ich weiß nicht. Bestimmt würden sie alle Vicky nennen, gefällt dir das etwa?«

»Ich hätte nichts dagegen. Ich fände aber auch Anatolij, Iwan, Anja oder Katria schön.«

»Die gefallen mir alle nicht. Du kannst dein Kind doch unmöglich Anatolij nennen. Wie wär's denn etwas weniger exotisch – Sarah, Simon, Jessica, Matthew?«

»Ja, Sam ist für Matthew. Aber wir wollen zumindest einen russischen Namen; schließlich bin ich Russin.«

Wendy schnalzte missbilligend mit der Zunge. »Dann wird sich ein Kind immer eher zu dir zugehörig fühlen und das andere eher zu ihm. Willst du dich ein bisschen hinsetzen?«

Sie deutete auf eine kleine Grünanlage, in der unter

einem Pavillon eine Picknickgarnitur stand. Nicht besonders komfortabel, aber immer noch besser als gar nichts.

Nachdem sie Platz genommen hatten, sah Wendy Lena in die Augen und sagte: »Ich muss etwas mit dir besprechen.«

Lena musterte sie beunruhigt. »Was denn?«

Wendy lachte schallend, wobei sie ihre Zahnfüllungen entblößte. »Himmel, nun schau doch nicht gleich so besorgt, Lena.« Sie zuckte die Achseln. »Beckys Zimmer wird demnächst frei; sie zieht in einem Monat mit einer ›Freundin‹ in Leeds zusammen.«

Lena ahnte, was nun kommen würde und schüttelte bereits den Kopf. »Wir bleiben in London.«

»Hat Sam denn inzwischen eine Wohnung für euch gefunden?«

»Er sucht noch.«

»Aber nicht besonders engagiert, oder?«

Wider Willen musste Lena lächeln. »Das stimmt.«

»Ich glaube, das ist die Schreckstarre, Lena. Wenn du ihm sagst, dass du hier einziehen willst, dann wird er einwilligen, das weiß ich. Er ist erwachsen, aber er braucht immer noch seine Mum.«

»Ich weiß nicht recht«, sagte Lena. »Sams Band ist in London.«

»Pah! Diese Band hat doch ohnehin keine Chance. Mal ganz ehrlich: Hast du es nicht satt, bei deiner Schwester und deiner Cousine zu wohnen?«

»Ich liebe sie sehr, alle beide. Wir verstehen uns gut.«

»Aber du würdest doch bestimmt lieber mit Sam zusammenwohnen. Mal sehen, wann er sein Versprechen wahr macht und dich heiratet.« Wendy tippte auf den Verlobungsring, der Auslöser einer heftigen Auseinandersetzung gewesen war. Wendy hatte in der Tat getobt, als sie erfahren hatte, dass sich Sam das Geld dafür von seinem Großvater geliehen hatte. »Ihr hättet es viel einfacher, wenn ihr zu mir ziehen würdet. Ich könnte euch mit den Kindern helfen, du könntest etwas eher wieder arbeiten gehen, und Sam würde weniger unter Druck stehen.«

Natürlich hätte Lena gern mit Sam zusammengewohnt, und sie hatte sich auch schon gefragt, ob er tatsächlich die Absicht hatte, sie zu heiraten. Aber bei Sam dauerte eben alles etwas länger. Nun, noch es eilte es ja nicht. Einer seiner Freunde wollte demnächst aus seiner Wohnung in Greenwich ausziehen und sie untervermieten. Wann genau oder wie viel er dafür haben wollte, das stand allerdings noch in den Sternen. Und so verging Woche um Woche, und nichts geschah.

Auch was das Zusammenleben mit Natalja und Sofi anging, hatte Wendy recht. Sie kamen zwar nach wie vor gut miteinander aus, aber Lena litt zunehmend darunter, dass ihre Schwester täglich im Fernsehen und in Zeitschriften zu sehen war. Natalja war schlank und glamourös wie eh und je und ging ständig in Designerkleidern auf Partys, während sie selbst immer dicker wurde. Ihr riesiger Bauch war von hässlichen roten Dehnungsstreifen überzogen, ihre einst festen Brüste waren weich und schwabbelig geworden. Lena konnte es kaum mehr ertragen, ständig im Schatten ihrer Schwester zu stehen. Sie brauchte Abstand.

»Ich fürchte, euch beiden ist gar nicht klar, wie viel Arbeit kleine Kinder machen«, fuhr Wendy fort. »Ihr werdet meine Hilfe brauchen, und ich habe Platz.«

Lena beendete die Unterhaltung, indem sie sich von der Bank hochstemmte, die Hand im Kreuz. »Das ist sehr freundlich von dir, Wendy, und ich weiß dein großzügiges Angebot zu schätzen, aber wir bleiben in London.«

Wendy murmelte etwas, das verdächtig nach »Das werden wir ja sehen« klang. Jedenfalls ganz und gar nicht freundlich.

»Wie bitte?«, fragte Lena.

»Vergiss es.« Wendy setzte ein gezwungenes Lächeln auf. »Gehen wir in der High Street eine Tasse Tee trinken.«

Sie machten sich auf den Rückweg, steif, Arm in Arm, während unten die See über die schwarzen Felsen wirbelte.

Rupert Palmers Wohnung befand sich in einem Wohnhaus im edwardianischen Stil in Mayfair. Sofi hoffte, Natalja hier anzutreffen, denn sie musste sie dringend sprechen. Sie klingelte und wartete, an den Türrahmen gelehnt. Ihr Blick glitt über die gepflegten Hecken, den gepflasterten Gehweg und die blitzblanken neuen Autos, die draußen an der Straße standen. Es war Mai, und bei dem warmen Wetter schweiften ihre Gedanken unwillkürlich zu ruhigen Dorfstraßen und langen Gräsern ab, die sich im Wind wiegten. Es war Juliens Schuld. In seinen zahlreichen Briefen hatte er nicht nur seine Einladung nach Richelieu wiederholt, sondern mit seinen ausführlichen Schilderungen und Schwärmereien auch ihre Fantasie angeregt. Sonnenbeschienene steinerne Brücken, die stille Seen überspannten, von Ulmen gesäumte Landstraßen, endlose Wiesen mit gelben Wildblumen … Manchmal wechselte er, offenbar ohne es zu bemerken, ins Französische, als ließe sich die Liebe zu seiner Heimat nicht übersetzen.

Sofi klingelte erneut. Ihre Cousine ging ihr aus dem Weg. Sofi hatte angerufen, aber nur Ruperts Anrufbeantworter erreicht. Sie hatte absichtlich keine Nachricht hinterlassen, in der Hoffnung, Natalja überrumpeln zu können, wenn sie unangekündigt auftauchte.

»Ja?«, tönte Nataljas Stimme aus der Sprechanlage. Na also.

»Hier ist Sofi.«

Schweigen. Dann ertönte es fröhlich: »Komm doch rauf.«

Der Türöffner summte. Sofi trat ein und nahm den Aufzug in den vierten Stock.

Natalja empfing sie barfuß, in T-Shirt und Designerjeans, und führte Sofi durch den Korridor in das riesige Wohnzimmer. Natalja ließ sich mit untergeschlagenen Beinen auf einem Ledersessel nieder und bedeutete Sofi, sich ebenfalls zu setzen.

»Wo ist Rupert?«, fragte Sofi.

»Er hat eine Besprechung.«

Sofi war erleichtert. Sie fand Rupert mit seinen kalten Augen und seinem falschen Lächeln unsympathisch. Natalja war offenbar anderer Ansicht. Sie hatte eine Affäre mit ihm, versuchte es aber zu verbergen. Wenn sie in den frühen Morgenstunden kurz zu Hause vorbeischaute, um frische Kleider zu holen, hatte sie stets irgendeine unwahrscheinlich klingende Erklärung auf Lager: ein spätes Fotoshooting, eine Party, bei der sie auf dem Sofa eingeschlafen war. Sofi wusste nicht, warum Natalja nicht offen über ihre Beziehung zu Rupert sprach. Lag es an seinem Alter? Oder wusste sie insgeheim, wie unklug es war, mit einem Geschäftspartner zu schlafen, vor allem mit einem, der so viel Macht über sie hatte? Sofi hoffte, dass das der Grund war, aber in letzter Zeit hatte Natalja einige sehr unkluge Entscheidungen getroffen. Deshalb war sie hier. Mit der heutigen Post war neben Briefen von Julien und Mama ein Vertrag gekommen, den Sofi noch nie gesehen hatte.

»Ich habe nicht mit deinem Besuch gerechnet«, bemerkte Natalja. Der Anblick ihres goldenen Fußkettchens versetzte Sofi einen Stich. Ihre Cousine weigerte sich standhaft, ihren Schmuck zu tragen. War ihr denn nicht klar, dass ein paar Fotos von einem aufstrebenden Fernsehstar, der Accessoires von *Anastasia Designs* trug, ihr Geschäft ordentlich in Schwung bringen würde? Andererseits konnte von Geschäft gar keine Rede sein. Sie hatte die Produktion schleifen lassen, weil sie vollauf damit beschäftigt war, Natalja zu managen und Lena zu helfen.

Sofi holte den Vertrag aus der Handtasche und legte ihn auf den Couchtisch.

»Hast du wieder meine Post geöffnet?«

»Soweit ich mich erinnere, hast du mich selbst gebeten, deine Post zu öffnen, weil du bis vor Kurzem gar nicht in der Lage warst, sie zu lesen. Und außerdem ist das meine Aufgabe als deine Managerin.«

Natalja schüttelte den Kopf und lachte gekünstelt. »Nun sei doch nicht gleich eingeschnappt, Sofi.«

Sofi verdrängte den unerfreulichen Gedanken, dass sie ihre Cousine immer weniger ausstehen konnte. »Es war eine Sache, dass du ein Angebot von Rupert angenommen hast, ohne mich vorher zu konsultieren. Ich habe mich damit abgefunden, weil es dein Wunsch war.« Das saß. Sofi hätte mehr Geld und bessere Rahmenbedingungen für sie herausgehandelt, doch dafür war es jetzt zu spät. »Aber das hier … Natalja, wir waren uns doch einig, dass es keine gute Idee ist.«

Man hatte Natalja das Angebot unterbreitet, für eine sogenannte »Fachzeitschrift« für Fotografie zu posieren, in der stets viele nackte Frauen abgebildet waren.

»Du hast doch nicht Karriere gemacht, um jetzt öffentlich die Hüllen fallen zu lassen.«

»Ich habe meine Meinung geändert. Die Fotos im *Shutter* sind sehr kultiviert und künstlerisch anspruchsvoll.«

»Mich stören weniger die Nacktfotos als die Tatsache, dass du mich angelogen hast. Wir haben darüber geredet, wir haben abgelehnt, und dann gehst du hin und unterschreibst hinter meinem Rücken einen Vertrag.«

Sofi lehnte sich zurück, ohne Natalja aus den Augen zu lassen. Ihre Cousine hörte nie auf zu schauspielern. Sie stellte in den meisten Situationen eine Maske zur Schau, aber Sofi hatte über die Jahre gelernt, sich nicht täuschen zu lassen. Jetzt zum Beispiel war Natalja nach außen hin ruhig, obwohl sie innerlich kochte.

»Was ist los, Natalja? Raus mit der Sprache.«

Natalja wechselte ins Russische, wie so oft, wenn es darum ging, Gefühle auszudrücken. »Du übertreibst es mit deiner Kontrolle.«

»Du hast mich doch selbst darum gebeten.«

»Rupert meint ...«

»Rupert dein Arbeitgeber oder Rupert dein Geliebter?«

Natalja presste verärgert die Lippen aufeinander.

»Verrate mir eines«, fuhr Sofi fort. »Hält er es für eine gute Idee, dass du dich für *Shutter* ausziehst?«

»Ja«, räumte Natalja ein. »Und ich vertraue seinem Urteil, weil er sehr sorgfältig darauf achtet, von wem ich mich wie fotografieren lasse und was ich trage.«

»Auch, wenn du überhaupt nichts trägst?«

»So, wie du das sagst, klingt es anrüchig. Es sind Bilder mit künstlerischem Anspruch. Der weibliche Körper ist etwas Ästhetisches. Dein kleiner Franzose malt ihn doch auch.«

Sofi atmete tief durch und wechselte wieder ins Englische. »So geht das nicht weiter, Natalja. Ich will nicht, dass wir uns streiten. Du hast mich engagiert, damit ich dir helfe, kluge Entscheidungen zu treffen, aber das kann ich nicht, wenn du nicht ehrlich zu mir bist.«

Schweigen.

»Bitte, Natalja, rede mit mir. Was geht dir durch den Kopf?«

»Es erscheint mir unprofessionell, mich von einer Angehörigen managen zu lassen, die nicht aus England kommt und obendrein keine Ahnung von der Unterhaltungsindustrie hat.«

»Verstehe.«

»Ich brauche jemanden, der sich in dieser Branche auskennt.«

»Jemanden wie Rupert?«

»Genau.«

»Dir ist aber schon klar, dass er seine eigenen Ziele verfolgt?«

»Er kümmert sich um mich.«

»Er ist dein Arbeitgeber. Es ist durchaus möglich, dass geschäftliche Interessen für ihn vorgehen.«

Natalja schüttelte heftig den Kopf. »Nein, ihm liegt wirklich etwas an mir.« Sie senkte kokett den Blick, wie sie es in der Serie oft tat. »Er sagt, er liebt mich.«

Sofi war hin und her gerissen. Einerseits war sie wütend auf Rupert: Wie konnte er es wagen, ihre naive Cousine derart zu manipulieren? Andererseits sah es so aus, als wollte Natalja ihre Dienste nicht länger in Anspruch nehmen. Damit könnte sie sich endlich wieder auf ihre eigenen Pläne konzentrieren. Und auf ihr Privatleben.

»Ich bin sicher, das tut er nicht, Natalja«, widersprach Sofi ernst. »Aber wenn du möchtest, dass er dich in Zukunft managt, dann sag es einfach.«

Natalja schob sich eine Haarsträhne hinters Ohr. »Und wie willst du ohne mich zurechtkommen? Ich könnte dich weiterhin bezahlen. Es würde mir nichts ausmachen. Ich …«

»Nein.« Sofi hob abwehrend die Hand. »Das ist nicht nötig. Ich habe einiges gespart und sogar einen Teil davon investiert … Was mich daran erinnert, dass ich dir noch erklären muss, wie ich dein Geld angelegt habe.«

Natalja winkte ab. »Schick einfach alle Unterlagen an Rupert.«

»Sei nicht dumm. Kümmere dich selbst um deine Finanzen.«

»Du tust gerade, als hätte er es auf unschuldige junge Mädchen abgesehen«, sagte Natalja lachend. »Er ist ein anständiger Mann.«

Sofi betrachtete ihre Cousine, den aufstrebenden Fernsehstar, die selbstbewusste Schönheit, umgeben von Wohlstand und Luxus. Sie blickte hinter die Fassade, sah das Kind in Natalja, das so tat, als wäre es ihm egal, dass es vom Vater verlassen worden war, und die Angst um ihre Cousine ließ ihren Ärger verfliegen.

»Pass auf dich auf, Natalja«, murmelte sie.

»Mach ich«, sagte diese besänftigt. »Tut mir leid, wenn ich dich enttäuscht habe.«

»Das hast du nicht. Im Grunde genommen hast du mir die Freiheit geschenkt.«

KAPITEL 19

»Ah, so äußert sich also der Nestbauinstinkt, wie?«

Lena fuhr herum. Sofi stand in der Tür zum Schlafzimmer und lächelte ironisch.

»Nein, ich räume bloß ein bisschen auf. Ich habe endlich etwas mehr Platz im Schrank, nachdem Natalja den Großteil ihrer Sachen mitgenommen hat.«

Sofi streckte sich auf dem Bett aus.

»Außerdem muss ich wissen, wo alles ist, damit ich packen kann.«

Ihr Umzug in das Wohnschlafzimmer in Greenwich war endlich beschlossene Sache. In einer Woche würde der derzeitige Mieter ausziehen. Dann blieben ihnen noch drei Wochen, um Babykleider und zwei Stubenwagen aufzutreiben. Natalja hatte sie an den russischen Aberglauben erinnert, dass es Unglück brachte, schon vor der Geburt Kleidung für das Baby zu kaufen, aber Lena musste einfach *irgendetwas* tun. Es gab noch so vieles zu erledigen. Sie konnte nicht fassen, dass ihr Bauch noch weitere vier Wochen wachsen sollte. Sie hatte schon jetzt das Gefühl, einen Mühlstein mit sich herumzuschleppen.

Das Telefon klingelte. Sofi sprang auf, und Lena beneidete sie um ihre Anmut. Einen Augenblick später war ihre Cousine wieder da. »Sam ist dran.«

Lena ließ die Bluse fallen, die sie gerade zusammenlegen wollte, und ging schwerfällig hinaus. Sie hörte ihm sofort an, dass etwas nicht stimmte.

»Er hat es sich anders überlegt, Lena. Er zieht doch nicht aus.«

»Aber … wo sollen wir jetzt wohnen?«

»Mach dir keine Sorgen, ich finde schon etwas.«

Der lange unterdrückte Ärger brach aus ihr heraus. »Sam, ich bringe in einem knappen Monat zwei Kinder auf die Welt. Du hast versprochen, uns eine Bleibe zu suchen.«

»Ja, natürlich«, versicherte er beschwichtigend. »Ich bin bloß so ein Chaot, Lena ... Ein totaler Versager. Ich ... Die Zeit ist so schnell vergangen, und ich war ganz sicher, dass er ausziehen würde, und ... es tut mir so leid.«

Seine Selbstvorwürfe dämpften ihre Wut. »Schon gut, Sam. Diese neue Situation macht uns beiden zu schaffen. Entschuldige, dass ich dich angefahren habe.«

»Du hast jedes Recht, mir Vorwürfe zu machen.«

»Wir müssen eine Wohnung finden, noch dieses Wochenende.«

»Ich weiß. Ich komme jetzt zu dir. In zehn Minuten geht der Bus. Kann aber eine Weile dauern, jetzt ist Stoßzeit.«

Lena verabschiedete sich und legte auf. Sofi, die neben ihr stand, musterte sie besorgt. Lena schüttelte den Kopf und presste die Lippen aufeinander, um nicht in Tränen auszubrechen.

»Wie wär's, wenn ich ausziehe«, schlug Sofi vor. »Dann kannst du hier mit Sam wohnen.«

»Und wo willst du hin?«

Sofi zuckte mit den Schultern. »Vielleicht nach Frankreich.«

»Erst Natalja, und jetzt du«, murmelte Lena bekümmert. »Dabei waren wir uns immer so nah, haben so viel miteinander erlebt ...« Die Worte blieben ihr im Hals stecken. Sie dachte an früher, an die Spiele, die sich Sofi ausgedacht hatte, um sie vom Verlust des Vaters abzulenken; die Nacht, in der Onkel Iwan gestorben war; an die vielen Nachmittage, an denen sie am Tisch in der Gemeinschaftsküche ihre Hausaufgaben gemacht hatten; an ihre Träumereien vom Leben als Filmstars und die gemeinsamen Abende in Nataljas Wohnung, und nicht zuletzt an das Abenteuer mit Roy Creedy und ihre Emigration aus Russland.

Sofi rieb ihr den Arm. »Nun sieh dich an. Du bist ja völlig aufgelöst. Vergiss nicht, dass wir nach England gekommen sind, um unsere Träume zu verwirklichen. Da war es unvermeidlich, dass sich unsere Wege irgendwann trennen. Wenn Sam kommt, werde ich ihn fragen, ob er unseren Mietvertrag übernehmen will.«

»Das können wir uns nicht leisten, Sofi. Er müsste viel mehr arbeiten, und was wird dann aus seiner Band? Nein, wir müssen uns eine kleinere Wohnung weiter außerhalb suchen.«

»Ich könnte euch finanziell unter die Arme greifen.«

Lena wollte gerade ablehnen, als sie plötzlich ein rasender Schmerz durchfuhr. Unmittelbar darauf ergoss sich zwischen ihren Beinen ein Schwall Flüssigkeit auf den Küchenboden. Sofi rannte ins Bad, um Handtücher zu holen. Lena stand wie versteinert da, unfähig, einen klaren Gedanken zu fassen. Sie konnte ihre Kinder heute nicht zur Welt bringen. Es gab noch viel zu viel zu tun.

»Sollen wir ins Krankenhaus fahren?«, fragte Sofi. Sie reichte Lena ein Handtuch und ließ das andere auf den Boden fallen.

Lena schüttelte den Kopf. »Ich warte auf Sam.«

»Es kann noch Stunden dauern, bis er kommt.«

»Durchschnittlich dauern die Wehen beim ersten Baby um die zwölf Stunden, bei Zwillingen sogar noch länger. Ich …« Sie brach ab und schnappte nach Luft, als sie erneut ein stechender Schmerz durchzuckte.

»Du solltest dich hinsetzen.« Sofi führte sie zum Sofa.

Lena legte sich auf die Seite, bis die Schmerzen nachgelassen hatten. »Himmel, wenn das die nächsten zwölf Stunden so weitergeht …«, keuchte sie.

»Keine Sorge, ich bin ja hier.« Sofi setzte sich neben sie und schob ihr die Haare aus dem Gesicht. »Ich finde, du solltest ins Krankenhaus fahren.«

»Es ist noch jede Menge Zeit, Sofi. Ich warte auf Sam.«

Wieder baute sich der Schmerz im Rücken auf, breitete sich zwischen ihren Beinen aus. Lena stöhnte. Unfähig, still zu sitzen, rappelte sie sich auf, beugte sich über die Rückenlehne des Sofas und versuchte, sich zu entspannen, als das Stechen wiederkehrte. Sofi rieb ihr den Rücken und gab tröstende Laute von sich.

Sobald das Ziehen aufgehört hatte, sank Lena nach Luft ringend in sich zusammen.

»Es lagen nur drei Minuten dazwischen«, bemerkte Sofi.

»Nein, es war länger.«

»Ich habe mitgestoppt.«

»Du musst dich geirrt haben.«

»Lena, du wirst *nicht* auf Sam warten.«

Lena hatte sich noch nie so hilflos gefühlt. Sie zitterte vor Angst, unfähig, eine Entscheidung zu treffen, während sich erneut dieser unerträgliche Druck in ihrem Körper ausbreitete.

»Los, komm, zieh deine Schuhe an. Wir fahren ins Krankenhaus.«

»Ruf einen Krankenwagen«, presste Lena hervor.

Sofi hastete davon, und Lena stieß einen kehligen Laut hervor, als sie erneut in einem Strudel aus Schmerz versank. Schon verspürte sie den Drang, dem Druck nachzugeben. Jegliches Zeitgefühl kam ihr abhanden, als sie von einer Wehe nach der anderen erfasst wurde; ein grausamer Rhythmus aus kurzen, rettenden Ruhepausen und überwältigenden Qualen, die ihre Sinne benebelten. Sofi kehrte zurück und massierte ihr den Rücken, berichtete, der Krankenwagen sei unterwegs, doch Lena hörte sie kaum. Sie kämpfte gegen die immer stärker werdenden Schmerzen an, bis eine Wehe so lange und intensiv war, dass sie überzeugt war, sie müsste sterben. Es war, als würde sich eine Lokomotive einen Weg durch ihren Körper bahnen.

»Sofi«, keuchte Lena. »Sie kommen.«

»Nein, nein. Es hat erst vor einer halben Stunde angefangen.«

Bei der nächsten Wehe kniete sich Lena instinktiv hin und begann zu pressen. Sie konnte nicht anders. Sofi, die ihre übliche Gelassenheit vollkommen verloren hatte, half ihr aus der Hose. Jemand schrie, vermutlich sie selbst. Von weit, weit her erklang Sirenengeheul. War das der Krankenwagen? Wie es aussah, würde nicht nur Sam die Geburt verpassen, sondern auch die Sanitäter. Die Schmerzen waren unerträglich.

»Ich sehe den Kopf«, hörte sie Sofis Stimme wie aus der Ferne.

Dann rutschte das Baby heraus, und Lena fiel weinend auf den Boden.

»Es ist ein Mädchen!« Sofi hob den glitschigen, blutverschmierten Säugling auf und legte ihn Lena auf die Brust.

Das Baby öffnete den Mund und begann zu weinen. Lena war, als würde sie träumen. Überrascht und entsetzt zugleich betrachtete sie das sich windende Geschöpf, berührte es behutsam. *Ich habe es geschafft*, dachte sie. *Ich lebe noch.*

»Was soll ich tun?«, fragte Sofi. »Soll ich die Nabelschnur durchschneiden?«

»Keine Ahnung. Wo bleibt nur der Krankenwagen? Ich …«

Der Drang zu pressen überkam sie erneut. Einen Augenblick später platzte die zweite Fruchtblase, und zugleich ergoss sich zu ihrem Entsetzen ein Schwall hellroten Blutes auf den Boden.

Sofi nahm den ersten Säugling und wickelte ihn mitsamt der langen, bläulichroten Nabelschnur in ein Handtuch. Ihr panischer Gesichtsausdruck machte Lena Angst.

»Ich muss pressen«, keuchte sie und kämpfte sich auf die Knie.

»Hör auf!«, rief Sofi über das Jammern des ersten Babys hinweg.

Lena öffnete die Augen und bemerkte zu Tode erschrocken, dass sie in einer riesigen Blutlache kniete. Sie verlor das Gleichgewicht, kippte zur Seite, und dann wurde ihr schwarz vor Augen.

Als sie erwachte, lag sie in einem frisch bezogenen Krankenhausbett. Sie trug ein sauberes Nachthemd und hing an einem Tropf. Sonnenlicht blendete sie. Sie drehte den Kopf zur anderen Seite und erblickte Sam, und neben ihm, in einem Plastikbettchen, ein winziges Baby.

Sam sprang auf. »Du bist aufgewacht!«

Plötzlich erinnerte sie sich an alles. »Wo ist das zweite?«, rief sie.

»Dem geht es gut.« Sam hatte Tränen in den Augen. »Beiden geht es gut. Der kleine Junge hat sich tapfer gehalten. Er ist noch im Brutkasten, aber in ein bis zwei Tagen darf er raus.«

»Ein Junge?«

»Und ein Mädchen. Du hast es geschafft, Lena. Du wärst beinahe gestorben, aber du hast es geschafft.«

»Ich wäre beinahe …?«

»Du hast eine Bluttransfusion bekommen, und dann wurde das zweite Baby per Kaiserschnitt geholt, unter Vollnarkose. Eine Notoperation.« Die medizinischen Begriffe klangen fremd aus seinem Mund. »Dafür sind es die schönsten Babys auf der ganzen Welt.«

Lena sah sich um. Rechts und links Vorhänge. Das Licht war unglaublich hell; sie fühlte sich schwach und schwindelig.

»Darf ich die Kleine in den Arm nehmen?«, fragte sie.

»Ich hole eine Schwester.«

Gleich darauf kam eine streng wirkende Pflegerin. Lena wollte sich aufsetzen, ließ es wegen der Schmerzen aber bleiben.

»Nicht bewegen«, befahl die Pflegerin. »Sie müssen noch untersucht werden, aber erst lasse ich Sie fünf Minuten mit der Kleinen allein.« Sie nahm das in eine rosa Decke gewickelte Bündel hoch und legte es neben Lena ab. »Ich bin gleich wieder da«, erklärte sie und ging.

Sam setzte sich aufs Bett, und Lena betrachtete staunend ihre kleine Tochter. Sie schlief, eine winzige Hand zur Faust geballt.

»Sie wiegt zwei Kilo und achthundert Gramm, und der Junge zwei Kilo und dreihundert Gramm«, bemerkte Sam.

»Sie ist perfekt«, hauchte Lena. Sie wagte kaum, sie zu berühren.

»Sofi hat Natalja Bescheid gesagt. Die beiden sollten bald hier sein«, erzählte Sam. »Hör mal, Lena …«

Sie konnte sich gar nicht satt sehen an diesem kleinen

Geschöpf, das nun den Mund öffnete und schloss und den Kopf hin und her drehte. »Ja?«

»Du wirst dich schonen müssen. Du hast eine komplizierte Operation hinter dir. Wir haben noch immer keine Wohnung, und wir sind auf Hilfe mit den Kindern angewiesen. Wir wären dumm, wenn wir Mums Angebot ausschlagen würden.«

Lena betrachtete ihre wunderschöne Tochter. *Ihre Tochter.*

Sie hätte beinahe gelacht. Eine zufriedene Ruhe erfasste sie. Was konnte schon schiefgehen, solange sie alle zusammen waren?

»Bist du sicher, dass du das willst?«, fragte sie ihn. »Was ist mit der Band?«

»Die läuft mir nicht davon. Der Schlagzeuger kommt ohnehin nie zu den Proben; James hat allmählich die Nase voll von ihm. Und Mum ist ganz scharf darauf, uns zu unterstützen. Wir sollten ihr die Freude machen und zu ihr ziehen.«

»Also gut«, sagte sie. »Solange wir nur zusammen bleiben.«

KAPITEL 20

Sofi hatte ihre Matratze ins Wohnzimmer gelegt, um im Schlafzimmer Platz für die beiden Kinderbettchen zu schaffen. Natalja war vor dem nächtelang andauernden Babygeschrei geflohen und endgültig zu Rupert gezogen. Heute war sie ein letztes Mal zu Besuch gekommen. Sie saß neben Sofi auf der Matratze vor dem Fernseher und schaute mit ihr *Lonely Shores*, während sich Lena nebenan mit

Anna und Matthew plagte, die partout nicht einschlafen wollten. Natalja hätte ja Mitleid mit ihrer Schwester gehabt, wenn ihr das ewige Gequengel nicht schon fürchterlich auf die Nerven gegangen wäre. Wie zwei jammernde Katzen. Nach allem, was sie in der vergangenen Woche mitbekommen hatte, wusste sie, dass sie nie Kinder haben wollte. *Niemals.*

»Lena verpasst ja alles«, bemerkte sie.

»Sie hat im Moment ganz andere Sorgen«, erwiderte Sofi sanft. Man musste Natalja eben immer wieder daran erinnern, dass sie nicht der Mittelpunkt des Universums war.

Selbst als der Abspann über den Bildschirm flimmerte, war aus dem Schlafzimmer noch Babygeschrei zu hören, aber wenigstens eines schien eingeschlafen zu sein. Schließlich ging die Tür auf, und Lena kam mit einem quäkenden blauen Bündel im Arm ins Zimmer. Sie trug einen Pyjama – immer noch oder schon wieder?, fragte sich Natalja – und wirkte erschöpft. Zerzauste Haare, hängende Schultern, Ringe unter den Augen.

»Er will einfach nicht einschlafen«, stöhnte sie. »Ich glaube, er hat immer noch Hunger.«

»Schon gut, Lena«, sagte Sofi über den Lärm hinweg. »Setz dich zu uns; er kann ja mitfeiern.«

Sie deutete auf die Flasche Bollinger-Champagner, den Natalja auf Ruperts Empfehlung hin gekauft hatte, und die drei leeren Gläser auf dem Sofatisch. Daneben stand ein Teller *Sakuski*: eingelegte Pilze und Gurken, Apfelspalten, Roggenbrot und *Kolbaso* – fette Schweinswürstchen, die Natalja nicht anzurühren wagte.

Lena schlurfte zum Sofa, setzte sich und zerrte den Saum ihres Oberteils hoch. Sekunden später saugte das Baby friedlich.

»Ich bin so müde«, stöhnte Lena.

»Wenn ihr erst bei Wendy wohnt, wird alles besser«, tröstete Sofi sie. »Sie wird dir mehr Arbeit abnehmen als wir.«

»Seht euch das an, er schläft. Er wollte bloß saugen.«

»Besorg ihm doch einen Schnuller.«

»Wendy sagt, Schnuller sind schlecht für die Zähne.«

Natalja hatte Sams geschwätzige, herrische Mutter im Krankenhaus kennengelernt und fragte sich, wie es kam, dass diese Tyrannin einen derart liebenswürdigen Sohn hatte. »Er hat doch noch gar keine Zähne.«

»Dann eben für den Mund.« Lena bettete ihr selig schlummerndes Söhnchen auf ihren Schoß. »So ist's brav. Schlaf, mein Kleiner. Morgen geht es auf eine große Reise.«

»Die anderen Passagiere im Zug werden begeistert sein«, scherzte Natalja und griff nach dem Champagner.

Lena entging die Ironie in ihrer Stimme völlig. »Bestimmt. Sie sind wirklich süß, nicht?«

Sofi hob die Augenbrauen und grinste Natalja an.

Diese tätschelte ihrer Schwester die Hand. »Ja, ja, du auch. So, und jetzt her mit dem Schampus.«

»Warte, Natalja …«

Zu spät. Der Korken knallte, Klein Matthew riss die Augen auf und begann zu brüllen. Lena erhob sich und wiegte ihn in den Armen, während sie im Zimmer auf und ab ging. Natalja schenkte derweil ein. Sie brauchte dringend ein Schlückchen zur Beruhigung ihrer strapazierten Nerven.

»Hier, Sofi. Wir müssen doch anstoßen, das ist schließlich der letzte Tag in unserer gemeinsamen Wohnung.«

Lena legte sich das Baby wieder an die Brust, und sofort trat eine wohltuende Stille ein. »Seht ihr, sobald er meine

Brustwarze im Mund hat, gibt er Ruhe.« Sie nahm ein Glas Champagner von ihrer Schwester entgegen.

Natalja lachte und hob ihr Glas. »Typisch Mann. Auf uns.«

»Auf uns«, wiederholte Sofi.

»Auf uns.« Lena nippte an ihrem Champagner, dann stellte sie ihn ab.

»War das etwa schon alles?«

»Wendy sagt, ich soll keinen Alkohol trinken, weil er in die Muttermilch gelangt.«

»Ist doch gut, davon werden die Kleinen schläfrig.«

»Vielleicht nehme ich noch einen Schluck. Er ist wirklich gut.« Sie griff nach ihrem Glas, und dann machte sie sich mit Sofi über die russischen Vorspeisen her. Natalja hätte sich zu gern eine der eingelegten Gurken genehmigt, kombiniert mit etwas Käse und Brot, aber sie wagte es nicht. Vor allem Käse war tabu. Wenn sie sich in drei Wochen für das *Shutter*-Fotoshooting nackt präsentierte, durfte sie kein Gramm Fett zu viel auf den Hüften haben. Da sie jedoch wusste, dass sich Sofi und Lena deswegen aufregen würden, legte sie ein paar Häppchen auf ihren Teller und stocherte mit der Gabel darin herum, damit es wenigstens so aussah, als hätte sie etwas gegessen. Bei Rupert war es viel einfacher; er war auf ihrer Seite. Er wusste, wie wichtig es in der Fernsehbranche war, dünn zu sein.

»Ich glaube, jetzt kann ich ihn hinlegen.« Lena löste Matthew von ihrer Brust und erhob sich vorsichtig. »Kein Korkenknallen mehr, Natalja.«

Ihre Schwester sah ihr nach. Sie hatte Fotos von Stars gesehen, die eine Woche nach der Geburt ihrer Kinder elegant und schlank wie eh und je aussahen. Lena dagegen hätte gut und gern noch im sechsten Monat schwanger sein können. Bei Natalja wäre es bestimmt nicht anders; sie hatten ähnliche Erbanlagen. Noch ein guter Grund, keine Kinder zu bekommen. Rupert war das bestimmt nur recht. Er war über fünfzig, zu alt für Kinder. Sie leerte ihr Glas und verdrängte den Gedanken. Alter war nur eine Zahl. Es gab so vieles, wofür sie ihn bewunderte.

»Wann geht morgen dein Flug nach Paris?«

»Am späten Nachmittag. Aber erst muss ich Lena in ihren Zug setzen. Sie wird bestimmt Hilfe brauchen; sie hat sich noch nicht ganz von der Operation erholt.«

»Dafür hat sie doch Sam.«

»Glaubst *du* denn, er schafft das?«

Natalja spähte lachend über die Schulter, um sicherzugehen, dass Lena nicht mithörte. »Ts, ts, Sofi. Sam ist ein Schatz.«

»Schon, aber er ist ein kleiner Junge, kein Mann.«

Lena schlich leise aus dem Schlafzimmer und schloss behutsam die Tür hinter sich. Sie streckte die Daumen hoch und kehrte zu ihrem Platz auf dem Sofa zurück. »So, jetzt sollte drei, vier Stunden Ruhe sein«, sagte sie.

»Wann fangen sie denn an durchzuschlafen?«, fragte Natalja.

»Mama hat mir immer erzählt, ich hätte erst mit zwei Jahren durchgeschlafen«, bemerkte Sofi.

Lena ächzte. »Ich *sterbe*, wenn das zwei Jahre so weitergeht.«

Sie griff nach ihrem Glas, trank aber nicht, sondern starrte einen Augenblick gedankenverloren vor sich hin. Sie sah so müde und überfordert aus, dass Natalja sich neben sie setzte, um sie zu umarmen.

»Ist alles in Ordnung?«, erkundigte sie sich.

Lena zwang sich zu lächeln. »Ich musste nur gerade über

uns drei nachdenken; darüber, dass sich unsere Wege jetzt trennen. Ich will nicht, dass wir uns fremd werden, nachdem wir so viel zusammen durchgemacht haben.«

Sofi stellte ihr leeres Glas ab, zog die Knie an und stützte das Kinn darauf. »Geht mir genauso.«

»Briefe und Anrufe sind einfach nicht genug. Wir sollten uns einmal im Jahr treffen«, schlug Lena vor. »Eine Woche. Mal hier in London bei Natalja, mal in Briggsby, mal in Frankreich bei Sofi.«

»Ich kann nur in der Woche zwischen Weihnachten und Neujahr«, wandte Natalja ein. »Das ist so ziemlich die einzige Zeit, in der ich ganz sicher nicht arbeiten muss.«

»Ja«, rief Lena eifrig. »Das passt doch, im Winter, so wie damals nach Onkel Iwans Tod; wisst ihr noch?«

»Wie sollte ich das je vergessen?«, sagte Sofi.

»Wir haben uns geschworen, immer füreinander da zu sein«, erinnerte sich Natalja, und es kam ihr vor, als wäre es erst gestern gewesen.

»Also, abgemacht«, sagte Lena. »Wir kommen jeden Winter eine Woche lang zusammen, und wir lassen uns von nichts und niemandem davon abhalten, weder Familie noch Beruf. Bei wem sollen wir uns als Erstes treffen?«

»Bei dir. Deine Kinder werden noch klein sein; du wirst sie nicht allein lassen können.«

Sofi warf einen letzten Blick in den Schrank, in die Schubladen der Kommode, unters Bett. Nichts deutete darauf hin, dass sie fast ein Jahr hier gewohnt hatten. Lächelnd erinnerte sie sich an den Tag ihrer Ankunft, an die Aufregung, die sie ihre damals noch ganz frischen Schuldgefühle hatte vergessen lassen. Seither hatte sich viel getan, jedenfalls im Leben ihrer Cousinen.

Sie spähte über die Schulter zu ihren zwei Koffern. Mit dem einen, der ihre Kleider enthielt, war sie aus Russland gekommen. Im anderen, dem neuen, befanden sich ihre Perlen, ihre stetig wachsende Sammlung von Halbedelsteinen, Spulen mit Silberdraht, Werkzeuge. Wo sie hinwollte, gab es keine Cousinen, die sie brauchten; keine Ablenkung, die sie von der Verwirklichung ihrer Pläne abhalten würde. Jetzt kam endlich sie an die Reihe. Ihre Zukunft erwartete sie.

Sie versuchte, sich diese Zukunft auszumalen, als sie nun zum letzten Mal die Tür abschloss. Was würden die kommenden Jahre bringen? Sie brannte schon darauf, es herauszufinden.

Teil Drei

KAPITEL 21

1996

Natalja stellte sich schlafend. Nicht, dass es je etwas genutzt hätte, aber einen Versuch war es wert. Ruperts Liebkosungen wurden energischer. Ihm war es egal, ob sie schlief oder nicht. Er war es gewohnt, zu bekommen, was er wollte, und dazu gehörte auch Sex – jeden Tag.

Anfangs hatte sie das romantisch gefunden. Aufregend. Manchmal hatten sie es sogar zweimal täglich getan, und Natalja hatte es genossen, die bildschöne, willige Geliebte zu mimen, die für jede Frivolität zu haben war und ihm jeden Wunsch erfüllte. Sie hatte angenommen, dass dieser Enthusiasmus bei einem Mann seines Alters nicht lange anhalten würde. Doch sein Hunger nach Sex ließ nicht nach, und die Befriedigung ihrer Bedürfnisse rückte schon bald in den Hintergrund. Er wurde immer ungeduldiger; sie fing an, ihm etwas vorzuspielen. Jetzt, nach knapp zwei Jahren, war ihr Ruperts Höhepunkt wichtiger als ihr eigener.

Sie setzte ein Lächeln auf und rollte sich zu ihm herum. Wenn sie jetzt mit ihm schlief, war das Thema wenigstens für heute abgehakt.

Danach duschte sie und schlüpfte in ihre Unterwäsche, dann durchforstete sie ihren Kleiderschrank. Rupert hatte den Filmregisseur Liam Franks zum Brunch eingeladen, der im Vorjahr für den Golden Globe nominiert worden war und gerade einen Film über Mata Hari drehte. Natalja hätte alles gegeben, um die Hauptrolle spielen zu dürfen. Natürlich wäre Liam nie und nimmer darauf gekommen, sie zu engagieren; sie war ein Fernsehstar und hatte bislang erst eine einzige Rolle gespielt. Dazu kam, dass sie von einem Boulevardblatt im Vorjahr zum »knackigsten Dummchen mit null Schauspieltalent« gekürt worden war. Dabei mangelte es ihr nicht an Begabung; doch mit dem Material, das man ihr bot, war kein Staat zu machen. Ihr Text las sich, als wäre er in großer Eile zusammengeschustert worden, und sie hatte nie genügend Zeit, um ihn ordentlich auswendig zu lernen.

Doch sie wusste, was in ihr steckte, und sie wartete auf ihre Chance, dies zu zeigen. Sie hatte über Mata Hari gelesen und verspürte eine gewisse Affinität zu ihr. Der Gedanke, jemand anderes könnte die Rolle bekommen, machte sie schier verrückt. Also hatte sie Rupert überredet, Liam Franks einzuladen, damit er sie kennenlernen und sich, so hoffte sie, von ihrem Potenzial überzeugen konnte. Sie musste gut aussehen, durchgestylt, aber lässig. Er sollte nicht denken, dass sie ihn beeindrucken wollte.

Rupert hatte die Vorhänge aufgezogen und lag im Bett, Oberkörper entblößt, die Hände hinter dem Kopf verschränkt. »Du bist schön.«

Genau das wollte sie hören. Sie wurde bald achtundzwanzig. *Achtundzwanzig!* Allmählich wurde sie alt. »Danke, Rupert.« Sie griff nach ihren italienischen Designerjeans.

»Schon wieder Jeans?«, sagte er missbilligend.

»Aber die sind von *Diesel*.«

»Ich finde, du übertreibst es ein bisschen mit dem Schmuddelschick. Zieh lieber ein hübsches Kleid an.«

Natalja legte die Jeans zurück und öffnete die nächste Schranktür. Sie fühlte seinen prüfenden Blick im Rücken und entschied sich für ein himmelblaues Kleid mit Dreiviertelärmeln, das sie in einer Boutique in Paris erstanden hatte.

Er lächelte wohlwollend. »Na also.«

Sie schlüpfte hinein, knöpfte es zu und ließ sich auf der Bettkante nieder. Die Sonne schien auf sein grau meliertes Brusthaar. Sie tat, als würde sie es nicht bemerken. »Soll ich dir Frühstück machen, oder willst du bis zum Brunch warten?«

»Kein Frühstück, bloß Kaffee.« Er wollte sich erheben, doch sie hielt ihn zurück.

»Nein, nein, ich mach das schon.« Sie beugte sich über ihn und küsste ihn auf die Schulter. »Wenn du Liam Franks dazu bringst, mich für die Rolle vorsprechen zu lassen, werde ich auf ewig deine willenlose Sklavin sein.«

»Das bist du bereits, Natalja«, sagte er ohne den Anflug eines Lächelns. Damit schlug er die Decke zurück und begab sich pfeifend ins Badezimmer.

Natalja fand es nach wie vor erstaunlich, wie ungeniert er nackt durch die Wohnung spazierte. Sie ging in die Küche, um die Espressomaschine einzuschalten. Dann schlenderte sie zur Wohnungstür, holte die Zeitungen und kehrte damit in die Küche zurück. Sie legte die *Times* für Rupert beiseite und lehnte sich mit ihrer Boulevardzeitung an die lange Arbeitsfläche aus Granit. Ah! Auf Seite acht war ein Foto von ihr. Einer der frühen Schnappschüsse.

Ihr stockte das Blut in den Adern.

Serienstar Natalie Chernoff vergnügt sich mit Dressman in Disco. Darunter war ein attraktiver Jüngling mit ausgeprägter Kinnpartie abgebildet, den sie noch nie gesehen hatte. Rasch überflog sie den Artikel. Eine »Quelle« behauptete, sie sei mit einem gewissen Stefano Raffadali im *Ministry of Sound* gesehen worden; sie hätten sich in einer Ecke geküsst und die Disco dann bald gemeinsam verlassen. Auch Nataljas Beziehung zum »alternden« Millionär Rupert Palmer wurde erwähnt.

Das war eine Katastrophe. Natalja ging nicht gern in Discos; Rupert rümpfte über solche Vergnügungen die Nase. Dummerweise war sie an dem betreffenden Abend tatsächlich im *Ministry of Sound* gewesen, um den Geburtstag einer Kollegin zu feiern. Rupert hatte sie nur äußerst ungern hingehen lassen. Der Artikel verfügte über gerade genug Wahrheitsgehalt, um Ruperts Misstrauen zu wecken. Hastig schloss sie die Zeitung und ging zum Mülleimer, um sie wegzuwerfen. Genau in diesem Augenblick kam Rupert in einem seidenen Hausmantel um die Ecke und marschierte zur Espressomaschine.

»Du überhitzt sie schon wieder«, schalt er.

»Tut mir leid.« Die Zeitung schien ihr die Fingerspitzen zu versengen. Sie wollte sie gerade in den Eimer fallen lassen, als …

»Und, steht irgendetwas Interessantes drin?«

»Ich … äh, die *Times* liegt da drüben.«

Mit zwei Schritten war er bei ihr und riss ihr das Boulevardblatt aus der Hand. »Was verheimlichst du mir?«

Natalja würde übel vor Angst. Sie hatte alles nur noch schlimmer gemacht, viel schlimmer. Wenn sie ihm den Artikel gleich gezeigt und darüber gelacht hätte, dann … Er wäre zwar eine Weile schlecht gelaunt gewesen, aber es hätte die Lage entschärft. Mit ausgedörrter Kehle sagte sie: »Seite acht. Es ist nicht wahr.«

Sie hatte den Ausdruck »wenn Blicke töten könnten« schon oft gehört, begriff aber erst, was er bedeutete, als Rupert ihr nun in die Augen starrte. Sie streckte die Hand nach ihm aus, doch er schlug sie weg und setzte sich mit der Zeitung an den Küchentisch.

»Kaffee«, murmelte sie. »Ich mache Kaffee.«

Sie mahnte sich, Ruhe zu bewahren, konzentrierte sich auf ihre Tätigkeit. Sie hatte den Artikel lediglich überflogen, doch er studierte ihn genau. Vielleicht war es ja gar nicht so schlimm. Vielleicht würde er sich gleich zu ihr umdrehen, lächelnd den Kopf schütteln und wie schon so oft sagen, dass die Boulevardpresse doch nur Unsinn schrieb.

Sie brachte ihm seinen Kaffee. »Rupert?«

Er wandte sich um. »Warum hast du versucht, das vor mir zu verheimlichen?«, knurrte er sie an.

»Weil ich wusste, dass du dich aufregen würdest. Ich …«

»Weil es stimmt?«

»Nein. Ich kenne diesen Mann gar nicht. Es ist gelogen.«

»Du warst an dem Abend dort, nicht wahr?«

»Jemand muss mich gesehen haben. Aber nicht mit einem Mann. Niemals. Ich gehöre zu dir, Rupert. Ich liebe dich.«

»Liebe!« Er schlug ihr die Tasse aus der Hand.

Siedend heißer Kaffee spritzte auf ihren Unterarm, auf ihr blaues Kleid. Die Tasse zersplitterte auf dem grauen Schieferboden.

»Wie kannst du es wagen, von Liebe zu reden?« Er sprang auf, das Gesicht hochrot vor Zorn. Bedrohlich ragte er über ihr auf.

»Bitte, beruhige dich doch«, flehte sie, die Hände abwehrend, schützend vor der Brust erhoben. »Es ist nicht wahr.«

»Wenn es nicht wahr ist, warum wolltest du die Zeitung dann verschwinden lassen?«

Was sollte sie darauf entgegnen? Dass sie panische Angst vor seinen Wutanfällen hatte? »Ich habe mir nichts dabei gedacht«, sagte sie. »Es ist erfunden. Du weißt doch, was sich die Reporter alles ausdenken. Du musst mir glauben, Rupert. Ich ertrage es nicht, wenn du böse auf mich bist.« Plötzlich ein klarer Gedanke. »Ruf Kelly an. Und Ann-Marie. Ich war den ganzen Abend mit ihnen unterwegs. Sie können es bestätigen.«

Er holte tief Luft. »Genau das werde ich tun, auch wenn ich diesen beiden Tussis nicht über den Weg traue. Aber ich weiß, dass Kelly dich nicht ausstehen kann. Sie würde dich garantiert verpfeifen.«

»Danke. Danke«, sagte Natalja.

Er stürmte in sein Büro und schloss die Tür hinter sich. Erst als sie den Kaffee aufwischte, bemerkte sie, dass sie Verbrennungen auf dem linken Unterarm hatte. Sie holte eine Kartoffel aus dem Vorratsschrank, halbierte sie und drückte die feuchte Schnittfläche auf den größten Fleck, wie sie es von Tante Stasja gelernt hatte. Dann ging sie ins Schlafzimmer, um sich umzuziehen. Doch ohne Rupert war sie unfähig, eine Wahl zu treffen. Früher hatte sie eigentlich fast immer genau gewusst, was sie wollte. Von der Entscheidung überfordert, ließ sie sich in Unterwäsche auf das Bett fallen und rieb mit der Kartoffel über ihren Unterarm. Sie würde warten, bis Rupert zurückkam und ihr sagte, dass er ihr verzieh.

Eine halbe Stunde verging.

Schließlich erhob sie sich, schlüpfte in ihren Morgenmantel und machte sich auf die Suche nach ihm.

Es war vollkommen still. Sie beäugte die Tür zu Ruperts Büro und wäre am liebsten davongelaufen.

Sie klopfte leise.

»Komm rein.«

Sie öffnete die Tür einen Spalt, spähte hinein. »Rupert? Hast du …?«

»Kelly und Ann-Marie sagen, du warst den ganzen Abend bei ihnen und bist gegen eins gegangen«, sagte er, ohne sie anzusehen. »Ich weiß, dass du noch vor zwei zu Hause warst. Sieht also ganz danach aus, als hätte sich da ein Klatschreporter einen üblen Scherz mit dir erlaubt.«

»Ich bin so froh. Ich …«

Er hob den Kopf und starrte sie finster an. »Ich kann darauf verzichten, bei meinen Angestellten Erkundigungen einzuholen, wo du dich herumtreibst. Wie kannst du es wagen? Du hast mich lächerlich gemacht.«

»Aber ich habe doch nichts getan.«

»Du wolltest unbedingt in diesen albernen Nachtclub. Du bist kein junges Mädchen mehr, Natalja. Eine aufgetakelte Dreißigjährige, die sich mit zehn Jahre jüngeren Leuten abgibt, das ist peinlich. Werde erwachsen.« Erst jetzt bemerkte er den Morgenmantel. »Was ist mit deinem Kleid?«

»Es hat Kaffeeflecken. Ich weiß nicht, was ich für das Meeting anziehen soll.«

»Was für ein Meeting?«

»Der Brunch.«

»Den habe ich abgesagt. Ich bin nicht in der Stimmung für Smalltalk. Nicht, nachdem ich öffentlich gedemütigt wurde.«

Natalja schwindelte.

»Es ist mir egal, was du anziehst, Natalja. Ich habe weiß Gott Wichtigeres zu tun, als mich um so etwas zu kümmern.« Er wandte sich wieder seinem Schreibtisch zu. »Geh. Geh und such dir eine Beschäftigung.«

Zögernd stand sie an der Schwelle. Er hatte sich beruhigt, das war gut. Vielleicht war es wirklich das Beste, wenn sie ihn eine Weile sich selbst überließ. Aber Mata Hari …

»Rupert, ich weiß, du bist wütend, aber ich *muss* Liam Franks treffen und ihn davon überzeugen, dass ich wie geschaffen bin für die Hauptrolle seines Films.«

»Vergiss es, Natalja. Die bekommst du nie und nimmer.«

»Aber du hast gesagt …«

»Ich habe gesagt, ich kann ihn überreden, dich vorsprechen zu lassen; aber er würde dich garantiert nicht engagieren. Ein Serienstar wäre Gift für die Glaubwürdigkeit seines Films.« Er scheuchte sie hinaus. »Geh jetzt. Geh einkaufen oder was auch immer. Meine Optima-Kreditkarte ist in meiner Brieftasche auf dem Nachttisch.«

Natalja stiegen Tränen in die Augen.

»Was ist denn noch?«, bellte er ungeduldig.

Sie schob das Kinn nach vorn, ganz die gedemütigte Heldin, die sich nicht unterkriegen ließ. Sie wartete darauf, dass er es bemerken und aufspringen würde, um sie in den Arm zu nehmen. Nichts geschah. Er verhielt sich ganz und gar nicht wie die Charaktere in seiner Serie. Sie wandte sich um und knallte die Tür zu, wohl wissend, dass sie damit nicht das Geringste erreichte. Zum Teufel mit ihm. Dann würde sie eben losziehen und sein Geld ausgeben. Und zwar nicht zu knapp.

Lena bog um die Ecke und nahm den Anstieg zu Wendys Haus in Angriff. Der fünfundzwanzigminütige Fußweg nach Hause war ihre einzige kinderfreie Zeit des Tages. Matthew hatte sie heute um vier Uhr morgens mit einem Schreianfall geweckt. Um sieben hatte sie ihren Dienst in der Kinderkrippe *Little Darlings* angetreten, wo sie den ganzen Tag den Sprösslingen anderer Leute den Hintern und die Nase abwischte. Wenn sie nun um vier nach Hause kam, ging es erst richtig los: Abendessen, Bad, Bett. Es bekümmerte sie, dass sie sich nicht mehr auf das Wiedersehen mit ihren eigenen Kindern freute. Matthew und Anna waren jetzt zwanzig Monate alt und einfach entzückend, fröhlich und lebhaft. Hoffentlich hatte Sam sie nach dem Mittagessen hingelegt; vor allem Matthew war sonst abends unausstehlich und weinerlich.

Ihre Kinder saßen auf der Couch, tranken Saft aus Plastikflaschen und schauten Zeichentrickfilme, als sie das Haus betrat, weit und breit war kein Erwachsener zu sehen. Sie hängte Mantel und Tasche auf. Sobald Matthew sie erspäht hatte, brach er in Tränen aus.

»Mummy!«, heulte er und streckte die speckigen Ärmchen nach ihr aus.

»Ach, herrje.« Sie hob ihn hoch. »Ihr hattet wohl wieder keinen Mittagsschlaf, wie?«

Wendy hastete herein. »Entschuldige, ich war am Telefon. Sam ist nicht da, ich habe auf sie aufgepasst.«

Das erklärte den Saft und den Fernseher. Lena zwang sich zu einem Lächeln. »Haben sie geschlafen?«

»Nein, sie sind mir nicht müde vorgekommen. Aber sie ruhen sich ohnehin seit zwei vor dem Fernseher aus.«

Zwei Stunden Fernsehen. Während Lena mit fremden Kindern malte und ihnen Geschichten vorlas, wurden ihre eigenen von Thomas, der kleinen Lokomotive betreut. Matthew legte den Kopf auf ihre Schulter. Wie immer rührte sie seine Arglosigkeit, sein kleiner, warmer Körper. Sie setzte sich neben Anna und drückte ihr einen Kuss auf die glatte Stirn. Die Kleine starrte wie gebannt auf den Bildschirm, den Daumen im Mund.

»Wo ist Sam?«, fragte Lena.

»Bei einem Bandmeeting. Dieser Pseudomusiker hat angerufen.«

Lena wusste, wen Wendy meinte. Sam hatte sich in Briggsby eine neue Band gesucht, und Tony, der mäßig talentierte Bassist, redete unablässig von seinen Kontakten, die ihnen Auftritte oder Verträge verschaffen konnten. Bis jetzt war nicht viel dabei herausgekommen, doch Sam hielt große Stücke auf ihn. Leider ließ Sams Menschenkenntnis oft sehr zu wünschen übrig, wie Lena mittlerweile wusste.

»Mummy?«, schniefte Matthew. »Essen?«

»Ich koche euch gleich etwas.« Lena griff nach der Fernbedienung und schaltete den Fernseher aus. Nun war der Bann gebrochen, und auch Anna begann zu quengeln. Lena stellte ihnen eine Schachtel mit großen Legosteinen hin und ging in die Küche. Ihr Fach in der Speisekammer war praktisch leer; Sam musste vergessen haben einzukaufen. Sie beschloss, Nudeln mit Käse zu machen, und stellte Wasser auf.

»Wendy, könntest du noch mal kurz auf sie aufpassen?«, bat sie. »Ich muss duschen. Eines der Kinder in der Krippe hat mir gleich morgens eine Banane ins Haar gedrückt.«

»Das soll gut gegen Spliss sein«, scherzte Wendy, die am Küchentisch saß und sich gerade eine Zigarette anzündete. »Deine Schwester ist in der Zeitung. Willst du mal sehen?«

Eigentlich nicht. Aber das durfte sie nicht laut sagen, denn man würde es ihr zweifellos negativ auslegen. Sie liebte Natalja; sie war stolz auf sie und wünschte ihr nur das Allerbeste, aber der Einkommensunterschied zwischen ihnen jagte ihr Angst ein. Wenn ihre Schwester jetzt hier vor ihr in der Küche stünde, würde sie sich freuen, sie zu sehen. Doch die Schauspielerin Natalie Chernoff kam ihr fast vor wie eine Fremde und erinnerte Lena nur an all das, was in ihrem Leben nicht nach Plan gelaufen war.

Lena überflog den Artikel – irgendein Unsinn über eine

Affäre mit einem italienischen Dressman – und versuchte, beim Anblick ihrer glamourösen Schwester nicht an ihre eigenen verfilzten Haare und ihre schmutzigen Fingernägel zu denken.

»Das ist ein Leben, was?«, sagte Wendy. »Teure Clubs und ein italienischer Freund.«

»Er ist ganz sicher nicht ihr Freund. Sie ist mit Rupert zusammen, und Natalja geht nicht fremd.«

»Das habe ich auch nicht behauptet.«

»Aber du hast es angedeutet. Du glaubst, dass sie Rupert hintergeht, wie es hier steht.«

Wendy verdrehte die Augen. »Nimm das doch nicht gleich so ernst.«

Lena seufzte. »Entschuldige, ich hatte einen anstrengenden Tag. Ich gehe duschen.«

Auf dem Weg ins Bad am Ende des Flurs spähte sie zu Sams Großvater hinein, dessen Tür wie immer offen stand. Er saß in einem Sessel am Fenster, eine alte Decke der Zwillinge über den Knien. Der Anblick seiner hängenden Schultern stimmte Lena traurig. Er wartete auf den Tod, das war unverkennbar. Wendy wartete ebenfalls darauf, und das wusste er vermutlich.

»Hallo Grandad«, sagte sie leise von der Schwelle aus.

Er hob den Kopf. »Deine Kinder haben den ganzen Tag Krach gemacht«, sagte er missmutig.

»Das tut mir leid. Sam hätte auf sie aufpassen sollen.«

Er sah aus dem Fenster. Lena ging zu ihm und strich die Decke auf seinem Schoß glatt. »Es ist kalt draußen.«

»Das ist es doch immer.« Er röchelte.

»Brauchst du deine Sauerstoffmaske?«

Er winkte ab, und sie ging hinaus. Anfangs hatte sie ihn für einen langweiligen alten Griesgram gehalten, aber inzwischen hatte sie hinter die harte Schale geblickt und war sicher, dass er ihre Fürsorge zu schätzen wusste, auch wenn er es nicht zeigte.

Als sie aus dem Bad kam, stand Sam in der Küche und legte letzte Hand ans Abendessen. Die Kinder saßen in ihren Babystühlen, und Matthew schrie aus Leibeskräften, während Anna mit einem Löffel auf das Tablett klopfte. So würde das jetzt weitergehen, bis die beiden in ihren Bettchen hinter dem Vorhang lagen, der ihr Schlafzimmer in zwei Hälften teilte. Lena hätte nie gedacht, dass zwei Kinder so viel Arbeit machen würden. Doch in den langen Nächten der ersten drei Monate, wenn sie mit ihrer Verzweiflung und ihrer Reue allein gewesen war, hatte sie begriffen, dass sie von nun an die Sklavin dieser beiden sich krümmenden Bündel sein würde. Ihr Leben gehörte ihr nicht mehr, ihre Bedürfnisse – schlafen, essen, duschen – waren nebensächlich, von ihren Träumen vom Filmstardasein ganz zu schweigen. Wie lächerlich ihr diese kindischen Fantasien nun vorkamen.

Anna hatte mit etwa drei Monaten ihren Daumen entdeckt und schlief nun bis zum Morgengrauen durch, doch Matthew verlangte eisern im gewohnten Rhythmus nach Nahrung, weshalb Lena schließlich kapitulierte und abstillte, damit ihn gelegentlich auch jemand anders füttern konnte. Trotzdem wachte der Kleine meist vor Tagesanbruch auf und gab erst wieder Ruhe, wenn er, die speckigen Gliedmaßen von sich gestreckt, zwischen Lena und Sam lag, sodass diese kaum noch Platz im Bett hatten. Lena hatte das Gefühl, dass ihr Gehirn allmählich dauerhaften Schaden nahm, mürbe gemacht von den endlosen Nächten unterbrochenen Schlafes. Sie war zwar wieder so schlank wie zuvor, doch ihr Bauch war mit Dehnungsstreifen überzogen, und ihre Haut schlug Falten. »Wir gehen dann, Mum«, rief Sam und reichte Lena ihren Mantel. Jeden zweiten Donnerstag, wenn er sein Gehalt bekam – er hatte eine Teilzeitstelle in einem Gemüseladen –, gönnten sie sich im *Briggsby Arms* Backfisch mit Pommes und ein paar Gläser Bier oder Wein. Lena hätte das Geld zwar lieber verwendet, um die Autoversicherung zu begleichen oder den Kredit abzuzahlen, den sie für die Hochzeit aufgenommen hatten, aber Sam bestand darauf, es sei mindestens genauso wichtig, dass sie sich Zeit für sich nahmen. Er hatte natürlich recht; trotzdem konnte sich Lena immer erst entspannen, wenn sie den ersten Schluck Rotwein intus hatte.

Das *Briggsby Arms* war ein Familienbetrieb, ein gemütlicher, kleiner Pub mit Kamin und einer Jukebox, die nur Balladen aus den Siebzigern spielte. Lena erzählte Sam von ihrem Tag und ließ sich von ihm aufheitern. Er schaffte es stets, sie zum Lachen zu bringen. Seine Haut schimmerte im Feuerschein, und als er sie dabei ertappte, wie sie ihn musterte, setzte er sich auf den Stuhl neben ihr, legte den Arm um sie und drückte ihr einen Kuss auf die Wange.

»Bist du glücklich?«, wollte er wissen.

»Ja.« Und in diesem Augenblick war sie das wirklich.

»Ich hatte heute ein gutes Gespräch mit Tony und Dave, über die Zukunft.«

»Und?«

»Wir wollen ein Album aufnehmen.«

»Solltet ihr nicht zuerst ein paar Konzerte geben?«

»Das versuchen wir ja, aber niemand will uns buchen. Wenn wir ein Album hätten, könnten sich die Leute unsere Musik anhören, wir könnten es an ein paar kleinere Plattenfirmen schicken und auf diesem Umweg ins Geschäft einsteigen.«

Sie lehnte sich zurück. »Das kostet bestimmt ein Vermögen.«

»Nicht, wenn wir es uns zu dritt aufteilen. Tony kennt da jemanden, der ein Studio bei sich zu Hause in Whitby hat, der könnte es für sechstausend machen.«

Lena schwieg. Zweitausend Pfund? Wie sollten sie so viel Geld aus dem Ärmel schütteln? Sie hatten schon fast zweitausend Pfund Schulden.

Sam trank sein Bier aus. »Du hältst es für eine Schnapsidee, stimmt's?« Er grinste.

»Das nicht, aber ich habe keine Ahnung, wie wir das Geld auftreiben sollen.«

»Tja, da kommst jetzt du ins Spiel.«

»Ich arbeite doch schon vierzig Stunden die Woche«, fauchte sie empört. »Ich …«

Sam boxte sie sanft in den Arm. »Hey, es verlangt doch niemand, dass du dir deswegen einen Nebenjob suchst! Für wie verantwortungslos hältst du mich denn?«

»Was soll ich dann tun?«

»Grandad darum bitten. Er mag dich.«

Lena leerte ihr Glas in einem Zug. »Ich glaube, ich brauche mehr Wein.«

»Ich hole Nachschub und etwas zu essen.« Sam warf einen Blick in seine Brieftasche. Ein einsamer Zwanziger. Lena würde sich zwischen Essen und Alkohol entscheiden müssen.

»Für mich nur eine Portion Pommes«, sagte sie.

Während er zur Bar ging, sann sie über seinen Vorschlag nach. Es widerstrebte ihr sehr, seinen Großvater um Geld zu bitten. Ja, sie halfen alle, um für Grandads Versorgung aufzukommen, aber das bedeutete nicht, dass er ihnen dafür etwas schuldete. Außerdem wachte Wendy eifersüchtig über

Grandads Vermögen, das sie bereits als ihr Eigentum betrachtete; immerhin kümmerte sie sich seit acht Jahren um ihn. Am meisten störte Lena, dass Sam offenbar gar nicht auf die Idee kam, mehr zu arbeiten, um sich das Geld zu verdienen. Andererseits: Wie sollte er neue Songs komponieren und mit seiner Band proben, wenn er die ganze Zeit arbeitete? Und wer würde auf die Kinder aufpassen? Wendy sprang zwar jederzeit gern ein, aber Lena wollte ihrer Schwiegermutter nicht ständig zu Dank verpflichtet sein.

Sam kehrte mit einem Glas Wein und einer Tischnummer zurück. Sie nahm einen Schluck, dann sprachen sie eine Weile von etwas anderem. Das Essen wurde serviert, sie bestellten mehr Wein.

»Also gut, ich frage ihn«, sagte sie schließlich. »Dir liegt viel daran, nicht?«

»Unheimlich viel, Lena. Jedes Mal, wenn ich das Radio einschalte, frage ich mich, warum andere Bands gespielt werden und wir nicht. Warum sind die Typen von Oasis Millionäre, während ich Salat verkaufe? Wir sind gut, Britpop ist in, das Timing ist perfekt.« Er grinste verlegen. »Ich klinge bestimmt wie ein totaler Spinner.«

»Nein, du klingst wie jemand, der leidenschaftlich gern Musik macht. Das habe ich immer an dir bewundert.« Sie zerzauste ihrem umwerfend attraktiven Popstar-Gatten das lange Haar.

»Ich tue das alles bloß für dich, Lena.« Er küsste ihre Hand. »Du sollst in einem schönen großen Haus wohnen und ein schnelles Auto haben.«

Lena hätte ihm gern gesagt, dass sie das alles gar nicht brauchte. Dass sie glücklich war, solange sie mit ihm und den Kindern zusammen sein, mit ihm alt werden konnte. Doch das wäre gelogen gewesen.

KAPITEL 22

Benommen vor Glück schlenderte Sofi über den Markt, blieb an einem Blumenstand stehen und kaufte einen duftenden Strauß Lilien. Beim Bezahlen lächelte sie zu breit und ließ die französischen Worte, die man an sie richtete, über sich hinwegspülen, ohne sie im Kopf zu übersetzen. Sie war viel zu aufgekratzt. Sie häufte alles, was frisch und reif und lecker aussah, in ihren Weidenkorb – Kürbis, Spargel, Zucchini, Maiskolben, ein herrlich riechendes Bündel Basilikum, ohne zu wissen, was sie kochen wollte. Ein Festmahl jedenfalls. Sie kaufte eine in Papier gewickelte Stange Baguette beim Bäcker, griff zögernd nach einer Flasche Chinon. Für Julien; sie selbst konnte keinen Wein trinken.

Als sie in der Früh zu ihrer langen Fahrt aufgebrochen war, hatte sie noch nicht geahnt, welche Freuden dieser Tag bringen würde. Sie fuhr nicht gern Auto, aber der Inhaber einer Boutique in Tours, einer ihrer besten Abnehmer, hatte angerufen und um Nachschub gebeten. Er verkaufte exklusive, handgemachte Kleidung an reiche Ehefrauen und den einen oder anderen französischen Filmstar. Also hatte Sofi ihr Lager geplündert und sich ins Auto gesetzt. Nicht zum ersten Mal war ihr der Gedanke gekommen, jemanden einzustellen, der ihr einen Tag pro Woche zur Hand ging.

Nach dem Besuch in der Boutique hatte sie sich in ein Café gesetzt, doch seltsamerweise hatte sie keine Lust auf Kaffee verspürt, im Gegenteil. Zuerst hatte sie gar nicht daran gedacht; schließlich probierten sie es erst seit etwa einem Monat. Dann hatte sie zu rechnen begonnen und war schnurstracks in die nächste Apotheke gegangen, um einen Schwangerschaftstest zu kaufen. Sie hatte um den Schlüssel zur Toilette für die Angestellten gebeten, und nach zwei

Minuten hatte sie das Ergebnis: zwei Striche. Einer dick, der andere dünner, aber eindeutig zwei. Am liebsten wäre sie gleich zur nächstbesten Telefonzelle gerannt, um Mama, Natalja und Lena anzurufen, und unter Freudentränen »Ich bin schwanger!« zu rufen, aber natürlich musste es Julien als Erster erfahren. Daher das Festmahl.

Die Schatten wurden bereits länger, als sie über die gepflasterte Rue des Gaulthiers nach Hause ging. Wolkenstreifen zierten den Himmel, es roch nach Regen. Ihre Katze Mascha empfing sie laut miauend an der Haustür.

»Was ist los, Mascha?«, Sofi schlüpfte aus ihrem Sommermantel und hängte ihn hinter die Tür. »Hat Julien wieder vergessen, dich zu füttern?«

Das gemütliche Wohnzimmer war wie die weiß getünchte Küche mit ihren fleckigen Messinghähnen ordentlich und leer. Sie knipste das Licht an. Keine einzige schmutzige Kaffeetasse, kein Teller auf der Anrichte, nicht ein Krümel auf den hellen Fliesen oder dem karierten Teppich. Alles war genau so, wie sie es morgens verlassen hatte. Julien musste wieder einmal durchgearbeitet haben. Nicht selten hatte er beim Malen so viele Einfälle, dass er mit dem Pinsel kaum Schritt halten konnte. Sie hatte gelernt, ihn in solchen Phasen in Ruhe zu lassen. Doch heute war eine Ausnahme, und irgendwann musste er ja etwas zu sich nehmen.

Sie packte ihre Einkäufe aus, stellte die Lilien ins Wasser und begann mit dem Kochen. Nach einer Viertelstunde ertönte aus der Stereoanlage hinter ihr amerikanischer Jazz. Seine Lieblingsmusik. Julien schlang die Arme um sie und küsste sie auf den Hals.

»Was kochst du?«, fragte er auf Englisch. Sie hatten die Sprache teils aus Gewohnheit beibehalten, teils, weil Sofi das Französische anstrengend fand, als wäre ihr Gehirn mit zwei Sprachen bereits mehr als ausgelastet.

»Quiche. Ich habe auch Wein besorgt.«

Er nahm zwei Gläser aus dem Schrank und schenkte ein.

»Für mich nicht«, sagte sie und versuchte, sich nichts anmerken zu lassen. Sie wollte ihn beim Essen überraschen. Doch es sollte nicht sein.

»Kein Wein für Sofi?« Er musterte sie verwundert. »Das ist ungewöhnlich. Du trinkst doch immer ein Glas beim Kochen.«

Sie konnte das Lächeln nicht mehr unterdrücken.

»Ah«, sagte er. »Unsere Bemühungen waren also von Erfolg gekrönt?«

Sie lachte. »So könnte man es ausdrücken, ja.«

Er schloss sie in die Arme und drückte sie an sich. Sie standen noch einen Augenblick eng umschlungen da, dann wurde er unruhig. »Bleibt mir vor dem Essen noch etwas Zeit? Die erfreuliche Nachricht hat mich inspiriert.«

»Geh nur«, sagte sie. »Ich rufe dich, wenn ich fertig bin.«

Julien kehrte in das Zimmer im Erdgeschoss zurück, in dem er bei offener Terrassentür malte. Sie hörte ihn dabei zur Musik pfeifen.

Im Großen und Ganzen genoss sie ihr Leben in Frankreich. *Anastasia Designs* florierte, und Richelieu war ein hübscher kleiner Ort im Loiretal, ein bescheidener Halbedelstein zwischen märchenhaften Schlössern und riesigen Blumenfeldern. Sofi liebte das gemütliche Haus, in dem sie wohnten, das saftige Grün in ihrem Garten, und nicht zuletzt das Klima. Einzig die Beziehung zu Julien entsprach nicht ganz ihren Erwartungen, obwohl sie ihn aus ganzem Herzen liebte. Sie wusste, sie würde stets nur die zweite Geige spielen; seine Kunst hatte oberste Priorität.

Sie deckte den Tisch und rief ihn zum Essen. Einmal, zweimal. »Moment noch!«, kam es zurück. Sie trug die Quiche auf, schenkte ihm Wein nach. Er kam nicht.

Schließlich deckte sie seufzend sein Essen zu und stellte es ins Backrohr. Wenn er so in seine Arbeit vertieft war, durfte man ihn auf keinen Fall stören. Es war ein milder Frühlingsabend, also setzte sie sich mit ihrem Teller auf die Terrasse. Die Dunkelheit brach herein, hinter der dünnen Wolkendecke zeichnete sich der Mond ab, und Sofi träumte von der Ankunft eines neuen Lebewesens; eines, das sie lieben konnte und das ihre Liebe hoffentlich aus ganzem Herzen erwidern würde.

Dienstagabend. Lena hatte die Kinder ins Bett gebracht, Wendy war zu ihrem wöchentlichen Pokerabend gegangen, und Sam brach gerade zur Probe auf. Insgeheim hoffte Lena, dass Grandad bereits eingeschlafen war, mit der Sauerstoffmaske auf dem Gesicht, wie es gelegentlich vorkam. Doch als sie an seiner Tür vorbeiging, brannte noch Licht. Er saß in seinem karierten Morgenmantel am Fenster und löste das Kreuzworträtsel in der Tageszeitung. Zögernd klopfte sie.

»Was ist?«, brummte er, ohne den Blick zu heben.

»Darf ich reinkommen?«

Er faltete die Zeitung zusammen und nickte. »Wenn's unbedingt sein muss.«

Sie setzte sich auf die Bettkante. »Wie fühlst du dich?«

»Was willst du?«

Sie breitete die Arme aus und seufzte. »Sam braucht Geld.«

Er grunzte, oder war es ein Lachen gewesen? Nein, der Anfang eines Hustenanfalls, der ihn minutenlang quälte.

Lena erbot sich, das Fenster zu öffnen, ihm Wasser zu bringen, oder seine Sauerstoffmaske, doch er winkte ab und keuchte weiter. Als es vorbei war, sagte er: »Wie viel und wofür?«

»Zweitausend Pfund. Er braucht es für seine Band.«

»Und warum fragt er mich nicht selber?«

Ehrlich währt am längsten, dachte sie. »Er glaubt, dass du mich magst.«

Der Alte runzelte die Stirn. »Ja, ich mag dich. Ich *mochte* dich.«

Lena zuckte beschämt zusammen.

»Du bittest mich also ernsthaft um zweitausend Pfund, nicht für dich oder die Kinder, sondern für seine Band?«

Sie zuckte mit den Schultern. »Es ist sein größter Wunsch. Er …«

»Verrate mir eines, Lena. Du bringst mir jeden Nachmittag die Zeitung, du fragst mich, wie es mir geht, streichst meine Decke glatt … Tust du das alles nur, um dich mit mir gut zu stellen? Weil du Geld von mir willst?«

»Natürlich nicht«, stieß sie entrüstet hervor.

»Kein Grund, mich so anzufauchen. Ist ja nicht so abwegig, wenn du plötzlich zu mir kommst und eine solche Summe verlangst.« Er hustete erneut.

»Glaub mir, Grandad, ich bin nicht hinter deinem Geld her.«

Er presste die Lippen aufeinander und musterte sie mit seinen blassblauen Augen. »Alle sind hinter meinem Geld her. Auch du. Gib es zu.«

»Das ist nicht wahr.«

»Gib es zu, und du bekommst die zweitausend Pfund.«

Sie war überzeugt, dass sie sich verhört hatte. »Was?«

»Du hast doch die vergangenen Monate nur darauf hingearbeitet, stimmt's? Du bekommst auf der Stelle einen Scheck von mir, wenn du es zugibst.«

Lena öffnete sprachlos den Mund. Sie brachte es nicht über sich. Es entsprach einfach nicht der Wahrheit. Aber das Geld … Sam …

»Nun?«

»Wirst du es Sam erzählen?«, fragte sie.

»Von mir erfährt er kein Wort.« Er lächelte, ahnte bereits, dass er gewonnen hatte.

»Dann gehe ich ohne das Geld.« Sie fühlte sich erleichtert und hatte zugleich ein schlechtes Gewissen.

Er rieb sich die trockenen Hände und lachte. »Braves Mädchen.«

Sie erhob sich, beugte sich über ihn und küsste ihn auf die Stirn. »Gute Nacht, Grandad.«

»Gute Nacht, Lena«, brummte er, doch er wirkte gerührt.

Sie ging ins Wohnzimmer und schaltete den Fernseher ein. Sie wusste, sie hatte das Richtige getan. Warum hatte sie dann das Gefühl, Sam im Stich zu lassen, seinen Traum zu zerstören?

Rosemary Simons war eine zierliche Frau mit einer kräftigen Stimme, die schon von Weitem zu hören war. Sofi, die nervös im Wohnzimmer herumgewerkelt hatte, ging, von der Katze gefolgt, zur Haustür, um auf die Straße hinauszuspähen. Rosemary lief auf dem Bürgersteig auf und ab und telefonierte lautstark und in unverkennbar britischem Englisch. Sie trug ein zartrosa Kostüm und hatte langes blondes Haar. Mit ihrer asymmetrischen Stirntolle wirkte sie wie ein Filmstar aus den Vierzigerjahren. Sie hob den Kopf und winkte Sofi, ohne ihren Redeschwall zu unterbrechen.

»Du bist schon wieder … Ich höre dich nicht. Könntest du das wiederholen? Ach, was soll's.« Sie beendete das Gespräch und ließ das Handy in ihre überdimensionale Lederhandtasche fallen. »Sofi, wenn ich nicht irre?«

»Nur herein.« Sofi hielt ihrer Besucherin die Tür auf.

»Danke, dass ich so kurzfristig vorbeikommen durfte«, sagte Rosemary und wich alarmiert zurück, als sie Mascha sah. »Oh. Ich bin allergisch.«

Sofi nahm die Katze hoch und setzte sie sanft vor die Tür. »Die Freude ist ganz meinerseits. Eine Tasse Kaffee?«

»Tee?«

»Gern. Setzen Sie sich doch.«

Sofi eilte in die Küche. Rosemary Simons arbeitete als Einkäuferin für *Chantilly*, eine große europäische Ladenkette, die Modeschmuck und hochwertige Accessoires verkaufte. Sie war gerade auf der Suche nach neuen Waren für das kommende Frühjahr und hatte Sofi frühmorgens aus Tours angerufen.

»Ich habe Ihren Schmuck gesehen, und ich liiiiebe ihn«, hatte sie gesagt. »Könnten wir uns treffen? Heute?«

Sofi hatte überrascht zugesagt. Sie war es nicht gewohnt, von Einkäufern direkt kontaktiert zu werden, doch wenn sie *Chantilly* als Abnehmer gewinnen konnte, wäre das ein Wendepunkt für ihr Geschäft.

»Setzen wir uns auf die Terrasse?«, fragte sie, als sie mit einem Tablett beladen aus der Küche kam.

»Und die Katze?« Rosemary zog die hübsche Nase kraus.

»Die kann ich gegebenenfalls ins Badezimmer sperren.«

Rosemary sprang auf. »Wunderbar.«

Ihr Besuch nahm seine Umgebung sehr genau in Augenschein, während sie sich an den Tisch setzten, was Sofi nicht entging. Sie hatte die abgewetzte Behaglichkeit ihres

Domizils stets bezaubernd gefunden, doch nun fragte sie sich, ob es für eine Schmuckdesignerin in den Augen von Rosemary Simons nicht zu wenig geschmackvoll oder künstlerisch angehaucht wirkte. Kein Chrom, kein Leder, keine Halogenlampen, ja, noch nicht einmal besonders viel rustikaler Charme. Das einzig Wertvolle im Haus waren die Gemälde an den Wänden.

Es herrschte brütende Sommerhitze, der Garten duftete nach Zitronen und Gardenien. Das Gras hätte gemäht werden müssen; die Flügel der Käfer, die zwischen den Halmen herumschwirrten, glänzten in der Sonne.

»Herrlich«, stellte Rosemary fest.

Erst im grellen Licht hier draußen bemerkte Sofi, dass Rosemary keineswegs Mitte zwanzig war, wie sie erst angenommen hatte, sondern bereits über vierzig.

»Wann ist es denn so weit?«, wollte ihre Besucherin wissen.

Sofi legte die Hände auf ihren schwellenden Bauch. »September.«

»Schon so bald.« Rosemary nippte an ihrem Tee und stellte die Tasse ab. »Ihr Akzent … Sie kommen nicht aus Frankreich.«

»Aus Russland. Mein Mann ist Franzose.«

»Hat er die Bilder im Haus gemalt?«

»Ja. Julien Blanchard, falls Ihnen der Name etwas sagt.«

»Man hat mir in der Boutique in Tours erzählt, er sei recht bekannt.« Wieder nahm sie einen Schluck Tee. »Das alles hier würde sich wunderbar in unserem Katalog machen. Eine entzückende französische Kleinstadt, ein verwilderter Garten, Ihre russische Herkunft, Ihr Gatte, der französische Maler. Gibt es sonst noch etwas, das ich über Sie wissen sollte?«

Sofi setzte zu einer Bemerkung über ihre Cousine an, dann fiel ihr ein, dass Natalja keinen Wert darauf legte, mit ihr in Verbindung gebracht zu werden. »Nein, eigentlich nicht.«

»Wie gesagt, ich *liebe* Ihren Schmuck«, fuhr Rosemary fort. »Er ist genau das, was ich gesucht habe. Handgemacht, erlesene Rohmaterialien, ungewöhnlich, aber elegant. Dafür finden sich reihenweise Abnehmer, das weiß ich. Wären Sie denn an einer Zusammenarbeit interessiert?«

Sofis Herzschlag beschleunigte sich. »Selbstverständlich.« Es war so weit. *Anastasia Designs* stand vor dem Durchbruch. »Zurzeit habe ich etwa dreißig Stück auf Lager. Ich zeige Sie Ihnen, sobald wir hier fertig sind.«

»Dreißig? Ich brauche an die dreihundert.«

Dreihundert. Die Enttäuschung trieb Sofi beinahe die Tränen in die Augen. Pro Woche stellte sie etwa drei Werke her. Dreihundert Stück bis zum Frühjahr, sprich in sieben Monaten, das war ein Ding der Unmöglichkeit, zumal sie in zwei Monaten ihr Kind zur Welt brachte.

»Wir eröffnen demnächst unsere dreiundzwanzigste Filiale, in Wien«, fuhr Rosemary unterdessen fort. »Unser Unternehmen expandiert so rasch, dass wir kaum Schritt halten können, und es ist sehr schwierig, schönen, hochwertigen Modeschmuck aufzutreiben. Wir brauchen tolle Designerinnen wie Sie …«

»Tut mir leid, Rosemary, aber ich bin allein.« Sofi tätschelte ihren Bauch. »Wenn auch nicht mehr lange. Aber dreihundert Stück bis zum Frühjahr, das schaffe ich nicht.«

»Oh, haben Sie keine Werkstatt? Keine Assistenten?«

Sofi deutete auf das Haus. »Ich arbeite in einem der Gästezimmer.« Sie kam sich vor wie eine Hochstaplerin. Kein

Wunder, dass sich Rosemary neugierig umgesehen hatte. Sie hatte einen florierenden Betrieb erwartet, ein Team von Juwelieren, das die von Sofi entworfenen Schmuckstücke herstellte. »Tut mir leid. Ich hoffe, ich habe keine falschen Erwartungen geweckt.«

»Nein, keineswegs. Ich bin hergekommen, weil ich nichts über Sie wusste, und jetzt bin ich im Bilde. Nur kann ich mit dreißig Stück nicht viel anfangen. Selbst sechzig wären zu wenig. Bloß eines oder zwei pro Laden … unmöglich.«

Sofi nickte. Das Baby regte sich in ihrem Bauch und bekräftigte sie in ihrer Entscheidung. Bis zur Geburt blieb ihr nicht mehr genügend Zeit, um Gehilfen zu rekrutieren und einzulernen. Außerdem wollte sie einen so wichtigen Auftrag nicht in die Hände wildfremder Leute legen. Nein. Sie musste Rosemarys Angebot ablehnen.

»Es wäre eine großartige Gelegenheit für mich, und unter anderen Umständen würde ich sofort annehmen … Vielleicht können wir später …?«

»Ich verstehe Sie natürlich, aber ich kann leider keine Garantie für die Zukunft abgeben. Hier ist meine Karte. Alles Gute mit dem Baby.«

Nachdem sie gegangen war, schleppte sich Sofi die Treppe hinauf und setzte sich enttäuscht an ihre zerkratzte Werkbank. Vor ihr lag eine halb fertige Halskette aus zylinder- und perlenförmigem Turmalin, Achat und Whiskyquartz in Bernsteingelb und Rauchgrau, dazwischen Blüten aus Silberdraht, in mühevoller Kleinarbeit von Hand angefertigt. Ein schönes Stück, genau das Richtige für den *Chantilly*-Katalog. Sie gestattete sich eine Vision: ein paar Fotos von Richelieu und Juliens Bildern, und dann ihr Schmuck, perfekt ausgeleuchtet auf schwerem schwarzem

Hochglanzpapier. Aber diese Kette war ein Unikat, und Rosemary Simons benötigte dreiundzwanzig Stück davon.

Julien kam herein. »Ist sie schon weg?«

»Sie wollte dreihundert Stück für die Frühlingskollektion.«

Er ging lachend neben ihr in die Knie. »Weiß sie nicht, dass man einen Künstler nicht zur Eile antreiben kann?«

»Es wäre schon möglich gewesen. Wenn ich nicht schwanger gewesen wäre, hätte ich jemanden einstellen und mehr arbeiten können. Es hätte den Durchbruch für *Anastasia Designs* bedeutet.«

Er streichelte ihren Rücken. »Nimm es nicht so tragisch. Du verdienst mit deinen derzeitigen Aufträgen mehr als genug.«

Sie löste sich verärgert aus seiner Umarmung. »Es geht mir nicht um Geld, sondern darum, mir einen Namen zu machen. Ich möchte mehr sein als bloß eine Träumerin, die zu Hause ein paar Halsketten bastelt!«

Obwohl Julien ihre Arbeiten und ihre künstlerische Ader bewunderte, betrachtete er ihre Schmuckerzeugung als eine Art Freizeitbeschäftigung, mit der sie sich ein Taschengeld dazuverdiente.

Er fuhr ihr übers Haar. »Nicht ärgern, Sofi. Bald wirst du ohnehin deine ganze Aufmerksamkeit unserem Nachwuchs widmen müssen. Und wer weiß, vielleicht kommt ja irgendwann wieder eine solche Gelegenheit.«

Seine Worte konnten sie nicht trösten. Sie konnte sich des Eindruckes nicht erwehren, dass sie gerade eine Entscheidung getroffen hatte, vor der weder Julien noch sonst ein Mann jemals stehen würde.

KAPITEL 23

Natalja wusste, dass sie nicht der wichtigste Gast im Publikum war, und das ärgerte sie.

Es war Fashion Week in London, und sie war bewusst nicht zu den Modeschauen von Donna Karan oder Tommy Hilfiger gegangen, wohl wissend, dass sie dort mit Pop- und Filmstars um die Aufmerksamkeit der Journalisten wetteifern musste. Sie trug einen brandneuen, riesengroßen Verlobungsring und konnte es kaum erwarten, von jemandem darauf angesprochen zu werden, damit die Presse es erfuhr. Also hatte sie Rupert überredet, mit ihr eine kleine Show in der Clink Street in Southwark zu besuchen, in der Hoffnung, dort einen Platz ganz vorn am Laufsteg zu ergattern. Dummerweise hatte der junge Modeschöpfer, der geradewegs aus dem Central Saint Martins College of Art and Design kam, im Vorfeld unerwartet für Furore gesorgt, sodass nun doch ein Schwarm A-Promis gekommen war. Dabei war Natalie Chernoff berühmt. In allen auf Seifenopern spezialisierten Illustrierten wurde regelmäßig über sie berichtet. Sie hatte für das Cover von *Loaded* posiert, angetan mit einem Pelzbikini und einer Ohrenmütze mit rotem Stern auf der Stirn, und erst vor einer Woche hatte die Zeitschrift *OK!* eine sechsseitige Fotoreportage gebracht, die sie ganz privat zu Hause zeigte, barfuß und in hautengen *Guess*-Jeans. Sie wurde auf der Straße um Autogramme gebeten und von Fotografen verfolgt, wenn sie sich morgens einen Kaffee holte oder ins Fitnessstudio ging. Sie war ein Star, verdammt noch mal. Aber eben nur ein Fernsehstar, noch dazu einer, der nicht ganz ernst genommen wurde. Und so fand sie sich mit Rupert wieder einmal bloß in der zweiten Reihe.

Die Lichter gingen aus, Musik ertönte. Als Natalja hinter sich einen Fotografen bemerkte, setzte sie sich so hin, dass ihr Kopf genau in der Lücke zwischen den beiden Leuten in der Reihe vor ihr zu sehen war, und stützte das Kinn in die linke Hand, um ihren Ring in den Mittelpunkt zu rücken. Diese Pose behielt sie bei, bis der Fotograf verschwunden war. Dann entspannte sie sich, soweit das auf diesen harten, unbequemen Stühlen überhaupt möglich war. Rupert drückte ihre Hand, und sie schmiegte sich an ihn. Die zweite Reihe war gar nicht so übel; wenigstens saß sie nicht bei den abgehalfterten, drittklassigen Stars ganz hinten.

Als gegen Ende die Männermode vorgeführt wurde, musste sie sich sehr ins Zeug legen, um sich ihre Langeweile nicht anmerken zu lassen. Sie warf einen unauffälligen Blick über die Schulter und erspähte eine Schauspielerin, die in den ersten beiden Staffeln von *Lonely Shores* mitgewirkt hatte und dann ausgestiegen war, um Sängerin zu werden. Seither war sie in der Versenkung verschwunden. Sie wirkte erschöpft und aufgedunsen.

Rupert kniff sie in den Arm, und Natalja fuhr herum. Drei Adonisse mit markanten Wangenknochen und nackter Brust unter dem Sakko stiefelten in blauen Samtanzügen über den Laufsteg. Einer von ihnen kam ihr irgendwie bekannt vor. War das nicht …? Stefano Raffadali, der Dressman, mit dem man ihr eine Affäre angedichtet hatte! Der kalte Schweiß brach ihr aus. Sie schielte zu Rupert, doch dieser lächelte sie liebevoll an. Vielleicht erinnerte er sich nicht mehr; es war ja auch schon Monate her. Sie erwiderte sein Lächeln.

Auf der Cocktailparty nach der Show stellte sie mit Genugtuung fest, dass die meisten Promis bereits gegangen waren. Endlich schenkte man ihr die ersehnte Aufmerksamkeit. Blicke, Lächeln, Händeschütteln. Rupert wich ihr nicht von der Seite, besitzergreifend und beschützend zugleich. Ein Fotograf umkreiste sie, schoss ein paar Bilder. Natalja nahm die entsprechende Haltung ein; unbequem, aber vorteilhaft. Auf den ersten öffentlichen Schnappschüssen hatte sie zu ihrem eigenen Entsetzen ausgesehen wie ein erschrecktes Reh im Scheinwerferlicht der Publicity. Inzwischen wusste sie, wie sie sich für solche Aufnahmen präsentieren musste.

»Ist das etwa ein Verlobungsring?«, fragte der Journalist.

Sie lächelte geheimnisvoll und verbarg die Hand theatralisch hinter dem Rücken. »Lass sie im Ungewissen«, hatte Rupert gesagt. Offiziell angekündigte Verlobungen waren uninteressant und fanden kaum Erwähnung in den Medien.

Der Fotograf verzog sich, Rupert widmete sich einem Geschäftspartner, und Natalja wurde von einem der Models in ein Gespräch verwickelt. Sie sei ihr großes Idol und der Grund dafür, warum sie die Heimat verlassen und nach London gekommen war, behauptete die junge Ukrainerin. Natalja war geschmeichelt und entsetzt zugleich. Nun war sie schon alt genug, um andere zu inspirieren!

»Verzeihung …« Jemand ergriff sanft ihren Ellbogen.

Sie fuhr herum. Es war Stefano.

»Natalie, richtig? Ich bin Stefano.« Er hatte nicht die Spur eines italienischen Akzents. Er streckte ihr die Hand hin, und ihr blieb gar nichts anderes übrig, als sie zu schütteln. Sie saß in der Falle. Wenn Rupert sie jetzt sah, würde er ihr garantiert den Kopf abreißen.

»Sehr erfreut«, würgte sie hervor. Es war kein gutes Zeichen, dass sie solche Angst vor Rupert hatte, dessen war sie sich vage bewusst.

Das ukrainische Mannequin zog sich diskret zurück.

»Ich will nicht unhöflich sein oder Sie in Schwierigkeiten bringen«, sagte Stefano lächelnd. »Aber ich fand es lustig, was man damals über uns geschrieben hat, Sie nicht auch?« Er sah unwahrscheinlich gut aus, ein richtiges Engelsgesicht. Als sie nicht gleich antwortete, stammelte er: »Äh … Vielleicht haben Sie es gar nicht geles…«

Er tat ihr leid. »Doch, doch. Ich hatte es bloß schon fast vergessen, ist ja schon Monate her.«

Dann war Rupert da, ein Bär im graphitgrauen *Armani*. Neben Stefano wirkte er eitel, geschniegelt und lächerlich mit seiner Andy-Warhol-Frisur. Er packte sie unsanft am Arm. »Natalja?«

»Natalja«, wiederholte Stefano. »Ist das Ihr richtiger Name? Klingt viel hübscher als Natalie.«

»Ich muss gehen«, quiekte sie. »Wiedersehen.«

Rupert bugsierte sie durch das Gedränge in Richtung Ausgang. »Wir sollten noch bleiben«, flüsterte sie. »Die Leute werden reden, wenn wir jetzt gehen.«

Er verstärkte seinen Klammergriff und schob sie vor sich her. »Darüber unterhalten wir uns zu Hause.«

Auf dem Heimweg konnte sie weder das weiche Leder der Autositze noch die Musik, die aus der teuren Anlage erklang, über die Tatsache hinwegtrösten, dass ihr der Arm wehtat. Aber es war nicht nur der körperliche Schmerz, der sie beschäftigte. Sie wusste, mit Rupert war nicht zu spaßen. Genau das hatte anfangs seinen Reiz ausgemacht. Doch inzwischen hatte sie einen Blick auf die Kehrseite der Medaille erhascht. Er war eifersüchtig und brutal. Sie starrte aus dem Fenster. Zum ersten Mal spielte Natalja mit dem Gedanken, Rupert zu verlassen. *Aber ich liebe ihn*, wandte eine zugegebenermaßen leise Stimme ein, die traurige Stimme eines kleinen Mädchens. Stimmte das noch? Sie wusste es nicht. Sie hatte schreckliche Angst davor, ohne ihn zu sein, auf sich gestellt, verloren.

Aber ihn zu heiraten kam ihr plötzlich vor wie ein riesengroßer Fehler.

KAPITEL 24

Endlich ein paar Minuten Ruhe. Sofi ließ sich mit ihrer Post auf dem Sofa nieder und legte die Füße hoch. Ein langer Brief von Mama, den sie sich für später aufhob. Schecks aus zwei Boutiquen. Beruflich ging es zurzeit nur sehr schleppend voran, da war es schön, hin und wieder zu sehen, dass die Welt da draußen sie noch nicht vergessen hatte. Als Letztes öffnete sie Lenas Einladung zum Wintertreffen 1996. Ein orangefarbener Handabdruck, mit Flitter verziert. Sie lachte und erhob sich, um die Karte mit einem Magnet am Kühlschrank zu befestigen.

Aus dem Schlafzimmer ertönte leises, hicksendes Wimmern. Gleich darauf stand Julien hinter ihr.

»Ich kann ihn nicht beruhigen. Er will zu dir, wie immer.«

Mit dem verklärten Lächeln, das sie seit Nikitas Geburt vor sechs Wochen nicht mehr loswurde, nahm Sofi das winzige Bündel entgegen und legte es sich über die Schulter. »Komm her, kleiner Mann.«

Das Wimmern hörte auf. Nikita weinte ohnehin kaum. Sofi verglich ihn unwillkürlich mit Anna und Matthew, die oft ganze Tage und Nächte lang gebrüllt hatten. Nikita wirkte gedankenverloren, beinahe ernst, wenn er wach war, und nachts schlief er schon jetzt acht Stunden durch. Für Lena war die Mutterschaft ein Sprung ins kalte Wasser gewesen, Sofi dagegen war freiwillig und ohne Probleme hineingewatet.

Nikita öffnete und schloss den Mund auf der Suche nach Nahrung. Sofi streichelte ihm über den weichen Kopf.

»Ich lege mich mit ihm ins Bett, um ihn zu stillen.«

»Gut. Ich hatte da nämlich gerade eine Idee …«

»Geh nur.«

Julien verschwand in seinem Studio und schloss die Tür hinter sich. Sofi machte das nichts aus. Julien hatte recht – der Kleine war in der Tat total auf sie fixiert, und sie genoss es in vollen Zügen.

Es klopfte laut. Lena sprang vom Sofa auf und rannte zur Tür.

»Hallo!«, jubelte sie und fiel ihrer Schwester um den Hals.

»Ist es wirklich erst ein Jahr her?«, fragte Natalja auf Russisch. »Kommt mir eher vor wie ein Jahrhundert.«

Lena spähte über Nataljas Schulter in den winterlichen Nachmittag hinaus. Der Himmel war schwer und grau, die kahlen Bäume, die die Straße säumten, schauderten im böigen Wind. Rupert lehnte an der Tür seines silbernen Jaguars, eine schwarze Sonnenbrille auf der Nase, einen dicken schwarzen Schal um den Hals.

»Bleibt er?«, fragte sie Natalja.

»Er fährt mich noch ins Hotel. Kommst du mit?«

»Klar.« Lena eilte in die Küche, wo Wendy rauchend in einer Zeitschrift blätterte. »Ich fahre nur kurz mit Natalja ins Hotel. Könntest du den Kindern etwas zu trinken geben, wenn sie aufwachen?«

»Geh nur. Viel Spaß.« Ihre Schwiegermutter war besonders freundlich zu Lena, seit diese angefangen hatte, Grandad jeden Morgen eine halbe Stunde vorzulesen und ihn abends zu waschen und ins Bett zu bringen.

Natalja wartete bereits bei laufendem Motor im Wagen. Lena öffnete die Tür und nahm auf der weichen ledernen Rückbank Platz. Was für ein Unterschied zu dem alten Mazda, den Sam bei ihrem Umzug nach Briggsby gekauft hatte!

»Hallo Rupert«, sagte sie und schnallte sich an.

»Hallo Lena«, erwiderte er kühl. »Na, was hast du alles für Unsinn für eure einwöchige Party geplant?«

Lena musterte ihn argwöhnisch. »Es wird keine Party, und ich habe auch keinen Unsinn geplant.«

Natalja lachte verunsichert. »Das wird kein Junggesellinnenabschied, Rupert. Wir sitzen bloß rum und reden und trinken Kaffee.«

»Und Sofi hat ein drei Monate altes Baby dabei; wir werden also garantiert nicht allzu viel anstellen«, fügte Lena hinzu. Sie mochte Rupert nicht. Aber Natalja liebte ihn, wie es schien, und es stand ihr nicht zu, sich einzumischen.

Natalja hatte ein Zimmer im *Regency Hotel* an der Esplanade gebucht. Es war das beste Haus am Platze – vier Sterne, mit herrlichem Ausblick auf die graue See –, doch Rupert rümpfte die Nase, sobald er es erblickte.

»Warum suchst du dir nicht ein schöneres Hotel ein bisschen weiter weg?«, fragte er, während er das Gepäck auslud.

»Das nächste Fünf-Sterne-Hotel ist in Whitby, eine Autostunde von hier«, schaltete sich Lena ein. »Wenn wir den Jaguar hier behalten dürfen, fahre ich Natalja gern jeden Tag hin und zurück.«

Rupert presste die Lippen zusammen, doch dann lachte er, zu Nataljas sichtlicher Erleichterung. »Sehr lustig, Lena. Wiedersehen, Liebes.« Rupert drückte ihr einen väterlichen Kuss auf die Stirn. »Sieh zu, dass dein Mobiltelefon immer aufgeladen und eingeschaltet ist.«

»Mach ich. Stell dir vor, Lena, Rupert hat mir zu Weihnachten ein Handy geschenkt. Ist er nicht ein Schatz?«

»Ja, in der Tat.« Während sich Natalja und Rupert zum Abschied umarmten und küssten, ergriff Lena eine der Taschen und steuerte auf das Gebäude im georgianischen Stil zu.

»Warte, Lena.«

Sie sah über die Schulter. Der Jaguar brauste davon, und Natalja kam mit ihrem Mobiltelefon in der Hand auf sie zu. »Weißt du, was dieses Zeichen bedeutet?«

»Kein Empfang. Du bist hier ja auch am Ende der Welt. Nächste Haltestelle Eismeer.«

»Oje, da wird sich Rupert sicher aufregen«, murmelte Natalja und drehte sich im Kreis, den Blick auf das Display geheftet. »Ah, jetzt habe ich Empfang.«

»Willst du etwa den ganzen Tag hier draußen in der Kälte stehen bleiben und darauf warten, dass er dich anruft?«

Natalja warf das Telefon in ihre Tasche. »Du hast recht. Gehen wir rein.«

Im weihnachtlich geschmückten Foyer war es mollig warm. Die Empfangsdame fing an zu stottern, als sie Natalja erblickte.

»Gütiger Himmel! Sie sind Tatjana, richtig?«

Natalja lächelte gnädig. Sie genoss es sichtlich, erkannt zu werden. »Guten Tag. Für mich ist ein Zimmer reserviert.«

Kam es Lena nur so vor, oder trug sie ihren russischen Akzent absichtlich etwas dicker auf?

»Was für eine Ehre, einen Fernsehstar hier in Briggsby begrüßen zu dürfen.«

»Ich besuche meine Schwester; sie wohnt hier.«

»Wie aufregend!«, sagte die Empfangsdame zu Lena. »Ihre Schwester ist berühmt!«

Lena lächelte schmal. »Die Reservierung läuft auf Tschernowa.«

»Stört es dich, dass es nur vier Sterne hat?«, fragte sie Natalja gleich darauf, während diese Unmengen von Kleidern in den Schrank hängte und in der Kommode verstaute.

»Quatsch.«

»Ich denke gerade an unsere Wohnung in Sankt Petersburg, in der die Vorhänge am Saum schon ganz zerschlissen waren.«

»Warst du je bei Tolja? Seine Wohnung war mit Zeitungen tapeziert. Ich vermisse diese Zeiten nicht im Geringsten.«

Lena hätte ihr gern gesagt, dass sich für sie nicht allzu viel geändert hatte. Eben war die Miete für das Haus angehoben worden; auch ihr Anteil hatte sich um zehn Pfund pro Woche erhöht. Dazu kamen die Benzinkosten für Sams ständige Fahrten ins Studio nach Whitby, ganz zu schweigen von der Tatsache, dass die Reifen schon ganz abgefahren waren. Die ganze Woche hatte Lena sich seelisch darauf vorbereitet, Natalja um Hilfe zu bitten, doch nun lähmte ihr die Verlegenheit die Zunge.

»Wann kommt Sofi an?«

Lena war erleichtert und enttäuscht zugleich über den Themenwechsel. »Am frühen Abend. Sie wird erledigt sein.«

Natalja ließ sich auf das Bett fallen. Zur Abwechslung sah sie nicht aus wie ein Fernsehstar, sondern wie das kleine russische Mädchen, mit dem Lena aufgewachsen war. Sie schwenkte ihr Handy. »Kein Empfang. Rupert wird ausflippen. Ich rufe ihn vom Festnetz aus an.«

Lena gesellte sich zu ihr, den Ellbogen aufgestützt. »Er ist doch noch lange nicht in London. Ruf ihn später an, und zerbrich dir deswegen nicht den Kopf. Es ist nicht deine Schuld.« Sie sah zu ihrer Schwester hoch. »Du hast doch wohl keine Angst vor ihm, oder?«

»Natürlich nicht.« Natalja lachte. »Er ist schließlich mein Verlobter!« Sie schwenkte die Hand mit dem prächtigen Ring.

Lena dachte an den winzigen Diamanten an ihrer linken Hand, für den sie Grandad noch immer das Geld schuldeten. Sie nahm all ihren Mut zusammen.

»Natalja«, sagte sie verlegen. »Es ist mir unheimlich peinlich, und du kannst gern nein sagen, aber …«

Natalja hob die Augenbrauen. »Was ist los?«

Lena richtete sich auf. »Sam und ich sind bis über beide Ohren verschuldet, und wir brauchen neue Autoreifen, und … Entschuldige, ich komme mir schrecklich dumm vor, ehrlich.«

Natalja setzte sich ebenfalls auf und ergriff ihre Hand. »Brauchst du etwas? Geld?«

Lena brachte kein Wort heraus. Tränen der Scham rannen ihr über die Wangen. Sie nickte.

»Warum hast du das nicht gleich gesagt?« Natalja angelte bereits ihre Handtasche vom Sofa. »Ich stelle dir einen Scheck aus. Wie viel brauchst du? Nur das Geld für die Reifen? Wie hoch sind eure Schulden?«

»Dreieinhalbtausend Pfund«, gestand Lena.

»Das ist doch gar nichts.« Natalja kritzelte etwas in ihr Scheckbuch.

Lena biss sich auf die Zunge. *Für dich vielleicht*, hätte sie gern gesagt. Mit einer schwungvollen Bewegung riss Natalja den Scheck aus dem Heft. *Fünftausend Pfund.* Lena kam es so vor, als würde plötzlich die Sonne durch die Wolkendecke lachen. Mit hochrotem Kopf und Tränen in den Augen umarmte sie ihre Schwester.

»Danke. Danke«, murmelte sie.

»Keine Ursache. Geht es euch wirklich so schlecht? Hat Sam seine Stelle verloren?«

»Nein, nein. Wir verdienen bloß beide so wenig, und die Kinder kosten eine Menge, und ... das Geld rinnt uns förmlich durch die Finger.« Lena verschwieg, dass Sams Band das schwarze Loch war, das einen Gutteil ihres Einkommens verschluckte.

Sie steckte den zusammengefalteten Scheck in die Hosentasche und versuchte, die Verlegenheit zu verdrängen, die sie nun garantiert die ganze Woche begleiten würde.

KAPITEL 25

»Und, gefällt es dir?«, fragte Sam. Jedenfalls nahm Sofi an, dass er sie das gefragt hatte. Es war schwer zu sagen bei dem Krach, der aus den Kopfhörern seines Walkman drang. Sie bereute es bereits, sich nach seiner Band erkundigt zu haben, denn er hatte ihr Interesse dahingehend interpretiert, dass sie unbedingt den ersten Song des Albums hören wollte, das er gerade einspielte.

Sie nahm die Kopfhörer ab, und sogleich umfing sie wieder das Rauschen der Wellen, die unten gegen die Felsen schlugen.

»Klingt toll.« Sofi gab Sam seinen Walkman zurück und übernahm im Gegenzug wieder den Kinderwagen. Sie mochte Sam. Mit seinen langen Gliedmaßen und den zerzausten Haaren wirkte er wie ein großer, gutmütiger Hund. Wie ein verheirateter Mann, ein Vater von zwei Kindern, benahm er sich eindeutig nicht. Sie spähte nach vorn zu Lena, die den Zwillingskinderwagen vor sich herschob. Anna und Matthew, inzwischen zweieinhalb Jahre alt, waren dick eingepackt und blickten starr geradeaus, wie gelähmt von der Kälte und zahlreichen Schichten Kleidung. Auch Nikita war für ihren ausgedehnten Spaziergang auf den Klippen warm angezogen und schlief in seinem Wagen.

Natalja redete gerade von einem Jungen in der Schule, in den sie alle drei verliebt gewesen waren, als ein seltsames Zirpen ertönte. Sie blieben wie angewurzelt stehen. Nur Sam, der die Kopfhörer auf hatte, ging unbeirrt weiter.

Lena sah sich um. »Was war das? Ein Vogel oder ein Käfer?«

»Es kommt aus deiner Handtasche, Natalja«, sagte Sofi.

»Oh!«, rief diese. »Das wird mein Handy sein.« Sie kramte das Telefon aus ihrer Tasche und drückte einen Knopf. »Hallo? Oh, hi, Schatz … Was? … Ich höre nichts … Warte, vielleicht ist der Empfang da drüben besser.« Sie verließ den Pfad in Richtung Straße.

»Ein Weihnachtsgeschenk von Rupert«, erklärte Lena. »Ein Suchgerät, damit er immer weiß, wo sie steckt.«

Sofi lachte. Dann zeigte sie auf eine Bank. »Wollen wir uns etwas ausruhen?«

»Gute Idee.«

Sie parkten ihre Kinderwagen und setzten sich.

»Er ist aufgewacht.«

Sofi spähte in den Wagen. Nikita gähnte und streckte sich.

»Weint er eigentlich nie?«

»Doch, schon, aber meistens ist er sehr zufrieden.«

Lena beugte sich über ihn und kitzelte ihn durch die Decken hindurch am Bauch. »Kaum zu glauben, dass Anna und Matthew einmal so winzig waren.«

»Sie waren sogar noch kleiner; vor allem Matthew.«

»Er ist ziemlich ernst, nicht?«

»Wie sein Vater.«

»Lässt sich partout kein Lächeln entlocken.«

»Er lächelt noch nicht.«

»Du meinst, er lächelt überhaupt nie?«, fragte Lena verblüfft.

Sofi schüttelte den Kopf. »Nein, warum?« Ein leichtes Unbehagen stieg in ihr auf.

»Normalerweise fangen Babys mit fünf bis sechs Wochen an zu lächeln. Matthew war mit zehn Wochen spät dran. Wie alt ist Nikita jetzt?«

»Fast vier Monate.« Sofi betrachtete ihr Söhnchen, ihren ganzen Stolz, und sogleich verpuffte jede Angst. Er war perfekt. »Nun, jedes Baby ist anders. Nikita ist eben ein ernstes Kind; das hat er zweifellos von Julien geerbt.«

»Natürlich. Du kennst dein Baby ja doch am besten«, versicherte ihr Lena rasch.

Natalja kam zurück. »Es hat sich ausgeschaltet. Nutzloser Plunder.«

Lena erhob sich. »Kommt, wir versuchen, Sam einzuholen.«

Sofi folgte den beiden. Sie fand es grausam von Lena, sie derart zu beunruhigen. Vielleicht war ihre Cousine neidisch, weil Nikita ein so friedliches Kind war, während

Lena mit den Zwillingen, als sie in seinem Alter gewesen waren, alle Hände voll zu tun gehabt hatte. Sie betrachtete ihren Sohn, der mit dunklen, glänzenden Augen zu ihr aufsah. Er würde lächeln, sobald er bereit war, und wenn es so weit war, würde es ein atemberaubender Moment sein, da war Sofi sicher.

Natalja war so müde, dass sie kaum die Augen offen halten konnte. Ihre Lider fühlten sich bleischwer an. Sie döste in Ruperts Jaguar vor sich hin, während draußen die Landschaft vorüberflog. Weite, von der Sonne beschienene Äcker. Dann war es plötzlich Nacht. Sie hatte vergessen, wohin sie fuhren. Wenn Rupert doch nur endlich anhalten und ihr ein weiches Bett besorgen würde …

»Bleib stehen«, wollte sie sagen, doch die Worte blieben ihr im Hals stecken. Sie drehte sich zu Rupert um – und blickte in das grinsende Gesicht von Roy Creedy …

Natalja schnappte nach Luft und riss die Augen auf. Ihr Herz hämmerte wie verrückt. Es war bereits Tag, mattes Licht drang durch den Spalt zwischen den Vorhängen. Sie war noch im Hotel in Briggsby, und sie hatte verschlafen. Gleich würden Lena und Sofi zum Frühstück vorbeikommen, und danach würde Rupert sie abholen und Sofi nach Frankreich zurückkehren.

Sie sprang aus dem Bett und duschte, um den Nachhall ihres unheimlichen Traumes loszuwerden. Danach fühlte sie sich etwas besser. Trotzdem haftete dem Tag schon jetzt etwas Tristes an. Sie konnte sich bloß noch die Haare bürsten, dann klopfte es auch schon an der Tür.

»Guten Morgen!«, rief sie und öffnete. »Entschuldigt, ich habe verschlafen. Ich muss erst packen.«

»Aber das Frühstück ist bestellt?«, fragte Sofi, die ihren Kleinen in einem Tuch vor der Brust trug.

»Ja, auf acht Uhr. Das habe ich gestern Abend noch erledigt. Wo sind deine Kinder, Lena?«

»Sam passt auf sie auf.« Lena ließ sich an dem kleinen Esstisch nieder. »Hoffentlich denkt er heute daran, ihnen ihr Frühstück zu geben. Er ist ein toller Vater, aber leider etwas vergesslich.«

Natalja konnte nicht verstehen, weshalb sich Lena über Sam beschwerte. Wusste sie denn nicht, dass sie sich glücklich schätzen konnte, mit einem so sanftmütigen, liebevollen Mann verheiratet zu sein? Die Tatsache, dass ihr Schwager obendrein auch noch verboten gut aussah, verdrängte Natalja geflissentlich.

Als das Frühstück kam, nahm Sofi ihren Sohn aus dem Tragetuch und legte ihn auf das Bett, wo er friedlich weiterschlummerte. Selbst Natalja, die auf keinen Fall Kinder haben wollte, musste zugeben, dass er hübsch war mit seinen langen, gebogenen Wimpern.

»Denkt ihr eigentlich je an Roy Creedy?«, fragte sie, während sie an einer ungebutterten Toastscheibe knabberte.

»Manchmal«, sagte Lena. »Warum?«

»Träumt ihr auch von ihm? Ich habe heute von ihm geträumt. Er fuhr Ruperts Wagen.« Erst jetzt wurde ihr klar, dass ihr Unterbewusstsein Rupert mit Roy verwechselt hatte. Und sie hatte es auch noch laut ausgesprochen. Wie peinlich.

Zum Glück sagte Sofi sogleich: »Vermutlich träumen wir nicht von ihm, weil wir ihm nie begegnet sind. Aber ich muss hin und wieder an ihn denken. Manchmal überlege ich sogar, ihm sein Geld zurückzuzahlen, falls ich je so viel verdienen sollte. Aber dazu müssten wir ihn kontaktieren … und das wäre bestimmt nicht ratsam.«

»Ich kann kaum glauben, dass wir es getan haben«, bemerkte Lena. »Es kommt mir vor, als wäre es eine Ewigkeit her.«

Sofi nickte. »Wir waren naiv. Ich bereue es, aber ich kann mir verzeihen. Und seht nur, was wir mit seinem Geld erreicht haben: Wir haben es nicht für Luxusgüter verschwendet, sondern sinnvoll investiert. Wir haben ein neues Leben begonnen, Karriere gemacht, Kinder bekommen …«

Sie widmeten sich wieder dem Essen. Natalja beneidete Lena und Sofi um ihren Appetit. Rupert fand sogar den Anblick essender Frauen unattraktiv. Das war die Welt, in die sie heute zurückkehrte.

»Habt ihr eigentlich schon ein Datum für die Hochzeit ins Auge gefasst, Natalja?«, erkundigte sich Sofi, als hätte sie ihre Gedanken gelesen.

»Nein, aber ich schätze, in etwa einem Dreivierteljahr wird es so weit sein. Wir müssen uns nach der Zeitschrift richten, an die Rupert die Exklusivrechte verkauft.«

»Wie wär's mit einer Hochzeit im Winter? Nächstes Jahr treffen wir uns doch bei dir in London«, sagte Sofi.

»Ich werde es Rupert vorschlagen«, versprach Natalja, wohl wissend, dass sie nichts dergleichen tun würde. Sie warf einen Blick auf den Wecker. Rupert war bereits unterwegs.

Und auf einmal wurde ihr klar, dass es nicht der Traum gewesen war, der diese Beklemmung in ihr hervorgerufen hatte, sondern das unmittelbar bevorstehende Wiedersehen mit ihrem Verlobten.

Rupert traf viel früher als geplant in Briggsby ein; zweifellos, um Natalja zu kontrollieren. Ehe sie in den Jaguar stieg, drückte sie ihre Schwester an sich und murmelte: »Gib Bescheid, wenn du Geld brauchst.«

Lena nickte beschämt. *Nie wieder*, schwor sie sich.

Danach begleitete sie Sofi zum Busbahnhof. Ihre Cousine hatte sich beschwert, sie sei schon vor Antritt der Reise erschöpft, doch Lenas Mitleid hielt sich in Grenzen. Nikita war ein Musterkind. Manchmal fragte sie sich, ob Matthew und Anna vielleicht deshalb so viel Zuneigung benötigten, weil sie instinktiv – womöglich schon im Mutterleib – gespürt hatten, dass sie keine Wunschkinder waren. Nikita dagegen, sorgfältig geplant und sehnlichst erwartet, schien genau zu wissen, wo er hingehörte.

Als sie nach Hause kam, war es dort ungewöhnlich ruhig. Sam erhob sich vom Sofa und nahm ihre Hand. »Mum ist mit den Kindern unterwegs, und Grandad hält seinen Mittagsschlaf. Ich habe eine Überraschung für dich. Mach die Augen zu.«

Er führte sie in ihr Zimmer und schloss die Tür.

»Okay, jetzt darfst du schauen«, sagte er.

Sie öffnete die Augen. Die Vorhänge waren zugezogen, die Nachttischlampe tauchte das Zimmer in ein sanftes Licht, und überall – auf dem Bett, auf der ramponierten Kommode, auf den nicht zueinander passenden Nachttischen, sogar auf dem Boden – lagen langstielige Rosen. Lena schnappte nach Luft. Ihr erster Gedanke war: *Die Band hat einen Vertrag und einen riesigen Vorschuss bekommen.* Doch nein, Sam wäre niemals in der Lage gewesen, eine solche Neuigkeit auch nur zwei Minuten für sich zu behalten. Das bedeutete dann wohl, dass Nataljas Geld auf ihrem Bankkonto eingegangen war.

Sie versuchte, sich von der Enttäuschung nicht die Stimmung verderben zu lassen. »Es ist wunderschön, Sam.«

Er schob ein paar Rosen auf dem Bett beiseite, um Platz für sie zu schaffen. Zupfte die Blütenblätter von einer Rose und ließ sie über ihr Haar, ihr Schlüsselbein rieseln. Er küsste sie, begann sie auszuziehen. Der betörende Duft der Rosen vermischte sich mit dem salzigen Geschmack seiner Haut, und für eine Weile trat alles andere in den Hintergrund.

Als sie danach die Augen aufschlug, kehrte sie abrupt in die Wirklichkeit zurück. »Eigentlich können wir uns so etwas nicht leisten.«

»Normalerweise nicht; heute schon. Deshalb habe ich es getan. Weil wir zur Abwechslung genügend Geld haben.«

»Aber nicht mehr lange, wenn du es weiter so zum Fenster hinauswirfst.«

»Es wird uns ohnehin früher oder später ausgehen. Auf diese Weise hatten wir wenigstens etwas davon.«

An dieser Argumentation war eindeutig etwas verkehrt, doch Lena war zu müde, um zu widersprechen.

»Was machen wir mit dem Geld, das übrig bleibt, wenn wir unsere Schulden beglichen haben?«, fragte Sam.

»Das legen wir auf die Seite, für magere Zeiten.«

»Tony hatte da eine tolle Idee.«

»Sie wird mir nicht gefallen, oder?«

Sam lachte sein wunderbares, gutmütiges Lachen und drückte ihr einen Kuss auf die Stirn. »Du unterschätzt ihn.«

Er erklärte ihr, Tony wolle ihr Album auf den Markt bringen und sämtliche Ausgaben dafür übernehmen. Er sei überzeugt, der CD-Verkauf würde die Unkosten rasch decken. Sam wollte tausend Pfund von Nataljas Geld für das Cover beisteuern.

»Je professioneller unser Album aufgemacht ist, desto eher kaufen es die Leute«, sagte er. »Und Tony hat versprochen, dass wir von den Einnahmen zuerst die Schulden an dich zurückzahlen. Wenn wir pro CD fünf Pfund verlangen, müssen wir nur hundert Stück davon verkaufen, dann bekommst du schon die Hälfte deines Geldes zurück.«

Lena ließ sich seine Worte durch den Kopf gehen. »Und woher wollt ihr wissen, dass das so schnell geht?«

»Wir werden die CDs in ein paar Läden hier in der Gegend und auf unseren Konzerten verkaufen. Hundert Stück, das ist doch gar nichts. Die sind vermutlich in einer Woche weg …«

Sie lachte. »Also gut, wenn du meinst. Wir haben nichts zu verlieren, außer vielleicht ein paar Pfund Zinsen.«

Er drückte sie an sich. »Du bist die beste Ehefrau der Welt.«

»Halt an deinem Traum fest, Sam«, murmelte sie. Denn der ihre war längst auf der Strecke geblieben.

Sofi legte Nikita auf ihr Bett und begann unverzüglich mit dem Auspacken. Der Kleine strampelte sachte mit den Beinen und lutschte an seinen Fäusten, während sie die sauberen Kleider von der Schmutzwäsche trennte. Der Duft von in Butter gebratenem Knoblauch erfüllte das Haus. Julien kochte. Nach dem Trubel der vergangenen Tage genoss Sofi die hier herrschende Stille, und zugleich vermisste sie Lena und Natalja. Julien und sie hatten nur wenige Freunde. Julien hatte sich in den letzten Jahren nicht sonderlich um Sozialkontakte bemüht, und ihr Französisch war so schlecht, dass sie selbst den Smalltalk mit den Leuten auf dem Markt oder im Park beschwerlich fand. Also verbrachte Sofi ihre Tage großteils allein.

Aber das würde sich bald ändern. Obwohl sie seit Nikitas Geburt keine Akquise betrieben hatte, kamen ständig neue Anfragen herein; deshalb wollte sie demnächst eine Assistentin einstellen. Das Inserat hatte sie bereits aufgegeben. Mittlerweile war Nikitas Lebensrhythmus einigermaßen kalkulierbar, sodass sie arbeiten konnte, während er schlief oder Julien auf ihn aufpasste. Sie konnte es kaum erwarten, sich wieder ans Werk zu machen.

Sofi schob ihren Koffer unter das Bett und legte sich neben Nikita. Er sah zu ihr hoch. Sie fuhr ihm mit dem Zeigefinger über den Bauch. »Hallo, mein Schatz.«

Seine Mundwinkel wanderten nach oben, seine Lippen teilten sich, und er schenkte ihr ein perfektes, zahnloses Lächeln.

Sofi begann zu lachen. »Julien! Schnell, komm her!«

Julien eilte besorgt herbei. »Was ist los? Ist etwas passiert?«

»Nein, keine Sorge. Nikita hat gelächelt!«

Julien beugte sich über seinen Sohn, konnte ihm aber weder mit Kitzeln noch mit Gesang ein weiteres Lächeln entlocken. Trotzdem war Sofi unheimlich erleichtert. Nie wieder würde sie auf die Meinung anderer Leute hören, wenn es um ihr Kind ging. Sie kannte Nikita eben doch am besten.

Am Mittwoch hatte Viktor Tschernow stets vor Uljana Feierabend. Er hatte sich ein paarmal als Koch versucht, aber sie hatte immer etwas an seinem Essen auszusetzen gehabt, also ließ er es inzwischen bleiben und wartete einfach, bis sie kam. Er setzte sich mit einem Glas Wodka aufs Sofa und sah fern. Als Uljana schließlich mit einem Stapel Zeitschriften unter dem Arm hereinkam, wirkte sie ungewöhnlich fröhlich.

Sie arbeitete in einem großen Buchladen in Moskau und brachte oft alte Illustrierte mit nach Hause, die sich nicht verkauft hatten. Meist lagen sie monatelang in der Wohnung herum, bis Viktor die Nase voll davon hatte und sie ins Treppenhaus verfrachtete.

»Du bist spät dran, und ich habe Hunger. Was gibt's zum Abendessen?«, fragte er.

»Ich muss dir etwas zeigen.« Sie ließ ihre Tasche auf den Boden fallen und sank neben ihm aufs Sofa, wo sie begann, den Stapel Zeitschriften durchzusehen. Schließlich zog sie eine davon heraus. »Ah, hier.« Sie hielt ihm die aufgeschlagene Seite, die eine schöne Frau zeigte, unter die Nase.

Ratlos betrachtete Viktor das Foto. Er hatte keine Ahnung, wer sie war; die Bildunterschrift war nicht auf Russisch.

»Erkennst du sie nicht? Das ist Natalja, deine Tochter!«

»Ist sie berühmt?«, fragte Viktor fassungslos.

»In England ist sie ein Fernsehstar.«

»Ist das ihr Haus?«

»Ihre Wohnung. In London.«

»Du meine Güte«, murmelte Viktor. »Du meine Güte.« Wie reich mochte Natalja wohl sein?

Uljana lächelte verschlagen. »Was meinst du, würde sie sich freuen, nach all den Jahren von ihrem Papa zu hören?«

»Natalja? Wohl kaum«, erwiderte er. »Aber ihre Schwester bestimmt.«

KAPITEL 26

»Zum Geburtstag, lieber Grandad, zum Geburtstag viel Glück …«

Lena klatschte begeistert. Sie war stolz auf Matthew und Anna, die in einem Monat drei Jahre alt wurden. Ihre außergewöhnliche Musikalität war nicht nur genetisch bedingt, sondern rührte auch daher, dass Sam oft stundenlang mit ihnen sang und musizierte.

Grandad verbarg sein Lächeln hinter einer Fassade griesgrämiger Geduld, während er sich seine Frühstücksflocken in den Mund schaufelte. Er saß wie üblich am Fenster und hatte die neue Decke auf den Knien, die Lena gestrickt und ihm vorhin überreicht hatte. An der Wand hingen Zeichnungen, die die Zwillinge für ihn angefertigt hatten, und neben der Kommode standen drei ordentlich aufeinandergestapelte Schachteln mit Sams CDs; zweihundertachtundachtzig von ursprünglich dreihundert Stück. Sie lagerten sie hier bei Grandad, weil in ihrem eigenen Zimmer, das nach wie vor von einem Vorhang in zwei Hälften geteilt wurde, nicht genug Platz dafür war.

»So, Kinder«, sagte Lena. »Ab in die Küche. Das Frühstück wartet.«

Matthew und Anna rannten kichernd hinaus. Sie sah ihnen nach.

»Wie fühlst du dich?«, erkundigte sich Lena und lehnte sich an die Fensterbank.

»Ich bin fünfundsiebzig; ich fühle mich alt. Gehst du heute nicht arbeiten?«

»Ich muss erst in zwanzig Minuten los.«

»Wendy war noch gar nicht hier.«

»Sie hat zu tun. Bestimmt kommt sie, sobald sie die Küche aufgeräumt hat.«

»Sie hat meinen Geburtstag vergessen.«

Lena hegte denselben Verdacht, und sie hatte ihre Schwiegermutter absichtlich nicht daran erinnert. Sie wusste selbst nicht so recht, weshalb. Eine Art primitive, unerklärliche Rivalität.

»Sam hat es auch vergessen«, fuhr Grandad bekümmert fort.

»Unsinn. Er schläft bloß noch. Ich bin sicher, er kommt zu dir, sobald er aufgewacht ist.«

»Nicht zu fassen, dass sich die Frau meines Enkels, die gar nicht mit mir verwandt ist, mehr um mich kümmert als meine eigenen Nachkommen.«

»Unsinn. Sie lieben dich, Grandad.«

»Ich lebe hier wie ein Gefangener, an eine Maschine gefesselt, und wer kommt mich jeden Tag besuchen? Du. Wer geht mit mir auf den Klippen spazieren? Du. Wer denkt an meinen Geburtstag? Du.«

»Wendy kocht alle deine Mahlzeiten.«

»Du machst mir das Frühstück.« Er schwenkte seine Schüssel.

»Aber alles andere macht sie. Sie kümmert sich sehr wohl um dich.«

»Weil sie hinter meinem Geld her ist. Ich bin eine Last, das weißt du genau.«

Sie hatten diese Unterhaltung schon unzählige Male geführt. Und es stimmte – sie kümmerte sich um ihn, während Wendy bloß auf seinen Tod wartete.

Grandad streckte den Arm aus, um das gekippte Fenster zu schließen. »Zu kalt«, sagte er.

Lena erwachte aus ihrem Tagtraum. »Heute Nachmittag, wenn ich von der Arbeit komme, gehe ich mit dir spazieren. Bis dahin sollte die Sonne scheinen.«

Als sie ihn zum Abschied auf die Stirn küsste, packte er sie am Handgelenk. Sein Griff war überraschend kräftig für einen schwachen alten Mann.

»Ich muss dir etwas sagen«, flüsterte er eindringlich.

Sie ging vor ihm in die Knie. »Was denn?«

»Schwör bei deinem Leben, dass du es für dich behältst.«

Die Stimme der Vernunft riet ihr, es nicht zu tun, doch die Neugier war stärker. »Ich … Also gut, versprochen.« Sie wartete mit klopfendem Herzen.

Er schielte zur Tür. »Es gibt kein Geld«, sagte er.

Der Schock durchzuckte sie wie ein Blitz. »Was?«

»Auf meinem Konto liegen nicht einmal tausend Pfund.«

Lena hätte gelacht, wenn diese Enthüllung nicht so weitreichende Folgen für die ganze Familie – *ihre* Familie – gehabt hätte. »Und warum glauben dann alle, du hättest so viel?«

»Das habe ich Wendy eingeredet, damit sie mich nicht in ein staatliches Altersheim steckt. Ich kenne sie doch.«

Seinem verschlagenen Blick zum Trotz empfand Lena Mitleid mit ihm. Sie hätte ihn gern in die Arme genommen, doch just in diesem Moment ertönte draußen im Flur Wendys fröhliches Pfeifen. Lena erhob sich, und Grandad starrte wieder aus dem Fenster.

»Morgen, Dad«, sagte Wendy und schickte sich sogleich an, das Bett zu machen.

Grandad grunzte.

»Wirf Sam aus dem Bett, ehe du gehst«, sagte Wendy, zu Lena gewandt. »Meine Freundinnen kommen nachher zum Tee vorbei, und ich backe einen Biskuitkuchen, da kann ich eure Sprösslinge nicht brauchen.«

»Natürlich. Ich gehe gleich und wecke ihn«, murmelte Lena verärgert. »Er hat übrigens Geburtstag«, zischte sie ihrer Schwiegermutter auf dem Weg nach draußen zu und schämte sich dafür, dass sie in Anbetracht von Wendys bestürzter Miene Schadenfreude empfand.

Der Soundtrack von *Phantom der Oper* dröhnte aus den zwölf Lautsprechern, die überall im Wohnzimmer installiert waren. Duftkerzen brannten in teuren Glaskerzenständern auf den praktisch leeren Regalen. Die wenigen Bücher, die Rupert besaß, hatte er nicht wegen ihres Inhaltes gekauft, sondern weil ihre blauen Umschläge zur Einrichtung passten. Ein leckerer Duft nach traditionellen russischen Speisen hing in der Luft. Rupert hatte einen Koch engagieren wollen, denn es missfiel ihm nicht nur, wenn Frauen aßen, sondern auch, wenn sie am Herd standen. Doch Natalja hatte darauf beharrt, sie wolle selbst kochen. Sie war eine gute Köchin, und sie bekam nur selten die Gelegenheit, dieser Leidenschaft zu frönen. Sie hatte bereits frische Aprikosen, Feigen, Datteln und Nüsse auf den Tisch gestellt. Als Hors d'œuvre gab es eine leckere Pilzcremesuppe und *Pagatsch*, mit Käse und Kartoffeln gefülltes Brot. Danach wollte sie Gänsebraten servieren und als Beilagen rote Bohnen mit Knoblauch, die schon seit Stunden vor sich hin köchelten, sowie Kartoffelpuffer, Kohlsalat, Erbsen in Honig und einen pikanten Brotauflauf. Natalja wusste, alles würde köstlich schmecken, und sie würde kaum einen Bissen davon essen.

Sie goss sich ein Glas Wein ein und nahm einen großen Schluck. Sie war gut gelaunt. Rupert hatte Glynn Kendrick, einen walisischen Regisseur, zum Abendessen eingeladen, der gerade im Begriff war, sich in Hollywood einen Namen zu machen. Kendrick arbeitete an einer ganzen Reihe von Projekten, da musste doch irgendwo eine Rolle für sie abfallen.

Als die Tür aufging, eilte sie aus der Küche, um Rupert zu begrüßen. Sie blieb wie angewurzelt stehen, als sie sah, dass sein Blick umwölkt war. Sogleich überlegte sie, was sie falsch gemacht haben könnte. War sie unpassend angezogen? Trug sie die falschen Schuhe? Hatte sie die falsche Musik ausgewählt? Aber es war seine Sammlung; eigentlich konnte sie *Phantom der Oper* nicht ausstehen.

»Es tut mir leid«, stieß sie hervor. Doch wie sich herausstellte, galt sein Unmut gar nicht ihr. Rupert streckte die Hand nach ihr aus. »Nein, *mir* tut es leid, Natalja. Es gibt schlechte Neuigkeiten.«

O nein. »Ist Glynn verhindert?« Hatte sie all diese Köstlichkeiten etwa umsonst gezaubert?

»Nein, nein, er kommt. Es geht um die Hochzeit.«

Sie schluckte schwer. Bei jeder Erwähnung der Hochzeit wurde ihr ganz kalt ums Herz. »Was ist passiert?«

»*Hello!* ist die vereinbarte Summe für die Rechte zu hoch. Wir müssen die Hochzeit verschieben, uns einen neuen Medienpartner suchen.«

»Verschieben?«, wiederholte Natalja mit gespieltem Entsetzen. Bei den Dreharbeiten für *Lonely Shores* legte sie sich längst nicht so ins Zeug. »Auf wann denn?«

»Auf das kommende Frühjahr. Es gab bereits Vorgespräche mit den Leuten von *BritSoap*; sie sind bereit, zu bezahlen, was wir verlangen. Ich fürchte, wir haben keine andere Wahl.« Er streichelte ihr übers Haar. »Du wirst noch ein Jahr warten müssen, Schatz. Es tut mir leid.«

Natalja ließ sich ihre Erleichterung nicht anmerken.

»Vielleicht können wir den Termin ja etwas vorziehen, damit die Hochzeit noch vor deinem dreißigsten Geburtstag stattfindet.« Er trug die mitgebrachten Weinflaschen in die Küche. »Neunundzwanzig klingt einfach besser, nicht? Wenn eine Frau über dreißig heiratet, wirkt das immer so verzweifelt.«

Sie antwortete nicht. Noch ein Jahr, um eine Entscheidung zu treffen.

»Alles okay, Liebling?« Er fuhr ihr mit den Fingerknöcheln über die Wange. »Ich wollte dir nicht den Abend verderben.«

Sie lächelte. »Das hast du nicht. Das Wichtigste ist doch, dass wir zusammen sind.«

Es klingelte. »Er ist da.«

Glynn Kendrick war jung und sprühte vor Energie. Seine Freundin, ein amerikanisches Ex-Mannequin, hieß Roxanne und aß sogar noch weniger als Natalja. Alle lobten das Essen in den höchsten Tönen, obwohl sie es kaum angerührt hatten.

»Da hast du dir ja eine tolle Köchin und Haushälterin geangelt«, scherzte Glynn, als Natalja die Teller abräumte.

»Die Wohnung ist traumhaft«, bemerkte Roxanne.

»Ja, selbst wenn die Einrichtung aus den Achtzigern stammt«, fügte Glynn hinzu.

Alles lachte, doch Natalja wusste, Rupert würde sich den Kommentar zu Herzen nehmen. Sie setzte sich und öffnete eine weitere Flasche Wein. Sie kamen auf Berufliches zu sprechen, und Roxanne bekannte, sie sei süchtig nach *Lonely Shores*.

»Seit wir hier sind, habe ich keine Folge verpasst«, gestand sie. »Natalja, deine Rolle ist einfach großartig! Was geschieht mit dem Baby?«

Natalja dachte angestrengt nach. Sie schaute die Serie nur noch äußerst selten, und die Dreharbeiten für die aktuelle Staffel lagen Monate zurück. Sie wusste lediglich, dass sie zurzeit mit einem lächerlich kleinen künstlichen Schwangerschaftsbauch zu sehen war.

»Das darf ich nicht verraten«, sagte sie. »Sonst reißt mir Rupert den Kopf ab.«

»Aber bis das Baby auf die Welt kommt, bin ich wieder in den Staaten«, jammerte Roxanne. »Bitte.«

»Tatjana möchte das Kind zur Adoption freigeben«, erklärte Rupert. »Aber Mary Peterson …«

»Ist das die Ehefrau des Kindsvaters?«, fragte Roxanne.

»Genau. Sie will das Baby adoptieren.«

»Obwohl es sie permanent an den Seitensprung ihres Mannes erinnern wird. Genial! Woher nimmst du nur diese Einfälle, Rupert?«

»Die verdanke ich meiner Muse.« Er beugte sich über den Tisch und ergriff Nataljas Hand, sehr zu ihrer Verwunderung.

»Du hast ja auch in Wirklichkeit einen ziemlich starken Akzent, Natalja«, bemerkte Glynn. »Ich dachte, der sei nur gespielt.«

Natalja wusste nicht recht, was sie von diesem Kommentar halten sollte. Sie selbst fand, dass sie inzwischen klang wie eine gebürtige Engländerin. »Nein, das ist ein authentischer russischer Akzent.«

»Ich arbeite da gerade an einem Projekt … Ein Spionagethriller, in Moskau in den Fünfzigern. Es wäre toll, wenn du für die weibliche Hauptrolle vorsprechen würdest. Ist nichts Besonderes; eine Geliebte, die nach drei Vierteln des Filmes mit einer Kugel im Kopf endet.« Er lachte verlegen. »Du wärst die perfekte Besetzung.«

»Ich würde mich freuen.« Natalja verspürte ein Kribbeln am ganzen Körper.

Von da an war sie regelrecht high. Sie trank zu viel, genehmigte sich sogar ein Dessert, für das sie tags darauf mit einer Stunde Jogging büßen würde. Ihr Lachen wurde rau, sie begann, Roxanne russische Schimpfwörter beizubringen … und im Nachhinein kam es ihr sogar so vor, als hätte sie mit Glynn geflirtet. Als die beiden gegen eins nach Hause gegangen waren und Natalja das Geschirr in die Spülmaschine gestellt hatte, erwartete Rupert sie bereits im dunklen Schlafzimmer.

»Du hast dich gut amüsiert heute«, stellte er fest.

Sie sank auf das Bett, erschöpft und betrunken. »O ja.«

»Jetzt bin ich an der Reihe.« Er zog sie an sich.

»Kann das nicht bis morgen warten, Rupert? Ich bin müde.«

»Nein, kann es nicht«, knurrte er und zerrte ihr brutal das Kleid von den Schultern. »Ich habe ihn eingeladen. Du bist mir etwas schuldig.«

Sie erstarrte, als sie hörte, wie der Stoff riss.

»Du warst bildschön heute Abend«, murmelte er, während er sich über sie wälzte. Er war grob, fast als wollte er sie bestrafen. »So verflucht schön.«

Sie schloss die Augen und dachte an Hollywood.

KAPITEL 27

Viktor hatte bereits befürchtet, dass er hier landen würde.

Erst hatte er die auf der kleinen weißen Karte angegebene Adresse aufgesucht, doch die beiden jungen Männer, die dort wohnten, kannten keine Lena. Verdammt. Er hatte sich im Morgengrauen in einen Bus nach Sankt Petersburg gesetzt, weil er überzeugt war, dass er Lena persönlich aufsuchen musste, wenn sein Vorhaben von Erfolg gekrönt sein sollte. Deshalb stand er nun verschwitzt und außer Atem vor dieser Tür. Der lange graue Korridor lag im Halbdunkel, die Lichter funktionierten nicht, der Linoleumboden war rissig. Iwan würde sich vermutlich weigern, mit ihm zu reden, weil er seine Kinder im Stich gelassen hatte. Aber Viktor würde es nehmen wie ein Mann. Wenn er das über sich ergehen lassen musste, um Kontakt zu seiner reichen Tochter aufzunehmen, war es das wert.

Er klopfte, wartete ab. Schritte erklangen. Die Tür ging auf, und ein vertrautes, blasses Gesicht erschien. Stasja. Sie war alt geworden. Als sie ihn sah, verzog sie den Mund und wollte die Tür wieder schließen.

»Warte, Stasja.«

»Was willst du?« Sie umklammerte den Türstock so fest, dass ihre Fingerknöchel weiß schimmerten.

»Ich möchte zu meiner Familie. Bitte, lass mich rein. Ich weiß, ich habe mich falsch verhalten, aber ich möchte es wiedergutmachen.«

Sie öffnete die Tür und bedeutete ihm, einzutreten und sich zu setzen. Die Wohnung hatte sich kaum verändert seit seinem letzten Besuch; wenn überhaupt, wirkte alles noch schäbiger, abgenutzter. Er nahm auf dem Sofa Platz. »Ist Iwan in der Arbeit?«

Stasja baute sich schweigend vor ihm auf. Dann ging sie zu einem wackeligen Regal, ergriff eine tönerne Urne und reichte sie ihm, so ungestüm, dass sie auf seinem Schoß landete. »Da ist dein Bruder«, fauchte sie.

»Was?«

»Iwan ist seit zwanzig Jahren tot.«

Die Erkenntnis traf ihn wie ein Schlag. Er hatte sich für

Uljana freiwillig von seinen Kindern, seinem Bruder, seiner Mutter abgewendet in dem naiven Glauben, sie würden weiterleben wie bisher, und er könnte einfach zu ihnen zurückkehren, falls er je seine Meinung ändern sollte. Zum ersten Mal in seinem Leben schämte er sich aufrichtig. Vorsichtig reichte er Stasja die Urne.

»Ich … ich weiß, ich war ein Narr, und ein grauenhafter Vater. Aber das wird sich ändern. Die Nachricht vom Tod meines Bruders ist nur ein Teil der gerechten Strafe für das, was ich getan habe.« Er konnte nur hoffen, dass seine Zerknirschtheit sie milde stimmen würde. »Ich möchte Kontakt zu meinen Kindern aufnehmen.«

»Vergiss es.«

»Du darfst mir nicht im Weg stehen. Ich bin ihr Vater.«

»Sie wollen nichts von dir wissen.«

»Das ist nicht wahr.«

Er zog Lenas Karte aus der Tasche und reichte sie Stasja. Diese betrachtete sie prüfend. Holte ihre Brille und studierte sie. Überlegte.

»Du siehst, sie ist offensichtlich auf der Suche nach mir.«

»Ja, sie hat dich gesucht, und zwar sehr lange.«

»Ich habe diese Karte erst vor ein paar Jahren bekommen. So schnell kann sie ihre Meinung nicht geändert haben.« Er lächelte sie an. »Bitte, gib mir ihre Adresse.«

Stasja lachte. »Sie wohnt nicht gerade in der Nachbarschaft.«

»Warum? Wo ist sie?«, fragte Viktor enttäuscht. Wohnte sie etwa in Moskau? Hatte er die lange Reise umsonst gemacht?

»In England. Sie ist verheiratet und hat zwei Kinder. Ich schreibe dir ihre Adresse auf, aber nur, weil du mir diese Karte gezeigt hast.«

England. Er hätte gern gefragt, ob Lena auch reich war. »Und Natalja?«

Stasja war in die Küche gegangen und hatte ein kleines, in Stoff gebundenes Buch aufgeschlagen. »Sie hat nie nach dir gefragt. Ihre Adresse bekommst du nicht.«

»Ist sie auch verheiratet?«

»Verlobt. Sie lebt in London.« Nataljas Berühmtheit, ihren Reichtum, erwähnte sie mit keinem Wort.

»Und deine Kleine, Sofi? Ist sie auch in England?«

»In Frankreich, verheiratet. Sie hat einen Sohn, Nikita.« Jetzt lächelte Stasja zum ersten Mal und deutete auf das Foto eines pausbäckigen Jungen an der Kühlschranktür. »Sie ist eine brave Tochter. Sie schickt mir Geld. Ich habe inzwischen sogar einen eigenen Herd.«

Sie kam auf ihn zu, reichte ihm den Zettel mit Lenas Adresse. »Hier. Ich kann mir allerdings kaum vorstellen, dass sie dich wiedersehen will. Es wäre besser, du lässt sie in Ruhe.«

»Ich werde Lena schreiben und ihr die Entscheidung überlassen.«

»Sie wird dir nicht antworten.« Genau das befürchtete er auch. Deshalb musste er zu ihr fahren, sie persönlich um Verzeihung bitten. Aber wie sollte er nach England kommen? Uljana hatte etwas Geld gespart. Sie würde es ihm bestimmt leihen. Schließlich war diese Reise eine Zukunftsinvestition. Wenn er Natalja erst aufgespürt hatte, konnte er sie um Geld bitten. Ihr armer alter Vater. Sie würde sich bestimmt nicht lumpen lassen.

»Ich weiß genau, was du denkst, Viktor«, sagte Stasja.

»Du hast keine Ahnung.« Er las die Adresse. Briggsby. Wo zum Teufel war das? Es würde Monate dauern, alles zu organisieren. Er musste Englisch lernen. »Sag ihr nicht, dass ich hier war«, bat er und hätte ihr am liebsten ins Gesicht gespuckt, als sie wissend lächelte.

»Keine Sorge, du hast sie schon oft genug enttäuscht. Ich werde mich hüten, ihr falsche Hoffnungen zu machen.«

Er faltete den Zettel zusammen und steckte ihn ein. »Danke für deine Hilfe, Stasja. Es war schön, dich wiederzusehen.«

Stasja schnaubte. »Geh und zeig dich dafür erkenntlich, indem du mich nie wieder belästigst.«

Diesen Wunsch konnte er ihr gern erfüllen.

Jeden Nachmittag ging Sofi mit Nikita in den Park. Sie spazierte die Grand Rue entlang und an der Statue an der Place du Marché vorbei, wo er stets im Kinderwagen auf und ab hopste und mit den Ärmchen ruderte, um ihr zu bedeuten, dass sie stehen bleiben sollte. Dann musste sie ihn Runde um Runde um die verwitterte steinerne Säule schieben, während er wie gebannt zu der Figur des kleinen Jungen starrte, die sich dort oben in den Himmel schraubte. Der Sommer wich bereits dem Herbst, es roch nach verbranntem Laub. Sie passierten das Tor zum Schlosspark, wo eine kühle Brise bunte Blätter von den Bäumen segeln ließ. Sofi folgte einem der Kieswege zum verlassen daliegenden Spielplatz, hob Nikita aus dem Wagen und setzte ihn auf die Schaukel.

Er hatte eben erst seinen ersten Geburtstag gefeiert und konnte schon fast jedes ihrer Worte wiederholen. Dass er noch nicht gehen konnte, enttäuschte sie zwar ein wenig, aber vielleicht war es ja so weit, bis sie in drei Monaten ihre Cousinen in London traf.

Sie hob ihn von der Schaukel, und er wedelte mit den Armen.

»Karussell?«, fragte sie.

»Ka-u-ssell?«, wiederholte er in exakt demselben Tonfall.

Sie trug ihn zum Karussell, doch wie üblich wollte er nur daneben im Gras sitzen und zusehen, während es sich im Kreis drehte. Sie betrachtete ihren kleinen Engel, der ihr nie Schwierigkeiten bereitete und sich stets ruhig und friedlich verhielt. Nach einer Weile setzte sie ihn wieder in den Kinderwagen.

»Mama möchte ein wenig spazieren gehen«, sagte sie. »Sie muss eine wichtige Entscheidung treffen.«

Sie hatte ein hektisches Jahr hinter sich. Im März waren die ersten Bestellungen hereingekommen; die Boutiquen hatten sich für den Sommer eingedeckt. Julien hatte sie überredet, keine Aufträge abzulehnen, sondern stattdessen einen Teil ihrer Arbeit auszulagern. In der neunzehnjährigen Francette, die nur eine Straße weiter wohnte, hatte sie eine geschickte Assistentin gefunden, die ihre halbfertigen Werkstücke nach Sofis Anweisungen mit Haken und Ösen, Federringen und anderen Verschlüssen versah und sich zudem um Verpackung und Versand kümmerte. Auf diese Weise konnte sich Sofi wieder vermehrt der künstlerischen Seite ihres Berufes – dem Entwurf neuer Designs – widmen, und es blieb noch genügend Zeit, um telefonisch ihre Kundenkontakte zu pflegen und neue Quellen für ihre Rohmaterialien zu erschließen. Morgens passte Julien auf Nikita auf, nachmittags Sofi. Vor einem Monat allerdings war Julien nach New York geflogen; er hatte ein Förderstipendium von einer angesehenen Galerie erhalten und würde erst in drei Wochen zurückkommen. Und im kommenden Jahr …

Im kommenden Jahr wurde es kompliziert.

Julien war nach Sydney eingeladen worden – für ein halbes Jahr. Sofi wollte nicht nach Australien, aber sie würde ihn auch nicht abhalten. Die Trennung war nicht das eigentliche Problem. Sie vertrauten einander und konnten es sich leisten, täglich zu telefonieren. Und Nikita war noch so klein, dass er Juliens Abwesenheit vermutlich gar nicht registrieren würde.

Doch sie würde sich allein um den Kleinen kümmern müssen, und Rosemary Simons hatte sich erneut gemeldet. Sie wollte insgesamt fünfhundert Schmuckstücke, präsentiert in einer speziell für *Anastasia Designs* reservierten Ecke jeder *Chantilly*-Filiale, und sie hatte ein entsprechendes Feature für den Herbstkatalog geplant.

Natürlich konnte Sofi noch weitere Gehilfen einstellen, aber wie viel Prozent der Arbeit durften diese übernehmen, damit sie noch guten Gewissens behaupten konnte, jedes Stück sei »handgefertigt von Sofi Tschernowa«? Hätte Julien Australien abgelehnt, dann hätte sie Rosemary auf der Stelle zugesagt. Sollte sie ein Kindermädchen einstellen? Der Gedanke, Nikita einem wildfremden Menschen zu überlassen, der sich gegen einen Stundenlohn um ihn kümmerte und nicht aus Liebe, brach ihr fast das Herz.

Nein. Sie würde eben mehr arbeiten müssen. Abends, wenn Nikita schlief und morgens, ehe er aufwachte. Sie konnte Entwürfe zeichnen, während sie mit Nikita im Park war und er dem sich drehenden Karussell zusah. Sie konnte es schaffen. »Na, was meinst du dazu, kleiner Mann?«

Sie streichelte ihm lächelnd über die Wange. Ihr Entschluss stand fest. Wenn sie im Dezember in London war, würde sie sich mit Rosemary Simons treffen und ihr sagen, dass sie das Angebot annehmen wollte.

Seit Glynn Kendricks beiläufiger Bemerkung über die Einrichtung trug sich Rupert mit dem Gedanken, seine Wohnung zu renovieren. Es stimmte Natalja traurig, dass er, der sonst so unerschütterlich wirkte, sich derart von der Meinung anderer Leute beeinflussen ließ. Innenarchitekten und Dekorateure kamen und gingen, lieferten Gutachten und Kostenvoranschläge. Die Arbeiten sollten gleich nach Neujahr beginnen.

Es war Mittwoch, und sie wurde am Set nicht benötigt. Rupert hatte den ganzen Tag in seinem Büro in Soho zu tun und hatte sie angewiesen, den Schreiner hereinzulassen, damit er die Küche vermessen konnte.

»Er ist ein alter Freund von mir«, hatte Rupert gesagt. »Ich brauche in diesem Projekt zumindest einen Mann, dem ich blind vertrauen kann.«

Natalja brachte den Vormittag damit zu, für Sofi und Lena eine Ferienwohnung in der Nähe zu organisieren. Beim letzten Treffen in London vor drei Jahren hatten sie hier im Gästezimmer übernachtet, aber Rupert war nicht begeistert gewesen. Wenn nun auch noch ständig die Handwerker ein und aus gingen … Lena hatte kein Geld, deshalb hatte Natalja kurzerhand beschlossen, die Kosten für die Unterbringung zu übernehmen, um Peinlichkeiten und langen Diskussionen vorzubeugen.

Als es klingelte, erhob sie sich, um den Türöffner zu betätigen. Hoffentlich stellte man ihr keine Fragen. Sie wusste nicht, was Rupert geplant hatte. In ihren Augen war die Küche perfekt, wie sie war.

Sie hatte einen mürrischen Handwerker um die Fünfzig erwartet, doch als sie die Wohnungstür öffnete, sah sie sich zu ihrer Überraschung einem Mann Anfang zwanzig gegenüber. Er hatte dunkles Haar, lange, schlanke

Gliedmaßen, und er überragte sie um mindestens einen Kopf.

»Hallo.« Er lächelte unbefangen.

Da sie nicht gleich antwortete, fügte er verunsichert hinzu: »Ähm, ich bin Marcus, der Schreiner.«

»Verzeihung. Kommen Sie rein. Als Rupert sagte, Sie seien ein alter Freund von ihm, habe ich das … wörtlich verstanden.«

»Ah.« Er klopfte sich auf dem Fußabstreifer den Schmutz von den Arbeitsstiefeln und trat ein. »Er hat wohl meinen Vater gemeint. Die beiden sind zusammen zur Schule gegangen. Er zieht sich allmählich aus dem Geschäft zurück.« Er lächelte sie an. »Würden Sie mir die Küche zeigen?«

»Hier entlang, bitte. Aber fragen Sie mich nicht, was Rupert vorhat. Er hat alles in Auftrag gegeben.«

»Kein Problem, er hat uns sehr genaue Anweisungen erteilt.« Marcus fuhr mit der Hand über die Granitarbeitsplatte. »Die ist doch schön. Warum will er sie erneuern?«

»Keine Ahnung.« Sie lachte, dann verstummte sie. Es war illoyal, in der Gegenwart eines anderen Mannes über Rupert zu lachen. »Er weiß, was er will, und er bekommt es auch.«

Marcus musterte sie mit hochgezogenen Augenbrauen. »Verstehe. Na, dann mach ich mich mal an die Arbeit.«

Sie wandte sich zum Gehen, warf einen letzten Blick über die Schulter, während Marcus sein Bandmaß zückte. In ihrem Beruf hatte sie oft mit attraktiven Männern zu tun, und Marcus sah beileibe nicht so gut oder exotisch aus wie einige der Dressmen, die sie kennengelernt hatte. Trotzdem gefiel er ihr. Er wirkte authentisch. Seine Rückenmuskeln stammten von harter Arbeit, nicht von stundenlangem ödem Krafttraining in einem überheizten Fitnessstudio.

Er hob den Kopf und ertappte sie dabei, wie sie ihn anstarrte. Er lächelte.

Ihr Herz vollführte einen Salto. Sofort bekam sie es mit der Angst zu tun. »Ich muss los«, sagte sie. »Ziehen Sie einfach die Tür hinter sich zu, wenn Sie gehen. Sie schließt automatisch.«

»Mach ich.«

Sie nahm Handtasche und Mantel von der Garderobe. Höchste Zeit für etwas frische, kühle Luft. Sie musste dringend ein paar Gedanken loswerden, die ihr nur Ärger einbringen würden.

KAPITEL 28

Noch eine Woche bis Heiligabend. Lena hatte den ganzen Tag Weihnachtslieder gesungen und Kostüme für das Weihnachtskonzert in der Kindertagesstätte am kommenden Abend gebastelt. Sie war erschöpft. Aber bald hatte sie eine Woche frei. Dieses Jahr würde sie ohne Matthew und Anna zu ihrem Treffen mit Natalja und Sofi fahren. So sehr sie die beiden auch liebte, freute sie sich doch auf ein paar unbeschwerte, kinderfreie Tage im aufregenden London. Natalja hatte großzügig bereits eine Ferienwohnung in Bloomsbury für sie reserviert. Lena konnte es kaum erwarten.

Schon vom Fuße des Hügels aus hatte sie eine Gestalt erspäht, die vor ihrem Haus zu warten schien. Alle Lichter waren aus. Ach, richtig, Wendy und Sam waren mit den Kindern im Spielzeuggeschäft in der High Street, wo heute der Weihnachtsmann kam, und Grandad würde die Tür nicht einmal aufmachen, wenn das Haus in Flammen stünde.

Der Mann trug einen schweren Mantel und eine graue Strickmütze und stand mit dem Rücken zu ihr. Sie wollte ihn gerade fragen, was er hier suchte, als er sich zu ihr umdrehte. Sie fühlte sich jäh um Jahre zurückversetzt.

»Oh«, keuchte sie. Sein Gesicht, seine Haltung, alles an ihm war vertraut. »Papa.« Sie brach in Tränen aus. Stürzte sich in seine Arme, war wieder das kleine Mädchen. Registrierte kaum den muffigen Geruch, der ihn umgab.

»Meine Tochter«, sagte er auf Russisch. »Endlich habe ich dich gefunden.«

Lena drehte wie immer als Erstes die Heizung an und stellte Teewasser auf, dann hängte sie Papas Mantel an die Garderobe.

Er saß schweigend auf der Couch, bis sie mit zwei Tassen Tee aus der Küche kam. Sie nahm ihm gegenüber Platz und starrte ihn an. Er war älter geworden, keine Frage, aber seine ausgeprägten, attraktiven Gesichtszüge waren noch dieselben. Er wirkte vornehm, wie er dort saß. Wie ein entthronter König. Er nippte an seinem Tee.

»Hast du auch etwas Stärkeres?«

Sie sprang auf. »Meine Schwiegermutter hat eine Flasche Whisky da, für besondere Anlässe …«

»Whisky ist in Ordnung.«

Sie holte die Flasche, schenkte ihm ein. Das hier *war* ein besonderer Anlass, und sollte sich Wendy beschweren, dann würde Lena eben eine neue Flasche kaufen. Er leerte das Glas in einem Zug und hielt es ihr mit zitternder Hand hin. »Noch einen, bitte.«

Er tat ihr leid. Er war nervös; wahrscheinlich hatte er

Angst, abgewiesen zu werden, nachdem er den ganzen weiten Weg nach Briggsby gekommen war.

Sie schenkte ihm noch einmal ein und ließ die Flasche auf dem Sofatisch vor ihm stehen. »Erzähl, Papa. Wo warst du all die Jahre?« Ihre Stimme kippte. Sie atmete tief durch.

Und während es draußen vor den Fenstern dunkel wurde, erzählte er. Er hatte sich wie geplant auf den Weg nach Wladiwostok gemacht, dort aber nicht in einer Fischerei gearbeitet, sondern als Grenzposten an der Küste. Er hatte seinen Töchtern zweimal wöchentlich geschrieben, doch der KGB hatte, wie er erst später erfuhr, seine Briefe abgefangen. Eines Tages war einem seiner Vorgesetzten ein Fehler unterlaufen, und eine ganze Schiffsladung russischer Doppelagenten hatte sich nach Japan absetzen können. Der Vorgesetzte hatte die Schuld auf Viktor geschoben, worauf dieser von KGB-Leuten verhört und in ein Gefangenenlager in Sibirien gesteckt worden war, in dem er bis zum Zerfall der Sowjetunion jahrelang schwerste körperliche Arbeit leisten musste. Und die ganze Zeit über war er in Gedanken bei seinen Töchtern gewesen. Nach seiner Freilassung hatte er gleich Stasja angerufen, doch die hatte sich lange geweigert, den Kontakt zu ihnen herzustellen. Schließlich hatte er ihr zwanzigtausend Rubel bezahlt, damit sie ihm Lenas Adresse nannte.

»Du meinst, sonst wärst du schon eher gekommen?«

»Schon vor Jahren.«

Jahre, die unwiederbringlich verloren waren. Tante Stasja hatte stets einen Groll gegen Viktor gehegt, und Lena konnte sich nur zu gut vorstellen, dass sie ihn unter dem Vorwand, ihre Nichten beschützen zu wollen, abgewimmelt hatte.

»Sei ihr nicht böse«, sagte Papa. »Sie hat getan, was sie für richtig hielt.«

»Sie wusste doch, wie viel du mir bedeutest.« Lena wischte sich mit der Handfläche eine Träne von der Wange. »Das ist unverzeihlich.« Einem plötzlichen Impuls folgend, setzte sie sich zu ihm auf die Couch und kuschelte sich an ihn.

Er schien nicht so recht zu wissen, wie er reagieren sollte, und befreite schließlich umständlich den rechten Arm, um nach der Whiskyflasche zu greifen und sich nachzuschenken.

»Ich liebe dich, Papa. Ich habe dich immer geliebt. Ich habe so lange gewartet …« Wieder flossen Tränen.

»Nicht weinen. Jetzt bin ich ja hier.«

Die Tür wurde aufgerissen, und Matthew und Anna kamen herein, gefolgt von Wendy und Sam. Die Augen der Kinder glänzten voll weihnachtlicher Vorfreude. Wendy sah ihn als Erste und blieb wie angewurzelt stehen.

Lena sprang auf. »Das ist mein Vater.« Die englischen Worte kamen ihr plötzlich nur schwer über die Lippen.

Auch Papa erhob sich und nickte. »Ich bin Viktor Tschernow«, sagte er mühsam auf Englisch.

Mit heftig pochendem Herzen stellte ihm Lena ihre Familie vor: Ihre Schwiegermutter, die sich reserviert verhielt, und ihren Mann Sam, der ihn ungläubig betrachtete, und ihre beiden Kinder. Sie starrten ihn mit großen Augen an.

»Das ist Djeduschka Viktor«, erklärte sie ihnen.

»Kommt zu eurem Großvater«, sagte Papa auf Russisch und streckte die Arme aus.

Anna musterte ihn mit dem Finger im Mundwinkel, Matthew versteckte sich hinter Sams Bein.

»Hast du ihnen kein Russisch beigebracht?«, fragte Viktor.

Lena lief rot an. »Sie brauchen es doch hier in England nicht.« Wendy hatte ihr davon abgeraten, die Kinder zweisprachig zu erziehen.

»Bleiben Sie lange?«, fragte die stets praktisch denkende Wendy.

»Kleine Weile«, entgegnete er. »Vielleicht.«

»Ich nehme ihn nächste Woche mit nach London«, sagte Lena. »Ich werde Natalja überraschen.«

»Nun, dann organisieren wir Ihnen mal einen Schlafplatz.«

»Also, du bleibst hier sitzen und wartest auf mich.« Lena rückte ihrem Vater einen Stuhl zurecht. Sie waren in einem belebten Café. Der Duft von gebratenem Speck und gemahlenem Kaffee hing in der Luft. Lena knurrte der Magen. Papa hatte am Busbahnhof gefrühstückt, ehe sie um sechs in Briggsby losgefahren waren, doch Lena war zu nervös gewesen.

»Soll ich dir eine Tasse Kaffee holen?«, fragte sie.

»Nein, ich brauche nichts. Wie lange wirst du weg sein?«

»Ich bringe nur schnell meinen Koffer hinauf und sage Natalja und Sofi, dass ich eine Überraschung für sie habe.« Sie konnte ein Lächeln nicht unterdrücken, obwohl sie wusste, dass Papas Rückkehr ihrer Schwester und ihrer Cousine bei Weitem nicht so viel bedeuten würde wie ihr. »Und dann komme ich dich holen. Es ist gleich gegenüber.«

Es fiel ihr schwer, ihn zurückzulassen. Die Angst saß tief, dass er erneut verschwinden, sich in Luft auflösen könnte. Sie wandte sich um und trat aus dem warmen Café hinaus in das winterlich graue London.

Wenn sie ganz ehrlich war, hatte sie keine Ahnung, wie

Natalja reagieren würde, aber tief in ihrem Inneren musste sich ihre Schwester auch nach ihrem Vater gesehnt haben, oder?

Die Ferienwohnung lag im zweiten Stock eines roten viktorianischen Backsteingebäudes. Sie klopfte und wurde sogleich stürmisch von Natalja und Sofi begrüßt. Sofi war bereits am Vortag mit Nikita angereist. Der Kleine saß auf dem Wohnzimmerboden vor einem auf dem Dach liegenden Spielzeuglaster und drehte mit seinen speckigen Händchen an den Rädern. Lena stellte ihren Koffer in eines der Schlafzimmer und stellte erfreut fest, dass es ein zusätzliches Zimmer gab. Nach zehn Minuten holte sie tief Luft und verkündete: »Ich habe eine große Überraschung für euch. Vor allem für dich, Natalja.«

»Bist du wieder schwanger?«, mutmaßte Sofi.

»Was hätte ich dann davon?«, fragte Natalja.

»Sie bekommt ein Kind und möchte, dass du es adoptierst.«

Doch Lena war nicht zu Scherzen aufgelegt. »Bitte, das ist wichtig. Ich muss nur noch einmal kurz weg. Wartet hier.«

Mit heftig klopfendem Herzen eilte Lena hinunter. Er war noch da; sie sah durch das Fenster seine aufrecht dasitzende dunkle Gestalt. Sie überquerte die Straße. Jetzt hatte er sie erspäht, nahm seinen Koffer und kam ihr entgegen.

»Sie erwarten dich«, sagte sie.

Seine Hände zitterten. »Hier wohnt Natalja also?«

»Nein, sie hat hier für uns eine Wohnung gemietet. Sie selbst wohnt viel nobler.«

Papa hatte erfreut und voller Stolz gehört, dass Natalja berühmt war, und Lena hatte wieder einmal das Gefühl verdrängt, dass sie nur die unbedeutende kleine Schwester war, die keine tolle Karriere vorzuweisen hatte, sondern lediglich zwei Kinder, für die er sich nicht sonderlich interessierte, zumal sie ständig vor ihm Reißaus nahmen.

Vor der Tür wartete sie, bis er wieder zu Atem gekommen war.

»Bist du bereit?«

»Ja.«

Sofi und Natalja, die sich leise unterhalten hatten, wandten die Köpfe. Nataljas Kinnlade klappte nach unten, und Sofi nahm instinktiv Nikita auf den Arm.

»Überraschung«, rief Lena matt. In ihren Ohren rauschte es.

Natalja hatte sich wieder gefangen. »Was zum Teufel macht der denn hier?«

Lena funkelte sie an. »Er hat uns gesucht.«

Sofi erhob sich. »Ich mache Tee.«

»Meine Tochter.« Papa ging auf Natalja zu.

Sie hob abwehrend die Hand. »Fass mich ja nicht an.«

Papa wirkte verstört.

»Natalja, er ist immer noch dein Vater«, sagte Lena.

»Er hat uns verlassen, Lena. Hast du das schon vergessen?«

»Das hat er nicht. Er wurde vom KGB in ein Lager gesteckt.«

Natalja verdrehte die Augen.

»Und das ist noch nicht alles«, fügte Papa hinzu. »Aber das kann ich dir jetzt nicht erklären.«

»Ich erzähle es ihr später.« Lena wollte vor Sofi nicht schlecht über Tante Stasja reden.

»Bleibt er hier?«, wollte Natalja wissen.

»Wenn das für euch in Ordnung ist.«

Natalja erhob sich. »Meinetwegen. Ich fahre nach Hause.«

»Natalja …«, setzte Lena an, doch Papa unterbrach sie.

»Ich verstehe das. Du brauchst Zeit, um alles zu verarbeiten.«

Natalja musterte ihn abschätzig. »Du verstehst mich ganz sicher nicht.«

Sofi kam mit Nikita auf dem Arm aus der Küche. »Natalja? Passt du trotzdem morgen Vormittag auf Nikita auf?«

»Ja, aber nicht hier. Bring ihn zu mir nach Hause.«

Sofi blickte zu Viktor. »Mach ich.«

Lena war enttäuscht.

»Wer möchte Tee?«, fragte Sofi und lächelte gezwungen, nachdem Natalja energisch die Tür hinter sich zugezogen hatte.

Tja, dachte Lena, *auch wenn es dir nicht passt, Natalja, du wirst dich daran gewöhnen müssen. Papa ist wieder da, und das allein zählt.*

KAPITEL 29

Natalja war schon früh auf den Beinen. Sie hatte kaum geschlafen nach dem gestrigen Schock. Ihr Vater, quasi von den Toten auferstanden, und Lena, die ihn mit großen, verklärten Kinderaugen anstarrte … Gegen drei hatte Rupert bemerkt, dass sie wach war, und sie hatte ihm unter Tränen von den Ereignissen berichtet. Er hatte sie getröstet und ihr versichert, sie hätte sich richtig verhalten und sei ohne ihren Vater besser dran.

Aber stimmte das auch? Ging Blutsverwandtschaft nicht über alles? Sollte sie ihm nicht wenigstens eine Gelegenheit geben, alles zu erklären?

Nun, im Moment konnte sie ohnehin nichts unternehmen. Sie hatte versprochen, auf Nikita aufzupassen, während sich Sofi mit einer wichtigen Kundin traf. Für Anna und Matthew hätte sie nie und nimmer den Babysitter gespielt, aber Nikita war so ruhig und unproblematisch.

Rupert betrat die Küche. Er trug eine Freizeithose und ein weites Hemd. Natalja tat, als würde sie nicht bemerken, dass er in letzter Zeit ordentlich zugelegt hatte.

»Kaffee, Liebling?«, fragte sie.

»Wann kommt das kleine Monster?«

»Nikita ist kein Monster. Sogar du würdest ihn mögen.«

»Das bezweifle ich. Untersteh dich, mir jetzt plötzlich mit dem Wunsch nach Kindern zu kommen.«

Natalja schüttelte den Kopf. Ihr graute schon bei der Vorstellung, sich rund um die Uhr um jemanden kümmern zu müssen, da konnte das Kind noch so süß sein. »Keine Sorge.«

»Gut. Onkel Rupert wird sich mit seinem Kaffee ins Büro setzen und möchte nicht gestört werden, ja?«

Natalja machte sich daran, gefährliche oder wertvolle Gegenstände aus dem Weg zu räumen, damit die Wohnung kindersicher war. Sie hatte ein paar Bücher aus festem Karton für Nikita besorgt, die sie allerdings erst suchen musste. Immer wieder fielen ihr Lena und ihr Vater ein, aber sie verdrängte ihre düsteren Gedanken. Sie wollte eine gute Tante sein. Mit etwas Glück würde ihr Vater schon bald etwas Unverzeihliches anstellen, und dann käme Lena ganz von allein wieder zur Besinnung.

Eine halbe Stunde später traf Sofi ein. Ihr Gesicht war gerötet, sie wirkte nervös.

»Es schüttet wie aus Kübeln. Denkbar schlechtes Timing.«

Natalja wischte ihrer Cousine einen Regentropfen von der Stirn. »Wer ist denn dein wichtiger Kunde?«

»*Chantilly*. Ein Großauftrag.«

»Wirklich? Toll.«

»Ja, aber auch sehr zeitaufwendig, und die Einkäuferin will den Vertrag um ein Jahr verlängern. Dafür werde ich bei den anderen Kunden zurückstecken müssen. Ich werde einen ordentlichen Batzen Geld verlangen.« Sofi lachte. »Solche Verhandlungen sind nicht gerade meine Stärke.«

Nikita hatte sich bereitwillig von Natalja in den Arm nehmen lassen. »Bei Tante Natalja ist dein Kleiner gut aufgehoben; eine Sorge weniger also.«

Sofi reichte ihr eine Tasche. »Windeln, Trinkbecher, ein paar Kekse und Spielsachen, unter anderem sein Lieblingsspielzeug, der Laster. Der wirkt Wunder, wenn er unruhig wird.«

»Gut … Und, was gibt es Neues von meinem Vater?«

»Er hat noch geschlafen, als ich gegangen bin. Er war bis zwölf auf. Ich habe selten jemanden so viel trinken sehen.«

»Woher hatte er denn den Alkohol?«

»Ich habe ihm etwas Geld gegeben.«

Natalja verzog das Gesicht. »Das solltest du nicht tun.«

»Ich weiß, aber Lena hat so wenig, und sie würde ihm glatt ihr letztes Hemd geben.«

Natalja wurde bewusst, wie verletzlich und leicht zu manipulieren ihre Schwester war. Nikita wedelte mit der Hand. »Du solltest gehen. Nikita sagt auf Wiedersehen.«

Sofi küsste ihn auf die Wange. »Bis nachher, mein Schatz.«

Nikita weinte nicht, sondern saß artig auf Nataljas Arm. Nachdem Sofi gegangen war, begab sich Natalja mit dem Jungen ins Wohnzimmer. Dicke Regentropfen klatschten an die Scheiben. Sie war froh, in ihrer warmen, trockenen Wohnung zu sein. Nikita interessierte sich nicht für die Bücher, sondern spielte mit dem Deckel seiner Babypflegecreme. Natalja sah ihm zu und geriet in Versuchung, Rupert doch noch zu holen, nur damit er sah, dass nicht alle Babys Monster waren. Doch da klingelte es an der Tür.

Natalja ging zur Gegensprechanlage. »Ja?«

»Ich bin's, Lena.«

Natalja zögerte. Sie wollte Viktor nicht wiedersehen. Dann dachte sie an ihre nächtlichen Zweifel und daran, wie viel Lena das alles bedeutete. Sie betätigte den Türöffner.

Zu ihrer Überraschung war ihre Schwester allein.

»Papa schläft noch«, erklärte sie und schlüpfte aus den nassen Schuhen. »Und wir werden nicht viele Gelegenheiten haben, uns unter vier Augen zu unterhalten.«

Natalja führte sie ins Wohnzimmer, wo Nikita soeben eines von Ruperts blauen Büchern aus dem Regal angelte. Rasch nahm sie es ihm ab und drückte ihm dafür seinen Spielzeuglaster in die Hand.

Lena verfolgte es schweigend, dann lächelte sie Natalja an. »Wir müssen reden.«

»Du sagst es.«

»Ich finde, du benimmst dich Papa gegenüber sehr unversöhnlich. Warte, bis du erst gehört hast, was ihm zugestoßen ist. Er hat uns nicht absichtlich verlassen.«

Natalja nahm sich vor, Lenas Bericht vorurteilsfrei anzuhören. Sie konnte nicht genau sagen, wann ihr klar wurde, dass die ganze Geschichte völlig übertrieben und an den Haaren herbeigezogen war. Das kleine Mädchen in ihr hatte gern glauben wollen, dass Papa ein hochrangiger Sicherheitsbeauftragter des KGB gewesen war, und unter dem alten Regime waren tatsächlich viele Menschen nach Sibirien verschleppt worden. Doch die Behauptung, Stasja hätte ihnen verschwiegen, dass er auf der Suche nach ihnen war und sogar Geld von ihm gefordert … Lächerlich. »Lena«, sagte sie sanft, als diese geendet hatte. »Glaubst du ihm das alles?«

Lena nickte. »Selbstverständlich.«

»Jedes Wort? Auch die Sache mit Tante Stasja?«

»Du weißt doch, wie nachtragend sie ist. Außerdem ist sie arm und verzweifelt. Sofi schickt ihr Geld.«

»Sie hat sich zwei Jahre lang geweigert, es anzunehmen.«

»Deshalb ist sie jetzt umso ärmer und verzweifelter.«

Natalja biss sich auf die Zunge und lehnte sich zurück. Obwohl in den vergangenen Jahren dringendere Probleme in den Vordergrund getreten waren, hatte Lena die Hoffnung, ihren Vater wiederzufinden, nie ganz aufgegeben. Und jetzt, da ihr Wunschtraum in Erfüllung gegangen war, wollte sie ihn natürlich in einem möglichst positiven Licht sehen.

Natalja wusste, sie musste sich Viktor allein vorknöpfen, ihm auf den Zahn fühlen, ihm einige Fangfragen stellen. »Ich glaube, ich stehe noch unter Schock«, sagte sie.

»Das verstehe ich. Und wir müssen uns gut überlegen, was wir Sofi sagen. Sie wird es sich bestimmt sehr zu Herzen nehmen, wenn sie hört, was ihre Mutter uns angetan hat.«

Natalja ließ sich ihre Wut nicht anmerken. »Du hast recht. Vielleicht sollte ich etwas Zeit mit ihm allein verbringen. Hast du etwas dagegen, wenn ich heute Abend mit ihm in einen Pub gehe?«

Lena lächelte glücklich. »Aber nein, das wäre toll. Mit mir hat er schon genügend Zeit verbracht.«

»Gut, dann komme ich gegen sechs bei euch vorbei.«

»Die Familie ist einfach unheimlich wichtig, nicht?«

»Jetzt klingst du wie eine kitschige Grußkarte.«

Lena lachte. »Ja, das tue ich wohl.« Sie beobachtete Nikita eine Weile. »Er ist irgendwie seltsam, nicht?«

Natalja war verwirrt. Ging es noch um ihren Vater? »Ich weiß nicht.«

»Aber ich. Ich habe täglich mit Kindern seines Alters zu tun.«

»Oh. Was stimmt denn deiner Meinung nach nicht mit ihm?«

»Pass mal auf.« Lena bückte sich und nahm Nikita den Laster weg. Er saß nur da und starrte ohne einen Mucks auf die Stelle, an der sein Spielzeug gelegen hatte. »Ein normales fünfzehn Monate altes Kind würde jetzt weinen.« Sie stellte den Laster wieder vor dem Jungen ab. Er drehte ihn sofort um und begann erneut, an den Rädern zu spielen. »Ich fürchte, er ist autistisch.«

Natalja war geschockt. »Unsinn. Er ist unheimlich intelligent. Er spricht Russisch, Französisch und Englisch.«

»Nein, er imitiert nur die Worte, die er hört, das ist ein großer Unterschied. Ich habe ihn noch kein einziges Mal ›Mama‹ schreien oder auf etwas zeigen sehen. Er … wedelt bloß mit den Armen.«

Natalja sah Nikita auf einen Schlag mit völlig neuen Augen. Seine Geduld, seine Konzentriertheit, seine Ernsthaftigkeit – keine Anzeichen geistiger Reife, sondern Symptome einer Krankheit. Arme Sofi.

»Sofi hat keine Ahnung, oder?«

»Nein.«

»Du wirst es ihr sagen müssen.«

Lena zauste Nikita seufzend das Haar. »Ich schätze, du hast recht.«

»Schläft er?«

Sofi schloss die Schlafzimmertür hinter sich und nickte. »Ja, wie ein Murmeltier.«

»Möchtest du etwas trinken? Wein, Tee?«

»Ein Glas Wein. Nach so einem Tag …«

Sofi sank auf das Sofa und zog die Beine an. Draußen goss es noch immer in Strömen. Natalja war mit Onkel Viktor ausgegangen, was Sofi sehr überraschte. Sie hatte angenommen, Natalja würde ihrem Vater gegenüber genauso viel Misstrauen, ja, Ablehnung empfinden wie sie selbst.

Lena kam mit zwei Gläsern Wein aus der Küche. Sofi hätte beinahe spaßeshalber bemerkt, sie sollten sich wohl besser beeilen, ehe Viktor zurückkam und ihnen alles wegtrank, aber Lena hatte ihren Sinn für Humor in Briggsby gelassen.

Der heutige Tag war einer der wichtigsten in Sofis bisheriger Karriere gewesen. Sie hatte Aufträge in einer Größenordnung unterschrieben, die sie nur bewältigen konnte, wenn sie zwei weitere Assistenten einstellte. Das bedeutete, sie musste eine Werkstatt anmieten. Es mussten noch so einige Entscheidungen getroffen werden, wenn sie wieder in Frankreich war. Und Julien brach in drei Monaten schon nach Sydney auf.

Während sie über all das nachdachte, fiel ihr auf, dass auch Lena schon eine ganze Weile schweigend Löcher in die Luft starrte und auf ihrer Unterlippe herumkaute. Seit Viktors Rückkehr war Lena geradezu manisch glücklich. Es konnte mit ihrer Stimmung irgendwann nur bergab gehen.

»Denkst du über deinen Vater nach?«, fragte sie sanft.

Lena wandte den Kopf und lächelte. »Nein, über Nikita.«

Sofort war Viktor vergessen. »Ach ja?«, sagte Sofi, von Mutterstolz erfüllt.

Lena fuhr sich mit den Fingern durch die Haare und holte tief Luft.

»Was ist denn?«, fragte ihre Cousine verunsichert.

»Wie du weißt, arbeite ich mit Kindern seines Alters.«

»Ich dachte, sie wären schon älter.«

»Manche schon, aber ich bin überwiegend für die Kleinkinder zuständig. Nikita ist nicht … Sofi, ich fürchte, es stimmt etwas nicht mit ihm.«

Sofi rang vor Empörung nach Luft. Sie konnte sich nicht erinnern, je eine derartige Wut verspürt zu haben. »Unsinn. Er ist ein kerngesunder, wunderbarer Junge.«

»Ja, das ist er, und ich liebe ihn von ganzem Herzen, genau wie dich. Genau deshalb spreche ich es an. Du solltest mit ihm zum Arzt gehen. Ich glaube, Nikita ist autistisch.«

Sofi hatte es die Sprache verschlagen. Wie konnte ihr Lena das antun?

»Ich … Ich weiß nicht, was ich sagen soll.«

»Dann hör mir einfach zu.« Lena begann die Anzeichen aufzuzählen: Nikitas Teilnahmslosigkeit, sein zwanghaftes Spielen, sogar sein Wedeln mit den Armen. »Er ist nicht wie andere Kinder in diesem Alter.«

»Jedes Kind ist anders.«

»Aber nicht so extrem anders.«

Wieder übermannte Sofi die Wut. »Warum tust du das?«

»Weil ich mir Sorgen um Nikita mache.«

»Ich höre mir das nicht länger an.« Sofi sprang auf. Ihr Glas kippte um, Rotwein ergoss sich auf den hellblauen Teppich. Sie rannte in ihr Zimmer, schloss die Tür und sank mit tränenüberströmtem Gesicht aufs Bett.

Dann atmete sie ein paarmal tief durch, erhob sich und

ging zu Nikita, der auf dem Bauch in seinem Bettchen lag, den kleinen Po in die Luft gestreckt. Sie spürte, wie eine lange verdrängte Ahnung in ihr hochstieg und die Angst wie eine eiskalte Hand ihr Herz erfasste. Regte sie sich womöglich nur deshalb so auf, weil sie insgeheim wusste, dass Lena recht hatte?

Zuerst musste Natalja ihren Vater abfüllen, was nicht weiter schwierig sein würde. Sie flüchteten sich vor dem strömenden Regen in einen überfüllten, verrauchten Pub in King's Cross. An der Bar wurde sie von Fans belagert. Sie gab Autogramme, bat um Zigaretten und setzte sich dann mit ihrem Vater an einen Tisch in einer Ecke, mit dem Rücken zu den Menschenmassen. Sie sprachen Russisch, konnten also nicht belauscht werden. Als der Alkohol nach fünf oder sechs Gläsern allmählich seine Wirkung tat, startete sie ihre Offensive und erkundigte sich nach seiner Zeit in Sibirien.

Sogleich fielen ihr Ungereimtheiten auf. Sowohl sein Status beim KGB als auch die Zahl der Briefe, die er angeblich geschickt hatte, waren höher; die Widrigkeiten dramatischer, seine Bemühungen, seine Töchter aufzuspüren, angestrengter. Schließlich gab er an, es habe ihn einhunderttausend Rubel gekostet, um Lenas Adresse von Stasja zu erhalten.

Jetzt hatte sie ihn. Natalja bebte innerlich vor Wut, ließ sich jedoch nichts anmerken. Dass er es wagte, nach all den Jahren wieder aufzutauchen und sie für dumm zu verkaufen!

»Zu Lena hast du gesagt, es waren zwanzigtausend Rubel.«

Er schreckte auf, musterte sie mit trüben Augen. »Was?«

»Lena hast du erzählt, dass Tante Stasja zwanzigtausend Rubel wollte.«

»Ich wollte nicht, dass sie schlecht von Stasja denkt. Ich weiß doch, wie sensibel sie ist. Dir kann ich die Wahrheit sagen; du warst schon immer die Stärkere.«

Natalja öffnete den Mund. *»Für wie naiv hältst du mich eigentlich?«*, hätte sie gern gesagt. »Wie viel willst du?«, fragte sie stattdessen.

Er war sichtlich hin und her gerissen. Auf diesen Augenblick hatte er gewartet, aber so rasch hatte er nicht damit gerechnet. »Was soll das heißen?«, fragte er. »Du willst mich doch nicht etwa bezahlen, damit ich verschwinde. Ich habe euch gerade erst wiedergefunden.«

»Wie viel?«

»Ich bin sehr arm, und die hunderttausend Rubel waren mein letztes …«

»Hör auf damit. Ich weiß, warum du hier bist. Also tu nicht so, als würde dir etwas an uns liegen, denn das empfinde ich als Beleidigung. Es ist ganz einfach. Ich gebe dir Geld, du lässt dafür Lena in Ruhe, kapiert?«

Er nickte demütig.

»Nenn mir deinen Preis.«

»Zehntausend.«

»Rubel?«

Er lachte. »Was denkst du wohl?«

Der Rubel war kaum noch etwas wert. »Zehntausend Pfund?«

»Das sollte reichen.«

Natalja kramte in ihrer Handtasche nach dem Scheckbuch. Sie war erleichtert, dass sie es hinter sich hatte, und zugleich blutete ihr das Herz. Arme Lena. Nun, mit etwas Glück würde er sich zu Tode saufen.

Sie reichte ihm den Scheck. »Hier. Du setzt keinen Fuß mehr in die Wohnung.«

»Aber mein Ticket, mein Pass …«

»Daran habe ich gedacht.« Sie holte beides aus der Tasche.

»Meine Kleider?«

»Kauf dir neue; jetzt bist du reich.«

Ihr Vater inspizierte den Scheck, versuchte, die englischen Schriftzeichen zu entziffern. Die Zahlen schienen ihn zufriedenzustellen. »Den kann ich aber erst morgen einlösen. Womit soll ich ein Hotelzimmer zahlen?«

»Gar nicht. Du wirst auf der Straße schlafen, im Regen.«

Er verzog den Mund, grinste schief. »Du bist ein richtiges kleines Miststück.«

»Tja, der Apfel fällt nicht weit vom Stamm. Lebwohl.« Sie erhob sich.

Er blieb, wo er war, trank seinen Wodka, betrachtete erneut den Scheck. Er hob nicht einmal den Kopf, als sie ging.

Lena erwachte, weil sie draußen Schritte hörte. Sie sah auf ihre Armbanduhr, die auf dem Nachttisch lag. Papa war um diese Zeit bestimmt noch nicht wach. Sie hatte nicht gewartet, bis er zurückgekommen war. Hoffentlich wachte er bald auf – sie wollte wissen, wie sein Treffen mit Natalja gelaufen war.

Sie stieg aus dem Bett und schlüpfte in ihren Morgenmantel. Nikita saß im Wohnzimmer auf dem Boden. Sofis Koffer standen daneben. Es dauerte einen Augenblick, bis Lena begriff, was das bedeutete. Sofi war in der Küche und strich Butter auf eine Scheibe Toast. Lena hob Nikita auf und ging zu ihr.

»Du fährst schon ab?«, fragte sie.

Sofi hob den Kopf. Sie schien nicht viel geschlafen zu haben, denn sie hatte dunkle Ringe unter den Augen. »Ja, das ist wohl das Beste.«

Sie legte das Buttermesser weg und nahm Lena den Jungen ab; eine besitzergreifende, defensive Geste.

»Bist du mir böse?« Lena hatte Gewissensbisse. Hatte sie sich von ihrem Groll über Stasjas Verhalten zu dem gestrigen Gespräch verleiten lassen? Sie hätte noch warten können. Oder es Sofi etwas schonender beibringen.

»Die ganze Situation ist äußerst unerfreulich«, erwiderte Sofi. »Aber in erster Linie will ich nach Hause zu Julien, um zu entscheiden, wie es nun weitergehen soll.«

Ihr versagte die Stimme, und auch Lena konnte nur mit Mühe die Tränen zurückhalten.

»Sieh nicht gleich total schwarz, Sofi. Nikita ist …«

Sofi hob abwehrend die Hand. »Kein Wort mehr darüber, was Nikita ist und was nicht. Ein Facharzt weiß über diese Dinge bestimmt besser Bescheid als eine Kindergärtnerin.«

Die Bemerkung schmerzte. Sollte sie vermutlich auch.

Sofi biss halbherzig von ihrem Toast ab und sah auf die Uhr. »Ich muss los. Mein Zug geht in zwanzig Minuten.«

»Aber … Wir haben unser Treffen noch nie vorzeitig beendet.« Lena merkte selbst, dass sie wie ein kleines Mädchen klang.

Sofi seufzte. »Ihr werdet euch auch ohne mich amüsieren. Außerdem wollt ihr bestimmt euren Vater besser kennenlernen.«

Kurz darauf war sie weg.

Lena vertrieb sich die Wartezeit mit Fernsehen, döste eine Weile und versuchte, Sofis Probleme und ihre Schuldgefühle zu verdrängen. Draußen klarte es etwas auf. Ein idealer Tag für einen Spaziergang im Hyde Park, vielleicht sogar für eine Bootsfahrt … Oder war das im Winter nicht möglich? Natalja würde es wissen. Sie überlegte, ihre Schwester anzurufen, ließ es aber bleiben.

Sie rief in Briggsby an, sprach mit Sam und den Kindern, frühstückte und räumte die Küche auf. Gegen elf beschloss sie, dass Papa lange genug geschlafen hatte. Sie machte Kaffee und klopfte an seine Schlafzimmertür. Keine Reaktion.

Ängstlich riss sie die Tür auf. *Hoffentlich ist er nicht gestorben, jetzt, wo ich ihn endlich wiederhabe.*

Doch das Bett war leer. Seine Kleider waren noch da, über Boden und Möbel verteilt, aber von Papa keine Spur. Mit einem unguten Gefühl hastete sie zum Telefon, um Natalja anzurufen. Sie ließ es eine halbe Ewigkeit klingeln, ohne Erfolg. Panik erfasste sie. Sie waren beide tot, von einem Bus überfahren, ermordet, was auch immer.

Dann hörte sie Schlüsselgeklapper, und Natalja stand in der Tür.

»Wo ist Papa?«, keuchte Lena. »Geht es ihm gut?«

»Da bin ich ganz sicher.«

»Wo steckt er?«

Natalja schob Lena vor sich her zu dem kleinen Esstisch. »Setz dich. Ich muss dir etwas sagen, etwas Unerfreuliches.«

Lena sank auf einen Stuhl. »Ist er tot?«

Natalja schnaubte. »Nein, das nicht. Aber er ist weg.«

»Weg?« *Schon wieder?*

Natalja erklärte ihr alles, aber was sie sagte, ergab für Lena keinen Sinn. Er hatte jahrelang nach ihr gesucht. Er liebte sie. Natalja stellte es ganz anders dar – ihrer Meinung nach war er bloß gekommen, weil er herausgefunden hatte, dass sie reich war. Typisch. Natalja nahm sich immer so unglaublich wichtig. Sie konnte es wohl nicht verwinden, dass Papa zuerst seine jüngere Tochter aufgesucht hatte.

»Hör auf! Hör auf!«, rief Lena und hielt sich die Ohren zu. »Das ist nicht wahr. Kein Wort davon ist wahr.«

»Ach nein? Es hat mich zehntausend Pfund gekostet, ihn loszuwerden.«

»Du hast ihn weggeschickt?«, rief Lena entgeistert.

»Er ist freiwillig gegangen.« Natalja sprach langsam, wie mit einem Kind. »Verstehst du nicht, Lena? Wenn er hätte bleiben wollen, dann hätte er das Geld nicht genommen.«

»Er braucht das Geld. Er hat nichts, und Tante Stasja …«

»Das war gelogen.«

Lena kam es so vor, als würde eine Herde Elefanten durch ihren Kopf trampeln. Sie versuchte verzweifelt, zu verstehen, was geschehen war.

»Ich weiß, es tut weh, Lena, aber er war nur des Geldes wegen hier. Und als er hatte, was er wollte, ist er wieder abgehauen. Irgendwann wirst du erkennen, dass wir ohne ihn besser dran sind.«

Lena konnte den Anblick ihrer Schwester, ihr gepflegtes Haar, ihre schlanke, glamouröse Gestalt nicht mehr ertragen. »Das hast du ja fein hingekriegt. Ich konnte mich nicht einmal von ihm verabschieden.«

»Es ist besser so. Du bist so verletzlich. Ich musste dich beschützen.«

»Ich bin kein Kind mehr!«

»Herrgott noch mal, Lena. *Er hat das Geld genommen.* An den zehntausend Pfund lag ihm mehr als an dir.«

Ihre Worte hingen noch eine Weile in der Luft. Lena weigerte sich, Natalja zu glauben. Es musste mehr dahinterstecken. Er würde sich bei ihr melden, ihr alles erklären. Und bis dahin wollte sie kein Wort mehr von ihrer verräterischen Schwester hören.

»Ich fahre nach Hause«, presste sie hervor. »Das Treffen ist beendet.«

KAPITEL 30

Binnen zwei Monaten hatten Sofi und Julien mit Nikita sechs verschiedene Ärzte konsultiert. Jeder hatte Fragen gestellt, den Kopf geschüttelt, keiner wollte sich auf eine Diagnose festlegen.

»Er ist noch sehr klein«, hatte es geheißen.

»Kommen Sie in einem Jahr wieder.«

»Ich bin nicht sicher, holen Sie lieber noch eine andere Meinung ein.«

Nachdem man sie so oft beschwichtigt und vertröstet hatte, hegte Sofi insgeheim die trügerische Hoffnung, dass mit Nikita doch alles in bester Ordnung war. Doch sie konnte die Augen nicht mehr vor den Tatsachen verschließen, seit Lena sie auf die Symptome aufmerksam gemacht hatte.

Bei Dr. Louis Anjou, einem auf Sozialpädiatrie spezialisierten Kinderarzt – angeblich der Beste seines Faches im ganzen Land –, hatten sie kurzfristig einen Termin bekommen, weil ein anderer Patient ausgefallen war. Sofi hatte zum Frühstück mit Müh und Not eine halbe Scheibe Toast heruntergewürgt, die ihr hartnäckig in der Speiseröhre zu stecken schien. Julien dagegen hatte sich seelenruhig Kaffee, Toast und sogar ein Spiegelei gegönnt.

Dr. Anjou stellte ihnen die üblichen Fragen, beobachtete Nikita eine Weile, unterzog ihn diversen Tests, dann setzte er sich an seinen Schreibtisch und kritzelte etwas auf seinen Notizblock.

Sofi wartete ab. Das Ticken der Uhr kam ihr ohrenbetäubend laut vor. Als Julien ihre Hand drückte, lächelte sie matt. Vielleicht bewegte sich Nikitas Verhalten nach Ansicht von Dr. Anjou ja doch im Bereich des Normalen.

Der Arzt legte den Stift beiseite und sah sie an. Sofi hielt den Atem an und sammelte sich, um auch jedes Wort in der fremden Sprache zu verstehen.

»Es ist eindeutig Autismus.«

Sie hatte nicht damit gerechnet, dass sie weinen würde, doch jetzt liefen ihr große, heiße Tränen über das Gesicht. Dr. Anjou hielt ihr geduldig eine Box mit Papiertüchern hin. Dann fuhr er fort, und Julien stellte Fragen, doch Sofi hatte in ihrem Kummer den Faden verloren. Schluchzend nahm sie Nikita auf den Schoß. Er beachtete ihre Tränen nicht. Sie versuchte, sich wieder auf das Gespräch zu konzentrieren.

»Noch kann ich nicht mit Sicherheit sagen, ob die Krankheit Auswirkungen auf seine sprachlichen Fähigkeiten haben wird. Die Tatsache, dass er alles wiederholt, lässt jedenfalls darauf schließen. Er benennt die Dinge nicht, sondern plappert nur nach, was man ihm vorsagt, ohne den Sinn zu erfassen.«

»Woher wollen Sie das wissen?«, unterbrach ihn Sofi.

»Fragen Sie Nikita, ob er etwas trinken möchte«, sagte der Arzt geduldig.

»Nikita?«, fragte sie. »Willst du etwas trinken?«

»Was trinken?«, erwiderte er in exakt demselben Tonfall.

Sie musterte den Arzt vorwurfsvoll. »Sehen Sie?«

»Ich fürchte, Sie verstehen nicht. Er hat lediglich Ihre Worte wiederholt. Wenn Sie ihm nichts zu trinken geben, wird er nicht quengeln oder weinen, weil er nämlich gar nicht wirklich trinken wollte.«

Sofi wartete ab. Der Arzt hatte recht.

Julien streichelte ihr über das Haar. »Keine Sorge, Liebes. Wir schaffen das.«

Sofi brachte kein Wort heraus. Julien hatte leicht reden. In einem Monat reiste er nach Australien.

»Können wir irgendetwas tun?«, erkundigte sich Julien.

»O ja.« Dr. Anjous Augen blitzten auf. »Eine ganze Menge sogar. Viele Ärzte würden behaupten, Nikita sei ein hoffnungsloser Fall, aber da muss ich entschieden widersprechen. Nikita ist ein sanfter, kluger Junge und könnte sich, wenn man ihn früh fördert, hervorragend entwickeln.«

Sofi schöpfte neue Hoffnung. »Heißt das, er könnte geheilt werden?«

»Nein, das nicht, aber in einigen Fällen kann man die Krankheit einigermaßen in den Griff bekommen.« Er nahm erneut seinen Notizblock zur Hand. »Ich schreibe Ihnen einige hilfreiche Bücher zum Thema auf.«

Gegen Ende des Gesprächs hatte Sofi noch eine letzte Frage. »Dr. Anjou«, sagte sie mit bebender Stimme. »Wird mich Nikita jemals lieben?«

Sie registrierte aus den Augenwinkeln, wie sich Julien abwandte und mit den Fingern in den Nasenrücken kniff, um nicht in Tränen auszubrechen. Der Arzt ergriff ihre Hand.

»Jedes autistische Kind ist anders. Ich kann Ihnen noch nicht mit Sicherheit sagen, was diese Diagnose für Nikita und seine Zukunft bedeutet. Aber es ist durchaus möglich, dass er sie liebt, auch wenn er es nicht zeigen kann.«

Nach dem Gespräch setzten sie sich in ein Café im Quartier Les Halles. Nikita saß auf Sofis Schoß und spielte glücklich mit einem Strohhalm. Nein, nicht glücklich. Sofi musste zugeben, dass sie nicht mehr wusste, ob Nikita zufrieden war oder nur in seine eigene Welt vertieft. Sofi sann über ihre Lage nach. Als ihr schließlich die Lösung einfiel, war sie überrascht, dass sie nicht schon längst darauf gekommen war.

»Soll ich Sydney abblasen?«, fragte Julien.

»Nein«, antwortete sie, ohne zu zögern.

»Was ist mit deinem Großauftrag? Nikita wird sehr viel Aufmerksamkeit benötigen …«

»Du meinst, wer von uns soll beruflich zurückstecken?«

»Genau das meine ich.«

Sofi fand es befremdlich, dass es ihm offenbar nicht weiter schwerfiel, sie allein zu lassen. Dass er in Zeiten wie diesen nicht bei ihnen sein wollte. Andererseits gehörte das nun einmal zu seiner Arbeit.

»Keiner von uns muss zurückstecken«, sagte sie. »Ich habe eine Idee.«

»Und zwar?«

»Ich werde nach Russland fahren und meine Mutter holen.«

Anfang Januar begannen die Renovierungsarbeiten, aber weder Natalja noch Rupert fühlten sich sonderlich gestört davon. Sie verließen die Wohnung meist frühmorgens, und wenn sie abends vom Set nach Hause kamen, hatten die Handwerker eine Wand eingerissen, die Beleuchtung ausgetauscht oder den Einbauschrank mit neuen Türen versehen. Es dauerte ganze zwei Wochen, bis Natalja den Sohn des Schreiners wiedersah.

Sie wurde an diesem Tag nicht am Set gebraucht und zog sich ins Schlafzimmer zurück, um ihren Text zu lernen, während Marcus die Küche auseinandernahm. Rupert lief geschäftig mit dem schnurlosen Telefon in der Wohnung umher und vereinbarte Termine. Plötzlich hörte sie ihn draußen fragen: »Wer sind Sie denn?«

»Ich bin Marcus, John Pringles Sohn.«

»Ah. Ich dachte, John würde die Arbeit selbst erledigen.«

»Er hat aufgehört. Er wird allmählich zu alt.« Marcus lachte, was Natalja zusammenzucken ließ. Marcus' Vater war genauso alt wie Rupert.

Gleich darauf stand Rupert in der Tür. »Komm, wir gehen in die Stadt. Dieser Krach ist ja nicht auszuhalten.«

Er scheuchte sie aus der Wohnung, als wäre sie eine preisgekrönte Zuchtkuh, die niemand außer ihm sehen durfte. Als sie an Marcus vorbeikamen, rief dieser fröhlich »Hallo!«, doch Natalja war klug genug, nichts zu entgegnen.

Die Renovierung der Küche dauerte eine Woche, und Rupert erfand nun jeden Tag eine neue Ausrede, um gemeinsam mit Natalja die Wohnung zu verlassen. Natalja erhaschte gelegentlich einen Blick auf Marcus, wechselte jedoch kein Wort mit ihm. Sollte er sie doch unhöflich finden, solange nur Rupert nicht den Eindruck bekam, sie würde mit Marcus flirten.

Natalja war erleichtert, als die Küche endlich fertig und Marcus verschwunden war. Als Nächstes kamen die Elektriker und installierten neue Geräte. Der Hochzeitstermin rückte näher, und es gab unendlich viel zu tun. Blumengestecke, Platzkarten, Speisen und Kirchenlieder mussten ausgesucht werden. Natalja hätte sich gern mit Lena beraten, doch die weigerte sich, mit ihr zu reden. Natalja hatte drei- oder viermal heimlich mit Sam telefoniert, um sich zu erkundigen, ob sich ihre Schwester schon etwas beruhigt hatte. Er hatte stets bedauernd verneint und versprochen, ein Auge auf Lena zu haben. Nach wie vor der perfekte Ehemann. Es war das erste Mal, dass Lena so wütend auf sie war. Woche um Woche verging, und es sah nicht danach aus, als würde sich die Angelegenheit von allein wieder einrenken. Wie hatte ihr verfluchter Vater es nur geschafft, mit einem einzigen kurzen Besuch so viel Unheil anzurichten?

An einem Tag im März, etwa vier Monate vor der Hochzeit, hatte sich Natalja für ihre zweite Kleideranprobe freigenommen. Sie wollte gerade losgehen, als es an der Tür klingelte.

»Hallo?«

»Hier ist Marcus Pringle, der Schreiner.«

»Oh. Kommen Sie rauf.«

Sie hätte auf der Stelle Rupert aus dem Bad holen sollen. Stattdessen ging sie zum Spiegel und überprüfte ihr Aussehen. Es klopfte, und sie öffnete die Tür. Er trug ein enges schwarzes T-Shirt und Jeans, die vom jahrelangen Tragen ausgewaschen und zerfranst waren und nicht, weil man sie in einer Designerwerkstatt gebleicht und mit Schmirgelpapier malträtiert hatte.

»Guten Morgen«, sagte sie, um einen kühlen Tonfall bemüht. Sie hörte, wie die Dusche abgedreht wurde.

Er antwortete ebenso kühl, zweifellos, weil sie sich ihm gegenüber so abweisend verhalten hatte. Bestimmt hielt er sie für eine arrogante Schnepfe. »Der Elektriker hat angerufen. Ich muss einen der Küchenschränke noch einmal ausbauen.«

Natalja hielt ihm die Tür auf. »Kommen Sie rein. Ich

hole Rupert.« Das Herz schlug ihr bis zum Hals, nicht nur, weil sie Marcus so attraktiv fand, sondern weil sie Angst hatte, Rupert könnte womöglich ihre Gedanken lesen. »Rupert! Der Schreiner ist wieder da.« Sie vermied es tunlichst, Marcus beim Namen zu nennen, was auf Vertrautheit, ja, Intimität hätte schließen lassen können.

Rupert kam sogleich in den Flur. »Machst du dich auf den Weg?«, fragte er, als könnte er es kaum erwarten, sie aus dem Haus zu wissen.

»Ja.«

Sie ging, ohne Marcus eines weiteren Blickes zu würdigen.

Ihr Hochzeitskleid stammte von einer jungen britischen Designerin, die es ihnen kostenlos zur Verfügung stellte, weil sie sich davon erhebliche Publicity versprach. Rupert hatte es ausgesucht. Es war mit Abstand das schönste Kleid, das Natalja je gesehen hatte – ein Unikat aus elfenbeinfarbener Seide mit trägerlosem Mieder und einem Glockenrock, der mit Bändern verziert und am Saum mit Saatperlen bestickt war. Sie kam sich vor wie eine Göttin, wenn sie es trug, und bewunderte sich in den drei großen Spiegeln des Ateliers am Marble Arch, während die Designerin an ihr herumnestelte. Wenn sie nach der Anprobe wieder in ihre Straßenkleider schlüpfte, fühlte sie sich klein und nichtssagend.

Auf dem Rückweg spazierte sie die Oxford Street entlang und schielte in die Schaufenster der billigen Schuhläden, in denen Rupert sie nicht einkaufen ließ. Als sie ihren Namen hörte, reagierte sie zunächst gar nicht; bestimmt war es nur ein Fan. Dann fiel ihr auf, dass man sie bei ihrem richtigen Namen gerufen hatte. Von ihren Fans wurde sie meist mit Natalie oder Tatjana angesprochen. Es war

Roxanne, die Frau des walisischen Regisseurs, die ihr winkte und auf sie zu eilte.

»Hallo!«, rief sie und hauchte Natalja aus mindestens zehn Zentimetern Entfernung zwei Luftküsschen auf die Wangen.

»Wie schön, dich zu sehen.«

»Ich mache einen Einkaufsbummel.« Roxanne schwenkte ihre Einkaufstüten. »Und du?«

»Ich komme gerade von einer Anprobe für mein Hochzeitskleid.«

»Wie aufregend!« Roxanne verzog den hübschen Mund. »Wir fanden es übrigens sehr bedauerlich, dass du die Rolle abgelehnt hast.«

Natalja war verwirrt. »Wie bitte?«

»Vor allem Glynn war untröstlich. Er hatte sich schon so darauf gefreut, dass du mitspielst.«

Jetzt nur kein falsches Wort. »Ach ja? Das wusste ich nicht.«

»Doch, doch, ganz im Ernst. Er musste eine amerikanische Schauspielerin engagieren, die eine *Ewigkeit* gebraucht hat, um den Akzent richtig hinzubekommen.«

Der Film. Es ging um Glynns Spionagethriller, für den sie hätte vorsprechen sollen. Sie hatte die Rolle nicht abgelehnt; man hatte sie ihr gar nicht angeboten. Sie ballte die Fäuste, weil ihre Hände zu zittern begannen.

Wie konnte Rupert ihr das antun?

Natalja setzte ein beschwichtigendes Lächeln auf. »Glynn nimmt es mir doch hoffentlich nicht übel, oder?«

»Aber nein. Vertrag ist Vertrag. Da ist nichts zu machen, wenn du bei *Lonely Shores* keine längere Pause einlegen kannst. Obwohl es mich wundert, dass sich Rupert nicht ein bisschen mehr für dich eingesetzt hat. Schließlich ist es seine Sendung.« Roxanne zuckte mit den Schultern. »Aber ich will nichts gesagt haben. Er hatte bestimmt seine Gründe.«

»Ja, die hatte er. Na, egal.« Natalja konnte ihre Wut nur mit Mühe im Zaum halten. Sie verabschiedete sich überstürzt, eilte die North Audley Street entlang und wäre beim Überqueren der Straße beinahe vor ein Auto gelaufen. Sie wollte nur noch nach Hause, um Rupert anzubrüllen. Eine mörderische Wut brodelte in ihr. Wie konnte er nur? *Wie konnte er nur?*

Als sie die Treppe hinaufhetzte, stellte sie fest, dass sie weinte. Sie wischte sich die Tränen von den Wangen und atmete einmal tief durch, dann riss sie die Tür auf.

»Rupert!«, schrie sie. »Rupert!«

Doch statt Rupert trat Marcus aus der Küche und starrte sie besorgt an. »Ist alles in Ordnung?«

Natalja versuchte, sich zu fassen. Sie hatte völlig vergessen, dass Marcus hier war. »Wo ist Rupert?«

»Der ist gegangen. Es war ihm wohl zu laut hier.« Er ergriff zaghaft ihren Arm. »Was ist denn los, Natalja? Kann ich irgendetwas für Sie tun?«

Sie sah auf seine Hand hinunter. Ihr Herz pochte wie verrückt.

»Verzeihung.« Er zog die Hand zurück.

Und da wusste sie, wie sie es Rupert heimzahlen würde. Die perfekte Rache.

»Halten Sie mich einfach fest«, hauchte sie. Es war eine Textzeile aus *Lonely Shores*, aber sie funktionierte auch im richtigen Leben tadellos.

Marcus schluckte, dann zog er sie an sich und legte die starken Arme um sie. »Das kriege ich hin.«

Sie spürte seine Lippen auf ihrem Ohr, auf der Wange,

auf ihrem Mund. Heißes Begehren strömte durch ihren Körper. Er war so jung, so hart, so lebendig. Sie zerrte an seinem T-Shirt, zog es ihm über den Kopf. Zwei Knöpfe fielen zu Boden, als er ihre Bluse aufriss. Haut an Haut. Sie konnte sich nicht erinnern, wann sie sich das letzte Mal gern ausgezogen, sich genüsslich von Männerhänden hatte liebkosen lassen. Er hob sie hoch und trug sie zum Sofa, begrub sie unter sich, die Jeans um die Knöchel. Ihr Höschen lag auf dem Boden, ihr Rock war zur Taille hochgeschoben. Vergessen waren Enttäuschung, Zorn, Angst, Schuldgefühle. Sie schloss die Augen, legte den Kopf in den Nacken und ergab sich der alles verzehrenden Erregung.

Marcus wohnte in einem kleinen Apartment im Süden von London, direkt über seiner Werkstatt. Dort waren sie bedeutend sicherer als in Ruperts Wohnung.

In den nächsten Wochen lebte Natalja in einer Traumwelt, das war ihr klar, wenn auch nur undeutlich. Abends trank sie mit Rupert teuren Wein, besprach mit ihm diverse Details für die Hochzeit, als wäre alles beim Alten. Sie fuhren gemeinsam zum Set, aßen zusammen, hatten Sex, genau wie immer. Doch kaum hatte Rupert die Wohnung verlassen, um zu irgendwelchen Besprechungen, Geschäftsessen oder ins Solarium zu gehen, nahm Natalja ein Taxi und fuhr zu Marcus. Dieser ließ sofort alles liegen und stehen und eilte mit ihr nach oben, um sie zu lieben, wild und leidenschaftlich, nach Schweiß und Sägemehl riechend.

Keiner von ihnen war so naiv, von Liebe zu sprechen. Es ging ausschließlich um die Befriedigung körperlicher Bedürfnisse, die aber nicht nur sexueller Natur waren. Marcus verwöhnte sie mit Nudeln in allen Variationen, mit reichlich Butter, Knoblauch und Sahnesauce. Er war ein hervorragender Koch, und er fand Natalja zu dünn.

Zu dünn! Bei der letzten Anprobe hatte sie förmlich das Mieder gesprengt!

Sie genoss das Essen gerade aus vollen Zügen, als plötzlich ihr Handy klingelte. Natalja rannte panisch zu ihrer Handtasche und schluckte hastig hinunter, ehe sie antwortete.

»Hallo?«

»Wo steckst du denn? Da komme ich einmal früher nach Hause, und du bist nicht da.« Sie sah zu Marcus, der mit nacktem Oberkörper in seiner sonnigen Küche saß und Fettuccine auf die Gabel wickelte. »Ich mache einen Einkaufsbummel.«

»Dafür ist es im Hintergrund aber ziemlich still.«

»Ich habe eine kurze Pause eingelegt.«

»Wo bist du? Wir haben schon eine Woche nicht mehr zusammen zu Mittag gegessen.«

»Entschuldige, Liebling. Ich bin bald zu Hause.«

Er bohrte nicht weiter nach. Schon das war eindeutig ein Warnsignal. Er verdächtigte sie. Sie würde eine Weile auf der Hut sein müssen.

Während sie das Telefon wieder einsteckte, trat Marcus hinter sie und legte die Hände auf ihre Brüste. »Musst du gleich los, oder hast du noch Zeit?«

»Nein. Er ahnt etwas.«

»Ist das denn so schlimm?«, murmelte er ihr ins Ohr. Sein Atem kitzelte sie. »Du kannst ihn nicht heiraten.«

Sie löste sich aus seiner Umarmung. »Tja, *dich* kann ich aber auch nicht heiraten.«

»Darum habe ich dich auch gar nicht gebeten. Ich sage nur, du liebst ihn nicht, also heirate ihn nicht.«

»Ich muss gehen.« Sie küsste ihn auf die Wange. »Ich melde mich, so bald es geht.«

»Ich werde da sein.«

Während sie hinunter auf die Straße eilte und ein Taxi anhielt, dachte sie über seine Worte nach. *»Du liebst ihn nicht, also heirate ihn nicht.«* Als wäre das so einfach. Sie saß in einem Hochgeschwindigkeitszug, von dem sie nicht mehr abspringen konnte. Es kam nicht mehr darauf an, was sie wollte. Eine Zeitschrift hatte die Exklusivrechte an ihrer Hochzeit, eine Designerin hatte ein Kleid zur Verfügung gestellt, und alle, die irgendwie in die Hochzeit involviert waren – sei es die Floristin, der Schreibwarenhändler oder der Partyservice –, hatten mehr zu entscheiden als sie. Die Hochzeit abblasen? Unmöglich. Zu spät.

KAPITEL 31

Energisches Klopfen. Lena stellte hastig die Weinflasche und ihr Glas neben der Kommode auf den Boden.

»Herein«, rief sie.

Wendy öffnete die Tür. »Telefon für dich.«

»Nicht Natalja.« Alle wussten, dass sie nicht mit ihrer Schwester redete, doch Wendy vergaß diese Anweisung gern vor Aufregung, sobald sie Natalja an der Strippe hatte.

»Nein. Deine Cousine Sofi.«

Lena war überrascht. Sie hatte seit dem Winter nichts von Sofi gehört, und von sich aus hatte Lena niemanden kontaktiert. Sie machte Natalja für die Abreise ihres Vaters verantwortlich und war noch immer unbeschreiblich wütend auf sie. Bei Sofi war die Sache komplizierter. Einerseits schämte sie sich dafür, dass sie nicht einfühlsamer vorgegangen war, als sie Nikitas Entwicklungsstörungen angesprochen hatte, andererseits übertrug sie unwillkürlich ihren Groll und ihr Misstrauen gegenüber Stasja auf Sofi.

Sie folgte Wendy in die Küche und nahm den Hörer in die Hand. Es war acht Uhr, die Kinder schliefen, Sam probte mit seinen Kumpels. Aus dem Wohnzimmer, wo Wendy gerade ihr Lieblingsfernsehquiz schaute, drangen Stimmen und Applaus. Der Geruch nach Grillhühnchen und Kartoffeln hing in der Luft.

»Hallo?«, sagte sie zaghaft – auf Russisch, wie immer, wenn sie mit Sofi oder Natalja telefonierte, damit Wendy sie nicht belauschen konnte.

»Du hattest recht. Danke.«

Es dauerte einen Augenblick, bis Lena begriff. »Was Nikita angeht?«, fragte sie zutiefst bekümmert.

»Ja.« Sofis Stimme klang belegt, als würde sie gegen die Tränen ankämpfen. »Tut mir leid, dass ich mich erst jetzt deswegen melde. Du hast dir bestimmt schon Sorgen gemacht.«

Sorgen – wegen Nikita? Nein, eigentlich hatte sie sich die vergangenen Monate hauptsächlich in Selbstmitleid gesuhlt. »Und was machst du jetzt?«, fragte sie.

»Man kann einiges tun, um seine Sprachentwicklung und sein Sozialverhalten zu fördern, aber er wird nie normal sein. Gut möglich, dass ich mich noch mit achtzig um ihn kümmern muss.«

»Was ist mit *Anastasia Designs*?«

»Ich hoffe mal, dass ich weitermachen kann.«

»Und Julien fährt trotzdem nach Sydney?«, fragte Lena.

»Ja, aber das ist in Ordnung. Ich bin gerade dabei, mir

Hilfe zu organisieren«, sagte Sofi und fuhr dann mitfühlend fort: »Natalja hat mir von der Sache mit eurem Vater erzählt.«

»Bestimmt hat sie dir nur ihre Seite geschildert.«

Sofi bemühte sich um eine neutrale Formulierung. »Es tut mir sehr leid, dass du enttäuscht wurdest.«

Enttäuscht? Das war die Untertreibung des Jahrhunderts. Sie empfand eine rasende Wut auf Natalja; war zu Tode betrübt darüber, dass sie Papa zum zweiten Mal verloren hatte, und sie fühlte sich unendlich einsam, weil niemand ihren Kummer verstehen konnte.

Ganz oben auf der Liste der Gemütsbewegungen jedoch stand Selbsthass. Lena hätte gern geglaubt, dass ihre Schwester gelogen hatte, dass Papa nur um des lieben Friedens willen gegangen war, weil Natalja ihn fortgejagt hatte. Dass er sich bald bei ihr melden würde. Jeden Tag, wenn sie von der Arbeit nach Hause kam, sah sie mit heftig pochendem Herzen die Post durch, nur um ernüchtert festzustellen, dass wieder nichts für sie gekommen war. Sie zählte die Tage. Sie hatte sich vorgenommen, ihrem Vater hundert Tage Zeit zu geben. Wenn er ihr dann nicht geschrieben und alles erklärt hatte, würde sie Natalja glauben. Bis zum Ablauf der Frist blieben noch knappe zwei Wochen, und allmählich kam sie zu der Einsicht, dass Natalja recht gehabt hatte: An den zehntausend Pfund war ihm mehr gelegen als an ihr. Weil sie es einfach nicht verdiente, geliebt zu werden. Sie war ein Nichts, eine Missgeburt. Genau aus diesem Grund hatte er sie schon einmal verlassen.

Sofis Stimme riss sie aus ihren düsteren Gedanken. »Lena?«

»Ich will nicht darüber reden«, winkte Lena ab.

»Ich hoffe nur, du glaubst nicht, was Onkel Viktor über

Mama behauptet hat. Du weißt, sie würde dir niemals wehtun. Sie liebt dich, als wärst du ihre Tochter.«

»Manchmal tun uns Menschen genau deshalb weh; weil sie uns lieben«, fauchte Lena. »Weil sie uns für unreif halten und glauben, wir könnten nicht auf uns selbst aufpassen. Und sie hat nie einen Zweifel daran aufkommen lassen, dass du ihr *einziges* Kind bist. Natalja und ich kamen doch immer lange nach dir.« Sie bereute ihre Worte, sobald sie heraus waren, und machte die drei großen Gläser Wein dafür verantwortlich, die sie vorhin getrunken hatte. Ihr kleiner privater Luxus an den Abenden, an denen Sam mit der Band probte.

»Du bist noch sehr verletzt«, sagte Sofi beschwichtigend. Was so viel bedeutete wie *Du wirst dich schon wieder beruhigen, du warst schon immer sehr emotional, bald kommt alles wieder ins Lot.*

Lena hatte es gründlich satt, dass alle anderen immer besser als sie wussten, wie es in ihr aussah …

»Ich muss auflegen«, sagte Sofi. »Bis demnächst.«

Normalerweise versprachen sie einander am Schluss, Fotos zu schicken und zu besonderen Anlässen anzurufen. *Bis demnächst* klang ungewöhnlich kühl.

Noch zehn Tage. Was, wenn sie in diesen zehn Tagen nichts von Papa hörte?

Nun, dann würde sie ihn eben anrufen.

»Du bist ein fetter, fauler Sack.«

Viktor öffnete ein Auge. Uljana stand in der Schlafzimmertür. Sie war von Kopf bis Fuß neu eingekleidet, hatte sich die Haare färben und die Fingernägel machen lassen – alles mit seinem Geld. Undankbares Weib. »Lass mich schlafen«, brummte er.

»Such dir eine Arbeit.«

»Ich brauche keine Arbeit. Ich bin reich.«

»Aber nicht mehr lange, wenn du so weitermachst.«

»Ich kann mir jederzeit Nachschub holen.«

Uljana knallte die Tür zu und marschierte aus der Wohnung. Sie war bloß neidisch, weil sie weiter zur Arbeit gehen musste, während er sich einen schönen, langen Urlaub gönnte.

Selbstverständlich hätte er mit seinem Geld auch etwas anderes anstellen können. Mit Uljana nach Odessa fahren und Ferien am Schwarzen Meer machen. Ein Auto oder neue Möbel kaufen. Aber seiner Chefin an den Kopf werfen zu können, dass sie eine hässliche, frigide Hexe war, das war es wert gewesen.

Uljana hatte entsetzt reagiert, als er mit so viel Geld aus London zurückgekehrt war. »Sie werden eine Gegenleistung erwarten. An deinem Leben teilhaben wollen.«

»Nein, das ist ja das Tolle daran – sie haben mir Geld gegeben, damit ich sie in Ruhe lasse.«

Was nicht ganz der Wahrheit entsprach. Nur Natalja hatte ihn loswerden wollen. Bei Lena war die Sache ganz anders, und zu ihr kehrten seine Gedanken häufig zurück.

Er starrte an die Decke und verwünschte den leichten Anflug von Zerknirschtheit, ja, Beschämung, der sich partout nicht abschütteln ließ. Ihre sanften Augen, ihre vertrauensvolle Zuneigung. Aber auch der Zug um ihren Mund, der ihm von seinem Spiegelbild wohlbekannt war, ihre plötzlichen Heiterkeitsanfälle – die hatte er als junger Mann auch gehabt. Er schloss die Augen und verbannte sämtliche Gedanken an Lena aus seinem Kopf. Rührseligkeit war etwas für Männer, die nicht so verzweifelt waren wie er, und für Reue war es zu spät.

Lena hatte beschlossen, Papa von einer Telefonzelle aus anzurufen. Sie wollte nicht von Sam oder Wendy gefragt werden, wen sie anrief, wollte nicht, dass im Hintergrund Kindergeschrei oder Gekicher zu hören war.

Es nieselte, als sie die Kindertagesstätte verließ. Den ganzen Tag schon hatte sie sich seelisch auf diesen Moment vorbereitet. Mit zitternden Händen faltete sie den kleinen Zettel auseinander, auf dem Papa ihr am ersten Abend in Briggsby in seiner geschwungenen Handschrift seine Adresse und Telefonnummer aufgeschrieben hatte. Sie hatte ihn darum gebeten, aus Angst, er könnte verschwunden sein, ehe der Morgen anbrach. Sie legte den Zettel auf das Telefon, warf ein paar Münzen ein und wählte. Sie hatte sich den ersten Satz immer wieder vorgesagt: »Hallo Papa, hier ist Lena. Ganz egal, was Natalja gesagt hat, du musst mit mir reden und mir die Wahrheit sagen.«

Doch es klingelte nicht. Sie legte auf und startete einen neuen Versuch. Vergeblich. Sie notierte Tante Stasjas Nummer, die sie auswendig konnte, auf dem Zettel, und zählte die Ziffern.

Papas Nummer war kürzer. Eine Ziffer fehlte.

Hatte er sie bloß vergessen oder ihr bewusst eine falsche Nummer gegeben, weil er keinen weiteren Kontakt zu ihr haben wollte? Und was nun? Sollte sie ihm einen Brief schreiben, noch einmal hundert Tage abwarten? Und falls keine Antwort kam, würde sie sich dann einreden, dass der Brief verloren gegangen war, oder würde sie endlich akzeptieren, dass er nichts mit ihr zu tun haben wollte?

Sie beschloss, Stasja anzurufen.

Diesmal klappte es.

»Tante Stasja?«

»Natalja?«

»Nein, hier ist Lena.«

Schweigen. Dann: »Ich hatte nicht erwartet, von dir zu hören, Lena.«

Natürlich war ihr Papas Geschichte zu Ohren gekommen.

»Hör zu«, sagte Lena. »Ich nehme an, dass du für das, was du getan hast, deine Gründe hattest …«

»Ich habe gar nichts getan«, fuhr Stasja dazwischen. »Er stand nach zwanzig Jahren vor meiner Tür; er hatte keine Ahnung, dass sein Bruder gestorben war, und es war ihm auch egal. Er sprach mit Honigzungen, aber sein Herz war ein Eisklotz. Ich weiß nicht, was für Lügenmärchen er dir erzählt hat, aber glaub mir, er denkt nur an sich selbst.«

Lena atmete tief durch. Sie war eine erwachsene Frau, sie würde sich diesen Tonfall nicht bieten lassen. »Du hast ein Recht auf deine eigene Meinung, Tante Stasja«, sagte sie. »Ich will bloß seine Adresse oder Telefonnummer.«

»Ich habe weder noch.«

»Das ist nicht wahr. Du musst sie haben.«

»Habe ich aber nicht. Ich habe ihn nicht darum gebeten. Ich will ihn nie wieder sehen. Wozu sollte ich ihn da nach seiner Nummer fragen?«

»Mir ist klar, dass du das tust, um mich zu beschützen …«

»Ach, hör doch auf. Er tauchte wie aus dem Nichts hier auf, blieb fünf Minuten, bis ich ihm deine Adresse aufgeschrieben hatte – was ich mittlerweile übrigens zutiefst bereue –, und dann ging er wieder. Wir haben weder Höflichkeiten noch Telefonnummern ausgetauscht. Du kannst meinetwegen glauben, was du willst, aber ich möchte dich bitten, an all die Jahre zu denken, die ich für dich gesorgt habe, während er weiß Gott wo war.«

»Er ist gekommen, sobald er konnte.«

»Ich lege jetzt auf, Lena. Ich kann dir nicht helfen.«

»Falls er wiederkommt, oder anruft oder …«, sagte Lena verzweifelt.

»Lebwohl, Lena. Ich hoffe, du kommst bald zur Vernunft.«

»Verdammt!« Lena trat gegen die Telefonzellenwand. In ihre Wut mischte sich allmählich die entsetzliche Erkenntnis, dass Stasja die Wahrheit gesagt hatte. Stasja war warmherzig, äußerst praktisch veranlagt, aber stets fürsorglich. Immer hatte sie ein tröstendes Wort gehabt, wenn sie sich die Knie aufgeschürft hatte oder von tyrannischen Schulkameraden gehänselt worden war. Das machte es beinahe unmöglich, weiterhin an Papas Geschichte zu glauben, und ließ Nataljas Version immer wahrscheinlicher wirken.

An den zehntausend Pfund lag ihm mehr als an dir.

Lena trat aus der Telefonzelle und legte den Kopf in den Nacken, sodass sich ihre Tränen mit den Regentropfen vermischten.

KAPITEL 32

Natalja war beinahe eingenickt, als eine leise Stimme sagte: »Verzeihung, Miss Chernoff, Sie sind zu Hause.«

Verwirrt sah sie sich um. Es musste nach Mitternacht sein. Der Tag hatte sich endlos hingezogen, und so würde das noch die kommenden sechs Wochen weitergehen. Tatjana war zurzeit in eine Fehde zwischen zwei Familien verwickelt und spielte eine entscheidende Rolle für sämtliche Geschehnisse bei *Lonely Shores*, sodass Natalja sehr viel Zeit am Set verbrachte. Sie fragte sich unwillkürlich, ob Rupert sie absichtlich so einspannte, um sich dafür rechtfertigen zu können, dass er ihre Rolle in Glynns Spionagethriller abgelehnt hatte. Sie hatte ihn noch immer nicht darauf angesprochen.

Sie bedankte sich beim Fahrer und ging gähnend zur Eingangstür. Fünf Stunden Schlaf, dann wieder zurück zum Set.

Als sie die Wohnung betrat, brannte zu ihrer Überraschung im Wohnzimmer noch Licht. Rupert saß vor dem flimmernden Fernseher in einem Sessel und schlief. Sie betrachtete ihn, seine hängenden Hamsterbacken, sein faltiges Gesicht. Er war älter als ihr Vater. Ihr wurde übel. Sie konnte ihn nicht heiraten. Aber es gab kein Entrinnen.

Sie ging zu ihm, schüttelte ihn sanft. »Rupert?«

Er richtete sich auf, schüttelte den Kopf, sah auf die Uhr.

»Du bist sehr spät dran.« Immer verdächtigte er sie, obwohl er selbst das Drehbuch geschrieben und den Wagen bestellt hatte und meist ganz genau wusste, was am Set geschah.

Sie setzte sich auf die Armlehne des Sessels. »Es gab viel zu tun.«

Er streckte den Arm aus, streichelte ihr über die Wange. »Du siehst müde aus, Schatz.«

»Du auch.«

»Ich habe mir einen Film angeschaut.« Er griff nach der Fernbedienung und schaltete den Fernseher aus. »Jetzt weiß ich nicht, wie er ausgegangen ist.«

Sie lachte, obwohl sie unwillkürlich dachte: *Vor dem Fernseher einschlafen, das tun nur alte Leute.*

»Ach ja, ich muss eine Woche nach New York.«

»Wann?«

»Donnerstagvormittag. Mein Flug geht um zehn. Ein amerikanischer Kabelsender hat Interesse an *Lonely Shores* signalisiert. Eine große Sache. Es macht dir doch nichts aus, wenn ich allein fahre?«

Eine ganze Woche ohne Rupert? Natalja schwirrte der Kopf. Marcus konnte über das Wochenende hier einziehen und sie in jedem einzelnen Zimmer lieben. In Ruperts Bett, in Ruperts Dusche, auf Ruperts Schreibtisch. Schon bei dem Gedanken daran rieselte ein wohliger Schauer durch ihren Körper.

Sie tat, als würde sie schmollen. »Besuch ja keine Modeschauen ohne mich.«

»Das kann ich dir nicht versprechen.« Er erhob sich, streckte sich, sodass sein Bademantel über dem haarigen Bauch aufklaffte. »Los, komm mit ins Bett.«

Sie folgte ihm gehorsam und erfüllte ihm seine Wünsche. Danach küsste er sie auf die Wange, sagte: »Ich liebe dich« und drehte sich auf die Seite.

»Ich dich auch«, murmelte sie in die Dunkelheit. Es war spät, sie war müde, und doch lag sie noch lange wach. Liebte sie ihn? Vielleicht. Manchmal hasste sie ihn auch. Noch acht Wochen bis zur Hochzeit. Aber sie würde es durchziehen, all ihren Zweifeln zum Trotz. Er hatte ihr die Gelegenheit, in einem Film mitzuspielen, verdorben – na und? Sie führte bereits ein glamouröses Leben, auch ohne Hollywood. Rupert sorgte für sie. Marcus war nur ein Abenteuer. Eine Affäre, die sie beenden musste. Während Ruperts Reise nach New York würde sie sich noch einmal so richtig austoben, und dann würde sie sich von Marcus verabschieden und sich geistig darauf einstellen, Rupert eine pflichtbewusste Ehefrau zu sein.

Lena fuhr aus dem Schlaf hoch. Ihr Kopf dröhnte. Der digitale Wecker neben dem Bett zeigte, dass es schon nach elf war, und Sam war noch nicht im Bett. Er war zu einer Besprechung mit David und Tony gegangen, hätte jedoch längst zurück sein müssen. Sie rieb sich die Schläfen. Zu viel Wein. Das erste Glas hatte sie mit Wendy zum Abendessen getrunken, das zweite, ehe sie die Kinder ins Bett gebracht hatte. In ihrem Zimmer hatte sie sich dann noch einmal zwei Gläser genehmigt … oder drei? Jedenfalls hatte sie eine ganze Flasche geleert, allein. Irgendeinen billigen Fusel, der einen üblen Nachgeschmack hinterließ und Kopfschmerzen verursachte.

Sie versuchte, sich keine Gedanken zu machen, weil Sam noch nicht da war. Stieg aus dem Bett, schlüpfte in ihren abgetragenen Morgenmantel, der über der Fußleiste des Bettes hing. Als sie die Schlafzimmertür öffnete, sah sie einen Lichtschein und hörte Sams Stimme. Er war also hier und unterhielt sich noch mit Wendy. Seltsam nur, dass sie bloß ihn reden hörte. Neugierig huschte Lena durch den Flur und verharrte an der Tür zum Wohnzimmer.

»Ich weiß … Ich muss mit ihr reden … Es sieht ganz danach aus, aber wer weiß das schon?«

Mit wem telefonierte er da, um diese Zeit? Sie schlich in Richtung Küche, stieß sich am Couchtisch das Schienbein an. Sofort sagte er: »Ich muss auflegen. Bis dann.«

Eifersucht und Panik flackerten in ihr auf. Er ging fremd. Wieso sollte er sonst so überstürzt auflegen?

Er kam aus der Küche. »Lena. Du bist ja noch wach.« Er klang übertrieben fröhlich, nervös.

»Mit wem hast du telefoniert?«

»Mit einem von den Jungs. Lass uns ins Bett gehen.« Er

legte ihr einen Arm um die Hüfte und führte sie ins Schlafzimmer.

Doch an Schlaf war nicht zu denken. Er hatte sie zweifellos angelogen, und dieser Gedanke weckte in Lena das Gefühl, auf einer Sanddüne zu stehen, die unter ihren Füßen wegrieselte. Sie wälzte sich lange im Bett hin und her, dann fiel ihr etwas ein. Falls Sam der Anrufer gewesen war, musste sie nur die Wahlwiederholungstaste drücken, um herauszufinden, mit wem er gesprochen hatte. Doch inzwischen war es ein Uhr morgens. Um diese Zeit konnte sie unmöglich jemanden anrufen. Sie rang noch eine Weile mit sich, doch sie würde kein Auge zutun, ehe sie das Rätsel gelöst hatte. Lautlos stieg sie aus dem Bett und schlich in die Küche.

Nahm den Hörer ab.

Drückte die Wahlwiederholungstaste.

Es klingelte lange. Niemand nahm ab. Dann schaltete sich ein Anrufbeantworter ein. Eine Männerstimme sagte: »Hier ist der Anschluss von Rupert Palmer und Natalie Chernoff.«

Ihre Knie gaben nach. *Natalja.* Sie ließ den Hörer auf die Gabel fallen und sank auf den Küchenboden. Warum telefonierte Sam heimlich zu nachtschlafender Zeit mit ihrer Schwester?

Sie rappelte sich auf, tappte durch den Flur zurück in ihr Zimmer.

»Sam?« Ihre Stimme kippte, sie brach in Tränen aus.

Er richtete sich verschlafen auf, verwirrt, nahm sie auf der Stelle in die Arme. »Hey, hey. Was ist denn los?«

»Warum hast du Natalja angerufen?«

Er erstarrte. »Was?«

»Betrügst du mich mit ihr?«

Er seufzte und drückte sie an sich. »Aber nein, Lena. Das würde ich dir doch nie antun.« Er streichelte ihr übers Haar.

»Und warum hast du dann mit ihr telefoniert?«

»Weil du dich weigerst, mit ihr zu reden. Sie hat sich Sorgen gemacht, und ich musste ihr versprechen, dann und wann anzurufen und zu berichten, wie es dir geht.«

Sie hatten also keine Affäre. Trotzdem fühlte sie sich hintergangen. Er hatte Geheimnisse vor ihr. Mit Natalja.

Sam lehnte sich zurück und sah ihr direkt in die Augen. »Ehrlich gesagt, habe ich sie angerufen, weil ich mir auch Sorgen um dich mache.«

»Wieso?«

»Du bist ständig deprimiert, du trinkst zu viel ... Ich habe die leeren Flaschen gefunden. Seit dieser Kerl hier aufgetaucht ist ...«

»Mein Vater?« Sie funkelte ihn bitterböse an.

»Wann war er dir denn je ein richtiger Vater? Natalja hat mir erzählt, dass er euch praktisch von Anfang an bei irgendwelchen Verwandten abgeladen hat. *Ich* bin ein Vater: Ich lebe unter demselben Dach wie meine Kinder, ich bringe sie jeden Abend persönlich ins Bett, ich sorge dafür, dass sie ihre Erbsen essen und sich die Zähne putzen. Ein Mann, der das nicht tut, hat auch nicht das Recht, sich Vater zu nennen.«

Lena stiegen Tränen in die Augen.

»Du warst glücklich, bis er aufgekreuzt ist.«

»Nach außen hin, ja, aber mein Kummer war immer da, unter der Oberfläche, verstehst du?«

»Ja, und er war schon damals dafür verantwortlich.«

»Das wissen wir nicht. Seine Erklärung ...«

»War sehr weit hergeholt und widersprüchlich.«

Das wurde ihr allmählich selbst klar, aber ihre Naivität war ihr so peinlich, dass sie sich noch nicht vollends damit abgefunden hatte.

»Lena, du bist nicht mehr du selbst. Ich habe Natalja heute angerufen, um mit ihr zu beraten, was wir tun können. Ich finde, als Erstes solltest du mit ihr reden, die Beziehung zu ihr kitten. Ich will nicht, dass du etwas so Wertvolles wie deine Schwester verlierst.«

»Also gut«, sagte Lena, zu müde, um zu protestieren. »Ich rufe sie morgen an. Aber keine Heimlichkeiten mehr, Sam.«

»Es tut mir leid.«

»Vor allem nicht mit meiner Schwester«, hätte sie beinahe hinzugefügt, doch Tante Stasja hatte stets behauptet, es bringe großes Unglück, seine allergrößte Angst laut auszusprechen.

Der strahlende Sonnenschein draußen passte zu Nataljas Laune. Sie fühlte sich lebendig und leicht und konnte gar nicht aufhören zu lächeln.

Sie lag mit Marcus im Bett – in Ruperts Bett, in Ruperts Wohnung – und aß Schweizer Schokolade. Sie war heute Morgen neben ihm aufgewacht, zum allerersten Mal. Er hatte ihr ein typisch englisches Frühstück zubereitet, mit Speck und Eiern. Während er in der Küche war, hatte das Telefon geklingelt. Lena, die sich mit ihr versöhnen wollte. Nataljas Erleichterung darüber war so groß, dass sie erst jetzt bemerkte, wie angespannt sie gewesen war. Sie hatten einander versichert, dass sie sich liebten und waren übereingekommen, sich bald zu treffen. Natürlich konnte nicht gleich wieder alles wie früher sein, aber der erste Schritt war getan.

Nach dem Frühstück gingen sie schnurstracks wieder ins Bett, dösten, liebten sich, aßen. Sie hatte das Gefühl, dass jedes ihrer körperlichen Bedürfnisse endlich gestillt war. Sie wusste, genau wie Marcus, dass ihre Affäre auf das Ende zusteuerte, aber zumindest war es ein angenehmes Ende.

Kurz vor zwölf klingelte erneut das Telefon. Sie befahl Marcus, sich ruhig zu verhalten, für den Fall, dass es Rupert war, und nahm ab.

»Hallo?«

»Natalja, Liebes, wie geht's?«

»Gut. Das Wetter hier ist toll. Wie ist es in New York?«

»Grau und bewölkt. Und meine Meetings laufen nicht gut.«

Sie unterhielten sich eine Weile. Natalja schwindelte, sie wolle heute ihren Text lernen und eine große Runde joggen gehen. Dann legten sie auf, und sie kuschelte sich wieder glückselig in Marcus' Arme.

Doch was war das für ein Geräusch gewesen? Sie erstarrte, lauschte angestrengt.

»Was ist los?«, fragte Marcus.

»Das klang, als wäre jemand an der Tür.«

Eindeutig. Die Wohnungstür wurde geschlossen, dann klirrte ein Schlüsselbund auf der Anrichte in der Küche.

»Da ist jemand in der Wohnung«, stellte Marcus fest.

Natalja erhob sich und griff nach ihren Kleidern, doch es war zu spät. Die Schlafzimmertür flog auf. »Überraschung«, knurrte Rupert.

Aber … Rupert war doch in New York! Sie hatte gerade mit ihm telefoniert. Wie konnte er dann plötzlich vor ihr stehen?

Marcus raffte bereits seine Sachen zusammen. Rupert

beachtete ihn nicht. Er warf Natalja ihr Kleid hin. »Zieh dich an, du kleine Schlampe.«

»Wieso bist du …?«

»Ich habe dich vom Taxi aus angerufen.«

Er hatte ihr eine Falle gestellt. Er hatte geahnt, dass sie ihn betrog. Vielleicht war er tatsächlich in New York gewesen, hatte ihr aber absichtlich ein falsches Rückflugdatum genannt, um sie auf frischer Tat zu ertappen.

Rupert wartete schweigend ab, bis Marcus seine Kleider aufgesammelt hatte und verschwunden war. Natalja zog sich ihr Kleid über den Kopf und spannte die Beinmuskeln an, damit ihre Knie nicht zitterten.

»Der Sohn meines alten Schulfreundes«, stellte Rupert schließlich überraschend gefasst fest. »Hast du absichtlich ihn gewählt, um mich zu demütigen?«

Natalja wusste nicht, was sie sagen sollte, also schwieg sie.

Der erste Schlag traf sie völlig überraschend. Rupert machte einen Schritt auf sie zu und ohrfeigte sie so kräftig mit dem Handrücken, dass sie aufs Bett fiel, in die noch warmen, zerwühlten Laken. Sie kroch rückwärts, weg von ihm, rieb sich schockiert das Gesicht. »Rupert!«

»Findest du etwa, das hast du nicht verdient?«

Er zerrte sie am Handgelenk aus dem Bett und auf den Boden, trat sie in den Rücken. Ein gellender Schmerz durchzuckte sie. Panisch vor Angst versuchte sie zu fliehen, doch er nagelte sie mit dem Fuß auf dem Boden fest.

»Hörst du mir zu?«, presste er mit zusammengebissenen Zähnen hervor.

Sie nickte. Die Haare klebten ihr im tränennassen Gesicht.

»Ich gehe jetzt, und wenn ich in zwanzig Minuten wiederkomme, will ich dich nicht mehr sehen. Du wirst kein Sterbenswörtchen über das hier verlieren, und am Montag wirst du am Set erscheinen, als wäre nichts geschehen. Ich werde die Hochzeit abblasen, und zwar offiziell, weil ich dich satt hatte. Wir werden nie wieder ein Wort miteinander wechseln. Ist das klar?«

Sie nickte erneut. Er nahm den Fuß von ihrem Rücken, marschierte hinaus, knallte die Wohnungstür hinter sich zu. Natalja sah auf die Uhr. Zwanzig Minuten.

Sie rappelte sich auf, ignorierte die Schmerzen in ihrem Rücken, holte ihre Koffer und warf hektisch hinein, was immer ihr zwischen die Finger kam. Fotoalben, CDs. Sie hatte die Geistesgegenwart, ein Taxi zu rufen, dann packte sie weiter. Schminkzeug, Zahnbürste. Unzählige Kleider und Schuhe blieben zurück. Die Zeit war um, sie musste gehen. Sie rannte hinunter.

Das Taxi wartete bereits. »Wohin?«, wollte der Fahrer wissen.

Darüber hatte sie sich noch keine Gedanken gemacht. Ihr Rücken tat höllisch weh. Sie sah Ruperts dunkle Gestalt um die Ecke biegen. »Egal, nur weg von hier«, stieß sie hervor.

Natalja nahm sich ein Zimmer in einem Hotel in Haysbridge-on-Sea, von dem aus sie zu Fuß zum Set gehen konnte. Als Grund gab sie die Renovierungsarbeiten in der Londoner Wohnung an. Sie hatte keine Ahnung, wie lange sie bleiben würde. Zunächst eine Woche, bis sie etwas anderes gefunden hatte.

Als sie morgens in der Maske saß, graute ihr schon vor dem Wiedersehen mit Rupert, doch er kam nicht. Sie warf einen Blick auf ihren Plan und machte sich auf den Weg ins Haus Nummer siebenundzwanzig. Es stand wieder einmal eine Auseinandersetzung zwischen Tatjana und Meg Bradley auf der Tagesordnung. Solche Szenen wurden mit schöner Regelmäßigkeit gedreht und brachten hohe Einschaltquoten.

Dan Ellison kam auf sie zu und reichte ihr einen Stapel DIN-A4-Seiten. »Neues Skript.«

Daran hatte sie sich inzwischen gewöhnt. Sie überflog den Text. Ihre Zeilen hatten sich nicht geändert. Sie blätterte weiter. Als sie am Ende der Szene angelangt war, zog sich ihr Herz vor Schreck zusammen.

TATJANA läuft hinaus und knallt die Tür hinter sich zu. MEG sinkt weinend auf das Sofa. Man hört Reifen quietschen, dann Geschrei. TREVOR stürmt herein und befiehlt MEG, einen Krankenwagen zu rufen. TREVOR: »Tatjana ist Dad vors Auto gelaufen!«

Sie umklammerte das Drehbuch und ging zu Dan. »Was soll das?«

Er drehte sich lächelnd zu ihr um, zuckte mit den Schultern. »Ich führe nur die Befehle von ganz oben aus.«

»Das war also Ruperts Idee?« Natürlich. »Stirbt Tatjana?«

»Ja.«

»Gibt es eine Todesszene? Auf der Straße oder in einem Krankenhaus?«, fragte sie mit wachsender Verzweiflung. Das konnte er ihr nicht antun! Ihr Vertrag lief noch gute achtzehn Monate, bis Januar 2000.

»Nein. Du rennst auf die Straße, und das war's.«

Das war's.

Dan beugte sich zu ihr und fuhr mit gesenkter Stimme fort: »Keine Sorge, du stehst unter Vertrag, das heißt, du wirst weiterhin bezahlt.«

Es war das erste Mal, dass er auch nur ansatzweise Mitgefühl zeigte.

»Warum tut er mir das an?«

»Er sagte, du würdest schon wissen, weshalb.«

Dann wurden sie vom Chefbeleuchter unterbrochen, und Dan ließ sie stehen.

Natalja sackte gegen den Türpfosten. Hatte sie wirklich angenommen, Rupert würde sie ungeschoren davonkommen lassen? Er war zwar an den Vertrag gebunden, aber das war sie ebenfalls. Ohne seine Zustimmung durfte sie keine anderen Rollen annehmen.

»Okay, Tatjana, wir sind so weit«, rief Dan.

Natalja schleppte sich aufs Set. Sie lieferte eine schauderhafte Leistung, doch Dan war damit zufrieden. Dann verfolgte sie, wie der Schauspieler, der Tatjanas Exmann Trevor spielte, hereinstürmte und brüllte, Tatjana sei überfahren worden. Und das war's. Ihr Schwanengesang in der dritten Person. Natalja ließ das hektische Treiben und Stimmengewirr am Set hinter sich und trat durch das Tor hinaus in die Anonymität.

Niemand verabschiedete sich von ihr.

KAPITEL 33

Es war ein seltsames Gefühl, nach fünf Jahren wieder in Sankt Petersburg zu sein. Die Stadt hatte sich in vielerlei Hinsicht verändert, war aber im Großen und Ganzen dieselbe geblieben. Schmuddelige Erhabenheit, holprige Bürgersteige, kaum beachtete Verkehrsregeln. Das Gebäude, in dem Sofi aufgewachsen war, hatte Rostflecken unter den

Fenstern, der Gips bröckelte ab. Immerhin war kürzlich eine neue Haustür aus Stahl eingebaut worden. Vor der stand sie nun, mit Nikita auf dem Arm, und suchte gerade den richtigen Klingelknopf, als eine abgemagerte junge Frau aus dem Haus trat und sie herein ließ.

Der Aufzug funktionierte wieder einmal nicht. Sie packte den Koffer und nahm die Treppe. Die Beleuchtung war erneuert worden, die Wände waren mit Graffiti beschmiert. Vor Mamas Tür blieb sie stehen, stellte den Koffer ab und klopfte.

Die Tür schwang auf. Stasja hatte sie bereits erwartet. »Sofi, mein Kind! Und dein hübscher kleiner Junge.«

Sofi setzte Nikita ab und warf sich in Mamas Arme. Schließlich machte sie sich von ihr los und trat einen Schritt zurück. Nikita starrte in eine Ecke des Zimmers.

Stasja kniete sich vor ihn auf den Boden. »Wie wär's mit einer Umarmung für deine Babuschka?«

»Babuschka«, sagte Nikita ernst, ohne einen Finger zu rühren.

»Ach, hör doch, was für ein wunderschönes Wort!«

Sofi lächelte matt und half ihrer Mutter wieder auf die Beine. Sie hatte ihr weder von Nikitas Krankheit erzählt noch den Grund für ihren Besuch genannt. Sie war gespannt, ob ihrer Mutter auffallen würde, dass etwas nicht stimmte.

Sie sah sich im Zimmer um. Es war sauber und roch nach Möbelpolitur, als wäre sie eine Besucherin, die es zu beeindrucken galt.

»Ich habe schon Tee gemacht.« Stasja begab sich in die Ecke des Wohnzimmers, die zur Kochnische umfunktioniert worden war. »Möchte der Junge vielleicht ein Glas Milch?«

Nikita machte ein paar unsichere Schritte. Er hatte Mamas Standventilator entdeckt und starrte auf die sich drehenden Rotorblätter.

»Bestimmt. Kann ich dir helfen?«

»Nein, du bist mein Gast. Setz dich. Ich freue mich sehr über deinen Besuch, auch wenn du nur ein paar Tage hier bist.«

Stasja stellte ein Tablett mit Tee, Milch und Keksen auf den Tisch und versuchte, Nikita mit einem Plätzchen zu locken, doch er hatte kein Interesse. Sie plauderten eine Weile.

Stasja beschwerte sich bitterlich über Onkel Viktor und Lena, erzählte von der Arbeit in der Bäckerei und von ihrem Ärger mit diversen unangenehmen Untermietern. Inzwischen bestritt sie die Miete allein, und sie dankte Sofi immer wieder dafür, dass sie ihr Geld schickte. Zwischendurch beobachtete sie Nikita, versuchte, mit ihm zu reden, ihn zu sich zu rufen.

Nach einer halben Stunde, in der Nikita sämtliche Untersetzer vom Sofatisch genommen und auf dem Boden damit einen perfekten Kreis gelegt hatte, bemerkte Stasja schließlich: »Er ist sehr still.«

»Ja, das ist er.«

Sie versuchte es auf Englisch. »Komm zu Babuschka, Nikita.«

Er rührte sich nicht. Sofi hob ihn auf und setzte ihn ihrer Mutter auf den Schoß. »Braver Junge«, sagte Mama auf Russisch.

»Braver Junge«, echote Nikita.

»Lieber Himmel, er spricht bereits Russisch?«

»Nein, er wiederholt nur, was er hört.«

Stasja runzelte die Stirn. »Also gut, Sofi. Sag mir, was mit dem Kleinen nicht stimmt.«

»Er ist autistisch«, erwiderte Sofi mit zitternder Stimme. Wann immer sie es jemandem erzählte, überwältigte sie von Neuem die Verzweiflung.

Ihre Mutter nickte ohne den geringsten Anflug von Bekümmerung. »Dann wird er viel Arbeit machen, nicht wahr?«

»Ich weiß es nicht. Jedes Kind ist anders. Aber unser Arzt hat uns unzählige Übungen aufgeschrieben, die es ihm leichter machen sollen, sich an seine Umwelt zu gewöhnen.« Sofi ergriff Mamas Hand. »Ich möchte, dass du mit mir nach Frankreich kommst.«

Sofort schüttelte Stasja den Kopf. »Unsinn. Wozu denn?«

»Mein Geschäft läuft gut, und Julien ist bis November in Australien. Jemand muss sich um Nikita kümmern.« Sofi biss sich auf die Lippe, um die Tränen zurückzuhalten. »Mama, ich brauche dich. Ich brauche dich mehr denn je. Ich …« Ihr versagte die Stimme.

»Ach herrje.« Nun hatte auch ihre Mutter feuchte Augen.

»Ich schaffe das alles nicht allein.«

Mama setzte Nikita behutsam ab und schloss Sofi in die Arme, und zum ersten Mal seit der Diagnose ließ sich Sofi richtig gehen und schluchzte hemmungslos. »Na, na«, sagte ihre Mutter immer wieder, bis sich Sofi wieder ein wenig gefangen hatte.

»Kommst du mit mir nach Frankreich, Mama?«, fragte sie.

»Es ist schon eine ganze Weile her, dass ich gebraucht wurde«, sagte Stasja. »Natürlich komme ich mit.«

Sie hatten das Gästezimmer, das Sofi früher als Werkstatt gedient hatte, wieder zu einem Schlafzimmer umfunktioniert, mit neuen Vorhängen und einer passenden Tagesdecke. Es war später Nachmittag, Nikita schlummerte an ihrer Schulter, und auch Sofi war erschöpft. Sie waren den ganzen Tag unterwegs gewesen. Stasja hatte die Reise besser verkraftet.

»Wir haben es in deiner Lieblingsfarbe Blau eingerichtet.«

»Du warst dir ja ziemlich sicher, dass ich kommen würde.« Stasja setzte sich aufs Bett und schlüpfte aus den Schuhen.

Sofi lächelte. »Ich habe gar nicht daran zu denken gewagt, dass du nein sagen könntest.«

Sie war froh, wieder zu Hause zu sein, umgeben von vertrauten Gerüchen und Geräuschen. Nikita hob den Kopf und rieb sich die Augen. Sofi küsste seine weiche Wange.

»Kann ich euch zwei gleich eine halbe Stunde allein lassen?«, fragte sie Stasja. »Ich war über eine Woche weg und würde gern kurz in die Werkstatt rübergehen.«

»Ich bin also bereits im Dienst?«

»Leider ja. Ich hoffe, es macht dir nichts aus. Ich muss einen ziemlich eiligen Auftrag erledigen.«

»Geh nur. Ich bin dankbar, dass ich hier bei meiner Tochter sein und gegen Kost und Logis auf meinen Enkel aufpassen darf.«

»Und gegen einen wöchentlichen Lohn«, erinnerte sie Sofi.

»Auf keinen Fall.«

Sofi erhob keine Einwände. Sie diskutierten die Angelegenheit seit Tagen. Sie würde einfach ein Konto für ihre Mutter eröffnen und das Geld dort einzahlen. »Er hat jetzt bestimmt Hunger. Ich hoffe, du findest dich in der Küche zurecht.«

»Ich werde ihm *Blini* machen.« Stasja hatte Nikita allerlei russische Speisen vorgesetzt, die er begeistert verzehrt hatte.

Es war ein seltsames Gefühl für Sofi, ohne ihren Sohn das Haus zu verlassen. Die vergangenen Wochen hatte sie Nikita stets mit in die Werkstatt genommen. Während sie arbeitete, saß er dort in einer Ecke und fädelte eine gute Stunde hochkonzentriert Perlen auf ein Stück Draht auf. Und sie hatte sich unentwegt Vorwürfe gemacht, weil sie eigentlich seine Sprachübungen mit ihm machen und ihm die Grundregeln der sozialen Interaktion beibringen sollte; all das, was er nie und nimmer allein lernen würde. Doch jetzt war Mama da, um diese Aufgabe zu übernehmen. Sie würde mit ihm im Zug zu den Arztterminen in Tours und Paris fahren, würde für ihn kochen und neben ihm sitzen, während er geräuschvoll sein Essen verschlang. Und er würde Sofi kein bisschen vermissen.

Sie wechselte ein paar Worte mit der Nachbarin. Mama würde Französisch lernen müssen. Sofi fragte sich, ob sie ihr zu viel abverlangte. Doch dann dachte sie an ihre düstere Wohnung in Sankt Petersburg und legte ihre Befürchtungen ad acta.

Ihre Werkstatt befand sich in einem schlecht erhaltenen Gebäude am südlichen Ende der Rue Henri Proust. Die Fenstersimse bröckelten, von den Türen blätterte die Farbe ab, doch innen war es geräumig und hell.

»Sofi! Du bist wieder da!«, rief Francette und sprang auf, um sie zu umarmen. Die beiden anderen Angestellten begrüßten sie ebenfalls, wenn auch nicht ganz so überschwänglich. Francette war eine liebenswerte junge Frau, lebhaft und äußerst intelligent, und sie kümmerte sich um Materialbestellungen, Versand und Rechnungsstellung.

Im Zentrum des Raumes standen vier riesige Arbeitstische mit halbfertigen Halsketten, Armbändern und -reifen, Ohrringen, Fußkettchen und Ringen. Es gab noch genügend Platz für zahlreiche weitere Arbeitsplätze, und noch einen zweiten, bislang ungenutzten Raum nebenan. Durch die beiden großen Fenster drang reichlich Licht herein. Trotzdem war jeder Arbeitsplatz mit einer Halogenlampe ausgestattet. In der Ecke neben einem fleckigen Waschbecken hatte Sofi einen Tisch und Stühle sowie eine Kaffeemaschine und einen Kühlschrank aufgestellt. Eine der Frauen hatte zudem ein Radio mitgebracht, aus dem leise klassische Musik ertönte. Zurzeit waren Sofis Angestellte damit beschäftigt, nach einem von ihr vorgearbeiteten Musterexemplar vierundsiebzig Armbänder aus dünnem Sterlingsilberdraht mit zartrosa Koralle und dunkelgrünem Turmalin anzufertigen. Sie nahm eines davon in die Hand und betrachtete es prüfend.

»Haben wir noch silberweiße Muscheln da, Francette?«

»Ja, etwa hundert Stück.«

»Das würde bestimmt ganz gut dazu passen, meinst du nicht?«

»Zeig mir, wie du es dir vorstellst.«

Sofi experimentierte eine Weile mit den Muscheln, probierte verschiedene Möglichkeiten aus, sie in das Schmuckstück zu integrieren. Sie war so in die Arbeit vertieft, dass sie kaum registrierte, wie ihre beiden neuen Angestellten nach Hause gingen. Erst als ihr Francette die Hand auf die Schulter legte, hob sie den Kopf.

»Entschuldige, Sofi, es ist nach sieben. Ich muss los.«

»Oh, tut mir sehr leid.« Sie dachte an Mama, die mit Nikita zu Hause saß. »Ich sollte mich auch auf den Weg machen.«

»Kommst du morgen wieder?«, wollte Francette wissen.

»Ja, ab sofort komme ich jeden Tag. Es gibt viel zu tun.« Sie lächelte Francette an. »Nimm dir doch morgen Vormittag frei, nachdem ich dich heute so lange aufgehalten habe.«

»Nicht nötig; das macht mir nichts aus.«

Sie brachen auf; an der Rue Traversière trennten sich ihre Wege. Dann eilte Sofi nach Hause. Ihr graute schon vor den missbilligenden Blicken ihrer Mutter.

Doch ihre Sorge war unbegründet. Mama hatte Nikita gefüttert, gebadet und ins Bett gesteckt, die Küche aufgeräumt und einen Teller *Blini* für Sofi ins Rohr gestellt. Sofi war sprachlos vor Dankbarkeit, bis sie erkannte, dass sie Julien jahrelang denselben Service geboten hatte und er nicht ein einziges Mal sprachlos gewesen war.

»Du musst aber nicht jeden Tag für mich kochen«, bemerkte Sofi, während sie ihre Pfannkuchen aß.

»Ich koche gern.«

»Ich werde auseinandergehen wie ein Krapfen.« Sofi deutete auf den Klecks saurer Sahne auf ihrem Teller.

»Du bist zu dünn.«

Sofi lachte und dachte an die Speckrolle um ihre Hüften, die sie nach Nikitas Geburt nicht wieder losgeworden war. »So etwas kann auch nur meine Mutter sagen.« Sie steckte sich den letzten Bissen in den Mund. »Entschuldige, dass ich so lange weg war.«

Mama musterte sie im harten Küchenlicht. »Bei mir musst du dich nicht entschuldigen, Sofi. Aber versuch, abends so oft wie möglich da zu sein, um Nikita ins Bett zu bringen, ja?«

Sofi nickte reumütig. »Er merkt doch gar nicht, ob ich da bin oder nicht.«

»Woher willst du das wissen? Nur weil er es nicht zeigen kann, heißt das nicht, dass du ihm nicht fehlst.«

»Mama, autistische Kinder …« Sie brachte es nicht fertig, den Gedanken auszusprechen, der fortwährend in ihrem Unterbewusstsein rumorte. *Er liebt dich nicht; er wird dich niemals lieben.*

Stasja rückte näher heran und ergriff behutsam ihre Hand. »Nun hör mir mal gut zu, Sofi Iwanowna Tschernowa. Alle Kinder lieben ihre Mütter. Das ist ein natürlicher Instinkt, genau wie das Atmen. Eines Tages wirst du erkennen, dass ich recht habe, dass er dir seine Liebe schon die ganze Zeit gezeigt hat, auf eine Weise, die nur er versteht. Also, stürz dich ruhig in die Arbeit, aber gib Nikita genügend Möglichkeiten, dir seine Liebe zu beweisen.«

Sofi nickte mit feuchten Augen.

»Ich bin stolz auf dich«, sagte ihre Mutter rau und wandte den Blick ab. »Und dein Papa wäre es ebenfalls gewesen.« Sie erhob sich, um Sofis leeren Teller in die Spüle zu stellen, während diese ihren Tränen freien Lauf ließ. Sie weinte wegen Papa, wegen Julien, der so weit weg war, wegen Nikita und wegen ihrer Mutter, die ein Leben voller Entbehrungen hatte führen müssen. Schließlich trocknete sie sich das Gesicht und atmete tief durch. Sie hatte keine Zeit für Tränen. Sie war im Begriff, die nächste Sprosse der Karriereleiter zu erklimmen. Es gab viel zu tun.

Der Kamin war mit blinkenden Lichterketten geschmückt, Bratenduft hing in der Luft. Sofi, die soeben Nikita ins Bett gebracht hatte, verharrte einen Moment am Eingang zum Esszimmer, das förmlich aus allen Nähten platzte. Gleich an der Tür saß Julien mit ihrer Mutter, die gerade über einen Scherz von ihm lachte. Sie vergötterte ihn richtiggehend. Daneben zappelten Anna und Matthew herum, die hoffnungslos überdreht waren und längst ins Bett gehörten. Stasja hatte sie gleich ins Herz geschlossen und ließ sich auch von ihnen Babuschka nennen. Lena, deren Wangen vom Champagner gerötet waren, unterhielt sich mit Sam, der kürzlich dreißig geworden war, mit seinen langen Locken und seinem unbeschwerten Grinsen aber immer noch wirkte wie ein Teenager. Auf dem freien Stuhl neben Sam saß Sofi, und an Juliens rechter Seite thronte Natalja, die zur Abwechslung sogar tatsächlich etwas aß. Eine fröhliche Festtafel, hätte man meinen können. Doch der Schein trog.

Lena und Stasja wechselten kaum ein Wort miteinander, was Sofi erzürnte, denn ihre Mutter hatte sich nichts zuschulden kommen lassen.

Anna und Matthew waren laut und lebhaft, und wann immer Sofi die beiden rügte, fragte sie sich unwillkürlich, ob ihre Ungeduld womöglich daher rührte, dass sie neidisch war, weil sie sich so normal verhielten. Vielleicht ärgerte sie sich auch darüber, dass Lena offenbar nicht wusste, wie glücklich sie sich schätzen konnte.

Natalja lag im Clinch mit Ruperts Firma, die sich weigerte, sie aus dem Vertrag aussteigen zu lassen, der ihr eine schöne Stange Geld einbrachte, obwohl sie seit Monaten nicht gearbeitet hatte. Sie redete von nichts anderem, und seit sie von Julien heute früh wegen ihrer ständigen Klagen sanft zurechtgewiesen worden war, schmollte sie.

Am schlimmsten aber war, dass die Beziehung zwischen Lena und Natalja sehr gelitten hatte. Es machte die Angelegenheit auch nicht einfacher, dass Lena sichtlich eifersüchtig war, mit schriller Stimme sprach und übertrieben lachte, wann immer Sam das Wort an ihre Schwester richtete.

Sofi ließ sich wieder auf ihrem Platz nieder, und Julien ergriff ihre Hand, ohne seine Unterhaltung mit Mama zu unterbrechen. Ja, es war normal, dass sie sich zankten und einander grollten, und doch war dieses Treffen anders als die vorigen. Ihr Verhältnis zueinander war stets wie ein robuster Tonkrug gewesen, etwas angeschlagen über die Jahre, aber im Großen und Ganzen heil. Letztes Jahr, nach Viktors Besuch, war er entzweigegangen. Gewiss, sie hatten die Scherben wieder zusammengeklebt, doch die Bruchstellen würden immer zu sehen sein.

Teil Vier

KAPITEL 34

2000

Natalja war heilfroh, endlich nicht mehr die am besten verdienende Arbeitslose zu sein, die sie kannte.

Über eineinhalb Jahre lang hatte sie keine Aufträge als Schauspielerin annehmen dürfen. Selbst Interviews oder Fotoshootings hatte man ihr untersagt. In den ersten sechs Monaten waren wiederholt Anfragen hereingekommen, und sie hatte sich mehrfach an Ruperts Büro gewandt – nicht an ihn persönlich, das wagte sie nicht – und um eine Aufhebung ihres Vertrags gebeten, doch vergebens.

»Mr. Palmer hält sich an den Vertrag«, hatte ihr eine ganze Reihe von Sekretärinnen und anderen Untergebenen immer wieder gesagt.

Sie hatte einen Anwalt engagiert, der ihr erklärt hatte, der Vertrag enthielte Klauseln, die im Klartext bedeuteten, dass ihre Karriere zu Ende war, sollte sie Rupert je verlassen. Zum Glück hatte ihr Sofi eingeschärft, darauf zu bestehen, dass über die gesamte Laufzeit ein Viertel ihres Gehalts als eine Art Jahresrente auf ein spezielles Konto überwiesen wurde, auf das sie mit Vertragsende Zugriff bekam.

Nun, da es so weit war, überlegte sie, was sie mit diesem Geld und ihrer neu gewonnenen Freiheit anstellen sollte.

Nachdem Tatjana ohne Vorwarnung von den Bildschirmen verschwunden war und in den Klatschzeitungen die wildesten Gerüchte über ihre Trennung von Rupert kursiert waren, hatten ihr sechs verschiedene Männermagazine Geld dafür geboten, dass sie für sie die Hüllen fallen ließ. Sie hatte ablehnen müssen – auch die zahlreichen Anfragen für Werbespots und mindestens drei kleinere Rollen in anspruchsvollen Fernsehdramen. Am schlimmsten war es gewesen, einer neuen Kosmetikfirma abzusagen, die sie als Werbeträgerin engagieren wollte.

Anfangs hatte sie angenommen, sie könnte einfach abwarten, bis der Vertrag auslief, und dann weitermachen, wo sie aufgehört hatte. Sie hatte sich eine schöne Zweizimmerwohnung zwischen High Street Kensington und Notting Hill gemietet, in makellosem Weiß und mit riesigen Erkerfenstern, und versucht, keinen Frust aufkommen zu lassen. Sie hatte sich eingeredet, sie würde den Medienrummel genießen. Doch dann hatte es den nächsten Skandal gegeben, *Lonely Shores* hatte – von Rupert äußerst clever eingefädelt – einen neuen Shooting Star bekommen, und bald war in den Illustrierten nichts mehr über sie zu lesen gewesen. Sie hatte versucht, den Kontakt zu ihren Kolleginnen vom Set aufrechtzuerhalten; ein schwieriges Unterfangen, da sie mit keiner von ihnen je richtig befreundet gewesen war. Marcus hatte panische Angst davor gehabt, mit ihr zu reden, also hatte sie sich auch bei ihm nicht mehr gemeldet. Irgendwann hatte das Telefon aufgehört zu klingeln.

Natalja hatte sich die Wartezeit mit Einkaufen und Reisen vertrieben, Sofi oder Lena besucht, sich mit austauschbaren, hübschen jungen Männern verabredet und darauf geachtet, sich ihre Schönheit zu erhalten. Sie hatte mehrere Anläufe gestartet, Bücher zu lesen, sich aber meist schon in der Mitte gelangweilt und kein einziges Mal bis zum Schluss durchgehalten. Dann hatte sie mit dem Gedanken gespielt, selbst zu schreiben – ihre Memoiren zum Beispiel –, sich aber nicht dazu aufraffen können, obwohl sie sich dafür sogar einen teuren Laptop gekauft hatte. Die meiste Zeit hatte sie damit zugebracht, im Internet nach ihrem Namen zu suchen, nur um verärgert den Computer zuzuklappen, wenn sie über einen abfälligen Kommentar gestolpert war. Ganz kurz hatte sie sogar in Erwägung gezogen, Schauspielunterricht zu nehmen, war dann jedoch zu dem Schluss gekommen, dass das unter ihrer Würde war.

Dann war der Vertrag endlich ausgelaufen, und sie hatte sich noch am selben Tag auf die Suche nach Arbeit gemacht. Sie hatte jeden einzelnen Auftraggeber angerufen, der sie vor achtzehn Monaten hatte engagieren wollen, und sie hatte eine Abfuhr nach der anderen erhalten. Einer hatte sogar die Frechheit besessen, zu fragen, wer sie überhaupt sei. Einzig der Chefredakteur von *Gentlemen's Club* hatte sich bereit erklärt, sie zu empfangen.

Deshalb saß sie nun in diesem hellblau gestrichenen Warteraum auf einem weichen weißen Sofa und betrachtete die gerahmten Plakate von lasziv dreinblickenden nackten Frauen, die die Wände zierten. Zweifel nagten an Natalja. Ob man solche Bilder geschmackvoll nennen wollte oder nicht, hatte weniger mit Posen und Beleuchtung zu tun, als vielmehr damit, wie dringend das dargestellte Mädchen Geld oder Publicity benötigte. Hätte sie sich gleich nach der Trennung für diese Zeitschrift ablichten lassen, dann wäre es ein Triumph gewesen. Sie hätte das große Interesse an ihrer Person nutzen und Rupert quasi die lange Nase zeigen können, indem sie ihren makellosen Körper öffentlich zur Schau stellte. Doch jetzt, nachdem ihr Stern verblasst war, würde dieser Schachzug unwillkürlich den Beigeschmack der Verzweiflung haben.

»Natalie?«

Ein gut angezogener Mann Anfang vierzig kam auf sie zu. Er hatte dunkles, kurz geschorenes Haar. Sie erhob sich und schüttelte ihm kräftig die Hand. »Ted, richtig?«

»Freut mich sehr, Sie kennenzulernen. Kommen Sie rein. Mein Fotograf ist auch hier.« Er führte sie in einen Besprechungsraum. Auf dem Tisch lagen stapelweise Hochglanzmagazine. »Das ist Carlo.«

Carlo hatte langes silbergraues Haar, das er sich zum Pferdeschwanz zusammengebunden hatte.

Sie gaben einander die Hand und setzten sich.

»Vielen Dank, dass Sie sich Zeit für mich nehmen«, begann Natalja. Sie hatte sich genau überlegt, wie sie das Gespräch eröffnen würde. »Ich bin jetzt vertraglich endlich nicht mehr gebunden, und ich bin überzeugt, eine gut gemachte Fotostrecke in einer hochwertigen Zeitschrift wäre genau das Richtige, um der Welt zu zeigen, dass ich wieder da bin. Sie haben ja vor einiger Zeit bereits Interesse signalisiert; ich habe mich gefragt, ob Ihr Angebot noch steht.« Na also. Ihre Stimme hatte keine Spur gezittert.

»Ah. Um ehrlich zu sein, nein«, sagte Ted. »Als wir damals angefragt haben, war die Situation etwas anders. Carlo?«

Der Fotograf musterte sie kühl. »Sie würden zweifellos ein gutes Motiv abgeben.«

»Sie müssen wissen, wir bilden zwei Arten von Mädchen im *G. C.* ab«, fuhr Ted fort. »Stars wie Sie einer sind … oder waren, und anonyme Mädchen, die wirklich nur … wegen ihres Körpers ausgewählt werden.«

»Und dafür haben Sie nicht die richtige Figur, wenn Sie verstehen, was ich meine.« Carlo legte sich die Hände auf die Brust.

»Sie haben natürlich recht; eine Fotostrecke wäre das ideale Signal, dass Sie wieder da sind. Aber leider sind Sie das nicht, oder hat man Ihnen bereits eine neue Rolle in einer Serie oder einem Film angeboten?«

Sie schüttelte den Kopf.

»In diesem Fall wären wir selbstverständlich interessiert.«

Carlos Telefon klingelte, und er huschte, eine Entschuldigung murmelnd, aus dem Raum.

»Ich soll mich also melden, wenn ich wieder Arbeit habe.«

»Genau.« Ted lächelte. »Sie sind zweifellos noch immer sehr schön. Wie alt sind Sie jetzt, vierunddreißig?«

»Einunddreißig«, korrigierte sie ihn pikiert. Es erforderte jede Woche ein paar zusätzliche Stunden im Fitnessclub und dann und wann einige schmerzhafte Nadelstiche in die Stirn, aber sie sah genauso atemberaubend aus wie eh und je.

»Ich lehne nicht etwa ab, weil ich Sie nicht für schön genug halte«, fuhr er fort. »Vielmehr will ich Sie beschützen. Die Klatschreporter würden behaupten, Sie seien verzweifelt, am Ende. Sie würden sich nur schaden.«

»Vielen Dank«, murmelte Natalja. Sie hatte Mühe, die Tränen zurückzuhalten.

Er ergriff ihre Hand, schenkte ihr ein strahlendes Lächeln. »Tja … Wollen Sie stattdessen mal mit mir etwas trinken gehen?«

Natalja musterte ihn konsterniert. Er war gepflegt, mächtig, begütert. In ihrem Kopf schrillten Alarmglocken. Sie entzog ihm ihre Hand. »Nein«, sagte sie würdevoll.

Er zuckte unbekümmert mit den Schultern. »Gut, wenn das vorerst alles war …«

»Auf Wiedersehen.« Sie erhob sich, ehe er sie hinauskomplimentieren konnte.

Auf dem Nachhauseweg dachte sie über die Ausweglosigkeit ihrer Situation nach. Sie brauchte Publicity, um an neue Rollen zu kommen, aber niemand wollte sie interviewen oder fotografieren, ehe sie einen neuen Auftrag an Land gezogen hatte. Sie brauchte einen Agenten. Einen, der Stars machen konnte. So schnell würde sie nicht die Flinte ins Korn werfen.

Während sie Grandads Bett mit frischen, nach Weichspüler duftenden Laken bezog, dachte Lena an die unzähligen Nachmittage in ihrer Kindheit, an denen Natalja unnachgiebig darauf bestanden hatte, die Prinzessin zu spielen, während Lena wie üblich die Rolle der Dienstbotin übernommen hatte. Sofi hatte sich davor stets zu drücken gewusst, indem sie sich eine Funktion mit irgendeinem hochtrabenden Titel à la »die rechte Hand des königlichen Philosophen« ausgedacht hatte. Damals hatte Lena die kleinen Fäuste geballt und sich geschworen, dass sie es einmal allen zeigen würde. Dass sie nie eine Dienstbotin sein würde. Warum war sie dann den Großteil ihres Lebens damit beschäftigt, anderen Leuten die Bettwäsche zu wechseln oder fremden Kindern den Hintern abzuwischen? Sie schüttelte die Kissen auf und ging zum Fenster, um Grandad aufzuhelfen. »So, jetzt kannst du wieder ins Bett.«

»Ich schaffe das auch allein.«

Er schaffte es nicht. Das Alter brachte stets neue Krankheiten mit sich – Arthritis, Bluthochdruck, Abszesse an den Beinen und am Rücken.

Sie verfrachtete ihn ins Bett, drückte ihm Lupe und Zeitung in die Hand und wollte gerade gehen, als er sie bat, sich noch kurz zu ihm zu setzen.

Lena dachte an den Berg Schmutzwäsche, der auf sie wartete. Seufzend sank sie auf den Stuhl neben dem Bett und ergriff Grandads Hand. »Was hast du auf dem Herzen?«

»Du hast doch zu niemandem etwas gesagt, oder? Wegen meines Geldes?«

»Aber nein. Du hast mich doch gebeten, es für mich zu behalten.«

Auch wenn sie schon ein paarmal nahe dran gewesen war. Etwa, als Wendy auf Kredit ein neues Sofa gekauft hatte, für das die erste Rate erst in drei Jahren fällig wurde. Oder als Becky bei ihrem letzten Besuch zu Sams Geburtstag verkündet hatte, sie wolle sich erst nach Grandads Tod an der Uni einschreiben, weil es einfacher sei zu studieren, ohne nebenbei arbeiten zu müssen. Und als sich Sam zu Lenas großer Verzweiflung von Tony dreihundert Pfund für eine neue Gitarre geliehen hatte.

Grandad verzog das Gesicht. »Sie will mich woanders unterbringen, wo ich es ›bequemer habe‹.«

»Ich weiß. Das hat sie mir gegenüber auch schon erwähnt.«

Zugegeben, Grandad machte eine Menge Arbeit, aber das war in Lenas Augen noch lange kein Grund, ihn abzuschieben. Wendy wurde bloß allmählich faul oder hatte es satt, ihn zu pflegen.

»Keine Sorge, das lasse ich nicht zu.«

»Gott schütze dich, Lena.« Er drückte ihre Hand und wandte den Kopf ab, weil ihm Tränen in die Augen stiegen. Als er sich wieder gefangen hatte, sagte er: »Ich habe keine Angst vor dem Tod; nur vor dem, was unmittelbar davor kommt.«

»Schluss jetzt mit diesem morbiden Gerede, das bringt nur Unglück.« Lena tätschelte seine Hand und wollte sich erheben, doch er hielt sie erneut zurück.

»Er hat dich nicht verdient; dieser Trunkenbold, der hier aufgekreuzt ist und behauptet hat, er wäre dein Vater.«

Lenas Herz krampfte sich zusammen. »Er war – er *ist* – mein Vater.«

»Einfach so hereinzuplatzen, um dann genauso plötzlich wieder abzuhauen … Dem Kerl ist offenbar nicht klar, was er an seiner Tochter hat.«

»Hör auf, Grandad. Ich will nicht darüber reden.«

»Aber ich. Und außerdem will ich über die Alkoholfahne reden, die du neuerdings hast, wenn du bei mir abends das Licht löschst.«

Lena spürte Verärgerung in sich aufsteigen. Sie hatte nicht die geringste Lust auf eine Strafpredigt. »Viele Leute trinken abends ein, zwei Gläser Wein.«

»Aber nicht jeden Abend eine ganze Flasche.«

Lena schüttelte den Kopf. Er konnte unmöglich wissen, wie viel sie trank. »Du siehst Gespenster, Grandad.«

»Von wegen. Ich habe recht, oder?«

Lena schwieg beschämt. Sie fühlte sich durchschaut.

»Hast du es denn so schwer, Mädchen?«, ächzte er kurzatmig.

Sie seufzte. »Nein … Aber ich habe es auch nicht gerade leicht. Seit einer Ewigkeit trete ich auf der Stelle, rackere mich ab, damit wir über die Runden kommen, bin auf die Großzügigkeit meiner Schwester und meiner Cousine angewiesen, damit ich mal aus Briggsby rauskomme …« Sie verstummte, zuckte mit den Schultern. »Grandad, in all den Geschichten, die du mir von deiner Jugend erzählt hast, hast du kein einziges Mal von Liebe geredet.«

»Ich hab dir doch von Anna, Wendys Mutter, erzählt.«

»Aber nicht viel. Hast du sie geliebt?«

»Selbstverständlich.«

»Warst du auch blind vor Liebe zu ihr, oder bin ich die Einzige?«

»Liebe macht immer blind.« Grandad streichelte ihr über den Kopf und hob dann ihr Kinn an, um ihr in die Augen zu sehen. »Versprich mir etwas.«

»Was?«

»Versprich es mir einfach.«

»Ich kann dir nichts versprechen, wenn ich nicht weiß, worum es geht.«

»Es ist das Einzige, das mir noch Freude bereiten kann.«

Lena musste lachen. »Wie könnte ich da nein sagen?«

Er zog streng die weißen Augenbrauen zusammen. »Hör mit dem Trinken auf. Einen Monat lang.«

Sie schloss die Augen, spürte, wie ihr die Müdigkeit in die Knochen kroch. Zum Glück näherte sich in diesem Moment von draußen Kindergeschrei. Matthew rannte herein, warf sich ihr in die Arme und klagte, Anna hätte den Videorekorder ausgeschaltet, obwohl er gerade einen Film geschaut hatte. Anna stand mit hochmütiger Miene daneben. Lena hatte ihr Selbstmitleid augenblicklich vergessen und erhob sich, um die beiden ins Wohnzimmer zu führen, wo sie Grandad nicht stören konnten.

»Lena«, rief er ihr nach, als sie schon an der Tür war. »Versprochen?«

Ihr graute bei der Vorstellung, einen Tag – geschweige denn einen Monat – ohne einen Tropfen Alkohol überstehen zu müssen. Doch insgeheim wusste sie, dass er recht hatte.

»Versprochen.«

Sam war bei der Probe, die Kinder schliefen, Grandad ebenfalls. Wendy saß vor dem Fernseher, und Lena sehnte sich nach einem Glas Wein.

Am ersten Tag war alles ganz einfach gewesen. Sie hatte

Grandad gegenüber sogar geprahlt, wie leicht ihr das Durchhalten fallen würde. Am zweiten Tag war sie reizbar gewesen, was allerdings bei zwei kleinen Kindern nicht weiter verwunderlich war. Doch der heutige dritte Tag war die Hölle gewesen.

Sie hatte mit Kopfschmerzen, Übelkeit, zitternden Händen gerechnet, doch all das war ausgeblieben. Stattdessen hatte sie akute Angstzustände bekommen. Ständig waren ihr verstörende Gedanken durch den Kopf gegangen: Was, wenn sich Sam wieder heimlich Geld von Tony lieh? Wenn eines der Kinder krank wurde und eine Operation benötigte, die sie sich nicht leisten konnten? Wenn sie gefeuert wurde, weil herauskam, dass sie ein Alkoholproblem hatte? Von Panik gebeutelt hatte sie sich im Schlafzimmer verschanzt.

Nur ein Glas des billigen Weines, den sie unter dem Bett versteckt hatte, würde ihre Sorgen vertreiben ... Es war doch verrückt, von einem Tag auf den anderen aufzuhören. Sie sollte den Entzug lieber langsam angehen.

Sie versperrte die Tür und bückte sich, um den alten Koffer unter dem Bett hervorzuholen, öffnete den Reißverschluss und klappte den Deckel auf. Da waren sie. Drei Flaschen des billigsten Fusels, den sie hatte auftreiben können, zwischen den Babysachen der Zwillinge.

Als sie nach einer davon griff, streifte sie einen weichen, winzigen Strampelanzug, hellblau mit dünnen weißen Streifen. Von Schuldgefühlen geplagt, hielt sie inne und hob ihn hoch. Es war eines der ersten Kleidungsstücke, die Wendy für Matthew gekauft hatte. Lena wurde übel, als sie darauf einen Rotweinfleck erspähte.

Sie dachte an Grandad und das Versprechen, das sie ihm gegeben hatte.

Sie nahm die drei Flaschen, ging ins Bad und kippte den Inhalt ins Waschbecken. Dann schnappte sie sich das Bleichmittel, um mit heftig pochendem Herzen die roten Flecken und den Geruch zu beseitigen.

Wendy lugte zur Tür herein. »Lena?«

»Verdammter Schimmel«, murmelte Lena, ohne aufzusehen.

»Wie wär's mit einem Gläschen?«

Lena war zu fahrig, um mit Wendy auf dem Sofa zu sitzen und zu tratschen. Sie zwang sich zu lächeln. »Danke, aber ich gehe jetzt ins Bett.«

Wendys Mundwinkel wanderten nach unten. »Dann eben ein andermal.«

Lena wusch sich die Hände, ging zurück in ihr Zimmer und legte sich ins Bett. Mit zitternden Fingern griff sie nach dem fleckigen Strampelanzug und hielt sich daran fest, wie ein Ertrinkender auf hoher See an einer Rettungsleine.

KAPITEL 35

Das Telefon klingelte zum denkbar schlechtesten Zeitpunkt. Mama war mit Nikita unterwegs, und Sofi war in Eile; Julien war bereits ziemlich kurz angebunden. Er hasste Fliegen, weshalb er stets darauf bestand, schon Stunden vor dem Start am Flughafen zu sein, um sich in einer Bar noch ein paar Gläser Whisky zur Nervenberuhigung zu genehmigen.

Sofi überlegte, nicht abzunehmen, fürchtete aber, womöglich einen wichtigen Anruf zu verpassen.

»Hi, hier ist Natalja.«

»Hallo! Tut mir leid, ich muss Julien zum Flughafen bringen. Ich rufe dich heute Abend oder morgen zurück, ja?«

Wie üblich redete Natalja einfach weiter, als hätte sie es nicht gehört. »Ich mach's kurz. Man hat mir endlich das Geld von meinem Vertrag ausbezahlt, und jetzt überlege ich, was ich damit machen soll. Du bist gut in solchen Dingen.«

Das war Sofi in der Tat. Sie hatte das Geld, das sie als Nataljas Managerin verdient hatte, von Anfang an gewinnbringend angelegt und so weit vermehrt, dass sie damit Nikitas Behandlungen finanzieren konnte. »Investier es«, sagte sie. »Such dir einen guten Börsenmakler.«

»Kennst du zufällig einen? In London?«

Julien bedeutete ihr, endlich aufzulegen.

»Welche Aktien kannst du mir denn empfehlen?«, fuhr Natalja fort. »Im Moment bin ich arbeitslos; es sollte also etwas sein, das eine Menge einbringt.«

Sofi wusste, woher der Wind wehte: Natalja ließ sich lieber von ihr beraten als von einem Börsenmakler, weil sie einem Fremden gegenüber nur ungern zugab, dass sie seine Erläuterungen nicht verstand. »Kann das nicht warten, Natalja? Du solltest lieber nichts überstürzen.«

»Ich überstürze nichts. Gib mir einfach ein paar Tipps, dann mache ich mich schlau, genau wie du das tun würdest.«

»Wie du meinst. Bei mir haben in letzter Zeit die Technologieaktien große Gewinne abgeworfen. Sieh dich nach Internetfirmen um.«

»Sonst noch etwas, das ich wissen müsste?«

»Streu deine Investitionen; setz nicht alles auf eine Karte.« Sofi wiederholte das Gesagte sicherheitshalber auf Russisch.

»Aber soll ich …«

»Tut mir leid, Natalja, ich muss los. Ruf mich morgen an, dann sprechen wir ausführlicher darüber.«

Julien, der bereits an der offenen Tür stand, trieb sie erneut zur Eile an. Ihr Firmenwagen, ein glänzender gelber Citroën Berlingo, wartete startbereit und voll bepackt.

»Mach dich nicht verrückt«, beschwichtigte sie ihn.

Er antwortete erst, als sie angeschnallt im Auto saßen. »Du hast leicht reden; du steigst ja nicht ins Flugzeug.«

»Wenn du so ungern fliegst, bleib doch einfach zu Hause.« Das hatte schärfer geklungen als beabsichtigt. Sofis Puls beschleunigte sich. Sie mochte keine Auseinandersetzungen.

Als sie auf der Route de Tours waren, sagte er: »Wenn es dir nicht gefällt, dass ich ins Ausland gehe, solltest du mir das sagen, ehe ich mich auf den Weg zum Flughafen mache.«

Sie schwieg. Jetzt war nicht der geeignete Zeitpunkt für eine derart komplizierte Unterhaltung. Andererseits: Wann *war* der richtige Zeitpunkt dafür?

»Sofi«, fuhr er etwas sanfter fort. »Du hast mit keinem Wort erwähnt, dass du etwas dagegen hast, dass ich nach Kanada gehe.«

»Natürlich nicht. Du hättest dich ohnehin nicht davon abhalten lassen. Aber du hättest ein schlechtes Gewissen gehabt, und dann wäre die Stimmung zwischen uns angespannt gewesen. Es war einfacher, nichts zu sagen.«

»Du überraschst mich. Ich dachte, wir wären uns einig.«

Sofi dachte darüber nach. Julien war normalerweise mindestens drei Monate im Jahr von zu Hause fort, aber so schlimm wie dieses Jahr war es noch nie gewesen. Er würde bis Mai in Kanada bleiben, den Sommer zu Hause verbringen und danach bis Weihnachten in Beijing sein. Für ihn war das Leben ein einziges großes Abenteuer. Er reiste durch die Weltgeschichte und ließ sich feiern, während seine Familie, die ihn vorbehaltlos unterstützte, zu Hause auf ihn wartete. Für Sofi war es ein ständiger Kampf. Kaum hatte sie sich an seine Anwesenheit gewöhnt und genoss es, ihn um sich zu haben, packte er auch schon wieder die Koffer. Warum war seine Sehnsucht nach ihr während seiner Auslandsaufenthalte nicht so groß, dass er in Frankreich blieb? Nikitas Wohlergehen schien ihm nicht viel mehr am Herzen zu liegen als das der Katze. Solange es dem Jungen gut ging, war er zufrieden; dankbar für Mamas Hilfe, überrascht von den diversen kleinen Erfolgen.

Sofi wusste nur zu gut, dass er sich aus reinem Selbstschutz in seinem Atelier verschanzte und sich kaum für Nikitas Fortschritte interessierte. Solange er nicht über Nikitas Zustand sprach, solange er nicht da war, um mitzuerleben, welche Auswirkungen sich daraus für den Alltag ergaben, konnte er so tun, als wäre es gar nicht wahr. Sofi konnte es ihm nicht verdenken. Nicht selten geriet sie in Versuchung, dieselbe Taktik anzuwenden. Ihr Unternehmen wuchs und wuchs. Sie hatte nun schon achtzehn Angestellte, und im April würde Francette die erste Boutique in Paris eröffnen. Da war es leicht, von frühmorgens bis spät in die Nacht außer Haus zu sein. Sie war so beschäftigt, dass sie sogar den Gedanken an ein zweites Kind vorläufig verdrängt hatte. Doch Mama verstand es hervorragend, ihr immer wieder Gewissensbisse zu machen, damit sich Sofi Zeit für Nikita nahm, auch wenn es den Anschein hatte, dass er ihre Anwesenheit gar nicht richtig registrierte.

»Wir sind uns einig«, murmelte sie und stellte die Heizung an. »Entschuldige.«

Als sie nach Hause kam, wirkte der Himmel düster und kalt. Die Lampe über der Haustür brannte und erhellte einen Vorhang aus Regentropfen, den der Wind vor sich hertrieb. Sofi eilte ins Haus und fand Mama im Wohnzimmer vor dem Fernseher.

»Er ist noch wach«, sagte diese. »Falls du ihm einen Gutenachtkuss geben möchtest.«

Sofi schlüpfte aus den Schuhen und ging ins Kinderzimmer. Im Licht der Nachttischlampe sah sie, dass Nikita auf der Seite lag und wie in Trance die Fäuste ballte und öffnete, wie immer, wenn er müde war.

»Nikita?« Sofi setzte sich neben ihn auf das Bett.

Er studierte weiter seine Hände, ohne sie zu beachten.

»Gute Nacht, mein Schatz.« Sie gab ihm einen Kuss.

»Gute Nacht.«

Sofi schnappte nach Luft. Hatte sie richtig gehört? Er hatte sie nicht imitiert, sonst hätte er gesagt: »Gute Nacht, mein Schatz.«

»Was hast du gesagt?«, fragte sie.

Keine Reaktion. Seine Fäuste ballten und öffneten sich.

Sie drückte ihm lächelnd einen weiteren Kuss auf die Wange. »Mein kluger Junge«, sagte sie und ging ins Wohnzimmer.

»Er hat mir eine gute Nacht gewünscht«, berichtete sie auf Russisch.

»Das hat er heute gelernt. Ich hatte gehofft, dass er dich damit überraschen würde.« Stasja machte den Fernseher aus. »Ist Julien noch rechtzeitig zum Flughafen gekommen?«, fragte sie mit einem verschmitzten Lächeln.

»Natürlich. Er war sternhagelvoll, als er an Bord ging.«

Stasja schüttelte den Kopf. »Er sollte eine andere Möglichkeit finden, um seine Flugangst zu überwinden.«

Sofi setzte sich aufs Sofa und streckte die Beine aus. »Du weißt doch, er trinkt nur, wenn er fliegt. Abgesehen davon ist er die Selbstbeherrschung in Person.«

»Ich bin froh, dass ich nicht mit einem Säufer wie Viktor verheiratet war. Die Trunksucht deines Onkels war Iwan immer ein Dorn im Auge.«

Sofi lächelte in sich hinein, als sie an die Donnerstagabende dachte, an denen sich ihr Vater mit seinen Freunden ein Gläschen oder zwei gegönnt hatte, während sie mit Lena und Natalja draußen auf der Straße gewartet hatte. »Du leidest unter den Trennungen, nicht?«, fragte ihre Mutter sanft.

»Ja.« Sofi brach zu ihrer eigenen Verblüffung in Tränen aus.

»Na, na.« Stasja setzte sich neben sie und streichelte ihr übers Haar.

»Ich liebe ihn so sehr, Mama, aber es fühlt sich nicht so an, als würde er mich lieben.«

»Natürlich liebt er dich.«

»Warum ist er dann ständig unterwegs?«

»Mal ganz ehrlich: Er war doch schon vor der Hochzeit so, oder?«

Sofi nickte traurig. »Ja, schon. Ich habe ihn kennengelernt, als er in Russland war, und in London wiedergesehen.«

»Na, also. Einen schwarzen Hund kannst du nicht weiß waschen.«

Sofi schmiegte sich in Stasjas Arme und ließ sich von ihrer alltagserprobten, praktischen Mutter trösten.

»Manchmal hilft es, wenn man sich vor Augen führt,

wie gut es einem eigentlich geht, Sofi. Du bist beruflich erfolgreich, du lebst in einem wunderschönen Haus und hast jede Menge Geld.«

»Aber weder mein Mann noch mein Sohn können mir zeigen, dass sie mich lieben«, wandte Sofi ein. »Dabei würde ich dafür auf alles andere verzichten. Wieso habe ich so viel Pech, Mama? Habe ich als kleines Mädchen in einen zerbrochenen Spiegel geschaut?«

»Unsinn.« Stasja tat, als würde sie dreimal ausspucken. »Hör auf, so zu reden, das bringt doch nichts. Du hast dir nie etwas zuschulden kommen lassen.«

Und ob sie das hatte. Es war ihre Idee gewesen, Roy Creedy zu bestehlen und mit seinem Herzen zu spielen, und sie schämte sich so abgrundtief dafür, dass sie nicht einmal den Gedanken daran ertrug. Mama hatte keine Ahnung, und auch Julien würde sie es mit Sicherheit nie erzählen. Und so schlummerte die Erinnerung daran in ihrem Unterbewusstsein, ein Geheimnis aus einer anderen Zeit, als sie ein anderer Mensch gewesen war.

Natalja sperrte gut gelaunt die Tür zu ihrer Wohnung auf. Nach vier Wochen kamen die Dinge endlich in Bewegung. Sie hatte mit unzähligen Agenten gesprochen und schließlich beschlossen, die Dienste einer gewissen Leida Frost in Anspruch zu nehmen, die eine Reihe berühmter Schauspieler und Models vertrat. Leida war überzeugt, neue Aufträge für Natalja an Land ziehen zu können, solange Natalja bereit war, für weniger Geld und gegebenenfalls an ungewöhnlichen Locations zu arbeiten.

»Vertrauen Sie mir«, hatte sie gesagt. »Es mag Ihnen vorkommen wie ein Umweg, aber ich kann wieder einen Star aus Ihnen machen, wenn Sie tun, was ich sage.«

Genau das hatte Natalja vor. Finanziell war es zurzeit noch ganz gut um sie bestellt. Sie hatte ihr Geld nach Sofis Anweisungen investiert und ging davon aus, dass sie sich damit noch eine Weile würde über Wasser halten können. Und wenn sie erst wieder arbeitete, kam sie unter die Leute und würde vielleicht jemanden kennenlernen. Sie sehnte sich danach, einen Mann an ihrer Seite zu haben, aber sie war wählerisch und ließ sich nicht mit jedem x-Beliebigen ein.

Das Telefon klingelte. Sie ließ ihre Tasche zu Boden fallen und nahm ab.

»Hallo?«

»Natalja, hier ist dein Vater.«

Viktor. Seine Stimme, seine Worte kamen so unerwartet, dass sie beinahe den Hörer fallen gelassen hätte.

»Woher hast du diese Nummer?«, wollte sie wissen.

»Von Rupert, deinem Ehemann.«

Natürlich. »Er ist nicht mein Ehemann. Was willst du?«

»Mir ist das Geld ausgegangen.«

Sie seufzte. Das hatte ja kommen müssen. »Mir egal«, sagte sie. »Lass mich in Ruhe.«

Sie legte auf und trommelte mit den Fingern auf den Tresen in der Küche. Wie erwartet klingelte es erneut.

»Ich habe noch immer Lenas Nummer, musst du wissen«, tönte es aus der Leitung, ehe sie einen Ton sagen konnte.

Damit hatte er sie an der Angel. Mit seinem letzten Besuch hatte er Lena in eine tiefe Krise gestürzt und die Beziehung zwischen ihnen beinahe ruiniert. Sie durfte nicht zulassen, dass so etwas noch einmal geschah. Sie seufzte und sagte widerstrebend: »So viel wie letztes Mal?«

»Ja.« Seine raue Stimme klang matt vor Erleichterung.

»Aber das war's dann.«

Dasselbe hatte sie beim letzten Mal auch gesagt. Er würde unweigerlich wieder anrufen, wenn er wieder Geld brauchte, und sie wusste, sie würde weiter zahlen, um Lena zu beschützen. Und jetzt wusste er es auch.

»Versprochen«, sagte er.

Ein Versprechen, das keinen müden Penny wert war, so viel stand fest.

KAPITEL 36

Seit zwei Tagen war offiziell Frühling, doch in den Straßen von Paris herrschten noch winterliche Temperaturen. Es wurde bereits dunkel, als Sofi, schwer beladen mit einer Schachtel Champagner, zur Boutique aufbrach. Zu ihrer Boutique. *Anastasia Designs* eröffnete die erste eigene Bijouterie. Sie befand sich zwischen einem Antiquitätengeschäft und einer Patisserie unter den Arkaden von Village St. Paul im Quartier Marais und war nur zu Fuß erreichbar. Die Läden rechts und links hatten bereits geschlossen. Ihr Geschäft dagegen war hell erleuchtet, und eine kleine, aber lebhafte Besucherschar tummelte sich zwischen den Schmuckvitrinen.

Als sie die Tür aufstieß und die Glocke erklang, ertönte sogleich Applaus.

Sofi stellte die Schachtel auf dem gläsernen Tresen ab. Ihre Wangen waren gerötet vor Aufregung und Verlegenheit. »Tut mir leid, dass ich zu spät komme«, sagte sie. »Mein Sohn mag keine Hotels.«

Es war ein Fehler gewesen, Nikita mitzunehmen, obwohl Mama dabei war. Er brauchte einen festen Lebensrhythmus und hatte kein einziges Mal außer Haus zu Abend gegessen, seit sie seinetwegen zu Hause einen streng geregelten Tagesablauf eingeführt hatten. Im Hotel hatte er partout keinen Bissen zu sich nehmen wollen, sondern bloß seine Suppe auf den Tisch gekippt und mit der flachen Hand darin herumgepatscht, weshalb Sofi sich noch einmal hatte umziehen müssen.

Der Champagner wurde ausgeschenkt, und Sofi mischte sich unters Volk, wechselte mit jedem der Gäste ein paar Worte. Es kam ihr albern vor, aber sie fühlte sich geschmeichelt, dass so viele Menschen zur Einweihungsparty gekommen waren. Ihre Angestellten mit Partnern, Boutiquenbesitzer, die ihren Schmuck verkauften, Rosemary Simons von *Chantilly*, die stets ein großer Fan ihrer Arbeit gewesen war. Dafür fehlte ihre Familie – Mama und Nikita, Julien, ihre Cousinen … Lena hatte wegen der Arbeit nicht kommen können, aber eine sehr nette Karte geschickt, und Natalja hatte Sofi gar nicht erst eingeladen. Es mochte kindisch sein, aber Natalja hatte nie Interesse an *Anastasia Designs* gezeigt, vor allem am Anfang, als ihre Unterstützung überaus hilfreich gewesen wäre. Sofi hatte keine Lust gehabt, sich schon wieder einen Korb zu holen.

Es wurde ein unterhaltsamer Abend, an dem alle zu viel Champagner tranken. Schließlich begannen sich die Gäste zu verabschieden. Francette und Sofi sammelten Gläser und Korken ein und richteten den Laden für die offizielle Eröffnung am nächsten Tag her.

»Ein Jammer, dass Julien nicht hier war«, bemerkte Francette missbilligend, während sie den Boden fegte. Sie kannte Julien schon seit ihrer Kindheit.

»Kanada ist eben ziemlich weit weg.«

»Du an seiner Stelle hättest dir ein so wichtiges Ereignis bestimmt nicht entgehen lassen.«

»Ich habe mindestens sechs seiner Vernissagen verpasst.«

»Du weißt schon, was ich meine. Bist du nicht schrecklich enttäuscht?« Francette ließ den Besen fallen und wedelte erregt mit den Armen.

Sofi drückte ihr lachend den Besen wieder in die Hand. »Kehr einfach weiter.«

Eine Weile arbeiteten sie schweigend vor sich hin.

»Glaubst du, es wird morgen jemand kommen, Francette?«, fragte Sofi, während sie eine der Vitrinen mit Fensterreiniger besprühte.

»Da bin ich ganz sicher. Und wenn nicht am ersten Tag, dann bald.« Sie lächelte Sofi an.

Francette hatte sich als unentbehrliche Hilfe entpuppt. Mit ihrer ruhigen, überlegten Art und ihrem Auge fürs Detail hatte sie jedem Bereich von *Anastasia Designs* ihren Stempel aufgedrückt, angefangen von der Schmuckherstellung über die Buchhaltung bis hin zur Kundenbetreuung. Sie war ganz erpicht darauf gewesen, das Geschäft in Paris zu leiten, und obwohl Francette erst zweiundzwanzig war, hatte Sofi sie nur zu gern mit dieser verantwortungsvollen Aufgabe betraut. Auf diese Weise konnte Sofi wieder ihrer Lieblingsbeschäftigung nachgehen: dem Entwurf und der Herstellung von Schmuck in ihrer Werkstatt in Richelieu. Und alle zwei Wochen würde sie nach Paris fahren, um Nachschub zu liefern.

Sie hatte sich oft gefragt, ob ihr wohl je die Ideen ausgehen würden, ob sie irgendwann anfangen würde, sich zu wiederholen, doch das Gegenteil war der Fall: Je produktiver sie war, desto kreativer wurde sie auch. Jede Woche verbrachte sie Stunden um Stunden damit, Schmuck aus anderen Ländern und Epochen zu recherchieren, und derart beflügelt machte sie sich dann fieberhaft an den Entwurf neuer Stücke. Zuweilen scheiterte auch einmal ein Experiment; einige allzu kühne Kombinationen unterschiedlicher Stilrichtungen wirkten, als stammten sie von einem dreijährigen Kind. Doch mindestens genauso oft entstanden dabei neue Designs, die sie in Auflagen von dreihundert Stück in ganz Europa verkaufen konnte. Kunst war eben ein Risiko; das sagte Julien auch immer.

Francette wartete bereits an der Tür, mit einer flauschigen Wollmütze auf dem Kopf und einer ledernen Handtasche über der Schulter. »Gehen wir?«

»Gleich. Ich hab noch eine Kleinigkeit mit dir zu besprechen.«

Francette nickte und setzte sich auf die Ledercouch neben der Tür.

»Ich weiß es sehr zu schätzen, dass du wegen der Boutique nach Paris umgezogen bist.«

»Etwas Besseres hätte mir gar nicht passieren können. Auf diese Weise kann ich für dich arbeiten und in Paris leben. Ich musste ohnehin dringend raus aus Richelieu.«

»Hast du eine schöne Unterkunft gefunden?«

»Ja, in einer Wohngemeinschaft in Montparnasse. Die Wohnung ist winzig, aber hübsch. Es ist ein Abenteuer.«

Sofi dachte an die Wohnung in London, die sie sich mit ihren Cousinen geteilt hatte. Ein gemeinsames Schlafzimmer für drei. Das war in der Tat ein Abenteuer gewesen.

»Es ist doch wichtig, solche Erfahrungen zu machen, wenn man jung ist«, fuhr Francette fort. »Dir ging es sicher genauso, als du aus Russland ausgewandert bist.«

»Ja.« Plötzlich fühlte sich Sofi alt. »Francette, du bist viel mehr als bloß eine Angestellte, die sich um meine Boutique kümmert. Ich werde dich befördern, und du bekommst eine Gehaltserhöhung.«

Francette wartete schweigend ab.

»Meiner Ansicht nach solltest du stellvertretende Geschäftsführerin von *Anastasia Designs* sein. Ich werde dein Gehalt verdoppeln.«

»Du bist viel zu großzügig.«

»Nein, du bist viel zu großzügig, mit deiner Zeit und deiner Energie. Es ist toll, dass ich mich so voll und ganz auf dich verlassen kann.« Sie tätschelte Francette das Knie. »Meinen Glückwunsch.«

Sie traten hinaus in die kühle Nachtluft und schlossen ab. Sofi verabschiedete sich von Francette und schlug den Weg zum Hotel ein. Natürlich war sie tief enttäuscht, dass Julien nicht gekommen war, obwohl sie ihn gebeten hatte, seinen Aufenthalt in Kanada um einen Monat zu verkürzen. Er hatte lediglich immer wieder beteuert, er sei stolz auf sie und ihren großen Erfolg.

Sie schüttelte den Kopf. Es war nur der nachlassende Schwips, der sie Trübsal blasen ließ. Morgen würde sie mit Nikita und Mama nach Richelieu zurückfahren und sich wieder an die Arbeit machen. Arbeit schien die Lösung für alle Probleme zu sein.

Leida hatte zwar gesagt, sie müsse bereit sein, für weniger Geld zu arbeiten, doch dass sie überhaupt keine Gage bekommen würde, damit hatte Natalja nicht gerechnet.

»Vertrau mir einfach«, hatte ihre Agentin gesagt. »Und außerdem – freust du dich nicht darüber, kranke Kinder aufmuntern zu können?«

Ein Kinderkrankenhaus nahe Haysbridge-on-Sea hatte die gesamte Besetzung von *Lonely Shores* zum Tag der offenen

Tür eingeladen, aber kein einziger der Schauspieler hatte vor, hinzugehen. Leida war der Ansicht, das sei die ideale Gelegenheit für Natalja, sich zu profilieren. Ein Popsternchen, ein TV-Heimwerker und ein Märchenonkel aus der Gegend, der als Sessel verkleidet auftrat, hatten bereits zugesagt.

»Die Kinder kennen mich doch gar nicht«, hatte Natalja zu bedenken gegeben.

»Egal. Sie werden eine schöne, glamouröse Frau sehen, und die Journalisten werden Fotos von dir schießen, auch wenn sie gar nicht deinetwegen dort sind. Ich werde eine Freundin hinschicken, die für eine Illustrierte schreibt. Ich sehe schon die Schlagzeile vor mir: *Tatjana beweist als einziger Star von* Lonely Shores *Ein Herz für Kinder.*« Leida ließ ihr gackerndes Lachen hören.

Also malte Natalja einen Nachmittag lang Gesichter auf Luftballons, gab Kindern, die gar genau nicht wussten, wer sie war, Autogramme, flirtete mit ihren Vätern, machte, mit einer grünen Plastikschürze angetan, Hotdogs und lächelte und lächelte und lächelte, obwohl sie Ketchup unter den Fingernägeln hatte.

Am darauffolgenden Vormittag setzte sie sich mit einem starken Kaffee, ihrer Post und einem Stapel Tageszeitungen ins Bett. Sie war nervös. Ob wohl eines der Fotos, für die sie posiert hatte, gedruckt worden war?

Da! Seite achtzehn, gleich neben den Kino- und Theatertipps. Eine tolle große Aufnahme von ihr, wie sie am Bett eines matt lächelnden kleinen Jungen stand. Sie wirkte heiter und mitfühlend. NATALIE CHERNOFF DEKLASSIERT IHRE KOLLEGEN VON *LONELY SHORES* stand darüber. Sie lachte auf. Leida hatte recht behalten, es war die Mühe wert gewesen.

In den anderen Zeitungen wurde sie nicht erwähnt, aber

das machte ihr nichts aus. Dann öffnete sie gespannt ihre Post. Ihre Investmentfirma hatte ihr den ersten vierteljährlichen Kontoauszug geschickt. Mal sehen, um wie viel ihre Aktien zugelegt hatten.

Hm. Wofür stand denn die Zahl ganz unten auf der ersten Seite? War das etwa ihr Gewinn? Wohl kaum, dafür war es zu viel. Dann begriff sie, dass es der Betrag war, der von ihrem Geld noch übrig war – und es war gerade mal etwas mehr als die Hälfte ihres Anfangskapitals.

Ihr Puls raste. Wie war das möglich? Wie hatte sie in so kurzer Zeit so viel Geld verlieren können?

Sie sprang aus dem Bett und griff zum Telefon. Wie hatte noch gleich der Kerl geheißen, dem sie ihr Geld anvertraut hatte, Barry? Die Sekretärin kannte keinen Barry. Ob sie vielleicht Gary Moffatt meine?

»Ja, genau. Ich muss ihn dringend sprechen.«

»Tut mir leid, er ist bis Ende nächster Woche im Urlaub. Ich kann ihm eine Nachricht hinterl…«

»Nun hören Sie mir mal gut zu. Ich sehe gerade auf meinem Kontoauszug, dass die Hälfte meines Geldes verschwunden ist. Was haben Sie dazu zu sagen?«

»Tut mir leid, Miss Chernoff, aber Gary ist nicht hier«, sagte die Sekretärin mit fester, beinahe verärgerter Stimme. »Ich kann Sie höchstens zu seinem Vorgesetzten durchstellen. Sie haben am Anfang einen Brief mit unseren Geschäftsbedingungen erhal…«

»Wie konnte denn das passieren?«, tobte Natalja. Natürlich hatte sie die Geschäftsbedingungen nicht gelesen; sie hätte ohnehin nichts verstanden.

»Sie sind beileibe nicht die Einzige, die im Dotcom-Crash Geld verloren hat«, kam es hochmütig zurück. »Möchten Sie mit unserem Direktor sprechen?«

Dotcom-Crash? Was zum Geier war das nun wieder? Natalja wusste, es hatte keinen Sinn, sich weiterverbinden zu lassen. Man würde ihr bloß mit weiterem Fachchinesisch kommen. Sie musste mit Sofi reden.

»Ich möchte mein Geld da so schnell wie möglich wieder rausholen. Alles.«

»Wie Sie wollen. Ich lasse Ihnen die entsprechenden Formulare zukommen. Kann ich sonst noch etwas für Sie tun?«, fragte die Sekretärin übertrieben höflich.

Natalja legte einfach auf und rief umgehend bei Sofi an. Tante Stasja sagte, Sofi sei nicht zu Hause, und gab ihr die Telefonnummer in der Werkstatt. Doch auch dort konnte Natalja ihre Cousine nicht erreichen. Also hinterließ sie ihre Nummer und legte auf. Sie sah nie die Nachrichten und verfolgte nicht, was sich auf den Aktienmärkten tat. Konnte es sein, dass etwas geschehen war, von dem sie nichts wusste? Sie hätte gern im Internet nachgeforscht, wollte aber die Telefonleitung nicht blockieren, für den Fall, dass Sofi zurückrief.

Schließlich klingelte das Telefon.

»Hallo?«

»Hi. Mireille sagte, du hättest aufgebracht geklungen.«

»Das bin ich auch. Die Hälfte meines Geldes ist weg.«

Schweigen. Dann sagte Sofi: »Verstehe. Hast du deine Investitionen gestreut, wie ich es dir geraten habe?«

»Ich habe in zwei verschiedene Firmen investiert.«

»Zwei Internetfirmen etwa?«, fragte Sofi alarmiert.

»Ja, genau das hattest du doch gesagt, oder?« Plötzlich fiel Natalja siedend heiß ein, dass ihr Sofi aufgetragen hatte, sie noch einmal anzurufen, ehe sie etwas unternahm. Das hatte sie damals in ihrer Aufregung ganz vergessen, sie hatte einfach die erstbeste Investmentfirma mit der Angelegenheit betraut.

»Hohe Zuwachsraten bergen immer ein hohes Risiko«, erklärte Sofi in jenem betont geduldigen Tonfall, der Natalja stets ärgerte. »Ich habe auch Geld verloren, als die Dotcom-Blase geplatzt ist.«

»Aber vermutlich nicht die Hälfte deines Vermögens, oder?«

»Genau deshalb habe ich gesagt, du sollst deine Investitionen streuen. Natalja, wir wollten das Ganze doch noch einmal genauer besprechen.«

»Du hast mit keinem Wort erwähnt, dass so etwas passieren kann.«

»Ich weiß nicht, was ich sagen soll, Natalja. Es tut mir schrecklich leid, dass du Geld verloren hast, aber ich weiß genau, dass ich dir eingeschärft habe, noch einmal mit mir oder einem Broker darüber zu reden.«

»Was soll ich denn jetzt tun? Solange ich nicht arbeite, muss ich von meinen Ersparnissen leben. Ich kann es mir nicht leisten, so viel Geld zu verlieren. Ich verstehe noch nicht einmal, wo es hin ist.« Sie verstummte, versuchte, sich zu fassen. »Kann ich es irgendwie zurückbekommen?«

»Nein, es ist weg. Wenn du klug investierst, wird dein Vermögen mit der Zeit wieder anwachsen, aber …«

»Ich werde es auf ein Bankkonto legen, wo es sicher ist«, erwiderte Natalja scharf.

»Ich kann dir nur raten …«

»Ich kann auf deine Ratschläge verzichten«, fiel ihr Natalja ins Wort und bereute es sogleich. »Entschuldige. Das war ungerecht.«

»Ja, das war es.«

Natalja wechselte das Thema. »Wie läuft deine Boutique?«

»Großartig. Du solltest nach Paris kommen und sie dir ansehen. Wir könnten uns zum Mittagessen treffen.«

»Ich fahre in nächster Zeit sicher nicht nach Paris«, brummte Natalja missmutig. Sie würde den Gürtel enger schnallen müssen.

Sie beendete das Gespräch, legte sich wieder ins Bett und starrte auf den unseligen Kontoauszug. Das Leben war so ungerecht. Sie wusste, es war irrational, aber sie machte Sofi für ihre Misere verantwortlich. Sofi, die nicht ihr halbes Vermögen verloren hatte, die nicht so einsam war und die ihr Leben so viel besser im Griff zu haben schien als sie.

Die Geburtstagsparty für die Zwillinge hatte eigentlich im Park stattfinden sollen, doch ein unerwarteter Regenguss hatte sie gezwungen, drinnen zu feiern, weshalb nun sechzehn überdrehte Sechsjährige durch Wendys Haus tobten. Lena, die in der Küche Obst aufschnitt, spähte hinaus ins Wohnzimmer, wo Sam mit einem lilafarbenen Papphütchen auf dem Kopf den Kassettenrekorder bediente, während die Kinder kreischend ein Paket herumreichten. Wendy und Grandad hatten sich in ihren Zimmern verschanzt. Lena konnte es ihnen nicht verdenken.

Es war höchste Zeit, dass sie sich eine eigene Bleibe suchten. Ihr Liebesleben hatte sehr darunter gelitten, dass sie jahrelang mit Matthew und Anna in einem Zimmer geschlafen hatten, nur durch einen Vorhang getrennt. Vor Kurzem hatte Wendy eingewilligt, die Zwillinge ins Esszimmer ziehen zu lassen, dafür aber ihre Miete verdoppelt. Lena träumte von einer eigenen Wohnung. Etwas Kleines am Stadtrand, wo sie mehr Privatsphäre hätten, doch Sam zögerte noch. Es war einfach zu praktisch, dass seine Mutter jederzeit als Babysitter einspringen konnte. Außerdem hatte ihr Auto den Geist aufgegeben, und sie sparten auf ein Neues, damit Sam nicht immer auf Tony angewiesen war, wenn er zur Probe wollte. Doch auch Lena hatte einen Grund zu bleiben: Was würde mit Grandad geschehen, wenn sie erst weg war? Also lief alles weiter wie bisher.

Als sie die Torte aus dem Kühlschrank holte, klingelte das Telefon. Sie nahm nicht ab, sondern steckte die Kerzen auf den Kuchen – sechs auf die hellblaue Hälfte für Matthew und sechs auf die rosarote für Anna. Das Telefon begann erneut zu klingeln, der Anrufer war hartnäckig. Diesmal ging sie ran. Vielleicht war es ja wichtig.

»Hallo?«

»Hier ist Tony. Ist Sam zu Hause?«

Lena hatte eine richtige Abneigung gegen Tony entwickelt, teils weil auf ihn kein Verlass war, teils, weil er Sam, ohne mit der Wimper zu zucken, Geld lieh und es dann rasch zurückforderte. »Hier steigt gerade die Geburtstagsparty unserer Kinder. Kann er später zurückrufen?«

»Nein, es ist dringend.«

Seufzend legte Lena den Hörer auf die Anrichte. »Sam«, rief sie. »Tony will dich sprechen. Er sagt, es ist dringend.«

Als Sam nach einer Weile auflegte, wirkte er verdattert.

»Was ist los?«

»Nichts. Ich erzähl's dir später.«

Lena war neugierig, doch Anna verlangte ihre Torte, also kehrte sie in die Küche zurück, um die Kerzen anzuzünden.

Sie verfolgte, wie Sam lächelnd Fotos von den Kindern schoss. Eine vertraute Angst machte sich in ihrem Herzen breit: Er hatte sich wieder Geld geliehen, und jetzt wollte

Tony es zurückhaben. Doch wo sollten sie es hernehmen? Sie hatten ihr Auto für lächerliche vierzig Pfund zum Ausschlachten an einen Bastler verschachert, und damit hatten sie eine neue Schuluniform für Matthew gekauft, dem man zurzeit beim Wachsen förmlich zusehen konnte. Sie zwang sich, ruhig zu bleiben, um die Stimmung nicht zu verderben.

Die Party neigte sich dem Ende zu, es hörte auf zu regnen. Während Sam und Lena aufräumten, gingen Anna und Matthew ins Kinderzimmer, um ihre neuen Spielsachen auszuprobieren. Gegen Abend baten sie Wendy, ein Auge auf die Kinder zu haben, damit sie etwas spazieren gehen konnten.

Die Wolkendecke war aufgerissen, die Sonne stand tief am Himmel. Auf dem Weg zur Hafenmole mussten sie über zahlreiche Pfützen steigen. Alle Bänke waren nass, also lehnten sie sich am Ende des Piers an das feuchte Holzgeländer.

»Und, was wollte Tony?«, erkundigte sich Lena.

Sam lächelte matt. »Er steigt aus der Band aus.«

»Das tut mir leid«, sagte Lena, obwohl sie unsäglich erleichtert war. Zugleich plagte sie das schlechte Gewissen. Sam starrte auf die See hinaus, die langen Haare vom Wind verweht. Sie betrachtete ihn schweigend von der Seite und fühlte eine so heftige Welle der Zuneigung zu ihm in sich aufsteigen, dass es ihr schier den Atem verschlug. Schließlich fuhr sie vorsichtig fort: »Aber ihr findet doch sicher einen Ersatz für ihn, oder?«

Sam schüttelte den Kopf. »Lena, ich schätze, ich muss mir endlich eingestehen, dass es hoffnungslos ist.« Er wandte den Kopf. »Ich werde demnächst dreiunddreißig. Seit zehn Jahren versuche ich jetzt vergeblich, im Musikbusiness Fuß zu fassen. Es ist Zeit, den Tatsachen ins Auge zu sehen. Ich werde nie ein Popstar. Ich werde dir nie eine Villa oder einen schnellen Wagen kaufen können. Ich habe unser ganzes Geld und unsere ganze Zeit für einen albernen Traum verschwendet.«

»Er ist nicht albern.«

»Doch das ist er. *War* er.« Er vergrub die Hände in den Hosentaschen. »Es ist vorbei.«

»Bist du sicher?«

Er runzelte die Stirn. »Sag bloß, *du* bist es nicht? Wenn du der Meinung bist, ich sollte es weiter versuchen, dann tue ich das. Für dich würde ich alles tun.«

Lena brachte kein Wort heraus. Es hing so viel davon ab, was sie als Nächstes sagte, dass sie kaum zu atmen wagte. »Nein, ich finde nicht, dass du weitermachen solltest«, sagte sie rasch, um es hinter sich zu bringen.

»Siehst du? Bestimmt denkst du dir das schon eine ganze Weile. Vermutlich wünschst du dir seit Langem, ich würde ganztags arbeiten, damit wir uns ein neues Auto und eine eigene Wohnung leisten können. Hab ich nicht recht?«

»Zugegeben, das habe ich mir manchmal gewünscht, aber ich hätte dich mein ganzes Leben lang unterstützt, bis zum letzten Tag, damit du deinen Traum verwirklichen kannst.«

»Ziemlich unvernünftig.« Er zuckte mit den Schultern. »Wir müssen an unsere Kinder denken.«

Lena erinnerte ihn nicht daran, dass sie stets an ihre Kinder dachte, sondern sagte: »Ich fühle mit dir, Sam. Ich wünschte, ich könnte dich irgendwie aufmuntern. Vielleicht kannst du ja etwas mit Musik machen? Gitarre unterrichten?«

Er lachte verächtlich. »Vergiss es. Ich kann doch selbst

kaum spielen, geschweige denn Noten lesen. Ich spiele nur nach Gehör.«

»Und wenn du in einem Musikladen arbeitest?«

»In Briggsby gibt es keinen Musikladen.«

»Wir könnten umziehen. Wir könnten ...«

»Das lohnt sich doch nicht. Hier habe ich bereits eine Stelle. Ich werde eben ganztags arbeiten müssen. Ich werde mich schon daran gewöhnen. Du rackerst dich doch auch seit Jahren in der Tagesstätte ab, dabei wolltest du einmal Schauspielerin werden.«

Lena schlang ihm die Arme um die Taille und schmiegte sich an ihn, die Wange an seine Brust gedrückt. Es trieb ihr die Tränen in die Augen, ihn so unglücklich zu sehen, und zugleich war sie so erleichtert, dass sie nur mit Mühe ein Lächeln unterdrücken konnte.

Sofi schlug die Augen auf und streckte die steifen Glieder. Es war lange her, seit sie auf einer unbequemen Matratze auf dem Fußboden genächtigt hatte. Lena schlief noch. Sofi erhob sich und schlich auf leisen Sohlen in die Küche von Nataljas kleiner Wohnung in London, um die Kaffeemaschine einzuschalten. Heute war sie dran mit Frühstückmachen.

»Wie spät ist es?«, murmelte Lena verschlafen.

»Acht.«

Ihre Cousine lachte. »So lange habe ich seit sechseinhalb Jahren nicht mehr geschlafen.«

Ihr diesjähriges Treffen erinnerte sie sehr an früher. Nur sie drei in Nataljas kleiner Wohnung, ohne Ehemänner oder Kinder. Natalja kam in einem seidenen Morgenmantel aus dem Schlafzimmer, zerzaust und trotzdem umwerfend attraktiv. Sie setzten sich an die Anrichte in der Küche, aßen Omelettes mit Tomaten und Petersilie und überlegten, wie sie den Tag verbringen sollten.

»Wir waren noch nicht shoppen«, sagte Sofi. Sie konnte es kaum erwarten, die Geschäfte zu besuchen, in denen ihr Schmuck verkauft wurde, auch, weil sie hoffte, dass Natalja sie dann endlich ernst nehmen würde.

»Ich komme mit«, sagte Lena. »Aber mehr als ein Schaufensterbummel ist bei mir nicht drin.«

»Bei mir auch nicht.« Natalja verzog das Gesicht.

Es ärgerte Sofi, dass Natalja ihre Lage mit der ihrer Schwester verglich, die ständig unter Geldmangel litt. Natalja besaß nach wie vor reichlich Geld, aber sie konnte es nicht mehr ohne nachzudenken ausgeben.

Diesmal hatte Sofi Lena das Zugticket nach London spendiert, und sie achtete darauf, stets die Rechnung zu übernehmen, wenn sie essen oder Kaffee trinken gingen. Zugleich fühlte sie sich schuldig, weil sie sich nicht die Zeit genommen hatte, Natalja zu erklären, wie der Börsenmarkt funktionierte.

Lena, die ihren Neid geschickt kaschierte, falls sie welchen verspürte, legte ihrer Schwester eine Hand auf die Schulter. »Du bekommst bestimmt bald eine neue Rolle.«

»Es sind ein paar Angebote hereingekommen, aber Leida meinte, ich soll sie auf keinen Fall annehmen. Auftritte in einem Nachtclub, eine Rolle in einem Kunstfilm.«

»Liegt das Drehbuch dazu etwa im Bad?«, fragte Lena entsetzt. »Das grenzt eindeutig an Pornografie.«

»Ich an deiner Stelle würde nicht in Nachtclubs auftreten«, sagte Sofi. »Das lässt dich verzweifelt aussehen.«

»Ich *bin* verzweifelt.« Natalja nippte an ihrem schwarzen Kaffee. »Es hat gar keinen Sinn, das zu leugnen. Lena, sag Sam, er soll einen Zahn zulegen und berühmt werden, damit ich in einem seiner Videos mein Comeback feiern kann.«

Lena zögerte errötend. Dann berichtete sie ihnen, dass Sam seinen Traum aufgegeben hatte und seither deprimiert und verloren wirkte. Danach fing Natalja wieder von ihren Kapitalverlusten und ihrer missglückten Karriere an, und Sofi dachte an ihren distanzierten Ehemann und ihren behinderten Sohn. Prompt kehrte ihre Befürchtung zurück, dass sie sich das alles womöglich selbst zuzuschreiben hatten. An sich war sie äußerst rational veranlagt, doch unter dieser Oberfläche kam nun unversehens ein furchtsames Wesen zum Vorschein. Vielleicht lag es daran, dass sie ihre abergläubische Mutter nun wieder ständig um sich hatte.

Ihr fiel auf, dass es still geworden war. Offenbar hatte man ihr eine Frage gestellt und wartete auf ihre Antwort.

Doch sie sagte: »Ich glaube ja, dass wir jetzt für das büßen, was wir Roy Creedy angetan haben.«

Lena wurde blass. »Wie meinst du das?«

»Wir haben ihn an der Nase herumgeführt, ihn betrogen und bestohlen, und das ist jetzt die Strafe dafür.«

Natalja schnaubte. »Lächerlich.«

Doch Lena stieg sogleich darauf ein. »Ja, und ich trage die größte Schuld, deshalb trifft es mich am härtesten. Ich habe mit meinen Briefen dafür gesorgt, dass er sich verliebt.«

»Nein, *ich* trage die größte Schuld«, widersprach Sofi nachdrücklich. »Ich hatte die Idee dazu. Ich habe dieses ganze Unglück über uns alle gebracht, vor allem über mich selbst.«

Natalja breitete ungläubig die Arme aus. »Seid ihr jetzt beide übergeschnappt? Und darf ich euch daran erinnern, dass ich es war, die in sein Schlafzimmer eingebrochen ist und ihn bestohlen hat? Aber ich habe deswegen kein schlechtes Gewissen, und ich mache es auch nicht für mein Pech verantwortlich. Ich würde es wieder tun.«

Lena wirkte unsicher. »Können wir vielleicht irgendetwas tun, um es wiedergutzumachen?«

»Wir könnten ihm Geld schicken«, schlug Sofi vor. »Ich meine, ich könnte ihm Geld schicken; ihr habt im Moment ja keines. Und vielleicht sollten wir ihm einen Brief schreiben und uns entschuldigen.«

Natalja schüttelte bereits den Kopf. »Nein, nein, nein. Auf keinen Fall. Wir werden die Vergangenheit ruhen lassen.«

»Ich halte es für eine gute Idee«, wandte Lena ein. »Zwei gegen eine; du bist überstimmt, Natalja.«

Nataljas Augen blitzten wütend auf. »Nein. Das ist mir zu riskant. Wenn er jemandem etwas antun würde, dann mir. Ganz egal, wie sehr euch das schlechte Gewissen plagt, wir dürfen unter keinen Umständen Kontakt zu ihm aufnehmen. Ich verbiete es euch.«

Sofi erkannte, dass Natalja ihren Widerstand nicht aufgeben würde. Sie hob die Arme. »Wie du willst.«

»So einfach willst du aufgeben?«, fragte Lena, und Sofi bereute es, ihr Hoffnungen gemacht zu haben.

»Natalja hat recht. Wir wissen, dass wir alle gleichermaßen verantwortlich sind, aber für Roy ist nur sie schuldig. Natalja hat das letzte Wort.«

»Also, ich finde, ich sollte das letzte Wort haben. Ich bin schließlich am meisten vom Pech verfolgt«, sagte Lena.

Sofi fragte sich, wie sie eigentlich darauf kam, wo sie doch einen Mann hatte, der sie anhimmelte, und zwei gesunde, normale Kinder.

»Der Fall ist abgeschlossen«, erklärte Natalja. »Wenn ihr noch ein weiteres Wort darüber verliert, gehe ich.«

Lena stocherte schweigend in ihrem Omelette.

Sofi bereute es, das Thema angesprochen und damit eine Auseinandersetzung verursacht zu haben. Doch in ihrem Herzen gärte noch immer die Angst. Welches Unheil würde wohl als Nächstes über sie hereinbrechen?

KAPITEL 37

Sofi war der Ausdruck »Medienrummel« ein Begriff, aber sie hatte nicht damit gerechnet, dass ausgerechnet sie einmal Auslöserin eines selbigen sein würde, fand sie sich doch viel zu wenig glamourös dafür. Sie verdankte die ganze Aufregung in erster Linie Francette, die ein Händchen dafür hatte, zur richtigen Zeit mit den richtigen Leuten Kontakte zu knüpfen. Und natürlich verdankte es Sofi ihrer Boutique, die inzwischen von Modeschöpfern, Mannequins und Stilikonen entdeckt worden war. Schon sechsmal hatte man sie gebeten, ihren Schmuck als Leihgabe für eine Modenschau zur Verfügung zu stellen, und obendrein für eine Fotostrecke in der französischen *Elle*. Binnen kürzester Zeit machte *Anastasia Designs* auch jenseits des Ärmelkanals von sich reden. In der englischen *Vogue* erschien ein Beitrag über Sofi und ihren Schmuck, die Werkstatt in Richelieu und die Bijouterie in Paris. Doch die wirksamste Werbung war nach wie vor die Mundpropaganda, und immer häufiger sah man modebewusste Stars mit einer Halskette oder einem Armband von *Anastasia Designs* über einen roten Teppich stolzieren. Es waren bereits mehr als ein Dutzend Spezialanfertigungen angefordert worden, Unikate, die sie nicht nur entwerfen, sondern auch persönlich herstellen sollte. Dass sie von der Presse als »neue« Designerin gehandelt wurde, amüsierte sie; schließlich war sie jetzt seit sieben Jahren im Geschäft, und den Laden in Paris gab es schon ein ganzes Jahr.

Sie beschäftigte mittlerweile einunddreißig Leute in zwei Werkstätten, und allmählich war es an der Zeit, sich zu überlegen, wie es weitergehen sollte. Deshalb saß sie nun mit Francette und zwei Repräsentanten einer Werbeagentur in einem Straßencafé am Boulevard Saint-Germain. Miranda und Bryan Ackroyd von *Ackroyd Advertising* präsentierten ihre Ideen für die Kampagne. Die Kosten waren astronomisch hoch, doch Francette war überzeugt, dass es sich auszahlen würde. Sofi lauschte, rechnete, forderte eine erschwinglichere Variante und ließ sich dann doch zu der ursprünglichen überreden, während sie eine Tasse Kaffee nach der anderen leerten, und Miranda rauchte wie ein Schlot. Schließlich kam das Gespräch auf das Model, das für die Kampagne angeheuert werden sollte.

»Miranda und ich sind der Ansicht, dass wir nicht lauter verschiedene, unbekannte Mädchen nehmen sollten. Wir brauchen Kohärenz; ein Gesicht, das die Leute mit den Produkten in Verbindung bringen. Es soll jemand sein, der bereits einen gewissen Bekanntheitsgrad erreicht hat, aber kein Model. Jemand mit Persönlichkeit und einem Leben außerhalb der Fotos. Und wir wollen einen Exklusivvertrag mit ihr abschließen, damit sie für kein anderes Mode- oder Schmucklabel werben kann.«

»Irgendein Filmstar zum Beispiel?«, fragte Sofi.

Miranda zögerte. »Dafür wird unser Budget wohl nicht reichen. Es müsste jemand sein, der bereits ein, zwei kleine Rollen gespielt hat und kurz vor dem Durchbruch steht. Ein neues, junges, hübsches Gesicht, passend zu Ihrem Schmuck. Wir machen ein Casting.«

»Allerdings schlägt ein Exklusivvertrag immer extra zu Buche«, gab Bryan zu bedenken. »Wir denken da an zwei bis drei Jahre.«

Sofi sah zu Francette, die kaum merklich nickte.

»Zwei Jahre«, sagte Sofi. »Und halten Sie die Kosten möglichst gering. Ich bin nicht reich.«

Das war gelogen. Sie war reich, aber sparsam, und sie versuchte, sich nicht vorbehaltlos von der Begeisterung dieses Duos mitreißen zu lassen.

Kurz nach vierzehn Uhr war das Treffen zu Ende. Weil das Wetter so herrlich war, gingen sie zu Fuß zum Laden zurück, über die Brücke und die Ile de La Cité und dann am Ufer der glitzernden Seine entlang. Sofi war hungrig und aufgeputscht vom vielen Koffein. Sie holten sich Crêpes von einem Stand, diskutierten die Werbekampagne, ihr Geschäft, ihre Verkaufszahlen. Dabei wollte Sofi im Grunde nichts weiter, als wieder in ihre Werkstatt in Richelieu zurückkehren und alle geschäftlichen Belange ihrer Assistentin überlassen.

»Francette«, sagte sie. »Darf ich die Verantwortung für diese Werbekampagne auf dich abwälzen?«

»Wenn du willst.«

»Ich sollte dich noch einmal befördern …«

Francette lachte. »Das wird kaum möglich sein, es sei denn, du ernennst mich zur Firmenchefin. Aber ich fühle mich geschmeichelt.«

»Dann bekommst du wenigstens eine Gehaltserhöhung. Mach dich kundig, was andere in deiner Position verdienen. Ich möchte nur noch nach Hause an meine Werkbank. Du kümmerst dich um alles und stellst, wenn nötig, jemanden ein, der statt dir die Bijouterie führt.«

Francette nickte. »Einverstanden. Du hörst von mir.

Fahr ruhig nach Hause und tu das, was du am liebsten tust.«

Alle zwei Wochen stattete Natalja ihrer Agentin in deren blitzblankem Büro in der Shaftesbury Avenue einen Besuch ab, um mit ihr die neuen Anfragen durchzugehen. Sofern welche gekommen waren. Leida wurde nicht müde, ihr zu versichern, dass das nächste große Engagement bestimmt nicht mehr lange auf sich warten lassen würde, doch allmählich gab Natalja die Hoffnung auf.

Sie bekam zwar immer wieder kleinere Aufträge, die jedoch ganz und gar nicht ihren Vorstellungen entsprachen. Sie hatte einen gut bezahlten Werbespot für eine Möbelfirma in Schweden gedreht, wo *Lonely Shores* erst viel später angelaufen war, sodass Tatjana dort gerade erst von den Bildschirmen verschwunden war. Außerdem hatte sie in dem einen oder anderen TV-Drama mitgespielt, wobei sie darauf geachtet hatte, dass sie wie ein Gaststar gehandelt wurde und nicht wie eine abgehalfterte Schauspielerin, die um jeden Job froh war. Allerdings bekam sie solche Gastrollen – stets entweder als Mordopfer oder als Verführerin – so selten, dass sie ernste Zweifel an Leidas Plänen hegte. Sie selbst war überzeugt, sie sollte einfach jedes Angebot annehmen, um sich schlicht durch die Masse ihrer Auftritte mit der Zeit wieder einen Platz im öffentlichen Bewusstsein zu erkämpfen. Leida verfolgte eine andere Strategie. Sie setzte auf ernst zu nehmende Rollen mit positiver Langzeitwirkung für ihre Karriere. Doch Natalja, die nun dreiunddreißig war, wusste, dass ihr größter Trumpf – ihre Schönheit – ein Verfallsdatum hatte.

Sie trat aus dem Lift, durchquerte die Vorhalle und begrüßte die Sekretärin Alannah. Leida war bereits aus ihrem

Büro gekommen und packte Natalja an der Hand. »Ich habe da etwas für Sie«, verkündete sie.

Nataljas Herzschlag beschleunigte sich. »Ach ja?«

Ihre Agentin führte sie zu einem Sessel und nahm mit einer Mappe unter dem Arm ihr gegenüber Platz.

»Eine Rolle in einem wichtigen Film?«, fragte Natalja hoffnungsvoll.

»Nein, das nicht, aber ein interessantes Casting. Sie heißen doch eigentlich Tschernowa, nicht?«

Natalja bejahte verwirrt.

»Dann sind Sie mit dieser Frau verwandt?« Leida klappte die Mappe auf und legte sie auf den Sofatisch zwischen ihnen.

Natalja beugte sich darüber. Ein Artikel, aus einer Zeitschrift; Sofi, zu Hause in Richelieu. »Das ist meine Cousine«, sagte sie verblüfft.

»Sie tun gerade so, als wüssten Sie von nichts«, sagte Leida. »Sie ist zurzeit eine der angesagtesten Schmuckdesignerinnen in Europa.«

»Sofi?«

Natalja wusste zwar vom beruflichen Erfolg ihrer Cousine, hatte jedoch bislang angenommen, man könne Sofis Kreationen für fünf Pfund das Stück in Billigboutiquen kaufen. Warum hatte Sofi ihren Erfolg mit keinem Wort erwähnt? Vermutlich weil sie sich standhaft geweigert hatte, ihren Schmuck zu tragen.

»Das ist ja toll. Ich bin stolz auf sie«, sagte Natalja. »Aber was hat das mit mir zu tun?«

»Eine Werbeagentur sucht ein Aushängeschild für *Anastasia Designs*. Ein Exklusivvertrag für eine Kampagne in zwölf Ländern. Dafür wären Sie wie geschaffen! Sie sind selbst Russin, die Cousine der Designerin, eine Schönheit und bereits einigermaßen bekannt. Das wäre ideal für Ihren Wiedereinstieg, meine Liebe. Ich nehme an, Sie kommen gut mit Ihrer Cousine aus?«

»Wir stehen uns sehr nahe.«

Entsprach das noch den Tatsachen? Sie telefonierten immer seltener. Abgesehen vom alljährlichen Treffen im Winter hatte sie nur wenig Kontakt mit Sofi, und wenn, dann mit einem unguten Gefühl. Sie nahm ihr das Finanzdebakel noch immer übel. Aber natürlich liebten sie einander wie früher. Sie waren schließlich miteinander verwandt.

»Das wäre ideal für Sie. Ein Werbevertrag, der garantiert, dass Sie in sämtlichen großen Hochglanzmagazinen zu sehen sind. Damit signalisieren Sie der Welt ›Ich bin wieder da, nehmt mich ruhig ernst‹. Am besten rufen Sie Ihre Cousine gleich an und sagen Ihr, dass Sie Interesse haben.«

»Ich … Vielleicht sollten lieber Sie anrufen, und dann warten wir ab, wie sie reagiert«, sagte Natalja unsicher. »Ich möchte mich nicht aufdrängen.«

»Das sollten Sie aber. Wann, wenn nicht jetzt?«, erwiderte Leida streng.

Natalja nickte. »Schicken Sie der Agentur meine Mappe, und ich rufe Sofi an und sage ihr Bescheid«, sagte sie mit wachsender Zuversicht.

Sie war wie geschaffen für diesen Auftrag. Natürlich würde Sofi sie unter Vertrag nehmen. Seltsam nur, dass sie sich nicht persönlich bei ihr gemeldet hatte …

Lena war in den vergangenen zwei Jahren nicht einmal krank gewesen, doch heute fühlte sie sich außerstande, das Bett zu verlassen und es mit zwölf kleinen Kindern aufzunehmen. Zweifellos hatte eines von ihnen sie angesteckt. Die Mütter stopften ihre Sprösslinge mit Medikamenten voll, damit sie sie in der Krippe abliefern und zur Arbeit gehen konnten, und spätestens nach dem Frühstück machten die Bakterien und Viren dann die Runde.

Sie hatte leichtes Fieber, und sie wollte nur schlafen. Also meldete sie sich krank, während sich Sam anzog und auf den Weg zum Gemüseladen machte. Wendy fuhr zum Supermarkt, um den wöchentlichen Einkauf zu erledigen. Lena döste vor sich hin. Gegen zehn hörte sie ein leises Rufen. Sie hob den dröhnenden Kopf vom Kissen und lauschte.

»Lena? Lena?« Das war Grandad. Er klang geschwächt.

Sie schlug die Decke zurück und eilte in ihrem alten Nachthemd in sein Zimmer.

»Was ist los, Grandad?«

»Ich habe Angst, Lena. Ich glaube, es ist so weit.«

Sie begriff nicht, was er meinte. Er packte ihre Hand. Seine Finger waren eiskalt.

»Ich glaube, ich sterbe«, sagte er.

Lena wurde heiß. Sie wich zurück. »Ich rufe einen Krankenwagen.«

»Nein, nein.« Er umklammerte ihre Finger mit eisernem Griff. »Bleib hier bei mir. Lass mich nicht allein.«

»Hast du Schmerzen? Wie fühlst du dich?«

»Mir ist … kalt. Ich spüre, wie mich die Kraft verlässt.«

Lena setzte sich neben ihn, hielt seine Hand und streichelte seine runzelige Stirn. »Sei unbesorgt. Vielleicht hat das ja gar nichts zu bedeuten.«

»Doch, ich sterbe.« Er rang nach Luft. Sie wollte seine Sauerstoffmaske holen, doch er hielt sie erneut zurück. »Bleib … bei mir.«

»Deine Sauerstoff…«

»Die … nützt jetzt … auch nichts mehr.«

Er sank keuchend in sich zusammen. Seine Augenlider flatterten. Lena wusste nicht, was sie tun sollte. Sie wollte sich von ihm verabschieden, ihm sagen, dass sie ihn liebte und ihm dankbar dafür war, dass er sie dazu gebracht hatte, das Trinken aufzugeben. Aber sie war gar nicht sicher, ob er sie noch hören oder verstehen konnte. Sie dachte an ihre erste Begegnung mit Grandad, an den furchteinflößenden alten Mann, der sie mit strengem Blick gemustert hatte. Wer hätte gedacht, dass er ihr einmal so viel bedeuten, sein Tod ein so schwerer Verlust für sie sein würde! Bei dem Gedanken daran versagte ihr beinahe die Stimme. Die Zuneigung zu ihm hatte sich unbemerkt eingestellt, unerwartet, und genauso unerwartet war es nun damit vorbei.

Er riss die Augen auf, schnappte in Panik nach Luft, wollte offenbar etwas sagen.

»Pst«, machte sie. »Nicht reden. Es ist alles gesagt.«

»Nein«, presste er hervor. »Ich habe … mich richtig … entschieden.«

»Das ist gut«, sagte sie, obwohl sie nicht wusste, was er damit meinte. »Dann kannst du beruhigt hinübergehen in die andere Welt.«

»Ja, das kann ich.« Sein Lächeln geriet zur Grimasse. Er schloss die Augen, holte noch einmal tief Luft.

Und hörte auf zu atmen.

Lena liefen heiße Tränen über die Wangen. »Lebwohl, Grandad«, sagte sie zitternd. »Lebwohl.«

Lena saß im Kinderzimmer auf dem Fußboden und sortierte die Spielsachen aus, die sie in die neue Wohnung mitnehmen würden. In den zwei Monaten seit Grandads Tod kam ihr das Haus seltsam kalt vor. Die Kinder waren bedrückt, und Wendy schien es vor Trauer und Gewissensbissen die Sprache verschlagen zu haben. Lena war heilfroh, dass sie endlich auszogen, weg von all der Schwermut, von Wendys scharfer Zunge.

Anna schaffte es wie immer, alles noch schwieriger zu machen, indem sie ihr nicht von der Seite wich und ihre alten Spielsachen wieder aus der Mülltüte fischte.

»Den nicht!«, protestierte sie und schwang einen zerlumpten Teddybär am Bein umher. »Mit dem spiele ich noch.«

»Unsinn. Ich habe dich seit Jahren nicht mehr damit spielen sehen. Der ist für Babys; und du bist doch schon sieben.«

Anna drückte den Teddy kopfschüttelnd an sich. Sie war mit Abstand das störrischste Wesen, das Lena je untergekommen war und aus einem ganz anderen Holz geschnitzt als ihr sensibler Bruder, den sie ständig terrorisierte. »Also gut, du kannst ihn behalten, wenn du dafür fünf andere Babyspielsachen wegwirfst.«

Anna begann im Schrank zu wühlen und erklärte sich schließlich selbstlos bereit, zwei von Matthews Lieblingsplüschtieren zu opfern, worauf dieser in Tränen ausbrach. Nun platzte Sam der Kragen. Während er die beiden zurechtwies, setzte Lena ihre Tätigkeit mit gesenktem Kopf fort. Die Umzugshelfer waren für den kommenden Morgen bestellt, und sie hatten noch längst nicht fertig gepackt.

Schließlich erhob sie sich mit dem Koffer voll altem Spielzeug und fragte Matthew, ob er sie zum Wertstoffhof begleiten wolle.

»Bring auf dem Heimweg etwas zu essen mit«, schlug Sam vor. »Wie wär's mit Hotdogs von *Morrie's*?«

Lena wollte einwenden, dass sie sich das jetzt nicht mehr leisten konnten, aber es war zu spät; die Kinder hopsten bereits begeistert auf und ab. Sie griff nach den Autoschlüsseln und machte sich mit Matthew auf den Weg.

Als sie eine halbe Stunde später zurückkam, saß Sam mit einem Stoß Kinderbücher auf dem Schoß auf dem unteren Stockbett, während Wendy mit unterdrückter Stimme auf ihn einredete. Sam wirkte benommen. Lena spürte gleich, dass etwas nicht stimmte.

»Mittagessen«, sagte sie fröhlich.

Wendy fuhr herum und funkelte sie zornig an.

»Stimmt irgendetwas nicht?«, erkundigte sich Lena.

Wendy holte tief Luft. »Allerdings.«

Lena sah zu Sam, der verschämt dreinblickte. Matthew, von Wendys scharfem Ton eingeschüchtert, klammerte sich an Lenas Arm.

»Mum hat interessante Neuigkeiten.«

Wendy hob zitternd die Hand und zeigte mit dem ausgestreckten Zeigefinger auf Lena. »Ich komme gerade vom Notar. Vom Notar meines Vaters, der offenbar im Juni sein Testament geändert hat. Zugunsten einer gewissen Lena Tschernowa-Tait, wie es hieß.«

Lena schüttelte den Kopf. »Wendy …«

»Ich will kein Wort von dir hören. Du hast dich nur um ihn gekümmert, um dich bei ihm einzuschleimen und mich auszubooten, stimmt's? Ich hoffe, du bist zufrieden.«

Lena streichelte schweigend Matthews Rücken. Sie war gerührt, dass Grandad ihr das wenige, das er besessen hatte, vermacht hatte, aber ihm musste doch auch klar gewesen sein, dass er sie damit in Schwierigkeiten bringen würde.

Wendy brach in Tränen aus. »Wie konntest du nur? Wie konntest du mir das antun?«

Sam erhob sich, wobei er sich den Kopf am oberen Bett

stieß. »Beruhige dich, Mum. Wir werden dir etwas abgeben.«

Lena wurde schlagartig klar, dass Sam annahm, sie wären reich. Vermutlich hatte er im Geiste schon angefangen, das Geld auszugeben. Für eine Wiedervereinigung seiner Band, ein neues Auto, womöglich sogar ein Haus mit Tonstudio im Keller. Sie musste ihm reinen Wein einschenken, ehe seine Vorfreude zu groß wurde.

»Hört auf, alle beide. Es gibt kein Geld«, platzte sie heraus.

Wendy und Sam starrten sie an.

»Wendy, hat dir der Notar gesagt, wie viel Grandad auf der hohen Kante hatte?«

»Noch nicht. Er stellt noch Nachforschungen an. Dad hat nicht alles angegeben.«

Lena atmete tief durch. »Grandad hat mir anvertraut, dass er lediglich etwas Bargeld auf dem Konto hat, allerhöchstens ein paar hundert Pfund, schätze ich. Er sagte, er hätte nie mehr gehabt. Das hat er nur vorgetäuscht, damit ihr ihn nicht in ein Altersheim steckt.«

Wendy klappte den Mund auf und wieder zu, wie ein Fisch, der auf dem Trockenen sitzt.

»Wann hat er dir das erzählt?«, wollte Sam wissen.

»Vor ungefähr fünf Jahren«, murmelte Lena. »Er hat mich gebeten, es für mich zu behalten.«

Sam wandte sich zu Anna und Matthew um und schickte sie hinaus. Sobald sie weg waren, wandte sich Wendy blass und zitternd an Lena.

»So lange wusstest du schon, dass er kein Geld hat? Und du hast mich in dem Glauben gelassen, er wäre reich?«

»Ich kann nicht fassen, dass du es nicht einmal mir erzählt hast, Lena«, pflichtete Sam seiner Mutter bei.

»Ich hatte es ihm versprochen«, sagte Lena.

»»Du hast mich die ganze Zeit zum Narren gehalten, hast dir angehört, wie ich Pläne schmiede … Du musst dich ja insgeheim schiefgelacht haben«, schrie Wendy.

»Das habe ich nicht«, erwiderte Lena mit einer abwehrenden Handbewegung. »Die ganze Situation ist nicht zum Lachen.«

Sam fuhr sich mit den Fingern durch die Haare. »Du hättest es uns sagen sollen, Lena.«

»Ich habe ihm mein Versprechen gegeben.«

»Mir hast du damals vor dem Traualtar auch etwas versprochen. Zwischen Eheleuten sollte es keine Geheimnisse geben.«

Jetzt hatte er eindeutig das Falsche gesagt. Wie oft hatte er sich ohne ihr Wissen Geld geliehen! Wie kamen die beiden eigentlich dazu, ihr Verhalten zu kritisieren?

»Ich habe getan, was ich für richtig hielt. Mehr ist dazu nicht zu sagen. Ich gehe jetzt nach draußen und esse mit den Kindern.«

Sam redete den ganzen Tag kein Wort mehr mit ihr. Abends beim Zubettgehen fragte sie ihn, ob er ihr verzeihen könne. Sie wollte auf keinen Fall schlafen, ohne sich mit ihm versöhnt zu haben.

Er ließ sich seufzend in die Kissen fallen. »Natürlich, Lena. Du warst so gut zu Grandad. Aber … In dieser halben Stunde, als ich dachte, wir wären reich … Gott, Lena, ich habe mich frei gefühlt. Mir ist erst jetzt richtig klar geworden, wie eingesperrt ich mich fühle.« Er barg das Gesicht in den Händen. Weinte er etwa?

»Es tut mir leid. Wenn ich gewusst hätte, dass mir Grandad sein Geld hinterlässt, hätte ich dich gewarnt, dann wärst du jetzt nicht so enttäuscht.«

Er ließ die Hände sinken. »Verstehst du denn nicht? Wer wann was gesagt hat oder nicht, das ist jetzt alles egal. Es war nur ein dämlicher Familienstreit, der sich irgendwann erledigen wird. Das Problem ist, ich habe die Freiheit *gespürt*, Lena. Eine Freiheit, die ich nie haben werde; und ich weiß genau, was mir entgeht.«

Sie hätte ihn gern getröstet und gesagt: »Wer weiß, vielleicht eines Tages ja doch«, doch ihre Kehle war wie zugeschnürt.

KAPITEL 38

Wenn ihre alljährliche Zusammenkunft bei Sofi in Richelieu stattfand, war das mittlerweile jedes Mal ein familiäres Großereignis. Sofi hatte sämtliche Reisekosten übernommen, selbst für Natalja, und ihre Besucher in einem Ferienhaus gleich hinter der Stadtmauer untergebracht. Dieses Jahr war das Wetter mild, und die Sonne stand blass am fahlblauen Himmel, als sie alle zusammen ihren täglichen Vormittagsspaziergang im Schlosspark unternahmen. Alle außer Mama, die derweil mit einer Kreuzsticharbeit zu Hause auf dem Sofa saß. Matthew war ein richtiger Schatz im Umgang mit Nikita. Er bemühte sich, ihn überall mit einzubeziehen, brachte ihm Spiele bei und schob das Karussell für ihn an. Anna, dank Natalja in voller Kriegsbemalung, hatte weit weniger Geduld mit diesem seltsamen kleinen Jungen, der ihr partout nicht in die Augen sehen wollte.

Julien spielte mit Sam, Anna und Matthew Fußball, was mit lautem Gejohle und reichlich patriotischen Rivalitäten einherging.

Sofi, Lena und Natalja verfolgten das fröhliche Treiben von einer Bank aus.

»Musstest du Anna unbedingt schminken?«, beschwerte sich Lena bei ihrer Schwester. »Sie ist doch noch ein kleines Mädchen.«

»Und kleine Mädchen lieben Make-up. Sie hat darum gebettelt.«

In diesem Augenblick stolperte Matthew und landete mit dem Gesicht voran im Gras. Ehe er noch den Mund aufgemacht hatte, war Lena bereits aufgesprungen und zu ihm gelaufen.

Normalerweise hätte Natalja jetzt eine abfällige Bemerkung zu Sofi über Lenas gluckenhaftes Verhalten gemacht, doch das Verhältnis zwischen ihr und ihrer Cousine war zurzeit äußerst angespannt.

Sofi konnte Natalja kaum in die Augen sehen, und alles nur wegen dieser dämlichen Werbekampagne. Sie hätte nie und nimmer erwartet, dass Natalja daran interessiert sein könnte. Umso mehr hatte sich Sofi über ihren Anruf gewundert. Sie war auch gleich Feuer und Flamme gewesen, schließlich war Natalja wunderschön, und eine Russin obendrein. Sofi hatte allerdings nicht damit gerechnet, bei Francette, vor allem jedoch bei der Werbeagentur, auf derart erbitterten Widerstand zu stoßen.

»Sie ist die Falsche, vor allem für England«, hatte Miranda Ackroyd gesagt und eine elegante Rauchfahne ausgestoßen.

»Warum denn?«, hatte Sofi gefragt.

»Zu alt, zu trashig. Vergessen Sie's«, hatte Miranda gesagt und entschuldigend gelächelt. »Verzeihen Sie meine Offenheit, aber Sie wollten es ja wissen.«

Nun saß Sofi in der Zwickmühle. Sie hatte sich Bedenkzeit auserbeten und die Angelegenheit hinausgezögert. Francette setzte sie unter Druck: Man müsse rasch handeln, ehe der Hype womöglich vorbei war. Bryan und Miranda hatten ihr immer neue E-Mails mit Fotos von hübschen jungen Schauspielerinnen geschickt, wohl, weil sie eine potenziell lukrative Kampagne gefährdet sahen. Genau das war der springende Punkt – wenn Sofi schon so viel Geld investierte, dann sollte es auch das richtige Model sein. Und wenn Natalja in England wirklich als gescheiterte Sexbombe galt, dann war sie für diese Kampagne ungeeignet.

Natalja hatte getan, als hätte sie Verständnis für die Verzögerung, doch das hatte sie nicht daran gehindert, Sofi tausend Fragen zu stellen, seit sie in Richelieu war. Sofi hatte vorgegeben, nicht genau informiert zu sein, um Natalja zu suggerieren, dass die Entscheidung nicht bei ihr lag, was natürlich nicht stimmte. Es war ihre Firma. Sie hatte das letzte Wort.

Zum Glück kehrte Lena in diesem Augenblick mit ihrem schniefenden Sohn zur Bank zurück, sodass Sofi ein Gespräch mit Natalja erspart blieb. Matthew hatte sich die Ellbogen aufgeschürft. Lena nahm ihn auf den Schoß und streichelte ihm über den Kopf. Nikita kam anmarschiert und drückte Matthew ein Büschel Gras in die Hand, wohl um ihn mit diesem »Geschenk« aufzumuntern.

Matthew, dieser Goldjunge, tätschelte Nikita den Kopf und sagte: »Danke.«

»Ach, mein kleiner Schatz.« Sofi hob ihren Sohn hoch und drückte ihn an sich. Nikita ließ es geschehen, wenn auch schweigend und abwesend wie immer, und Sofi vergaß, von Mutterglück erfüllt, augenblicklich all ihre Sorgen wegen Natalja und der Kampagne.

Im Handumdrehen war der Januar vorüber, und Francette war mit ihrer Geduld am Ende.

»Sofi«, sagte sie streng am Telefon. »Du musst noch heute eine Entscheidung treffen, sonst kommen wir nicht mehr in die Frühjahrsausgaben der Zeitschriften.«

Sie hatten eine passende Kandidatin gefunden; eine Zweiundzwanzigjährige, die eine kleine Rolle in einem überraschenden Kinoerfolg gespielt hatte und seither mit Angeboten überhäuft wurde. Nun galt es, den Vertrag mit ihr unter Dach und Fach zu bringen.

»Aber meine Cousine …«, wandte Sofi ein.

»Bitte, Sofi. Jetzt geht es ums Ganze.«

»Gut, vergiss Natalja. Engagier diese neue Schauspielerin.«

»Mach ich. Du hast dich richtig entschieden.«

»Habe ich das?«

»Für deine Firma.«

Ein schwacher Trost.

»Kannst du mir einen Gefallen tun, Francette? Ruf Natalja an, und sag ihr Bescheid, damit sie es nicht von der Agentur erfährt, ja?«

»Warum rufst du sie nicht an?«

Gute Frage.

»Ich kann nicht. Ich möchte sie in dem Glauben lassen, dass ich nichts mit der Entscheidung zu tun hatte.«

Aber Natalja war nicht auf den Kopf gefallen. Sie würde wissen, dass Sofi klein beigegeben hatte. Dass sie sie im Stich gelassen hatte, ausgerechnet jetzt, da sie ihre Hilfe am dringendsten benötigte.

Nataljas Hab und Gut stand ordentlich in Schachteln verpackt neben der Tür. Es war einfach zu teuer, in Kensington zu wohnen, und was nützten ihr schon die vielen tollen Läden in der Nachbarschaft, wenn sie ohnehin kein Geld hatte?

Nicht, dass sie pleite gewesen wäre. Es lag noch einiges auf der Bank, und dazu kamen die Gagen für verschiedene kleinere Engagements. Doch es wurde zusehends kostspieliger, sich ihr makelloses Äußeres zu erhalten, und diesbezüglich durfte sie auf gar keinen Fall sparen. Ihre neue Wohnung in Finchley war kleiner und billiger, aber immer noch hübsch. Wenn ihre Karriere erst wieder in Schwung gekommen war, konnte sie sich ja eine neue Bleibe suchen. Allerdings erschien es ihr immer unwahrscheinlicher, dass sie je wieder an ihre früheren Erfolge würde anknüpfen können. Selbst Leida Frost schien den Glauben daran verloren zu haben. Sie empfing Natalja jetzt nur noch alle zwei Monate und versuchte weiterhin, sie zu schlecht bezahlten Aufträgen zu überreden, die ihr angeblich ein »positives Image« einbringen würden. Zurzeit lag sie Natalja mit dem Projekt eines russischen Regisseurs in den Ohren. Ein Low-Budget-Kunstfilm, für den sie gegen einen Hungerlohn in Sankt Petersburg drehen müsste. Ausgeschlossen. Es wäre ihr vorgekommen, als hätte sie kapituliert und würde mit eingezogenem Schwanz nach Hause zurückkehren.

Die Möbelpacker würden erst in einer Stunde kommen. Natalja hatte sich zur Aufheiterung eine Illustrierte gekauft, mit der sie sich nun aufs Sofa setzte. Auf Seite fünf starrte sie ihr entgegen: die *Anastasia*-Werbung. Zwei volle Seiten, eine davon sogar ausklappbar. Eine junge Schauspielerin – wie hieß sie noch gleich, Olivia irgendwas? Natalja hatte sie in einem Film gesehen und fand sie absolut farblos. Sie trug ein schwarzes Satinkleid und räkelte sich auf einer roten Chaiselongue. Jeder Körperteil war mit Sofis Schmuck behängt, bis hinunter zu den Knöcheln, die zwei wunderschöne zarte Fußkettchen zierten. Sie sah atemberaubend aus, wie ein Star. Natalja wurde übel vor Neid. Sie klappte das Heft zu und schleuderte es über den Fußboden, kniff die Augen zusammen, um nicht in Tränen auszubrechen. Das war *nicht fair. Nicht fair.* Sofi hätte sie zum Star machen können, aber sie hatte es nicht getan.

Es klingelte an der Tür; die Umzugsfirma kam zu früh. Als die Packer fertig waren, sah Natalja dem Wagen nach, dann ging sie nach oben, um ihre Handtasche zu holen und die kleine Wohnung ein letztes Mal abzuschließen.

Sie hatte soeben das Licht ausgeknipst, als das Telefon klingelte. Abwesend nahm sie den Hörer ab.

»Hallo? Natalja?«

Ein Russe war dran. Erst wusste sie nichts mit dieser Stimme anzufangen. War das etwa der russische Regisseur? Wollte er sie jetzt persönlich beknien, in seinem Film mitzuspielen?

»Ja?«, sagte sie argwöhnisch.

»Hier ist dein Vater.«

Ihre Nerven gaben unter dem Druck nach, und sie begann schallend zu lachen, bis ihr Tränen über das Gesicht liefen. »Du willst wieder Geld von mir? Das ist köstlich.«

»Es ist jetzt zwei Jahre her«, sagte er. »Zehntausend Pfund halten nicht ewig vor. Diesmal solltest du die Summe verdoppeln.«

»Ich habe kein Geld mehr«, sagte sie, noch immer hemmungslos lachend. »Ich kann dir nichts geben. Ich bin gescheitert, Papa. Den Großteil meines Geldes habe ich bei Börsenspekulationen verloren. Gerade heute ziehe ich in eine winzige Wohnung am Arsch der Welt.« Dabei hätte alles ganz anders kommen können, wenn Sofi sie besser beraten, wenn sie sie für ihre Kampagne verpflichtet hätte. Das brachte sie auf eine Idee. »Ruf Sofi an«, sagte sie. »Sie wird dir Geld geben.«

»Sofi? Warum sollte sie mir Geld geben?«

»Aus demselben Grund wie ich – um dich von Lena fernzuhalten. Hast du einen Stift?«, fuhr sie fort, obwohl sie wusste, dass es unrecht war. »Ich gebe dir ihre Nummer.«

Lena konnte sich einfach nicht an die morgendliche Hektik gewöhnen, die bei ihnen herrschte, seit sie umgezogen waren. Ohne die Unterstützung ihrer Schwiegermutter bei der Suche nach Schuhen oder beim Flechten von Annas Zöpfen war es eine echte Herausforderung, beide Kinder rechtzeitig für die Schule fertigzumachen. Wenn dann endlich alle im Auto saßen, musste erst Sam zum Gemüseladen gebracht werden, ehe sie Anna und Matthew in der Schule ablieferte und zur Kindertagesstätte weiterfuhr. Bisher hatte Wendy die Zwillinge von der Schule abgeholt; auch das blieb nun an Lena hängen. Sie musste ihre Mittagspause nach hinten verschieben und raste täglich um fünfzehn Uhr zur Schule, um die Kinder nach Hause zu bringen und anschließend mit leerem Magen zur Arbeit zurückzukehren. Und trotzdem bereute sie es kein bisschen, dass sie ausgezogen waren. Zum ersten Mal in ihrem Leben fühlte es sich an, als wären Sam und sie erwachsen. Ihre Wohnung war sauber und nicht so vollgestopft wie Wendys Haus und außerdem weit weniger zugig, weil sie sich nicht direkt an der Steilküste befand. Am Ende der Straße gab es sogar einen Park.

Doch Sam teilte ihre Freude über die neue Wohnsituation nicht.

»Solange wir noch bei Mum gelebt haben, konnte ich mir einreden, das wäre alles nur vorübergehend«, hatte er am ersten Abend in ihrem neuen Domizil gesagt, als Lena eine Flasche Sekt geöffnet und sich ein halbes Glas eingeschenkt hatte. »Aber hier … das ist real. Auf Dauer. Das ist jetzt mein Leben.«

Lena versuchte, Geduld mit ihm zu haben. Sie hoffte, er würde irgendwann aufhören, Trübsal zu blasen, doch ein halbes Jahr nach dem Umzug suhlte er sich noch immer in Selbstmitleid. Ihr Erbe, ganze vierhundertachtundzwanzig Pfund, hatten sie binnen einer Woche für einen Gebrauchtwagen ausgegeben, bei dem der Rost rieselte, wenn man die Türen zuschlug.

Eben war sie in besagtes Auto gestiegen und hatte sich davon überzeugt, dass die Kinder angeschnallt waren. Sam putzte sich noch die Zähne und brauchte wieder einmal eine Ewigkeit. Sie startete den Motor und ging derweil die Post durch, wie immer mit der Befürchtung, es könnte eine unerwartete Zahlungsaufforderung dabei sein. Da – ein Brief von Grandads Notar. Vermutlich eine Rechnung, die sie übersehen hatten. Sie riss den Umschlag auf und überflog das Schreiben.

Dann stutzte sie, fing noch einmal aufmerksam von vorne an.

Es sei durchaus möglich, dass noch weitere Vermögenswerte auftauchten, hatte der Notar nach Grandads Tod gesagt, wenngleich die Chancen gering seien. Lena hatte ihm zugestimmt; doch sie hatten sich beide geirrt. Wie es aussah, hatte Grandad in Little Ayton, einer Ortschaft am Rande der Moorlandschaft unweit von Briggsby, ein Grundstück mit Haus besessen. Lena summten die Ohren. Als die Beifahrertür aufging, ließ sie das Schreiben rasch in ihrer Handtasche verschwinden und zwang sich zu lächeln. »Kann's losgehen?«

»Alles okay?«, fragte Sam zurück. »Du bist ja so blass.«

»Ich … äh … mir ist ein bisschen komisch.« Sie legte den ersten Gang ein.

»Bestimmt hat dich wieder eines dieser Bälger in der Krippe angesteckt«, brummte er.

Während sie die übliche Runde machte, versuchte Lena, keine allzu große Freude aufkommen zu lassen. Sie musste den Notar anrufen und nachfragen, was das zu bedeuten hatte. Wie in Trance lieferte sie Sam ab, küsste die Kinder zum Abschied am Schultor und fuhr dann schnurstracks nach Hause, wo sie in der Tagesstätte anrief, um sich krank zu melden. Während sie auf den Rückruf des Notars wartete, putzte sie die Küche, zwischen Hoffnung und Verzweiflung hin und her gerissen.

Nach einer halben Stunde klingelte endlich das Telefon.

»Hallo?«

»Mrs. Tschernowa-Tait?«

»Ja?« Ihr Herz pochte wie verrückt.

»Was kann ich für Sie tun?«

»Es geht um Ihren Brief … das Haus … Bin ich …« Sie brachte es nicht über die Lippen, aus Angst vor einer Enttäuschung.

»Sie sind die Eigentümerin, ja. Der alte Herr hat sich sehr bedeckt gehalten, was sein Vermögen anging. Es war gar nicht einfach, das Haus ausfindig zu machen.«

Auf einmal ergab Grandads letzte Bemerkung, er habe sich richtig entschieden, einen Sinn. Er hatte sein Testament zu ihren Gunsten geändert, weil sie für ihn gesorgt und ihn geliebt und gepflegt hatte, obwohl sie nicht erwarten konnte, etwas zu erben.

»Da wir mehrere Wochen mit der Suche beschäftigt waren, wird die Rechnung leider relativ hoch ausfallen.«

Lena registrierte es kaum. Sie hörte nur die guten Nachrichten. »Kann ich es mir ansehen?«

»Selbstverständlich. Ich hinterlege die Dokumente und den Schlüssel für Sie am Empfang. Aber bitte machen Sie sich keine allzu großen Hoffnungen, was den Zustand angeht. Vielleicht sollten Sie es lieber gleich verkaufen.«

Und so brach sie wenig später auf nach Little Ayton. Das kleine Dorf lag gleich hinter dem Roseberry Topping, einem markanten Hügel inmitten der Moorlandschaft. Sie hielt an, um nach dem Weg zu fragen und einen Becher Kaffee zu kaufen, dann rumpelte sie mit ihrem rostigen Wagen einen kurvenreichen Feldweg entlang, bis sie zwischen zwei Anwesen, die wohl ihren neuen Nachbarn gehörten, einen Zaun ohne Hausnummer erspähte und dahinter ein niedriges altes Farmhaus, das sich unter ein Reetdach mit zwei Kaminen duckte.

Lena parkte am Straßenrand, öffnete mit zitternden Händen die Autotür und stieg aus. Sie passierte das Gartentor, das nur noch an einem Scharnier hing, und folgte dem überwucherten Pfad zum Haus. *Ihrem Haus.* Die grauen Steinmauern waren mit Flechten und Weinreben überzogen, von den weißen Fensterbänken blätterte die Farbe, einige Scheiben fehlten. Sie trat zur Tür und steckte den Schlüssel ins Schloss.

Es gab einen schmalen Gang, drei winzige Schlafzimmer, eine total verfallene Küche und einen verkohlten Kamin. Überall Pfützen und Spinnweben – die Decke war undicht, und in den Dachbalken hatten Schwalben genistet. Das Badezimmer war schwarz vor Schimmel und roch, als wäre dort ein Tier verendet. Lena versuchte sich vorzustellen, wie es aussähe, wenn alles repariert, frisch gestrichen und eingerichtet wäre. An den Wänden im Flur Fotos der Zwillinge, in der Küche ein neuer Herd, die Bodenfliesen geputzt, ein Tisch, an dem die Kinder Hausaufgaben machen konnten, während sie kochte …

Sie schloss die Hintertür auf, trat aus der Küche in den Garten und blieb wie angewurzelt stehen. Grüne Felder, von uralten Hecken begrenzt, ein alter Schuppen, ebenfalls mit Steinmauern – gehörte der auch ihr? In der Ferne schlenderten Kühe über die Hügel. Sie stand eine Ewigkeit da und genoss den Ausblick und das Gefühl, dass ein kleines Stück dieser Welt ihr gehörte, für immer.

Sie würden nie das nötige Kapital aufbringen, um das Haus so weit auf Vordermann zu bringen, dass man darin leben konnte, das war ihr klar. Selbst wenn sie bei einer Bank einen Kredit aufnehmen könnten, was sie stark bezweifelte, müssten sie sich vor Ort Arbeit suchen und bis an ihr Lebensende die Schulden abzahlen. Sam war in solchen Dingen hoffnungslos; er war ja schon damit überfordert, die Miete für ihre Wohnung zusammenzukratzen. Eine Hypothek würde ihr sicheres Ende bedeuten.

Sollte sie das Anwesen also verkaufen? Doch sie wusste nur zu gut, was geschähe, wenn Sam plötzlich Zugriff auf eine beträchtliche Summe Geld bekäme: Er würde alles ausgeben, für ein brandneues Auto oder sonst irgendeine sinnlose Anschaffung. Er würde eine große Wohnung mieten und »sich etwas gönnen«, weil er das Gefühl hatte, dass ihm das bislang verwehrt geblieben war. Womöglich würde er sogar seinen Job an den Nagel hängen und wieder an seiner Musikkarriere basteln wollen. In ein paar Jahren wäre alles aufgebraucht, und dann stünden sie wieder ganz am Anfang. Genau deshalb hatte sie heute früh den Brief vor ihm versteckt. Eine Frau mit einer stärkeren Persönlichkeit hätte vielleicht besser mit Sam umgehen können, aber wie sollte sie ihm klarmachen, dass das Geld ihr gehörte, dass er es nicht anrühren durfte, obwohl es doch von seinem Großvater stammte?

Es gab natürlich noch eine dritte Möglichkeit. Sie hatten Kinder. Sie würde einfach niemandem von dem Haus erzählen. Mit der Zeit würde es im Wert steigen, und wenn Matthew und Anna erwachsen waren und gut bezahlte Jobs hatten, konnten sie es renovieren und darin leben oder es abreißen lassen und das Grundstück verkaufen. Die Entscheidung läge bei ihnen. Sie gestattete sich eine kurze Fantasie, in der Anna selbst Kinder hatte und mit ihnen hier wohnte … Sie würde es besser haben als Lena. Ein sorgenfreies Leben führen können.

Lena lächelte mit Tränen in den Augen, blinzelte. Ihr Entschluss stand fest.

KAPITEL 39

Sofi spazierte mit Nikita an der Hand zum Briefkasten. Der Kleine musste beschäftigt werden, wenn man mit ihm unterwegs war, nicht nur im Auto, sondern auch zu Fuß, sonst begann er, mit leeren Augen vor sich hin zu starren. Also hatte sie ihm aufgetragen, nach runden Dingen Ausschau zu halten. Seine Beobachtungsgabe war außergewöhnlich stark ausgeprägt. Überall erspähte er Kreise – angefangen von Autoaufklebern bis hin zu den aufwendig gestalteten Dachsimsen einiger Häuser. Sie warf den Brief an Lena ein. Ihre Cousine hatte angerufen und ihr unter dem

Siegel der Verschwiegenheit erzählt, sie hätte ein baufälliges altes Farmhaus geerbt, das sie eines Tages an die Kinder vererben wollte. Sofi hatte angeboten, für die Notariatskosten und die Dachreparatur aufzukommen, worauf Lena stotternd davon gesprochen hatte, es ihr zurückzuzahlen.

»Betrachte es als Geschenk«, hatte Sofi gesagt. »Nicht für dich, sondern für Anna und Matthew.«

Erst da hatte Lena angenommen und sich atemlos bedankt.

Zu Hause traf sie Julien in der Küche an. Das bedeutete, dass er einen schlechten Tag gehabt hatte. Mama tat ihm gut; sie sorgte dafür, dass er sich von künstlerischen Misserfolgen nicht beirren ließ. Die beiden unterhielten sich lachend, während auf dem Herd Knoblauch in Butter vor sich hin brutzelte. Aus den Lautsprechern der Stereoanlage drang die Stimme von Ella Fitzgerald. Zu viel Trubel für Nikita. Sofi brachte ihn in sein Zimmer und legte ein Baby-Einstein-Video für ihn ein – er sah sich noch immer Videos für Kleinkinder an –, dann gesellte sie sich zu ihrem Mann in die Küche.

Julien schob ihr einen Löffel Basilikum-Sahne-Sauce in den Mund und küsste ihr eine Spur davon vom Kinn. Das Telefon klingelte.

»Ich gehe schon«, sagte Stasja.

Sofi nippte an ihrem Wein. »Na, Schaffenskrise?«

»Und was für eine.« Julien lachte. »Ich danke Gott für deine Mutter.« Mama hatte binnen kürzester Zeit herausgefunden, wie sie mit ihm umgehen musste.

Sofi kam sich unzulänglich vor. In all den Jahren hatte sie ihn tunlichst in Ruhe gelassen, wenn er mit der Arbeit nicht weitergekommen war. Sie war ihm ehrfürchtig aus dem Weg gegangen, aus Angst, ihn in seiner Kreativität zu stören. Sofi fragte sich unwillkürlich, ob sie noch mehr falsch machte, was Julien anging. Vielleicht sollte sie ihm von dem Wunsch nach einem zweiten Kind erzählen, der sich im hintersten Winkel ihres Herzens zu regen begonnen hatte. Allerdings hatte sie sich diese Sehnsucht selbst noch gar nicht richtig eingestanden. Was, wenn sie Nikita damit das Gefühl vermittelte, dass er minderwertig war? Und was, wenn das Unglück auch über ihr zweites Kind hereinbrach?

Ihre Gedankengänge wurden unterbrochen, als sie Mama auf Russisch »Nein, du kannst nicht mit ihr reden!« ins Telefon zischen hörte.

Sie fuhr herum. Stasja war gerade im Begriff, aufzulegen, doch sie riss ihr den Hörer aus der Hand und bedeckte die Sprechmuschel. »Wer ist dran?«

»Dein Onkel Viktor«, sagte Stasja mit bebender Stimme.

»Was will der denn?«, fragte Sofi perplex. Verärgert.

»Leg einfach auf.«

Sofi wedelte abwehrend mit der Hand und hielt sich den Hörer ans Ohr. »Woher hast du meine Nummer?«

»Von Natalja.«

Natürlich. Natalja war sauer. Seit der Affäre um die Werbekampagne herrschte zwischen ihnen Funkstille.

»Verstehe. Und was willst du?«

»Ich will Geld, damit ich Lena in Ruhe lasse.«

»Vergiss es, Onkel Viktor. Ich lasse mich nicht erpressen.«

Das hatte er wohl nicht erwartet. Sofi fragte sich, wie oft er dieses Spiel mit Natalja getrieben hatte.

»Das wirst du bereuen. Ich rufe Lena an. Ich werde sie besuchen.«

»Das wirst du nicht tun. Du willst sie ja gar nicht wirklich sehen. Wir haben dir alle nicht mehr das Geringste zu bieten. Ich bin sicher, du wirst uns künftig in Ruhe lassen. Lebwohl.«

Sie legte auf, wartete ab. Das Telefon schwieg.

Mama funkelte sie an. »Du hättest gar nicht mit ihm reden sollen.«

»Sei unbesorgt, Mama. Ich glaube nicht, dass wir je wieder von ihm hören werden.«

Es war lange her, dass Natalja zum Essen ausgeführt worden war, und sie fand viel zu großen Gefallen daran. Sie saß im *Browns*, einem Restaurant in Covent Garden, trank Wein und stocherte in ihren Ravioli – die Vorspeisenportion –, während ihr der Mann, dem sie gegenübersaß, versicherte, was für eine tolle Frau sie doch sei. Leider war er nicht ihr Freund, sondern ein Filmregisseur.

Arnold Grassman war über vierzig, hatte Geld wie Heu und wollte einen Horror-Science-Fiction-Film mit dem Titel *Skin Crawlers* drehen – mit Natalja in der Hauptrolle.

»Ihre Schönheit macht Sie zur idealen Kandidatin«, sagte er gerade. »Sie wirken so majestätisch, so elegant. Und diese widerlichen Kreaturen sind total ekelhaft und glitschig.« Das letzte Wort sprach er derart leidenschaftlich aus, dass ein paar Speicheltröpfchen auf dem Tisch landeten. »Ich bin noch weitgehend unbekannt im Filmbusiness, Natalie, aber ich werde mich nicht lumpen lassen. Sie sind absolut perfekt für diese Rolle, und deshalb bin ich bereit, Ihnen eine erhebliche Gage zu bezahlen.«

Natalja hatte so ihre Zweifel. Sie würde fast die gesamte zweite Hälfte des Films in Unterwäsche herumlaufen und mit einer Schrotflinte Aliens abknallen, um am Ende von einem überdimensionalen Tentakel ausgenommen zu werden. Grassman hatte bereits zwei Filme produziert, die lediglich auf Video herausgekommen waren. Doch in dieser Branche konnte man nie wissen, wer den nächsten großen Hit landete, wer der nächste Publikumsliebling wurde. Leida hatte sich strikt dagegen ausgesprochen. »Grassman ist total unglaubwürdig. Reden Sie lieber mit Lewitski, der hat gerade den Un-Certain-Regard-Preis in Cannes gewonnen, und er will Sie nach wie vor engagieren.«

Aber Maxim Lewitski hatte kein Geld und arbeitete in Sankt Petersburg. Arnold Grassman dagegen war Milliardär und drehte hier in London. Also hatte Natalja ohne Leidas Wissen ein Treffen mit ihm vereinbart.

Sie versuchte, nicht zu interessiert zu wirken, als er das Thema Geld anschnitt. »Nun, Arnold, wenn Ihr Angebot wirklich so großzügig ist, lassen Sie mir doch einen Vertragsentwurf zukommen, damit ich Ihnen bald fest zusagen kann.«

Er dankte ihr wortreich und versprach, ihr Vertrag werde mit kleinen Extras gespickt sein. Natalja ließ den Blick über ihn gleiten und konnte nicht fassen, dass dieses zu groß geratene Kind mit seinem stümperhaften Auftreten so einflussreich und begütert war. Sie lächelte gnädig und nippte an ihrem Wein. »Wie kommt es eigentlich, dass jemand aus der alternativen Filmszene ein so großes Budget zur Verfügung hat?«

»Ich habe mit einundzwanzig eine Firma geerbt. Wir sind der größte Hersteller von Bergbaumaschinen in England«, gestand er ihr. »Ich war nie sonderlich an Bergbaumaschinen interessiert. Ich wollte Science-Fiction-Filme drehen.«

Sie schob ihren Teller von sich und warf ihr Haar über die Schulter zurück. »Bis wann kann ich mit dem Vertragsentwurf rechnen?«, fragte sie. Und wann würde er endlich mit konkreten Zahlen herausrücken? Es war durchaus möglich, dass er nur große Worte machte oder sie mit einer fünfstelligen Summe abspeisen wollte. Wenn sie eine fünfstellige Gage haben wollte, konnte sie gleich wieder einen Werbespot in Schweden drehen.

»Ich werde mich noch heute Nachmittag darum kümmern. Aber … Ich möchte Sie mit meinem Angebot nicht beleidigen.«

Ihre Hoffnung schwand. Er würde ihr eine Gewinnbeteiligung vorschlagen und ihr einen Betrag anbieten, der nicht viel höher war als ihre wöchentliche Gage bei *Lonely Shores*.

»Ähm, würden Sie mir vielleicht verraten …« – er räusperte sich – »… ob eine Million Pfund ausreicht?«

Natalja hatte es die Sprache verschlagen.

»Das bedeutet dann wohl nein, wie?«, fragte er bekümmert. »Ich habe bisher leider mit keinen richtig großen Stars zusammengearbeitet, also …«

»Wäre das im Voraus?«, fragte Natalja.

»Am ersten Drehtag. Wir fangen am ersten Juli an. Die Dreharbeiten werden zwölf Wochen dauern.«

»Okay«, platzte sie heraus und bereute es sogleich. Sie lächelte und räkelte sich mit gespielter Trägheit. »Abgemacht. Ich freue mich schon auf die Zusammenarbeit mit Ihnen, Arnold.«

Über Weihnachten schickte Sofi ihre Angestellten immer vier Wochen in Urlaub. Umso mehr freute sie sich darauf, wenn sie Mitte Januar ihre Arbeit wieder aufnahmen. Dann fand sie sich als Erste in der Werkstatt ein, die sich nun über zwei Etagen erstreckte, um Heizung, Licht und

Radio einzuschalten, Milch in den Kühlschrank zu stellen und die Kaffeemühle mit frischen Bohnen zu füllen. Anschließend ging sie von Tisch zu Tisch, um jedes einzelne der halbfertigen Stücke zu inspizieren. An den Wänden hingen ihre Entwürfe, blauer Buntstift auf elfenbeinweißem Papier.

Sofi legte großen Wert darauf, dass sich ihre Belegschaft wohlfühlte, und hatte nichts dagegen, wenn sie mit einer Tasse Kaffee zwischen den Tischen umherwanderten, einander zuweilen bei der Arbeit zur Hand gingen und dabei ungezwungen über Privatangelegenheiten plauderten. Sie selbst hatte ein kleines Büro in der oberen Etage, in dem sie Papierkram erledigte oder Entwürfe zeichnete, aber oft starrte sie dort auch bloß aus dem Fenster auf die verblassten jahrhundertealten Häuser und beobachtete die Leute. In Richelieu hatte es niemand eilig. Sofi liebte das Leben hier. Seit sie Francette immer mehr Verantwortung übertragen hatte, fühlte sie sich wieder freier. Francette war ehrgeizig. Neuerdings hatte sie zwei New Yorker Kaufhausketten an der Angel, doch Sofi scheute noch davor zurück, mit ihrem Unternehmen den Atlantik zu überqueren. Sie fürchtete, die Kontrolle über die Qualität ihrer Erzeugnisse zu verlieren, wenn ihre Firma noch weiter expandierte.

Gabriel, ein schlaksiger und eindeutig homosexueller Teenager, der letzte Hand an viele Schmuckstücke legte und sie mit Verschlüssen versah, erkundigte sich nach ihrem Urlaub. Sie erzählte ihm von Briggsby, ihren Cousinen, den langen Spaziergängen an den Klippen, vom grauen Ozean. Es klang richtig idyllisch, wenn sie nicht erwähnte, wie angespannt Lena war, seit sie ihrem Mann verheimlichte, dass sie ein Haus besaß. Oder wie Natalja ständig damit geprahlt hatte, mit einem Blockbuster eine Million Pfund verdient zu haben.

Als sie einmal kurz unter sich gewesen waren, hatte Sofi ihre Cousine wegen Viktors Anruf zur Rede gestellt. Natalja hatte sie mit Tränen in den Augen um Verzeihung gebeten.

»Ich hätte ihm damals nicht viel geben können«, sagte sie. »Aber ich wusste, dass dir Lena genauso viel bedeutet wie mir. Ich hoffe, du hast ihm nicht zu viel Geld geschickt.«

»Er hat gar nichts von mir bekommen.«

Natalja riss die Augen auf. »Was?«

»Auf eine Erpressung darf man niemals eingehen. Ich war mir sicher, dass er Lena nicht kontaktieren würde – er will im Grunde nichts mit ihr zu tun haben. Und ich hatte recht, er hat sie nicht einmal angerufen.«

Dann hatte sich Lena zu ihnen gesellt, und sie hatten das Thema gewechselt. Für Sofi war es eine Zusammenkunft der Geheimnisse gewesen. Lena sollte nichts von Viktors Anruf erfahren, Natalja durfte nichts über Lenas Erbschaft wissen.

Lena und Sofi waren eines Morgens in aller Herrgottsfrühe aufgestanden und zu dem Häuschen gefahren.

»Dank dir regnet es jetzt nicht mehr herein«, hatte Lena gesagt, während sie das Küchenfenster von Spinnweben befreite. »Sobald ich mich das nächste Mal ungesehen aus dem Staub machen kann, werde ich herkommen und die Haustür streichen oder das Bad auf Vordermann bringen. Einfach so.«

Mit einem Eimer Farbe und einem Putzlappen war in dem kleinen Häuschen zwar nicht viel auszurichten, doch es hatte weit mehr Charme als die sterile kleine Wohnung, in der Lena jetzt lebte. »Lena«, hatte Sofi gesagt und ihre Hand genommen. »Lass mich dir das Geld leihen, damit ihr es renovieren und hier wohnen könnt.«

»Kommt nicht in Frage. Das wäre wirklich zu viel des Guten. Es muss ja alles ersetzt werden – die Schränke, die Badewanne, die Toilette, der Herd. Der Mauerputz muss weg, und ich fürchte, eine Wand müsste eingerissen und neu aufgezogen werden. Man muss das Dach erneuern, von den elektrischen Leitungen und den Wasserrohren ganz zu schweigen.« Lena hatte sich auf die Innenseite der Wange gebissen. »Ein so großzügiges Angebot kann ich unmöglich annehmen. Wer weiß, ob wir es dir jemals zurückzahlen könnten.«

Sofi hatte geschwiegen, sich jedoch vorgenommen, Lena in den kommenden Jahren so lange zu bearbeiten, bis sie nachgab.

Als sie aus ihrem Tagtraum erwachte, stellte Sofie fest, dass Gabriel vom Besuch bei seiner Mutter im Languedoc sprach. Sie wollte ihm gerade eine Frage dazu stellen, als die Tür aufging und Julien hereinkam. Er eilte auf sie zu und ergriff ihr Handgelenk. »Ich habe tolle Neuigkeiten.«

Sie führte ihn über die ausgetretene Treppe in ihr Büro, schloss die Tür und setzte sich an ihren antiken Schreibtisch. Julien lehnte sich an das Fensterbrett. An der Wand hinter Sofi hingen drei seiner Bilder.

»Nun?«, fragte sie.

»Man hat mich nach Brasilien eingeladen. Für ein Jahr.«

Sofis Lächeln gefror. Das waren seine »tollen Neuigkeiten«? Und sie hatte gehofft, seine Reiselust hätte endlich nachgelassen, nachdem er die vergangenen zwei Jahre zu Hause geblieben war.

»Du sagst ja gar nichts.« Er lachte nervös.

»Ich wusste nicht, dass du dich wieder um ein Stipendium beworben hast.«

»Ich … ich wollte nicht, dass du dich unnötig aufregst. Hätte ja sein können, dass ich abgelehnt werde.«

»Dir war also klar, dass ich mich aufregen würde.«

»Ja, schon. Aber ich hatte gehofft, dass du dich mit mir freuen würdest.« Er ergriff ihre Hände. »Du könntest mitkommen, Sofi. Deine Entwürfe kannst du dort doch auch zeichnen, und alles andere kann Francette übernehmen.«

»Und was ist mit Nikita und seiner Therapie?«

»Deine Mutter kann doch hier bei ihm bleiben.«

Sofi konnte nicht fassen, dass er tatsächlich in Erwägung zog, Nikita für ein ganzes Jahr zu verlassen. Andererseits war das für *ihn* ja beileibe nichts Neues.

»Es wäre erst ab Juni, uns bleibt also noch genügend Zeit, um eine Entscheidung zu treffen.«

Sofi holte tief Luft. »Ich möchte, dass du hier bleibst.«

»Wie bitte?« Julien starrte sie an, als hätte sie gerade Swahili mit ihm geredet.

»Ich finde, du solltest hier bei deiner Familie bleiben. Bei mir. Ich mag es nicht, wenn du weg bist. Es kommt mir immer so vor, als würdest du uns im Stich lassen. Als könntest du unsere Gegenwart nicht ertragen.«

»Aber nicht doch, Liebling. So ist es nicht.«

»Und Nikita?«

»Ich liebe ihn; ich vergöttere ihn, meinen kleinen Jungen. Aber du weißt, es macht ihm nichts aus, wenn ich weg bin.«

»Wie kannst du uns einfach verlassen, wenn du uns liebst?«

»Wenn ich male, wenn ich weg bin, umgeben von einer Sprache, die ich nicht verstehe, von Menschen, die ich nicht kenne – dann gibt es nichts anderes für mich.« Er klang ernst. »Sofi, ich *brauche* das, um mich in einen Zustand zu versetzen, in dem die praktischen Dinge des Lebens nicht mehr existieren, in dem es nur noch mich gibt und Farben und Formen. Sonst sterbe ich.«

»Aber du hast einmal gesagt, dass du auch die echte Welt brauchst.« Sofi war sich bewusst, dass sie klang wie ein störrisches Kind.

»Ich war jetzt zwei volle Jahre zu Hause. Es wird wieder Zeit für mich. Bitte verlang nicht von mir, dass ich hier bleibe.«

Was hatte sie noch für eine Wahl? »Also gut, meinetwegen. Aber ehe du fährst …«

»Ja?« Er legte den Kopf schief.

»Ehe du fährst …« Wollte sie ihren Herzenswunsch wirklich aussprechen? War es überhaupt ihr Herzenswunsch? »Ich möchte noch ein Kind. Können wir zumindest darüber reden?«

Sofis Hoffnung schwand, als er entsetzt die Augen aufriss.

»O nein, Sofi. Nicht noch eines.«

Seine Ablehnung ließ sie die Sehnsucht umso heftiger spüren. »Warum nicht?«

Er sank in sich zusammen. »Weil ich es nicht ertragen könnte, wenn wieder etwas nicht in Ordnung wäre.«

»Das muss nicht unbedingt …«

»Wir haben einige Familien kennengelernt, in denen mehr als ein Kind betroffen war.« Wie üblich brachte Julien das Wort autistisch nicht über die Lippen.

Sofi seufzte. »Und wenn ich darauf bestehe?«

Er starrte sie einen Augenblick an, dann sagte er sanft: »Tu das nicht, Sofi. Wir führen ein angenehmes Leben, eine gute Ehe; wir haben beide Karriere gemacht. Du siehst nur, was fehlt, und vergisst, dankbar für das zu sein, was wir haben.« Er nahm ihre Hand und legte sie sich auf die Brust. »Es würde mir das Herz brechen, wenn wir noch ein Kind bekommen, das so ist wie Nikita.«

Am Abend nach Juliens Abreise legte sich Sofi neben Stasja auf das Sofa und weinte. Mama tröstete sie, streichelte ihr mit ihren kühlen Händen die heißen Wangen. Nicht nur ihr Herz fühlte sich leer an, sondern vor allem ihr Leib. Julien hatte hartnäckig auf seiner Meinung beharrt. Sie würden kein zweites Kind bekommen.

Nach einer Weile hob Sofi den Kopf und erzählte Mama von ihrer abergläubischen Überzeugung, sie habe sich ihr Unglück selbst zuzuschreiben.

»Unsinn, Kind«, erwiderte Stasja. »Was hast du schon groß angestellt?«

Und so gestand ihr Sofi die ganze Geschichte – den Betrug an Roy Creedy, den Diebstahl –, wohl wissend, dass Mama enttäuscht und erzürnt sein würde. Doch sie musste sich endlich alles von der Seele reden. Ihre Mutter hörte auf, sie zu streicheln, ließ die Hände sinken.

»Mama? Verabscheust du mich jetzt?«

Stasja schüttelte den Kopf. »Du bist mein Kind. Dich verabscheue ich nicht, aber deine Tat schon.«

»Ich habe Lena und Natalja vorgeschlagen, ihm zu schreiben, ihm sein Geld zurückzuzahlen. Aber Natalja war strikt dagegen. Sie hält ihn für gefährlich.« Sie ergriff Stasjas Hand. »Kannst du mir verzeihen, Mama? Wenn du mir verzeihen könntest, wäre mir schon ein bisschen leichter ums Herz. Dann hätte ich vielleicht nicht mehr das Gefühl, eine Tat begangen zu haben, für die ich ewig büßen muss.«

»Natürlich kann ich dir verzeihen.« Stasja lächelte verkniffen. »Der Zorn einer Mutter ist wie Schnee im Frühling – er schmilzt rasch, ganz egal, wie viel davon fällt. Außerdem ist es schon lange her.«

»Zehn Jahre. Inzwischen hat sich viel getan.«

»Sofi, du darfst nicht auf die vergangenen zehn Jahre zurückblicken und nur Unglück sehen.«

»Ich weiß. Ich weiß.«

»Der ist ein rechter Narr, der nur Staub sieht, wenn er die Hand voller Goldkörner hat.«

Sofi ließ sich die Worte ihrer Mutter durch den Kopf gehen. Sie musste an ihre Cousinen denken. Lena mit ihren zwei kerngesunden Kindern; Natalja, schön und vermögend, und doch beneideten sie einander alle drei um das, was die anderen hatten. Mit einem Mal kam es ihr lächerlich, ja, unangebracht vor, von Unglück zu sprechen.

»Danke, Mama«, sagte sie. »Ich weiß, dass du missbilligst, was ich getan habe, aber ich bin trotzdem froh, dass ich es dir erzählt habe.«

KAPITEL 40

Lena vermisste ihre Schwiegermutter vor allem dann, wenn sie schnell einen Babysitter brauchte. Nicht, dass sie heute auf ihre Dienste hätte zurückgreifen können. Wendy hätte viel zu viele Fragen gestellt: »Wo fährst du hin? Wann kommst du zurück?« Es war Samstag, Sam arbeitete, und sie hatte spontan einen Dachdecker angerufen, um einen Kostenvoranschlag für ein neues Dach einzuholen, auch wenn es eigentlich sinnlos war, da sie kein Geld hatten. Aber sie musste wissen, wie viel es kosten würde, damit sie die Sache ad acta legen konnte. Also brachte sie Anna und Matthew zu ihrer Nachbarin.

Jillian war alleinerziehende Mutter und ein richtiger Schatz; fröhlich, freundlich, hilfsbereit. Es war ihre Tochter, die zwölfjährige Izzy, die Lena Kopfzerbrechen bereitete. Izzy war frech, frühreif und verrückt nach Jungs, und sie war Annas großes Idol. Jillian war für die Schwächen ihrer Tochter natürlich blind.

»Entschuldige, Jillian, aber ich muss überraschend weg. Ich bin in spätestens zwei Stunden zurück.« Lena schob die Zwillinge bereits durch die Tür.

»Oh, aber gern! Nur herein mit euch, Kinder. Anna und Izzy sind ja schon dicke Freundinnen. Lass dir ruhig Zeit, Lena.«

Wenig später schlug Lena den mittlerweile vertrauten Weg nach Little Ayton ein. Sie hatte einfach immer wieder hinfahren müssen, hatte die Tür rot gestrichen, den Schimmel von den Badezimmerfliesen geschrubbt, die Böden geputzt … Nicht, dass das einen großen Unterschied gemacht hätte, aber es bereitete ihr Freude. Leider erforderte es auch weit mehr Geheimniskrämerei als ursprünglich geplant. Immer wieder hatte sie Briefe versteckt und lahme Ausreden vorgebracht, um sich davonzustehlen. Sam schien bislang keinen Verdacht geschöpft zu haben. Wie es aussah, hatte er endlich sein Tief überwunden. Er spielte wieder Gitarre und redete von Soloauftritten in ihrem Stamm-Pub. »Dann kann der Wirt die Jukebox einmotten«, hatte er gescherzt.

Sie war eine Viertelstunde zu früh, also setzte sie sich auf den Hügel hinten im Garten ins hohe Gras und starrte auf die grünen Weiden hinaus, während sie auf den Dachdecker wartete. Diese Aussicht hatte sich ihr unauslöschlich ins Gedächtnis eingebrannt, seit sie vor einem Jahr zum ersten Mal hier gewesen war. Oft kehrten ihre Gedanken kurz vor dem Einschlafen hierher zurück, als wollte das Haus sie zu sich rufen. Dann fragte sie sich, ob es womöglich ihre Bestimmung war, hier zu leben. Ob es bloß ihre Sturheit und ihr Stolz waren, die sie davon abhielten, sich von Sofi das Geld für die Renovierung zu leihen. Dabei wäre es ein zinsloser Kredit, den sie zurückzahlen konnte, wann immer es ihr passte. Aber wie konnte sie so etwas annehmen?

Zugegeben, inzwischen kam ihr der Gedanke nicht mehr ganz so abwegig vor. Vielleicht würde sie eines Tages doch …

Ein Wagen hielt vor dem Haus, und sie erhob sich und ging nach vorn, um den Dachdecker zu begrüßen.

Doch es war gar nicht der Dachdecker, sondern Sam.

Lena brach der kalte Schweiß aus. »Sam!«, krächzte sie.

Er kam auf sie zu. »Was zum Teufel machst du hier?«

»Wie kommst du denn …«

»Ich habe mir das Auto von einem Kumpel geliehen und bin dir nachgefahren. Du hast dich heute Morgen so seltsam benommen. Du bist schon seit einer ganzen Weile komisch. Auf wen wartest du? Hast du etwa eine Affäre?«

Lena versuchte vergebens, ihn zu beschwichtigen. »Aber nein, ich würde dich niemals betrügen.«

»Was treibst du dann hier? Wem gehört dieses Haus?«

In diesem Augenblick fuhr ein Lieferwagen vor. »Ich erkläre es dir gleich. Warte hier«, sagte sie mit gesenkter Stimme und ging dann zum Dachdecker, um ein paar Worte mit ihm zu wechseln, als wäre alles in bester Ordnung. Während der Mann eine Leiter von der Ladefläche hob, kehrte Lena zu Sam zurück, der sie bitterböse anstarrte. Ihr Herz raste.

»Lass uns ein Stück gehen.« Sie marschierte voraus. »Sam, ich … Es ist mein Haus. Grandad hat es mir vererbt.«

Er blieb wie angewurzelt stehen. »Du hast also gelogen, als du behauptet hast, er hätte so gut wie nichts gehabt?«

»Nein, habe ich nicht. Von dem Haus habe ich erst ein halbes Jahr später erfahren.«

Sam rechnete nach. »Du besitzt also seit einem Jahr ein Haus, und du hast mir nichts davon gesagt?«

»Komm weiter.« Er folgte ihr über eine sanfte Böschung und durch ein überwuchertes Feld. Lena versuchte, Sam alles zu erklären. Aber sie wusste, ganz egal, wie sie es formulierte, es würde ihn nicht beschwichtigen. Er hörte ihr mit zusammengepressten Lippen zu und blieb schließlich stehen, um sie mit kalten Augen anzustarren.

»Du bist sauer, oder?«, murmelte sie.

»Das kannst du laut sagen.«

»Ich hoffe, du verstehst mich wenigstens ein kleines bisschen.«

»Ich verstehe sehr gut. Du hältst mich für einen Taugenichts oder für einen Idioten oder beides.«

»Nein, Sam, ich wollte doch nur …«

»Du kannst dein dämliches Haus behalten. Ich will es nicht. Und ich will ganz sicher nicht darin wohnen.«

»Nun sei doch nicht so, Sam. Lass uns darüber reden. Wir sollten …«

»Ich will nichts mehr davon hören«, unterbrach er sie.

»Wenn du es geheim halten willst, bitte. Tu einfach so, als wüsste ich von nichts. Das ist für uns beide einfacher.«

Mit diesen Worten stapfte er über den Hügel zurück zur Straße und stieg in den Wagen seines Kumpels. Lena sah ihm hilflos nach. Vielleicht brauchte er ja bloß etwas Abstand, um Dampf abzulassen. Aber sie musste zugeben, sie an seiner Stelle wäre genauso aufgebracht gewesen. Wie hatte sie sich bloß in einen solchen Schlamassel hineinmanövriert?

Natalja hatte auf eine Weltpremiere im East End gehofft, auf einen roten Teppich, ein geliehenes Designerkleid und Diamanten, auf ein Meer von Fotografen. Stattdessen wurde *Skin Crawlers* im Oak Street Twin Cinema in Shepherds Bush gezeigt, der Teppich war gelbstichig, und ihr *Galliano*-Kleid war ein Recyclingmodell von *Dior*. Dafür trug sie ein handgemachtes Unikat von *Anastasia Designs*. Sofi hatte ihr eine Halskette geschickt, als Entschädigung dafür, dass sie nicht persönlich anwesend sein konnte. Es waren immerhin sechs Fotografen gekommen, das war besser als gar nichts, vor allem in Anbetracht der Tatsache, dass Grassmans vorige Filme es überhaupt nicht in die Kinos geschafft hatten. *Skin Crawlers* war von einer kleinen Verleihfirma angenommen worden, und sie setzten darauf, dass der Film dank einiger guter Kritiken bald auch in anderen Kinos anlaufen und dann den großen Durchbruch schaffen würde.

Der Saal war voll, und als sie eintrat, brandete Beifall auf. Sie lächelte und winkte und ließ sich zu ihrem Platz geleiten. Neben ihr saß der männliche Hauptdarsteller, der vor *Skin Crawlers* nur als Superheld in einem Reinigungsmittel-Werbespot aufgetreten war und zweifellos genauso große Hoffnungen hegte wie Natalja. Sie sah sich um auf der Suche nach bekannten Gesichtern. Arnold wirkte etwas steif, aber mit sich zufrieden. Sie erspähte zwei ihrer Kollegen von *Lonely Shores* sowie Lena und Sam. Natalja winkte verhalten; Sam erwiderte den Gruß, Lena hatte sie nicht gesehen.

Sie wandte den Kopf in die andere Richtung und erstarrte. Rupert, den Arm um eine schöne junge Frau geschlungen. Was zum Teufel machte er hier?

Die Lichter erloschen, das Gemurmel verstummte, der Film begann.

Sie erschien zum ersten Mal auf der Leinwand. Eine gertenschlanke, glamouröse Astrophysikerin. Gelächter. Natalja umklammerte die Armlehnen ihres Sitzes. Gelächter war in Ordnung. Ein Film konnte total übertrieben und albern sein und trotzdem ein Hit werden. Sie sah großartig aus.

Womit sie nicht gerechnet hatte, war Langeweile.

Die ersten zehn Minuten funktionierte der Film, obwohl die Handlung völlig an den Haaren herbeigezogen war. Dann wurde es zunehmend verwirrender; die Szenen waren viel zu lang und hatten keine Pointen, das Publikum wurde unruhig. Mit der Langeweile kam die Ungeduld. Die absurden, unglaubwürdigen Wendungen wirkten auf Dauer nervtötend. Ganz vorn begann jemand, zwischen den Dialogen mit lauter Stimme witzige Bemerkungen zu machen, die weiteres Gelächter hervorriefen. Natalja versank immer tiefer in ihrem Sessel.

Nach einer Dreiviertelstunde ging der erste Zuschauer. Dann noch einer, und noch einer. Eine wahre Völkerwanderung setzte ein. Die Leute gingen nicht nur aus Langeweile, oder weil sie sich veräppelt fühlten, sondern vor allem deshalb, weil es Spaß machte, aus einem grottenschlechten Film einfach hinauszuspazieren. Es ging nur darum, Arnold Grassman zu signalisieren, dass er sich seine Millionen sonst wohin stecken konnte.

Wenn es doch einen Weg gäbe, ungesehen aus dem Kino zu entkommen! Natalja wusste, Rupert war noch da und ließ sie nicht aus den Augen. Natalja hatte eine Million Pfund verdient, aber mit diesem Film hatte sie ihre Karriere endgültig ruiniert. Sie hätte auf Leida hören sollen. Aber sie hatte es nicht getan, und nun wollte diese nicht mehr für sie tätig sein.

Nach dem Abspann applaudierten die verbliebenen dreißig oder vierzig Zuschauer aus Mitleid besonders frenetisch. Natalja blieb an ihrem Platz und wartete, bis alle gegangen waren. Als das Kino fast leer war, sah sie sich um. Lena und Sam kamen auf sie zu und setzten sich rechts und links von ihr.

»Es war toll, Natalja«, sagte Sam.

»Du hast umwerfend ausgesehen«, fügte Lena hinzu.

»Danke«, murmelte Natalja. »Ich fürchte, es sind nicht allzu viele Leute eurer Meinung.«

Arnold Grassman kam auf sie zu. »Vielen Dank, Natalja. Ich hätte mir keine perfektere Hauptdarstellerin wünschen können.«

»Die Leute fanden den Film grauenhaft!«, heulte Natalja auf.

Er zuckte mit den Schultern. »Es ist mein erster Kinofilm. Ein kleiner Schritt. Und außerdem kann ich sämtliche Ausgaben von der Steuer absetzen.«

Natalja traute ihren Ohren nicht. Wie konnte er von Steuern reden, wenn sie vor dem Scherbenhaufen ihrer Karriere stand? »Ich muss hier raus.« Sie sprang auf und hätte ihn beinahe angerempelt, als sie an ihm vorbei nach draußen lief. Warum zum Teufel musste das Wetter ausgerechnet heute so schön und mild sein? Warum konnte es nicht in Strömen regnen? Sie wollte nur noch nach Hause und sich verstecken. Das Leben war so gar nicht wie ein Film. Sie hatte das Drehbuch vergessen, ihren Text durcheinandergebracht und das Happy End aus den Augen verloren.

Natalja erwachte frühmorgens und ging zum Kiosk, um die Zeitungen zu besorgen. In den meisten wurde *Skin Crawlers* gar nicht erst besprochen, aber die zwei Kritiken, die sie fand – beide mit riesigen Fotos von ihr –, waren vernichtend. Sie schaltete den Computer ein, suchte im Internet nach weiteren Besprechungen. *Ein Flop. Peinlich. Perfekt besetzt mit Natalie Chernoff als hirnloser Sexbombe.* Sie öffnete ihr E-Mail-Programm. Eine Nachricht von Rupert: *Glückwunsch! Das war der schlechteste Film, den ich je gesehen habe.*

Sie begann zu weinen, vergoss dicke Tränen des Selbstmitleids, konnte gar nicht mehr aufhören zu schluchzen. Sie war gescheitert, sie war einsam, sie wurde mit jeder Sekunde älter. In ein paar Wochen wurde sie fünfunddreißig! Sie brauchte Abstand. Sie musste fort von London, fort von der Szene, zu der sie sich so verzweifelt wieder Zutritt zu verschaffen versuchte.

Sie schluckte ihre Tränen hinunter und griff zum Telefon, um Lena und Sam im Hotel anzurufen.

»Natalja?«, sagte Lena. »Ich habe mir Sorgen um dich gemacht.«

»Ich bin am Ende«, schluchzte Natalja. »Kann ich mit euch nach Briggsby fahren?«

Eigentlich hatte sie bloß ein paar Tage bei Lena und Sam verbringen wollen, um wieder einen klaren Kopf zu bekommen und zu überlegen, was sie als Nächstes tun sollte. Doch dann wurde in einem Haus auf der gegenüberliegenden Straßenseite eine Wohnung frei, und sie interpretierte es als Zeichen. Sie unterschrieb einen Mietvertrag und beschloss, eine sechsmonatige Pause einzulegen, fern von London, um über ihr Leben nachzudenken und etwas Zeit mit ihrer Schwester zu verbringen.

Nachdem sie so lange in London gelebt hatte, wo man oft nach Jahren noch nicht wusste, wer eigentlich nebenan wohnte, fand sie es überaus tröstlich, einen geliebten Menschen ganz in der Nähe zu haben. Sie genoss es, auf der Straße stehen zu bleiben und mit den Leuten aus der Nachbarschaft zu plaudern. So lächelte sie sich durch die Tage; nur nachts, wenn sie allein war, holten die Schatten sie ein.

Sie war so mit ihren eigenen Problemen beschäftigt, dass es einen Monat dauerte, bis ihr auffiel, dass es zwischen Lena und Sam kriselte. Normalerweise gingen die beiden sehr liebevoll und zärtlich miteinander um, hielten Händchen, kuschelten, küssten sich hemmungslos, und Natalja hatte sie unzählige Male darum beneidet. Doch in letzter Zeit hatte sie keinerlei körperliche Nähe zwischen ihnen beobachtet. Sie nahm Lena beiseite und fragte sie nach der Ursache, doch diese wollte wie üblich nicht zugeben, dass etwas nicht in Ordnung war.

»Wir haben viel um die Ohren«, sagte sie nur. »Die Arbeit, die Kinder …«

War das etwa eine versteckte Kritik an Nataljas Müßiggang? Vielleicht würde es Lena und Sam ja guttun, wenn sie etwas mehr Zeit füreinander hatten. Natalja erbot sich auf der Stelle, drei Nachmittage pro Woche auf die Zwillinge aufzupassen, die sie mittlerweile richtig gern um sich hatte. Sie kaufte zwei Eimer Lego für Matthew, und Anna war zufrieden, solange sie im Kleiderschrank und im Schminkkoffer ihrer Tante stöbern durfte.

Doch das Verhältnis zwischen Lena und Sam entspannte sich nicht, im Gegenteil. Also beschloss Natalja, sich ihren Schwager vorzuknöpfen.

An einem strahlend blauen Sonntagvormittag überquerte sie die Straße und klopfte bei den beiden. Matthew öffnete.

»Hallo, Tante Nat«, begrüßte er sie. »Soll ich Mum holen?«

»Eigentlich brauche ich deinen Vater. Ich möchte den Fernseher woanders hinstellen, und das schaffe ich nicht allein. Meinst du, er würde mir helfen?«

Matthew verschwand, und ein paar Minuten später tauchte Sam auf. Er knöpfte sich sein Hemd zu.

»Entschuldige, ich war noch im Schlafanzug.«

»Mir war gar nicht klar, dass es noch so früh ist.«

»Ist es nicht.« Er lachte. »Ich bin bloß faul. Gehen wir.«

Sie ließ ihn zehn Minuten lang ihre gemieteten Möbel hin und her schieben und bot ihm dann eine Tasse Tee an.

»Ehrlich gesagt, Sam, ich mache mir Sorgen wegen dir und Lena. Ich spüre doch, dass zwischen euch etwas nicht stimmt, aber sie will mir nicht sagen, woran es liegt.«

»Ach nein?« Er hob die Augenbrauen. »Hat sie dir nichts von ihrem Haus erzählt?«

»Was für ein Haus?«

Sam setzte sich auf die Rücklehne des Sofas und schüttelte lachend den Kopf. »Dann bin ich also nicht der Einzige, vor dem sie Geheimnisse hat.«

»Was soll das heißen?«

»Lena hat vor etwas mehr als einem Jahr ein altes Haus von meinem Großvater geerbt.«

»Was?« Lena besaß ein Haus?

»Und obwohl es meinem Großvater gehört hat und ich ihr Ehemann bin, hat sie es mir verschwiegen, bis ich vor ein paar Monaten zufällig von selbst dahintergekommen bin.« Er konnte seine Verbitterung nicht verhehlen.

»Aber … warum hat sie es dir verschwiegen?« *Und mir auch?*

»Sie hat Sofi davon erzählt«, bemerkte Sam.

Natalja stellte überrascht fest, dass sie gekränkt war. Lena hatte Sofi eingeweiht, nicht aber ihre eigene Schwester?

»Warum hat sie es vor uns beiden geheim gehalten?«

»Sie hat befürchtet, ich würde das Haus verkaufen und das ganze Geld ausgeben. Als wäre ich kein Erwachsener, sondern ein unreifer Teenager.«

»Was hat sie denn damit vor? Will sie es verkaufen? Darin leben?«

»Ich weiß es nicht, und es ist mir auch egal. Sie hat mir klargemacht, dass ich in dieser Angelegenheit nichts mitzureden habe, und da meine Meinung nicht erwünscht ist, will ich auch nichts damit zu tun haben.«

Natalja wusste, sie hätte Lena verteidigen müssen, aber sie war zu verärgert und hielt deshalb den Mund. »Aber warum hat sie *mir* nicht davon erzählt?«

»Weil wir sie damals, nachdem euer Vater hier war, gewissermaßen hintergangen haben …«, murmelte er, und seine Worte weckten bei ihr aus unerfindlichen Gründen Gefühle, die niemals geweckt werden hätten dürfen, »… indem wir miteinander telefoniert haben. Sie hat wohl befürchtet, du könntest es mir verraten.«

Natalja biss sich auf die Lippe, den Blick abgewandt.

»Hättest du es mir gesagt?«, fragte er. »Oder hältst du mich auch für verantwortungslos?«

Sie sah ihm in die Augen. Er wirkte verloren, wie ein kleiner Junge. Wenn Lena sie tatsächlich gebeten hätte, ein Geheimnis zu bewahren, dann hätte sie sich daran gehalten, kein Zweifel. Aber Sam wollte hören, dass er vertrauenswürdig war, also nickte sie. »Natürlich. Ich hätte dich gleich angerufen.« Sobald es heraus war, wusste sie, dass sie es aus den falschen Motiven gesagt hatte: nicht um seiner Selbstbestätigung willen, sondern um ihn auf ihre Seite zu ziehen.

KAPITEL 41

»Sie ist da, sie ist da!« Lena wurde mit viel Gekicher und Gequietsche an der Haustür empfangen. Dann verschwanden die Kinder im Schlafzimmer, und Natalja befahl: »Schließ die Augen und komm mit.«

Lena ließ sich lächelnd ins Wohnzimmer führen, obwohl sie lieber erst ihre Tasche abgestellt und bei einer Tasse Tee kurz verschnauft hätte.

Die Sommerferien zogen sich endlos hin. Jeden Nachmittag fand sie, wenn sie abgekämpft von der Arbeit nach Hause kam, zwei völlig überdrehte Neunjährige mit glühenden Wangen vor, die kaum zu bändigen waren, nachdem sie den Tag in Sams, Nataljas oder Wendys Obhut verbracht hatten. Lena konnte es kaum erwarten, dass die Schule wieder anfing und das Leben zu seinem gewohnten Rhythmus zurückkehrte. Vielleicht würde dann auch mit Sam wieder alles ins Lot kommen.

Natalja hatte sich zum denkbar schlechtesten Zeitpunkt bei ihnen einquartiert. Lena hätte dringend mit Sam über das Haus in Little Ayton sprechen sollen, doch in der Gegenwart ihrer Schwester hatten sie getan, als sei alles wunderbar, und bis Natalja endlich auszog, war die Situation schon hoffnungslos verfahren. Sam fühlte sich verraten und weigerte sich immer noch hartnäckig, über das Haus zu sprechen, sodass Lena irgendwann nichts anderes übrig blieb, als die Angelegenheit vorerst auf sich beruhen zu lassen.

Sie setzte sich. Der Couchtisch war beiseitegeschoben. Natalja drückte auf einen Knopf am CD-Player. »Herzlich willkommen zur Briggsby Fashion Week«, verkündete Natalja. »Und hier kommt Matthew, unser erstes Model.«

Die Schlafzimmertür ging einen Spalt auf, doch es war niemand zu sehen. Natalja lugte um die Ecke und rief: »Matthew!«

Und dann kam er anmarschiert, in seinem selbst kreierten Outfit: vier T-Shirts übereinander, und dazu hatte er sich Sams Gürtel um die magere Taille geschlungen. Lena musste wider Willen lachen.

Matthew stolzierte den Korridor entlang bis ins Wohnzimmer, vollführte eine Kehrtwende und ging zurück ins Schlafzimmer.

»Begrüßen Sie nun mit mir: Anna und Izzy, unsere talentierten Designerinnen und Models.«

Natalja konnte Lenas Abneigung gegen Izzy nicht nachempfinden, wohl, weil sie ganz genauso verrückt nach Stars und Klamotten war. Lena wurde flau, als sie die Mädchen erblickte. Sie trugen Lippenstift, ein dramatisches Augen-Make-up und Nataljas Kleider – aufgekrempelt und mit Sicherheitsnadeln enger gesteckt. Außerdem hatte Natalja ihnen den typischen Hüftschwung und den Schlafzimmerblick von Models beigebracht; sexy und gelangweilt zugleich. Izzy war eine gelehrige Schülerin; sie schlenderte herein, posierte, drehte sich. Anna, die ein gutes Stück jünger und von Izzy tief beeindruckt war, versuchte es ihr nachzutun. Lena verzog das Gesicht.

In diesem Augenblick drehte sich Izzy zu Anna um, packte sie an der Taille und rieb lasziv das Becken an ihr, wobei sie ihr aufreizend mit der Zunge über das Ohr leckte. Zweifellos hatte sie das in einem Musikvideo gesehen und fand es lustig. Lena war da anderer Ansicht.

»Hey, Schluss damit!« Sie sprang auf und zerrte die beiden auseinander. »Natalja, sie sind noch Kinder!«

Natalja starrte sie verdattert an. »Ist doch nur Spaß.« Das war das Problem, wenn Natalja auf die Kinder aufpasste; sie tat es gern, aber ihre Vorbildwirkung ließ zu wünschen übrig.

»Ab ins Bad, Anna«, befahl Lena. »Wasch dir die Schminke ab.«

»Wir sind aber noch gar nicht fertig«, protestierte Anna.

»Deine Mum ist sooo langweilig«, sagte Izzy zu ihr.

»Das reicht!«, rief Lena verärgert. »Du gehst nach Hause.«

»Du *bist* langweilig«, schrie Anna. »Warum kannst du nicht sein wie Tante Nat? Sie ist cool.«

Natalja ging zur Anlage und stellte die Musik ab. In der nun folgenden Stille hörte Lena, wie das Blut in ihren Ohren rauschte. »Anna, geh auf dein Zimmer.«

Matthew, noch in seinem Modenschau-Aufzug, stand unschlüssig daneben. »Mum?«

»Schon gut, Matthew, du hast nichts falsch gemacht.«

Anna warf ihrem Bruder einen Blick zu, bei dem Lena

ganz bang wurde. Lena wandte sich zu Izzy um. »Ich habe doch gesagt, du sollst nach Hause gehen.«

Izzy stürmte zur Wohnungstür, Anna in ihr Zimmer. Matthew stand an der Schwelle und war offenbar noch immer überzeugt, dass er irgendwie in Schwierigkeiten steckte. Lena schob ihn zum Sofa. »Sieh ein bisschen fern, Schatz. Ich muss mit Tante Nat reden.«

Lena ging mit Natalja in die Küche und setzte Wasser auf. »Tee?«

»Du bist sauer, oder?«

Lena lehnte sich seufzend an die Anrichte. »Nein, eher perplex. Sie sind noch so jung.«

»Der Vorschlag stammte von Izzy.«

»Mit diesem Mädchen stimmt etwas nicht. Ich mag es nicht, wenn Anna mit ihr spielt. Ich will nicht, dass sie zu früh erwachsen wird, und es wäre mir auch lieber, wenn sie sich noch nicht zu sehr für Mode und Make-up interessiert, okay?«

»Mädchen interessieren sich nun einmal für so etwas. Das haben wir auch getan.«

»Heutzutage ist das anders. Alles dreht sich um Sex.« Lena registrierte sehr wohl, dass Natalja eingeschnappt war. Trotzdem fuhr sie fort: »Könntest du dich vielleicht ein bisschen erwachsener benehmen, statt dich mit ihnen zu verbrüdern?«

»Soll das heißen, ich bin kindisch?«

»Nein, aber dein Verhalten zeugt auch nicht unbedingt von großer Reife.« Lena lachte, um die Stimmung etwas aufzulockern.

Natalja hob die Hände. »Soll ich lieber nicht mehr auf sie aufpassen?«

»Das habe ich nicht gesagt.«

»Aber du vertraust mir nicht, oder?«

»Doch.« Lena hatte den Verdacht, dass es plötzlich um etwas ganz anderes ging. »Warum fragst du?«

»Weil du Sofi von deinem Haus erzählt hast, aber mir nicht.«

»Woher weißt du …«

»Von Sam.«

Lena wurde flau. Sam hatte mit Natalja über ihre Probleme geredet?

»Warum hast du Sofi eingeweiht, aber mich nicht?«

»Versteh mich doch. Je weniger Leute davon wussten, desto leichter konnte ich es vor Sam geheim halten.«

»Aber Sofi?«

»Ich habe ihren Rat gebraucht.«

»Ach, weil Sofi so clever ist und ich so dumm?«

Lena konnte nicht fassen, dass Natalja es geschafft hatte, in diesem Streit plötzlich als das Opfer dazustehen. »Es dreht sich nicht immer alles nur um dich, Natalja«, fauchte sie. »Meine finanzielle Situation und meine Ehe gehen dich nichts an. Du hättest nicht mit Sam darüber sprechen sollen. Wenn ich ganz offensichtlich nicht mit dir darüber reden will, dann solltest du dich raushalten.«

»Ich wollte helfen.«

»Ich weiß, aber du musst auch an die Konsequenzen denken. Mir ist nicht geholfen, wenn du Anna auftakelst wie ein Gogo-Girl oder mit Sam hinter meinem Rücken über meine Privatangelegenheiten redest.«

Wieder einmal fragte sie sich, wie oft Sam und Natalja in der Zeit nach Papas kurzem Besuch ohne ihr Wissen miteinander telefoniert hatten.

Der Kessel begann zu pfeifen.

»Möchtest du Tee?«, fragte Lena noch einmal.

»Nein.« Natalja streckte sich. »Ich sollte gehen.«

Als sie weg war, saß Lena noch eine Weile in der Küche, trank Tee und lauschte den gedämpften Zeichentrickfilmgeräuschen, die aus dem Wohnzimmer drangen. Warum war sie so aufgewühlt? Sie waren Schwestern. Sie zankten sich, versöhnten sich, das Leben ging weiter. Nur weil diesmal auch Sam involviert war ... Sie sollte froh sein, dass sich Natalja so gut mit ihm vertrug.

Bestimmt sah sie bloß Gespenster. Kein Grund, sich den Kopf zu zerbrechen.

Natalja machte gerade das Bett, als es an der Tür klopfte. Es war Sam mit den Kindern.

»Hi Natalja«, sagte er. »Wir machen einen Ausflug nach Scarborough, ans Meer. Die Kinder wollten fragen, ob du mitfahren möchtest.«

»Bitte komm mit«, bettelte Anna prompt.

»Wo ist Lena?«

»Sie arbeitet«, erklärte Sam. »Ich hab mir freigenommen, bei dem schönen Wetter.«

Natalja verdrängte ihr schlechtes Gewissen. Was war schon dabei? Die Kinder liebten sie. »Warum nicht? Ich ziehe mich nur schnell um.«

Sie eilte ins Schlafzimmer, streifte sich Shorts und ein T-Shirt über und suchte ihren Bikini, den sie zuletzt in Spanien getragen hatte. War es überhaupt möglich, in England braun zu werden? Sie schlüpfte in ihre Espadrilles, warf einen Blick in den Spiegel und wandte sich sogleich wieder ab. Es war egal, wie sie aussah. Sie machte einen Ausflug mit ihrem Schwager und seinen Kindern.

Sam war die ganze Fahrt über schweigsam, während die Zwillinge von Minute zu Minute aufgekratzter wirkten.

Sie spielten »Ich sehe was, was du nicht siehst …« und erspähten ein haarsträubendes Objekt nach dem anderen. Als Matthew behauptete, einen Furz gesehen zu haben, riss Sam der Geduldsfaden. »Jetzt ist es aber genug!«, schimpfte er.

Natalja fand seine Reaktion etwas überzogen. Aber sie wohnte ja auch nicht mit Anna und Matthew unter einem Dach, sondern verbrachte nur Zeit mit ihnen, wenn ihr der Sinn danach stand.

Sam parkte an der überfüllten Esplanade, und dann gingen sie durch die Grünanlagen zum Strand. Dort wimmelte es vor Kindern, Sandburgen und Müttern, die sich sonnten. Anna und Matthew, die schon zu Hause die Badesachen angezogen hatten, schälten sich sofort aus den Kleidern und stürzten sich ins Wasser. Natalja hatte plötzlich Hemmungen, sich vor ihrem Schwager im Bikini zu zeigen, also setzte sie sich mit der Sonnenbrille auf der Nase in den Sand und beobachtete die Zwillinge. Sam zog das T-Shirt aus und begann eine Sandburg zu bauen. Es war ein herrlich warmer Tag, und das beständige Rauschen der Wellen wirkte beruhigend auf Natalja. Sie unterließ es tunlichst, auf Sams sehnigen Rücken zu starren, verzieh sich jedoch zumindest den Drang, es zu tun.

»Das machst du ziemlich gut«, bemerkte sie, nachdem er zwei Türme und einen Festungswall mit Zinnen fertiggestellt hatte.

»Ich hab als Kind auch reichlich geübt. Im Sommer waren wir jeden Tag hier; in Briggsby gibt es ja bloß die Steilküste. Ich war immer zu schüchtern, um die hübschen Mädchen am Strand anzusprechen, also habe ich eine Burg gebaut, um ihre Aufmerksamkeit zu erregen.«

»Und, hat es geklappt?«

»Ein- oder zweimal. Aber dann habe ich kein Wort rausgekriegt und bin davongelaufen.« Er lachte.

»Nun, das ist eine schöne Sandburg. Aber nicht weglaufen jetzt.«

Er grinste. »Wann wollt Ihr einziehen, Eure Majestät?«

»So rasch es geht«, erwiderte sie hoheitsvoll. »Zurzeit wohne ich in einer Einzimmerwohnung in einem hässlichen kleinen Kaff …« Sie brach ab, als ihr aufging, dass Sam, der Briggsby nicht so einfach hinter sich lassen konnte, diese Bemerkung wohl nicht sonderlich lustig finden würde.

Er lehnte sich im Sand zurück und starrte aufs Meer hinaus. Schließlich wandte er sich zu ihr um. »Natalja, wie fühlt es sich an, wenn man reich und berühmt ist?«

»Nun, ich kann mich wohl kaum noch als berühmt bezeichnen, und …«

»Wie fühlt es sich an, wenn man beruflich etwas macht, das man leidenschaftlich gern tut – und wenn einen die Leute dafür lieben und einem eine Menge Geld dafür zahlen?«

Tja, für *Skin Crawlers* hatte sie niemand geliebt, deshalb war sie ja hier. Dann dachte sie an Sams Band, an den Traum, den er aufgegeben hatte. Ihr war immerhin eine Kostprobe des Erfolgs vergönnt gewesen. »Es ist großartig«, gab sie zu. »Das tollste Gefühl, das du dir vorstellen kannst.«

Er nickte. »Das hab ich mir gedacht. Es ist einfach nicht fair, oder? Manche Menschen sind richtige Glückspilze, und alle anderen rackern sich ihr Leben lang ab.«

»Du hältst mich für einen Glückspilz? Ich kann dir versichern, für mich fühlt es sich nicht so an.«

»Du kannst es drehen und wenden, wie du willst. Du

bist eine berühmte Schauspielerin, und du bist reich. Dein Traum hat sich erfüllt. Ich arbeite in einem Gemüseladen, und letzte Woche habe ich eine Beförderung abgelehnt, weil ich sonst das Gefühl gehabt hätte, hier endgültig festzusitzen. Dabei tue ich das sowieso schon.«

»Du könntest etwas anderes machen.«

»Ja, irgendeinen anderen Hilfsarbeiterjob. Das würde keinen großen Unterschied machen. Ich habe im Briggsby Arms angefragt, ob ich dort einmal die Woche auftreten darf. Die Antwort war nein. Das habe ich Lena noch gar nicht erzählt.« Er seufzte. »Sie hatte recht. Ich hätte sie überredet, das Haus zu verkaufen, und das Geld hätte ich verprasst. Mein erster Gedanke war: Wir könnten Urlaub machen, mit den Kindern nach Disneyland fahren.« Er wirkte schrecklich niedergeschlagen und deprimiert.

»Es tut mir leid, Sam.«

Er sah ihr einen Tick zu lange in die Augen und sagte dann: »Ich schätze, früher oder später werde ich darüber hinwegkommen, und das Leben wird weitergehen wie bisher.« Damit widmete er sich wieder seiner Sandburg. Die Sommerbrise zauste seine Locken.

Der Herbst kam, und Natalja wusste, sie musste fort. Der Grund dafür waren weniger die ständigen Regenschauer und Stürme, die langen grauen Straßen, die langweiligen Läden und die hier herrschende resignierte Unzufriedenheit, sondern vielmehr das, was sich zwischen Sam und ihr anbahnte. Was Lena anbelangte, war alles wieder so wie früher. Sie tratschten und lachten, stritten sich zuweilen. Lena und Sam wirkten zwar nicht mehr so verliebt wie früher, schienen aber einigermaßen miteinander auszukommen. Doch unter der Oberfläche wurde es allmählich kompliziert. Wann immer Sam mit Natalja allein war, kam er gleich auf seine Ehe zu sprechen, beschwerte sich über die vielen Missverständnisse, über Lenas Ungeduld. »*Du* weißt, wie ich ticke«, behauptete er. Lena dagegen hätte ihn nie richtig verstanden. Natalja ertappte ihn dabei, wie er sie anstarrte, ging jedoch nicht darauf ein. Er fühlte sich zu ihr hingezogen, und sie wusste, sie musste verschwinden, ehe die Situation eskalierte.

Andererseits fand sie es schmeichelhaft, dass sich dieser nette, anständige, gut aussehende Mann, der sie jahrelang hatte links liegen lassen, nun doch für sie interessierte.

Am ersten Oktober teilte Natalja ihrem Vermieter mit, dass sie zum Ende des Monats ausziehen wollte. Sie würde nach London zurückkehren, zu Leida Frost. Oder vielleicht mit einer neuen, besseren Agentur einen Neustart wagen. Und Sams glänzende Augen aus ihrem Gedächtnis verbannen.

Es war wieder einer dieser tristen Tage. Grauer Himmel, graues Meer, graue Häuser. Natalja tigerte in ihrer Wohnung auf und ab, während sie auf den Rückruf der Agentur wartete. Sie musste Leida klarmachen, dass sie ihre Lektion gelernt hatte und künftig auf ihren Rat hören würde. Als das Telefon endlich klingelte, nahm sie hastig ab und sprudelte hervor: »Leida, ich weiß, Sie sind sauer auf mich, aber bitte lassen Sie mich Ihnen alles erklären.«

»Hier ist Lena.«

»Oh.«

»Wartest du auf einen Anruf von deiner Agentin?«

»Ich … Ich gehe wieder nach London.«

»Wirklich? Wann?« Täuschte sie sich, oder klang Lena erleichtert?

»Ende des Monats«, erwiderte Natalja und versuchte,

nicht eingeschnappt zu sein. »Warum rufst du an, statt einfach rüberzukommen?«

»Ich bin in der Krippe. Du musst mir einen Gefallen tun, jetzt gleich.« Sie erklärte, sie habe einen Schreiner zu ihrem Haus bestellt, der ein paar morsche Balken austauschen und ihr dafür einen Kostenvoranschlag unterbreiten sollte, und statt ihr den Schlüssel zurückzuschicken, habe er ihn unter den Fußabstreifer gelegt. »Ich weiß, es ist albern, aber ich will nicht, dass jemand hineingeht und das Haus verwüstet oder Graffiti auf den Wänden hinterlässt, nachdem ich alles geputzt und hergerichtet habe. Könntest du hinfahren und den Schlüssel holen? Ich komme heute nicht mehr dazu, und Sam kann ich nicht fragen.«

Natalja musste zugeben, dass sie neugierig war auf dieses Haus, das Lena so viel Ärger eingebrockt hatte. Aber was, wenn in der Zwischenzeit Leida anrief?

Lächerlich. Leida würde sich bestimmt nicht allzu bald melden. Sie würde sie schmoren lassen, womöglich sogar noch wochenlang. »Natürlich«, erwiderte sie.

»Frag Sam, ob du dir das Auto borgen kannst. Aber bitte sag ihm nicht, warum. Er ist auf das Thema ohnehin nicht gut zu sprechen.«

Also klopfte Natalja gleich darauf bei Sam an die Tür. Er machte auf und versuchte, sich nicht anmerken zu lassen, dass er sich über ihren Besuch freute.

»Ich muss mir euer Auto borgen.«

»Kein Problem. Wo willst du denn hin?«

Bitte sag ihm nicht, warum. »Lena hat mich gebeten, zu ihrem Haus zu fahren und den Schlüssel zu holen.«

»Warum hat sie nicht mich angerufen?«

Natalja zuckte mit den Schultern. »Ich schätze, sie wollte dich nicht verärgern.«

»Weißt du, wo es ist?«

»Sie hat mir den Weg beschrieben.«

Sam griff nach seiner Jacke. »Ich fahr dich hin.«

»Aber Lena …«

»Muss es nicht erfahren. Komm schon.«

Draußen im Moor hingen Nebelschwaden in jeder Senke. Sie hörten Radio und fuhren schweigend. Die anhaltende Stille begann Natalja zu beunruhigen. Was sie taten, war falsch, das spürte sie. Aber war es denn weniger falsch, dass Lena sie gebeten hatte, zu ihrem Haus zu fahren, ohne Sam etwas zu sagen? Und wenn ja, *warum*? Schließlich hielten sie vor einem heruntergekommenen Haus mit Reetdach.

»Das ist es?«, fragte Natalja enttäuscht.

»Ja.« Sie stiegen aus dem Wagen.

»Jetzt verstehe ich. Darin könnt ihr unmöglich leben.«

»Es würde garantiert einstürzen.« Sam ging voraus zur Tür, hob den Fußabstreifer an und nahm den Schlüssel an sich.

»Willst du reingehen und es dir anschauen?«

Natalja zog ihre Strickjacke enger um sich. »Ja.«

Sie traten ein.

Das Haus war sauber, roch aber modrig und war in einem erbärmlichen Zustand. Schranktüren fehlten oder hingen windschief in den Scharnieren, die Bänke waren in der Mitte durchgebogen, die Fliesen lose oder gesprungen, von der Decke rieselte der Putz.

»Du lieber Himmel, es gehört abgerissen. Warum will sie diese Bruchbude behalten?«

»Für die Kinder.«

»Bis die alt genug sind, ist das Haus eingestürzt.« Natalja warf einen Blick in die Schlafzimmer.

»Sie glaubt offenbar, dass man es wieder in Schuss bringen kann. Deshalb bestellt sie ständig Handwerker her, um Kostenvoranschläge für die Renovierung einzuholen. Sie hat eine ganze Schublade voller Kostenvoranschläge, vom Maler, vom Dachdecker … Es käme billiger, ein neues Haus zu bauen.« Er zuckte mit den Schultern. »Sie lässt nicht mit sich reden, aber dir ist es klar, oder?«

Natalja blieb stehen, drehte sich zu ihm um, sah ihm unvorsichtigerweise in die Augen. »Sam, ich ziehe Ende Oktober wieder nach London«, gestand sie ihm schuldbewusst.

Er ließ die Schultern hängen. »Ehrlich?«

»Du und Lena, ihr habt einiges aufzuarbeiten. Ich bin euch bloß im Weg.«

»Nein, gar nicht, im Gegenteil. Die Gespräche mit dir haben mir sehr geholfen. Du warst für mich da, als ich nicht mehr weiterwusste.« Er wandte sich ab, vielleicht, weil ihm klar wurde, dass seine Worte übertrieben klangen. »Du wirst mir fehlen.«

»Du mir auch.« Sie trat einen Schritt auf ihn zu. »Ich weiß, Lena hat dich angelogen und dir nicht vertraut, aber du darfst nicht zulassen, dass aus dieser Sache noch größere Probleme entstehen.«

Sie tätschelte seinen Arm, und man konnte förmlich die Funken fliegen sehen. Er starrte auf ihre Hand. Natalja stand wie versteinert da. *Nimm deine Finger von ihm, und lauf – lauf weg, so weit es geht!*

Doch er packte ihre Hand und zog sie an sich. Wie in Zeitlupe, so schien es, streckte er den Arm aus, um ihr Haar zu berühren. Er spielte mit einer Strähne, zog sanft daran.

»Sam, nicht«, hauchte sie. Oder vielleicht dachte sie es auch nur. Er beugte den Kopf, um sie zu küssen.

Nein, nein, nein. Sie schüttelte den Kopf, doch da hatte er schon den Mund auf ihre Lippen gedrückt, und sie hatte sich, ohne es zu wollen, an ihn geschmiegt. Alles schien zu verschwimmen. Welcher Mann hatte sie jemals so angefasst? Ganz sicher nicht Rupert, dieser rücksichtslose Grobian, und auch nicht Marcus, der sie kaum gekannt hatte; ganz zu schweigen von den diversen One-Night-Stands danach, die sie für ihre Schönheit bewundert hatten, ohne sich auch nur im Geringsten dafür zu interessieren, was in ihr vorging. Von einer Welle der Erregung erfasst, ließ sie die Hände unter sein T-Shirt wandern, erkundete ihren Schuldgefühlen zum Trotz seine glatte Haut. Er küsste ihren Hals, seine Finger hantierten an ihren Knöpfen herum. Ihre Kleider fielen zu Boden. Sie konnten sich nirgendwo hinlegen, also schlang sie ein Bein um seine Hüften und half ihm, in sie einzudringen.

Und dann war es zu spät. Sie hatte es getan. Sie hatte nicht aufgehört, als es noch möglich gewesen wäre. Sie klammerte sich an ihn, das Gesicht an seinen Oberarm gepresst, und versuchte, die Tränen zurückzuhalten.

Er stieß ein-, zweimal heftig in sie, dann erschlaffte er und hielt inne.

»Ich kann nicht«, sagte er. Er machte sich von ihr los, zog sich wieder an. Die Lust war wie weggeblasen.

Mit einem Schlag sah Natalja das Geschehene glasklar: Es handelte sich nicht um eine jahrelang unterdrückte Leidenschaft, deren explosionsartige Entladung unvermeidlich gewesen war. Sie war bloß eine arbeitslose, alternde Serienschauspielerin, die in einer baufälligen alten Bruchbude mit ihrem Schwager herummachte. Sie ließ ihren Tränen freien Lauf, während sie mit zitternden Fingern ihre Bluse zuknöpfte.

»Es tut mir leid. Es tut mir so leid«, murmelte Sam.

»Wir sind die abscheulichsten Menschen auf der ganzen Welt«, sagte sie. »Ich hasse mich.«

»Nein, es war meine Schuld. Ich habe angefangen. Ich …«

»Fahr mich zurück«, erklärte sie. »Ich will dieses Haus nie wieder sehen.«

Am späten Nachmittag stand Natalja mit vier Koffern mitten im Gewühl des Flughafens Heathrow. London schien ihr nicht weit genug weg von dem, was sie getan hatte. Außerdem wollte Leida Frost nach dem Desaster mit *Skin Crawlers* garantiert nie wieder etwas mit ihr zu tun haben. Und so stand sie unschlüssig mit ihrem Kofferkuli da und wartete auf eine Inspiration.

Eine Gruppe junger Männer ging vorüber. Studenten? Möglich. Sie redeten Russisch, und der Klang der Sprache weckte in Natalja urplötzlich heftiges Heimweh.

Damit war ihre Entscheidung gefallen. Ihre Beine setzten sich in Bewegung. Sie würde sich ein Ticket nach Sankt Petersburg besorgen und nach Hause fliegen.

KAPITEL 42

Der Schlüssel zu ihrem Haus lag in einem weißen Umschlag auf der Anrichte in der Küche, als Lena von der Arbeit nach Hause kam. Sie verstaute ihn diskret wieder in ihrer Nachttischschublade, kochte das Abendessen, brachte die Kinder ins Bett, bügelte, räumte auf. Sam war sehr still, verschlossen. Sie fragte sich, ob er aus irgendeinem Grund böse auf sie war. Gegen neun sagte sie, sie wolle nur schnell auf einen Sprung zu Natalja, und er erhob keinen Einspruch.

Sie sah schon von ihrer Haustür aus, dass bei ihrer Schwester kein Licht brannte, dabei ging sie normalerweise nie so früh ins Bett. Lena dachte sich nichts weiter und ging wieder hinein. Erst als sie Natalja tags darauf weder am Nachmittag noch abends zu Hause antraf, hegte sie allmählich den Verdacht, dass etwas nicht stimmte.

Sie versuchte es am nächsten Morgen wieder, klopfte laut und ausgiebig. Keine Reaktion. Lena war beunruhigt. Natalja war seit zwei Tagen verschwunden. Sie hatte ihr keine Nachricht hinterlassen, hatte nicht angerufen … Sie rannte nach Hause, um die Polizei zu alarmieren.

Sam strich gerade Pausenbrote für die Kinder. Er hob den Kopf, als sie hereinstürmte. »Was ist los? Du bist ja ganz bleich.«

»Natalja ist seit zwei Tagen wie vom Erdboden verschluckt.«

Sam zuckte mit den Schultern, doch Lena sah ihm die Anspannung an. »Vielleicht ist sie nach London gefahren, zu einem Vorsprechen oder so.«

»Das hätte sie mir gesagt. Sie hätte irgendwann angerufen.«

»Du kennst doch Natalja. Sie ist immer so beschäftigt …«

»Nein, Sam. Sie könnte tot in ihrer Wohnung drüben liegen, oder … Was weiß ich.« Lena griff zum Telefon. »Ich rufe die Polizei an.«

Sam nahm ihr hastig den Hörer aus der Hand und legte ihn wieder auf die Gabel.

»Ich weiß, wo Natalja ist.«

»Du? Was?«

»Wir reden, sobald die Kinder aus dem Haus sind.«

»Nein, ich will es jetzt wissen. Du jagst mir Angst ein.« Eine düstere Vorahnung befiel Lena. Sie ging zur Tür und spähte ins Wohnzimmer. Matthew sah fern, Anna zog ein Jojo hinter sich her, als wäre es ein Hund an der Leine. Lena kehrte in die Küche zurück. »Jetzt, Sam!«, zischte sie.

Sam schloss ergeben die Augen. Er sah aus, als wollte er sterben. Lenas Herz gefror zu Eis. Er musste es nicht aussprechen. Sie wusste es.

»Nein, Sam, nein«, murmelte sie mit Tränen in den Augen.

»Es tut mir leid«, hauchte er. »Es war ein einmaliger Ausrutscher, und es war eine Katastrophe.«

Lena sank in sich zusammen. Ihre Arme, ihre Beine, ihre Brust fühlten sich an, als wären sie aus Blei. Es war geschehen, genau wie sie es immer befürchtet hatte, aber die Unvermeidlichkeit machte es nicht weniger schmerzhaft. Jede Hoffnung, sich mit Sam zu versöhnen, die Nähe, die Zärtlichkeit zwischen ihnen wiederaufleben zu lassen, war dahin. Und selbst wenn sie wieder zusammenfänden, würde sie ihm nie wieder vertrauen können.

»Lena, ich will, dass wir zusammenbleiben. Ich weiß, ich habe einen Fehler gemacht.« Jetzt weinte er, und Lena hatte doch tatsächlich auch noch Mitleid mit ihm. »Kannst du mir verzeihen? Vielleicht habe ich es ja aus Rache getan, weil ich mich von dir hintergangen gefühlt habe. Aber es war ein Fehler. Ich bin ein Idiot. Kannst du mir verzeihen?«

»Du willst doch nicht etwa behaupten, dass ich dir die Sache mit dem Haus verschwiegen habe, wäre genauso schlimm wie die Tatsache, dass du mit meiner Schwester geschlafen hast?«, stieß sie wutentbrannt hervor. Zu laut. Die Kinder würden es hören.

»Ich …« Sam wirkte fassungslos.

Sie musste den Blick abwenden. Sie wollte nicht, dass er ihr leidtat, nicht jetzt.

»Beides war Verrat«, würgte er hervor. »Geheimnisse …«

»Du hast mich betrogen, und zwar nicht mit irgendeiner Frau, sondern mit Natalja!«

»Aber es bedeutet nichts. Es war …«

»Es bedeutet *alles*! Es bedeutet, dass selbst du sie schöner findest als mich.« Lena begann zu schluchzen.

Matthew stand unschlüssig in der Küchentür. »Mum? Dad?«

»Es ist alles okay.« Sam bedeutete ihm, wieder zu gehen.

»Aber Mum weint«, sagte Matthew.

»Raus!«, schrie Sam.

»Hör gefälligst auf, ihn anzubrüllen!« Lena ging zu Matthew und nahm ihn in die Arme. »Du bist hier derjenige, der es verdient, angebrüllt zu werden, du Schwein! Du *Schwein*!« Ihr blindwütiger Zorn jagte Lena Angst ein. Sie hatte sich nicht unter Kontrolle. »Verstehst du denn nicht? Du hast alles kaputt gemacht! Was du getan hast, ist unverzeihlich!«

Anna verfolgte die Auseinandersetzung mit riesigen Augen.

Sam öffnete den Mund, doch Lena kam ihm zuvor. »Du musst gehen!«

»Mum, nein«, sagte Anna. »Daddy, geh nicht.« Matthew weinte.

Um ein Haar hätte sich Lena umstimmen lassen. Um ein Haar.

»Ich sagte, du sollst gehen.« Sie zwang sich, ihrer Hysterie Herr zu werden und mit ruhiger, gedämpfter Stimme zu sprechen. »Unsere Ehe ist beendet.«

»Sofi?«, tönte es kläglich aus dem Hörer.

»Lena? Ist alles in Ordnung? Du klingst verweint.« Sofi setzte sich mit dem Telefon auf das Sofa im Wohnzimmer.

»Sam hat mit Natalja geschlafen«, sagte Lena. »Ich habe ihn rausgeworfen.«

Die Neuigkeit traf Sofi wie ein Schlag. »Das darf doch nicht wahr sein. Wie konnte er nur? Wie konnte *sie* nur?« Das war das Grausamste, das die beiden Lena hatten antun können, und sie würde die Schuld dafür zweifellos bei sich suchen. Sie würde zu dem Schluss kommen, dass Sam fremdgegangen war, weil sie es eben nicht wert war, von ihm geliebt zu werden.

»Hast du etwas von Natalja gehört?«, wollte Lena wissen. »Nein.« Ihre Schwester war wohl untergetaucht, weil sie sich schämte.

»Bei mir wird sie sich sicher nicht melden, aber dich wird sie irgendwann anrufen; sie soll ja dieses Jahr unser Treffen ausrichten. Sag ihr, dass ich eher Rattengift schlucken würde, als zu kommen.«

»Lena, nimm dir ein paar Wochen frei und komm mit den Zwillingen zu mir nach Frankreich.«

»Geht nicht, die Kinder müssen in die Schule, und ich würde meine Stelle verlieren. Ich werde einfach meine Nachbarin um Hilfe bitten. Es wird schon gehen. Es muss.«

»Versprich mir, dass du dein Haus nicht verkaufst«, bat Sofi. »Wenn es hart auf hart kommt, rufst du mich an, ja?«

»Mach ich«, sagte Lena mit zitternder Stimme. Sie holte tief Luft. »Und du vergiss nicht, Natalja zu bestellen, was ich dir gerade gesagt habe.«

»Ich werde ihr klarmachen, wie aufgebracht du bist«, versprach Sofi.

»Es bringt mich um, wenn ich mir die beiden zusammen vorstelle.«

Lenas resignierter Tonfall brach Sofi schier das Herz. »Kann ich mir vorstellen. Es tut mir leid, Lena. Das hast du nicht verdient.«

Lena seufzte. »Vielleicht doch. Roy Creedys Fluch.«

»Das darfst du dir nicht einreden«, wiegelte Sofi ab, doch ihre tiefsitzende Angst kehrte zurück. Ihr wurde klar, dass sie sich im Geiste bereits für die nächste Katastrophe rüstete. Was würde als Nächstes geschehen?

Als Lena am Weihnachtsabend nach ihren Kindern sah, erwischte sie ihre Tochter dabei, wie sie aus dem Fenster ihres Zimmers klettern wollte.

»Was machst du denn da?«, fragte sie und zog Anna sanft von der Fensterbank herunter.

»Ich laufe weg. Ich will bei Daddy wohnen.«

Matthew tat, als würde er schlafen, um jeglichem Ärger aus dem Weg zu gehen.

»Du kannst aber nicht bei Daddy wohnen. Du wirst hier bei mir bleiben müssen.«

»Warum?«

»Weil ich deine Mutter bin.«

Es war ein langer, anstrengender Tag gewesen. Wendy hatte sie alle gezwungen, zum Mittagessen zu ihr zu kommen. »Wir sollten unsere Differenzen beilegen, um der Kinder willen, und den Tag gemeinsam verbringen«, hatte sie gesagt. Doch kaum waren sie bei ihr gewesen, hatte sie die Spielregeln geändert. Sie hatte sich Lena gegenüber unhöflich verhalten und sie offen angefeindet, wann immer sie allein waren. Sam hatte den Superdaddy gemimt und den Kindern viel zu teure Spielsachen geschenkt. Vielleicht konnte er sich das ja jetzt leisten, nachdem er wieder bei seiner Mutter eingezogen war. Vielleicht hatte er aber auch alles auf Pump gekauft und war schon auf der Suche nach einer neuen hart arbeitenden Frau, die seine Schulden für ihn abzahlte.

Schon bei der Vorstellung wurde Lena übel. Sam mit einer anderen Frau. Trotzdem konnte sie ihm nicht verzeihen.

Vielleicht sollte sie ihm die Kinder aufhalsen. Zumindest Anna, die sich von Anfang an auf seine Seite geschlagen hatte. Doch nein, Geschwister gehörten zusammen, das wusste sie aus eigener Erfahrung.

Das Schlimmste war, dass sie Natalja vermisste. Nicht die eitle Schwester, die sie hintergangen und ihre Ehe zerstört hatte, sondern die lebhafte, mitfühlende, starke große Schwester, die sie beschützt hatte, mit der man Spaß haben konnte.

Als Anna endlich ihren Pyjama angezogen hatte und im Bett lag, setzte sich Lena zu ihr auf die Bettkante und streichelte ihr über den Kopf. Doch ihre Tochter schob beleidigt die Unterlippe nach vorn und funkelte sie böse an.

»Anna, bitte«, schmeichelte Lena. »Ich liebe dich, Kleines. Ich will mich nicht mit dir streiten.«

»Ich weiß, warum du und Daddy euch getrennt habt«, sagte Anna hinterhältig. »Und ich finde es schade, dass Daddy nicht Tante Nat geheiratet hat. Sie wäre eine viel bessere Mum als du.«

Lena schnappte nach Luft, zwang sich jedoch, ruhig zu bleiben. »Tja, du wirst dich eben damit abfinden müssen, dass ich deine Mutter bin.«

Anna drehte ihr den Rücken zu. Lena gab Matthew einen Gutenachtkuss, dann ging sie ins Wohnzimmer, das immer viel aufgeräumter aussah seit Sams Auszug, und liebäugelte mit der Flasche Wein, die sie von seiner Schwester Becky zu Weihnachten bekommen hatte. Es war lange her, seit Lena auf Grandads Geheiß dem Alkohol abgeschworen hatte, aber heute verspürte sie mehr denn je das Bedürfnis, ihre Gefühle zu betäuben.

Sie entkorkte die Flasche und schenkte sich ein, lehnte sich mit dem Glas auf dem Sofa zurück und weinte noch ein wenig.

KAPITEL 43

Natalja blieb zögernd vor Maxim Lewitskis Wohnhaus auf der Petrograder Seite der Newa stehen. Das Gebäude, Ende des neunzehnten Jahrhunderts im *stil modern*, dem russischen Jugendstil, errichtet, hatte schmale Bogenfenster mit dekorativen Holzrahmen, und über das versperrte Eingangstor erstreckte sich ein gemeißeltes Blumenrelief. Die Abenddämmerung hatte früh eingesetzt, Schneeflocken wirbelten umher. Maxim Lewitski wollte sie nicht empfangen, jedenfalls hatte seine Sekretärin das wiederholt behauptet. Doch Natalja ließ sich nicht abwimmeln. Immerhin hatte Lewitski über ein Jahr lang hartnäckig versucht, sie zu engagieren, und sie hatte ihm über Leida immer wieder eine Abfuhr erteilt. Sein Interesse an ihr konnte doch nicht völlig erloschen sein. Es sei denn, er hatte *Skin Crawlers* gesehen …

Sie straffte die Schultern. Ihr alter Freund Tolja, der

noch immer erfolgreich auf dem Schwarzmarkt handelte, hatte ihr Lewitskis Adresse besorgt. Sie drückte auf die Klingel und wartete ab.

Die Gegensprechanlage knackte. »Ja?«

»Maxim Lewitski?«

»Wer ist da?«

Er klang misstrauisch. Kein Wunder; er war im Begriff, sich als Filmregisseur einen Namen zu machen. Bestimmt wurde er häufig von verzweifelten Schauspielern belästigt, so wie jetzt von ihr.

»Natalie Chernoff. Ich würde Sie gern sprechen.«

Er betätigte ohne ein weiteres Wort den Türöffner. Seine Wohnung befand sich im dritten Stock. Er öffnete und starrte sie an. Er hatte einen Dreitagebart, unfrisiertes kohlrabenschwarzes Haar und ebenso schwarze Augen, und er roch nach Tabak. Natalja stellte überrascht fest, dass er kaum älter war als sie. Er wirkte durchaus attraktiv, auf eine ernste, zerzauste Art und Weise.

Er trug ein langärmeliges blaues Hemd und ausgebeulte Jeans.

»Warum sind Sie hier? Meine Assistentin hat Ihnen doch gesagt, dass ich nicht an einem Treffen interessiert bin.«

»Das habe ich ihr nicht abgenommen.«

Er hielt ihr unbewegt die Tür auf. »Kommen Sie rein.«

Sie folgte ihm in seine unaufgeräumte Wohnung, in der überall Bücher und Unterlagen verstreut waren. Er schob einen Stapel Drehbücher beiseite, damit sie auf dem zerschlissenen Ledersofa Platz nehmen konnte. »Wollen Sie etwas trinken?«, fragte er und verschwand in der Küche, ohne ihre Antwort abzuwarten. Auf einer Kommode stand ein großes gerahmtes Foto von einer lächelnden Blondine mit zwei kleinen dunkelhaarigen Mädchen, die ohne Zweifel seine Töchter waren. Sie waren ihm wie aus dem Gesicht geschnitten. Er kehrte mit zwei Gläsern Wodka zurück und reichte ihr eines, blieb aber stehen.

»Meine Frau und meine Töchter«, sagte er. »Wir sind getrennt, sehr zu meinem Leidwesen.«

»Das tut mir leid.« Sie dachte an Lena, und sofort meldete sich wieder ihr Gewissen. »Die Mädchen sind goldig.«

»Die Ältere ist sehr intelligent, aber ihr Temperament …« Er schüttelte lachend den Kopf. »Lassen wir das. Wenn ich über meine Kinder rede, lasse ich mich allzu leicht aus der Reserve locken.«

»Ist das denn so schlimm?«

Er musterte sie mit verdrießlicher Miene. »Ein ganzes Jahr lang war ich Ihnen nicht gut genug, Natalie. Bis Sie einen schlechten Film gedreht haben, der beim Publikum durchgefallen ist, und jetzt kreuzen Sie plötzlich hier auf. Gehe ich recht in der Annahme, dass ich Ihre letzte Hoffnung bin?«

Natalja wäre am liebsten im Boden versunken. Er hatte den Nagel auf den Kopf getroffen. Sie war kreuzunglücklich, seit sie wieder in Sankt Petersburg war. Sie hatte gehofft, hier Trost zu finden, doch die Vertrautheit der Stadt erinnerte sie lediglich an ihre Niederlage. Der einzige Lichtblick war die Tatsache, dass es hier einen ernst zu nehmenden Regisseur gab, der sie einmal hatte engagieren wollen.

»Nein, nein«, protestierte sie. »Ich habe bloß abgelehnt, weil ich in London bleiben wollte. Aber jetzt bin ich in meine Heimat zurückgekehrt und bereit für eine Zusammenarbeit.«

Lewitski setzte sich, leerte sein Glas in einem Zug und rieb sich mit dem Handrücken das stoppelige Kinn. »Ich hatte eine Rolle für Sie, Natalie. Nachdem Sie mir einen Korb nach dem anderen gegeben hatten, habe ich das Projekt auf Eis gelegt. Ich konnte mir keine andere Darstellerin in dieser Rolle vorstellen.«

Sie strahlte. »Ach wirklich?«, fragte sie. »Und bitte, nennen Sie mich Natalja.«

»Tja, Natalja, nachdem Sie diesen grauenhaften Film gemacht haben, ist Ihnen die Rolle erst recht auf den Leib geschrieben.«

Natalja wurde argwöhnisch. »Was ist es denn für eine Rolle?«

Er nahm ein Drehbuch von einem der Stapel und drückte es ihr in die Hand. *A Home in the Soul* stand in unverschnörkelter Schrift auf dem Deckblatt.

»Lilja, eine verblühende Schönheit, die auf die Vierzig zugeht, war in ihrer Jugend eine große Herzensbrecherin, und es macht ihr sehr zu schaffen, dass sie ihre Macht über die Männer eingebüßt hat. Sie tut ihr Menschenmöglichstes, um ihre sexuelle Anziehungskraft wiederzuerlangen, begreift aber nicht, dass ihre Eroberungen ihre Verzweiflung nur noch deutlicher zutage treten lassen. Mit der Zeit verfällt sie in eine lähmende Depression. Dann lernt sie Arkadi kennen, der an einer tödlichen Hirnkrankheit leidet, und durch diese Liebe findet sie Erlösung«, schloss er mit einer ausholenden Handbewegung, wobei er den letzten Rest Wodka auf dem Teppich verschüttete.

»Und dafür bin ich die perfekte Besetzung?«, fragte Natalja empört.

»Ja.«

»Für die Rolle eines verzweifelten, alternden Flittchens?«

»Ganz recht.«

»Ich bin erst fünfunddreißig.«

»Glauben Sie etwa, Sie werden niemals vierzig? Verraten Sie mir eines, Natalja: Hat es Sie karrieremäßig weitergebracht, dass Sie in einem Stringtanga Jagd auf Marionetten gemacht haben? Haben Sie jemanden sagen hören: ›Wow, dieser Film hat mich tief berührt?‹«

Sie schwieg.

»Das dachte ich mir. Sie können sich Ihre Glaubwürdigkeit neu erarbeiten, indem Sie jetzt einen guten Film machen. Das hier ist ein guter Film, und Sie sind perfekt für die Hauptrolle, ob es Ihnen passt oder nicht. Springen Sie über Ihren Schatten.«

Sie erhob sich, stellte ihr unberührtes Glas ab und hielt ihm das Drehbuch hin. »Es war wohl ein Fehler, herzukommen.«

Er zuckte mit den Schultern. »Nehmen Sie das Skript wenigstens mit.«

»Lieber nicht, danke.«

Er verschränkte die Arme und schüttelte den Kopf. »Nehmen Sie es mit, und lesen Sie es. Wir könnten im April mit den Dreharbeiten anfangen. Ich würde ein anderes Projekt verschieben.«

Draußen auf der schneebedeckten Straße ließ sie ihren Tränen freien Lauf. Sie setzte sich in ein warmes Café am Dreifaltigkeitsplatz, bestellte einen starken Kaffee und strich abwesend mit dem Daumen über die Kanten des Drehbuchs. Sie nippte an ihrem Kaffee und begann zu lesen.

Wie sie diese Lilja hasste, mit der sie so erschreckend viel gemein hatte! Wie sie Lewitski dafür hasste, dass er ihr diese Rolle angeboten hatte! Es kam ihr so vor, als hätte er ihre Seele freigelegt und in dieses Drehbuch gesteckt, obwohl er sie bis heute gar nicht gekannt hatte. Und trotzdem nahm sie die Geschichte mit jeder Seite mehr gefangen. Zum ersten Mal las sie ein Skript, das an ihr Herz rührte.

Springen Sie über Ihren Schatten.

Sie erhob sich und stürmte mit dem halb gelesenen Drehbuch aus dem Café. Eine Frau, die gerade aus Lewitskis Wohnhaus kam, ließ sie eintreten. Natalja hastete die Treppe im Laufschritt hinauf und klopfte. Schneeflocken hingen in ihren langen Haaren, ihre Nase tropfte wegen der Kälte. Die Tür ging auf. Er hatte sich das blaue Hemd aufgeknöpft, und beim Anblick des dunklen Flaums auf seiner Brust verspürte Natalja zu ihrer eigenen Überraschung einen Anflug von Begehren.

»Sie schon wieder? Ich wollte gerade ein Bad nehmen.«

»Ich finde es großartig.« Sie wedelte mit dem Drehbuch. »Ganz großartig. Ich bin dabei.«

Sie erschrak, als er sie am Arm packte, in seine Wohnung zog und die Tür hinter ihr schloss. Einen Augenblick dachte sie, er würde sie küssen, und war enttäuscht, als er es nicht tat. »Sind Sie sicher? Wehe, Sie verschwenden meine Zeit.«

»Ganz sicher. Es ist wundervoll. Sie sind ein Genie.«

Er grinste, ein strahlendes Grinsen von einem Ohr zum anderen. »Ich weiß.« Ein wölfisches Grinsen. »Haben Sie Lust einen Happen zu essen? Wir könnten uns noch ein wenig unterhalten.«

»Ja«, sagte Natalja. Sie versuchte, nicht allzu begeistert zu klingen. »Das wäre schön.«

Die Zwillinge feierten ihren zehnten Geburtstag im Park auf den Klippen, zwei Straßen von Wendys Haus entfernt. Mittlerweile gingen Matthew und Anna in verschiedene Klassen und hatten getrennte Freundeskreise, deshalb hatte jeder von ihnen bloß vier Gäste einladen dürfen. Die Jungs scharten sich auf der linken Seite der hölzernen Picknickgarnitur um Matthew und seinen neuen Gameboy, die Mädchen hatten die rechte Seite in Beschlag genommen, wo sie sich mit glitzerndem Lippenstift schminkten und eifrig in ihre Handy-Attrappen plapperten.

Lena stand mit Sam, seiner Mutter, seiner Schwester und deren Freundin Sue beisammen und war froh, dass ihre Schwiegermutter zur Abwechslung nicht auf ihr herumhackte, sondern diesmal Becky im Visier hatte. Trotzdem wusste sie nicht, was sie sagen sollte, schon gar nicht zu Sam, der mürrisch und schweigsam war.

»Verdammter Wind«, fluchte Wendy nach dem dritten Versuch, die Geburtstagskerzen anzuzünden.

Lena hielt sich im Hintergrund. Wendy hatte die Party organisiert und den Kuchen gebacken, und sie war ihr dankbar dafür. Sie hatte keine Zeit gehabt. Oder lag es eher daran, dass sie nicht die nötige Energie aufgebracht hatte? Sie nippte an ihrem Orangensaft und hätte alles für einen ordentlichen Schuss Wodka getan. Sie fand Sams Nähe schier unerträglich und geriet ständig in Versuchung, ihn anzustarren oder ihn zu berühren. Er verhielt sich den Kindern gegenüber fröhlich und herzlich, und sie wusste, die beiden würden nachher mit ihr schmollen, weil er nicht mit ihnen nach Hause gehen durfte. Seit der Trennung hatte sie sich unzählige Male gefragt, warum sie ihn nicht einfach bat, wieder bei ihnen einzuziehen. Sie gehörten doch zusammen. Doch dann war ihr wieder eingefallen, was er getan hatte, und ihr Herz war wieder zu Stein geworden.

Nach dem Kuchenessen machten Becky und Sue einen Spaziergang, und Wendy stellte sich – auf Lenas Bitte hin – mit ihrer Zigarette etwas abseits von den Kindern. Nun saß sie mit Sam allein auf der Bank, umgeben von kreischenden, lachenden Kindern. Im Hintergrund donnerte der Ozean. Die Sonne stand hoch am Himmel, die Wolken waren so weiß, dass es blendete. Sam schwieg.

Schließlich fragte er: »Und, alles klar bei dir?«

Der Wind hatte seine langen Haare zerzaust, und sie konnte sich nur mit Mühe davon abhalten, sie glattzustreichen. »Mehr oder weniger. Und bei dir?«

»Auch.« Er lächelte zaghaft. »Es ginge mir besser, wenn wir zusammen wären.«

»Daran hättest du früher denken sollen«, erwiderte sie bissig.

»Hey«, er hob abwehrend die Hände. »Ich will keinen Streit. Ich will nur reden.«

Sie unterdrückte den Impuls, ihm eine Flut an Beschuldigungen an den Kopf zu werfen, und zwang sich zu einem etwas versöhnlicheren Tonfall. »Also gut, lass uns reden.«

»Anna möchte zu mir ziehen.«

Lena seufzte. »Ich weiß.«

»Hältst du das für keine gute Idee?«

Im Augenblick hielt sie es für eine hervorragende Idee. Anna war bockig, störrisch, eindeutig auf dem Weg in die Pubertät.

»Ich will nicht, dass sie getrennt werden. Als ich klein war, hatte ich nur meine Schwester.« Sie verstummte, weil ihr Tränen in die Augen stiegen. Sie blinzelte.

Sam schwieg.

»Hältst *du* es denn für eine gute Idee?«, fragte Lena.

»Nein. Mir wäre es auch lieber, wenn sie zusammenblieben. Und Matthew würde niemals bei mir leben wollen. Er ist ein richtiges Muttersöhnchen, genau wie ich.« Sam lachte leise.

»Dann sind wir uns also einig? Anna bleibt bei mir?«

»Ja, auch wenn sie alles andere als begeistert sein wird.«

Seine Worte versetzten Lena einen Stich. Sie waren ein so gutes Gespann gewesen, tolle Eltern, auf der gleichen Wellenlänge. Warum nur hatte er das Unverzeihliche tun müssen?

»Zehn Jahre«, sagte Sam. »Die Zeit ist wie im Flug vergangen.«

Lena antwortete nicht. Sie dachte daran, wie sie damals im Krankenhaus aufgewacht war. Sam hatte so jung und verängstigt und hoffnungsvoll zugleich ausgesehen. Wie wahnsinnig verliebt sie damals gewesen waren! Und jetzt saßen sie hier, mit einem Meter Sicherheitsabstand, grollten einander und hatten Angst, das Falsche zu sagen. Sie hatten noch nicht über Scheidung gesprochen, aber welche andere Möglichkeit gab es schon?

Wendy kehrte zurück, nach Zigarettenrauch stinkend. »Sieht aus, als würde sich was zusammenbrauen.« Sie deutete auf die dunklen Wolken, die über dem Meer heraufgezogen waren. »Wir sollten zusammenpacken.«

Es dauerte Stunden, bis sich die Kinder wieder einigermaßen beruhigt hatten. Als um sechs Sofi anrief, um ihnen zu gratulieren, waren sie noch viel zu aufgekratzt, um sich längere Zeit mit ihr zu unterhalten. Lena schickte sie zum Spielen nach draußen und beobachtete sie durch das Küchenfenster, während sie mit Sofi telefonierte.

»Du klingst müde«, stellte ihre Cousine fest.

»Welche Mutter ist das nicht?«

Es zehrte an ihren Kräften, ganztags zu arbeiten und sich nach Feierabend allein um die Zwillinge zu kümmern. Dazu kam, dass sie auch die Miete allein bestreiten musste. Die Kinder beschwerten sich ständig darüber, dass sie an allen Ecken und Enden sparte. Trotzdem hatte sie Geldsorgen. Sam steuerte zwar etwas bei, aber die Hauptlast ruhte auf Lenas Schultern. Wenn sie doch nur den Mut aufbrächte, Sofi um Geld zu bitten, damit sie ihr Haus sanieren konnte! Dann könnte sie mit Anna und Matthew nach Little Ayton ziehen und sich eine Halbtagsstelle suchen.

Stattdessen sagte sie: »Ich werde es schon irgendwie schaffen.«

»Du brauchst Urlaub. Komm doch nach Weihnachten nach Frankreich. Dieses Jahr bin ich an der Reihe.«

Lena schnaubte empört. Bei jedem Telefonat kam Sofi wieder auf ihr jährliches Treffen zu sprechen. Sie wollte, dass sie alle zusammenkamen, als wäre nichts passiert. Wie es aussah, hatte sie Kontakt zu Natalja, und diese wollte sich wohl mit Lena versöhnen. Aber das konnte sie sich abschminken.

»Vergiss es«, stieß sie hervor. »Ich will sie nicht sehen. Ich rede nie wieder ein Wort mit ihr.«

»Schon gut«, lenkte Sofi ein. »Entschuldige, ich wollte dich nicht verärgern.«

Nach dem Telefonat, nachdem die Kinder endlich gebadet im Bett lagen, schob Lena einen Stuhl ans Wohnzimmerfenster und sah zu, wie das sanfte Dämmerlicht draußen allmählich in Finsternis überging. Sie ließ den Wein in ihrem Glas kreisen und dachte über Sofis Bemühungen nach, eine Versöhnung mit Natalja herbeizuführen. Sie konnte es eben nicht verstehen. Lena hatte auf einen Schlag sowohl ihren Ehemann als auch ihre Schwester verloren. Es wäre fast einfacher für sie gewesen, wenn die beiden gestorben wären, dann hätte sie ihren Tod betrauern und irgendwann darüber hinwegkommen können. Doch so musste sie stets der Versuchung widerstehen, ihnen zu verzeihen und damit zu zeigen, dass sie schwach war und sich alles gefallen ließ. Was sollte die beiden dann noch davon abhalten, es wieder zu tun?

Lena ballte die freie Hand zur Faust, sodass sich ihre Fingernägel in die Handfläche bohrten, und leerte ihr Glas, um den Schmerz hinunterzuspülen.

Sofi hatte gerade die Kerzen angezündet, als es an der Tür klopfte. Julien kam früher als erwartet. Rasch knipste sie das Licht aus und sah sich im Esszimmer um. Perfekt für ein romantisches Abendessen. Nikita war im Bett, und Mama hatte sich in ihr Zimmer zurückgezogen, damit sie diesen wichtigen Abend in trauter Zweisamkeit mit Julien verbringen konnte. Sie hatten sich ein Jahr nicht gesehen.

Sie eilte zur Tür und riss sie auf. »Hast du den Schlüssel vergessen?«

Julien trat einen Schritt näher, schlang die Arme um sie und drückte sie an sich. Er roch anders als sonst, vielleicht eine neue Seife oder ein neues Shampoo. Sie schmiegte sich an ihn und war unendlich froh, ihn wieder hier zu haben.

»Hast du etwa gekocht?«, fragte Julien, als er sich endlich von ihr losmachte.

»Dinner for two«, sagte sie. »Komm rein.«

Beim Essen konnte sie kaum den Blick von ihm abwenden. Er kam ihr so unwirklich vor. Die Entfernung hatte sie entfremdet, aber es war schön, einander neu kennenzulernen. So sehr sie die Trennungen hasste, musste Sofi doch zugeben, dass dieser Aspekt ihrer Ehe immer wieder neue Frische verlieh. Als sie schließlich ins Schlafzimmer gingen, um sich zu lieben, war er endgültig wieder zu Hause angekommen.

»Schade, dass mein Flugzeug erst so spät gelandet ist«, sagte Julien, als sie danach eng umschlungen dalagen. »Ich hätte Nikita gern noch gesehen.«

»Es wird auch morgen früh noch eine schöne Überraschung für ihn sein. Er hat einiges für dich gemalt.«

Im Gegensatz zu Juliens Kunstwerken waren Nikitas Bilder ausschließlich nüchterne Abbildungen des Gesehenen, realistisch und detailgetreu. Sofi achtete darauf, mehr Zeit mit ihm zu verbringen. Jeden Nachmittag saßen sie einträchtig am Esstisch und malten. Er war nach wie vor kein anhängliches Kind, schien manchmal kaum zu bemerken, dass sie da war. Aber er wirkte deutlich entspannter und legte nicht mehr so großen Wert auf die Einhaltung seines strikt geregelten Tagesablaufs.

Julien rollte sich auf die Seite. »Ich habe über die Probleme mit deinen Cousinen nachgedacht.«

»Und?« Sofi wusste nie so recht, wie viel von ihrem Geplauder er bewusst wahrnahm, wenn sie telefonierten.

»Mir ist eine Lösung eingefallen. Solange sich Lena weigert, zu eurem alljährlichen Treffen zu kommen, besteht keine Chance auf eine Aussöhnung mit Natalja, richtig?«

»Richtig. Lena ist zu wütend oder zu stolz oder … was auch immer. Aber ich hätte sie so gern beide hier, um ihnen wenigstens eine Möglichkeit zu bieten, Frieden zu schließen.«

»Es ist ganz einfach: Du versprichst Lena, für die Renovierung ihres Hauses aufzukommen, wenn sie kommt. Dieses Angebot wird sie nicht ablehnen.«

»Das kann ich nicht machen.«

»Warum nicht? Der Zweck heiligt die Mittel, oder?«

Sofi schüttelte den Kopf. »Und außerdem glaube ich nicht, dass Lena das Angebot annehmen würde.«

»Wann hast du sie zuletzt darauf angesprochen? War das noch vor der Trennung, oder war sie da bereits alleinerziehende Mutter?« Julien streichelte ihr übers Haar. »Versuch es. Vielleicht erlebst du ja eine Überraschung.«

Sofi starrte in der Dunkelheit an die Decke und überlegte. Sie konnte das Geld entbehren. Und für Lena wäre es eine Chance auf zweifaches Glück – sie könnte ihre eigenen vier Wände beziehen und sich mit ihrer Schwester aussöhnen. Sie würde Lena anrufen, gleich morgen. Und falls sie ablehnte, auch am Tag darauf. Jeden Tag, wenn es sein musste. Diesmal würde sie kein Nein akzeptieren.

Es war Herbst geworden in Sankt Petersburg. Das Wetter war feucht, rote und goldene Blätter schwammen in den Pfützen, mit denen der Bürgersteig am Newski-Prospekt übersät war. Natalja war auf dem Weg zu einem Restaurant namens *Tswjet* und versuchte vergeblich, sich in ihren neuen Wildlederstiefeln keine nassen Füße zu holen. Maxim hatte sie endlich, endlich gefragt, ob sie mit ihm Essen gehen wolle. Während der Dreharbeiten hatte er hartnäckig Distanz gewahrt. Erst hatte sie angenommen, er tue es absichtlich, um noch begehrenswerter zu wirken. Doch ihr war bald klar geworden, dass Maxim Lewitski keine Spielchen spielte, und sie hatte ihn dafür nur umso mehr bewundert. Ihr war jede Ausrede recht gewesen, um ihm nahe zu sein, mit ihm zu reden, ihn zu berühren. Doch zu ihrer großen Verblüffung hatte er nicht das geringste Interesse an ihr signalisiert.

Nach dem Abschluss der Dreharbeiten war sie schließlich kühn auf ihn zugegangen und hatte gesagt: »Ich will nicht hoffen, dass wir uns heute zum letzten Mal gesehen haben.«

»Dann gehen Sie mit mir essen«, hatte er beinahe nonchalant geantwortet, und ihr Herz hatte einen regelrechten Salto vollführt.

Wie kam es dann, dass sie so spät dran war? Sie hatte eben absolut umwerfend aussehen wollen. Dreimal hatte sie sich umgezogen, und dann hatte sie wegen eines heftigen Regenschauers die Metro verpasst. Hoffentlich deutete Maxim ihre Verspätung nicht als Desinteresse! Vor dem Restaurant angelangt, atmete sie einmal tief durch. Sie spähte durch das Fenster ins Innere und stellte fest, dass sie viel zu schick angezogen war. Maxim hatte ihr erzählt, das *Tswjet* sei sein Lieblingsrestaurant, und sie war automatisch davon ausgegangen, dass es nobel und spärlich beleuchtet sein würde, mit gestärkten Tischdecken. Stattdessen tummelten sich hier rudelweise Arbeiter, ältere Frauen aus der Mittelschicht, die ihre besten beigefarbenen Schuhe trugen, und genervte Mütter, die versuchten, ihre Kinder im Zaum zu halten. Sie sah an sich hinunter. Selbst das dezente Armkettchen, das ihr Sofi zur Aufmunterung geschickt hatte – türkisfarbener Amazonit als Symbol der Hoffnung –, war ein Designerstück, das zwangsläufig Aufmerksamkeit erregte. Seufzend stieß sie die Tür auf und ging hinein.

Sie sah sich nach Maxim um, konnte ihn aber nirgendwo entdecken. Einen Augenblick später tauchte er hinter ihr auf. Seine Haare waren nass.

»Entschuldigen Sie, ich bin spät dran«, sagte er.

»Ich bin selbst gerade erst gekommen. Haben Sie einen Tisch reserviert?«

Er lachte. »Nein, wir suchen uns einfach einen Platz, und bestellt wird an der Bar. Tut mir leid, wenn hier alles etwas anders läuft, als Sie es gewohnt sind.«

Anders war es in der Tat. Seit sie mit Rupert zusammen gewesen war, hatte sie bei jeder Verabredung stets am besten Tisch im ganzen Lokal gesessen, während das Personal um sie herumgewieselte, um ihr jeden Wunsch von den Augen abzulesen. Und ihr Gegenüber war stets irgendein von oben bis unten durchgestylter, hübscher, aber hohlköpfiger Mann gewesen. Maxim trug verwaschene Jeans und abgestoßene Doc Martens, und an seinem weißen Hemd fehlte ein Knopf. Das Essen schmeckte fade, der Wein billig, und doch hatte sich Natalja bei einer Verabredung noch nie so blendend amüsiert.

»Was halten Sie von einem Spaziergang?«, fragte Maxim, nachdem sie zur Krönung ein klebriges Dessert verdrückt hatte, auf das sie besser hätte verzichten sollen.

»Wohin denn?«

»Zu mir«, erwiderte er. »Wenn Sie möchten.«

Nataljas Herz flatterte. »Gern.«

Sie gingen über die Dreifaltigkeitsbrücke. Die Turmspitze der Peter-und-Paul-Kathedrale ragte in den nächtlichen Himmel. Sie unterhielten sich über den Film, über ihre Arbeit, ihr Leben. Es herrschte eine klamme Kälte, die Natalja vor Verliebtheit kaum bemerkte. Maxim nahm ihre Hand, und das Begehren, das von ihr Besitz ergriff, war so heftig, dass sie beinahe nach Luft geschnappt hätte. Es waren nur seine Finger, die die ihren umschlossen, aber sie hatte noch nie eine derart erregende Berührung erlebt.

Er hatte ihretwegen nicht aufgeräumt; sein Schlafzimmer war genauso unordentlich wie der Rest seiner Wohnung. Er warf ein paar Bücher, die ihnen im Weg waren, auf den Boden, legte Natalja auf sein Bett – die Laken rochen muffig und männlich, genau wie er – und küsste sie unablässig, während er sie entkleidete. Ihr war, als würde sie aus einem langen, unglücklichen Schlaf geweckt, und als sie sich schließlich liebten, fühlte es sich an, als wären sie zwei Teile eines Ganzen, die einander endlich gefunden hatten.

Nachdem es acht Tage wie aus Kübeln geschüttet hatte, war Lena überzeugt gewesen, dass es in ihr Haus geregnet haben musste. Aber wie es aussah, hatte das provisorisch reparierte Dach dem Unwetter standgehalten. Jetzt schien die Herbstsonne auf die Felder, und Matthew und Anna veranstalteten ein Wettrennen zum Schuppen und zurück, während Lena jeden Raum auf Pfützen überprüfte. Nichts.

Aber der Regen war nicht der einzige Grund für ihre Fahrt nach Little Ayton gewesen. Sofi hatte sie mit Anrufen bombardiert und ihr einen Floh ins Ohr gesetzt.

»Es ist ganz einfach, Lena«, hatte sie gesagt. »Ich gebe dir das Geld. Weil ich dich liebe, weil ich möchte, dass du mit deinen bezaubernden Kindern in einem schönen Haus wohnst. Als Gegenleistung erwarte ich lediglich, dass du Ende des Jahres zu mir nach Richelieu kommst und mit Natalja redest. Mehr nicht. Ich verlange nicht, dass ihr so tut, als wärt ihr dicke Freundinnen. Du sollst nur mit ihr reden.«

Sofi meinte es gut, zweifellos, und doch hatte Lena das Gefühl, erpresst zu werden. Sie musste sich zwischen der Zukunft ihrer Kinder und ihrem störrischen Drang, Natalja auf ewig böse zu sein, entscheiden. Natürlich sollte sie annehmen.

Doch warum fiel es ihr dann so *unendlich* schwer?

Anna kam atemlos und mit roten Wangen angelaufen. Sie war wieder ein kleines Mädchen; verschwunden war der feindselige angehende Teenager, an den sich Lena schon gewöhnt hatte. »Ich war schneller!«, schrie sie.

Matthew folgte ihr auf dem Fuß. »Warst du nicht!«

»War ich doch!«

So ging es noch kurz hin und her, dann sagte Anna, zu Lena gewandt: »Hier riecht es komisch.«

Lena war noch nie mit den Zwillingen hier gewesen, sie selbst auch seit Monaten nicht mehr und nur ein einziges Mal seit der Trennung von Sam.

»Es muss hergerichtet werden. Möchtet ihr hier wohnen, wenn es renoviert ist?«

»Auf keinen Fall«, sagte Anna.

»Es würde nicht mehr komisch riechen. Wir würden eine neue Küche einbauen lassen, und ihr könntet jeder ein Zimmer für sich haben.«

»Cool! Das wäre klasse!«, kreischte Matthew und stürmte hinaus. »Ich kriege das schönste Zimmer«, rief er über die Schulter. Anna rannte ihm hinterher, und dann stand Lena wieder allein in der Küche.

Ihre Entscheidung war gefallen.

KAPITEL 44

Die Fahrt von Paris nach Richelieu war anstrengend. Nicht nur, weil Sofi den monströsen Peugeot V6, den sie Julien zu Weihnachten geschenkt hatte, über die vereisten Straßen steuern musste; vielmehr lag es am frostigen Schweigen im Inneren des Wagens.

Es war ein langer Tag gewesen. Natalja war um zehn Uhr vormittags angekommen. Sofi hatte sie abgeholt, ihr ihren Laden gezeigt und sie dann zu einem teuren Essen in einem Restaurant namens *Baracane* nahe der Bastille ausgeführt.

Natalja hatte den ganzen Tag von ihrem neuen Freund erzählt und zu Sofis Verwunderung kein Wort über Sam oder ihren Betrug an Lena verloren. »Was wirst du eigentlich Lena sagen?«, hatte sie sie schließlich gefragt.

Natalja hatte mit den Schultern gezuckt. »Was wohl? Dass es mir leidtut und dass ich sie noch lieb habe.«

»Ich glaube kaum, dass sie sich damit besänftigen lassen wird. Was du getan hast …«

»Ja, ja, ich *weiß*«, hatte Natalja sie unterbrochen. »Erspar mir deine Strafpredigt, Sofi. Es ist echt ermüdend, immer diejenige zu sein, die alles falsch macht.«

Nach dem Mittagessen fuhren sie wieder zum Flughafen zurück, um Lena abzuholen, die gegen drei ankommen sollte. Natalja wartete auf Sofis Geheiß im Auto.

Lena war blass und ausgemergelt, als wäre sie um zehn Jahre gealtert, seit Sofi sie zuletzt gesehen hatte.

Sie ließ unruhig den Blick schweifen. »Ist sie schon da?«

»Sie wartet im Wagen. Atme erst einmal tief durch.«

Lena schlang sich den Riemen ihrer Tasche über die Schulter. »Ich bin nicht nervös.« Das war gelogen, wie jedermann sehen konnte. »Sie sollte nervös sein.«

Natalja hatte in der Zwischenzeit auf der Rückbank Platz genommen, damit ihre Schwester vorn sitzen konnte. Lena stieg ein, schnallte sich schweigend an und starrte stur geradeaus. Sie sagte auch nichts, als Natalja sie mit einem tapferen »Hallo, Lena« begrüßte.

Sofi fuhr los. Etwa eine halbe Stunde bemühte sie sich vergeblich, eine Unterhaltung in Gang zu bringen. Sie schielte zu Lena, der ihre düstere Laune deutlich anzusehen war, und drückte ihr sanft die Hand. Natalja, der die Geste nicht entgangen war, gab sich einen Ruck.

»Lena, es tut mir leid, und ich hab dich noch immer lieb.«

Schweigen.

»Lena?«

Sofi umklammerte das Lenkrad. Würde sie Lena daran erinnern müssen, dass sie eine Abmachung getroffen hatten, laut der sie mit ihrer Schwester reden musste?

»Lena, wenn du nur …«

»Deine Entschuldigung ist nicht angenommen«, fauchte Lena, den Blick starr auf die Straße geheftet.

Natalja brach in Tränen aus. »Ich wollte dich nicht so tief verletzen. Ich würde alles tun, um es wiedergutzumachen.«

»Dazu müsstest du in die Vergangenheit reisen und nicht mit meinem Ehemann schlafen. Kannst du das, Natalja?«

Keine Reaktion.

»Das dachte ich mir.«

Den Rest des Weges legten sie schweigend zurück.

Zu Hause machte Natalja Smalltalk mit Julien und wirkte bedeutend entspannter als ihre Schwester. Sofi führte Lena in das Gästezimmer, in dem sonst ihre Mutter schlief. Stasja war mit einer Freundin aus Sankt Petersburg nach Paris gefahren.

»Ein Zimmer nur für dich allein«, sagte sie und schloss die Tür hinter ihnen.

»Danke. Ich wäre nicht in der Lage, mir eines mit ihr zu teilen.«

»Das verstehe ich.« Sofi lächelte. »Es war sehr tapfer von dir, dass du gekommen bist.«

»Warum komme ich mir dann vor wie eine Idiotin?«

Sofi zog einen zusammengefalteten Scheck aus der Hosentasche. »Du bist keine Idiotin. Man hat dir ein sehr großes Unrecht angetan. Hier.«

Lena bekam feuchte Augen, als sie den Scheck auseinanderfaltete. »Das ist mehr, als wir besprochen hatten.«

»Für Notfälle.« Sofi zog sie an sich. »Ich will, dass du genauso glücklich wirst, wie ich es bin.« Sie bereute es, sobald sie es ausgesprochen hatte. Es war nicht das Geld gewesen, das sie glücklich gemacht hatte, sondern die Dankbarkeit für all das, was das Leben ihr bot.

»Wenn es nur so einfach wäre«, schniefte Lena.

»Du wirst das durchstehen. Gib Natalja einfach eine Chance. Ich weiß, du bist zornig, aber damit lässt sich die Vergangenheit auch nicht ändern. Vergebung wirkt Wunder.«

Lena schnaubte. »Ich werde mit ihr reden«, sagte sie. »Aber vergeben …«

»Versuch es«, drängte Sofi, doch Lena hatte sich bereits abgewandt, um auszupacken.

Spätestens am zweiten Abend stand fest, dass das Treffen ein Desaster war. Lena war nicht imstande, Natalja gegenüber etwas weniger feindselig aufzutreten. Wann immer ihre Schwester den Mund aufmachte, fauchte sie sie an; jede Äußerung von Natalja diente Lena als Gelegenheit, dem Zorn Luft zu machen, der sich viel zu lange in ihr aufgestaut hatte. Sofi schlug sich tapfer in der Rolle der Schiedsrichterin, aber auch ihr setzten die ständigen Spannungen zu.

Am dritten Tag waren Lena und Natalja zum ersten Mal allein. Sofi war wegen einer verloren gegangenen Lieferung am späten Nachmittag in die Werkstatt gegangen, und Julien machte mit Nikita einen Ausflug.

Obwohl es bitterkalt war, saß Lena auf der Terrasse hinter dem Haus und sah zu, wie die schwache Wintersonne lange Schatten zeichnete. Doch ihre Hoffnung, hier ihre Ruhe zu haben, wurde enttäuscht. Natalja gesellte sich zu ihr.

»Können wir reden?«

Lena dachte an den Scheck und zuckte die Achseln. »Wenn es unbedingt sein muss.«

»Ja, es muss sein.« Natalja setzte sich. »Kalt hier. Sollen wir nicht lieber reingehen?«

»Nein, ich will hier bleiben«, sagte Lena, obwohl es gerade anfing zu regnen.

»Also gut«, sagte Natalja bedächtig. »Ich habe dir schon so oft gesagt, dass es mir leid tut, Lena. Was soll ich denn noch tun?«

Wenn es doch nur *irgend*etwas gäbe, das Natalja hätte tun können! Lena hatte das Gefühl, in der Hilflosigkeit des Moments gefangen zu sein, für immer.

Sie erhob sich. »Ich brauche einen Drink.«

»Du trinkst wieder? Ich dachte, das hättest du aufgegeben?«

Lena fuhr herum. »Spiel hier bloß nicht den Moralapostel!«

»Tu ich doch gar nicht. Ich meine ja nur …«

»Erspar mir deine Weisheiten. Ich habe eingewilligt, mit dir über deine Schuld und deine Fehler zu reden. Was ich mache oder nicht, das tut hier nichts zur Sache.«

Natalja folgte ihr ins Haus.

Lena entkorkte eine Flasche Rotwein und schenkte sich ein, ohne Natalja ein Glas anzubieten, und Natalja bat auch nicht darum.

»Es tut mir wirklich leid. Und ich hab dich lieb. Hast du mich auch lieb?«

Was für eine Frage. Lena schob die Gefühle, die sie in

ihr hervorrief, beiseite, aus Angst, sie könnten sie verwirren, ihren Widerstand schwächen. »Frag mich das nicht.«

»Ich bin deine Schwester.«

»Genau deshalb ist das, was du getan hast, unverzeihlich.«

Lena war aufgewühlt, trank zu schnell. Nach dreißig Minuten war die Flasche halbleer. Sie brachte immer wieder dieselben Argumente, wurde ausfallend. Irgendwann hatte Natalja die Nase voll.

»So kann ich nicht mit dir reden«, stellte sie fest. »Ich versuche es morgen wieder, wenn du nüchtern bist.«

»Ich bin nüchtern.«

Natalja ließ sie stehen.

»Du wirst nicht gewinnen, indem du einfach gehst«, kreischte Lena und rannte ihr in den Korridor nach.

»Es geht hier doch nicht darum, zu gewinnen«, sagte Natalja. »Oder etwa doch? Ist das hier für dich bloß ein Konkurrenzkampf unter Geschwistern? Habe ich endlich etwas angestellt, das so schlimm ist, dass du *gewinnst*?«

Lena war gerade dabei, sie wüst zu beschimpfen, als plötzlich die Haustür aufschwang und Julien und Nikita hereinkamen. Auf einen Schlag wurde Lena klar, wie sie für einen Außenstehenden klingen musste. Eine Harpyie, die russische Verwünschungen ausstieß.

Natalja stürmte nach oben, Lena, die mit den Tränen kämpfte, rührte sich nicht vom Fleck.

Julien hob einen Korb voller Einkäufe hoch. »Abendessen?«

Lena schniefte, blinzelte und fasste sich. »Sofi ist noch nicht zurück.«

Julien runzelte die Stirn. »Sie hat wohl wieder einmal die Zeit vergessen. Deshalb hole ich sie normalerweise ab. Ich rufe sie an.«

»Nein, nein, ich gehe und hole sie.« Lena war schon an der Tür. »Ich muss mich ein wenig abreagieren.«

Julien lächelte schief. »Ja, es klang ganz danach.«

Nikita, noch immer in Mantel und Mütze, stand zwischen ihnen und sah von einem zum anderen.

»Oh, Lena, würde es dir etwas ausmachen, Nikita mitzunehmen, damit ich ungestört kochen kann?«

Lena zwang sich zu lächeln und streckte die Hand aus. »Kein Problem. Komm, Nikita, wir holen deine Mama ab.« Sie schnappte sich ihren Mantel und einen Schirm, der neben der Tür stand, und zog Nikita sanft hinaus in die feuchte Kälte. Nun war sie gezwungen, sich seinem Tempo anzupassen, dabei war ihr nach Stampfen und Toben zumute und nicht nach Schlendern. Wahrscheinlich hatte Julien sie genau deshalb gebeten, Nikita mitzunehmen. Sie war ihm teils dankbar dafür, teils machte es sie wütend. Wütend auf alle, die glaubten, zu wissen, was gut für sie war. So ging das schon ihr ganzes Leben lang. Lena, schwach, verängstigt, das Opfer. Sie begriff, dass dies einer der Hauptgründe dafür war, dass sie Natalja nicht vergeben konnte: Sie musste ihrer Schwester demonstrieren, dass sie im Gegensatz zu ihr willensstark war, moralische Grundsätze hatte.

Plötzlich bemerkte sie, dass Nikita nicht mehr neben ihr her ging. Verwirrt drehte sie sich um. Er hatte ihre Hand losgelassen, um etwas in einem Schaufenster auf der anderen Straßenseite zu betrachten. Ein Plakat von einem Traktor mit Anhänger, auf dem eine Zeichentrickkuh stand.

Lena schüttelte den Kopf, um ihre Benommenheit loszuwerden. Sie musste wohl doch zu viel getrunken haben.

»Nikita!«, rief sie und winkte ihn zu sich.

Er drehte sich um und rannte auf sie zu. Doch er war nicht Anna oder Matthew. Er wusste nicht, dass man nach rechts und links schauen musste, ehe man eine Straße überquerte. Er konnte Entfernungen und Geschwindigkeit nicht einschätzen …

Reifen quietschten. Nikita blieb wie angewurzelt stehen, als zwei Scheinwerfer auf ihn zurasten. Lena schrie auf und kniff die Augen zu, um es nicht mit ansehen zu müssen.

Als sie die Augen wieder öffnete, lag er gute fünf Meter von seinem vorherigen Standort entfernt auf dem Boden. Sie rannte los; ihr Herz klopfte zum Zerspringen. Es konnte nicht sein. Sie musste träumen.

Lena fiel neben Nikita auf die Knie. Schritte rund um sie, französisches Stimmengewirr, Autos blieben stehen. Sie würde jeden Moment aus diesem Traum erwachen, sie wusste es. Mit heftig zitternden Händen tastete sie an seinem weichen Hals nach seinem Puls. Da! Er lebte!

»Nikita. Nikita, sprich mit mir. Sag etwas. Mama kommt gleich. Wach auf.«

Doch sein Arm hing schlaff herab wie bei einer Stoffpuppe. Sie blickte auf ihre Hände, die voller Blut waren.

Sie war noch immer nicht aufgewacht. Der Albtraum dauerte an.

Teil Fünf

KAPITEL 45

Roy Creedy war unglücklich.

Aber was war schon Glück? Die Welt stand Kopf, alles war bedeutungslos geworden vor dem Hintergrund dessen, was er heute erfahren hatte. Das Einzige, was ihn davon abhielt, wahnsinnig zu werden, war seine Suche. Also stellte er Denken und Fühlen ein und konzentrierte sich darauf. Er blätterte Bücher durch, leerte Schuhkartons und zerpflückte Ordner um Ordner in seinem Aktenschrank. Er musste den Brief finden.

Im Schlafzimmer übermannte ihn die Verzweiflung. Er würde nicht weinen; nicht, solange er noch einen Funken Selbstachtung verspürte.

Krebs. Als ihm der Arzt die Diagnose mitgeteilt hatte, mit tiefer, ernster Stimme, wie ein Filmschauspieler, war es Roy Creedy so vorgekommen, als würde in seinem Inneren plötzlich ein Loch klaffen, durch das sein Herz auf den Boden gefallen war. Es folgten Tausende Fragen und Antworten – Behandlungsmöglichkeiten, Heilungschancen. Im schlimmsten Fall würde er das Ende des Jahres nicht mehr erleben. Und dann hatte ihm der Arzt folgenden Rat erteilt: »Bringen Sie Ihre Angelegenheiten in Ordnung, aber lassen Sie sich nicht von negativen Gedanken übermannen.«

Damals hatte er nur den ersten Teil des Satzes wahrgenommen. *Bringen Sie Ihre Angelegenheiten in Ordnung.* Und anstatt sein Testament zu verfassen und für seine undankbaren Neffen und Nichten Treuhandfonds einzurichten, hatte er an die drei russischen Biester gedacht, die ungeschoren davongekommen waren.

Und so hatte er sich auf die Suche nach dem Brief gemacht, den die eine Schwester geschrieben hatte; eine naive Entschuldigung, die seinen Hass nur noch geschürt hatte. Er musste ihn finden. Vielleicht enthielt er einen Hinweis auf ihren Aufenthaltsort. Er würde Jagd auf sie machen. Sie sollten dieselbe Todesangst verspüren wie er jetzt.

Er sank in sich zusammen. Er hatte den Brief verbrannt, er wusste es. Er hatte alle ihre Briefe verbrannt. Sie waren ein Beweis seiner Leichtgläubigkeit gewesen und hatten vernichtet werden müssen. Aus demselben Grund hatte er bislang nie versucht, die drei ausfindig zu machen: Damit niemand erfuhr, was für ein Idiot er gewesen war. Die Angelegenheit war ihm unsäglich peinlich gewesen. Genauso peinlich wie die zahllosen Untersuchungen – wozu mussten sie ihm Schläuche in den Hintern schieben? – und die Beschreibungen der Operationen, die ihn möglicherweise retten könnten. »Lieber sterbe ich!«, hatte er schreien wollen. Jetzt war er sich da nicht mehr so sicher.

Plötzlich fiel ihm der zweite Rat des Arztes ein. *Lassen Sie sich nicht von negativen Gedanken übermannen.* Was sollte er also tun? Sich an seinen Hass, an Rachefantasien klammern? Oder doch an das Leben?

Roy Creedy ließ den Kopf hängen, barg beschämt das Gesicht in den Händen und weinte sich die Augen aus.

Sofi ließ den sonnigen Parkplatz hinter sich und betrat das ruhige, helle Gebäude des Sanatoriums St. Colette in Loudun, das mit seinen Linoleumböden, den bunten Vorhängen und den breiten Betten erstaunlich behaglich wirkte. Sie war froh, dass Nikita nun hier untergebracht war und nicht mehr in der albtraumhaft sterilen Intensivstation oder der neurologischen Abteilung des Krankenhauses in Tours.

Und doch erfüllte sie der Gedanke auch mit tiefer Trauer. Nikitas Umzug in dieses Heim bedeutete, dass es ihm noch immer nicht besser ging. Er würde nicht sterben, aber man konnte nicht mehr allzu viel für ihn tun, außer hoffen, dass er irgendwann das Bewusstsein wiedererlangen würde.

Sofi wurde in ein butterblumengelb gestrichenes Zimmer mit Zeichentrickfröschen auf Vorhängen und Bettdecken geführt. Dort lag Nikita, unerträglich schmal und reglos, als würde er schlafen. Als wären da nicht all diese Bildschirme, all die Schläuche.

»Hallo, mein Schatz.« Sofi schob einen Stuhl ans Bett und berührte seine Hand. Er zuckte und ächzte leise, die Augäpfel bewegten sich unter den Lidern, was eine Reaktion auf Sofis Berührung gewesen sein konnte oder auch nur Zufall. In den vergangenen sechzehn Wochen hatte Sofi eine Menge gelernt; unter anderem, dass ein Patient im Koma nicht zwangsläufig ruhig war. Im Gegensatz zu Papa, der damals völlig reglos dagelegen hatte, hatte ihr Nikita mit seinem Murmeln und Stöhnen anfangs richtiggehend Angst eingejagt. Sie war nicht von seiner Seite gewichen, in der Hoffnung, die Laute, die er von sich gab, würden irgendwann verständlicher werden. Eine Krankenschwester hatte sie gewarnt, die Wache am Bett eines Komapatienten sei kein Sprint, sondern ein Marathon. Doch Sofi hatte nicht auf sie gehört, hatte drei volle Tage nicht geschlafen. Am dritten Tag hatte Julien die Krankenschwestern gebeten, etwas zu unternehmen. Man hatte sie praktisch gezwungen, zwei Schlaftabletten zu schlucken, und dann war sie auf dem Stuhl neben Nikitas Bett in einen sechsstündigen traumlosen Schlaf gesunken.

Das hatte sie gelehrt, sich ihre Kräfte besser einzuteilen.

Sie dachte daran, wie rasch die ersten sechzehn Wochen nach Nikitas Geburt verflogen waren. Die sechzehn Wochen seit dem Unfall dagegen waren unendlich langsam dahingeschlichen. Tag um Tag, Woche um Woche war verstrichen. Keine Besserung. Ärzte und Pfleger versuchten, sie zu trösten, warfen mit Begriffen wie vestibulookulärer Reflex und Sensibilitätsprüfung um sich, während sie Nikita eiskaltes Wasser in die Ohren spritzten oder ihn mit Nadeln malträtierten. Die Prognose lautete, es bestehe eine überdurchschnittlich hohe Wahrscheinlichkeit, dass er eines Tages wieder zu sich kommen würde. Aber Sofi konnte nicht vergessen, was eine Krankenschwester in der ersten Woche gesagt hatte: »Je länger ein Patient im Koma liegt, desto unwahrscheinlicher ist seine Genesung.«

Sechzehn Wochen. Und jetzt die Überstellung in ein Pflegeheim. Glich das nicht einem stillschweigenden Eingeständnis, dass sich nichts mehr ändern würde? Nie wieder?

Sofi beugte sich seufzend nach vorn, um erneut Nikitas Hand zu streicheln. Sie wusste noch immer nicht, gegen wen sie den größten Groll hegte. Gegen Lena, die betrunken gewesen war und nicht ordentlich auf ihr Kind achtgegeben hatte? Oder gegen Julien, der Lena überredet hatte, Nikita mitzunehmen? Oder gegen Natalja, die nicht interveniert hatte? Natürlich hatte Julien protestiert – ihm sei nicht klar gewesen, dass Lena getrunken hatte. Und auch Natalja hatte sich schnell von jeder Schuld freigesprochen. Sie sei oben gewesen und hätte nicht gemerkt, was unten vor sich ging. Nur Lena hatte unter Tränen um Vergebung gebettelt, immer und immer wieder, bis Sofi, die sich weigerte, mit ihr zu reden, Julien angeschrien hatte, er solle ihr Lena vom Hals schaffen.

»Schaff sie mir aus den Augen«, hatte Sofi gebrüllt. »Ich

ertrage es nicht! Sie sollte es sein, die halb tot im Krankenhaus liegt!«

Die meisten Vorwürfe aber machte Sofi sich selbst. Normalerweise arbeitete sie in der letzten Dezemberwoche nie; die Werkstatt war geschlossen. Doch dann war der panische Anruf von Francette gekommen – eine Spezialanfertigung war verloren gegangen. Also war sie losgezogen, um das gute Stück zu suchen und für die Versendung vorzubereiten, und im Zuge dessen war ihr eine Idee gekommen, die sie sogleich festhalten musste. Darüber hatte sie alles andere vergessen.

Es war schon dunkel gewesen, als draußen jemand ihren Namen rief; sie hatte die Werkstatt abgeschlossen, damit niemand hereinkommen konnte. Bis sie an der Unfallstelle eingetroffen war, hatte man Nikita bereits in den Krankenwagen geschoben.

»Sie sind Nikitas Mutter?«

Sofi fuhr herum und erblickte eine große, hagere Frau Mitte Fünfzig. Sie hatte harte Gesichtszüge und trug einen weißen Kittel.

»Sofi Tschernowa«, stellte sich Sofi vor.

»Ich bin Dr. Pelletier, die für Nikita zuständige Ärztin.«

Sofi war zu müde, um sich zu erheben und ihr die Hand zu schütteln. Sie hatte so viele Ärzte und Schwestern kennengelernt, dass sie sie kaum noch auseinanderhalten konnte. Dr. Pelletier zog einen Stuhl heran und setzte sich.

»Ich könnte mir vorstellen, dass Sie sich hilflos fühlen und glauben, Sie könnten nichts tun.«

»So ist es.«

»Nun, es gibt durchaus etwas, das Sie tun können; etwas, das wir hier alle tun: Wir sprechen, wenn wir in Hörweite der Patienten sind, von ihrer Genesung, sooft es geht.

Wir vermeiden negative Bemerkungen und düstere Prophezeiungen. Ich glaube fest daran, dass Nikita wieder zu sich kommen wird. Das ist von nun an alles, was wir sagen. Haben Sie verstanden?«

Sofi nickte.

»Statt stumm an seinem Bett zu sitzen und zu weinen, sollten Sie mit ihm sprechen, ihm erzählen, was Sie mit ihm unternehmen werden, sobald es ihm besser geht.«

Sofi war skeptisch. Schon vor dem Unfall war Nikita nicht in der Lage gewesen, sprachliche Nuancen zu unterscheiden. Doch Dr. Pelletier hielt an ihrer Überzeugung fest.

»Ich habe bereits des Öfteren mit Patienten wie Nikita gearbeitet«, sagte sie. »Ich versichere Ihnen, positive Formulierungen machen *immer* einen Unterschied.«

»Sogar bei autistischen Kindern?«

»Es gibt nur eine Möglichkeit, es herauszufinden.« Damit verabschiedete sich die Ärztin.

Sofi betrachtete ihren kleinen Jungen. Beim Anblick der langen Wimpern, die auf seinen Wangen ruhten, wäre sie beinahe wieder in Tränen ausgebrochen, doch sie kämpfte dagegen an und zwang sich zu lächeln. »Hast du gehört, Nikita? Dr. Pelletier glaubt fest daran, dass du bald gesund wirst. Dann können wir wieder in den Park gehen, zum Karussell. Die Sonne wird dir auf die Haare scheinen, es wird nach Rosen duften …« Sie wusste nicht recht, was sie noch sagen sollte. »Ich bin sicher, du kommst bald wieder auf die Beine«, schloss sie. Hoffentlich klang sie zuversichtlicher, als sie tatsächlich war. »Ich werde hier sein, wenn du aufwachst.«

Sie lehnte sich zurück und beobachtete, wie sich seine Brust rhythmisch hob und senkte. Ehe er aus dem Koma erwachte, ließ sich unmöglich feststellen, ob er bleibende Schäden davongetragen hatte oder nicht. Sie dachte daran, dass sie noch vor gar nicht allzu langer Zeit Tränen vergossen hatte, weil er nicht war wie andere Kinder. Heute hätte sie alles dafür gegeben, wenn er wieder zu ihr zurückkehren würde, genau so, wie er immer gewesen war.

Es dauerte immer einige Sekunden, bis das Grauen in ihr Bewusstsein drang, wenn Lena morgens erwachte. Doch dann verspürte sie schlagartig wieder die schwere Schuld, die seit Monaten unabänderlich auf ihren Schultern lastete. Sie drückte sie nieder, mit voller Wucht, rief in ihr den Wunsch hervor, die Augen zu schließen und auf ewig zu schlafen. Während ihre eigenen geliebten, gesunden Kinder nebenan in ihren Betten lagen, war Sofis Sohn in einem Koma gefangen, und es wurde immer unwahrscheinlicher, dass er je wieder zu sich kommen würde.

Immer wieder ließ sie sich die Ereignisse jenes Abends durch den Kopf gehen, und jedes Mal kam sie zu demselben Schluss: Nikita lag im Krankenhaus, war womöglich lebensgefährlich verletzt, und sie trug die Schuld daran.

Und zu ihrem Entsetzen ging das Leben einfach weiter. Sie bewältigte den Alltag mehr schlecht als recht und brauchte abends stets zwei, drei Gläser, um den Schmerz zu betäuben. Wenn sie dann am nächsten Morgen erwachte, war ihr übel. Sie fühlte sich aufgedunsen und hatte Gewissensbisse, weil genau das, was die ganze Misere verursacht hatte – der Alkohol –, das Einzige war, das ihr half.

Sie wälzte sich aus dem Bett, griff auf dem Fußboden nach ihren Kleidern, kratzte mit dem Daumennagel an einem Fleck herum, ging zum Schrank. Keine sauberen Kleider. Sie würde den Fleck mit einem Schwamm bearbeiten müssen. Als sie am Spiegel vorbeikam, blieb ihr Blick an Sofis Scheck hängen, der dort steckte, gleich neben einem Foto von Sam und ihr mit den Kindern. Sie hatte ihn nie eingelöst. Wie sollte sie auch, nach allem, was geschehen war? Sofi hasste sie, hatte den Scheck vermutlich längst sperren lassen. Und so steckte er dort, eine ständige Erinnerung daran, dass sie ihre Chance gründlich vertan hatte.

Matthew saß vor dem Fernseher, schaute einen Zeichentrickfilm und löffelte seine Cornflakes.

Sie stellte Wasser auf, griff nach dem Pulverkaffee. Frühmorgens war es am schlimmsten. Sie war immer müde, hatte einen Kater, und trotzdem mussten Lunchpakete hergerichtet, saubere Schuhe und Schuluniformen lokalisiert und zwei verschlafene Kinder ins Auto verfrachtet werden, das dann viermal gestartet werden musste, ehe der Motor ansprang. An kalten Tagen sechsmal.

Sie bestrich eine Scheibe Brot mit Butter und sah auf die Uhr. »Matthew, sei so gut und geh Anna wecken, ja?«

Matthew erhob sich vom Sofa und gesellte sich zu ihr. Er betrachtete sie ernst.

»Los, los«, trieb sie ihn an. »Wir sind schon spät dran.«

»Anna ist nicht hier.«

Lena dachte angestrengt nach. War ihre Tochter auf Klassenfahrt, und sie hatte es vergessen? Sie hatte bereits zweimal einen Blackout gehabt … Ihr Magen zog sich schmerzhaft zusammen vor Nervosität. Sie brauchte dringend einen Drink. »Was soll das heißen, sie ist nicht hier? Wo ist sie?«

Matthew lief rot an. »Sie ist gestern Nacht mit Izzy abgehauen.«

»Abgehauen?« Lena ließ vor Schreck das Messer fallen. »Warum hast du mich nicht geweckt?«

»Weil ich wusste, dass sie zu Dad wollte, und ich wollte nicht, dass du ins Auto steigst … du weißt schon …«

»Was weiß ich?«

»Ich wollte nicht, dass du betrunken Auto fährst«, platzte er heraus. »Wir haben neulich in der Schule über Alkohol am Steuer geredet. Und genau deshalb liegt Nikita ja auch im Koma, nicht? Weil du betrunken warst.«

Lena hatte das Gefühl, als würde ihr jemand den Boden unter den Füßen wegziehen. Es war dumm von ihr gewesen, anzunehmen, dass sich Anna und Matthew nicht irgendwann zusammenreimen würden, was sich zugetragen hatte. Schließlich waren sie nebenan gewesen, als sie Sam die ganze Geschichte unter Tränen gestanden hatte.

»In so einem Fall musst du mich doch wecken!« Sie packte ihn grob an der Schulter und schüttelte ihn. »Ihr könnte weiß Gott was zugestoßen sein.«

Lena griff zum Telefon und wählte hastig Sams Nummer.

Anna war dran.

»Was zum Teufel hast du dir dabei gedacht?«, bellte Lena.

»Ich werde zu Daddy ziehen.«

»Das geht nicht. Warte nur, wenn ich dich erwische, dann setzt …«

Geraschel, dann war plötzlich Sam in der Leitung.

»Lena?« Seine Stimme war stets gleichbleibend sanft. Lena vermutete, dass er sie noch liebte, obwohl er neuerdings mit Miss Burton, der Musiklehrerin der Zwillinge, ausging.

»Warum hast du nicht angerufen?«, fragte sie. »Ich wache morgens auf und stelle fest, dass meine Tochter weg ist …«

»Genau das ist doch das Problem, nicht? Du hast gar nicht gemerkt, dass sie abgehauen ist. Anna sagt, sie hätte absichtlich Krach gemacht, um zu testen, ob du etwas hören würdest.«

»Ich habe ferngesehen.«

»Ich weiß, was du getan hast, Lena.«

Sie ballte wütend die Faust. »Ja, jeder weiß, was ich falsch mache. Wenn mich mein Mann nicht mit meiner eigenen Schwester betrogen hätte, dann müsste ich abends nicht meinen Kummer in ein, zwei Gläsern Wein ertränken.«

Er ließ sich nicht provozieren. »Wie dem auch sei, Anna ist hier, und es geht ihr gut.«

»Dann bring sie schleunigst her, sonst kommt sie zu spät zur Schule.«

»Lena, sie will nicht zu dir zurück, und mir wäre es ehrlich gesagt auch lieber, wenn sie hier leben würde.«

»Wir hatten uns doch darauf geeinigt, dass wir sie nicht auseinanderreißen.«

»Das war vor einem Jahr. Seither hat sich einiges verändert. *Du* hast dich verändert. Wenn du mich fragst …« Er sprach langsam und geduldig, und sie wusste, dass er im Begriff war, etwas zu sagen, das ihr nicht gefallen würde. »… sollte Matthew ebenfalls bei mir wohnen.«

»Nein«, protestierte sie reflexartig.

»Du hast selbst gesagt, dass sie zusammenbleiben sollten.«

»Matthew würde mich nicht verlassen.«

Sam seufzte. »Frag ihn einfach. Lass ihn entscheiden.«

»Wir sind doch hier die Erwachsenen.«

»Du benimmst dich aber nicht wie eine Erwachsene, Lena. Du trinkst zu viel. Ich werde nicht zulassen, dass du meine Kinder auch einer Gefahr aussetzt. Frag Matthew, ich stehe hinter seiner Entscheidung.«

Sie legte auf und drehte sich frustriert und verzweifelt zu Matthew um, der sie mit riesengroßen Augen anstarrte. Es war wohl das Beste, wenn sie das Thema ohne Umschweife aufs Tapet brachte.

»Willst du zu deinem Vater ziehen?«

»Bleibt Anna bei ihm?«

»Ja.«

Er schluckte schwer, und sie wusste, sie hatte verloren. Aber würde er den Mut aufbringen, es ihr ins Gesicht zu sagen?

»Du wärst bestimmt einsam, Mum.«

»Mach dir meinetwegen keine Gedanken. Würdest du lieber bei Dad und Gran leben als hier?«

Er nickte vorsichtig. »Ich liebe dich, Mum«, sagte er. »Aber es ist so deprimierend hier.«

Sie schloss die Augen und barg das Gesicht in den Händen.

»Mum? Weinst du?«

»Nein.« Sie ließ die Hände sinken. »Ich bin bloß müde, Matthew. Vielleicht ist es ja wirklich besser, wenn sich Dad eine Weile um euch kümmert, damit ich mich mal ein bisschen erholen kann.«

Ende der Woche waren beide Kinder ausgezogen.

KAPITEL 46

Viktor hätte das Telefon klingeln lassen, bis es aufgehört hatte, aber Uljana rief aus dem Bad: »Geh ran, du faules Schwein. Das könnte meine Mutter sein.«

Noch ein Grund mehr, nicht ans Telefon zu gehen, aber

ihre Mutter war krank, und er wollte Uljana nicht zusätzlich reizen. Sie war schon sauer auf ihn, weil er wieder einmal arbeitslos war. Er war entlassen worden, zum fünften Mal in diesem Jahr. Diesmal hatte er eine gute Stelle als Platzwart in einer nahegelegenen Schule verloren. Man war nicht begeistert gewesen, als in seinem Schuppen hinter den Elektrogeräten eine Flasche Wodka zum Vorschein gekommen war. Er hatte behauptet, sie gehöre ihm nicht, aber seine Fahne dürfte ihn verraten haben. So lief das jedes Mal.

»Hallo?«, sagte er bewusst abweisend.

»Viktor Tschernow?«, sagte eine unbekannte Männerstimme auf Russisch.

»Ja.«

»Ich habe Ihre Nummer aus dem Telefonbuch.« Sehr, sehr schlechtes Russisch. »Ich hoffe, Sie können helfen.«

»Sind Sie Engländer?«, fragte Viktor auf Englisch. Er hatte lange kein Englisch geredet, aber es war immer noch besser als das Anfängerrussisch des Anrufers.

»Oh, Sie sprechen Englisch? Das ist gut. Hören Sie, ich bin auf der Suche nach Natalja, Lena oder Sofi Tschernowa. Sagt Ihnen einer dieser Namen etwas?«

»Was wollen Sie von ihnen?«

»Wir sind alte Freunde.«

»Lena und Natalja sind meine Töchter, und Sofi ist meine Nichte.«

»Haben Sie Telefonnummern oder Adressen von ihnen?«

Viktor zögerte. Warum sollte er diesem Fremden glauben, dass er mit den Mädchen befreundet war? Er schwieg so lange, bis der Anrufer sagte: »Ich bin bereit, Sie dafür zu bezahlen.«

»Für Telefonnummern und Adressen?«, hakte Viktor nach. Er bemühte sich um einen gelassenen Tonfall, obwohl sein Herz höherschlug.

»Ja.«

»Zahlen Sie gut? Zehntausend Dollar.«

»Ich … Nein. Ich gebe Ihnen fünftausend.«

»Zehn.«

»Dann auf Wiederhören, Mr. …«

»Also gut, fünftausend.« Viktor hätte sich am liebsten geohrfeigt, er hätte nicht klein beigeben sollen. »Sie schicken mir Geld, und wenn da ist, rufen Sie wieder an, und ich sage Ihnen Adressen.«

»Ich zahle Ihnen die erste Hälfte, wenn Sie mir die Adressen nennen, und die zweite, wenn ich mich davon überzeugt habe, dass sie auch wirklich dort leben.«

Viktor konnte nicht fassen, dass jemand bereit war, so viel Geld für drei Adressen zu zahlen. Dieser Mann musste wirklich dringend auf der Suche nach den Mädchen sein. »Okay, abgemacht.«

»Gut, Mr. Tschernow. Wohin soll ich den Scheck schicken?«

Viktor nannte ihm seine Adresse und notierte sich dann seinerseits die Telefonnummer des Mannes, aus Angst, er könnte seine Meinung ändern. Wenn er nichts mehr von ihm hörte, würde er ihn in zwei Wochen anrufen.

»Und Sie heißen?«, fragte er.

»Creedy«, sagte der Mann. »Roy Creedy.«

Natalja hatte sich auf einen idyllischen Tag mit Maxim gefreut. Sie hatten ein Picknick im Park auf der Kamenny-Insel geplant. Aprilsonne, frisches Grün an den Linden, die grasbewachsenen Böschungen des stillen Krestowka-Kanals … Allerdings hatte Maxim nicht erwähnt, dass ihnen seine beiden Töchter Gesellschaft leisten würden.

Katria war neun, Varinka sechs, und die beiden hatten auch nicht damit gerechnet, dass Natalja mit von der Partie sein würde. Ihre Irritation war also durchaus nachvollziehbar.

»Hierher, Katria, wir legen die Decke unter diesen Baum«, befahl Maxim. Er kommandierte seine Töchter genauso herum wie die Schauspieler am Set.

Katria breitete folgsam die Decke aus. Varinka versuchte, ihr zu helfen, stand ihr dabei aber bloß im Weg. Während des daraus entstehenden Disputs klingelte Maxims Handy, und er entfernte sich einige Meter, um zu telefonieren.

Natalja hatte das Gefühl, intervenieren zu müssen. »Hört auf zu streiten, Kinder. Wir schütteln die Decke einfach noch einmal aus.«

»Du bist nicht meine Mama«, sagte Katria trotzig.

Sogleich streckte Varinka die kleine Nase in die Luft und fügte hinzu: »Und *meine* Mama bist du auch nicht.«

Dann spielten die beiden, durch den gemeinsamen Feind wieder geeint, ein kleines Spiel, während sie einen Behälter nach dem anderen aus dem Picknickkorb holten und nebeneinander auf die Decke stellten: »Diese Salzgurken sind nicht meine Mama, dieser Käse ist nicht meine Mama, diese *Verniki* sind nicht meine Mama …« Dabei warfen sie Natalja verschlagene Blicke zu. Natalja tat, als würde sie es gar nicht hören. Sie ließ die Tasche auf den Boden fallen und setzte sich. Als sich Maxim wieder zu ihnen gesellte, verstummten die Mädchen augenblicklich.

»Alles in Ordnung, Liebling?«, erkundigte sich Natalja, während er Platz nahm.

Er klappte sein Handy zu. »Natalja, würdest du nächsten Monat gern an die französische Riviera fahren?«

»Cannes?«, stieß sie aufgeregt hervor.

Er schaffte es, ruhig zu bleiben. »*A Home in the Soul* wurde nominiert.«

Natalja fiel ihm quietschend um den Hals und ignorierte die bitterbösen Mienen der Mädchen. Sie würde nach Cannes fahren; ein Film, in dem sie mitspielte, war nominiert! Jeder Kritiker, der sie eine Sexbombe ohne jegliches Schauspieltalent genannt und behauptet hatte, sie sei auf dem absteigenden Ast … sogar Rupert … alle würden sie ihre Worte zurücknehmen müssen! Sie drückte Maxim so fest an sich, dass er sich beschwerte, aber es war ihr egal. Sie liebte ihn über alles. Er hatte einen Filmstar aus ihr gemacht.

»Nun tu nicht so, als wärst du nicht aufgeregt«, sagte sie, als sie ihn schließlich losließ.

»Ich bin nicht überrascht. Ich wusste, wir würden es schaffen. Aber du hast mir ja nicht vertraut«, sagte er und wackelte mit dem Zeigefinger.

Man hatte ihm einen kleinen internationalen Verleihvertrag angeboten, den er abgelehnt hatte, weil er sich dann nicht in Cannes hätte bewerben können.

»Ich habe dir immer vertraut!«, widersprach sie. Sie umarmte ihn erneut. Im Geiste sah sie sich schon Schulter an Schulter mit den Hollywoodstars. Welche Angebote würde sie wohl als Nächstes bekommen? Und was sollte sie zur Premiere tragen? Sie hatte bereits mit einem Kleid in Gold und Elfenbeinweiß von *Valentino* geliebäugelt; jetzt hatte sie den perfekten Grund, es zu kaufen.

Maxim holte sie abrupt wieder in die Gegenwart. »Varinka, du stehst auf Nataljas Handtasche«, knurrte er.

Wenn Natalja darauf spekulierte hätte, von ihm bevorzugt behandelt zu werden, selbst an einem Tag wie diesem, dann hätte sie eine Enttäuschung erlebt. Er liebte seine Töchter abgöttisch, obwohl er ihnen gegenüber gereizt und ungeduldig war. Er ließ sie ein Lied für Natalja singen, Gedichte aufsagen, ihre Fremdsprachenkenntnisse demonstrieren – Katria konnte fast genauso gut Englisch wie Natalja –, und sie kamen seiner Aufforderung nur zu gern nach. Sie lächelten zuckersüß, als hätte das »Du bist nicht meine Mama«-Spiel vorhin nie stattgefunden. Natalja bewunderte sie fast für ihre Falschheit. Sie hätte sich als Kind genauso verhalten.

Nach dem Essen tranken Natalja und Maxim Weißwein, während die Mädchen am Flussufer spielten. Maxim beobachtete seine Töchter, Natalja beobachtete ihn. Eine Haarsträhne hing ihm in die Augen, aber sie unterdrückte den Impuls, sie ihm aus der Stirn zu streichen, weil er auf Liebesbezeugungen und zärtliche Gesten stets mit Unmut reagierte. »Lass gut sein«, brummte er dann. Das tat er immer, ganz egal, ob sie die fehlenden Knöpfe an seine Kleider genäht, ihm ein Hemd von *Roberto Cavalli* geschenkt oder ihm wieder einmal ein paar Männerpflegeprodukte von *Molton Brown* ins Bad gestellt hatte. »Lass gut sein, Natalja. Ich bin, wie ich bin.«

Sie richtete sich auf und schmiegte sich an ihn, küsste ihn aufs Ohr. »Ich liebe dich«, sagte sie.

»Ich dich auch.«

Das war schon viel für ihn. Zugegeben, Maxim tat sich schwer damit, seine Gefühle auszudrücken. Er konnte grandiose Drehbücher schreiben und herzzerreißende Szenen drehen, aber er war nicht fähig oder willig, mit Natalja über Liebesdinge zu sprechen.

Sie begnügte sich damit, seine Zuneigung aus Kleinigkeiten abzuleiten. Er war unglaublich liebenswürdig und langmütig, gab ihr nie das Gefühl, hässlich oder dick zu sein, wie Rupert es getan hatte, und er behandelte sie, als wäre sie klug und talentiert. Das reichte ihr.

Nun, beinahe.

Jetzt trug Katria ihre Schwester Huckepack. »Sind sie nicht wunderhübsch?«, fragte Maxim und lächelte seinen Töchtern zu.

»Ja.« Einfältige, kindische Eifersucht bewegte sie, die nächsten Worte auszusprechen. »Allerdings waren sie vorhin, während du telefoniert hast, ziemlich garstig zu mir.« Sie bereute ihre Worte sogleich, als sie Maxims finsteren Blick sah.

»Was haben sie getan?«

»Ach, es war nur ein dummes Spiel.« Sie schilderte ihm, was vorgefallen war. Er lauschte mit gerunzelter Stirn.

»Wie kommen sie bloß auf die Idee, dass ich ihre Mutter durch *dich* ersetzen könnte?«

Es gefiel Natalja gar nicht, wie er das sagte. War es denn so undenkbar, dass er sie liebte, sie eines Tages heiraten würde?

»Du weißt doch, wie Kinder sind. Sie kommen auf alle möglichen Ideen«, sagte sie lahm.

»Ich werde mich mit ihnen unterhalten müssen. Am besten jetzt gleich. Ich muss sie ohnehin bald wieder zu Hause abliefern. Würde es dir etwas ausmachen …?«

Es dauerte einen Augenblick, bis sie begriffen hatte. »Oh, soll ich gehen?«

»Ich rufe dich nachher an und führe dich zum Essen aus, als Entschädigung.« Er schenkte ihr sein wölfisches Grinsen, das ihre Zweifel wie immer dahinschmelzen ließ.

Sie griff nach ihrer Handtasche. Katria und Varinka würden bestimmt triumphieren, wenn sie sahen, dass sie schon aufbrach, und das ging ihr ganz entschieden gegen den Strich. Sie erhob sich und hoffte, sich ungesehen aus dem Staub machen zu können. Vergeblich.

»Wiedersehen, Natalja«, riefen ihr die Mädchen honigsüß nach und winkten mit beiden Händen. »Bis ba-hald!«

»Das reicht jetzt, Mädchen«, brummte Maxim.

Natalja hatte schon ganz andere Kritiken weggesteckt, und zwar von weitaus einflussreicheren Leuten. Hoch erhobenen Hauptes stolzierte sie durch den Park und zurück zur Metrostation. Schließlich war sie ein Filmstar.

Endlich war Natalja dort angekommen, wo sie ihrer Meinung nach schon immer hätte sein sollen. Sie stand auf der Schwelle zum Balkon ihres Zimmers im *Intercontinental Carlton Cannes* und ließ den Blick über die Palmen auf der Promenade de la Croisette und das Meer schweifen. Auf dem riesigen Bett hinter ihr lag ein ganzer Berg Einkaufstüten.

Warum also war sie so deprimiert?

Sie sah auf ihre neue *Chopard*-Armbanduhr. Sie hatte keine neue Uhr benötigt, aber als sie an der Boutique vorbeigekommen war und dort zwei Filmstars und ein Supermodel erblickt hatte, war sie ebenfalls hineingegangen, um irgendetwas zu kaufen. Einfach um ihnen zu zeigen, dass sie eine von ihnen war. Doch sie war unerkannt geblieben. Vielleicht waren sie gestern Abend nicht dabei gewesen, als *A Home in the Soul* gezeigt worden war und es am Schluss stehende Ovationen gegeben hatte. Nach der Vorführung war sie mit Maxim ins Hotel zurückgekehrt, um auf ihren Erfolg anzustoßen und im Internet nach Besprechungen und Blogs zu suchen. *Ein Triumph. Erschütternd und erhebend zugleich. Lewitski gehört zu den ganz Großen. Zutiefst bewegend.* Nicht eine einzige negative Bemerkung. Maxim war selig gewesen, Natalja am Boden zerstört.

Es war Maxims Schuld. Er hatte sich daran gestört, dass sie so wenig Falten hatte. Sie hatte ja auch alles in ihrer Macht Stehende daran gesetzt, sie loszuwerden oder gar nicht erst zu bekommen. Also hatte man sie für den Film äußerst unvorteilhaft geschminkt und so ausgeleuchtet, dass ihre Krähenfüße, die winzigen Fältchen um ihren Mund, hervorgerufen durch das jahrelange Rauchen, deutlich zu sehen waren. Gestern Abend hatte sie ihren Anblick auf der Leinwand kaum ertragen können. Sie war geschockt gewesen, dass man ihr plötzlich jedes einzelne ihrer siebenunddreißig Jahre ansehen konnte. Niemand in ganz Hollywood würde ihr je eine Rolle als glamouröses junges Ding anbieten. Dabei erblickte sie, wenn sie sonst in den Spiegel sah, das Gesicht einer Vierundzwanzigjährigen. Während das Publikum hellauf begeistert war von der Emotionalität des Filmes, hatte sie nur daran denken können, wie hässlich sie aussah, wenn sie weinte.

Die Kritiken hatten ihre Selbstverachtung nur noch geschürt. *Natalie Chernoff ist die perfekte Besetzung der Femme fatale, deren beste Jahre vorbei sind. Ihre verblassende Schönheit ist faszinierend. Eine Rolle, die ihr auf den Leib geschrieben ist. Die mutige, fesselnde Vorstellung einer Frau, die kein Problem damit hat, nicht mehr die Schönste im ganzen Land zu sein.*

Verblassende Schönheit? Nicht mehr die Schönste im ganzen Land? Es war ein Albtraum, aber sie musste weiterlächeln und so tun, als wäre sie tatsächlich eine mutige Schauspielerin. Doch das war sie nicht. Die Leute sollten sie jung, atemberaubend schön und sexy finden, Punkt!

Sie hatte den Fehler begangen, Maxim ihre Bedenken zu gestehen.

»Komm mir nicht mit solchen Belanglosigkeiten wie deiner Eitelkeit«, hatte er gesagt. »Du hast dem Film zu dienen. Der Film ist der König.«

Natalja kehrte seufzend ins Zimmer zurück und setzte sich vor die Schminkkommode. Na, also. Keine Falte weit und breit.

Die Tür schwang auf, und Maxim kam herein und schlüpfte aus den Schuhen. Sie waren heute getrennte Wege gegangen. Er hatte die Altstadt und das Museum besichtigen, sie lieber nach berühmten Leuten auf Yachten Ausschau halten und in den Boutiquen Geld ausgeben wollen. Sie war durchaus gewillt gewesen, einen Kompromiss einzugehen, aber er hatte behauptet, er brauche etwas Zeit für sich.

»Na, betrachtest du dich wieder im Spiegel, Natalja?« Er schob die Einkaufstüten beiseite und streckte sich auf dem Bett aus.

Sie erhob sich verlegen. »Ich habe noch keine Minute hier gesessen.«

Er winkte sie zu sich. »Was suchst du denn? Das Gesicht, das du mit zwanzig hattest? Das kommt nicht wieder.«

»Findest du mich schön?«

»Ja.«

Sie legte sich zu ihm, rollte sich neben ihm zusammen, und er streichelte ihr übers Haar.

»Liebst du mich?«

»Ja.«

Sie schmiegte sich an ihn. Vielleicht würde sie nie ein glamouröser Hollywoodstar werden, nie in der ersten Liga mitspielen. Doch damit konnte sie leben, solange Maxim an ihrer Seite war.

Es war der erste Juni, der Sommer hatte begonnen. Nikita lag nun schon seit einem halben Jahr im Koma. Auf den Winter der Albträume war der Frühling des Zorns gefolgt, und nun … Sofi kämpfte noch dagegen an, spürte aber, dass sie im Begriff war, sich mit der Situation abzufinden. Sie war müde.

Sie war in Begleitung von Julien gekommen, der gerade drei Tütchen Zucker in seinen tiefschwarzen Kaffee rührte. Er war einige Tage nicht in seinem Atelier gewesen und hatte auf der Fahrt nach Loudun die meiste Zeit geschwiegen. Er befand sich offenbar im Niemandsland zwischen einer Idee und der Ausführung. Sofi kannte diesen Zustand; seit Nikitas Unfall hatte sie selbst nur hie und da ein paar Stunden in der Werkstatt verbracht.

Sie ging zu ihm, rieb ihm die Schulter. »Alles in Ordnung?«

Er drehte sich matt lächelnd zu ihr um, holte tief Luft, als wollte er etwas sagen, überlegte es sich dann aber anders. Rührte heftig seinen Kaffee um. Sofi bekam eine Gänsehaut.

»Julien? Was ist los?«

»Ich habe eine Einladung bekommen«, gestand er ihr. »Nach Los Angeles.«

Sie starrte ihn mit offenem Mund an. Er hatte sich um einen weiteren Auslandsaufenthalt beworben? Sie musste sich verhört haben.

»Du willst nach Los Angeles?«

»Das gehört zu meiner Arbeit«, verteidigte er sich. »Ich fahre ins Ausland und male.«

»Unser Sohn liegt in einem Krankenhausbett, im Koma.«

»Genau das ist es ja, Sofi. Es ändert sich nichts. Wir fahren jeden Tag hierher …«

»*Ich* fahre jeden Tag her. Du kommst bloß zwei oder dreimal pro Woche mit.«

»Aber unser Leben muss irgendwann weitergehen. Wir wissen nicht, wie lange Nikita noch im Koma liegen wird.« Er senkte die Stimme zu einem Flüstern. »Er wird mich nicht vermissen.«

Doch diesmal würde sie es nicht zulassen.

»Nein, Julien«, sagte sie. »Das erlaube ich nicht.«

»Kannst du mich denn davon abhalten?«, fragte er sanft.

Sie betrachtete ihn im grellen Licht der Teeküche. Die vergangenen zehn Jahre hatten Spuren in seinem Gesicht hinterlassen, seine Haare waren dünner geworden. Und trotzdem hatte er sich kein bisschen geändert. Er war noch genauso glatt und undurchschaubar, wollte möglichst keine emotionalen Verpflichtungen eingehen. Sie hatte die Nase voll.

»Wenn du nach Los Angeles gehst, wirst du bei der Rückkehr ein leeres Haus vorfinden.«

Er riss die Augen auf. »Du würdest mich verlassen?«

»Ja. Ich weiß, wie schwer es ist, Nikita hier liegen zu sehen, ohne zu wissen, wann und ob er je wieder zu uns zurückkehren wird. Aber nur weil du vor unseren Problemen davonläufst, lösen sie sich nicht einfach in Luft auf. Du kannst nicht nach Los Angeles. Ich verbiete es dir.«

Er betrachtete sie schweigend. Sie wäre beinahe schwach geworden.

Dann fing er zu ihrer Verblüffung an zu lachen. »O Sofi«, sagte er. »Das fühlt sich gut an.«

»Was?«

»Du hast mir die Entscheidung abgenommen.« Er breitete die Arme aus. »Was für eine Erleichterung.«

»Ich verstehe nicht …«

»Ich habe dir nicht alles gesagt.« Er schüttelte den Kopf. »Ich habe seit einer Ewigkeit nicht gemalt. Seit dem Unfall. Ich setze Pinselstriche auf die Leinwand, aber sie bedeuten nichts.«

Er hatte nicht gemalt? Aber er verbrachte Stunden in seinem Atelier … Allerdings hatte sie schon eine ganze Weile kein fertiges Bild mehr gesehen. Es war ihr gar nicht aufgefallen.

»Als das Angebot aus Los Angeles kam, dachte ich, vielleicht würde mir das helfen, meine Blockade zu überwinden. Aber du hast mir klargemacht, was jetzt wirklich wichtig ist: mein Dasein als Mensch. Schließlich ist jeder Künstler in erster Linie auch Mensch.« Er nahm ihre Hand. »Kannst du mir meine Unentschlossenheit noch einmal verzeihen?«

Sie seufzte und drückte seine Hand. »Wenn ich könnte, würde ich auch alles hinter mir lassen; den Schmerz, den Groll … die Schuldgefühle.«

»Ich trage die Schuld an allem. Ich hätte ihn nicht mit Lena allein lassen sollen.«

»Ich hätte zu Hause bleiben sollen.« Ihr Magen zog sich zusammen. »Lena hätte ihn nicht mitnehmen dürfen.«

»Das wirst du ihr nie verzeihen, nicht wahr?«

»Nein, niemals.«

In diesem Augenblick betrat eine Pflegerin, die Sofi noch nie gesehen hatte, die Teeküche. »Entschuldigen Sie, sind Sie die Eltern von Nikita Blanchard?«

»Ja.« Sofi umklammerte ihren Styroporbecher so fest,

dass ihr der heiße Kaffee über die Finger lief. »Was ist passiert?«

»Eine meiner Kolleginnen wollte sein Bett machen, und er hat ihre Hand weggeschoben.«

Es dauerte einen Moment, bis Sofi begriff, dass das keine schlechte Nachricht war, ganz im Gegenteil.

»Kommen Sie«, sagte die Pflegerin. »Dr. Pelletier ist jetzt bei ihm.«

Vor Sofis Augen flimmerte alles. Auf dem Weg zu Nikitas Zimmer wäre sie beinahe gestolpert. Zwei Ärztinnen und drei Schwestern standen an seinem Bett. Sofi hätte sie am liebsten verscheucht und die Arme um Nikita geschlungen, um zu sehen, ob er ihre Umarmung erwiderte. Allerdings hatte er das schon vor dem Unfall nur höchst selten getan.

Sie hielt sich im Hintergrund, lauschte dem französischen Stimmengewirr. Sie registrierte erst, dass Julien ihre Hand gehalten hatte, als er sie losließ, um an seinem Daumennagel zu kauen.

Dr. Pelletier drehte sich zu ihnen um. »Ah, Sofi. Tolle Neuigkeiten.«

»Hat er es noch einmal getan?«

»Leider nicht, aber das hat nicht viel zu bedeuten. Das Einzige, was zählt, ist, dass er bewusst reagiert hat.«

Die Ärztin befahl, man solle sie mit den Eltern allein lassen, und lehnte sich an den Bettrand. »Kein Patient wacht von heute auf morgen aus dem Koma auf«, erklärte sie. »Man könnte den Prozess mit dem Schlüpfen eines Kükens vergleichen. Was wir heute gesehen haben, ist der erste Schritt.«

Sofi musste sehr an sich halten, um nicht vor Freude in Tränen auszubrechen. »Dann wird er also wieder gesund?«

»Das kann ich nicht mit Sicherheit sagen, aber die Prognose hat sich soeben drastisch verbessert.« Dr. Pelletier tätschelte durch die Bettdecke hindurch Nikitas Knie. »Er macht sich prächtig. Nur Mut.«

Sofi ermahnte sich selbst, nicht allzu überschwänglich zu sein, aber ihr war plötzlich unbeschreiblich leicht ums Herz. Der Sommer hatte begonnen. Der Sommer der Genesung.

KAPITEL 47

Viktor musste jede Spur von ihr auslöschen. Verräterin. Hure. *Lügnerin.* Vor zwei Tagen hatte ihn Uljana verlassen. Wegen eines anderen Mannes. Von wegen Mann. Diesen Fettklops, mit dem sie sich davongemacht hatte, konnte man wohl kaum als Mann bezeichnen. Ein Eunuch, der sich von ihr herumkommandieren ließ. Das war wohl letztendlich das Problem gewesen – Viktor war eben noch ein richtiger Mann. Er pumpte die Brust auf, während er ihre Toilettensachen von den Badezimmerregalen in einen schwarzen Müllbeutel fegte. Zwei Tage lang hatte er im Bett gelegen und vergeblich versucht, sich und seinen Kummer im Alkohol zu ertränken. Er war noch am Leben. Also musste er stattdessen sie auslöschen.

Er ging ins Schlafzimmer. Sie hatte in weiser Voraussicht nur rasch das Nötigste zusammengepackt. *Den Rest hole ich, wenn du dich etwas abreagiert hast*, stand auf dem Zettel, den sie ihm hinterlassen hatte. *Ich melde mich.*

Ha! Es würde nichts mehr zu holen geben. Er zerrte Schals und Socken und mottenzerfressene Mäntel aus dem

Schrank. Der Anblick eines Ärmels, der schlaff und verloren aus dem wachsenden Haufen auf dem Boden heraushing, raubte ihm schier den Atem.

»Uljana«, murmelte er verzweifelt. Er hatte sie geliebt, mit jeder Faser seines Herzens. Ohne sie war er ein Nichts. »Miststück!« Er stampfte auf dem Ärmel herum und ging dann fluchend ins Wohnzimmer, wo er auf ihren neuesten Stapel Zeitschriften stieß. Die würden ein hübsches Feuer abgeben. Er nahm den ganzen Haufen und machte sich auf den Weg zum Abfallverbrenner.

Dann sah er Natalja, in einer russischen Illustrierten.

Er legte die anderen ab, nahm neugierig das Heft zur Hand. Sie hatte einen russischen Film gedreht, der für einen Preis nominiert war. Viktor dachte an den Mann, der nach seinen Töchtern gefragt hatte. Seit er vor ein paar Monaten seine erste Rate erhalten hatte, war er nervlich angespannt gewesen, hatte mit Konsequenzen gerechnet. Nichts geschah. Er hatte sich mit dem Geld ein Auto gekauft, das er eines Abends auf dem Heimweg betrunken gegen einen Baum gefahren hatte. Er hatte es in seiner Arroganz nicht versichern lassen. Ihm war nichts passiert, im Gegensatz zu Uljana, die neben ihm gesessen und sich die Hand und sechs Rippen gebrochen hatte. Das war der Anfang vom Ende gewesen.

Viktor starrte das Foto an. Ihre Mutter war schon leidlich hübsch gewesen, aber seine Mädchen waren richtige Schönheiten geworden. *Sie haben meine Gesichtszüge, meine dunklen Haare*, dachte er voller Stolz.

Na, na. Jetzt wurde er sentimental. Er dachte an Lena und wie schäbig er sich ihr gegenüber verhalten hatte. Zum ersten Mal konnte er nachvollziehen, wie sie sich gefühlt haben musste, nun da er seinerseits verlassen worden war.

Aber Uljana hatte ihm wenigstens einen Zettel geschrieben. Viktor hatte Lena zweimal verlassen, ohne ein Wort, ohne eine Erklärung. Und dann hatte er sie an diesen geheimnisvollen Amerikaner verkauft, der viel zu ernst und pathetisch geklungen hatte für einen »alten Freund«.

»Mr. Tschernow«, hatte Creedy gesagt, nachdem ihm Viktor die letzte Telefonnummer diktiert hatte, »Sie haben einen todkranken Mann *sehr* glücklich gemacht.«

Viktor hatte nicht weiter nachgefragt.

Nun, wenigstens hatten Nataljas Adresse und Telefonnummer nicht mehr gestimmt. Und wer weiß, vielleicht waren Lena und Sofi ja auch längst umgezogen. Gut möglich, dass dieser Creedy keine von ihnen finden würde.

Und doch wurde er das Gefühl nicht los, eine schwere Schuld auf sich geladen zu haben. Vor allem was Lena anging.

Lena leerte wie üblich den Briefkasten, ehe sie sich morgens auf den Weg zur Arbeit machte – zu Fuß, denn Sam hatte zusammen mit den Kindern auch das Auto übernommen. Bislang war das Wetter schön und mild gewesen, doch ihr graute schon vor dem Herbst und dem Winter.

Sie hatte Post bekommen, an ihre alte Anschrift. Wendy hatte die alte Adresse durchgestrichen und fein säuberlich die neue danebengeschrieben. Das machte sie immer, statt telefonisch Bescheid zu geben. Damit Lena ihre Post nur ja nicht persönlich abholen und bei dieser Gelegenheit womöglich die Kinder zu Gesicht bekommen konnte. Im Augenblick sah Lena die Zwillinge ganze vier Tage pro Monat, genau wie Sam früher. An Schultagen konnten sie selbstverständlich nicht bei ihr übernachten, und sie verstand auch, dass Sam zumindest jedes zweite Wochenende mit ihnen verbringen wollte, aber vier Tage waren einfach nicht genug. Die Vertrautheit zwischen ihnen schwand dahin. Ihre eigenen Kinder wurden ihr fremd.

Als Anna und Matthew vor elf Jahren zur Welt gekommen waren, hätte sich Lena niemals träumen lassen, dass sie es einmal so lange ohne ihre Kinder aushalten würde. Inzwischen hatte sie sich irgendwie damit abgefunden.

Sie drehte den Umschlag um. Kein Absender. Neugierig öffnete sie ihn. Ein einziges Blatt, und darauf ein paar Zeilen, verfasst in stümperhaftem Englisch.

Lena. Was ich dir getan habe, ist falsch. Es tut mir leid. Vergibst du mir? Hier meine Nummer, wenn du reden willst. Viktor, dein Papa.

Lena wusste nicht, was sie davon halten sollte. Er entschuldigte sich, wollte mit ihr reden? Da war doch etwas faul. Bestimmt wollte er sich nur wieder in ihr Leben drängen, um Natalja anzubetteln. Sie zerknüllte den Brief und warf ihn auf die Anrichte, wollte gerade dasselbe mit dem Umschlag tun, als ihr auffiel, dass er noch etwas enthielt.

Er hatte ein altes Schwarz-Weiß-Foto beigelegt. Papa als junger Mann, mit zwei kleinen Mädchen. Natalja, etwa vier und hochgeschossen, stand stolz neben ihm; Lena, noch ein speckiges Kleinkind, hielt sich im Hintergrund, hatte sichtlich Angst vor dem Fotografen. Wollte er wirklich eine Versöhnung, oder war das nur ein weiterer grausamer Versuch, sie zu manipulieren?

Behutsam legte sie das Bild beiseite. Sie war schon spät dran.

Der Tag zog sich endlos hin. Mittags wäre sie beinahe nach Hause geeilt, um ihn anzurufen. Sie ließ es bleiben, schalt sich selbst eine Närrin. Dachte an das Foto, daran, wie beiläufig er den Arm um ihre Taille geschlungen, wie sie sich an seinen Ärmel geklammert hatte. Sie war unkonzentriert und vergaß, einem Jungen eine Windel anzuziehen, sodass er auf den Hosenanzug seiner Mutter pinkelte, als sie ihn abholte. Endlich hatte sie Feierabend und konnte zu ihrem Dilemma zurückkehren.

Sie strich den Brief glatt, legte ihn auf den Couchtisch, mit einer Weinflasche als Briefbeschwerer. Dann begann sie zu trinken.

Gegen neun hatte sie das Gefühl, etwas essen zu müssen, also wärmte sie sich in der Mikrowelle ein paar Fischstäbchen.

Gegen zehn war die Flasche leer. Lena öffnete eine zweite.

Um elf ging sie zum Telefon.

Es klingelte eine halbe Ewigkeit. Er würde nicht rangehen. Oder es war eine fiktive Nummer. Dann fiel ihr die Zeitverschiebung ein. In Moskau war es jetzt zwei Uhr nachts. Sie wollte gerade auflegen, als er den Hörer abnahm.

»Hallo«, brummte er.

»Papa, hier ist Lena«, sagte sie mit schwerer Zunge auf Russisch.

»Du hast meinen Brief also erhalten.«

»War deine Entschuldigung ernst gemeint?«

Sie hörte, wie er sich bewegte, vernahm das Klicken eines Feuerzeugs. Er hatte sich eine Zigarette angezündet. »Ja, das war sie.« Er klang vorsichtig. Zurückhaltend. »Ich habe mich dir gegenüber falsch verhalten.«

Sie brach in Tränen aus, so heftig, dass sie selbst überrascht war. »Ja, das hast du«, schluchzte sie. Er schwieg, so lange, dass sie schon glaubte, er hätte aufgelegt. »Hallo?«, sagte sie besorgt.

»Ich bin noch dran. Ich kann dich nicht trösten. Ich kann dir nicht der Vater sein, den du dir wünschst, Lena. Es tut mir leid.«

»Warum hast du mich verlassen?«

Er zögerte, stieß offenbar Zigarettenrauch aus. »Das erste oder das zweite Mal?« Er klang kleinlaut, weit entfernt. Sie konnte ihn kaum noch hören, als der Kühlschrank neben ihr zu brummen begann.

»Das erste Mal.«

»Ich habe mich verliebt. Sie wollte keine Stiefmutter sein. Ich bin davon ausgegangen, dass du zu jung wärst, um dich an mich zu erinnern, und dass du es bei Iwan und Stasja besser haben würdest.«

»Hast du mich denn nicht geliebt?« Ihr Herz klopfte zum Zerspringen; ihr Gesicht war heiß und feucht.

»Vielleicht nicht. Ich erinnere mich, dass ich stolz auf dich und Natalja war, als ihr klein wart. Aber als ihr dann älter wurdet … Ich konnte nichts mit euch anfangen. Es war einfacher, euch bei Verwandten zu lassen. Und dann kam Uljana und nahm mir die Entscheidung ab.«

»Ich habe dich geliebt«, flüsterte sie.

»Ich habe keine Liebe verdient«, erwiderte er. »Ich wollte keine Liebe. Ich hatte Angst, die Verantwortung würde mich alt und unglücklich machen. Und jetzt bin ich trotzdem alt und unglücklich.«

Er verstummte. Die Uhr über dem Fernseher tickte laut. Lena wischte sich mit dem Handrücken die Nase ab.

»Kannst du mir verzeihen?«, fragte er nach einer Weile.

»Nein.« Sie seufzte. »Mein Herz ist zu Stein geworden, Papa. Vor ein, zwei Jahren vielleicht … Aber jetzt ersticke ich unter der Last meines Unglücks, das einzig und allein auf dich zurückzuführen ist. Ich hätte ein anderer Mensch sein können. Deinetwegen habe ich einen solchen seelischen Knacks, dass sogar mein Ehemann …« Sie sollte nicht zu viel verraten. Er hatte ihr Vertrauen gar nicht verdient. »Jedenfalls ist es diesmal an mir, die Entscheidung zu treffen. Diesmal wirst du dich aus meinem Leben zurückziehen, weil ich es will.« Damit legte sie auf, ehe er ihr zuvorkommen konnte.

Binnen dreißig Sekunden klingelte das Telefon. Sie nahm ab.

»Lena, ich muss dir etwas sagen.«

»Ich will es nicht hören.« Sie legte erneut auf.

Es begann wieder zu klingeln. Sie stand neben dem Telefon, atmete heftig aus, rührte aber keinen Finger. Ihr war schwindlig. Sie hatte das Gefühl, sich außerhalb ihres Körpers zu befinden und sich von der Decke aus zu beobachten. Nach zehn Minuten gab er endlich auf. Es war vorbei. Es war endgültig vorbei.

KAPITEL 48

Es wurmte Natalja, dass Maxim ihr noch nicht vorgeschlagen hatte, bei ihm einzuziehen. Sie waren nun seit acht Monaten zusammen, und sie war sich ihrer Gefühle für ihn hundertprozentig sicher. Doch er wollte sich partout nicht voll und ganz auf sie einlassen. Warum nur? Es hatte schon ein halbes Jahr gedauert, bis er ihr endlich einen Schlüssel zu seiner Wohnung gegeben hatte. Bis dahin hatte sie bei ihm klingeln und darauf warten müssen, dass er sie hereinließ. Schließlich hatte sie sich darüber beschwert, und binnen einer Woche hatte er ihr einen Schlüssel nachmachen lassen, mit dem sie an diesem heißen Sommernachmittag die Haustür unten aufsperrte.

Sie stieg die Treppe hinauf und klopfte vorsichtig an, ehe sie die Wohnungstür aufschloss. Drinnen tollten Katria und Varinka umher. Auf dem Sofa saß eine zierliche Blondine. Maxim war nirgends zu sehen. »Oh«, sagte Natalja. Ihr war auf der Stelle klar, dass sie seine Frau vor sich hatte. »Ist Maxim da?«

Die Blondine erhob sich, strich sich das fahle Haar aus dem Gesicht. Erst jetzt erkannte Natalja, dass sie geweint hatte. Ihr blieb beinahe das Herz stehen. War Maxim etwas zugestoßen?

»Ja. Entschuldigen Sie meinen Zustand. Sie müssen Natalja sein. Ich bin Orlenda. Maxim zieht sich gerade um. Maxim!«

Natalja hatte das Gefühl, auf einem Filmset zu stehen und ihren Text nicht zu kennen. Was war hier los? Maxim erschien, ganz in Schwarz gekleidet. Als er Natalja erblickte, runzelte er verdrossen die Stirn.

»Ach, Mist. Ich hatte vergessen, dass du kommst, Natalja.«

Katria und Varinka veranstalteten nun eine Kissenschlacht. Maxim brüllte sie derart laut an, dass sogar Natalja Angst vor ihm bekam.

»Seht ihr nicht, dass eure Mutter traurig ist?«, bellte er.

Die Mädchen ließen die Kissen sinken und warteten ab.

Er kam auf Natalja zu und führte sie sanft zur Tür.

»Orlendas Vater ist gestorben«, erklärte er. »Wir machen uns gleich auf den Weg zur Beerdigung.«

»Das … Das tut mir leid«, stammelte Natalja.

Orlenda putzte sich geräuschvoll die Nase.

»Schon gut. Wir hatten damit gerechnet. Er war bereits

eine ganze Weile krank.« Er hielt ihr die Tür auf, sodass ihr gar nichts anderes übrig blieb, als hinauszugehen. »Ich bin gegen neun zurück. Treffen wir uns zum Abendessen?«

»Gern.« Natalja wollte ihn fragen, wie viel Kontakt er eigentlich noch mit seiner Frau hatte und warum der Tod seines Schwiegervaters ihn überhaupt kümmerte.

»*Tswjet?*«

»Um neun. In Ordnung.«

Und schon stand sie vor der verschlossenen Tür, und er war zu seiner Familie zurückgekehrt.

Draußen auf der Straße setzte ihr die Luftfeuchtigkeit zu. Sie wollte nicht in ihre stickige Wohnung zurück, also schlug sie die Zeit in diversen klimatisierten Boutiquen tot, kaufte Dinge, die sie nicht benötigte, und gab den wenigen, die sie erkannten, lächelnd Autogramme. Aber nur knappe zehn Prozent ihres Gehirns beschäftigten sich mit der Gegenwart. Der Rest konstruierte detaillierte Bilder von Orlenda, blass und zitternd auf der Beerdigung, und Maxim, der sie mit seinen starken Armen stützte. *Nein!* Orlenda hatte gewusst, wer sie war; Maxim hatte seiner Frau also von ihr erzählt. Natalja gegenüber hatte er den Namen Orlenda dagegen nie erwähnt. »Meine Frau« oder »die Mutter der Mädchen« hatte er immer gesagt, und Natalja hatte diese Namenlosigkeit als Respektlosigkeit interpretiert. Jetzt begriff sie, dass er Orlenda beschützt hatte.

Ehe sie es sich versah, stellte sie sich die beiden miteinander im Bett vor und musste gegen die Tränen ankämpfen. Diese Liebkosungen gehörten ihr!

Sie schnappte nach Luft. Zwei Kundinnen in dem *Versace*-Geschäft, in dem sie sich gerade befand, fuhren herum und starrten sie an. Sie huschte mit gesenktem Kopf aus der Boutique und in eine Seitenstraße, wühlte in ihrer

Handtasche nach einem Papiertuch. Erst jetzt begriff sie *wirklich*, was sie Lena angetan hatte. Für sie war die Angelegenheit wie ein lästiges Ohrgeräusch gewesen. Für Lena war es ein ganzer Berg an schier unerträglichen Gefühlen.

Sie verfluchte sich. Wenn sie die Finger von Sam gelassen hätte, dann hätte Lena an jenem Abend in Richelieu keinen Anlass gehabt, so wütend zu werden und sich zu betrinken, und Sofi würde ihr Leben jetzt nicht bei Nikita im Sanatorium verbringen. Es war eindeutig alles Nataljas Schuld. Und was tat sie? Sie kaufte sich Designerkleider und stöckelte auf Filmfestivals herum, trunken vor Liebe zu Maxim, als hätte sie mit den Tragödien im Leben ihrer Schwester und ihrer Cousine nicht das Geringste zu tun. Mit zitternden Händen holte sie ihr Handy aus der Tasche und wählte Lenas Nummer.

Lena nahm nicht ab. Sie war bestimmt in der Kinderkrippe. Auch bei Sofi hatte Natalja kein Glück. Vermutlich saß sie im Krankenhaus. Seufzend steckte Natalja das Telefon ein. Bis zu ihrem Treffen mit Maxim musste sie noch drei Stunden totschlagen. Drei volle Stunden allein mit ihren quälenden Gedanken.

Er kam zu spät. Das war keine Seltenheit, und Natalja hatte es bisher immer auf seine chaotische Art zurückgeführt. Doch jetzt fragte sie sich, ob es daran lag, dass er mit seiner Frau zusammen gewesen war.

Er entschuldigte sich, küsste sie sanft auf die Wange und nahm ihr gegenüber Platz.

Seine Augen glänzten verdächtig.

»Wie war's?«, erkundigte sie sich.

»Sehr traurig. Orlenda hat ihre Mutter verloren, als sie ein Teenager war. Sie und ihr Vater standen sich sehr nahe.«

Wieder regte sich Nataljas Eifersucht. Sie hatte er nie nach ihrer Familie gefragt. »Ich verstehe.«

Maxim fuhr sich mit den Fingern durch die Haare, sodass sie vorne kerzengerade in die Höhe standen. »Natalja, du bist eine tolle Frau. Wunderschön und äußerst talentiert.«

Natalja erstarrte. Das »Aber« hing bereits in der Luft.

»Aber ich kann nicht mehr mit dir zusammen sein.«

Ihr schwindelte. »Warum nicht?«, würgte sie hervor.

»Ich liebe meine Frau noch immer«, sprudelte er hastig hervor, mit einer solchen Leidenschaft und Zärtlichkeit in der Stimme, dass sie ihn kaum wiedererkannte. »Ich habe sie immer geliebt. Wir haben unsere Probleme, aber ich bin inzwischen älter und klüger. Sie ist bereit, mir noch eine Chance zu geben, und ich würde alles dafür tun, um mit ihr und den Mädchen zu leben, wie eine richtige Familie.«

Natalja wusste, sie sollte sich nichts anmerken lassen. Sollte versuchen, majestätisch, ja, verächtlich zu wirken. Sie schaffte es nicht.

»Hast du mit ihr geschlafen?« Sie klang atemlos, eifersüchtig.

»Nur drei- oder viermal, seit wir zusammen sind.«

Die Erkenntnis, dass ihre Fantasien den Tatsachen entsprachen, traf sie wie ein Schlag. »Hast du mich je geliebt?«

»Irgendwie schon, ja. Vielleicht hätte es sogar eine Zukunft für uns gegeben, wenn wir uns zu einem anderen Zeitpunkt kennengelernt hätten … Schwer zu sagen. Ich habe die Zeit mit dir genossen.«

»Genossen? Das klingt alles so nonchalant aus deinem Mund. Ich liebe dich, Maxim. Ich liebe dich so sehr, dass mir fast das Herz zerbirst vor Liebe, und du …« Sie verstummte, als ihr bewusst wurde, dass sie schrie, dass sie angestarrt wurde. Sie konnte nicht fassen, dass er sie in dieses hässliche »Familienrestaurant« bestellt hatte, um mit ihr Schluss zu machen. Sie fasste sich. »Ich nehme an, ich kann nichts unternehmen, um dich umzustimmen?«

Er schüttelte den Kopf, bekümmert und erleichtert zugleich.

Sie erhob sich. »Dann werde ich jetzt gehen.«

»Es tut mir leid, Natalja.«

Hinaus auf die dämmrige Straße. Mücken, juckender Schweiß. Es war an der Zeit, Sankt Petersburg den Rücken zu kehren. Zurück nach London? Vielleicht konnte sie Leida dazu bringen, sie wieder zu vertreten, jetzt, da sie sich einen Ruf erarbeitet hatte. Oder sollte sie nach Los Angeles fliegen und versuchen, endlich in Hollywood den Fuß in die Tür zu bekommen? Doch schon die Vorstellung, mit einem gebrochenen Herzen arbeiten zu müssen, so zu tun, als wäre alles wunderbar, obwohl ihre Welt gerade völlig aus den Fugen geraten war … unmöglich. Nein, sie brauchte jetzt Leute um sich, die sie liebten. Es tat ihr in der Seele weh, zu wissen, dass sie bei Lena nicht willkommen sein würde. Wie leichtfertig sie die Beziehung zu ihrer Schwester zerstört hatte! Aber vielleicht würde Sofi sie bei sich aufnehmen. Womöglich brauchte ihre Cousine sie ja ebenso sehr, wie Natalja sie brauchte.

Es war nicht ganz der Sommer der Genesung geworden, auf den Sofi gehofft hatte. Jetzt, da es erste Anzeichen dafür gab, dass Nikita aus dem Koma erwachen würde, fand sie das Zusehen und Warten nur noch unerträglicher. Von Zeit zu Zeit schüttelte Nikita den Kopf, zuckte teils bewusst, teils reflexartig mit dem Arm oder murmelte etwas, das wie ein Wort klang, wenn man ganz genau hinhörte.

Dann gab es wieder lange Phasen ohne Fortschritte. Irgendwie schaffte sie es, weiterzumachen. Sie stand jeden Tag um sechs auf, telefonierte ausführlich mit Francette, kleidete sich an und machte einen kurzen Abstecher in die Werkstatt, ehe sie gegen halb elf ins Auto stieg, um nach Loudun zu fahren. Mama hielt das Haus in Schuss und sorgte dafür, dass sie und Julien nicht vom Fleisch fielen. Die Sommertage waren lang, das Warten zermürbte sie. Jeder noch so kleine Hinweis auf Besserung ließ ihr Herz jubilieren, nur um sie wieder in Verzweiflung zu stürzen, wenn Nikita danach erneut tagelang still und reglos dalag.

Sie ging in den Flur, um sich die Schuhe anzuziehen, da klopfte es plötzlich energisch an der Tür. Neugierig machte sie auf.

»Überraschung!« Natalja. Mit Gepäck.

»Natalja?« Sofi empfand eine Mischung aus Freude und Argwohn.

Natalja ließ ihr keine Zeit zu überlegen, sondern stellte die Koffer ab und umarmte Sofi. »Du hast doch nichts dagegen, wenn ich eine Weile bleibe? Ich möchte helfen.«

Sofi wusste, dass es nicht reiner Altruismus war, der Natalja hergeführt hatte, aber sie hob sich ihre Fragen für später auf. »Ich freue mich, dich zu sehen.« Sie machte sich von Natalja los. »Ich wollte gerade ins Pflegeheim aufbrechen. Möchtest du mich begleiten?«

Natalja zögerte einen Augenblick. Sie hatte wohl eher gehofft, dass man ihr eine Tasse Tee anbieten würde. Dann sagte sie: »Natürlich. Ich stelle nur rasch mein Gepäck ab.«

Stasja erschien, von den Stimmen angelockt. »Natalja, was für eine freudige Überraschung, meine Liebe.«

Natalja lief ihr entgegen, um sie in die Arme zu schließen. »Tante Stasja! Ich weiß, du kümmerst dich hervorragend um Sofi, aber ich bin gekommen, um euch etwas unter die Arme zu greifen.«

Sofi unterdrückte ein Lachen, als sie sah, wie ihre Mutter über Nataljas Schulter hinweg die Augen verdrehte. »Lass einfach alles hier stehen, ich bringe deine Sachen nachher nach oben. Ich muss erst das Zimmer für dich herrichten.«

Sie stiegen in den Wagen, schnallten sich an und fuhren los. Natalja plapperte in einem fort, entschuldigte sich noch etliche Male dafür, dass sie unangemeldet aufgekreuzt war. Doch Sofi interessierte sich viel mehr für das, was ungesagt blieb.

»Natalja, warum hast du deinen Besuch nicht angekündigt?«

Ihre Cousine schwieg einen Augenblick. »Ich hatte Angst, du könntest mich ausladen.«

Sofi ließ sich ihre Antwort durch den Kopf gehen. Gut möglich, dass sie das getan hätte. Sie hatte sich in ihrer Höhle verkrochen und wollte nicht daraus hervorgelockt werden. Nun, da Natalja hier war, würde es zweifellos schwieriger werden, sich vor der Welt zu verstecken. »Ich freue mich, dass du hier bist«, sagte sie sanft. »Aber du läufst vor etwas davon, stimmt's?«

Natalja sackte ein klein wenig in sich zusammen. »Es lief alles ganz toll. Der Film hat großartige Kritiken bekommen. In England kommt er nächsten Monat in die Kinos, und in Amerika gleich nach Weihnachten … Aber dann hat mich Maxim abserviert.«

»Maxim? Der Regisseur?«

»Ich habe ihn geliebt.«

Sie wirkte verzagt, verloren. Sofi konnte sich nicht erinnern, ihre Cousine je in einem solchen Zustand erlebt zu haben. »Oh. Das tut mir leid.«

»Ach, ich werde schon darüber hinwegkommen«, sagte Natalja mit gezwungener Fröhlichkeit. »Und außerdem sind meine Probleme belanglos …« Sie wurde wieder ernst, als wäre ihr eben erst aufgegangen, wie viel Wahrheit in ihren Worten steckte. »Wie geht es Nikita?«

Sofi berichtete ihr von den Hinweisen auf eine Genesung, den endlosen Stunden im Sanatorium. »Ich fühle mich gefangen … benommen … als würde ich seit Monaten die Luft anhalten.« Sie verstummte, unfähig, ihre Empfindungen in Worte zu fassen. Ihr ganzes Leben, einfach alles, hing davon ab, was Nikita im Laufe des Tages tun – oder eben nicht tun würde.

»Es tut mir so leid, Sofi.« Natalja rieb ihrer Cousine den Arm. »Hast du mit Lena geredet?«, fuhr sie zögernd fort.

Sofi versuchte normalerweise, jeden Gedanken an Lena zu verdrängen. Sie wusste, dass ihre Mutter Lena nach dem Unfall einige Male angerufen hatte, um ihr von Nikitas Zustand zu berichten. Bis Sofi sie gebeten hatte, es zu unterlassen.

»Aber sie ist wie eine Tochter für mich«, hatte Stasja gesagt.

»Und sie hat beinahe deinen Enkel umgebracht.«

»Sie leidet fürchterlich.«

»Sie hat es nicht anders verdient. Warum rufst du sie an? Es kommt mir fast so vor, als wären dir ihre Gefühle wichtiger als meine. Außerdem gibt es ohnehin nichts zu berichten. Es ändert sich nichts.«

Sofi war nicht gerade stolz auf sich gewesen, aber wie sonst hätte sie sich unter den gegebenen Umständen verhalten sollen?

»Sofi?« Natalja wartete immer noch auf eine Antwort.

»Nein, ich habe nicht mit ihr geredet. Und du?«

»Auch nicht.«

Schweigen.

»Traurig, nicht?«, sagte Natalja. »Wir waren uns immer so nahe. Und jetzt … Sie könnte genauso gut tot sein.«

Sofi schnaubte. »Keine Sorge, dann hätte sich Sam schon gemeldet.«

»Ja, und wie würdest du dich fühlen, wenn Sam anrufen und erzählen würde, dass sie tot ist?«

»Das ist doch lächerlich, Natalja. Sie ist nicht tot.«

»Nein, aber du würdest es doch bestimmt furchtbar finden, wenn sie gestorben wäre, ohne dass ihr euch versöhnt habt, nicht?« Natalja zuckte mit den Schultern. »Ich fände es furchtbar.«

»Ich denke nicht in erster Linie an Lena und ihre Gefühle, ob sie tot ist oder daran, wie ich darauf reagieren würde«, erklärte Sofi geduldig. »Ich konzentriere meine ganze Energie darauf, für Nikita da zu sein, für den Fall, dass er aufwacht.«

Im Pflegeheim ließ sich Natalja ihr Unbehagen nicht anmerken. Sofi erinnerte sich noch genau an die vierzig Tage, die ihr Vater vor seinem Tod im Krankenhaus gelegen hatte. Damals war Natalja gelangweilt, deprimiert und ungezogen zugleich gewesen. Doch nachdem Sofi erwähnt hatte, es sei wichtig, mit Nikita zu reden, setzte sich Natalja gleich zu ihm ans Bett, nahm seine Hand und redete stundenlang ohne Punkt und Komma. Sie erläuterte die Entstehung eines Films und versprach ihm sogar eine Reise nach Disneyland, sobald er wieder gesund war. Nikita zeigte keine Reaktion, aber Sofi musste zugeben, dass ihr nicht so schwer ums Herz war wie sonst, als sie sich wieder auf den Heimweg machten.

Als Sofi spätnachts ins Schlafzimmer ging, hörte sie aus Nataljas Zimmer unterdrücktes Schluchzen. Sie klopfte leise an und trat ein.

Natalja drehte sich um, die Tränen liefen ihr übers Gesicht. Sofi schloss die Tür, setzte sich neben Natalja aufs Bett und legte einen Arm um sie.

»Es ist nicht fair«, schniefte Natalja. »Ich habe ihn geliebt, Sofi. Zum ersten Mal in meinem Leben habe ich jemanden wirklich geliebt.«

Ihr knochiger Rücken bebte. Sofi tätschelte sie behutsam. »Nicht weinen.«

»Ich sollte mich wieder auf die Suche nach Arbeit machen, aber ich habe solchen Liebeskummer, dass ich mich am liebsten vor der ganzen Welt verstecken würde.«

»Das kannst du gern hier tun. So lange du willst.«

Natalja machte sich los und lehnte sich zurück. »Ich bin so egoistisch. Ich habe mir geschworen, dir nicht mit meinen Problemen in den Ohren zu liegen.«

»Schon gut. Du leidest, genau wie ich.« Sofi ging zur Kommode und reichte Natalja eine Schachtel Kosmetiktücher.

Natalja schneuzte sich. »Lena leidet auch.«

Sofi antwortete nicht. Sie würde ein paar Regeln aufstellen müssen. Wenn Natalja unter ihrem Dach wohnen wollte, durfte sie Lena nicht ständig erwähnen. Ihr Herz war auch so schon schwer genug.

KAPITEL 49

Lena erwachte mit einem steifen Nacken, einem schmerzenden Rücken und einem brummenden Kopf. Als sie sich aufrichtete, fiel ihr wieder ein, wo sie war. Sie lag auf einer Decke auf dem Fußboden ihres Hauses. Neben ihr stand eine leere Flasche Wodka. Von der Kerze war nur noch eine hart gewordene Pfütze aus Wachs übrig. Die Fensterläden waren geschlossen, aber aus dem Vogelgezwitscher draußen schloss sie, dass es Tag sein musste. Sie erhob sich, sehnte sich nach sauberem, fließendem Wasser. Schlurfte durch die Küche in den Hintergarten.

Dort setzte sie sich auf den vom Tau feuchten Bretterzaun und ließ den Blick über den Garten gleiten, der in der Morgensonne dalag. Ihr Garten. Aber nicht mehr lange.

Sie kam finanziell kaum noch über die Runden, seit Sam sie nicht mehr unterstützte. Miete und Rechnungen verschlangen den Großteil ihres Gehalts, und sie konnte in keine kleinere Wohnung ziehen, weil die Kinder einen Platz zum Schlafen brauchten, wenn sie an den Wochenenden zu ihr kamen. Sam hatte zwar bislang noch kein Geld von ihr verlangt, aber bereits mehrfach angedeutet, dass Matthew wohl eine Zahnspange brauchen würde.

Und natürlich kostete auch ihre Alkoholsucht.

Also hatte sie sich irgendwann durchgerungen, das Haus doch zu verkaufen. Dann konnte sie sich ein Auto anschaffen, problemlos die Miete und Matthews Zahnregulierung bezahlen und eventuell sogar einen Computer für die Kinder kaufen.

Gestern Nachmittag hatte sie das Allernötigste zusammengepackt und war nach Little Ayton gefahren, mit zwei verschiedenen Bussen, um sich von der einzigen Immobilie, die sie vermutlich je besitzen würde, gebührend zu verabschieden. Nach dem halbstündigen Fußmarsch von der Haltestelle war sie verschwitzt und erschöpft bei ihrem Haus angekommen. Sie hatte hier draußen auf dem Zaun angefangen zu trinken und war erst bei Einbruch der Nacht hineingegangen. Um acht sollte der Makler kommen.

Lena saß auf dem Bretterzaun, bis sich ihr Hintern ganz taub anfühlte. Sie hörte, dass ein Auto hielt. Der Makler war offenbar früh dran. Sie reckte den Hals und sah zu ihrer Überraschung Sam auf sie zukommen. Er hielt ein Pappgestell mit zwei Bechern in der Hand. Kaffee! Genau das brauchte sie jetzt.

»Was machst du denn hier?«, fragte sie.

»Ich bringe dir Kaffee.«

Er hielt ihr einen Becher hin und ließ sich neben ihr nieder. Sie nahm dankbar einen Schluck. Der Kaffee war nur noch lauwarm, aber die Bitterkeit sorgte dafür, dass sich der Nebel in ihrem Kopf lichtete.

»Woher hast du gewusst, dass ich hier bin?«

»Hab ich nicht. Ich habe bei dir zu Hause angerufen, und du warst nicht da, also habe ich angenommen, dass du schon gestern Abend hergefahren bist. Anna hat mir von dem Termin mit dem Makler erzählt.«

Lena stiegen Tränen in die Augen. Sie wandte den Kopf ab.

»Ich dachte, du könntest vielleicht eine Mitfahrgelegenheit zurück nach Briggsby brauchen«, murmelte er verlegen.

»Danke, Sam.« Zwei alltägliche Worte, die für Tausende unausgesprochene standen. »Und wie kommen die Kinder in die Schule?«

»Anna wollte unbedingt zu Fuß gehen. Mum hat versprochen, ihr in sicherer Entfernung mit Matthew zu folgen.« Sam lachte. »Anna ist so selbstständig.«

»Das musste sie auch sein, die Ärmste«, stellte Lena fest. »Matthew war ja immer so anhänglich. Glaubst du, wir sind alle von unserer Kindheit geprägt?«

»Keine Ahnung. Schon möglich.«

»Mein Vater hat mich angerufen, vor ungefähr einem Monat.«

Seine Augen blitzten empört auf. Er fühlte sich offenbar immer noch als ihr Beschützer, obwohl sie getrennt waren. »Was wollte er denn?«

»Sich entschuldigen, ob du es glaubst oder nicht.«

»Das glaube ich tatsächlich nicht.«

»Ich hatte den Eindruck, dass er es ernst gemeint hat. Er hat mich gebeten, ihm zu verzeihen, aber ich konnte nicht.« Sie lachte unsicher. »Tja, das ist ja nichts Neues für dich.«

Sam runzelte die Stirn. »Ich habe mir einen kleinen Fehltritt geleistet; er hat dich einfach verlassen und bewusst manipuliert. Das kann man wohl kaum auf eine Stufe stellen.«

Lena öffnete den Mund, um zu sagen: »Sex mit meiner Schwester würde ich nicht gerade als kleinen Fehltritt bezeichnen«, aber sie schluckte es hinunter. Sie hatten dieses Thema bis zum Erbrechen diskutiert.

»Gibt es etwas Neues von Nikita?«, fragte er leise.

Lena schüttelte den Kopf. Stasja hatte versprochen anzurufen, falls es Neuigkeiten gab. »Ich habe nichts gehört. Er liegt wohl noch im Koma.«

»Ich weiß, du fühlst dich schuldig, aber Alkohol ist auch keine Lösung.«

Sie verdrehte die Augen und stieg vom Zaun herunter. »Ja, halt mir nur wieder einen Vortrag.«

Er hob resigniert die Hände. »Tu ich gar nicht. Ich weise nur auf die Fakten hin. Der Alkohol war schuld an Nikitas Unfall, und er ist schuld daran, dass du deine Kinder und dein Haus verloren hast.«

Lena musste daran denken, wie sie versucht hatte, vor Sam zu verheimlichen, dass sie ein Haus besaß, weil sie es nicht verkaufen und das Geld für sinnlosen Kram hatte ausgeben wollen. Und jetzt musste sie es doch verkaufen. Ihr Verrat war der Auslöser für Sams Verrat gewesen, sein Verrat war der Auslöser für ihr Alkoholproblem gewesen, dieses wiederum war der Auslöser für Nikitas Unfall gewesen. Und seit Nikitas Unfall war ihr Leben endgültig ein einziges Desaster. Eine Kettenreaktion, wie beim Domino. Sie bräuchte nur *eine* positive Wendung, einen Stein, der stehen blieb, dann ließe sich der totale Zusammenbruch aufhalten. Allerdings hatte sie nicht die geringste Ahnung, woher dieser Stein kommen sollte.

Der Makler traf um Punkt acht ein, besichtigte das Haus mit gerümpfter Nase, warf einen Blick auf die Felder dahinter und nannte ihr einen Anfangspreis. Lena hatte auf weit mehr gehofft. Sie unterschrieb den Maklervertrag, und während sie sich in Sams Auto setzte und sie davonfuhren, hämmerte er ein »Zu verkaufen«-Schild in die weiche Erde zwischen Straße und Gartentor.

Lena starrte aus dem Fenster und weinte lautlos. Als sie sich mit dem Ärmel die Nase abwischte, sagte Sam: »Im Handschuhfach sind Taschentücher.«

Sie hatte gehofft, er würde ihre Tränen nicht bemerken. Verlegen öffnete sie das Fach und stieß auf eine Schachtel Kondome. »Oh.«

Sam hätte beinahe das Steuer verrissen, als er sah, was sie

in der Hand hielt. »Entschuldige«, sagte er und blickte wieder auf die Straße. »Judy und ich …«

»Judy?«

»Miss Burton.« Er lachte. »Sie unterrichtet die Kinder, also kann ich sie wohl kaum mit nach Hause bringen … Wir haben nur das Auto.«

Die Tatsache, dass Sam gezwungen war, mit seiner neuen Freundin im Auto Sex zu haben, entschädigte sie ein wenig für ihre Eifersucht. Sie schluckte ihr schadenfrohes Lachen hinunter und betrachtete ihn von der Seite. Sie hatte kein Recht, eifersüchtig zu sein. Sie hatte ihn vor die Tür gesetzt und sich standhaft geweigert, ihn wieder aufzunehmen.

»Willst du dich scheiden lassen?«, fragte sie.

»Willst du?«

»Das frage ich dich. Du hast eine Freundin.«

»Ich habe nicht vor, sie zu heiraten. Eine Scheidung ist teuer. Lassen wir vorerst alles so, wie es ist.«

Sie war überraschend erleichtert. Vielleicht war das ja die positive Wendung, auf die sie gewartet hatte.

Es dämmerte bereits, als Sofi und Julien vor ihrem Haus hielten. Julien war den Großteil der Strecke einhändig gefahren. Mit der Rechten hatte er Sofis Hand umklammert. Sie hatten die Fahrt schweigend zurückgelegt, von einem ehrfürchtigen Staunen erfüllt.

Sofi sah zu Julien. Er lächelte sie mit Tränen in den Augen an und schüttelte den Kopf.

»Manchmal wäre es mir lieber, wenn wir nur zu zweit wären«, sagte sie und dachte an Stasja und Natalja, die sie mit einer Flasche Sekt und unzähligen Fragen erwarteten.

Der Anruf war um acht Uhr morgens gekommen. Sofi

hatte beschlossen, Nikita ausnahmsweise keinen Besuch abzustatten, und Natalja hatte sie angebettelt, mit ihr nach Paris zum Shoppen zu fahren. Danach stand Sofi nun zwar überhaupt nicht der Sinn, aber sie musste zugeben, dass es nicht schaden konnte, wenn sie einmal alles hinter sich ließ und sich ein wenig mit ihrer Cousine amüsierte. Aber noch ehe sie fertig angezogen war, hatte Dr. Pelletier angerufen und sie gedrängt, möglichst bald nach Loudun zu kommen. Nikita habe die Augen geöffnet und eine Krankenschwester beobachtet, dann sei er wieder eingeschlafen, hatte sie beinahe atemlos berichtet.

»Ich habe große Hoffnungen«, hatte sie ihr versichert. »*Sehr* große Hoffnungen.«

Sie waren nach Loudun gerast, und erst, als sie dort mit heftig klopfendem Herzen aus dem Wagen gestiegen war, hatte Sofi festgestellt, dass sie keine Schuhe trug. Dr. Pelletier empfing sie an Nikitas Bett. Sie lächelte, ihre sonst so harten Gesichtszüge waren wie ausgewechselt. »Er ist wach.«

Sofi drängte die Pflegerinnen beiseite. Nikita lag ruhig da und starrte an die Decke.

»Kann er etwas sehen? Ist er bei Bewusstsein?« Sofi hatte panische Angst, ihr Kind könnte einen Hirnschaden davongetragen haben. Doch dann, noch ehe sie den Satz beendet hatte, sah er ihr in die Augen. Sie winkte mit den Fingern, und seine Pupillen folgten ihren Bewegungen. »Nikita?«, sagte sie. »Mama ist da.«

»Mama ist da«, wiederholte er heiser, und sie war noch nie so glücklich gewesen, sein Echo zu hören. Das um das Bett versammelte Personal jubelte.

Nach zwanzig Minuten schloss er die Augen wieder. Die Ärztin erklärte, das sei normal. Es könne Wochen dauern, bis er wieder ganz bei Bewusstsein sei. Aber alles deute auf eine baldige Genesung hin.

Kaum war sie aus dem Auto ausgestiegen, wurde auch schon die Tür aufgerissen, und Natalja rannte heraus, dicht gefolgt von Stasja. Sofi versuchte, ihnen von den neuesten Entwicklungen zu erzählen, doch mit einem Mal fehlten ihr die Worte, also übernahm Julien. Mama schluchzte so herzzerreißend, dass Sofi richtiggehend Angst um sie bekam. Natalja hopste herum wie ein Teenager.

»Es wird kalt; wir sollten hineingehen«, erklärte Julien.

»Ja, und wir sollten uns so richtig betrinken. Tante Stasja und ich haben sechs Flaschen Champagner besorgt«, verkündete Natalja.

Sie luden Nachbarn und einige langjährige Angestellte von *Anastasia Designs* ein. Sofi genoss die spontane Party zwar, sehnte sich aber auch danach, allein zu sein. Als sich gegen Mitternacht die letzten Gäste verabschiedet hatten und Mama auf dem Sofa eingeschlafen war, erbot sich Natalja, die Unordnung aufzuräumen. »Geht ihr nur ins Bett«, sagte sie.

»Bist du sicher?« Sofi hatte ein schlechtes Gewissen, ihrer Cousine die ganze Arbeit zu überlassen, aber sie war viel zu müde, um auch nur einen Finger zu rühren.

»Ganz sicher.« Natalja ergriff Sofis Hand. »Ich freue mich riesig für euch.«

»Ich mich auch. Ich bin sehr glücklich.« Das hatte Sofi schon seit Monaten nicht mehr von sich gesagt.

»Ich muss die Gunst der Stunde nutzen; wenn ich wieder nüchtern bin, habe ich bestimmt nicht mehr den Mut dazu«, sagte Natalja. »Darf ich Lena anrufen und es ihr erzählen?«

Sofi verspürte ausnahmsweise nicht die übliche Verbitterung, als der Name ihrer Cousine fiel. »Ich … Ja, mach das. Aber ich bin noch nicht bereit, mit ihr zu reden.«

Natalja hob die perfekt gezupften Augenbrauen. »Tja, gut möglich, dass sie auch noch nicht bereit ist, mit mir zu reden.«

Julien wartete bereits im Schlafzimmer auf Sofi. Sie ging zu ihm, und er umarmte sie. So standen sie lange da, Herz an Herz, atmeten fast im gleichen Rhythmus.

»Sofi«, murmelte er schließlich. »Es ist lange her, seit wir uns geliebt haben.«

Ihr schwirrte der Kopf vom Champagner, vor Erleichterung, vor Liebe. »Ja. Ja.« Sie wollte spüren, dass sie noch am Leben war. Seine Liebkosungen setzten ihre Haut in Brand. Sie konnte sich nicht erinnern, wann er sie zuletzt so berührt hatte.

»Nie warst du so schön wie heute«, flüsterte er. »Das Glücklichsein tut dir gut.«

Sie lächelte. Er hatte recht. Es tat unheimlich gut, glücklich zu sein.

Selbstvorwürfe und Geldsorgen raubten Lena wieder einmal den Schlaf. Sie hatte ein lächerlich niedriges Angebot für das Haus bekommen. Der Makler war der Ansicht gewesen, sie sollte es annehmen, mehr würde nicht herausspringen, aber für Lena war es eine willkommene Ausflucht gewesen, um es nicht zu verkaufen. Sie hatte eine Woche verstreichen lassen, der Makler war ungeduldig geworden, ihr Schuldenberg war gewachsen, und dann waren die Käufer abgesprungen, und sie hatte es bereut, nicht verkauft zu haben.

Irgendwann musste sie doch eingeschlummert sein, denn das schrille Klingeln des Telefons riss sie aus dem Schlaf.

Schlechte Neuigkeiten. Bestimmt. Einem der Kinder war etwas zugestoßen.

Dann fiel ihr ein, dass ihre Kinder hier bei ihr waren. Es war Freitagnacht. Sie eilte trotzdem zum Telefon, von schrecklichen Vorahnungen geplagt.

»Hallo?«, keuchte sie.

»Lena.«

»Natalja.« Ihre erste Reaktion war Zorn. Sie kämpfte dagegen an, war nach wie vor überzeugt, dass etwas Schreckliches passiert sein musste. »Was ist los?«

»Ich bin bei Sofi. Ich wollte dir nur sagen, dass Nikita allmählich aus dem Koma aufwacht.«

Lena ließ den Hörer sinken. Sie rutschte zu Boden, presste die Knie an die Brust und schluchzte. Einen Augenblick später stand Matthew in der Küchentür.

»Mum, ist alles in Ordnung?«

»Ja, ja, alles bestens.« Sie trocknete ihre Tränen. »Es gibt gute Neuigkeiten wegen Nikita.«

»Lena? Lena?«, drang Nataljas Stimme leise und blechern aus dem Hörer.

Lena erhob sich und nahm den Hörer wieder zur Hand. »Entschuldige, Natalja, ich bin total überwältigt.«

Matthew ging zu ihr und kuschelte sich unter ihren Arm.

»Es kann sich noch lange hinziehen«, erklärte Natalja. »Aber sie gehen davon aus, dass er vollständig genesen wird. Ich weiß, es ist schon spät, und ich weiß, du willst eigentlich nichts mit mir zu tun haben, aber ich dachte, du würdest es bestimmt gleich erfahren wollen.«

»Ich … ich bin froh, dass du angerufen hast … Kann ich mit Sofi reden?«

»Äh, nein, sie ist …«

»Sie will nicht mit mir reden?«

»Noch nicht, aber ich bin sicher, das kommt noch. Gib ihr Zeit.« Natalja holte tief Luft. »Und ich gebe dir auch Zeit, Lena. Aber ich werde ab nächsten Monat wieder in London sein, und ich würde dich wirklich gern sehen, falls du …«

Lena wusste nicht, was sie sagen sollte. Ihr Herz war nachtragend. Aber die Erleichterung stimmte sie milde. Sie hatte in einer Illustrierten von Nataljas russischem Film gelesen und war stolz auf sie gewesen, ihrer Verbitterung zum Trotz.

»Mal sehen. Ruf mich an, wenn du in London bist.«

»Es tut mir leid, musst du wissen.«

»Ich weiß. Aber ganz egal, wie oft du es noch sagst, es tut immer noch weh. Es tut so weh.« Sie schniefte, riss sich zusammen. »Ich muss auflegen. Matthew ist aufgewacht.«

»Lena, ich …«

»Gute Nacht, Natalja.«

Sie legte entschlossen den Hörer auf die Gabel. Sie wollte nicht noch länger mit ihrer Schwester reden; nicht jetzt. Sie wollte sich nicht in ihrer Erleichterung dazu hinreißen lassen, Natalja womöglich zu verzeihen und es danach für immer zu bereuen.

KAPITEL 50

Natalja war im großen Stil nach London zurückgekehrt, und sie genoss das Aufhebens, das ihretwegen gemacht wurde, in vollen Zügen. Sie genoss es insbesondere, in ihrer Mayfair-Suite im *Claridge Hotel* geschminkt zu werden, während man ihr Tee, Kaffee und gekühltes Wasser anbot und ein Fernsehteam zwischen den pflaumenblauen Sofas seine Scheinwerfer aufbaute. Vor allem aber genoss sie es, das alles für Maxim zu tun, für seine Kunst. Er weigerte sich, nach England zu kommen – vermutlich weil er zu stolz war, sein Englisch war grauenhaft –, und er hatte sie gebeten, ihn bei den diversen PR-Terminen zu vertreten. Von Einsamkeit gequält, hatte sie eingewilligt. Dies war eine willkommene Gelegenheit, noch einmal an seinem Leben teilzuhaben, sich nach Kräften für seine Sache einzusetzen, damit er ihr dankbar war. Zugegeben, sie hätte auch sonst nichts dagegen gehabt, zwei Tage lang ausschließlich über sich zu reden, während katzbuckelnde Angestellte um sie herumschwirrten.

»Wir sind dann so weit, Natalie«, verkündete eine selbstbewusste junge Journalistin. Sie arbeitete bei einem alternativen Kabelsender und war für die Kino-News zuständig. Am Vormittag fanden sämtliche Fernsehinterviews statt, die Vertreter der Printmedien kamen am Nachmittag, und am darauffolgenden Tag würde Natalja im Radio zu hören sein.

Man bat sie um eine Probeaufnahme, dann wurde noch einmal etwas an der Beleuchtung geändert, ehe es endlich losging. Die Fragen waren nichts Neues. Es ging großteils darum, wie mutig sie war, wie sehr sich Lilja von ihren bisherigen Rollen unterschied. Natalja strich sich das Haar über die Schulter und mimte die ernst zu nehmende Schauspielerin, in deren Augen Schönheit und Glamour belanglos waren und nur Hindernisse auf dem Weg zu wahrer Kunst darstellten, was natürlich nicht ihren tatsächlichen Ansichten entsprach.

Bei Leida Frost waren bereits diverse ähnliche Angebote

für sie eingetrudelt – hochkarätige Rollen in hochkarätigen Fernsehproduktionen und Kunstfilmen, von denen Natalja alles andere als begeistert war. Sie sollte eine Obdachlose spielen, die eigentlich Millionärin war; eine Mutter, deren Sohn von der Russenmafia entführt worden war; eine Anwältin, die sich zu lange auf ihre Karriere konzentriert hatte und nun verzweifelt versuchte, ein Kind zu adoptieren. Wie um Himmels willen hatte sie es geschafft, mit siebenunddreißig als Besetzung für eine Frau in den Wechseljahren auserkoren zu werden? Natalja wollte keine düsteren Dramen, sie wollte Liebeskomödien oder erotische Thriller.

In den Pausen tat sie, als würden sie die Interviews fürchterlich anöden, doch sobald die Kamera lief, blühte sie auf. Jemand erkundigte sich, was sie zu Mittag essen wolle, und sie bestellte das teuerste Gericht auf der Karte, nur um es dann nicht anzurühren. Nachdem die Scheinwerfer abgebaut waren, sprachen die Journalisten diverser Zeitungen und Magazine einzeln bei ihr vor, und Natalja beantwortete zum x-ten Mal dieselben Fragen. Schließlich stand ihr letztes Gespräch bevor.

Ihre PR-Managerin, eine Blondine, die aussah, als wäre sie höchstens neunzehn, wandte sich mit besorgter Miene an Natalja. »Da ist jemand, der nicht auf meiner Liste steht. Ein Ted Aston vom *Gentlemen's Club*.«

»Das ist in Ordnung, ich habe ihn eingeladen«, erwiderte Natalja. »Sie können jetzt gehen, wenn Sie wollen.«

Natalja bat Ted, gegenüber von ihr Platz zu nehmen und betrieb Smalltalk, während sich der Raum allmählich leerte. Als sie endlich allein waren, sagte sie: »Sie meinten, ich solle mich wieder melden, wenn ich ein neues Projekt vorzuweisen habe.«

Er lehnte sich mit einem trägen Lächeln zurück. »Ich freue mich, dass Sie uns kontaktiert haben, aber sind Sie auch ganz sicher, dass Sie das wollen?«

»O ja. Es sollen alle sehen, dass ich keine verblassende Schönheit bin, sondern in voller Blüte stehe.«

»Diesem Wunsch komme ich nur zu gern nach. Ich freue mich schon sehr darauf, zu sehen, was Sie zu bieten haben, Natalie.«

Sein lockerer Charme und sein exquisiter Modegeschmack verfehlten ihre Wirkung nicht. Mit einem Mal empfand Natalja eine unerklärliche Scheu. »Bitte, ich heiße Natalja. Nur Leute, die mich nicht kennen, nennen mich Natalie.«

»Nun, Natalja.« Er schob den Ärmel seines perfekt gebügelten Hemdes zurück und warf einen Blick auf seine *Rolex*. »Jetzt ist es fünf Uhr. Sollen wir diese Angelegenheit vielleicht bei einem Drink diskutieren?«

Sie lächelte. »Sehr gern, Ted.«

Lena saß in einem Café in Briggsby und zerrupfte ihre Serviette, während sie auf Natalja wartete. Sie bereute es bereits, dass sie eingewilligt hatte, ihre Schwester hier zu treffen. Bestimmt würde sie jemand erkennen und Sam informieren, und sie wollte unter allen Umständen verhindern, dass er Natalja je wiedersah.

Sie wusste nicht, warum sie hier war. Sie hatten einander nichts zu sagen. Aber durch ihren eigenen unverzeihlichen Fehler und die qualvolle Zeit des Wartens danach war ihr Entschluss, Natalja bis in alle Ewigkeit zu zürnen, ins Wanken geraten. Was konnte es schon schaden, mit ihr zu reden? Vielleicht würde sie auf diese Weise zumindest etwas über Nikitas Genesung erfahren.

Als die Kaffeemühle knirschend aufheulte, schreckte Lena hoch und sah ihre Schwester auf sich zukommen. Groß, schlank und unbeschreiblich glanzvoll. Die Leute fuhren herum, starrten sie verblüfft an. Sie kam ihnen bekannt vor, aber nicht so bekannt, dass sie aufsprangen, um sie um ein Autogramm zu bitten. Nicht wie früher, als sie noch bei *Lonely Shores* mitgespielt hatte. Trotzdem fühlte sich Lena in ihrer Gegenwart nichtssagend und abgezehrt.

An ihrem Tisch angelangt, blieb Natalja unsicher stehen. Lena deutete mit dem Kopf auf einen freien Stuhl und hätte heulen können, wenn sie an die Zeiten dachte, als sie bei solchen Gelegenheiten aufgesprungen und ihrer Schwester um den Hals gefallen war.

Natalja setzte sich. »Danke, dass du eingewilligt hast, mich zu treffen.«

»Danke, dass du den weiten Weg auf dich genommen hast.«

»Hast du schon bestellt?«

Lena schüttelte den Kopf. Sie würde Natalja nicht auf die Nase binden, dass sie sich nicht einmal einen Kaffee für siebzig Pence leisten konnte. »Ich will nichts.«

»Unsinn.« Natalja schnaubte. »Kaffee und Kuchen. Das geht auf mich.« Sie schaffte es, eine Bedienung herbeizuwinken, indem sie ostentativ mit ein paar Geldscheinen wedelte, obwohl man am Tresen bestellen musste. Während sie auf ihren Kaffee warteten, erzählte Natalja ihrer Schwester von den Fortschritten, die Nikita bis zu ihrer Abreise nach London gemacht hatte. Es war Samstag, das Café füllte sich. Lena wünschte sich einen weniger exponierten Tisch. Eine weniger auffällige Schwester.

»Also.« Natalja stützte sich auf die Ellbogen und fixierte

Lena mit ihren großen blauen Augen. »Ich finde, wir sollten uns diesen Winter wieder einmal treffen, alle drei.«

Lena blinzelte. »Bist du übergeschnappt? Sofi will mich nicht sehen und ich dich nicht.«

»Und warum sitzt du dann hier?«

Lena schluckte eine bissige Bemerkung herunter. »Vergiss es. Das ist vorbei. Wir sind nicht mehr die, die wir einmal waren.«

»Sind wir doch. Dieselben Herzen, dieselben Erinnerungen, dieselbe Vergangenheit.« Natalja legte eine theatralische Pause ein. Das war eine ihrer ärgerlichsten Angewohnheiten. Als wäre das ganze Leben eine Seifenoper und sie der Star. »Wenn du mir verzeihst, dann würde Sofi dir auch verzeihen, da bin ich sicher.«

Lena schüttelte den Kopf. »Woher willst du das wissen?«

»Sofi ist wie ein offenes Buch. Seit Nikita auf dem Weg der Besserung ist, hat sie keinen Grund mehr, dir böse zu sein. Und wenn sie sähe, dass du dich mit mir versöhnt hast, würde sie deinem Beispiel garantiert folgen.«

Eine ganze Reihe unausgesprochener Gefühle schnürte Lena die Kehle zu. »Nein«, würgte sie hervor. »Ich kann nicht.«

»Warum denn nicht?« Natalja war die Verärgerung anzuhören, obwohl sie keine Miene verzog.

»Wenn ich dir verzeihe, müsste ich auch Sam verzeihen.«

»Und was wäre so schlimm daran?«

»Alles. Wenn Sams Vergehen verzeihlich ist, wozu habe ich mich dann überhaupt von ihm getrennt und mich derart ins Unglück gestürzt? Jetzt kommt er nicht mehr zu mir zurück.«

Würde sie so den Rest ihres Lebens zubringen? Einsam, von ihren Kindern entfremdet und in dem Wissen, dass sie alles kaputt gemacht hatte, wegen eines bedeutungslosen, entschuldbaren Fehltritts?

»Willst du ihn denn zurück? Liebst du ihn noch?«

Lena blieb ihr die Antwort schuldig. Sie musste ihr Herz vor ihrer Schwester schützen. »Ich könnte es dir erklären, aber du würdest es nicht verstehen.«

Natalja machte beleidigt einen Schmollmund. »Woher willst du das wissen?«

»Weil du doch immer alles zu deinen Gunsten und zu meinen Ungunsten betrachtest.«

Natalja runzelte die Stirn. »Meinst du das ernst?«

»O ja.«

»Dann würdest du mich auch nicht verstehen.« Natalja schob den unberührten Teller von sich und stand auf. »Ich hätte mir den Weg hierher sparen können.«

Lena umklammerte die Tischplatte. Sie war nahe daran, einzulenken, »Geh nicht!« zu rufen. Stattdessen zischte sie: »Das habe ich dir doch schon am Telefon klarzumachen versucht.«

Natalja verdrehte genervt die Augen, genau wie früher. »Lass uns dieses Gespräch auf ein andermal verschieben, wenn du nicht mehr so stur und selbstgefällig bist.«

»Und du nicht mehr so eingebildet und gedankenlos.«

Natalja stolzierte hinaus, und Lena bemerkte, dass sie von den anderen Anwesenden unauffällig angestarrt wurde. Sie trank mit gesenktem Kopf ihren Kaffee aus und versuchte, die Tränen zurückzuhalten. Sie hatte sich eine Chance entgehen lassen, eine Gelegenheit, alles zu ändern. Aber sie befand sich in einer Sackgasse. Es war bereits alles vertan, unwiederbringlich zerstört. So sehr sie sich auch bemühte, sie konnte sich beim besten Willen nicht vorstellen, was geschehen müsste, um alles wieder ins Lot zu bringen.

KAPITEL 51

Er hatte tagelang auf der Lauer gelegen, seine Unterlagen und seine Gedanken geordnet. Jetzt wurde es Zeit zu handeln. Niemand wusste besser als er, welch wertvolles Gut die Zeit war. Wenn er schon aus dem Leben scheiden musste, dann wollte er es wenigstens ohne Reue tun.

Er hatte in Erwägung gezogen, nach Russland zu fliegen und diesen Viktor Tschernow ausfindig zu machen, um sich an ihm zu rächen, als er Lena an der angegebenen Adresse nicht angetroffen hatte. Doch er hatte abgewartet, und es hatte nicht lange gedauert, bis sie aufgetaucht war, um ihre Kinder abzuholen. Die Ähnlichkeit mit ihrer älteren Schwester war nicht zu übersehen, wenngleich sie von Gram gezeichnet war und nicht ganz so schön. Er war ihr in sicherem Abstand bis zu ihrer Wohnung gefolgt und hatte beschlossen, abzuwarten, bis die Kinder wieder weg waren. Er musste sie allein sprechen.

Vorhin hatte sie die beiden wieder abgeliefert, wobei sie tapfer ein fröhliches Gesicht zur Schau gestellt hatte, nur um in Tränen auszubrechen, sobald sie um die Ecke gebogen war.

Bald würde er ihr einen triftigen Grund zu weinen liefern.

Lena sperrte erschöpft die Wohnungstür auf, brachte ihre Einkäufe in die Küche, verharrte einen Augenblick, um wieder zu Atem zu kommen. Ihr Blick fiel auf die Wodkaflasche neben der Mikrowelle. Sie goss sich einen ordentlichen Schuss ein und genehmigte sich immer wieder einen Schluck, während sie die Lebensmittel verräumte.

Als es klopfte, schob sie ihr Glas hinter den Toaster und ging zur Tür.

Der Mann, der ihr gegenüberstand, trug eine Baseballkappe und kam ihr irgendwie bekannt vor.

»Ja?«, sagte sie misstrauisch.

»Du bist Lena, richtig?«

Ein amerikanischer Akzent. Ein Bild blitzte vor ihrem inneren Auge auf: ein Mann, der stolz mit einem roten Sportwagen posierte. *Creedy.* Sie wollte die Tür zuschlagen, aber er war schneller, schob sie mit der Schulter wieder auf. »Komm schon, lass mich rein. Ich will mit dir reden, das bist du mir schuldig.« Er streifte sie, als er in die Wohnung trat. »Ich werde dir nichts tun.«

Lena schwindelte. Sie holte tief Luft, zwang sich, ihre Gedanken zu ordnen. *Rede mit ihm, erklär ihm alles und dann sieh zu, dass du ihn loswirst.* Es waren über zehn Jahre vergangen. Wenn er sich hätte rächen wollen, dann hätte er es längst getan. Vielleicht wollte er bloß Geld; das war kein Problem, Sofi hatte ja bereits in Erwägung gezogen, ihm alles zurückzugeben.

Lena deutete auf das Sofa. »Bitte, setzen Sie sich.«

Creedy ließ sich auf das Sofa fallen und nahm die Kappe ab. Sie rechnete nach. Er musste um die sechzig sein, wirkte jedoch bedeutend älter, grau und faltig. Sie trat von einem Fuß auf den anderen, unsicher, unentschlossen, wohl wissend, dass sie nicht in der Lage sein würde, stillzusitzen. Wenn sie doch nur Sofi anrufen könnte …

»Du bist fast so hübsch wie deine Schwester«, bemerkte er.

»Was wollen Sie?«

Zu ihrer Verblüffung lächelte er. »Lena, ich bin todkrank, und ich benötige deine Hilfe, um ein paar Angelegenheiten zu regeln.«

Sein vernünftiger Tonfall wirkte entwaffnend. Todkrank?

Das erklärte sein Aussehen. Lenas Hände zitterten. Sie brauchte noch ein Glas Wodka.

»Möchten Sie einen Drink?«

»Ich darf keinen Alkohol trinken. Ich bin zu krank.«

»Das tut mir leid«, stieß sie hastig hervor. »Und auch diese Sache damals tut mir sehr leid … Wir waren jung und dumm.«

Er machte eine wegwerfende Handbewegung. »Spar dir deine Entschuldigungen. Deswegen bin ich nicht hier.«

Sie kauerte auf der Kante ihres Sessels, die Finger ineinander verkrampft. Als sie feststellte, dass ihr Herz unrhythmisch klopfte, zwang sie sich, ruhig und regelmäßig zu atmen und Creedy genau zuzuhören.

»Als ihr mich damals ausgetrickst habt, hätte ich euch am liebsten alle drei umgebracht«, sagte er, und Lenas Herz setzte einen Takt aus. »Aber ich habe niemandem davon erzählt, so peinlich war mir die Angelegenheit.«

»Sofi wird Ihnen alles zurückzahlen. Sie spielt schon länger mit dem Gedanken.«

»Das Geld war mir egal«, winkte er ab. »Es ging um meinen Stolz. Ich habe die Erinnerung an euch lange verdrängt. Und dann hat Gott beschlossen, mich an Krebs erkranken zu lassen. Ein Tumor, in der Prostata. Im Schwanz.« Er lachte dröhnend. »Als ich es erfahren habe, war meine erste Reaktion: Ich rufe jeden einzelnen Tschernow, jede einzelne Tschernowa in ganz Russland an, um euch zu suchen. Euer Vater hat mir deine Adresse gegeben.«

Lena schluckte schwer. Wer hätte gedacht, dass der Hass, den sie gegen ihren Vater empfand, noch steigerbar war?

»Dann wurde ich behandelt, und es sah gar nicht so übel aus. Es hieß, ich könnte wieder gesund werden. Ich war so glücklich, dass ich beinahe geneigt war, euch zu verzeihen.«

Er lachte erneut. »Aber der Krebs kam wieder. Inzwischen ist praktisch mein ganzer Körper voller Metastasen. Es heißt, ich hätte nicht mehr allzu lange zu leben. Sechs Monate, vielleicht bloß drei. Kann auch sein, dass ich sogar noch das nächste Weihnachtsfest erlebe. Aber ich werde sterben. Tja, ich schätze, das müssen wir alle.« Er zuckte mit den Schultern.

Lena lauschte ihm schweigend und hoffte, dass das alles war, was er ihr sagen wollte.

»Ich hätte zu Hause bleiben und noch eine Chemotherapie machen können. Aber darauf hatte ich keine Lust. Ich will nicht dahinsiechen. Lieber aufrecht sterben, als auf Knien zu leben. Ich habe noch einige wichtige Dinge zu erledigen.« Er rieb sich das Gesicht.

»Was wollen Sie von mir?«

Er lehnte sich zurück und verschränkte die Arme hinter dem Kopf. »Als ich von meiner Krankheit erfahren habe, dachte ich darüber nach, was ich in meinem Leben am meisten bereut habe. Und mir wurde klar: Es war die Tatsache, dass ich mich aus Scham nie an euch gerächt habe. Ich hatte einen Anwalt engagiert, weil ich dachte, der Gedanke, dass Natalja in einer Gefängniszelle alt und hässlich wird, würde mich für die Demütigung entschädigen, aber der Anwalt sagte, es gäbe nicht genügend Beweise. Ich hatte alle Briefe, die du mir geschrieben hast, verbrannt, und mein Auto ist nie wieder aufgetaucht.« Er beugte sich nach vorn, und plötzlich zitterten seine Lippen vor Wut. »Und dann kam mir eine viel bessere Idee.«

Lena schauderte. »Nämlich?«

Er grinste diabolisch. »Keine Sorge, du warst die Nette. Deshalb bin ich hier. Deine Briefe waren aufrichtig. Du hast dir die Zeit genommen, mich kennenzulernen. Ich habe dir Dinge anvertraut, die … ich sonst nie jemandem erzählt habe. Und ich war dir auch nicht egal, stimmt's? Deshalb hast du dich ja entschuldigt.«

»Ja, irgendwie schon«, flüsterte sie.

»Es sind die anderen beiden eiskalten Miststücke, die ich einfach nicht vergessen kann. Aber ich kann mich nicht entscheiden, wen ich mehr hasse: Sofi, die sich das alles ausgedacht hat, oder Natalja, die mein Urteilsvermögen außer Kraft gesetzt hat mit ihrem perfekten …« Er schüttelte den Kopf, als wollte er seine Gedanken zur Ordnung rufen. »Also, entscheide du: Welche von beiden trägt die größere Schuld?«

Eine böse Vorahnung stieg in Lena auf. »Warum fragen Sie mich das?«

»Weil eine von ihnen sterben muss.«

Lena brach der kalte Schweiß aus. »Nein! Es ist doch schon so lange her, und …«

»Natalja oder Sofi?«

Lena sprang auf und stürzte in Richtung Tür, doch er fing sie ab. Nicht nur er war seit Langem krank. Ihr Körper war geschwächt vom Alkohol, ihre Muskeln kraftlos, sodass Creedy sie im Nu überwältigt hatte. Er warf sie zu Boden, setzte sich rittlings auf ihren Bauch und zückte ein Jagdmesser.

»Gut, dann machen wir es eben auf die harte Tour. Ich wollte das nicht, aber du zwingst mich ja dazu.« Er drückte ihr die Messerspitze in die weiche Haut unter dem Kinn. »Du wirst gefälligst tun, was ich will. Ich bin seit zwei Wochen hier. Ich weiß, dass du zwei Kinder hast, ich weiß, wo sie wohnen, ich kenne ihren Schulweg. Wenn die Polizei hier auftaucht oder auch nur dein Exmann, dann kommt dich das teuer zu stehen. Ich sterbe, Lena. Ich habe nichts mehr zu verlieren. Du willst die Bullen rufen? Nur zu, wenn du glaubst, sie sind schnell genug zur Stelle. Aber willst du wirklich riskieren, dass deinen hübschen Kindern etwas zustößt? Oder wirst du tun, was ich sage?«

Lena stöhnte verängstigt auf.

»War das ein Ja?«

»Ja«, keuchte sie.

»Dann entscheide, wer sterben soll.«

»Ich«, sagte sie. »Bringen Sie mich um.«

»Das würde aber keinen großen Spaß machen, oder? Ich will doch schließlich mitverfolgen, wie dich dein Gewissen quält.« Er piekste sie mit der Messerspitze. »Natalja oder Sofi?«

Lena hatte das Gefühl, zu träumen, ganz weit weg zu sein. Dann flammte tief in ihrem Inneren ein Urinstinkt auf. *Lass nicht zu, dass er deine Schwester tötet.*

Also konnte es nur eine Antwort geben.

»Sofi«, würgte sie hervor.

Er steckte grinsend das Messer weg und erhob sich, streckte ihr sogar die Hand hin, um ihr aufzuhelfen.

»Sofi also«, sagte er. »Kannst du dafür sorgen, dass sie herkommt?«

Lenas Zunge war wie gelähmt.

Er packte sie am Handgelenk und zerrte sie hoch, sodass sie gegen ihn prallte. Er verzog den Mund. »Du stinkst nach Alkohol. Es gibt nichts Schlimmeres als eine Frau, die trinkt. Beantworte meine Frage.«

»Ja, ich glaube. Nach Weihnachten.«

»Gut. Ich lasse dich nicht aus den Augen.«

»Bitte sorgen Sie dafür, dass es schnell geht. Jagen Sie ihr keine Angst ein«, flehte sie.

Creedy hob die Augenbrauen. »Ich werde gar nichts tun.«

Lena starrte ihn an, verwirrt, hoffnungsvoll. »Werden Sie nicht?«

»Nein. *Du* wirst es tun.« Er lachte. »Du wirst Sofi töten.«

KAPITEL 52

»Hallo Sofi.«

Sofi riss die Augen auf. Es dauerte einen Moment, bis sie wieder wusste, wo sie war: in Loudun, bei Nikita. Sie war auf dem Sessel neben seinem Bett eingeschlafen.

Dr. Pelletier lächelte auf sie hinunter. »Entschuldigen Sie, ich wollte Sie nicht erschrecken.«

Sofi gähnte. »Alles in Ordnung?«

»Alles bestens. Ich drehe nur gerade meine übliche Runde. Schlafen Sie auch genug?«

Dr. Pelletier, die Ärztin mit der harten Schale und dem weichen Kern, war Sofi inzwischen sehr ans Herz gewachsen. »Ja, ständig«, erwiderte sie. »Ich decke wohl endlich meinen Nachholbedarf.«

Nach der nachmittäglichen Routineuntersuchung an Nikita schob die Ärztin ihren Stift in die Kitteltasche und wandte sich zu Sofi um. »Wie ich sehe, haben Sie Ihren Kaffee kaum angerührt, Sofi, und Sie sind am helllichten Tag eingeschlafen. Ist Ihnen vielleicht zuweilen übel?«

Sofi starrte sie verwirrt an. Und dann fiel es ihr wie Schuppen von den Augen …

Eine halbe Stunde später saß Sofi in Dr. Pelletiers Sprechzimmer und zupfte nervös an ihrem Rocksaum. Sie war entsetzt und aufgeregt zugleich, zwei Gefühlsregungen, die sehr ähnliche Auswirkungen zeigten.

Dr. Pelletier erschien und schwang einen blauweißen Teststreifen. »Herzlichen Glückwunsch.«

Sofi brachte kein Wort heraus. Tränen stiegen ihr in die Augen. Sie presste die Hand auf den Mund.

Die Ärztin hob eine Augenbraue. »Ich nehme an, die Schwangerschaft war nicht geplant?«

»Wie hätte ich irgendetwas planen sollen? Ich war vollauf mit Nikita und meiner Arbeit beschäftigt.« Sie erhob sich und zog die Nase hoch. »Ich muss nach Hause und es Julien sagen.«

»Wird er sich freuen?«

Sofi wollte lächeln, aber es gelang ihr nicht. »Ich weiß es nicht.«

Auf dem Nachhauseweg war sie unkonzentriert und wäre an einer Ampel beinahe auf das Auto vor ihr aufgefahren. Sie parkte den Wagen mehr schlecht als recht, schloss mit zitternden Fingern die Haustür auf. Stasja überfiel sie gleich mit Vorschlägen für das Abendessen, die Katze schmeichelte ihr um die Beine. Sie schob sie beide sanft beiseite. »Gleich, gleich. Erst muss ich mit Julien reden.«

Er war in seinem Atelier. Seit sich Nikitas Zustand gebessert hatte, malte er wie besessen, als wollte er alles Versäumte nachholen. Als Sofi eintrat, stand er reglos vor seiner Staffelei, die Hand mit dem Pinsel erhoben, die Stirn gerunzelt. Er bemerkte sie gar nicht.

Sofi kannte diese Pose. In diesem Zustand durfte man ihn auf keinen Fall stören. Normalerweise hätte sie sich zurückgezogen, aber wenn sie ihre Neuigkeit jetzt nicht loswurde, würde sich ihre Aufregung in den kommenden

Stunden nur noch steigern, und Nikitas Unfall hatte ihr bereits genügend Aufregung für ein ganzes Leben beschert.

»Julien«, sagte sie. »Entschuldige …«

Er drehte sich um, sah zunächst durch sie hindurch. Es dauerte, bis er registrierte, dass sie vor ihm stand. »Sofi? Geht es dir gut? Du bist so blass.«

»Ich …« Sie konnte ein Lächeln nicht unterdrücken, und die Tränen ebenso wenig. »Ich bin schwanger.«

Er hob die Augenbrauen, seine Mundwinkel zuckten. Er ließ den Pinsel fallen und kam auf sie zu, umarmte sie, drückte sie an sich. Sie barg das Gesicht an seiner Schulter und schluchzte vor Glück.

Natalja stand leise vor sich hin summend unter dem warmen Wasserstrahl der Dusche und spülte sich das Shampoo aus den langen Haaren. Die Wände der Duschkabine waren beschlagen vom Wasserdampf.

Plötzlich ging die Tür auf, und Ted kam herein, nur mit Boxershorts bekleidet. Er schwenkte ihr Handy. »Deine Schwester.«

Natalja dachte, sie hätte sich verhört. »Lena?«

»Ja, Lena. Sie sagte, sie sei deine Schwester.«

»Das ist sie auch, ich habe nur nicht mit einem Anruf von ihr gerechnet.« Natalja trat aus der Kabine und schnappte sich ein Badetuch, dann nahm sie das Handy entgegen.

»Frühstück?«, fragte Ted.

»Nur Kaffee.« Sie bedeutete ihm, sie allein zu lassen, und schloss die Tür. Dann lehnte sie sich an den Rand des Waschbeckens, das mit Teds Kosmetika und Pflegeprodukten vollgestellt war. Natalja hatte eine möblierte Einzimmerwohnung in den Docklands gemietet, die ihr aber eigentlich bloß als Aufbewahrungsort für ihre Kleider und ihr Make-up diente. Sie wollte sich in London noch nicht allzu häuslich niederlassen, für den Fall, dass Maxim anrief und sie bat, zu ihm zurückzukehren. Lächerlich. Sie wusste es.

»Hallo?«

»Natalja, ich hab's mir anders überlegt«, sagte Lena. Es klang, als wäre sie betrunken, dabei war es erst neun Uhr morgens.

»Was hast du dir anders überlegt?«

»Alles. Ich war ein Idiot. Ich verzeihe dir. Okay? Ich verzeihe dir.«

»Lena, ist alles in Ordnung? Du klingst so seltsam.«

»Du musst Sofi für mich anrufen und ihr sagen, dass wir uns versöhnt haben. Ich möchte, dass ihr diesen Winter zu mir nach Briggsby kommt. Ihr könnt bei mir wohnen. Okay? Sag ihr das. Sieh zu, dass sie kommt.«

Natalja war sprachlos. »Du … Du verzeihst mir? Im Ernst?«

Lena holte zitternd Luft. »Ja, im Ernst. Du bist meine Schwester, und ich darf nicht zulassen, dass …« Sie brach in Tränen aus.

»Hey, nicht weinen. Das ist doch ein freudiger Anlass. Ich rufe Sofi nachher an und versuche, sie zu überreden, dass sie kommt, aber ich kann dir nichts versprechen. Aber selbst wenn sie nicht kommen kann, ich werde da sein.«

»Du darfst dich auf keinen Fall abwimmeln lassen, Natalja. Sie muss kommen, unbedingt.«

»Ich werde mein Möglichstes tun, aber es könnte sein, dass sie wegen Nikita nicht weg will. Vielleicht sollten wir lieber zu ihr fahren.«

»Nein! Wir müssen uns hier treffen«, unterbrach Lena

sie mit schriller Stimme. »Ich bin dran. Es muss in Briggsby sein.«

Natalja fühlte sich zusehends unwohl in ihrer Haut. »Geht es dir auch wirklich gut?«

»Ich bin bloß müde. Sag Sofi, sie muss ja nicht die ganze Woche bleiben, wenn sie nicht will. Sie kann auch bloß ein, zwei Tage kommen. Aber ihr müsst kommen, alle beide. Wir haben es einander doch versprochen. Und ich hab dich lieb, Natalja.«

»Ich dich auch, Lena.« Natalja kämpfte gegen die Tränen an. Sie war so erleichtert, dass ihre Schwester ihr endlich verziehen hatte, dass sie beinahe über die Tatsache hinwegsehen konnte, dass Lena lallte. »Pass auf dich auf.«

Als sie sich angezogen hatte und nachdenklich aus dem Bad kam, stand Ted in seinem Kaschmirmantel an der Tür. »Dein Kaffee steht in der Küche«, sagte er. »Ich bin spät dran, ich muss zu einem Meeting. Schließ ab, wenn du gehst.«

»Ich hinterlege den Schlüssel beim Portier.«

»Nicht nötig, es ist mein Ersatzschlüssel. Behalt ihn.«

Aber sie wollte ihn nicht behalten, wollte nicht an Ted gebunden sein. Im Augenblick war er für sie nicht mehr als eine willkommene Ablenkung, Quelle körperlicher Nähe und bewundernder Blicke. Ted dagegen schien auf etwas Festes aus zu sein. Er hatte während des Fotoshootings für *GC* fast eifersüchtig über sie gewacht, hatte den Stylisten und dem Fotografen immer wieder eingeschärft, jedes Detail müsse absolut perfekt werden. Und es hatte sich gelohnt. Die Bilder sollten in zwei Monaten veröffentlicht werden, und Natalja konnte es kaum erwarten. Man hatte ihr die Abzüge gezeigt. Sie sah fantastisch aus. All ihre Kritiker, die voller Schadenfreude behauptet hatten, ihre

Schönheit gehöre der Vergangenheit an, würden sich etwas anderes ausdenken müssen, um über sie zu lästern. Pech für die Feministinnen, die sie als leuchtendes Beispiel dafür angeführt hatten, dass man auch in Würde altern konnte.

Ted kam auf sie zu und hob sanft ihr Kinn an. »Deine Schwester hatte doch hoffentlich keine schlechten Neuigkeiten, oder?«

»Nein, ganz im Gegenteil. Aber sie klang seltsam; ein bisschen neben der Spur. Ich glaube, sie war betrunken.«

Er hob die Augenbrauen. »Um diese Uhrzeit? Hat sie ein Alkoholproblem?«

Natalja stellte fest, dass sie keine Lust hatte, mit ihm über Familienangelegenheiten zu reden. Sie küsste ihn auf die Wange. »Viel Erfolg heute.«

Als er weg war, trank sie ihren Kaffee und ließ sich das Telefonat mit ihrer Schwester noch einmal durch den Kopf gehen. Sie würde gleich ihre Sachen zusammenpacken und nach Hause fahren, um Sofi anzurufen, aber sie fragte sich, ob sie vielleicht auch Sam informieren sollte. Nur um sicherzustellen, dass jemand ein Auge auf Lena hatte. Denn sie war eindeutig nicht mehr in der Lage, auf sich selbst aufzupassen.

Am vierundzwanzigsten Dezember war Lena mit den Nerven endgültig am Ende. Sie hatte seit Tagen kaum ein Auge zugetan, sich im Halbschlaf mit Herzrasen im Bett herumgewälzt. Morgens nach dem Aufstehen fand sie auf dem Fußabstreifer im Flur einen Umschlag, auf dem ihr Name stand. Jemand musste ihn durch den Briefschlitz gesteckt haben. Sie wusste, dass er von ihm war, ehe sie ihn geöffnet hatte. Sie riss ihn trotzdem auf. Er enthielt keine Nachricht, sondern lediglich vier Polaroid-Fotos: Anna mit einer

Milchflasche in der Hand, offenbar auf dem Rückweg vom Supermarkt. Matthew mit zwei Freunden im Garten vor Wendys Haus. Sam und die Kinder beim Einsteigen ins Auto. Anna und Izzy, wie sie an einem ihr unbekannten Ort heimlich rauchten.

Das Herz zog sich vor Angst schmerzhaft in ihrer Brust zusammen. Mit einem lauten Schluchzen presste sie die Fotos an sich, dann fasste sie sich wieder. Sie durfte nicht zulassen, dass ihnen etwas zustieß. Sie musste tun, was Creedy von ihr verlangt hatte.

Sie hatte sich unablässig das Hirn zermartert, nach einem Ausweg gesucht, und war doch jedes Mal zum selben Schluss gekommen: Creedy war ein verzweifelter Mann; er würde sich durch nichts und niemanden davon abbringen lassen, sich Genugtuung zu verschaffen, Rache zu nehmen, ehe er starb. Sie hatte keine Ahnung, wie nah er ihr war. Er konnte in der Wohnung nebenan sitzen und ihre Telefongespräche abhören, er konnte gegenüber von Wendys Haus stehen und mit einem Gewehr auf Anna zielen. Wenn sie doch die Polizei informieren könnte oder wenigstens Sam! Doch falls Creedy es herausfand, würde er zweifellos seine Drohung wahr machen und womöglich mit einem Messer in der Tasche an Wendys Tür klopfen, ehe die Kinder in Sicherheit waren. Nicht zum ersten Mal fragte sie sich, ob sie dieses Drama lebend überstehen würde.

Das Klingeln des Telefons ließ sie zusammenfahren. Das war bestimmt Creedy. Sie beschloss, es läuten zu lassen. Doch was, wenn sie damit seinen Unmut erregte, ihn zu irgendwelchen Wahnsinnstaten verleitete?

»Hallo?«, sagte sie mit zitternder Stimme.

»Lena, hier ist Sam.«

Sie brachte kein Wort heraus. Hörte Creedy mit? War da

ein Klicken in der Leitung gewesen, oder kam das Geräusch bloß von ihrem tropfenden Kühlschrank?

»Wir wollten dich fragen, ob du Lust hast, heute Abend einen Spaziergang durch die Stadt zu machen.«

In ihrer Verwirrung und ihrer Angst, es könnte Natalja nicht gelingen, Sofi zum Kommen zu überreden, hatte Lena kaum registriert, wie rasch das Weihnachtsfest herangenaht war. Himmel, sie war morgen bei Wendy zum Mittagessen eingeladen, und sie hatte noch gar keine Geschenke besorgt.

»Ich kann nicht«, sagte sie rasch. Wenn Creedy sie zusammen sah, würde er annehmen, sie hätte Sam eingeweiht. »Ich … ich bin krank. Ich werde auch morgen nicht kommen.«

»Krank? Was hast du denn?«

»Ich weiß nicht, ich …« Zu ihrem Entsetzen begann sie zu weinen.

»Lena, was ist los?«

Ihr Kopf füllte sich mit furchteinflößenden Bildern. Creedy, der sie belauschte, die schmalen Lippen aufeinandergepresst. Sie durfte sich nicht verraten, durfte Sam nicht einmal auftragen, gut auf die Kinder aufzupassen, denn das hätte man bereits als Warnung auslegen können.

Reiß dich zusammen. »Entschuldige, ich habe die ganze Nacht wach gelegen. Ich bin krank, ich werde es morgen nicht schaffen.«

»Soll ich rüberkommen und dich zum Arzt bringen?«

»Nein, es wird schon gehen.«

»Aber …«

»Ich sagte doch, es wird schon gehen. Ich will dich nicht sehen. Wag es ja nicht, hier aufzukreuzen.«

»Schon gut, schon gut. Aber die Kinder werden schrecklich enttäuscht sein.«

Sie ging nicht darauf ein.

»Gib Bescheid, falls du es dir anders überlegst.«

Wieder antwortete sie nicht.

»Frohe Weihnachten«, sagte er.

Lena sehnte sich nach den ganz gewöhnlichen Alltagssorgen, die sie früher geplagt hatten. Was hätte sie dafür gegeben, mit ihrer Familie durch die weihnachtlich geschmückte High Street schlendern zu können!

»Ich muss auflegen«, sagte sie. »Bye.«

Sofi saß neben Julien auf der Couch, im Kamin knisterte ein Feuer, ansonsten herrschte Stille. Sie hatten ein wundervolles Weihnachtsfest gefeiert. In Nikitas Zimmer im Pflegeheim St. Colette hatten sich Spielsachen getürmt, und er war sechs Stunden wach gewesen, um sie alle zu betrachten. Eine batteriebetriebene grün-violette Spielzeugwaschmaschine hatte es ihm besonders angetan, also hatte Sofi sie auf seinen Nachttisch gestellt und immer wieder den Knopf gedrückt. Seine Augen hatten begeistert aufgeleuchtet, wenn sich die Trommel drehte. Seine Genesung schritt nun täglich rascher voran. Er war länger und häufiger bei Bewusstsein, und dank der Physiotherapie, die er im Bett absolvierte, konnte er bereits mit einem Strohhalm aus einer Tasse trinken und mit einem Löffel Götterspeise essen. Es würde sich wohl nie feststellen lassen, ob er nach dem Unfall dauerhafte Hirnschäden davongetragen hatte – bei autistischen Patienten fielen die Testergebnisse nicht eindeutig genug aus. Aber nun, fast ein Jahr danach, war Sofi zuversichtlich, dass er endlich zu ihr und zu seiner Familie zurückkehren konnte.

Sofi starrte nachdenklich ins Feuer.

Julien massierte sanft ihre Schulter. »Ich finde, du solltest fahren. Ich glaube, es würde dir guttun.«

»Aber was ist, wenn mich Nikita braucht?«

»Es zeichnen sich keine dramatischen Veränderungen ab, und du musst ja nicht die ganze Woche bleiben. Du könntest nach zwei, drei Tagen zurückkommen.«

»Es ist so weit weg.«

»Aber stell dir mal vor, wie viel Gutes dabei herauskommen würde. Lena hat sich mit Natalja versöhnt; vielleicht kannst du deine Differenzen mit Lena auch beilegen.«

Sofi ließ sich seine Worte durch den Kopf gehen. Je weiter Nikitas Genesung fortschritt, desto weniger Vorwürfe machte sie ihrer Cousine. Ja, Lena war betrunken gewesen, aber wenn sie an all die Faktoren dachte, die eine entscheidende Rolle gespielt hatten – das Plakat, das Nikitas Aufmerksamkeit erregt hatte; das Auto, das ausgerechnet in diesem Moment vorbeigefahren war –, musste sich Sofi eingestehen: Es war wirklich nur ein schreckliches Unglück gewesen. Und sie konnte sich keine schlimmere Strafe vorstellen als die Selbstvorwürfe, mit denen Lena seither gelebt hatte.

»Wir waren immer füreinander da«, sagte sie. »Es ist ein seltsames Gefühl, ihr dauerhaft böse zu sein. Es kommt mir vor, als würde meinem Leben etwas fehlen.«

»Dann solltest du über deinen Schatten springen und dich mit ihr aussöhnen.«

»Also gut«, sagte Sofi. »Ich fahre.«

KAPITEL 53

Natalja hatte sich lange nicht dazu durchringen können, Sam anzurufen, doch die Telefonate mit Lena hatten sie zusehends beunruhigt. Erst hatte diese Natalja bekniet, Sofi zum Kommen zu bewegen, und als sie hörte, dass Sofi eingewilligt hatte, war sie vor Erleichterung in Tränen ausgebrochen. Und stets hatte sie verängstigt und betrunken geklungen. Schließlich hatte Natalja den Entschluss gefasst, sich mit Sam zu treffen, während sie in Briggsby war. Sie wollte herausfinden, ob er wusste, was mit ihrer Schwester los war, und mit ihm über die Möglichkeit einer Entziehungskur sprechen.

Sie hatte sich für den Vormittag des zweiten Weihnachtsfeiertags einen Wagen samt Fahrer bestellt. Für Fahrten im Zug oder Bus war sie zu berühmt, und sie wollte sich kein eigenes Auto zulegen, für den Fall, dass sie bald nach Sankt Petersburg und zu Maxim zurückkehren würde. Nicht, dass ihr Maxim auch nur die geringsten Hoffnungen gemacht hätte. Er hatte nicht angerufen, war auch nicht zur Premiere seines Films nach London gekommen. Zweifellos würde er von ihrer Fotostrecke im *GC* alles andere als begeistert sein, aber das war mit ein Grund dafür gewesen, dass sie darauf bestanden hatte – um ihm unter die Nase zu reiben, was ihm entging.

Nachdem der Fahrer ihr Gepäck im Kofferraum verstaut hatte, stieg sie ein und schmiegte den Kopf an die weiche Lederpolsterung. Dann atmete sie ein paarmal tief durch und fischte ihr Handy aus der Tasche, um Sam anzurufen.

Nach dem zweiten Klingeln nahm Anna den Hörer ab. Mist. Daran hatte sie gar nicht gedacht. Natalja zögerte und legte dann auf. Was, wenn Anna ihrer Mutter brühwarm erzählte, dass Tante Nat angerufen und ihren Vater zu sprechen verlangt hatte? Lena durfte nie erfahren, dass sie hinter ihrem Rücken mit Sam Kontakt aufgenommen hatte. Sie löste ihren Sicherheitsgurt, beugte sich zwischen den Sitzen nach vorn und hielt dem Fahrer das Telefon hin.

»Hier, drücken Sie auf die Wahlwiederholung und verlangen Sie Sam Tait.«

Der Fahrer tat, wie ihm geheißen, und gleich darauf hatte sie Sam an der Strippe.

»Sam, entschuldige, hier ist Natalja.«

Schweigen. Sie dachte schon, die Verbindung wäre unterbrochen worden, doch dann sagte er steif: »Hallo.«

»Hör zu, mir ist das genauso unangenehm wie dir, aber ich bin auf dem Weg nach Briggsby und …«

»Du kommst hierher?«

»Ja. Hat dir Lena nicht erzählt, dass wir uns bei ihr treffen?«

»Sie erzählt mir gar nichts«, erwiderte er schroff.

»Wirklich? Sie benimmt sich in letzter Zeit so seltsam …«

»Ich weiß. Hör zu, es ist gerade etwas ungünstig.«

Natürlich. Die Kinder und seine Mutter waren da; höchstwahrscheinlich sogar seine hakennasige Schwester.

»Können wir uns treffen? Morgen gegen neun in dem kleinen Café in der High Street? Wir müssen uns unterhalten, uns überlegen, wie wir ihr helfen können.« Sie holte tief Luft. »Sam, was passiert ist, tut mir schrecklich leid. Ich werde das Gefühl nicht los, dass ich dafür verantwortlich bin.«

»Bist du nicht. Es war meine Schuld.«

Sie lachte. »Vielleicht können wir das morgen klären.«

»Ja. Bis dann.«

Aufgelegt. Sie klappte ihr Handy zusammen und starrte

aus dem Fenster, an dem die winterlichen Straßen vorbeiflogen.

»Warum hast du mich nicht geweckt?«, murmelte Julien verschlafen.

»Ich wecke dich doch jetzt.« Es war noch dunkel, und in zehn Minuten würde ein Taxi kommen, um Sofi zum Flughafen zu bringen.

Julien richtete sich auf. »Ich hätte dir Frühstück gemacht und dich nach Paris gefahren.«

»Nicht so laut. Du weckst Mama auf.« Sie beugte sich über das Bett, küsste ihn auf den warmen Hals und atmete seinen Geruch ein. »Sag Nikita, dass ich übermorgen wieder da bin.«

»Mach ich.« Er schlang ihr die Arme um die Taille und küsste sie durch den Wollrock hindurch auf den Bauch. »Wirst du ihnen erzählen, dass du schwanger bist?«

»Weiß ich noch nicht.« Bislang wusste es nicht einmal Mama. Es war noch sehr früh; sie wollte keine Hoffnungen oder Erwartungen wecken. »Vielleicht. Wir werden genügend anderes zu besprechen haben.«

»Stimmt.« Er rollte sich auf den Rücken.

»Werde ich dir fehlen?«, neckte sie ihn.

»Natürlich. Aber damit kann ich leben, solange du mir versprichst, dass du mit dem blinden Passagier an Bord wieder heil zurückkommst.«

»Versprochen.«

Sofis Flug war verspätet und wurde schließlich ganz gestrichen, also stieg sie am Flughafen erneut in ein Taxi und fuhr nach Paris hinein, um den nächsten Zug nach London zu nehmen. Die Schatten wurden schon lang, als sie endlich im Bus nach Briggsby saß. Sie rief Natalja auf dem Handy an und erfuhr, dass diese mit Lena im *Briggsby Arms* auf sie wartete. Sofi hatte ein schlechtes Gewissen, weil die beiden mit dem Essen auf sie gewartet hatten, und war zugleich verärgert, dass sie nun mit ihrem Gepäck in den Pub fahren musste. Am Busbahnhof stieg sie in ein Taxi zum *Briggsby Arms*, dessen Fassade mit ungleichmäßig verteilten, rasch blinkenden Lichterketten dekoriert war. Ihr knurrte der Magen. Sie hatte im Eurostar ein halbes Käsesandwich gegessen und seither außer etwas Gerstenzucker gegen die leichte Übelkeit nichts zu sich genommen. Sie hatte Lust auf eine große Portion Backfisch mit Pommes.

Drinnen prasselte ein Feuer im Kamin, die Jukebox spielte. Lena und Natalja saßen an einem Tisch in der Ecke. Natalja erspähte sie zuerst und sprang auf. Lena, abgemagert, blass und mit tiefen Schatten unter den Augen, erhob sich ebenfalls. Sofi war entsetzt über ihr Aussehen. Sie umarmten sich flüchtig, dann machte sich Lena von ihr los.

»Wartet, ich hole uns eine Flasche Sekt«, sagte Natalja.

»Könntest du mir etwas zu essen bestellen? Fish und Chips oder so?«, bat Sofi.

»Natürlich.«

Sofi schob ihren Koffer hinter den Tisch und setzte sich. Lena starrte ins Feuer. Sofi streckte den Arm aus und tätschelte ihrer Cousine die Hand. »Es war ein schweres Jahr für dich.«

Lena nahm einen großen Schluck von ihrem Drink. »Und für dich erst.«

»Nachdem es Nikita jetzt jeden Tag besser geht, habe ich wirklich keinen Grund mehr, dir böse zu sein.«

»Du bist eine gute Seele, Sofi.« In Lenas Augenwinkeln glitzerten Tränen. »Du bist zu gut zu mir.«

»Du bist doch auch eine gute Seele. Du hast Natalja verziehen.«

Wie aufs Stichwort erschien Natalja mit drei Gläsern und einer Flasche Sekt. Sofi erhob keinen Einspruch, damit die beiden keinen Verdacht schöpften. Lena saß schweigend da, während Natalja unzählige Fragen über Nikitas Genesung stellte. Lena leerte ihr Glas, und sie füllte es erneut bis zum Rand.

»Hopp, hopp, austrinken«, forderte sie Sofi auf.

Da war sie, die Gelegenheit, ihnen von ihrer Schwangerschaft zu erzählen. Doch Sofi ließ es bleiben. Sie waren sich längst nicht mehr so nahe wie früher, und obendrein wäre es ihr illoyal vorgekommen, nachdem sie gerade zwanzig Minuten über ihr erstes Kind – ihr verletztes, behindertes erstes Kind – geredet hatten. Also widmete sie sich wieder ihrem Essen, nippte gelegentlich an ihrem Sekt und beteiligte sich an der verkrampften Unterhaltung. Plötzlich lachte Lena laut auf.

»Was gibt es denn da zu lachen?«, wollte Sofi wissen.

Lena blinzelte verdattert, als wäre sie aus einem Traum aufgewacht. »Ich habe nicht gelacht.«

Natalja starrte ihre Schwester an. Irgendetwas stimmte nicht mit Lena. Sofi schauderte und wechselte zutiefst bekümmert einen Blick mit Natalja. Diese zuckte kaum merklich mit den Schultern. Sie würden sie morgen darauf ansprechen, wenn sie wieder nüchtern war; jetzt hatte es keinen Zweck. Sofi machte sich Vorwürfe. Hätte sie sich schon eher bei ihr melden, nicht so nachtragend sein sollen?

Sofi kämpfte gegen die Müdigkeit an. Die Schwangerschaft forderte ebenso ihren Tribut wie die lange Reise.

Als sie später vor dem *Briggsby Arms* auf ein Taxi warteten, flüsterte sie Lena ins Ohr: »Ich würde mich morgen gern mal unter vier Augen mit dir unterhalten.«

Lena riss entsetzt die Augen auf und sah aus, als würde sie keine Luft bekommen. »Ja«, hauchte sie. »Morgen. Unter vier Augen.«

Dann kam das Taxi, und sie fuhren zu Lenas Wohnung.

Acht Uhr. Natalja war nervös. Sie hatte kaum geschlafen; was auch auf das durchhängende obere Stockbett zurückzuführen war. Sofi dagegen schlummerte selig, als Natalja aufstand und in die Küche ging. Lena war ebenfalls bereits wach. Sie sah aus, als wäre sie gar nicht erst ins Bett gegangen.

»Guten Morgen«, sagte Natalja betont fröhlich.

Lena hob den Kopf. »Ich habe schlecht geschlafen.«

Natalja setzte sich neben sie und stellte fest, dass Lena eine Fahne hatte. »Das tut mir leid. Vielleicht kannst du dich später ein bisschen hinlegen. Ich muss bald los; ich hoffe, du nimmst es mir nicht übel.«

»Was?« Lena riss erschrocken die Augen auf. »Wohin willst du?«

Sofort plagte Natalja das schlechte Gewissen. Ahnte ihre Schwester, dass sie mit Sam verabredet war? Erst jetzt wurde ihr klar, dass sie sich auf keinen Fall in einem Café treffen konnten. Wenn eine neugierige Nachbarin oder eine Verwandte sie beobachtete und Lena erzählte …

Dann fiel ihr wieder ein, dass Lena ihr eine Frage gestellt hatte. Sie hatte sich bereits eine Ausrede zurechtgelegt. »Ach, eine der hiesigen Zeitungen hat einen tollen Artikel über mich veröffentlicht, als der Film anlief, und ich habe versprochen, vorbeizuschauen, wenn ich das nächste Mal in der Stadt bin.«

Lena nickte und umklammerte ihre Tasse, sodass sich Natalja fragte, ob sie wirklich nur Kaffee enthielt.

»Und da gehst du heute Vormittag hin?«, fragte Lena.

»Ja, ich soll um neun dort sein.« Sie musste Sam anrufen, aber wann und wie? »Ich sollte vorher noch kurz duschen. Könntest du vielleicht Kaffee aufstellen? Sofi will bestimmt auch welchen, wenn sie aufwacht.«

Natalja ging ins Bad, drehte den Wasserhahn in der Dusche bis zum Anschlag auf. Dann klappte sie ihr Handy auf und wählte Sams Nummer. *Bitte, bitte lass ihn abnehmen, nicht die Kinder oder Wendy.* Sie hatte Glück.

»Hallo?«

»Hier ist Natalja«, zischte sie. »Planänderung. Wir sollten uns irgendwo treffen, wo uns niemand beobachten kann.«

»Stimmt.«

»Oben auf den Klippen?«

»Bei dem Wetter?«

»Umso besser, dann ist wenigstens niemand unterwegs.«

»Komm zu dem Denkmal mit dem Schiff, gleich hinter dem Spielplatz, am nördlichen Ende des Spazierwegs. Die Stelle ist von der Straße aus nicht zu sehen.«

»Gut, ich bin um neun dort.«

Kaum war Natalja weg, ging Lena ins Kinderzimmer, um ihre Cousine zu wecken.

»Sofi?«, sagte sie leise.

Sofi schlug die Augen auf und blinzelte sie verschlafen an. »Wie spät ist es?«

Lena hob zitternd den Arm und sah auf die Uhr. »Gleich neun. Natalja musste kurz weg. Ich dachte, jetzt ist vielleicht ein guter Zeitpunkt für unser Gespräch.«

»Ja, stimmt.« Sofi richtete sich auf. »Ich bin bloß … noch so müde. Die Reise gestern war anstrengend.«

»Ich bringe dir einen Kaffee.«

»Nein, lass nur, dafür ist es mir noch zu früh. Eine Scheibe Toast reicht. Ich ziehe mich inzwischen an.«

»Wie wär's mit einem Spaziergang?« Ein Adrenalinstoß. »Auf den Klippen?«

Sofi blickte wenig begeistert zum Fenster. Der Wind ließ die Scheiben klirren. »Das könnte ziemlich frisch werden.«

»Ich brauche frische Luft«, sagte Lena. »Damit ich klar denken kann.«

Vermutlich würde sie nie wieder klar denken können. Sie fühlte sich benebelt vor Müdigkeit, hatte in der vergangenen Nacht keine zwei Stunden geschlafen, war immer wieder aufgeschreckt. Um drei Uhr morgens war sie schließlich aufgestanden und hatte alles getrunken, was sie in die Finger bekam – Wein, Wodka, Sherry. Ihr Magen war übersäuert, ihre Nerven flatterten. Schuldgefühle, Panik. Eine solche Gelegenheit würde sich garantiert nicht wieder bieten: Natalja war aus dem Haus, und Sofi wollte mit ihr reden. Es würde geschehen.

»Du siehst aus, als würdest du gleich in Ohnmacht fallen«, stellte Sofi fest und führte sie zum Bett. »Komm, setz dich.«

Lena schüttelte ihren Arm ab. »Es geht mir gut. Ich mache dir eine Scheibe Toast. Zieh dir etwas Warmes an.« Sie dachte an den langen roten Mantel, den Sofi am Vorabend getragen hatte, stellte ihn sich als Farbsprenkel unten auf den nassen Felsen in der Brandung vor. Die Luft wich aus ihren Lungen. Sie steckte Brot in den Toaster, um sich abzulenken. Als das Telefon klingelte, blieb ihr beinahe das Herz stehen. Sie nahm ab.

Es war Creedy.

»Natalja hat das Haus verlassen«, sagte er.

Woher wusste er das? Wo war er? Sie war sprachlos.

»Du tust es jetzt«, befahl er. »Heute Vormittag.«

»Ja«, sagte sie. »Wir machen einen Spaziergang auf den Klippen.«

»Ich behalte dich im Auge.«

Er legte auf.

»Ich bin so weit«, verkündete Sofi.

Lena fuhr herum. Ihre Cousine trug ein langes Wollkleid, einen schwarzen Ledermantel und eine graue Pelzmütze. Lena adaptierte das Bild in ihrer Fantasie entsprechend; stellte sich einen schwarzgrauen Sprenkel auf den Felsen vor.

»Dein Frühstück«, krächzte sie, als das Brot aus dem Toaster sprang.

»Das nehme ich mit.« Sofi spähte aus dem Küchenfenster. »Ich hoffe, du hast zwei Regenschirme. Ich möchte nicht nass werden.«

Sam war bereits da und starrte auf die graue See hinaus, als Natalja ankam. Der Wind zerrte an ihr. Sie zog den Mantel enger um sich.

»Sam.«

Er drehte sich um und lächelte matt. »Warum habe ich nur so ein schlechtes Gewissen?«

»Geht mir genauso.« Sie lachte, ihre Anspannung ließ ein wenig nach. »Erzähl mir alles, was du weißt.«

Also berichtete er ihr von Lenas zunehmender Alkoholabhängigkeit; dass die Zwillinge zu ihm gezogen waren und sie das Haus verkaufen musste. »Seit ein paar Wochen ist es richtig schlimm. Sie ist total unberechenbar, will weder mich noch die Kinder sehen, und am Telefon klingt sie jedes Mal nervös und aggressiv.« Natalja schilderte ihm ihre Sicht der Dinge.

»Ich mache mir solche Sorgen um sie«, sagte Sam. »Dir ist schon klar, dass ich sie noch liebe, oder?« Eine Windbö erfasste seine Worte und trug sie davon.

»Wirklich?«

»Ich habe nie aufgehört, sie zu lieben. Was wir getan haben … Gott, Natalja, wir waren solche Idioten.«

»Wir müssen ihr helfen. Wir müssen dafür sorgen, dass sie aufhört zu trinken. Dann wird sie auch wieder zur Vernunft kommen. Ich habe vor, etwas länger in Briggsby zu bleiben. Mal sehen, ob wir sie auf eine Entziehungskur schicken können. Ich übernehme die Kosten.«

»Dafür wäre ich dir unendlich dankbar.«

»Und sobald sie wieder halbwegs auf dem Damm ist, werde ich alles in meiner Macht Stehende tun, dass ihr wieder zusammenkommt … Sofern du das willst.«

»Absolut.«

»Und falls ich aus ihrem Leben verschwinden muss, damit sie keine Angst mehr haben muss, dass wir sie betrügen, dann verschwinde ich.«

»Bloß nicht. Sie braucht dich.«

»Ich werde tun, was auch immer nötig ist.« Natalja schöpfte neue Hoffnung. »Sie ist am Ende. Ich werde alles daran setzen, dass es ihr wieder besser geht.«

Lena hatte beschlossen, es in der Nähe des One Mile Point zu tun, der so genannt wurde, weil es von dort eine Meile bis in die Stadt war. In diesem Abschnitt fiel der Spazierweg steil ab, und er war durch Bäume und einen Hügel vor neugierigen Blicken geschützt. Außerdem gab es dort eine kleine Aussichtsplattform, die aus der Felswand hinausragte. Dies war eine der wenigen mit einem Geländer versehenen Stellen, allerdings war es kürzlich durch einen Steinschlag beschädigt worden. In der Zeitung war erst neulich berichtet worden, die Bürger seien empört darüber, dass die Instandsetzung so lange dauerte. Also scheuchte Lena ihre wenig begeisterte Cousine hinaus, über die High Street und hinter den Sportplätzen der Schule vorbei zum südlichen Ende des Spazierweges entlang der Steilküste.

Bald setzte ein feiner Nieselregen ein, und Sofi sagte: »Vielleicht sollten wir lieber umkehren.« Ihre Stimme war über dem Pfeifen des eisigen Windes und der tosenden Brandung kaum zu hören.

»Nein, nein.« Lena fragte sich, ob sie von Creedy beobachtet wurden. »Ich muss noch ein Stück gehen. Ich brauche die Meeresluft.«

»Lena, du benimmst dich seltsam. Du hast nicht geschlafen, du bist noch immer betrunken. Oder schon wieder. Ist das etwa alles wegen Nikita? Weil du dich schuldig fühlst?«

Lena marschierte einfach weiter, sodass Sofi gezwungen war, ihr zu folgen.

»Ich habe dir verziehen. Nikita wird wieder gesund, und mir geht es im Augenblick richtig gut. Ich weiß, ich habe mich dir gegenüber sehr feindselig verhalten, aber ich war wütend und hatte Angst.«

Lena wusste, sie musste etwas sagen, aber sie konnte sich nur mit Mühe auf die Unterhaltung konzentrieren. »Du hast dich nicht feindselig verhalten; du hast reagiert, wie eine Mutter es in einem solchen Fall eben tut.« Sie verstummte.

Sofi ergriff ihre Hand und drückte sie. »Ich wusste, du

würdest mich verstehen. Hör mal, ich kann nicht so schnell. Wollen wir uns kurz hinsetzen und ein wenig ausruhen?« Sie deutete auf eine Parkbank etwas abseits, in Richtung Straße.

»Ausruhen?«

»Nur ein paar Minuten.«

Wenn Creedy sah, dass sie sich setzten, würde er womöglich annehmen, dass Lena es nicht fertiggebracht hatte. Würde er sich schnurstracks auf den Weg zu Wendy machen oder ihr noch eine Chance geben? Sofi war bereits auf die Bank zugegangen und war im Begriff, Platz zu nehmen, da lief Lena los und packte sie am Arm. »Nein, wir müssen weiter.«

»Lena …«

»Bitte. Bitte, komm weiter.«

Als Sofi die Stirn runzelte, wurde Lena unruhig. Ihr war klar, dass sie mit ihrem eigenartigen Benehmen Sofis Misstrauen weckte.

»Gut, dann nehmen wir eben die nächste Bank. Lass uns in Richtung Norden gehen, zurück zu dir, sonst habe ich nicht mehr genügend Energie für den Rückweg.«

Lena wusste, für Sofi würde es keinen Rückweg geben, aber das konnte sie ihr nicht sagen.

»Einverstanden«, presste sie hervor. »Solange wir noch etwas gehen. Ich fühle mich so benommen. Ich muss dringend wieder einen klaren Kopf bekommen.«

»Schon gut«, sagte Sofi leise und legte Lena den Arm um die Taille. »Keine Sorge, es wird alles gut. Ich bin bloß … Ehrlich gesagt bin ich so müde, weil ich schwanger bin.«

Lena stockte das Blut in den Adern.

Sofi lachte und fuhr fort, so leise, dass Lena es kaum hören konnte: »Ach, da hatte ich mir vorgenommen, es niemandem zu erzählen, und jetzt habe ich es doch ausgeplaudert.«

In diesem Augenblick traf Lena die unter den gegebenen Umständen einzig mögliche Entscheidung: Sie musste sich mit Sofi in die Tiefe stürzen. Wie sollte sie weiterleben in dem Bewusstsein, nicht nur ihre Cousine, sondern auch ein ungeborenes Kind ermordet zu haben?

KAPITEL 54

Nachdem Sam gegangen war, blieb Natalja noch ein paar Minuten stehen und verfolgte, an das Denkmal gelehnt, das Spiel der Wellen. Der Nieselregen ließ nach, doch die Luft war feucht und salzig. In einiger Entfernung von ihr stand ein Mann mit einer schwarzen Baseballkappe auf dem Kopf. Es kam ihr so vor, als würde er sie anstarren. Sie tat, als würde sie es nicht bemerken. Sie war an aufdringliche Blicke gewöhnt. Vielleicht hatte er *A Home in the Soul* gesehen.

Sie wandte sich zum Gehen. Der Mann war näher gekommen. Täuschte sie sich, oder marschierte er geradewegs auf sie zu? Seltsam. Sie bekam eine Gänsehaut. Machte sich fluchtbereit.

»Natalja«, rief er.

Erst jetzt, zu spät, erkannte sie ihn. Roy Creedy. Den düsteren Wolken zum Trotz sah sie plötzlich alles in einem surreal grellen Licht, wie in einem Albtraum. Erinnerungsfetzen zogen an ihrem geistigen Auge vorbei. Seine herrische Arroganz, sein offensichtlicher Hass auf Frauen, sein grausamer Sinn für Humor, seine Vorliebe für Pornografie und Gewalt. Sie war gelähmt vor Entsetzen, als sie ihn hier, in dieser vertrauten, sicheren Umgebung erblickte. Wie angewurzelt stand sie da, obwohl sie schleunigst das Weite hätte suchen sollen.

Bis ihre Beine sich endlich wieder bewegen ließen, hatte er sich schon auf sie gestürzt und sie umgerissen.

»Mein Glückstag«, knurrte er. Sie fiel zu Boden, schlug mit dem Kopf auf das steinerne Podest des Denkmals. Kurz wurde ihr schwarz vor Augen, dann sah sie wieder klar. In ihren Ohren rauschte es. Sie begann zu schreien.

Creedy packte sie an den Haaren und schleifte sie in Richtung Abgrund. Sie versuchte, sich loszumachen, bohrte ihm die Fingernägel ins Fleisch und kreischte. Sie konnte nur hoffen, dass sie trotz des Windes und der Brandung jemand hören und ihr zu Hilfe eilen würde. Schon waren die Klippen bedrohlich nahe.

Natalja setzte sich verzweifelt zur Wehr, stemmte die Fersen in den Boden. Dann plötzlich ein Aufschrei, eine laute Männerstimme, ein Schatten. Sam war zurückgekommen.

Alles verschwamm. Creedy ließ von ihr ab und wollte fliehen, doch Sam erwischte ihn gerade noch. »Pass auf!«, rief Natalja, als Sam nur noch einen Schritt vom Abgrund entfernt war. Er blickte nach unten. Creedy sah seine Gelegenheit gekommen und schickte sich an, ihm einen tödlichen Stoß zu verpassen.

Natalja, die noch am Boden lag, trat nach seinen Beinen, sodass er strauchelte, während Sam seitlich auswich, Creedys Finger von seiner Jacke löste. Er wirbelte ihn mit aller Kraft herum, sodass dieser das Gleichgewicht verlor und die Klippen hinabstürzte. Seine Schreie waren schrill und hoch, wie die einer Frau.

Nun, da Lena beschlossen hatte, mit Sofi in den Tod zu gehen, war sie bedeutend ruhiger. Sie ließ eigentlich nicht viel zurück. Ihre Kinder natürlich, aber die waren ohne sie besser dran. Sie waren schon fast Teenager und würden sie ohnehin bald nicht mehr brauchen, würden sie womöglich sogar irgendwann hassen. Wenn sie starb, würden sie sie wenigstens in guter Erinnerung behalten. Sie würden das Haus erben, das sich bestimmt rasch verkaufen ließ, wenn sie nicht mehr ständig protestierte. Eigentlich war alles ganz einfach.

»Ich freue mich sehr für dich, Sofi«, sagte sie. »Ich werde dich nicht weiter durch die Kälte jagen. Lass uns zurückgehen, an der Aussichtsplattform vorbei.«

Sie führte Sofi zurück auf den Weg. Beobachtete Creedy sie? Sie gingen eine Weile schweigend nebeneinander her. Die Wolken hatten sich geteilt, die schwache Wintersonne umspielte die Baumkronen. Sie befanden sich nun auf der Höhe der Straße, aber jetzt war es egal, wenn einer der vorbeikommenden Autofahrer sie beobachtete. Nun musste sie die Folgen nicht mehr fürchten. Tote kamen nicht ins Gefängnis. Lena hielt den Blick auf den Wegesrand geheftet, auf den einen Meter breiten Grasstreifen und den Abgrund dahinter. Sie holte tief Luft.

»Warte einen Moment, Sofi.«

»Was ist los?«

Sie umarmte ihre Cousine, nahm das todbringende Gewicht ihres eigenen Körpers wahr.

»Ich liebe dich«, sagte sie.

»Ich liebe dich auch«, erwiderte Sofi. Dann drehte sie den Kopf. »Sag mal, hörst du auch die Sirenen?«

Lena ließ sie los. Unverkennbar. Sirenengeheul. Sie fragte sich verwirrt, ob vielleicht jemand von ihrem Vorhaben wusste und versuchte, sie aufzuhalten. Dann kam ihr ein erschreckender Gedanke. *Ihre Kinder.* Creedy hatte seine Drohung wahr gemacht und sich an Anna und Matthew vergriffen.

Das Sirenengeheul näherte sich. »Sie kommen hierher«, stellte Sofi fest.

Wie um ihre Worte zu bestätigen, rasten auf der Straße ein Streifenwagen und eine Ambulanz vorbei. Dann trat abrupt Stille ein.

Sofi hastete los. »Da muss etwas passiert sein.«

Als sie erkannte, dass ihr Plan zu scheitern drohte, rannte Lena ihrer Cousine nach. »Sofi! Warte!«

Sie umrundeten die Landspitze, sahen Krankenwagen und Polizeifahrzeuge, die am Straßenrand abgestellt worden waren.

Bei dem sich ihr bietenden Anblick gefror Lena das Blut in den Adern. Natalja und Sam, von Sanitätern und Polizei umringt. *Es muss etwas mit den Kindern sein. Matthew, Anna.*

In blinder Panik versuchte sie, Sofi einzuholen. Jetzt hatte Natalja sie erspäht und rannte ihnen entgegen, um sie in die Arme zu schließen, Lena links, Sofi rechts.

»Gott sei Dank, ihr lebt. Ihr lebt.«

»Was ist passiert? Die Kinder?«

»Nein, nein, es war Roy Creedy.« Natalja blutete an der Stirn, ihr Gesicht war tränenverschmiert, ihr Mantel schmutzig. »Er wollte mich umbringen. Sam war da … er hat ihn über die Klippen gestoßen.«

Sofi schnappte nach Luft. »Creedy?«

»Ist er tot?«, keuchte Lena mit zitternden Knien.

Natalja nickte.

Lena spürte, wie ihre Beine nachgaben. Der Boden raste auf sie zu. Sie registrierte einen stechenden Schmerz im

Handgelenk und einen Augenblick später warme Arme, die sie umschlangen. Sam.

»Keine Sorge«, murmelte er ihr beruhigend ins Ohr. »Ich bin bei dir, Lena. Alles wird gut.«

Sie hatte höllische Schmerzen, ihre Hand stand in einem seltsamen Winkel ab, und doch war Lena ganz ruhig und leicht ums Herz.

Creedy war tot. Sofi lebte.

Um sie herum herrschte Chaos. Polizei, Sanitäter, Geschrei, Weinen. Eine blonde Sanitäterin schiente ihr Handgelenk und schnallte sie auf eine Bahre. Eine Autotür nach der anderen wurde zugeschlagen, die Motoren wurden angelassen. Die Wunde auf Nataljas Stirn war versorgt worden. Sie hatte darauf bestanden, mit Lena hinten im Krankenwagen mitzufahren. Sofi saß vorn beim Fahrer.

»Tut's weh?«, fragte Natalja, als man die Türen geschlossen hatte.

Lena schüttelte nur stumm den Kopf. Sie brachte kein Wort heraus.

Natalja legte den Sitzgurt ab und beugte sich nach vorn. »Wie um alles in der Welt hat er uns ausfindig gemacht? Und warum, nach all den Jahren?«

»Ich weiß es nicht«, würgte Lena hervor. Natalja und Sofi durften niemals, *niemals* erfahren, dass sie von Creedys Aufenthalt in Briggsby gewusst hatte. »Aber jetzt sind wir ihn los.«

Natalja richtete sich auf. Nickte. Dann brach sie in Tränen aus. Sie umarmte Lena ungestüm. »Ich liebe dich, Lena. Meine kleine Schwester. Ich liebe dich so sehr. Ich dachte, ich müsste sterben, und ich konnte den Gedanken nicht ertragen, dass wir uns womöglich nie wiedersehen würden.«

Lena hob die gesunde Hand, um Natalja über den Kopf zu streichen. Ihr fehlten noch immer die Worte.

»Du fragst dich bestimmt, warum ich hier war, mit Sam, aber glaub mir, wir wollten dich nicht betrügen, wir wollten dir helfen.«

Lena hatte bislang gar nicht darüber nachgedacht, was Sam und ihre Schwester auf den Klippen getrieben hatten. Sie hatte wahrlich andere Sorgen gehabt.

»Lena, bitte, bitte, sag, dass du mich auch liebst. Sag, dass wir uns wieder so nahestehen werden wie früher. Dass du mir verzeihst und mir wieder vertraust. Ich werde dich nicht enttäuschen, versprochen.«

Lena holte tief Luft. »Natürlich liebe ich dich. Lass uns noch einmal von vorn anfangen.«

Es hätte noch einiges zu besprechen gegeben, aber ihr versagte die Stimme, also hielten sie einander bloß schluchzend im Arm, und jede hoffte, dass die andere sie auch ohne Worte verstand.

Bald darauf saß Sofi mit ihren Cousinen in der Notaufnahme des Krankenhauses von Briggsby, wo sie darauf warteten, dass eine Röntgenaufnahme von Lenas gebrochenem Handgelenk gemacht wurde.

Kaum waren sie allein, stellte Sofi die Frage, die ihr schon die ganze Zeit auf der Zunge brannte. »Wo kam Creedy so plötzlich her?«

»Ich habe keine Ahnung«, beeilte sich Lena zu sagen.

»Geradewegs aus der Hölle«, stellte Natalja fest. »Und jetzt ist er wieder dorthin zurückgekehrt.«

Sofi hatte den leisen Verdacht, dass Lena nicht die Wahrheit sagte. Als Natalja vorhin verkündet hatte, Creedy sei aufgetaucht, hatte Lena lediglich gefragt: »Ist er tot?«, und dann war sie ohnmächtig geworden. Doch Sofi hielt sich zurück. Lena war nicht sie selbst gewesen. Mittlerweile wirkte sie bedeutend entspannter, was wohl auch an den Schmerzmitteln lag. Eines Tages, wenn dieses dramatische Kapitel in ihrem Leben abgeschlossen war und Lena den Dämon Alkohol besiegt hatte, würde Sofi sie vielleicht noch einmal danach fragen. Im Augenblick war sie nur heilfroh, dass Natalja nicht ins Meer gestürzt war.

»Man wird uns Fragen stellen. Sam, die Polizei … Wir werden mit der Wahrheit herausrücken müssen«, murmelte sie nachdenklich.

»Wir sollten nicht erwähnen, dass ich ihn bestohlen habe«, sagte Natalja.

»Wir werden dich beschützen«, versprach Lena. »Keine Sorge.«

Sofi verfolgte, wie sich ihre Cousinen innig umarmten. So hatte diese traumatische Erfahrung wenigstens ein Gutes gehabt.

»Tja, damit haben wir die Vergangenheit endgültig hinter uns gelassen«, stellte Natalja fest.

»Ja«, pflichtete ihr Lena bei. »Auf die Zukunft.«

»Auf die Zukunft«, wiederholte Sofi leise. »Auf jeden einzelnen Tag.«

EPILOG

Sommer 2006

Natalja war begeistert von ihren neuen Brüsten. Ein Geschenk von Ted zu ihrem achtunddreißigsten Geburtstag. Sie war besonders begeistert davon, wie toll sie in dem roten Kleid von *Emanuel Ungaro* aussahen, in dem sie gerade in einem Studio in Charing Cross Road für die Zeitschrift *TV-Star* posierte. Als der Fotograf endlich fertig war und der Ventilator ausgeschaltet wurde, stellte sie sich etwas abseits, um eine Zigarette zu rauchen.

Der etwa zwanzigjährige Journalist, der sie das gesamte Shooting lang keine Sekunde aus den Augen gelassen hatte, eilte zu ihr. Er hatte bereits ein langes Interview mit ihr geführt, in dem sie eingehend über sich hatte reden dürfen.

»Tolle Aufnahmen«, bemerkte er schmachtend. »Sie werden unheimlich heiß aussehen.«

In der Tat. Sie war wieder absolut angesagt. Der Skandal um den Tod von Roy Creedy hatte international für Furore gesorgt. Eine unwiderstehliche Story – drei Heiratsschwindlerinnen aus Sankt Petersburg, die nach dem Zerfall der Sowjetunion in Europa Karriere gemacht hatten, nur um Jahre später von einem ihrer Opfer zur Rechenschaft gezogen zu werden. Natalja hatte blitzschnell neue Berühmtheit erlangt. Binnen eines Monats hatte man ihr einen Job als Moderatorin einer neuen Reality-TV-Sendung mit dem Titel *Braut auf Bestellung* angeboten. Es ging um Frauen, die aus dem Ausland ins Vereinigte Königreich kamen, um zu heiraten. Die Sendung war so erfolgreich, dass bereits eine amerikanische Version geplant wurde. Und Natalja sollte auch diese moderieren, in Los Angeles.

Es hatte nicht immer so rosig ausgesehen. Wochenlang war sie jede Nacht schweißgebadet aufgewacht, nachdem sie geträumt hatte, sie müsste ins Gefängnis. Doch Ted hatte für sie einen cleveren Chicagoer Anwalt aufgetrieben, der ihr versichert hatte, sie könne unbesorgt sein. Solange sie leugnete, Creedys Schmuck und sein Auto entwendet zu haben, lagen nicht genügend Beweise vor, um sie zu verurteilen.

Und so wurde sie nun doch noch eine amerikanische Prinzessin, wie sie es sich immer erträumt hatte. Sie war schöner denn je, und sie hatte einen wunderbaren Freund, der nichts dagegen einzuwenden hatte, dass sie drei Monate pro Jahr in Los Angeles drehte. Im Gegenteil: Er sorgte sogar dafür, dass sie genügend Geld hatte, um den Trennungsschmerz mit neuen Kleidern, Taschen und Schuhen zu lindern. Sofi sprach oft von Creedys Tod, als wäre er ein tragisches Ereignis – »Kein Mensch verdient es, so zu sterben, und letzten Endes sind wir für seinen Tod verantwortlich, ob wir es nun zugeben oder nicht« –, doch Nataljas Mitleid hielt sich in Grenzen. Schließlich wäre sie beinahe an den Haaren über den Rand einer Klippe gezerrt worden. Es hatte an jenem Tag den Richtigen erwischt.

Stasja erwartete sie bereits. Sie parkten den Wagen draußen auf der Straße, mühten sich mit dem Sicherheitsgurt des Babysitzes ab. Noch einmal frischgebackene Eltern, nach fast zehn Jahren. Sofi war wund und müde, aber selig vor Glück.

Stasja stürzte sich auf sie. »Zeig her! Was für ein bildhübscher Junge. Bildhübsch.«

Sofi hatte ihn Iwan genannt, nach ihrem Vater. Stolz überreichte sie das Baby seiner Großmutter, die sich gar nicht an ihm sattsehen konnte. Julien war in die Küche gegangen, um Kaffee zu machen. Schließlich nahm Sofi das winzige Bündel wieder entgegen.

»Nikita ist in seinem Zimmer und malt eine Karte für dich«, sagte Mama.

Klein Iwan begann zu weinen, und Sofi wiegte ihn sanft in den Armen. »Dann gehe ich mal nach oben, damit er seinen kleinen Bruder kennenlernt.«

Sie stieg die Treppe in den ersten Stock hinauf. Nikita war seit fünf Monaten wieder zu Hause. Der Unfall hatte viele Therapieerfolge zunichtegemacht, sodass er einige Fähigkeiten wieder neu lernen musste. Aber allmählich war eine Besserung zu verzeichnen, und Sofi empfand es als wahren Segen, dass er wieder daheim war. Seine diversen Übungen mit ihm zu machen und ihm bei der Integration in die Welt behilflich sein zu können, war für sie die größte Erfüllung. Sie hatte ihre beruflichen Verpflichtungen immer weiter zurückgeschraubt, und kurz vor Iwans Geburt hatte sie ihre Firma an Jack Merryweather verkauft, einen Amerikaner, der ihren Schmuck seit einer Weile in Lizenz in den USA vertrieb. Künftig würde sie nur noch als bezahlte Designerin für ihn arbeiten, und für Francette, die die europäische Zweigstelle leitete. Mit der freien Hand klopfte Sofi leise an und öffnete die Tür. Nikita saß auf dem Bett, wie üblich von fein säuberlich aufeinandergestapelten Zeichnungen umgeben. Seine Filzstifte lagen ordentlich Kappe an Kappe nebeneinander. Er hob den Kopf, zeigte aber kaum eine Reaktion.

»Hallo Nikita«, sagte Sofi. »Das ist dein kleiner Bruder Iwan.«

»Iwan«, wiederholte er. Dann hielt er ihr einen sorgfältig in der Mitte zusammengefalteten Bogen Papier hin.

Sie legte Iwan auf dem Bett ab, zwischen den anderen Zeichnungen, um die Karte gebührend würdigen zu können. Auf der Vorderseite stand »Willkommen zu Hause, Mama«. Innen hatte er ein Bild von einer Waschmaschine gemalt.

»Die ist wunderschön, Schatz.«

Nikita hatte sich über seinen kleinen Bruder gebeugt und berührte ehrfürchtig die weichen Ohrläppchen.

»Na, was meinst du?«, fragte sie ihn.

»Er ist sehr klein.«

»Stimmt.«

»Und ich bin sehr groß.«

»Sollen wir ihn behalten?«, scherzte sie.

Nikita sah sie an, zuckte mit den Schultern. »Natürlich.«

»Ganz meine Meinung.«

»Um Himmels willen, Kinder, beruhigt euch.« Lena erhob nur ungern die Stimme, aber ihre Sprösslinge waren völlig außer Rand und Band. Sie tobten schon die ganze Zeit ausgelassen durch das Haus; Matthew hatte sich bereits den Zeh angestoßen und Anna die Knie aufgeschürft.

»Lass sie doch«, intervenierte Sam von seiner Stehleiter aus. »Sie langweilen sich eben. Sie sehen uns nun schon das dritte Wochenende beim Malen zu. Mir wäre an ihrer Stelle auch langweilig.«

Lena klatschte in die Hände. »Los, raus in den Garten mit euch beiden. Spielt draußen weiter. Wenn die Sonne untergeht, fahren wir nach Hause.«

Nach Briggsby, wo sie nur noch eine Woche wohnen würden.

Sam stieg von der Leiter. Er hatte eierschalenweiße Farbe im Haar. »Habe ich etwas vergessen?«, fragte er.

»Nein, sieht gut aus.«

Er drückte die Nase in ihre Halsbeuge. »Okay. Wenn du zufrieden bist, bin ich es auch.« Er streckte sich und legte die Malerwalze ab. »Sollen wir nach dem Umzug nächsten Samstag zur Feier des Tages eine Flasche Sekt aufmachen?«

Lena schüttelte den Kopf. »Nein. Es tut mir ganz offensichtlich nicht gut. Ich sollte lieber die Finger davon lassen.«

»Wie du meinst«, sagte er. »Dann sind wir stattdessen eben trunken vor Liebe.«

»Genau.«

Sie blickte in sein vertrautes Gesicht und verspürte einen Stich, als sie an die Jahre der Trennung dachte. Was für eine Verschwendung. Nach Roy Creedys Tod hatte sie beschlossen, keine weitere Sekunde ihres Lebens zu verschwenden.

Er beugte sich zu ihr hinunter und schmiegte die Wange an ihr Haar. »Ich freue mich schon auf unser Leben hier, Lena. Noch kommt mir das alles vor wie ein Traum. Dass wir wieder zusammen sind. Dass du mir verziehen hast.« Er trat einen Schritt zurück und grinste sie schelmisch an. »Das war das größte Wunder überhaupt.«

Sie lachte verhalten. »Tut mir leid, dass ich so ein Dickkopf war.«

»Ich kann es dir nicht verdenken.«

Sie schlang die Arme um seine Taille. Er roch nach Farbe und Seife und Schweiß. Ihr wunderschöner Sam. Sie hätte ihn beinahe verloren. Ihn, die Kinder, alles. Nach allem, was geschehen war, was noch hätte geschehen können, war sie doppelt glücklich über die Tatsache, dass sie in ihrem Haus, für dessen Renovierung Sofi aufgekommen war, einen Neustart wagen konnte. Und eines wusste sie mit Sicherheit: Sie war der größte Glückspilz auf der ganzen Welt.

»Jeder Mensch macht Fehler.« Lena lauschte seinem Herzschlag. »Und selbst wenn sich manche nicht ungeschehen machen lassen, haben wir doch alle Vergebung verdient.«

»Sogar ich?«, fragte er.

»Sogar du«, erwiderte sie. »Sogar ich.«

DANKSAGUNG

Ich bin zahlreichen Menschen zu Dank verpflichtet, die mir bei den Recherchen, der Entwicklung, der Niederschrift und der Überarbeitung dieses Buches zur Hand gegangen sind. Selwa Anthony, Vanessa Radnidge, Nicola O'Shea, Louise Cusack, Ron Serdiuk und das Queensland Writers Centre haben mich in jeder Phase unterstützt und mir wertvolle Ratschläge geliefert. Eni Oken hat mir Einblicke in die Welt der Schmuckherstellung gewährt und mir gestattet, ihre wunderschönen Werkstücke als Vorlagen für Sofis Arbeiten zu verwenden. Joanne Sandhu hat mir ihre Erinnerungen an die Sowjetunion der Achtzigerjahre zur Verfügung gestellt, selbst die verdrängten. Shannon Breen verdanke ich Roy Creedys Heimatstadt, Faye Booth diente mir als Kontaktperson vor Ort in England, Paul Brandon hat seine Erfahrungen mit dem britischen Fernsehen in den Neunzigerjahren mit mir geteilt, und Katherine Howell war meine Fachfrau für Unfälle. Nicole Ruckels und Howard Copping lieferten mir liebevolle und detailgetreue Beschreibungen von Richelieu; Nicole, die dort aufgewachsen ist, hat mir ihre schönsten Erinnerungen zur Verfügung gestellt, wofür ich ihr besonders dankbar bin. Sämtliche falsch verwendeten Informationen gehen ausschließlich auf mein Konto. Ich danke Ian Golledge für *Skin Crawlers*, den perfekten Titel für ein B-Movie, der mir nie und nimmer eingefallen wäre. Unendlich dankbar bin ich auch meiner überaus geschätzten Gleichgesinnten Kate Morton für ihr wunderbares Cover-Zitat. Ich danke außerdem meinen Studentinnen und Studenten, die mir so viele Fragen gestellt und mich zum Nachdenken gezwungen haben. Und zu guter Letzt danke ich meiner Familie für ihre

Geduld und die Zeit, die sie mir geopfert hat, insbesondere meiner Mutter, meinem Ehemann und meinen beiden wunderbaren Kindern.

KF, April 2008